대단히 매력적인 책이다. 나는 첫 페이지부터 완전히 사로잡혀서, 보통이라면 비웃고 지나치고 말 영적인 경험의 이야기를 단숨에 읽었다.

—〈디트로이트 프리 프레스〉

마사 베크는 자신의 가슴 아픈 경험을 배꼽 빠지는 재치와 치열한 통찰력으로 그려낸다. 심지어 나처럼 그녀의 경험을 그대로 받아들일 수 없는 사람일지라도, 이 책을 읽고 감동받지 않을 수는 없을 것이라고 확신한다.

—〈뉴욕 뉴스데이〉

능청맞게 역설적이고 자주 웃음을 자아내는 마사 베크의 회고록은 '영리한' 사람으로부터 '현명한' 사람으로 되어가는 여정을 기록하고 있다.

—〈타임〉

마사 베크는 이례적인 아이를 낳아 키우며 자신이 특권을 누리고 있다고 느끼는 모든 여성, 물질적 성취에 높은 가치를 매기는 사회에 염증을 느끼는 모든 사람을 대신해서 이야기하고 있다.

—〈뉴욕 타임스〉

오늘날 점점 더 많은 사람들이 정신없이 바쁘게 돌아가는, 오로지 목표지향적인 삶에 대해 의문을 품고 있다. 이 책은 독자에게 단지 여유를 가지고 삶의 기쁨을 누리라고 말하는 것이 아니라 그 아픔까지 껴안으라고 설득한다.

—〈퍼블리셔스 위클리〉

훌륭한 책이다. 대단히 재미있고, 믿을 수 없을 만큼 연민이 어려 있는 스마트한 책이다.

— 앤 라모트(소설가, 논픽션 작가, 사회운동가)

나는 이 책이 다운증후군 아기를 가진 한 여성에 관한 이야기라고만 생각하고 안 읽을 뻔했다. 그러나 그런 식으로 말하는 것은 《안나 카레니나》가 자살을 하는 한 여자의 이야기라고 말하는 것과 같다. 이 회상록은 너무도 중요한 문제들을 이야기하고 있다. 마사 베크는 재미있고, 다정하고, 지극히 예리하면서도 현실에 발을 딛고 있다. 이 책으로 인해 내 인생이 바뀌었다고 해도 과언이 아니다.

— 매리언 위닉(작가, *First Comes Love, The Lunchbox Chronicles*)

마사 베크는 정신지체를 가진 자신의 아들 덕분에 사랑이 가져다줄 수 있는 깊은 직관을 향해 자신이 가슴을 열게 되는 이야기를 들려준다.

— 주디스 올로프(정신과 의학박사, *Second Sight*)

이 책은 냉철한 지성과 따뜻한 가슴으로 '깨달음'에 이르는 과정을 이야기하고 있다. 철저히 현대적이면서 동시에 무척 전통적인 회상록이다. 꼭 읽어야 할 책이다.

— 줄리아 캐머런(소설가, 시나리오작가, 프로듀서, *The Artist's Way*)

나는 웃고, 울었다. 책을 내려놓을 수가 없었다. 이야기가 끝이 나지 않았으면 하고 바랐다. 매우 용기 있고, 독자를 고양시키며 삶을 바꾸어 놓을 책이다.

— 소피 버넘(작가, *Book of Angels*)

아담을 기다리며

태어남과 다시 태어남, 그리고 일상의 신비에 관한 이야기

마사 베크 ㅣ 김태언 옮김

녹색평론사

EXPECTING ADAM

책머리에

이 책은 1999년 발간 이후 미국 전역에 걸쳐 많은 독자들의 주목을 받아온 마사 베크(Martha Beck)의 회상록 *Expecting Adam : A True Story of Birth, Rebirth, and Everyday Magic* 의 우리말 역본이다.

하버드의 학생 부부, 마사와 존 베크가 본의 아니게 두 번째 아기를 임신한 사실을 알게 된 순간부터 그들의 생활은 고통과 절망의 연속이 되었다. 머리 좋고 야심적인 젊은 엘리트로서 학문적·사회적 성공이라는 강박관념에 사로잡혀 거의 미치광이처럼 맹렬하게 학업경쟁에 몰두하고 있던 이 박사학위 후보자들에게 있어서, 또 하나의 아기를 갖는다는 것은 '재앙'을 의미하는 것이었다. 설상가상으로, 임신 수개월 후 산과검사 결과 뱃속의 아기 ― 아담 ― 는 다운증후군을 가지고 있다는 것이 밝혀졌다.

하버드의 교수, 학생, 의사들은 한결같이 이들에게 '장래'를 망치지 않으려면 임신중절을 해야 한다고 '당연하게' 경고하였다. 그러나 베크 부부는 그러한 경고에도 불구하고, 또 그들 자신 내부의 불안에도 불구하고, 아기를 태어나게 해야 한다고 결정하였다.

그러나 임신 중의 온갖 고통과 절망, 불안한 생각에도 불구하고, 아기를 뱃속에 갖고 있는 동안 이 부부는 '보이지 않는 존재들'의 보호 밑에서 평화와 사랑을 누린다. 그리고 더욱 놀랍게도, 아담이 태어날 날이 가까이 다가옴에 따라, 베크 부부는 그들 자신이 이 세상에 전혀 새로이 태어나는 경험을 하게 된다. 그들은 지금까지 살아왔던 것과는 전혀 다른 안목으로 세상을 바라보고, 인생에서 무엇이 정말 소중하고, 무엇이 하찮은 것인가 하는 데 대하여 근원적인 깨달음을 얻게 되는 것이다.

아담이라는 '특별한' 아기의 잉태와 탄생으로 말미암아 그들은 새삼스럽게 삶의 속도를 늦추어야 할 필요성을 인식하고, 우리들의 안과 밖에 있는 '작은 것들' 속에 아름다움과 진리가 있다는 것을 발견한다. 그래서 그들의 삶은 예전에는 상상조차 할 수 없었던 새롭고 풍부한 내면적 행복의 세계를 향해 열리게 된 것이다.

그뿐만 아니라, 이 비범하게 꼼꼼하고 생기와 재기에 넘친 회상록은 '특별한' 아이의 임신과 탄생을 둘러싼 이야기이면서 동시에, 오늘날 하버드로 대변되는 이른바 엘리트들의 세계의 근본적인 불모성과 비인간성에 대한 통렬한 비판의 기록으로서도 읽힐 수 있다. 메마른 두뇌일변도의 경쟁 속에서 편협한 자만에 갇혀 있는 지적 '엘리트'들의 자기중심적인 삶은 아담의 존재와 더불어 극적인 변화를 경험하는 베크 부부의 새로운 삶에 비해 볼 때 너무나 초라하고 보잘것없는 것으로 드러날 뿐인 것이다.

이 책은 아담이라는 '특별한' 아이에 관련하여 합리주의적인 관점으로는 이해하기 어려운 신비스러운 사건과 경험을 풍부하게 담고 있지만,

따지고 보면 이 세상에 태어나는 아기들 가운데 그 어버이들에게 '특별하지' 않은 아이가 없고, 또한 그러한 아이들의 존재 자체는 예외 없이 경이롭고 신비로운 사건임이 분명하다고 할 때, 아담의 이야기는 이 지상의 모든 아이들 — 선천적 장애를 갖고 태어난 아이든 아니든 — 과 그 부모들에 관한 보편적인 이야기라고 할 수 있을 것이다.

무지의 세계에서 지혜의 세계로 나아가는 과정을 감동적으로 묘사하고 있는 이 회상록을 통해서, 우리는 진실한 인간 기록만이 베풀어줄 수 있는 깊은 고양감을 느낀다. 인공지능이니 생명공학이니 하는 첨단기술이 이른바 '인간의 개조'와 '질병 없는 세상'을 운위하는 이 불경(不敬)의 시대에, 《아담을 기다리며》는 인간이 이 세계에서 산다는 게 궁극적으로 무엇을 의미하는 것인지를 생각하는 데 큰 도움을 주는 책의 하나임이 분명하다.

2002년 4월

김종철(《녹색평론》 발행인)

아담을 기다리며

1

아담이 세 살쯤 되었을 때 일이다.

나는 한 조그만 아파트에서 방금 만난 여자와 그 여자의 삶에 대해 이야기하고 있었다. 그 여자를 로스 부인이라고 부르겠다. 나는 박사 논문을 쓰기 위한 자료를 수집하느라 몇 달째 비슷한 인터뷰를 하고 있었다. 로스 부인은 예술사 석사학위를 가지고 있는 비쩍 마른 마흔 다섯 살의 여성으로, 초등학교 청소부 일을 하고 있었다. 나는 이 여자를 통해서 보다 세련되고 수준 높은 학업의 경험이 현실세계에서 어떤 가치를 갖는지에 대해 알아보려고 메모를 하고 있었는데, 갑자기 그 여자가 말을 멈추었다.

잠시 침묵이 흘렀다. 나는 고개를 들고 우호적인 목소리로 "그래서요?"라고 했다. 보통 그렇게만 해도 인터뷰가 계속된다. 그러나 로스 부인은 보통으로 행동하지 않았다. 로스 부인은 두 발을 바닥에 붙이고 등이 곧은 나무의자에 앉아 두 손을 얌전히 무릎 위에 두고 있었다. 그런데 지금 두 팔로 가슴을 안는 듯이 하고 눈을 꼭 감은 채 몸을 잔뜩 웅크리고 있는 것이었다.

나는 놀랐다. "괜찮으세요?"라고, 공손하면서도 지나친 호기심이 담기지 않은 목소리로 물었다.

로스 부인은 나를 향해 한쪽 손을 저었다. "잘…이해가…안돼요"

라고 말했다. 나는 그 여자를 멀뚱히 바라보고만 있었다. 그 여자는 눈을 더 꼭 감고 숨 가쁜 목소리로 말했다. "보통은 베일의 어느 편에서 오는지 알 수 있는데 … 그걸 처음에 알게 되는데 … 그런데 이번엔 … 모르겠어요."

"그렇군요." 나는 조심스레 대꾸를 하고, 문 쪽을 흘깃 바라보며 로스 부인이 혹시 미친 개처럼 갑자기 내게 달려든다면 그 전에 문까지 도달할 수 있을까 하고 생각했다.

"마치 … 그 사람이 베일의 어느 한편에 있질 않은 것 같아요. … 아마 양쪽 모두에 있나 봐요." 그 여자는 혼란스러운 듯 고개를 흔들었다. "적어도 남자라는 건 알겠어요."

"저, 로스 부인." 나는 얼른 나갈 수 있게 메모한 종이들을 간추리며 말했다.

바로 그때 로스 부인은 눈을 번쩍 뜨고 충혈된 눈으로 나를 똑바로 바라보았다. "당신은 알아요!" 그 여자는 비난하는 듯한 낮은 목소리로 말했다. "누군지 당신은 알아요. 그런데 막고 있어요!"

나는 호기심이 생겨서 나도 모르게 "제가 누굴 안다구요?"라고 물었다. "맞아요!" 로스 부인은 몸을 조금 폈다. "보세요, 뭐가 왔는데 … 아, 이건 선물이에요." 그 여자는 자기가 받은 것이 뭔지 자신이 없는 듯이 말을 했다. "선물요?" 내가 되물었다.

그 여자는 고개를 끄덕였다. "나는 사람들에게 전하라는 말을 들어요." 그 여자는 한숨을 쉬고, 몸을 바로 세웠다. "그렇지만 언제부터인가 나는 메시지를 전달하는 걸 그만뒀어요. 사실 그건 아주 당혹스러운 일이거든요."

"아!" 내가 말했다.

"그리곤 말예요," 로스 부인이 말을 이었다. "그게 없어지기 시작했어요. 점점 희미해졌어요. 그리고 어떤 때는 영혼들이 나한테 화를 냈어요. 사람들한테 메시지를 전해주지 않는다고 말이죠."

바로 이때, 하늘에 맹세코 하는 말인데, 커다란 초록색 앵무새가 부엌 쪽에서 거실로 걸어 나왔다. 앵무새는 천천히 카페트 위를 걸어오더니 의심적은 듯이 한쪽 눈으로 나를 빤히 바라보고는, 로스 부인의 의자 다리를 타고 올라가 그 여자의 어깨로 올라갔다. 이 사람은 마녀다— 하는 생각이 들었다. 나는 지금 진짜 마녀하고 얘기하고 있다. 앵무새는 분명 스스럼없는 존재인 것 같았다. 나는 그것이 그 여자의 남편이라고 확신했다.

로스 부인은 앵무새를 쓰다듬으며 말을 계속했다. "그래서 메시지가 오면 항상 전달을 하겠다고 하느님께 약속을 했어요. 그게 뭐든 말이지요."

"농담 아니시죠." 나는 진지하게 말했다. 그만큼 나는 변했다. 4년 전이었으면 나는 로스 부인이나 그 여자의 '선물'이나 당장에 무시해 버렸을 것이다. 그때 나는 세상이 어떻게 돌아가는지를 정확히 안다고 생각하고 있었다. 그때는 나는 나의 지력과 이성의 우월함에 대해 확신을 가지고 있었고, 충분한 시간 동안 훈련만 받으면 내가 자신의 운명을 통제할 수 있다고 믿고 있었다. 그건 아담이 생기기 전이다. 그러나 이제 4년이 지났고, 아담은 아기 보는 사람과 같이 집에 있다. 그리고 나는 배워야 할 것이 얼마나 많은지 알게 되었다. 그래서 나는 가만히 앉아서 로스 부인이 말을 계속하기를 기다렸다.

"메시지는 보통 베일 저쪽에서 옵니다 — 영혼의 세계 말이에요. 때로는 멀리 있는 사람에게서 당장 전해야 될 말이 오기도 해요. 그렇지만 그건 처음에 알 수 있어요, 메시지가 어느 쪽에서 오는지." 그 여자는 이마를 찡그렸다. "그런데 이번에는 모르겠어요."

이제 나는 정말 궁금해졌다. 내게 온 메시지를 알고 싶었다.

"긴장을 푸세요." 내가 도움이 될까 하고 말했다.

로스 부인은 철판이라도 뚫을 만큼 날카로운 시선을 내게 던졌다. 주제넘게 굴지 말라는 시선이었다.

"기도를 해야 돼요." 로스 부인이 속삭였다.

"아, 좋아요. 좋아요." 내가 대답했다. 달리 어떻게 하겠는가.

그래서 로스 부인과 나는 고개를 숙였다. 나는 숨을 깊이 들이마시고 나서 아주 잠깐 긴장을 풀었다. 그때 그 여자가 고개를 번쩍 들고 말했다. "됐어요. 당신이 막고 있던 걸 풀었군요. 당신 아들이에요."

"제 아들요?" 이미 그렇게 많은 일들이 일어났는데도 나는 이 말을 듣고 놀랐다. 나는 그 메시지가 내 수호천사에게서나 내 경력에 관심이 있는 어느 조상님에게서 온 것이기를 바라고 있었다.

"당신에겐 이 세상과 저 세상에 걸쳐 있는 아들이 있어요." 로스 부인이 말했다. 나는 팔에 소름이 돋는 느낌이 들었다. 아무리 많은 증거가 있더라도 우리는 '정상적'이 아닌 경험은 시간이 지나면 지워버리고자 하는 경향이 있다. 누군들 갑자기 베일이니 영혼이니 하는 말을 지껄여대는 사람이 되고 싶겠는가. 그런 말을 하다 보면 사람들에게서 따돌림을 받고, 결국 초등학교에서 걸레질이나 하게 되는 것이 아닌가.

"글쎄, 그런…아들이…있다고 할 수 있어요." 내가 말했다.

그 여자는 날카로운 시선으로 나를 바라보았다. "있어요. 그리고 그 아들이 당신에게 말을 전하라고 해요." 그 여자는 단정적으로 말했다. 앵무새는 부리로 다정하게 그 여자의 귀를 건드리고 있었다.

이제 내 온몸에 이상한 전기가 통한 듯이 솜털들이 일어서는 느낌이 들었다. 그런 느낌은 지난 몇년 동안에 익숙해졌지만 그래도 번번이 놀라게 된다. 적어도 이번에는 나는 입은 다물고 있었다.

로스 부인은 다시 눈을 감았다. 이번에는 부드럽게 말을 했다. "베일의 양쪽에서 당신을 아주 자세히 지켜보고 있었다고 하는군요."

또다시 베일 얘기였다.

"당신은 그렇게 걱정할 것 없다고 합니다. 마음을 열면 마음을 닫고 있을 때만큼 그렇게 많이 상처를 받는 일은 없을 거라고 말합니다." 그녀는 눈을 뜨고 앵무새의 머리를 긁어주고는 미소를 지었다. 이제는 전혀 마녀처럼 보이지 않았다.

"그거예요?" 내가 말했다.

로스 부인은 미소를 띠고 고개를 끄덕였다.

나는 따라서 미소를 짓지 않았다. "그게 도대체 무슨 뜻일까요?"

그녀는 어깨를 으쓱했다. "저야 모르죠."

"아니, 그러지 말고, 뭔가 더 있을 거예요. 물어보세요." 내가 졸랐다. 이것은 하버드에서 내가 배운 처신방법이 아니다.

"저는 질문을 하진 않아요." 그녀가 말했다. "메시지를 전하기만 해요. 전보회사처럼요. 메시지가 무슨 뜻인지는 제가 관여할 일이 아니에요."

그것이 그가 한 말의 전부였다.

인터뷰를 계속하는 척하려고 애를 쓰다가 포기하고, 나는 아담을 직접 보려고 집으로 달려갔다. 그는 아기침대 안에서 자고 있었다. 그는 정상적인 세 살짜리의 반 정도 체격이었고 겨우 걸음마를 시작했다. 그리고 아직 알아들을 수 있는 말을 한 적이 없었다. 손을 뻗어 아이의 배를 만지자 아이는 늘 하는 것처럼 기분 좋은 미소를 띠고 깨어났다.

나는 아이의 눈꼬리가 올라간 조그만 눈을 들여다보았다. 나는 진지하게 말했다. "아담, 나한테 말해줘. 너 로스 부인을 통해서 나한테 메시지를 보냈니?" 그의 미소가 커졌다. 그뿐이었다. 그리고 그 후에도 그 일에 대해 한마디도 하지 않았다.

그래서 나는 지금도 도대체 그날 무슨 일이 일어났는지 궁금하다. 로스 부인이 정말로 내 세 살짜리 아들의 메시지를 전한 것인지, 그의 말이 무슨 뜻이었는지 궁금하다. 나는 아담이 온 이래로 궁금한 것이 많다. 나는 그 아이와 함께 내 삶 속에 들어온 모든 이상하고 아름답고 끔찍한 일이 다 궁금하다. 남편 존도 이것을 알고 있다. 아담이 생기자 그의 삶도 역시 변했기 때문이다. 그러나 존에게 얘기를 하지 않았을 때에는, 나는 그것을 모두 혼자 지니고 있었다. 나는 남들이 나를 믿지 않을까 봐 내 삶에 일어난 기적 같은 일들을 무시하고, 그런 일이 없는 척하고 거짓말을 할 줄 알게 되었다. 간단히 말해서 나는 자신을 닫고 지냈다.

이것은 쉽지 않았다. 인터뷰를 한 사람 하나가 영매라는 걸 알았을 때 사람들에게 그 이야기를 하지 않기는 어렵다. 그 이상함, 호기심, 궁금증이 계속 밖으로 나오려고 한다. 사람들에게 말을 하라고 조르며. 나는 내게 일어난 모든 일을 내가 실제로 믿는다는 사실은 드러내지 않으면서 아담에 대해 이야기를 해보려고 여러 차례 시도했다. 나는 이 이야기를 이미 두 번 소설로도 썼다. 그 내용은 이랬다. "이것은 임신 중인 아들이 저능아일 것이라는 사실을 알게 된, 두 하버드 대학원생의 이야기이다. 그들 자신도 놀랐고 대학사회의 모든 사람들이 경악한 일이지만, 그들은 임신중절의 수단과 동기와 기회를 모두 무시했다. 그들은 아기를 낳기로 결정했다. 그러나 그들은 기적이 일상적으로 일어나고, 하버드의 교수들은 바보이고 저능아인 아기들이 훌륭한 스승이 되는 새로운 세상에, 그들 자신이 갓난아이로서 '새롭게 태어나게' 될 것이라는 사실을 깨닫지 못하고 있었다."

사실 그것을 소설이라고 부름으로써, 나는 회의주의자, 과학자, 지식인들로부터 공격을 받지 않고 그 이야기를 할 수 있었다. "허구예요! 만들어낸 이야기라고요. 사실은 하나도 들어 있지 않아요"라고 말하면, 그들은 모두 나를 그냥 두고 가버릴 것이다. 그리고 혹시 그중 한두 명이 나를 믿겠다고 하면 그제야 나는 안전하게 그들에게만 사실을 털어놓을 수 있을 것이었다.

그런 식으로 되지는 않았다. 내가 가장 존경하는 편집자나 대리인이나 작가는 항상 내 '소설'을 읽은 후에 똑같은 질문을 했다. "실례지만, 이 중에 얼마만큼이 허구인가요?" 그러면 나는 잠시 헛기침을 하고는 존과 나 자신을 실제보다 훨씬 더 보기 좋게 그린 것 말고는 허구는 하나도 없다고 인정했다. "모두 사실이에요"라고 말했다. 그런 뒤

의자 속에 푹 꺼져 앉아서 그들이 경비원을 부르기를 기다렸다.

지금까지는 그런 일이 일어나지 않았다. 로스 부인이 그의 앵무새에 의지해서 아담의 메시지를 전한 후에 5년이 지났고, 그동안 내내 내가 제일 좋아하는 사람들은 계속해서 아담의 충고를 되풀이했다. "마음을 열어요"라고 그들은 말했다. "닫은 채 있는 것보다 기분이 좋을 거예요."

나는 이 문제에 대해서 대단히 확신이 있는 건 아니다. 나는 임신중절이니 유전공학, 의료윤리 등의 논란에 휩싸일까 봐 두렵기도 하다. 나는 내가 세도나의 구름에서 천사를 봤다고 주장하는 뉴에이지 점쟁이는 말할 것도 없고, 낙태 반대론자들과 한 무리로 치부될 것도 걱정이 된다. 나는 이성주의자로서의 신용을 잃어버리고 싶지도 않다. 그렇지만 이 이야기는 물러나지 않고 나에게 그것을 세상을 향해 말하라고 계속 요구할 것이다. 나는 아주 오랜 기간 동안 버티어왔다. 그것이 포기하고 사라지기를 바라면서. 그러나 그렇지 않았다.

그러니, 로스 부인, 당신이 어디에 있는지 모르지만, 내 아들의 말을 전해주어 고마워요. 몇 년이나 지난 지금에야 나는 그 말을 듣기로 결심했어요.

2

존과 나는 우리가 우리 삶에 대한 통제력을 잃어버렸던 정확한 시점에 대해 의견이 다르다. 존은 뉴햄프셔에서 일어난 자동차 사고라고 생각한다. 나는 그보다 두 주 앞서, 아담을 잉태했을 때라고 말한다. 어느 쪽이든 그것은 1987년 9월의 어느 날인데, 우리 집안에서는 그 달이 '모든 것이 엉망이 되어 버린' 때라고 말한다.

우리는 도쿄에서 여름을 보내고 막 케임브리지에 돌아온 참이었다. 도쿄에서는 일본의 고용체계에 관한 존의 박사학위 논문을 위해 조사를 하고 있었다. 우리는 비행기 여행의 후유증으로 정신이 혼미한 상태였다. 14개의 시간대를 가로지르는 것은 그것 자체로도 괴로운 일이지만, 어린아이를 데리고 여행을 하면 거의 서사시적인 투쟁이 된다. 18개월 된 딸 케이티는 아직 일본 시간에 맞춰서, 존과 내가 번갈아 잠을 자려고 애쓰는 동안 재잘거리며 놀다가 해가 떠오를 무렵이면 잠이 들었고, 그럼 우리는 몽롱한 정신으로 비틀거리며 하버드의 학기준비에 필요한 온갖 일들을 처리하러 일어나야 했다.

하버드에 대해 해둘 말이 있다. 우선 존과 나는 그곳에서 성장했다. 어린 시절 얘기가 아니라 성인으로서의 사고와 기대가 형성되는 시기를 보냈다는 말이다. 어린 시절은 둘 다 유타주의 한 작은 도시에서 보냈다. 유타는 아이비리그 사람들에게는 존재하지 않는 지역이다(한번은 내 지도교수 한 분이 내게 우리 고향 쪽에 갔다 왔다고 말했다. "아, 그러세요? 어디에 다녀오셨어요?"라고 물었더니, '아이오와'라고 했다. 그는 농담한 것이 아니었다). 사실상 이 글이 내가 실제로 유타주 출신임을 처음으로 공공연히 인정하는 것이다. 이것은 하버드에서는 정신병력이나 도둑질을 했다고 인정하는 것과도 같은 일이다. 차라리 늑대들에 의해 양육되었다면 더 신뢰를 받을 것이다.

요점은, 존에게도 내게도 일단 하버드에 온 후에는 그 전에 일어났던 일은 모두 우리 행동의 지침이 되지 않았다는 사실이다. 존은 열여덟 살에 하버드에 왔고 나는 2년 후, 내가 열일곱 살일 때 왔다. 우리는 고등학교에서 서로 조금 알기는 했었다. 우리가 정말로 서로 알게 되었을 때는 둘 다 철저하게 하버드 사람이 되어 있었다. 우리는 서부 공립학교 출신이라는 더러운 과거, 성공을 향한 맹렬한 추진력, 체제에 맞아들어가려는 갈망 등 공통점이 많았다. 우리는 가장 어려운 과목들을 택해서 미친 듯이 공부했다. 그래서 설령 우리가 서류상 착오로 하버드에 합격했다고 밝혀진다 하더라도 우리의 노력으로 하버드 학적을 유지할 수 있었을 것이다. 그 결과로 우리는 좋은 성적을 받았고, 마치 중독이 된 듯이 계속해서 하버드에서 공부했다. 우리는 학부를 졸업하기도 전에 석박사 과정이 통합된 프로그램에 지원했다. 존은 열정적으로 아시아에 관한 연구를 했고, 나는 성(性)의 사회학을 공부했다. 1987년 9월 당시 우리는 생애의 3분의 1을 하버드에서 보낸 뒤였고, 아직 갈 길은 멀었다.

이런 사실들로 미루어 존과 내가 하버드를 즐거운 곳으로 여겼다고 생각할지 모르지만, 전혀 그렇지 않다. 사실 나는 하버드가 즐거운 곳이라고 생각하는 사람을 한 명도 만나본 것 같지 않다. 내 생각에는(내 상상일 뿐일지도 모르지만) 하버드에 있는 사람들은 모두 하나를 이루고 나면 조바심을 내며 그다음을 성취하기 위해 허둥지둥 달려가고 있는 것 같았다. 그들은 불안한 시선으로 계속 뒤를 돌아보며, 실패의 가능성에서 완전히 벗어났다고 안도하지는 못하는 것 같았다. 나에게는 하버드의 학생이라는 사실이 자랑스럽고 신나고 흥분되는 일이기는 했지만, 거기에는 상당한 정도의 두려움과 비참한 기분이 뒤얽혀 있었다. 그것은 마치 예고 없이 수시로 내 말을 가로막는 명석하고 박학하고 재치 있는 저명인사와 함께 점심식사를 하는 것과도 같았다. 그것은 흥미로운 일인가? 몹시 그럴 것이다. 고무적일까? 여러 면에서 그럴 것이다. 유쾌할까? 그렇지는 않을 것이다.

그래서 우리는 여러 번 겪은 일인데도 학기마다 등록에 따르는 자잘한 일들의 혼란 속에서 불안으로 안절부절못하고, 서로 심한 소리를 하고 물건을 떨어트려 깨곤 했다. 물론 우리는 이 사실을 절대로 시인하지 않았을 것이다. 우리끼리조차 인정하지 않았을 것이다. 우리는 그렇게 훈련을 받았던 것이다. 하버드에서는 자신에 찬 겉모습이 사회적 생존에 필수적이다. 그렇지 않으면 마치 무리 중의 상처 입은 짐승처럼 포식자의 주의를 끌고, 짝짓기를 거부당한다(존이 4학년이던 해에, 우리가 서로 사랑하게 된 후에야 비로소 나는 용기를 내어 학점을 받지 못할까 봐 정말로 겁이 난다고 존에게 말할 수 있었다. 그도 비슷한 느낌이 있다고 고백했다. 이것은 우리를 영원히 결속시키기에 충분했다. 그것은 섹스보다도 더 친밀한 것이었다).

이제 존은 박사과정 3년째였고 아무도 그가 자신감을 잃은 순간이 있었다고는 생각하지 않을 것이다. 그는 학위를 위한 논문을 쓰고 있었고(그것만 해도 심리적 부담이 큰 일인데) 게다가 경영 컨설턴트로 일할 기회가 있어서 그 일도 함께 하고 있었는데도 몹시 자신만만하게 보였다. 존을 고용한 회사는 보스턴에 지부가 있었고 싱가포르에 새 지부를 열고 있었다. 그리고 존이 맡은 일에는, 그다음 한 해 동안 2주마다 싱가포르까지 갔다 왔다 하는 것도 포함되어 있었다. 이것은 하버드에서 해야 할 일이 없다 하더라도 해내기 쉽지 않은 일이어서, 존은 평소보다도 더 신경이 예민해져 있었다. 물론 나밖에는 아무도 이것을 알지 못했고, 나도 짐작만 했을 뿐이다.

두려움을 감추는 것이 내게는 쉽지 않았다고 말하는 것은, 사실을 심각하게 줄여서 말한 것이다. 나는 하버드와 관련된 일에서는 눈을 마구 깜빡거리며 히스테릭하게 지껄여대는 경향이 있다. 적어도 나는 아마도 다른 대학원생들만큼은 자신감을 가장할 줄 알았다. 나는 매우 의도적으로 그렇게 했다. 무슨 일로든 학교에 가야 할 때에는, 의식적으로 내 속에 있는 '독종'을 끌어냈다. 나는 나의 다른 생각이나 감정들은 다 물리쳐버릴 때까지 정신을 집중하여 '독종'이 되곤 했다. '독종'은 하버드에 잘 적응했다. 겁이 없고 공격적이고 냉소적이며, 지칠 줄 모르는 경쟁심을 가지고 있었다. 그는 이전에 내가 힘든 날을 보내고 나면 그랬던 것처럼 500그램들이 초코볼 한 봉지를 다 먹어대거나, 욕실에 앉아서 울고 있는 일은 없었다. 나는 2학년이 되고부터 '독종'에게 의지하곤 했는데 그는 나를 잘 도와주었다. 그러나 어떤 이유에선지, 1987년 가을에는 그를 불러내기가 쉽지 않았다. 그리고 그것은 꼭 시차와 피로 그리고 기후의 변화 때문만은 아니었다. 아담이 채 만들어지기도 전인 그때부터도 나는 무언가 다른 게 더 있다는 것을 알고 있었다.

나는 내 생활에 대한 통제력이 내 손에서 빠져나가 버린 것을 느낀 바로 그 순간을 기억한다. 우리가 도쿄에서 돌아온 뒤 처음으로 케이티가 새벽 전에 잠이 든 날이었다. 존과 나도 잠을 청해보려고 애쓰고 있었다. 우리는 천장이며 벽이며 '하버드스퀘어'를 면하고 있는 창문을 바라보며 아침이면 닥쳐올 위험들을 생각하고 있었다. 그러다가 아침이 가까울 무렵 어쩌다가 우리는 동시에 침대 안쪽으로 돌아누워 서로의 품에서 위안을 찾으려 했다. 나는 스스로에게 이건 좋지 않은 생각이라고 말했다. 케이티가 자는 동안 좀 쉬는 게 낫다고 생각했다. 그리고 존에게 그렇게 말하기도 했다. 그도 동의했다. 그런데도 물론 우리는 멈추지 않았다.

일본에서 나는 '분라쿠(文樂)'라는 인형극 극장에 가본 일이 있다. 거기서는 인형을 조종하는 사람들이 자신을 전혀 숨기지 않고 바로 무대 위에 서서 그 우아한 인형들을 움직이는 것이었다. 그러나 그들의 솜씨가 너무나 훌륭해서, 때로는 인형 하나에 조종하는 사람이 세 명씩이나 되는데도 그들이 그곳에 있다는 것을 관객은 잊어버리게 된다. 몇 분이 지나고 나면 인형이 스스로 움직이고 있다고 맹세라도 할 것이다. 그날 밤 우리 아파트에서 나는 분라쿠의 대가들이 존과 내 뒤에 서서 우리의 모든 동작을 조종하고 있다는 느낌을 계속 갖고 있었다. 그리고 분명하게 의식을 하는 것은 아니었지만 나는 내가 임신 과정에 있으며, 그것은 바로 내가 원하는 것이라는 사실을 알았다.

정말이지 이건 미친 짓이었다. 나는 임신을 할 시간이 없었다. 나는 이 점을 잘 의식하고 있었다. 나는, 아니면 적어도 내 안의 독종은 몇 년 후의 일까지 세밀하게 계획을 세우는 사람이었기 때문이다. 과장해서 말하는 것이 아니다. 시간 표시가 된 눈금종이에 할 일들이 적혀 있는 내 메모지철을 추적하면, 내가 언제 어디에 있었는지 항상 알아낼 수 있다. 나의 계획표에는 앞으로 여러 해까지 15분 간격으로 계획이 짜여 있었다. 그해 9월은 내가 임신을 하기에는 가능한 한 가장 나쁜 때였다. 전업 학생으로서 수업을 듣고 있었고, 카리브해 지역의 사회에 관한 강의를 하나 하고 있었고, 존이 아시아에 가 있는 동안 혼자서 케이티를 돌보아야 했다. 다시 아기를 가질 여유는 전혀 없었다. 우선 첫 임신 때에 내 몸 상태는 에볼라 바이러스에 감염된 것과 크게 다를 바 없었다. 게다가 학자로서의 내 명성도 지켜야 했다.

지금은 문리과 대학원에 육아센터가 운영될 만큼 젊은 부모가 많다고 알고 있지만, 그때는 그렇지 않았다. 그때는 어머니가 될 수 있다는 가능성조차 여학생이나 여교수에게 명백한 오점이었다. 예상치 않은 임신이 자신의 학문적 진로를 위협하게 되자 임신중절을 한 친구도 여러 명 있다. 내가 아는 한 여성은 사흘 동안 치는 중요한 시험날짜가 출산일 근처에 잡히자 계획해서 가졌던 아기를 유산시키기로 했다. 나는 그녀가 시험 일자를 조정할 수 있는지 물어보기라도 했는지 어떤지 모른다. 그런 종류의 일은 없다. 특히 '개인적인 이유'로는 안 된다.

나는 하버드에서 성공하려면 '개인적인 이유'를 우선순위에서 아주 낮은 곳에 두어야 하기 때문에 그런 것들은 아주 배제되어 버린 것 같다는 생각을 자주 했다. 존과 나는 이런 교훈을 쓰라린 경험을 통해 배웠다. 예를 들면 '모든 것이 엉망이 되'기 1년 반 전, 존은 하버드 경영대학원 과정의 첫해 수업(조직행동 분야의 박사학위를 위한 중간단계로)을 듣고 있었는데, 케이티 출산으로 나를 병원에 데리고 가서 라마즈 호흡을 도와주느라 강의에 하루 빠진 일이 있었다. 48시간 동안 한잠도 자지 못하고 이튿날 학교에 가서 그가 들은 말은, 그 후로 몇달 동안이나 그가 식은땀을 흘리며 잠에서 깨어나게 만들었다. 그것은 세계적으로 유명한 경제 이론가인 한 교수가 89명의 학생들이 있는 앞에서 그에게 한 말이었다.

"자네는 우리 학교의 수치야"라고 그가 소리쳤다. 다른 학생들은 거북한 기분으로 바닥을 내려다보며 앉아 있었다. "자네는 사업에서나 학문에서나 어디에서도 결코 성공하지 못할 거야. 모두에게 나쁜 모범을 보였어. 이 교실에 있는 어떤 학생이라도 좋은 성과를 내지 못하면 자네 책임이라고 생각할 거야."

존이 아기 출산 때문이었다고 우물우물 대답을 하자 교수는 비웃더니 "그것이 좋은 이유라고 생각하는가 보군" 하고 말하고 나서, 당장 그 자리에서 그 강의 수강을 취소하는 것이 어떠냐고 말했다.

우리가 이 일을 심각하게 받아들였다는 점을 독자는 이해해야 한다. 나는 하버드를 떠나고 여러 해가 되어서야 모든 미국 사람들이 그 교수와 같은 생각을 갖고 있지는 않다는 것을 깨닫기 시작했다. 지금 생각해보면 놀라운 것은, 그 당시에 우리는 진짜로 세상(유타주를 제외한 어디든지, 라는 의미이다)의 모든 사람이 그 교수와 같은 의견일 것이라고 믿었다는 점이다. 그러니까 바로 학기의 시작을 앞두고 또 다시 임신을 하는 것이 어째서 내 계획에 들어갈 수 없었으며, 왜 그날 밤의 일이 전혀 나 스스로 하는 행동으로 느껴지지 않았는지를 이해할 수 있을 것이다. 그것은 마치 역류 속을 헤엄치는 것과도 같았다. 흐름이 너무도 크고 강력해서 그것을 의식하지도 못하면서 물을 저으며 앞으로 잘 나아가고 있다고 생각한다. 그러다가 바닷가를 바라보면 전혀 뜻밖의 장소에 있다는 것을 알게 된다.

잠 못 든 그날 밤 이래로 나는 자주 그런 기분을 느꼈다. 나는 존에게 그것을 설명하려고 했으나 어떻게 표현할지를 몰랐고, 그는 내가 무슨 말을 하는지 알아듣지 못했다. 그러고 나서 그 차 사고가 있었고, 그 후에는 설명할 필요가 없었다.

우리는 뉴잉글랜드 북부의 낙엽 지는 멋진 숲을 향해 가는 길이었다. 그곳의 나무들은 정말 대단한 가을빛을 뿜내고 있었다. 하늘은 너무나 푸르러서 울고 싶을 정도였고, 단풍 든 나무들은 불이 붙은 것 같았다. 보스턴에서 뉴햄프셔의 삼림지대로 가는 차량들은 상당히 빠르게 움직이고는 있었지만 거의 줄을 잇고 있었다. 가을에는 누구나 북으로 간다. 포도주와 치즈가 있는 학년 초의 수없이 많은 파티에서 주된 화제는 어디의 단풍이 곱다는 둥 주로 가을 경치에 관한 것이다. 우리는 차를 갖고 있지 않았지만, 늘 그런 화제에 끼지 못하는 데 지쳐서 차를 빌려서 가기로 했다. 한 이틀간 친구들과 오두막에서 지내며 학기등록 기간을 무사히 넘긴 것을 자축하고 본연의 생활로 돌아올 예정이었다.

매사추세츠를 뒤로하고 고속도로로 프랑코니아 쪽으로 가고 있는데 낡은 시보레 트럭이 갓길에서 차량의 흐름과 직각으로 들어와 우리 바로 앞에서 멈춰섰다. 어떻게든 할 틈도, 시간도 없었다. 목이 졸린 것 같은 존의 비명 소리가 들렸고, 차는 왈칵 한쪽으로 쏠리더니 우리 차선과 반대편 차선에 걸쳐서 팽이처럼 돌기 시작했다. 트럭이 옆 차창에 확 다가와 보였다가 사라지고, 나무 잎새들이 가득 나타나고, 트레일러트럭이 보이곤 다시 나뭇잎, 폭스바겐, 버스, 나뭇잎, 자동차들, 나뭇잎, 자동차, 나뭇잎…. 돌아오는 길에 그곳에 멈춰서 살펴보았는데, 바퀴 끌린 자국을 보니 양쪽 차선을 두 번씩 넘나들며 적어도 네 바퀴 이상을 돌았다. 나는 지금도 어떻게 그렇게 빙빙 돌면서 우리 차가 다른 차와 부딪치지 않았는지 알 수가 없지만, 아무튼 우리는 무사했다.

이상한 것은, 나는 우리가 아주 안전하다는 데 대해 조금도 의심을 하지 않았다는 것이다. 단지 케이티가 멀미를 하지나 않을까 조금 걱정이 되던 기억이 난다. 뒷좌석 아기의자에 매여 있는 케이티를 돌아보려고 했지만 회전에 의한 원심력 때문에 좌석에서 꼼짝할 수가 없었다. 머리조차 움직일 수가 없었다. 그래서 나는 그냥 편안하게 긴장을 풀고 휙휙 지나가는 광경을 바라보고 있었다.

이 모든 일은 아마 2~3초 걸렸을 것이다. 차가 다시 우리 차선에 들어섰다가 갓길로 벗어나면서 브레이크의 날카로운 소리가 들리고 움직임이 느려졌다. 퍽 하는 소리가 나고 우리는 모두 좌석벨트에 매인 채 앞으로 몸이 쏠렸다. 차는 정지 표시가 있는 나무 기둥에 부딪쳐 그것을 부러뜨렸고 앞 범퍼가 찌그러졌다. 나무 기둥 윗부분이 부르르 떨리고 나서 흔들흔들하더니 땅으로 떨어지는 것을 나는 지켜보았다.

우리는 잠시 말없이 앉아서 사지며 손가락들이 멀쩡한지 머릿속으로 확인을 했고, 존은 비로소 손을 뻗어 자동차 엔진을 껐다. 그의 손도 얼굴과 마찬가지로 새하얗게 질려 있었다. 나는 좌석벨트가 너무 조이는 것 외에는 아무렇지도 않았다. 나는 또 아랫배에 누가 엄지손가락으로 살그머니 그러나 확실하게 누르는 것 같은 느낌이 들었다. 전에도 그런 느낌이 있었던 것 같았지만 언제인지 생각나지 않았다. 나는 존을 돌아보았다. 그는 핸들을 꽉 움켜쥐고 있었다.

"통제할 수가 없었어!" 그는 마치 그것이 대단히 신비스러운 일인 것처럼 숨을 몰아쉬며 말했다.

"어, 그래"라고 말하고, 나는 몸을 돌려 케이티를 돌아보았다. 아이는 앉은 채 나를 향해 웃고 있었다.

"와아!" 하고 아이는 말했다.

나는 웃었다. "재미있었지, 아가?"

"또 해?" 아이는 기대에 차서 물었다.

"아니야, 아빠가 또 할 수는 없을 거야." 나는 존에게 웃어 보이려고 몸을 돌렸다. 그 모든 상황이 너무나 재미있는 것 같았기 때문이었다. 나의 반응은 충격에서 나온 것일 수도 있겠지만, 내가 기억하는 것은 아주 부적절한―확고한 것이긴 했지만―안락한 느낌이었다. 존은 아직 운전대를 움켜쥔 채 앞을 노려보고 있었다.

"통제할 수가 없었어." 그는 같은 말을 되풀이했다. 떨고 있었다.

나는 존이 이 일을 왜 그렇게 큰일로 생각하는지 이상하게 느껴지기 시작했다. 사실 존이 배변훈련을 받은 이후로 무엇에 대해서건 통제력을 잃은 것은 이것이 아마 처음이었을 것이다. 그러나 나에게는 우리가 전혀 위험하지 않았다는 것이 명백했다. 분라쿠 인형 조종자들이 그것을 허용하지 않았을 것이었다. 그 생각이 들자 내 온몸의 털들이 나를 찌르는 것 같았다. 또다시 그들을 느낄 수 있었기 때문이었다. 우리 주위에, 자동차 주위에 온통 그들이 있었다. 바다의 조류처럼 보이지는 않지만 강력한 힘을 행사하면서. 그리고 갑자기 나는 왜 존이 그처럼 놀랐는지를 깨달았다. 그는 자연의 힘에 대한 통제력을 잃은 것이 아니었다. 그는 그들에게 통제력을 잃은 것이었다.

갑자기 내 머리 옆의 창유리를 요란하게 두드리는 소리가 났다. 우리는 좌석벨트를 안 매고 있었다면 앞창에 머리를 부딪혔을 만큼 놀랐다. 돌아보니 오버올 작업복을 입은 두 늙은 남자가 차 옆에 서서 안을 들여다보고 있었다. 내가 차창을 내렸다.

"하느님이 돌보신 거예요!" 그중 한 사람이 나무라는 듯한 가는 목소리로 말했다. 마치 우리가 학교 무도회가 끝나고 너무 늦도록 밖에 있었다는 듯이.

"하느님이." 다른 한 남자가 말했다. 그는 형광빛의 밝은 주황색 모자를 쓰고 있었고, 목소리는 탁하고 느렸다. 그는 처음 보는 이상한 창백한 은빛 눈을 가지고 있었다. 나는 당장에 그 사람이, 말하자면 '제대로 구워지지 않았다'(정신이 좀 이상하다는 뜻 – 역주)는 것을 알 수 있었다.

"차는 괜찮아요?" 처음 남자가 말했다.

존은 그에게로 고개를 돌리고 커다란 미소를 지었다. 존은 화가 날수록 더 기분 좋은 듯이 행동한다. 그것도 하버드식이다.

"아무 문제 없어요!" 그는 커다란 미소를 띠고 말했다. 키를 돌리자 차는 정상적인 시동음을 내었다.

"아무 문제 없어요!" 모자 쓴 남자가 노래하듯이 따라서 말했다. 나는 그에게서 눈을 뗄 수가 없었다. 지능이 모자라는 사람을 보면 나는 항상 혐오감이 생겼다. 나는 시선을 돌리고 싶었지만 그럴 수가 없었다. 인형 조종자들이 허락하지 않았다.

"좋아!" 존이 유쾌한 어조로 말했다. "이제 계속 가봐야겠군!" 그는 후진 기어를 넣고 천천히 조심스럽게 부러진 정지 표시로부터 물러났다.

첫 번째 남자는 헛기침을 하고 돌아서서 몇 걸음 걸어갔다. 모자를 쓴 남자는 여전히 나를 바라보고 있었다.

"좋은 사내아깁니다, 부인." 그가 말했다. "아기를 잘 돌보세요."

나는 그가 케이티를 사내아이로 본 것이 이상하다고 생각했던 것을 기억한다. 나는 여자아이라고 말하려다가 그럴 것 없다고 생각했다. 어떤 이유에선지(아마 사고의 영향이었겠지만) 목덜미에 소름이 돋는 느낌이 들었다. 나는 그에게 억지 미소를 지어 보였다. 주로 그 사람에게서 벗어나는 것이 기뻤기 때문이었다. 배를 누르는 듯한 느낌이 강해지는 것 같았고, 갑자기 언제 그런 느낌을 느꼈는지 생각이 났다. 그것은 케이티를 임신했을 때 첫 번째 표시였다.

존은 아주 조심스럽게 운전을 하고 있었다. "당신, 그 멍청이 봤어?" 그가 말했다.

"모자 쓴 사람?" 내가 말했다.

존은 내가 갑자기 바보가 되었다는 듯한 표정으로 나를 힐끗 바라보았다. "아니, 트럭 몰던 사람 말이야."

"아, 트럭. 응, 봤어."

"그 녀석이 내 차선으로 갑자기 들어섰어! 난데없이 말이야!" 존은 씩씩거리며 말했다.

"알아, 여보." 나는 달래듯이 말했다. "모두 그 사람 잘못이었어."

"그 사람 신고해야겠어." 존이 말했다. 그는 이제는 떨고 있지 않았다. 그러나 셔츠는 땀으로 흠뻑 젖어 있었다. 나는 남편이 트럭 운전자에 대한 분노의 감정을 쏟아내도록 도와주는 아내의 역할을 계속해야겠다는 생각을 했지만, 피임에 관련해서 뭔가 부주의한 점이 있었는지 기억을 더듬느라 바빴다.

"그만둬, 존. 그 사람 벌써 가버렸어." 내가 말했다.

우리는 아주 조심했다. 나는 그 점을 확신한다. 내 몸에는 피임용 알약이 소용없다는 것을 알기 때문에 특별히 주의를 했다. 거스를 수 없는 힘이 나를 사로잡고 떠밀고 간 그날 밤 아파트에서도 존과 나는 평소와 다름없이 용의주도하게 행동했다. 그러나 나는 내가 사용할 수 있는 피임 방법이 완벽한 것은 아닌 줄을 잘 알고 있었다.

"그 사람 저러다 누굴 죽일 거야." 존은 생각에 잠겨 있었다. 왼쪽으로 차가 하나 지나갔다. 존은 핸들을 오른편으로 왈칵 돌렸다.

"긴장 풀어. 그건 이상한 사고였어." 나는 상냥하고 부드럽게 말하려고 애를 썼지만 긴장 때문에 목소리는 갈라져 있었다. 존은 알아채지 못했다. 그는 떨어지는 낙엽들을 피하는 데 열중해 있었다.

우리는 그런 식으로 남은 8킬로미터를 갔다. 존은 누구네 할머니처럼 운전을 했고, 나는 모든 일이 다 괜찮다고 존을 안심시키려고 최선을 다했다. 그러나 내 마음속 깊은 곳에서 ― 아니, 뱃속 깊은 곳에서 ― 나는 그렇지 않다는 것을 알고 있었다.

3

아담은 많은 것을 나보다 우아하게 다룬다. 몸이 아플 때를 예로 들어보자. 아이가 아프다는 것을 내가 알게 되는 첫 단서는 보통 한밤에 방문을 얌전히 두드리는 소리이다. 내가 잠시 가만 있다가 잘못 들었나 보다 생각하고 다시 잠을 청하려 하면, 나직한 탁한 목소리가 "음마, 나파여"라고 말한다.

정신을 차리고 일어나보면 아이는 열이 펄펄 끓고 발진으로 온 얼굴이 우툴두툴하고 사자들이 으르렁대며 싸우는 듯한 거친 기침을 하며 침대 옆에 얌전히 서 있는 것이다. 아담은 정상적인 아홉 살짜리보다 면역력이 약하다. 그래서 그 아이의 몸에 들어온 병균은 잔치라도 벌이듯이 날뛰며 번식을 하고 다른 놈들까지 불러들이곤 한다. 아담이 나프면 정말로, 정말로 나프다.

'나프다'는 것이 무엇인지 아직 알아채지 못했다면 그건 아담이 말하는 '아프다'이다. 최근 2~3년 사이에 아담은 말을 상당히 잘할 수 있게 되었지만 입의 근육이 우리 말을 잘 발음하도록 되어 있지 않아서 때때로 자기만의 말을 한다. 우리는 '아담의 말'이라고 부른다. 그것은 음절이 흔히 뒤바뀌거나 다른 자음이 들어가거나 다른 소리나 손짓이 대신 들어가는 이상한 방언이다. 막내딸 엘리자베스는 영어와 그 말을 한꺼번에 배워서 아담의 말을 상당히 잘 이해하고 때때로 통역 노릇도 한다. 그러나 내 아들이 한밤중에 나를 깨울 때는 나는 통역이 필요하지 않다.

'나파여'라고 그는 참을성 있게 다시 되풀이하곤 한다. 목소리에는 칭얼거림 같은 것은 전혀 들어 있지 않고, 다만 유감스럽다는 느낌이 약간 들어 있을 뿐이다. 그는 분명히 나를 깨운 것을 미안하게 여기고 있다.

곧 나는 침대에서 나와서 함께 그의 방으로 간다. 아담은 그 조그맣고 뭉툭한 손가락으로 내 손을 잡고 간다. 우리는 그의 방 문간에서 상황을 점검한다. 항상 나를 놀라게 하는 점은, 아담이 토하거나 했을 때 자기 나름으로 치우고 나서 나를 부른다는 것이다. "우웨." 손짓으로 입에서 쏟아져 나오는 시늉을 내며 설명하듯 말한다. 냄새만으로도 무슨 일이 일어났는지 충분히 알 수 있는데. "치어더요."

"그래, 네가 치웠구나. 고맙다. 착하구나"라고 내가 말한다.

그러고 나서 아담은 아프고 힘이 들 텐데도 내가 양탄자에 세제를 뿌리고 얼룩을 닦아내고 홑이불을 바꾸는 것을 거든다. 주는 약을 용감하게 꿀꺽 삼키고 나서 "고마듬미다, 음마" 하고는 베개 위에 털썩 누워서 바로 잠들어 버린다. 유전적으로 근육이 약하기 때문에(의사들은 그것을 저긴장증이라고 부른다) 아담이 자는 모습은 비행기에서 떨어져 죽은 사람 같은 이상한 자세이다. 다리는 꼬여 있고 조그만 머리는 지나치게 뒤로 젖혀져 있고 팔들은 쭉 벌리고 있다. 꿈을 꾸기 시작하면 치켜진 조그만 눈의 눈꺼풀 안에서 안구가 움직인다. 그를 지켜보면서 나는 내가 아는 모든 아이 중에서 아담이 가장 아름답다고 생각한다.

중요한 점은 이것이다. 병이 났을 때 아담의 신사다운 참을성은 내게서 물려받은 것은 아니다. 내 방법은 빛이 사라지는 것에 분노하는 것이고, 나는 조그만 불씨라도 보이면 당장 다시 불을 일으키는 것이 옳다고 믿는다. 아담의 나이였을 때 나는 아주 사소한 병에 걸렸을 때도 내내 짜증을 부리고 투정을 했다. 나는 내가 괴로운 만큼 어른들을 괴롭히기만 하면 어른들이 나를 아프지 않게 해줄 거라고 믿었던 것 같다. 임신에 대해 내 몸이 보이는 반응은, 어쩌면 내 어린 시절 우리 부모님이 받았을 상처에 대해 자연이 대신 해주는 복수인지 모른다.

나는 냉혹한 사람은 아니다. 다른 사람의 행운을 기뻐하기 위해 애를 쓸 필요는 없다. 보통은 그렇다. 그렇지만 어떤 여자가 "4개월 될 때까지 임신인 줄도 몰랐어" 같은 말을 하면, 나도 모르게 주먹을 움켜쥐고 이를―그런데 그 이는 세 차례의 임신을 겪는 동안 끊임없는 위산의 공격을 받아 법랑질이 다 삭아서, 사실상 새로 만들다시피 해야 했다― 악물게 된다. 내가 임신했다는 것을 아는 데는 넉 달씩 걸리지 않는다. 아니고말고. 정자 씨와 난자 양이 내 나팔관 안에서 서로 만나는 순간―생물학적 단위를 형성하는 것은 말할 것도 없고, 서로 사귀어보겠다는 결정을 하기도 전에―나는 그들이 내 생활을 지상의 지옥으로 만들려고 공모하는 것을 느낄 수 있다.

가장 괴로운 것은 구토이다. '임신 중에 나는 구역질을 한다'라고 말하는 것은 허리케인 앤드류(1992년 미국 마이애미·루이지애나를 초토화한 역대 최강 허리케인―역주)가 소나기를 뿌리는 미풍이라고 말하는 것과 같다. 그것은 내장에 바이러스가 침범하여 생기는 상당히 심한 구토증 정도도 아니다. 내가 말하는 것은 서사시적인, 거대한,

압도적인 구토증, 내 보잘것없는 소견으로는 노래와 전설로 기록되어 앞으로 몇 세기 동안 전승될 만한 그런 구토증이다. 마지막으로 임신한 것이 7년 전의 일인데도 지금 그것에 대해 글을 쓰는 것만으로도 침을 삼키기 어려울 지경이다.

불행히도 문제는 소화기관에만 있는 것이 아니다. 임신은 내 몸의 모든 체계와 조직을 공격하는 것 같았다. 케이티를 임신하고 일주일쯤 지났을 때 나는 걸음을 성큼 내딛는다고 생각했는데 발이 한 뼘쯤 나가더니 털썩 땅으로 떨어지는 것이었다. 나는 항상 매우 활동적이었고 한때는 마라톤도 한 적이 있으며 통증과 피로감이 있어도 하던 일을 밀고 나가는 데 익숙해져 있었다. 그러나 내 몸이 생식활동에 들어가면 다른 것은 아무것도 제 기능을 하지 않았다. 명백히 그러했다. 세 차례의 임신기간 동안 나는 이를 악물고 하버드의 여성답게 처신하려 — 꿋꿋하고 강하게 용감하게 위협적으로 — 애쓰면서 모습과 동작은 마치 화장(火葬)을 앞둔 덩샤오핑과도 같았다.

또, 물론, 기절하는 문제가 있다. 임신한 몸으로 기절해 쓰러졌던 그 여러 번의 경우와 장소를 생각할 때마다 창피하여 낯이 화끈거린다. 미리 조짐이 있는 것도 아니다. 그럭저럭 잘해 나가다가 갑자기 모든 것이 불쾌한 초록색으로 변하고 나는 볼링 핀처럼 쓰러진다. 그리고 몇초 후에 어떤 부적절한 평면 위에서 깨어나는 것이다.

대부분의 경우에 주위에 있던 사람들은 내가 그저 비극적인 마약중독 말기 단계의 통상적인 반응을 나타내는 것이라 생각하고 주의를 기울이지 않았다. 경찰을 부를 생각을 하는 사람들이 한둘 있었으나 대부분은 북동부 해안지방 문화의 뿌리 깊은 습성 — 강철 같은 의지에 의한 무관심을 행사했다. 예를 들어 한번은 내가 철물점 안에서 기절을 했는데 손님 중 몇 사람은 물건을 찾느라고 나를 건너다니기도 했던 것을 기억한다. 그들이 내가 눈에 띄지도 않는 듯이 행동을 해서 나는 정말로 안도감을 느꼈다. 이런 조그만 고마운 일들 외에는 나의 임신 중의 신체적 경험에는 별로 축하할 만한 것이 없었다.

마지막 임신상태가 '정리'된(이 용어는 하버드대학 의료센터 사람에게서 빌려온 것이다) 다음 몇년 후에 나는 자가면역 질병을 가지고 있다는 진단을 받았고, 그것이 그 혹심한 구토증의 원인임을 알게 되었다. 그때는 우리가 보스턴을 떠난 후였다. 처음에는 유타의 고향 마을에 가서 그곳에서 박사논문을 썼고, 그러고는 애리조나로 왔다. 우리가 애리조나를 선택한 것은 단순히 따뜻하고 아름다운 곳이기 때문이었다(그런 이유는 아담이 오기 전에는 우리 부부에게 전혀 중요한 것들이 아니었다). 우리는 가능한 한 긴장이 없고 편안한 생활을 하려고 했다. 내가 그런 진단을 받았을 때는 생활의 변화로 인해 이미 그 증상이 훨씬 가벼워진 다음이었다.

그러나 1987년, 우리가 뉴햄프셔로 여행을 갔던 그때에는 내 생활이 나쁜 건강상태에 대응할 수 있도록 마련되어 있지 않았다. 나는 임신기간 동안 내 몸을 그토록 엉망으로 만들어버리는 것에 이름이 있는 줄도 몰랐고 치료방법이 있다는 것은 더욱 몰랐다. 나는 그것에 대해 생각을 하지도 않았다. 우리가 찌그러진 빌린 차를 타고 사고 현장에서 멀어져 가고 있을 때, 나는 아랫배에서 느껴지는 그 특이한 느낌이 내가 케이티를 임신하고 있을 때의 그 전반적인 허약함에 동반되는 것이라는 생각을 의도적으로 거부하고 있었다.

드디어 우리는 오두막에 도착했다. 뉴햄프서 북부의 숲은 아름다웠다. 뉴잉글랜드 지방의 숲들은 모두 그처럼 믿을 수 없을 만큼 풍성하게 아름답다. 소나무와 흙냄새, 가을 잎새의 냄새가 뒤섞여 공중에 가득했다. 그런 상황에서 보통 나는 기쁨으로 현기증을 느끼곤 했다. 그곳에서의 첫날 아침에 산책을 나가서 사실 나는 현기증을 좀 느끼긴했다. 그러나 이상하게도 기쁘지가 않았다. 어쩐지 멍청하고 병이 난 기분이었다. 그러나 아마 일본에서 독감균이 좀 붙어 왔나 보다라고만 생각했다.

이튿날 내가 케이티가 나뭇잎을 가지고 노는 것을 바라보며 집 앞 계단에 앉아 있는데, 존이 달려와서 100미터도 떨어지지 않은 물가에 무스가, 진짜 살아 있는 야생 무스가 있다고 말했다. 그 소식은, 말하자면 자연을 사랑하는 나의 피를 휘저었다고 할 수 있다. 나는 뛰어 일어나서 최후의 모히칸처럼 관목과 덤불 사이에 몸을 숨긴 채 소리 없이 재빠르게 움직여 무스를 보러 갔다. 적어도 내 의도는 그랬다. 그런데 실제로는 펭귄처럼 뒤뚱거리며 몇 걸음 걷고는 픽 쓰러져 버렸다.

무스 관찰단을 인도하려고 이미 돌아섰던 존은 딱 멈춰서서 놀라 어리둥절한 얼굴로 나를 바라보았다. 나도 어리둥절해서 존을 바라보았다. 케이티는 우리 둘을 어리둥절하게 바라보았다.

"이런," 나는 웃어 보이며 말했다. 모두의 마음을 편하게 해주려고 내 속의 독종이 달려나왔다. 나는 의지력을 발휘해서 벌떡 일어나 "시내에 나가서 뭘 좀 사야겠네"라고 덧붙였다.

그래서 쌍안경으로 무스를 한동안 관찰하고 나서, 모두 차를 타고 가까운 마을로 향했다. 조그만 약방을 찾아내서 존은 케이티와 차 안에 남아 있고 나는 들어가서 가정용 임신진단 키트를 찾았다. 물론 내가 실제로 임신했을지도 모른다고 생각한 것은 아니었다. 내가 임신을 했을 리가 없었다. 나는 내 마음속의 얼굴 없는 어떤 청중들에게— 아마도 분라쿠 인형 조종자들에게—내가 그렇게 조심을 했으니 임신일 가능성보다는 차라리 살인벌에 쏘였을 가능성이 더 많다고 우겨대고 있었다. 나는 그저 그 가능성을 지워버리기를, 차 사고가 있을 때부터 따라다니는 그 불안감을 없애버리기를 원했을 뿐이었다.

나는 진단약을 사서 차로 돌아왔다. 존은 그 조그만 봉투 안에 있는 것이 무엇인지 묻지 않았다. 나는 그냥 몸이 조금 좋지 않아서 처방전 없이 살 수 있는 약을 좀 사야겠다고 말했었다. 오두막에 돌아오자 그 사이에 학부시절부터 아주 친한 친구들 몇 명이 도착해 있었다. 나는 뒷방으로 가서 약국 포장지를 뜯었다. 당장에 불안을 떨쳐버릴 셈이었다. 물론 그럴 수는 없었다. 테스트를 하려면 아침의 첫 소변이 필요하다. 설명서를 읽으면서 짜증이 나는 기분이었다. 나는 몸 상태가 좋지 않으면 많지도 않은 참을성이 다 말라버리는 경향이 있다.

그날 밤 나는 잠을 잘 자지 못했다. 우리가 케임브리지에 돌아가는 날부터 시작될 빡빡한 학교생활에 대한 생각과, 누워 있을 때조차도 느껴지는 불유쾌한 현기증에 대한 걱정 때문이었다. 두어 시간이나 천장을 바라보며 누워 있다가 새벽 6시에 일어나서 임신판별약을 들고 욕실로 갔다. 작은 플라스틱 튜브에 들어 있던 화학물질을 소변에 섞고 기다렸다. 5분이 걸린다고 적혀 있었다. 소변이 맑은 채로 있으면 임신이 아니고 푸른색으로 변하면 임신이었다.

나는 시계를 보고 나서 일부러 조그만 창밖의 아름다운 가을 잎새들을 내다보았다. 나는 임신이 아니라는 확실한 결론을 내리기 위해 5분이 아니라 10분을 기다리기로 했다. 나는 항상 양심적이었고, 내가 충분한 시간을 주었다는 점을 절대적으로 확실히 하고 싶었다. 나는 만일 테스트 결과가 양성으로 나오면 어떻게 할지는 생각도 해보지 않았다. 말을 하지는 않지만 항상 초기의 재빠른 임신중절은 분명히 가능한 것이다 — 그러나 물론 그것이 필요하지는 않을 것이다. 나는 다시 시계를 보았다. 30초 지났다. 나는 하품을 하며 기지개를 켰다 — 그러고는 얼어붙어 버렸다. 내 시야의 한쪽 끝에 푸른빛이 보였다. 나는 천천히 시험관 쪽으로 돌아섰다. 조그만 맑은 청록색의 기둥이 점차로 짙은 청색으로 변하고 있었다.

바로 그 순간에 그 느낌이 왔다. 내가 미처 생각을 하기도 전에, 시험관의 푸른빛의 의미를 생각하기도 전에 따뜻한 꿀이 내 온몸을 타고 흐르는 듯한 그 느낌에 나는 숨이 멎는 것 같았다. 그리고 내 인생 설계를 고려해서 임신중절할 일정을 잡는 대신, 나는 너무나 생생한 기억에 잠겨서 마치 과거로 돌아가 있는 것 같았다.

하버드 1학년생이었을 때 나는 날마다 몇 시간씩 달렸다. 나는 한밤중에도, 때로는 책이 가득 든 배낭을 멘 채로 쏟아지는 빗속을 달리곤 했다. 10킬로, 15킬로, 30킬로미터씩 나는 달릴 필요가 있었다. 그것이 불안을 잠재우고 외로움을 덜어주었다. 그해에는 오직 달리는 시간만이 두려움에서 벗어나는 시간이었다. 그 외의 내 모든 시간은 두려움으로 가득 차 있었다. 나는 날씨가 어떻든 간에 달렸는데 겨울은 혹심했다. 달리는 도중에 바람에 옆으로, 또는 뒤로 밀리는 일도 있었다. 발가락 끝이 시커멓게 언 날도 있었고, 손가락도 그렇게 되지 않도록 비닐봉지로 손을 둘러싸야 되는 날도 있었다.

3월이 되어 기온이 영상으로 오르고 처음으로 해가 오후의 중반을 넘어서도 남아 있자, 달리기는 넋을 놓을 만큼 즐거운 일이 되었다. 보스턴의 마라톤 주자 한 사람은 나무의 수액이 흐르기 시작했으므로 뉴잉글랜드에 봄이 온 것을 알 수 있다고 말했다. 그의 말이 옳았다. 날씨가 따뜻해지자 평소에 내가 달리는 찰스 강변길에서 달리기를 하는 사람들이 늘었다. 나는 덜 복잡한 길을 찾기 시작했다. 그래서 4월 초의 어느 일요일에 나는 도시 한가운데의 잔디가 깔린 넓은 보스턴 공원을 달리게 되었다. 나는 이미 케임브리지를 지나 MIT 옆의 긴 다리를 건너서 차이나타운 근처의 초라한 보스턴 외곽을 통과했다. 그날 아침 도시는 특별히 한산해서 따뜻한 새벽빛 속에 정적이 감돌고 있었다.

나는 오전 8시에 공원에 도착했다. 싹이 트기 시작한 나무들의 연둣빛 잎새들 아래 오솔길을 달리면서 나는 이상한 것들을 알아채기 시작했다. 공원에는 사람들이 있었는데, 늘 볼 수 있는 머리가 삐죽삐죽한 10대들이나 추레한 집 없는 거지들이 아니었다. 사람들은 여러 무리를 이루고 있었는데, 남자와 소년들은 양복을 입고 있고 여자와 소녀들은 화사한 빛의 드레스를 잘 차려입고 있었다. 거기에는 내가 보스턴에서 본 어떤 것과도 다른 조용하고 품위 있는 분위기가 있었다. 연보랏빛 가운을 입은 여자가 유모차를 밀며 내 옆을 지나갔다. 유모차 손잡이에 땋은 가죽끈이 묶여 있었고, 그 끈의 다른 끝에는 체크무늬의 조끼에 타이까지 맨 조그만 개가 걷고 있었다. 지나갈 때 보니 유모차에는 아기가 아니라 밀짚으로 된 보닛모자를 쓴 커다란 회색 토끼가 있었다. 나는 딱 멈추고는 — 달리기 도중에 결코 하지 않는 일인데 — 뻔히 바라보았다.

바로 그때 그 소리가 시작되었다. 나는 들리기 전부터 그것을 느끼고 있었다. 부드러운 대지가 숨 쉬는 것처럼 부풀어 오르는 것 같았고, 내 발바닥과 다리를 통해 몸속으로 나를 지구와 연결시켜 주는 듯한 떨림이 밀려 올라왔다. 그 섬세한 감각이 몇초 동안 점점 더 강렬해지더니 어떤 소리가 들리기 시작했다. 그것은 내가 들어본 가장 맑고 순수한 소리였다. 소리가 높아지기 시작하자 나는 그제서야 그것이 종소리라는 것을 알았다.

보스턴의 종 만드는 사람들이 유명한 것은 그럴 만한 이유가 있었다. 나는 평생 종소리를 많이 들어보았지만 그중 제일 나은 것도 그날 아침에 들은 것에 비하면 솥단지를 두드리는 소리 같았다. 거의 들리지도 않는 깊은 울림을 내는 첫 소리에 이어서 수많은 종소리가 곧 함께 울려왔지만 금속을 때리는 것 같은 소리는 조금도 들리지 않았다. 그 소리는 특정한 방향에서 오는 것 같지도 않았다. 그보다는 공중에 천사들의 노래와도 같은 달콤한 가락이 가득 떠돌고 있는 것 같았다. 그 장면 전체가 너무나도 이상하고 아름다워서 나도 모르게 눈물이 쏟아져 내렸다. 나는 이 멋진 소리에 둘러싸여 성장(盛裝)을 한 사람들과 동물들의 이상한 아름다운 모습을 바라보며 내가 혹시 기이하지만 자비로운 어떤 다른 세계로 옮겨진 것이 아닌가 하고 진지하게 생각하고 있었다.

기숙사에 돌아와서 그날이 부활절 일요일이라는 것을 알았을 때에는 이미 그 인상이 확고히 자리를 잡은 후였다. 보스턴공원에서 내가 경험한 그 상황은 완벽하게 이성적으로 또 평범하게 설명이 되었음에도, 나는 그 장면을 마법의 세계를 들여다본 순간으로 기억 속에 간직하고 있었고 그것은 아주 사라지지 않았다. 그러나 그것은 나의 인생 설계와는 아무 상관이 없는 기이한 경험의 영역 속으로 빠르게 묻혀 들어가고 말았다. 세월이 지나감에 따라 때때로 나는 상식을 놓아버리고 매혹 속으로 빠져 들어간 그 순간을 그리워하는 때가 있었지만, 나는 너무나도 논리적인 사람이어서 뉴햄프셔 숲 속에서의 그날 아침 푸른 액체가 든 시험관을 바라보며 또다시 마법이 내 온몸에 차오르는 느낌이 들 때까지는 자신에게 그런 것을 허용한 적이 없었다.

5분이 다 지나고 임신판별 결과가 의심할 수 없는 양성으로 드러났을 때, 나는 내가 임신중절을 고려하지 않을 것임을 알고 있었다. 내가 아는 것은 그것뿐이었다. 나는 내가 왜 임신상태를 유지하겠다는 결정을 했는지 알지 못했다. 인형 조종자들이 내 주위에서 보이지 않는 종을 울리며 설명할 수 없지만 거부할 수 없는 축하를 하고 있는 것을 느낄 수 있었다. 그리고 이건 내가 제정신을 잃고 있다는 뜻이 아닐까 하는 생각이 강하게 들었다. 나는 내가 아직도 낙태를 인정하는 입장인가 생각해보았다. 그랬다. 나는 앞으로의 계획을 점검해보았다. 가르치기, 케이티 돌보기, 빡빡한 학교공부, 존의 여행. 지금은 정말 아기를 가질 때가 아니야, 라고 생각했다. 그러나 아기라는 말과 함께 그 기쁨에 찬 종소리가 다시 솟아올라 내 눈에 눈물을 고이게 했다. 나는 일어서서 조금 비틀거렸고, 그리고 존에게 두 번째로 아빠가 될 거라고 말하러 갔다.

4

만일 두터운 겨울옷을 싼값에 사야 한다면 뉴햄프셔 남쪽, 프랑코 니아와 보스턴 사이의 거리에 있는 공장물건을 내다파는 곳에 가면 된다. 나는 지금까지도 1987년, 내가 아담을 임신한 것을 알고 나서 바로 그곳에 가서 산 스웨터들을 가지고 있다. 그것들은 품질이 좋고 ― '순모'니 그런 식으로 ― 그리고 정말로 쌌다. 게다가 아주 크기도 했다. 보통 때면 내가 골라 입을 만한 것들이 아니었지만 모양을 내는 것이 아니라 감추는 것이 목적이었던 그때에는 꼭 맞는 것들이었다. 나는 하버드의 모든 사람에게 내 몸의 상태를 가능한 한 오래 감출 생각이었으므로 옷을 많이 껴입어서 아무도 내 몸의 모습을 짐작하지 못하게 해야 했다.

그곳에서 옷을 사자는 것은 존의 생각이었다. 내가 임신판별 결과를 알려주자 존은 한참 동안 말없이 불안한 미소를 지었다. 그러고 나서는 그때가 두 번째 아기를 갖기에 실제로 상당히 좋은 시기라고 주장하기 시작했다. 그는 사실 우리가 늘 아이를 둘 갖기를 원하지 않았느냐고 말했다. 대학원 시절이 나중에 직장을 갖게 되었을 때보다 융통성이 있는 기간일 것이다. 더욱이 아기는 여름방학 시작 무렵에 태어날 것이니까, 석 달 동안은 직접 돌볼 수 있고 9월 학기가 시작되면 낮 동안 탁아시설에 맡기면 된다. 존은 억지 자신감에 넘친 목소리로

30분 동안 그런 식으로 계속 말을 늘어놓았다. 나는 이 사람이 약간 돌아버린 게 아닌가 싶은 생각도 들었다. 나는 침대 위에 앉아서 그의 말이 옳다고 믿으려고 애쓰고 있었다. 그러고는 토했다.

나는 존에게 임신 사실을 비밀로 해야 된다는 것을 아주 분명히 했다. 내 급우들이나 선생님들이 그 사실을 알게 되는 생각을 떠올릴 때마다 구토가 일어났다. 나의 전공분야가 '성의 사회학'이었기 때문에 내가 하버드에서 교류하는 사람 대부분은 완강한 페미니스트들이었다. 나도 항상 스스로를 충실한 여성주의자라고 생각하고 있었으나 학위과정을 시작한 이래로 나는 그 요구조건을 충족시키지 못한다는 것이 분명해졌다. 하버드의 기준으로 보면 우리는 결혼을 일찍 했고, 나의 박사과정 첫해는 갓 태어난 케이티를 돌보며 막대한 양의 공부를 해내려는 투쟁에 거의 바쳐졌다. 이것은 내게 많은 수치스러운 경험을 가져다주었다. 생각 없이 통계학 숙제물에다 '머펫 베이비' 스티커를 붙여 놓기도 하고, 어느 날은 유명한 교수님이 강의 도중에 아기라는 말을 하자 젖이 흘러내려 셔츠 앞자락을 적신 일도 있었다.

1987년과 1988년은 엄마 노릇을 떨쳐버리고 내가 일편단심 학문에 몰두할 수 있다는 것을 증명해 보이는, 내가 학자로서의 명성을 회복하는 해가 될 예정이었다. 그랬건만 학년이 시작하기 바로 전날, 나는 또 하나의 아기가 의미하는 그 모든 곤란함에 직면하고 있었다. 임신 검사를 하고 나서 느꼈던 그 신기한 고양감은 사라지지 않았지만, 임신 사실이 알려졌을 때 하버드 사람들이 나에 대해서 할 말들에 대한 어두운 상상이 곧 뒤따라왔다. 나는 그들이 나를 토끼나 씨받이 암퇘지, 섹스와 생식의 관련을 이해하지 못하는 원시 부족인 등과 비교하는 것을 상상할 수 있었다. 내가 뉴햄프셔의 공장물건 파는 곳들을 둘러보고 있을 때 내 머릿속에서는 내가 상상한 그들의 말들이 큰 소리로 울려 퍼지고 있었다.

그동안 존도 자신의 스타일에 맞지 않는 옷을 사고 있었다. 그는 경영 컨설턴트로서의 일을 시작할 준비를 하고 있었다. 그 일을 위해서는 양복이 필요했다. 존은 스스로 선택해서 양복을 입는 일은 없었다. 그는 어린 시절에 자주 양복을 입었다. 가장 어렸을 때의 아기사진도 조끼와 나비넥타이를 갖추어 입고 머리는 가르마를 타 갈라 붙여 조그만 최고경영자 같은 모습이다. 존의 보수적이고 착실한 기독교도 부모님은 그렇게 입히기를 좋아하셨다. 여름방학이나 크리스마스에 우리가 시댁에 갈 때마다 그분들은 존의 옷차림, 머리모양, 깎지 않은 수염 등에 대해 못마땅하다는 뜻을 정중하게 표현한다. 그들은 하버드가 경영인들의 패션의 중심지가 아닌 것에 실망하고 있었다. 사실은 그 반대이다. 하버드에는 옷에 대한 지나친 관심은 정신의 집중능력이 부족한 경멸스러운 상태를 나타낸다는 암묵적인 이해가 있다고 나는 생각한다. 내가 사랑하게 된 존은 그의 어머니가 혐오하는 전형적인 하버드인의 복장, 등산화에 좀먹은 스웨터, 너무 낡아서 느슨한 푸른색 피부처럼 보이는 청바지를 입고 있었다.

1987년 가을, 단정치 못한 편안한 옷의 시대는 존에게 끝난 것처럼 보였다. 한 상점에서 내가 홑이불만 한 가디건의 값을 치르고 있을 때 존은 다른 상점에서 항공사 잡지에 나오는 호텔 광고 속의 모델 같은 모습을 하고 있었다. 그는 양복을 두 벌(회색과 푸른색) 샀고, 수수한 넥타이 몇개, 흰 와이셔츠 몇장, 멜빵, 양말 그리고 이태리제 구두도 샀다. 그리고 그 모든 것의 마무리로 이발을 했다.

나는 언제나 존의 머리카락을 좋아했다. 그것은 부드럽고 곱슬거리는 금발이었고 내가 아는 모든 다른 학생들과 마찬가지로 존은 1년 내내 머리가 자라도록 내버려두었다. 그가 대학 1학년을 마치고 집으로 돌아갔을 때 그의 어머니는 눈이며 목덜미에까지 내려온 물결치는 금발머리에 놀라 기절을 할 뻔했다. 어머니 기분을 맞추어드리려고 존은 이웃사람이나 어머니의 친구들을 만나기 전에 머리를 잘랐다. 그 후로는 여름마다 한번씩 머리를 깎았는데 그것은 늘 나를 슬프게 했다. 상점 밖에서 만났을 때 그의 머리는 이전의 어느 때보다도 짧았고, 그의 모습은 모든 경영 컨설턴트들과 똑같았다.

"자, 어때?" 그가 의기양양해서 물었다.

나는 울기 시작했다.

임신 중에는 내가 텔레비전 골프 중계를 보면서도 우는 일이 있다는 것을 몰랐다면 존은 마음이 상했을 것이다. 그래도 그는 좀 의기소침해졌다. 처음으로 존의 머리를 갈라 빗겨 놓았을 때의 그의 어머니만큼 나도 그를 자랑스럽게 여길 것으로 기대했던 모양이었다.

"보기 싫어?" 그는 거울을 들여다보며 불안한 듯 물었다.

유모차에 앉아 있던 케이티가 기쁜 듯이 소리를 질렀다. 그 둘이 같이 웃을 골랐다.

"케이티는 내가 보기 좋다고 생각해." 존이 말했다.

"정말 보기 좋아." 나는 여전히 울면서 말했다. "당신 같지가 않아서 그래."

존은 어쩔 수 없다는 듯이 어깨를 으쓱하고, "나도 내가 아닌 것 같

은 기분이야"라고 말했다. "그렇지만 할 수 없어. 내 말은, 이제 그
…" 그는 의미심장하게 내 배 쪽을 향해 손짓을 했다. "이 일이 잘돼
야 해, 마사."

나는 울음을 수습하고 코를 훌쩍거렸다.

존은 억지로 미소를 짓고 나를 안았다. 그의 양복이 내 뺨에 생소하
게 느껴졌고 양복에 눈물이 묻을까 봐 걱정이 되었다. 두 번째 아이의
부담을 이미 느끼고 있는지 그의 가슴에서 긴장이 느껴졌다.

"양복을 하나 더 사야 될지 모르겠어." 그는 차분한 색깔의 모직 옷
들이 걸려 있는 것을 바라보면서 막연한 목소리로 말했다. "이제부턴
이런 옷만 입고 살아야 될 것 같아."

돌이켜보니 그 장면에는 몹시 아이러니컬한 점들이 있었던 것 같
다. 존과 나는 그 임신으로 덫에 걸려든 것 같은 기분이었다. 가정 ―
젊은 부부만의 가정도 아니고, 아기가 하나 있는 가정도 아니고, 엄마
와 아빠와 아이들이 있는 정말 제대로 된 가정을 꾸려야 된다는 생각
이 어깨를 누르는 것 같았다. 존은 존대로 딸린 식구들 때문에 고용자
에게 예속될 수밖에 없는 회사원의 역할로 빠져 들어간다고 느끼고
있었다. 우리 둘 다 내 뱃속에서 자라고 있는 작은 세포 덩어리가 우리
를 지금의 우리처럼 살게 만들 것이라곤 생각하지 않았다. 지금 우리
는 거의 늘 티셔츠와 반바지를 입고 지내면서, 격식을 차려야 할 때에
는 비치가운을 덧입고 다닌다.

옷 문제와 관련해서 또 하나의 아이러니는, 정장차림을 좋아하는
존의 부모님의 취향이 대를 걸러서 아담에게서 요란하게 발현되었다
는 것이다. 아담이 어릴 때 나는 아이가 자라서 '저능아의 옷'을 입게

되는 악몽을 꾸곤 했다. 내가 다닌 중학교의 성가대는 크리스마스캐럴을 부르러 장애인 학교에 갔는데, 그곳의 장애인들은 모두 그런 옷을 입고 있었던 것이다. 해마다 하는 그 일이 내게는 끔찍했다. 그 학교의 아이들(그들은 각자의 능력이나 필요, 관심 등의 차이에 상관없이 한 덩어리로 취급되고 있었다)은 이상한 돌출행동이나 주의산만, 때로는 폭력성을 나타내는 경향이 있었다. 또 그들은 너무나 단조롭고 흉한 옷들을 입고 있었다. 이중직 천으로 된 옷들은 너무 컸고 모두 겨자색, 베이지 아니면 암갈색이었다. 아래위가 붙은 옷이고 거기에 여밈 장식이 망가진 것, 뒤로 돌려 쓴 풋볼 헬멧이 한둘 섞여 있었다. 이 정도면 전반적인 모습이 상상이 될 것이다. 이런 모습이 유전적으로 결정된 아담의 옷차림이라고 나는 믿었다. 그래서 아이가 제 주장을 할 만큼 커질 때까지는 반드시 '오쉬코쉬' 아동복과 '게스' 청바지를 입히겠다고 엄숙히 맹세를 했다. 나는 정말 뭘 몰랐던 것이다.

아담이 네 살이던 어느 날 백화점에서 아이가 없어진 일이 있었다. 한참을 정신없이 찾은 끝에 남성 정장 코너에서 아이를 찾았다. 아담은 자기 키보다도 긴 가는 줄무늬 양복을 들고 탈의실로 끌고 가려고 애를 쓰고 있었다. 내가 옷을 빼앗자 아이는 걸려 있는 옷들을 향해 손을 뻗고 몹시 저항을 했다. 그때쯤에는 나도 때때로 아이가 어떻게 하는지 두고 봐야 한다는 것을 알게 된 뒤였고, 그래서 나는 아담을 데리고 어린이 정장 코너에 가서 그에게 맞는 양복이 있다는 것을 보여주었다.

그 후로 아담은 캐주얼한 복장은 하지 않는다. 아침마다 3학년 교실로 가기 전에 그는 옷을 갖춰 입는 데 한 시간 정도를 보낸다. 어떤 날은 청바지에 값비싼 티셔츠와 블레이저코트를 차려입지만 대개는 전문직에 종사하는 사람들 같은 짙은 색 양복에 흰 셔츠와 넥타이 차림을 좋아한다. 아담은 유치원 때부터 그런 복장을 하기 시작했다. 도대체 왜 그런지 우리는 이유를 모른다. 지난 3년 동안 아담은 역시 다운증후군인 자기 친구 조이를 위해서 여분의 양복을 배낭에 넣어가지고 학교에 갔다. 두 아이를 보면 마치 이상한 조그만 경영인 둘이 운동장에서 뛰어놀고 있는 것 같다. 그 둘이 서로에게 하는 말을 아무도 알아듣지 못하지만, 나는 모든 경영 컨설턴트들이 하는 것을 그들도 하고 있다고 생각한다. 즉 마케팅 전략을 의논하고, 지적재산권 합의를 위해 조정을 하고, 의사소통이 잘되지 않으면 상대방의 머리에 모래를 쏟아붓고 하면서.

학교가 파한 후에 존과 내가 아이를 마중하러 나가면 아담은 존의 어머니가 보여주곤 했던, "맙소사, 그걸 옷이라고 입고 있어?"라는 표정을 한다. 우리가 대부분의 중년 성인들처럼 옷을 입는다면 아담은 덜 난처한 기분일 것이다. 그러나 우리를 규격화된 복장으로부터 해방시켜준 것은 바로 아담이다. 아담은 자신을 탓할 수밖에 없다.

5

일단 케임브리지에 돌아오자 나는 약 일주일간은 임신 사실을 부정하며 지낼 수 있었다. 10분 간격으로 무언가를 계속해서 먹고 있는 동안은 구토나 기운 없는 증세가 견딜 만했다. 나는 이 두 번째의 임신기간 동안 구토증은 그냥 무시해버리겠다고 결심하고 있었다.

다행히도 달리 신경을 써야 할 일이 많았다. 나는 내 관심사에 잘 맞는 대학원 과정에 등록을 해두었다. '성의 사회학' 세미나와 연구방법론, 경제발전론, 일본어 과목 들이었다. 나는 또 카리브해 사회에 관한 학부 과목을 가르치기로 되어 있었다. 이 일은 조금은 나를 소심하게 만들었는데, 그것은 거의 모든 수강생이 카리브해 지역 출신이었고, 나는 휴가로라도 카리브해에 가본 일이 없었기 때문이었다. 내가 그 일을 맡겠다고 한 것은 담당 교수가 굉장히 해박한 지식을 가진 명석한 사람이었고 사회학자들에게서는 보기 드문 시적 감각을 가진, 내가 존경하는 분이었기 때문이었다.

개강 첫 주 동안 나는 이 교수님과 그의 다른 학생조교들과 하버드 교수클럽에서 만났다. 그곳은 천재들이 바닷가재 크림수프를 먹으며 지성을 겨루러 가는 존경스러운 건물이다. 그곳은 나처럼 호르몬으로 가득한 사람에게는 토하게 하는 약이나 다름없는 파이프 담배 연기와 음식 냄새로 가득했다. 나는 내 위가 멋대로 난동을 부리지 않게 하려고 이를 악물고 내가 해야 할 일에 대한 논의에 정신을 집중했다. 그것은 월요일과 수요일 아침에 수업을 듣고, 금요일에는 스무 명쯤으로 된 반을 가르치고 그 학생들의 시험과 리포트를 평가하는 일이었다. 그런 일이 정해지고 나자 대화는 잡담으로 흘러갔다. 교수는 우리가 모두 아는 자신의 옛 제자 하나가 최근에 결혼을 했고 아기를 가졌다는 말을 했다.

사실을 부정하는 행위의 큰 문제는, 결국 사실이 새어 나온다는 점이다. 어떤 일에 대해서 말을 하지 않고 생각조차 하지 않으려고 애를 쓰면, 바로 그것이 이곳저곳으로 기어들어가 있다가 아무 데서나 튀어나오는 것이다. 나는 항상 말하지 않아야 할 것을 불쑥 말해버리는 경향이 있는데, 임신은 내가 가진 모든 난처한 특성들과 함께 이런 경향도 더욱 강화했다. 누군가가 어머니가 될 거라는 말에, 나는 물이 흘러내리듯 재잘거리기 시작했다.

"그 사람 임신했다구요?"라고 내가 말을 하는 것이었다. "맙소사, 임신하지 않은 사람은 누구예요? 제가 아는 사람은 모두 임신한 것 같아요! 정말이지!"

테이블에 있던 모든 사람이 어리둥절한 표정을 하고 나를 바라보았다. 갑자기 나는 처음으로 스키를 타러 갔던 때 생각이 났다. 나는 빠른 속도로 나아가는 것이 어려울 줄 알았지만 곧 그것이 문제가 아니라는 것을 알게 되었다. 문제는 멈추는 것이었다.

"내내 임신하는 사람들은 무슨 생각으로 그러는지 모르겠어요"라고 나는 계속 지껄여대었다. "그리고 임부복들 말예요. 정말 흉하지 않아요? '아기와 같이 있음'이라고 쓴 티셔츠 보셨어요? 아주 우스꽝스러워요. 게다가…" 나는 투덜거리는 말로 돌려서 간신히 말을 멈추었다. 다른 사람들도 함께 안도의 한숨을 내쉬었다. 그들의 얼굴은 '아무튼, 이 동네에는 이상한 사람들이 많아'라는 표정이었다. 나는 그렇게 지껄여댄 것에 스스로 놀라서 실례한다고 말하고 화장실에 가서 토했다.

학기의 둘째 주가 되자 벌써 정상적인 생활이 어려워지고 있었다. 팔이 온통 젤리로 가득 찬 것처럼 힘이 없어서 케이티를 들어올리기도 어려웠다. 잠이 마구 쏟아져서 주체를 할 수가 없는데 틈을 내어 누우면 구토증 때문에 쉴 수가 없었다. 하루는 '메모리얼홀' 건물 앞 잔디에서 기절을 했다. 커다란 옷을 입은 채 그곳에 누워 고운 빛깔의 낙엽들이 공중을 날아내리는 것을 지켜보면서, 나는 그러나 그렇게 쓰러져 누워 있는 것이 나의 제일 큰 문제는 아니라는 생각이 들었다. 한 주만 지나면 존이 아시아로 가야 된다. 그리고 꼬박 두 주일 있어야 돌아올 것이다. 도대체 어떻게 일과 공부와 케이티 돌보는 일을 해낼 것인가?

그 전해에는 존과 내가 학교에 다니면서도 아이 돌보는 일을 모두 할 수 있었다. 시간표를 서로 다르게 짜서 집에서 학교를 오가면서 케이티를 릴레이 바통처럼 넘겨주고 받고 하였다. 전형적인 하루의 예를 들자면, 존이 케이티에게 아침을 먹이는 동안 나는 1.6킬로미터 정도 걸어서 내 첫 강의에 들어갔다가 강의가 끝나면 바로 집으로 달려와 아파트 아래층 로비에서 인터폰으로 신호를 보낸다. 내가 탄 엘리베이터가 10층에 도착하면 존은 케이티를 안고 엘리베이터 앞에 서 있다가 나에게 아이를 넘겨주고 그 엘리베이터를 잡아타고 강의를 들으러 달려간다. 그의 강의가 끝날 시간에 나는 배낭에 담긴 케이티를 업고 강의실 옆에서 기다리다가 아이를 배낭째로 넘겨주고는 나의 다음 강의로 달려가고 존은 케이티와 함께 집으로 간다. 이런 일이 날마다 온종일 계속되었다. 우리는 1년 내내 말할 수 없이 피로해 있었고, 기운을 유지하기 위해 커다란 초콜릿칩 쿠키를 봉지째 날마다 먹어대었다. 임신 중에 그러한 수준의 활동을 해낼 도리는 없었다.

존이 아시아에서의 컨설턴트 일을 맡기로 했을 때 우리는 계획을 세우면서 큰 잘못을 저질렀다. 별 어려움 없이 좋은 보모를 고용할 수 있을 거라고 생각했던 것이다. 전에는 사치할 돈이 없었지만, 존이 일을 하게 되면 학생의 빠듯한 수입범위에서 벗어날 테니까 믿을 수 있는 사람을 고용하여 상당한 돈을 지불할 용의가 있었다. 적당한 사람을 찾을 수 없을지도 모른다는 생각은 해보지 않았다. 우리 자신들이 어렸을 때 우리를 돌봐준 사람은 대학생들이었고, 케임브리지에는 대학생이 많았기 때문이다. 그러나 우리가 성장한 곳도 분명히 대학도시이기는 했지만, 그곳 주민들은 대부분 모르몬 교도였다는 사실을 우리는 고려하지 않았던 것이다. 일반적으로 말해서, 유타의 대학생들은 아이들 돌보기를 좋아하지만, 매사추세츠의 대학생들은 그렇지가 않았다.

우리는 여러 학생신문과 지역의 취업센터에 광고를 냈는데, 단 한 건의 회신을 받았다. 이 학생은 몹시 창백한 10대 소녀였는데 완전히 검정색으로만 옷을 입고 시선을 마주치는 일이 없고 단조롭고 낮은 목소리로만 말하는 아이였다. 내가 보기에는 그 아이는 마약중독자가 틀림없고, 어쩌면 마피아와도 연결되어 있어서 나와 존이 자리를 비우자말자 우리 딸을 파키스탄의 노예상인에게 팔아넘기려고 하고 있는 것이 분명했다! 그래도 달리 어쩔 도리가 없어서 나는 그 아이에게 두어 번 케이티를 맡겼다. 명백히 잘못된 일은 아무것도 없었지만, 나는 지금도 혹시나 케이티가 아파트 창가에서 이상한 행동을 하는 검은 옷을 입은 여인에 대한 악몽에 시달리기라도 할 경우에 대비해서 심리치료를 위한 돈을 얼마간 저축해두고 있다. 어쨌든 그 소녀는 두 번 오고 나서는 더 오질 않았는데, 전화를 해보니 그것마저 끊어져 있었다. '메모리얼홀' 잔디밭에 누워 이 모든 생각을 하면서, 나는 학교 가까이에 있는 좋은 탁아시설을 찾아야 한다고 결정했다.

이것은 마치 성십자가 유물 조각을 찾는 일과 진배없었다. 우리 친구와 지인들은 하버드 근처에 탁아시설이 있다는 소문을 들었다고 했다. 어떤 사람은 어떤 건물에서 아이들의 목소리를 들었다고 주장했고, 두어 사람은 그런 시설이 운영되고 있는 것을 실제로 보았다고 주장했다. 그러나 아무도 분명하게 지적해주지 못했다. 여러 사람에게 물어본 뒤에 결국 나는 보스턴 지역안내소에 전화를 걸어서 찰스강 북쪽에 있는 모든 탁아시설을 알려달라고 했다.

반갑게도 탁아센터 하나가 2차대전 직후에 하버드에서 지은 학도병 병영 앞에서 운영되고 있다는 것이었다. 그 건물은 내 사무실과 대부분의 내 강의가 있는 '윌리엄제임스홀'에서 한 블록 정도 떨어져 있었다. 그다음으로 가까운 곳은 학교에서 5킬로쯤 떨어진 곳에 있었다. 나머지는 훨씬 더 멀었다. 우리가 자동차를 가지고 있었으면 괜찮았을 것이다. 나는 그 목록을 검토하면서, 케이티에게 겨울옷을 챙겨 입히고 유모차에 태워 가까운 택시 승강장이나 지하철역으로 가서 탁아센터에 아이를 맡기고 되돌아와 지하철역에서 학교까지 부지런히 걸어 가서 오전 강의에 들어가는 일을 상상해보았다. 쉽지 않은 일이기는 했지만 내가 임신 중이 아니라면 할 수도 있었을 것이다. 그러나 임신 중의 내 몸으로는 가능하지 않은 일이라는 것을 알고 있었다.

나는 가까운 탁아센터에, 그곳이 창백하고 음울한, 아이들을 미워하는 여자들이 운영하는 곳이 아니길 빌면서 전화를 걸었다. 그렇지는 않았다. 전화를 받은 여자는 보스턴 억양을 가진 메리 포핀스처럼 따뜻하고 활발했다. 그 여자의 묘사에 따르면 그곳은 소수의 운 좋은 부모와 아기들에게 그야말로 에덴동산과 같은 곳이었다. 각 연령그룹(아기, 유아, 취학전 아동)에 열두 명밖에 없고, 각 연령그룹을 선생님 네 명이 돌본다는 것이다. 게다가 아이의 부모들이 매주 봉사자 선생님으로 나오게 되어 있어서, 어느 날이든 적어도 아이 두 명당 어른 한 명이 보살펴준다는 것이다. 그 여자가 설명을 마치기도 전에 나는 "좋아요, 저 등록을 하겠어요!"라고 외쳤다.

그 여자는 낮은 소리로 웃었다. "예, 그렇게 생각하신다니 기쁘군요. 성함과 전화전호를 말씀해주시겠어요?"

내가 이름과 전화번호를 불러주었다.

"됐어요. 그럼, 아기는 언제 태어나지요?"

나는 어리둥절했다. 나는 존과 나 자신 외에는 내 몸의 상태를 아는 사람이 없다고 생각하고 있었다. 내 목소리에서 임신 중이라는 것이 드러난 걸까?

"어, 6월 중일 거로 생각하는데요." 내가 더듬거리며 말했다.

"오! 그럼 이미 임신을 하셨군요!" 그 여자는 걱정스러운 듯한 말투였다.

"그래요, 임신중이에요." 나는 인정하기가 싫었지만 느리게 대답을 했다.

"그리고 6월에 출산 예정이란 말이지요?"

"그래요." 나는 아직도 그 여자가 태아에 왜 그렇게 관심이 있는지 알 수가 없었다. 탁아센터는 아가미와 꼬리가 있는 단계를 지난 아기들에 대해 주로 관심을 갖는 곳이라고 알고 있는데….

"6월이라," 그 여자는 확신이 없는 듯한 어조로 말했다. "좀 어려운데요. 아기를 저희 신생아반에서부터 시작하시려는 거지요?"

나는 이 대화가 어디로 가고 있는지를 궁리하면서 이마를 문지르고 있었다. 옆방에서 케이티의 아기침대에 걸어둔 모빌이 딸랑거리는 소리가 들려왔다. 아이가 낮잠에서 깨어난다는 뜻이다.

"어, 예, 그렇지요." 내가 말했다.

"알겠어요. 저, 자리가 있을 거라고 장담할 수는 없지만 대기자 명단에 올려놓겠어요."

"고맙습니다."

"다른 일은 없으신가요?"

"어, 있는데요. 있어요. 어린 딸아이가 있는데 그 아이를 센터에 보낼 수 있을까 해서요. 음…좀 빨리요."

"아, 얼마나 빨리요?"

나는 어깨를 으쓱하고는 말해버렸다. "오늘은 어때요?"

전화 속에서 시원스런 웃음소리가 울려왔다.

"정말로요. 언제지요?" 그 여자가 말했다.

"정말이었어요." 나는 케이티의 방에서 들려오는 기분 좋은 옹알이 소리를 들으며 우물거리며 말했다.

"오," 그 여자는 당황했다. 나를 당황스럽게 만든 것에 대해 당황하고 있는 게 틀림없었다. 그 여자는 기침을 하고 말했다. "죄송합니다." 그러고는 조심스럽게 말을 계속했다. "저희 센터에 아이를 넣으려는 분들이 아주 많다는 걸 이해해주세요. 보통 한 3년에서 5년간 기다립니다."

"3년에서 5년이라고요? 3년에서 5년까지 대기자 명단이 있단 말예요?"

"그렇답니다."

"하지만 네 살 이상 된 아이는 받지 않으시잖아요?"

"예, 그렇긴 해요." 그 여자의 목소리는 조금 날카로워졌다.

"그러면 어떻게…?"

"대부분의 부모님들은 실제로 아기를 갖기 전에 신청을 하십니다." 그 여자가 설명을 했다. "물론 임신할 때를 정확히 예상할 수는 없지만 미리 신청을 해두면 차례가 돌아왔을 때 아기가 적당한 나이가 되었을 가능성이 많지요."

나는 마치 누가 자갈을 한 무더기 내게 쏟아부은 느낌이었다. 나는 축 늘어져서 수화기를 귀에 댄 채 책상 위에 엎드렸다.

"알겠어요." 나는 한숨을 쉬었다. "알고는 있는 게 좋겠군요. 아무튼 고맙습니다."

"그래도 대기자 명단에는 올려두시겠어요?" 그 여자가 상냥하게 물었다.

"물론 그래야겠죠."

그 여자는 내 목소리에서 실망감을 느꼈을 것이다. "그래도 몰라요," 그 여자가 부드럽게 말했다. "배정 원칙 때문에 어떤 사람은 차례가 빨라지기도 해요."

"배정 원칙요?" 나는 중얼거리며 눈을 감았다. 갑자기 잠이 밀려올 것 같았다.

"인종, 성별, 기관들과의 관계 같은 거죠. 그런 것에 따라서 인원을 할당하고 있어요."

"그런가요. 얼마나 빨리예요?"

"음," 그 여자는 잠시 생각을 하더니 "2년 정도요. 자주는 아니지만 2년 정도밖에 안 걸리는 경우도 있어요."

"잘됐군요. 그동안 저희들은 죽을 둥 살 둥 할 거예요."

그 여자는 안됐다는 듯이 웃었다. "저희가 도움을 더 드릴 수 있으면 좋겠어요."

"고맙습니다. 잘 알겠어요."

우리는 전화를 끊었다. 나는 책상 위에 머리를 박은 채 잠시 그대로 있었다.

탁아센터들에 계속 전화를 해보는 수밖에 없었지만 때맞춰 케이티를 받아주는 곳이 있다 하더라도 거기까지 아이를 어떻게 데려갈 수 있을지 막연했다. 케이티의 말소리가 들렸다.

"나 이여났어!" 아이는 특별한 발음규칙을 갖고 있는 것 같았다.

"잘 잤어, 아가?" 케이티의 방문을 열며 내가 말했다. 아이는 아기

침대의 난간 막대를 통통한 손가락으로 움켜쥐고 일어서 있었다. 가느다란 금발머리가 헝클어져 머리에 후광을 두른 것처럼 보였다.

"엄마, 사양해." 아이가 환하게 웃으며 말했다.

"나도 아가 사랑해." 나는 아이를 들어올려 업었다. 아이는 겨우 9킬로그램이었지만 마치 고질라를 들어올리는 느낌이었다.

나는 아이를 우리 침실에 데리고 가서 침대에 내려놓고 텔레비전의 〈세서미스트리트〉를 켰다. 그리고 나도 침대 위에 털썩 누워버렸다. 내 베갯머리에는 스무 권 정도의 책이 쌓여 있었다. 공부할 것이 많다. 나는 카리브해 지역 정치에 관한 빽빽하게 인쇄된 논문을 집어들었지만 걱정이 되어 집중을 할 수가 없었다.

"우리 뭐 할까, 아가?" 내가 물었다.

"빅버드야." 아이는 화면을 가리키며 말했다.

"응, 그렇구나." 나는 대답을 하면서, 결국 초기에 임신중절을 하는 게 낫지 않을까 하고 생각했다. 그러나 그 생각을 하자 거의 통증과도 같은 끔찍한 슬픔의 충격이 닥쳐왔다. 그리고 그 느낌, 아담을 임신한 뒤로 때때로 느꼈던 그 느낌이 왔다. 누워 있는 내 주변으로 그 느낌이 마치 밀물처럼 밀려오는 것 같았다.

강한 자석 두 개를 서로 가깝게 붙들고 있어본 적이 있다면 이 느낌을 조금 이해할 수 있을 것이다. 보이는 것도 없고 들리는 것, 냄새, 맛, 아무것도 없는데도 무언가가 밀고 당기는 어떤 힘이 있다는 것을 부정할 수 없다. 그것은 물건들을 끌어당겨 자신만의 이상한 질서대로 새롭게 배치한다. 그것은 텅 빈 공간 너머에 있는 것을 건드리지 않으면서 영향을 미치고 자신은 움직이지 않으면서 대상을 움직이게 한다. 그런 느낌이 점점 더 강해졌다. 그것은 주위의 공간을 가득 채웠다. 때로는 거의 느껴지지 않다가 다음 순간 더 커지는 것 같았다. 나는 그 느낌에 매혹되기도 하고 동시에 겁이 나기도 했다.

전화가 울렸다.

나는 침대 위를 기어가서 수화기를 들었다.

"베크 부인이세요?" 전화 속의 목소리가 말했다.

"네." 나는 맥없이 대답했다.

"댁의 아이가 하버드 학생 자녀이고 18개월 된 백인 여자아이인가요?"

나는 수화기를 귀에서 떼어서 들고 그것을 뻔히 바라보았다. "누구시지요?"

"센터예요."

"무슨 센터요?"

"탁아센터요. 방금 통화를 했지요."

"오!" 나는 그제야 그 목소리를 알아챘다.

"댁의 아기가 하버드 학생 자녀로 18개월 된 백인 여아인가요?"

내가 그 범주에 케이티가 해당되는지 검토하는 데 약간 시간이 걸렸다. "그래요." 이윽고 내가 대답했다. 전화 속에서 조그만 비명 같은 소리가 들려왔다. "어쩌면 이럴 수가 있어요?" 그 여자가 말했다. "부인과 통화를 하고 나서 금방 한 집에서 취소 전화가 왔어요. 이사를 간다는군요. 그 댁에 하버드 학생의 딸인 18개월 된 백인 아이가 있거든요. 괜찮으시다면 그 자리를 드리겠어요."

나는 어리둥절해서 눈을 깜빡이고 있었다. "그래주시겠어요?"

"그럼요." 그 여자는 몹시 유쾌한 것 같았다. 사실은 마치 방금 우울증 치료제를 여러 알 먹은 사람처럼 지나치게 즐거운 것 같았다.

"진담이시지요?" 그 여자는 짓궂은 장난을 할 사람 같지는 않았지만 도대체 믿을 수가 없었다. 3년에서 5년에 이르는 대기자 명단과 아직 임신하지도 않은 아기를 위해 등록을 하는 부모들, 차례가 오기를 눈이 빠지게 기다리고 있는 부모들을 생각해보았다.

"자, 등록하시겠어요?" 그 여자는 웃음을 담은 목소리로 물었다.

"하지만, 저…다른 사람들은…." 나는 공평성에 대해 별난 고집이 있었다. 그런 성향이 자주 튀어나오는 건 아니지만, 5년 동안 기다리는 대기자 명단 앞에 끼어든다는 생각이 그것을 일깨웠다. 나는 그토록 오래 기다려온 사람들에게서 기회를 빼앗는 일은 할 수 없다고 말할 생각이었다. 그렇게 말하고 싶었다. 그러나 그 자력과도 같은 느낌, 꼭두각시 조종자들의 당기는 힘이 너무 강해서 생각도 목소리도 나 자신의 것이 아닌 것 같았다.

"하겠어요." 내가 말했다.

6

존의 첫 아시아 여행은 10월 둘째 주로 계획되어 있었다. 그 준비를 위해서 존은 자신의 새 고용인과 고객 회사에 관해 굉장한 양의 정보에 통달해야 할 뿐만 아니라, 학교를 비울 기간에 대비해서 하버드의 2주분의 일도 미리 해두어야 했다. 물론 그는 아무 말도 하지 않았지만 나는 이 일은 존에게 아주 약간이지만 힘에 겨운 일이라는 생각이 강하게 들었다. 아마 그것은 높다랗게 쌓여 있는 서류더미를 읽어가면서 또 짧게 자른 머리를 앞뒤로 쓸어대면서 아파트 안을 걸어 다니는 태도나, 내가 일이 어떻게 되어가느냐고 물어볼 때마다 그가 보이는, 큰 경기를 앞둔 달리기 선수들의 얼굴에서 볼 수 있는 그 방심한 듯한 표정 때문일 것이다. 그는 계속 발걸음을 옮기면서 허공을 응시하곤 했고 케이티의 우유병을 어디 놓았느냐는 등의 질문에 응/아니, 라는 대답을 했다. 눈 주위가 조금 퀭해 보이기 시작했다.

나는 존처럼 일을 할 수 있는 사람을 본 적이 없다. 그는 강의가 시작된 지 2주 만에 학기말 보고서를 내고, 교수의 조언에 따라 학기가 끝나기 전에 몇 번이고 고쳐 써 내는 그런 종류의 학생이었다. 그는 두 가지 전공을 하며 3년에 학부과정을 마쳤고 모두가 선망하는 50명의 우등생 중에 들었다. 나는 이 모든 것에도 불구하고 그를 사랑하고 받아들였다. 그가 최우수 졸업생임을 나타내는 붉은색 수술이 달린 사각모를 쓰고 총장과 직접 악수를 하기 위해 단상에 올라갈 때 그의 어머니는 내게 "존은 정말로 똑똑하지는 않아. 열심히 할 뿐이지"라고 속삭였다. 그때는 존과 내가 막 약혼을 한 다음이었고 나는 그의 집안에 동화되려고 몹시 애쓰고 있었다. 졸업식 날 하루종일 함께 지내보고 나자, 베크 집안에서는 일을 게을리하는 것은 용납되지 않는다는 사실이 아주 분명해졌다. 존이 그가 하는 모든 일에서 농장일꾼처럼 노력하게 만드는 섬세한 사회적 역학을 내가 처음으로 조금 맛본 것이다.

1987년 가을에, 그는 그런 그의 가족들의 가장 지나친 기대라도 충족시킬 만큼 열심히 일하고 있었다. 상근직인 컨설턴트 일 외에도 강의를 둘 듣고, 학부 강의의 학생조교 일도 하고 있었다. 게다가 박사학위 논문이라는 혐오스러운 괴물이 내내 그의 마음 한구석에 자리잡고 있었다. 존의 논문은 일본의 종신고용 전통에 관한 것이었다. 그의 직장 동료들은 그의 논문에 관해 묻고는, 그가 설명을 시작하면 몹시 졸리는 체하며 웃곤 했다. 10년이 지난 지금도 그 회사 사람들을 우연히 마주치면 그들은 당장 "그래, 존, 자네 논문 얘길 해줘. 그거 정말 재미있었던 건 기억하는데 내용은 잊어버렸어"라고 말한다. 존은 상대방이 당장 턱을 가슴에 박고 야단스럽게 코 고는 소리를 낼 줄 알면서도, 눈을 이리저리 굴리며 설명을 시작한다. 나는 존에게 그런 장난에 응하지 말라고 말하지만, 그는 그것은 아기들과 까꿍놀이를 하지 않겠다고 하는 것과 같다고 말한다. 그 사람들이 그것을 그렇게나 좋아한다는 것이다.

어쨌든 존이 보스턴에서 싱가포르로 왔다 갔다 해야 되는 그 일을 말은 이유 중에는, 오는 길에 일본에 들러 필요한 정보를 얻을 수 있다는 점도 들어 있었다. 그러면 아시아 여행 일정이 사나흘 더 길어지게 되지만 우리는 그게 문제가 된다고 생각하지는 않았다. 적어도 존은 그랬다. 존의 출발 날짜가 다가오자 나는 걱정이 되었다. 나는 토할 때마다 걱정이 되었고, 걱정을 할 때마다 또 토했다.

나는 이 새로운 '취미활동'을 너무나 자주 해서, 이제 그것을 가리킬 온갖 표현을 다 소진해 버렸다. 그중 내가 제일 좋아한 용어는 '오보프(ovorp)'라는 것이었는데, 그것은 존이 우리 고향 도시 이름의 철자를 거꾸로 나열해 만든 것이었다. 결국 나는 그와 이야기하는 도중에 일어나는 구토증을 심한 트림쯤으로 치부하고 무시할 수 있게 되었다. "그러니까, 무슨 비행기를 — 실례, (오보프) — 무슨 비행기를 탈 거라고 했지?"

존이 아시아로 첫 여행을 떠나던 날 아침에는 특히 심했다. 새벽부터 메스꺼움 때문에 잠이 깨어 비틀거렸다. 존은 아예 잠자리에 들지도 않았다. 보스턴과는 꼭 12시간의 시차가 있는 싱가포르 시간에 익숙해지는 것도 좋을 거라는 생각이었다. 그는 양복 한 벌을 꾸려 넣고 한 벌을 입었다. 그리고 읽고 있던 책을 어깨에 메는 가방에 쑤셔 넣고는 내게 키스를 했다. 방심하고 있는 듯한 달리기 선수 같은 표정으로 시선은 내 머리 뒤 어딘가에 가 있었다.

"이제 가야겠어." 그가 부드럽게 말했다.

"그래." 내가 말했다.

"그럼, 나중에 봐." 그는 불안한 듯이 미소를 지었다.

"여행 잘해." 나는 로맨스의 언어인 프랑스어로 말했다.

한참 동안 말이 없었다. 그러고는 존이 말했다. "여보, 내 팔 좀 놔 주겠어?"

내려다보니 내 손은 그의 저고리 소매를 꽉 움켜쥐고 있었다. 나는 손을 풀었다.

"괜찮을 거야." 그는 커다란 미소를 지으며 말했는데, 그것은 그가 정말로 걱정이 된다는 뜻이었다.

"응, 알아." 나는 거짓말을 했다. 우리는 다시 한번 키스를 하고 그는 떠났다.

첫 주는 그리 나쁘지 않았다. 좋지는 않았지만 아주 나쁘지도 않았다. 날마다 크래커와 콜라를 억지로 조금씩 먹었다. 아침마다 제시간에 일어나서 혼미한 채로 케이티를 유모차에 태워 그 훌륭한 탁아센터에 데려다주고 내 수업에 들어가곤 했다. 때때로 수업시간 도중에 쿠키를 먹기도 했고, 카리브해 지역 사회 수업에서는 칸막이 뒤에 누워 있어야 했던 것도 사실이지만 어쨌든 강의에 가 있기는 했다.

주말쯤에는 그러나 만사가 흐트러지기 시작했다. 강의를 듣는 것만도 힘든 일이었지만, 그것은 빙산의 일각에 불과했다. 강의마다 막대한 양의 준비, 공부, 리포트 쓰기 등을 요구했는데 그 모든 것이 갑자기 내 능력 너머의 일이었다. 내 뇌는 생식에만 주의를 기울이고 있는 것 같았다. 내 기억력은 몇 볼트나 흐려졌고, 나의 분석능력은 실험실 쥐들의 수준 아래로 내려갔다. 자료들을 읽어내는 것만으로도 평소의 두 배나 열심히 해야 했다. 게다가 탁아센터에 있는 동안을 빼고는 케이티에게 계속해서 주의를 기울여야 했기 때문에 내 일은 더욱 제한을 받았다. 케이티는 하루에 다섯 시간만 자고 생활할 수 있는 능력을 존에게서 물려받았다. 존이 떠나고 8일째에 나는 첫 번째 '죽음의 나선'을 만났다.

'죽음의 나선'이라는 것은 구토증 때문에 먹지 못하고, 먹지 않아서 구토증이 점점 더 심해지고 했을 때 생기는 현상에 내가 붙인 이름이다. 점심을 계속 걸렀기 때문에 탈수가 되어 거의 정신이 혼미해질 지경이었고, 내 몸은 그것을 달래기 위해 자양분과 액체를 급박하게 요구하고 있었다. 첫 임신 중에 이런 일이 생겼을 때는 존이 옆에 있어서 달려와 구조를 해주었다. 그는 우리 아파트 건물의 1층을 차지하고 있는 식품점을 뒤져서 내가 먹어낼 수 있을 만한 특이한 음식들을 찾아다주곤 했다. 나는 임신 중에 어떤 음식에 대한 욕구가 생기는 일은 없었다. 오히려 영원히 먹기를 그만두고 싶을 뿐이었다. 그러나 다른 것들보다 덜 불쾌하게 여겨지는 음식들은 있었다. 그것은 예를 들면 햄과 바싹 구운 토스트와 금귤처럼 특이한 음식의 특이한 배합이다. 한 가지 음식을 이삼 일 먹고 나면 그것은 어쩔 수 없이 내 마음속에서 구토증과 연관이 되고, 그러면 나는 존에게 더욱 희귀한 음식을 찾아오라고 보내곤 했다.

케이티가 태어나고 나서 나는 그런 행동을 회상하고 몹시 당황스러웠다. 맛 좋은 특별한 음식들을 찾다니 얼마나 부르주아적인가, 얼마나 전형적인가, 하고 나는 생각했다. 나는 다시 임신을 하게 되면 무설탕 크래커만 먹으며 꿋꿋이 참겠다고 맹세했었다. 이것은 극본이 엉성한 공포영화에서 등장인물들이 무덤 속이나 이상한 이웃집에 혼자서 들어가기로 결심했을 때 하는 태도이다. 관객들은 모두 화면으로 팝콘을 던지면서 "가지 마! 집에 있어!"라고 소리 지르지만, 그들은 자기들의 '죽음의 나선'을 향해 씩씩하게 나아간다.

그것은 토요일이었다. 나는 금요일까지 간신히 견뎌왔다. 몇 번이나 쓰러지면서, 주말 동안 아무 데도 가지 않아도 된다, 쉴 수 있다고 계속 상기하며 오로지 의지력으로 버티어왔다. 금요일 밤에 케이티는 나와 함께 큰 침대에서 잤다. 내가 외로워서이기도 했고, 아이를 들어서 아기침대로 옮겨 놓을 수 없어서이기도 했다. 아침에 잠이 깼을 때 아이가 반쯤 든 우유병을 들고 내 옆에 앉아 있는 것을 보고 다행이라는 생각을 했다. 리모콘으로 〈세서미스트리트〉만 켜주고 다시 잘 수 있기 때문이었다. 두 시간 후에 다시 깼을 때 나는 그것이 잘못이었다는 것을 깨달았다. 빈속에서 격심한 구토증이 일어 숨 쉬기가 어려울 지경이었다. 먹으려고 해보았지만 아무것도 삼킬 수가 없었다.

그날 내내 나는 계속해서 더 기운이 없어지고 괴로움은 더 심해졌다. 나는 케이티의 기저귀를 간신히 몇번 갈아주었다. 그것은 속이 언짢을 때에 하기 좋은 일은 결코 아니다. 우리는 노래를 좀 불렀고 텔레비전에서 〈미스터 로저스의 이웃〉을 봤다. 케이티는 심심하고 답답한 듯했지만 그 나이에도 아주 협조적이었다. 아이는 내 상태가 좋지 않다는 것을 알았다. 저녁 무렵까지도 나는 아무것도 먹을 수가 없었다. 나는 마치 독성이 있는 호르몬의 물결 속에 갇힌 것처럼 느껴졌다. 어두워지고 한 시간쯤 뒤에 케이티가 잠이 들자 나는 드디어 — 아주 조용히 — 공포감에 휩싸였다.

누구에게 전화해서 도움을 청할 생각은 나지 않았다. 첫째로 나는 이미 오래전에 하버드의 주위 사람들에게 일체의 허약함을 감추는 습관을 형성했고, 대학 밖의 친구를 사귈 시간은 없었다. 또 나는 임신 사실을 가능한 한 오래 비밀로 할 결심이었다. 임신 중에는 내가 얼마나 무능력해지는지를 아는 사람은 존뿐인데, 그는 수만 리 밖에 있었다. 잠든 케이티 옆에서 나는 존을 간절히 생각했다. 그의 힘과 그의 이해를 원하며 그가 함께 있었으면 했다.

그때가 '보이기'가 처음으로 일어난 때일 것이다. 내가 너무 황당하다고 생각하여 읽지 않은 책들에 그런 것을 정의하는 더 세련된 말들이 있겠지만, 나는 그것을 '보이기'라고 불렀다. 나는 침대에 누워 천장을 바라보며 손가락 하나의 끝을 깨물고 있었다. 통증이 구토감을 조금 잊게 해주었기 때문이다. 다가오는 긴 밤과 다음 날 아침에 대한 생각은 끔찍했다. 나는 나 자신에 관해서도 겁이 났지만 케이티 때문에 훨씬 더 걱정이 되었다. 아이는 이미 겨우겨우 몸을 움직이는 나를 지켜보며 말 없고 걱정에 가득 찬 아이가 되어가고 있었다. 자고 있는 아이를 바라보고 있는데 두려움이 감당할 수 없을 지경이 되었다. 내 손이 닿는 곳에 있는 음식은 먹을 수 없고, 내가 먹을 수 있는 음식은 구할 수가 없었다. 무언가가 이 '죽음의 나선'을 중단시키지 않으면 어떻게 해야 할지 알지 못했다. 나는 공포감을 물리치려고 애를 썼다. 그러다가 갑자기 통제력을 잃어버렸다. 두 줄기 눈물이 뺨을 타고 흘러 베개를 적셨다. 나는 존이 너무나 그리워서 몸이 떨렸다. 그러고는 갑자기, 내가 도쿄의 조그만 복잡한 거리에 서서 건물들 위로 떠오르는 해를 바라보고 있는 것이었다.

나는 놀라서 눈을 깜빡거렸다. 그것은 어두운 극장에서 영화의 한 장면을 잠깐 본 것처럼 순간적인 일이었다. 그리고 훨씬 더 생생했다.

나는 일본의 공기의 질감을 얼굴에서 느낄 수 있었다. 그 이미지가 나의 침울한 기분을 당장 쫓아내버렸지만 잠깐 동안뿐이었다. 나는 그것이 기억일 거라고 생각하고 다시 암담한 기분에 빠져들었다. 나는 어린아이가 엄마를 찾듯이 존을 원했다. 그와 함께 있고 싶었다.

획

내 앞의 길은 도쿄의 거리를 항상 가득 채우고 있는 조그만 트럭들과 깜찍한 택시들로 붐비고 있었다. 바로 앞에 말끔한 푸른 제복을 입은 노동자 다섯 명이 대나무로 엮은 연약해 보이는 가설물을 기어올라가 그날 할 벽돌 쌓기 일을 준비하고 있었다. 닭꼬치 가게에서 김과 연기가 안개처럼 뭉글뭉글 피어오르고 있고, 거기에서 회사원들과 직장여성들이 아침 식사로 그릴에 구운 닭과 된장국물을 사고 있었다. 그리고는 갑자기 나는 그 근처에 있는 다른 거리를 내려다보고 있었다. 앞에는 떠오르는 해가 환하게 빛나고 있었다. 수백 개의 밝은 빛 비단 깃발들이 햇빛 속에서 미풍에 펄럭이며 액체로 된 스테인드글라스처럼 빛났다.

고개를 흔들자 그 장면은 사라졌다. 나는 애써 일부러 물리적 현실에 주의를 기울이며 침실 안을 둘러보았다. 아파트 벽에 드리운 그림자는 여전히 길어지고 있었고, 케이티는 큰 침대 위에서 아직 자고 있었다. 금발의 조그만 머리를 한 팔 위에 올려놓고 입을 조금 벌린 채였다. 나는 여전히 독성 쓰레기더미 아래에 있는 느낌이었다. 그러나 나는 다른 곳에 갔었다. 그렇게 생각하자 내가 제정신이 아닌 것 같은 기분이 들기도 했지만, 나는 알고 있었다. 나는 존과 함께 있었다.

일단 마음속으로 그렇게 말하고 나서는 어떤 객관적인 시험을 하기로 했다. 어떤 것이 믿을 수 있는 실재의 것이면 그것은 시험 가능한 것이어야 한다. 어떤 가정에 대해 과학적 타당성을 확신할 수 있는 유일한 방법이 그것이다. 즉 똑같은 조건을 만들면 몇 번이라도 똑같은 결과를 얻게 될 것이다. 이런 식으로 생각하도록 훈련을 받았으므로 나는 그 실험을 다시 해보기로 했다. 나는 존이 몹시 그립다는 생각을 했다. 아무 일도 일어나지 않았다. 나는 마음속으로 남편의 이름을 부르며 생각을 집중하고 눈을 감은 채 나의 생각을 태평양 너머 멀리에 있는 남편에게로 보낸다는 상상을 하며 '보이기'가 다시 일어나기를 기다렸다. 아무 일도 일어나지 않았다. 결국 나는 이상하게 잠깐 본 그 일본의 거리 모습이 신체의 비참한 상태에서 일어난 상상이라고 결론지었다. 그렇기는 해도 나는 그 경험으로 마치 잠깐의 휴가를 다녀온 것처럼 조금 기분이 고양되어 다시 잠이 들었다.

전화벨 소리에 잠이 깨었다. 방은 새벽의 창백한 회색빛으로 다시 밝아져 있었다. 전화를 집으러 손을 뻗자 머리가 무섭게 어지러웠다. 팔에는 힘이라곤 하나도 없었다.

"여보세요?"

"당신이야?" 존의 목소리가 장거리전화의 잡음 사이로 들려왔다. 나는 갑작스런 안도감과 함께 눈물이 솟아나는 것을 느꼈다.

"어디 있어?" 말이 안되는 일이었지만, 나는 그가 보스턴공항에서 전화를 하는 것이기를 바라면서 물었다.

"도쿄야." 그가 말했다.

"아."

"어떻게 지내고 있어?" 그가 말했다. 의례적으로 하는 말이 아니었다. 그는 정말로 걱정을 하고 있었다.

"별로 좋지 않아." 나는 경직된 목소리로 말했다.

"몸은 괜찮아?" 그의 목소리에는 걱정이 담겨 있었다.

"아니."

"여전히 그래?"

"응." 나는 매달리는 것처럼 들리지 않게 하려고 했지만 전혀 소용이 없었다. 눈물이 마구 흘러내리고 있었다.

"말이야," 존이 말했다. "엄마가 늘 그러셨는데, 엄마도 임신 때면 구토증이 있었대. 그런데 일어나서 계속 움직이면 의식을 하지 않게 된다고 하셨어."

나는 수치감과 뒤섞여 화가 치솟는 것을 느꼈다. 바로 그 말을 첫 임신 때에 여러 여자들과 한두 명의 부인과 의사에게서 되풀이해서 들었었다. 나는 왜 그 모든 사람들이 나보다 더 강인한지 알 수 없었지만, 나는 정상적인 의지력이 없는 것 같았다.

"당신이 그렇게 괴로워서 안됐어." 존이 잠시 내 대답을 기다리다가 말했다. "한 이틀이면 돌아가니까 가서 돌봐줄게, 응?" 나는 그의 목소리에서 걱정을 억누르고 있는 것을 느낄 수 있었다. 그는 몹시 피곤한 것 같았다.

"괜찮아, 난 괜찮을 거야." 나는 억지로 목소리에 생기를 좀 넣어 말했다. 어쨌든 그 멀리에서 그가 할 수 있는 일은 없다. "그런데 거기선 뭘 하고 있어?"

나는 전화를 통해서도 그가 미소를 짓는 것을 알 것 같았다. "여기서 연구를 많이 했어."

"싱가포르에서는 다 잘됐어?"

"어, 물론이지. 고약한 호텔을 정해줬더군. 그래도 일은 잘됐어."

"잘됐네."

"오늘 아침에 당신이 여기 있었으면 싶었어." 그는 흥미로운 것을 보았을 때면 항상 그러듯이 목소리에 일종의 흥분을 담고 말을 했다. "아카사카를 산책했었어."

아카사카는 도쿄의 한 구역이다. 우리가 도쿄에 살았을 때 존과 나는 케이티를 배낭에 담아 업고 그곳으로 산책을 하곤 했다.

"무슨 축제가 있었던가 봐." 존이 말을 이었다. "어떤 거리는 깃발로 가득했어. 해가 막 떠오를 때 그곳에 있었는데, 깃발들이 말이야, 번쩍거리는 것 같았어. 네온이나 그런 것으로 만든 것처럼."

나는 전화를 뻔히 바라보았다. 머리의 피부가 가볍게 콕콕 찌르는 느낌이 들었다.

"일하는 사람들이 비계를 기어올라가는 거 봤어?" 내가 물었다.

존은 잠시 있더니 "그래, 어, 그랬어"라고 어리둥절해 하며 말했다. "왜 그래?"

콕콕 찌르는 느낌은 등줄기를 따라 살금살금 내려갔다. "닭꼬치 가게도 있었어?"

"글쎄, 있었을 거야." 그가 말했다. "마사, 괜찮은 거야?"

"난 괜찮아." 내가 말했다. "어…거길 가본 것 같아." 나는 잠시 존에게 '보이기'에 대해 얘길 할까 생각했지만 그가 나를 멍청이라고 생각할까 봐 겁이 났다. 존은 나와 마찬가지로 과학적으로 증명되지 않는 일에 대해서는 거부감을 갖고 있었다. 유타주에서 종교적 광신자들 사이에서 자라다 보니, 우리 둘에게는 그런 것에 대한 경계심이 있었다.

"아름다웠어." 존은 자기의 이야기로 되돌아갔다. "당신이랑 우리 아이가 같이 있었으면 싶었어. 혼자서는 별 재미가 없어. 당신이 보고 싶어."

"나도 그래." 나는 '보이기'가 바로 그때 다시 일어나려나 생각했지만 일어나지 않았다.

"전화요금 많이 나오겠는데." 존이 말했다.

"맞아. 놔줄게."

"사랑해." 그가 말했다.

"나도 당신 사랑해. 몸조심해." 내가 말했다.

우리는 전화를 끊었다. 나는 공기호스가 절단된 심해 잠수부 같은 기분이었다. 존은 이틀이 지나야 돌아올 것이다. 케이티가 자면서 뒤척였다. 눈꺼풀이 움직였다. 곧 잠이 깨서 먹을 것과 보살핌과 깨끗한 기저귀 등을 요구할 것이다. 나는 그런 것들을 해낼 수 있을지 자신이 없었다.

나는 당장 부엌으로 가서 음식을 좀 먹어보기로 했다. 그 사소한 일을 하려고 애를 쓰는 모습을 케이티에게 보이지 않으려는 것이다. 나는 일어서려고 했지만 균형을 잡을 수가 없어 마루에 고꾸라졌다. 나는 문간으로 기어가서 문틀을 붙잡고 일어났다. 그러고는 한쪽 어깨를 벽에 기댄 채 몸을 밀어 부엌으로 비척비척 나아갔다.

먹어야 한다는 것을 알고 있었다. 무언가 먹을 때까지는 '죽음의 나선'은 점점 더 심해질 뿐이다. 부엌에 도달해서 냉장고를 열고는, 바로 개수대에다 토했다. 물론 위가 비어 있어서 나오는 것도 별로 없었다. 나는 케이티의 우유병 하나에 우유를 담고 케이티가 먹는 동물 모양 크래커 봉지를 찾아냈다. 다른 것은 먹어낼 수 있을 것 같지가 않았다. 거의 48시간 아무것도 먹지도 마시지도 못했다. 나는 탈수상태가 지속되면 태아에 영향을 미칠 수 있다는 것을 알고 있었다. 나는 진지하게 구급차를 부를까 하고 생각했지만 그건 지나친 일인 것 같았다. 엘리베이터만 타면 아래층 식품점에 갈 수 있다. 나는 옷을 갖춰 입고 엘리베이터에 서 있는 일을 하지 않고 식품점에 갈 수 있었으면 하면서 잠시 그 생각을 하고 있었다.

획

나는 식품점 입구에 서서 계산대에 앉아 있는 비쩍 마른 사내 너머로 물건들이 쌓여 있는 선반들을 살펴보고 있었다. 선반에 놓여 있는 것들 대부분이 비위를 상하게 했지만 몇 가지—산딸기 주스가 든 병, 쌀과자 봉지, 조그맣게 각진 체다치즈는 그리 나쁘지 않을 것 같았다.

나는 싱크대에 몸을 기울이고 머리는 빙빙 도는 상태로 더욱 미친 것 같은 기분이 들었다. 물론 나는 식품점을 머릿속에 그려볼 수는 있다. 수백 번은 갔던 곳이니까. 그러나 그 이미지가 너무나 생생했고 현장감이 있었다. 나는 싱크대에 대고 헛구역질을 두어 번 하면서 자신의 망상에 대해 고개를 저었다.

조그만 우리 아파트의 부엌은 바로 현관 옆이다. 내가 부엌에서 비틀거리며 나오는데, 문을 두드리는 소리가 들렸다. 나는 신음 소리를 내었다. 관리인이거나 홀 저쪽에 사는 할머니일 것이다. 우리 아파트 건물의 외부 출입문은 항상 잠겨 있어서 방문객은 어느 집의 인터폰을 누르고 그 집에서 잠근 것을 열어주어야 들어올 수 있게 되어 있었다. 우리 집 인터폰을 누른 사람은 없었다. 나는 내키지 않는 대로 문 쪽으로 다가갔다. 관리인과 이야기하기도 싫었고, 이웃집 할머니의 심부름을 해줄 처지는 물론 아니었다. 전에 여러 번 한 적은 있지만. 나는 내다보는 구멍을 들여다보고 얼굴을 찡그렸다. 밝은 붉은색의 곱슬거리는 머리카락밖에 보이지 않았다. 나는 누가 잘못 찾아왔나 보다 생각하며 문을 열었다.

"안녕, 마사!"

문간에 서 있는 여자는 아주 친하지는 않아도 잘 아는 사람이었다. 나는 임신으로 흐려진 기억을 더듬어 그의 이름을 생각해냈다. 시빌이다. 겨우 생각이 났다. 시빌 존스톤. 그 여자의 남편 찰스 이노우에는 극동아시아 학과 대학원생이다. 그들의 첫아이가 케이티와 비슷한 때에 태어났다. 시빌과 나는 둘 다 배가 남산만 할 때 한 파티에서 만나서 입덧에 대한 이야기를 하며 서로의 농담에 너무나 웃어대었기 때문에 이러다가 거기서 분만을 하는 게 아닐까 겁이 났다. 시빌에 대해서 아는 것은 그것뿐이었고, 나는 빨지도 않은 덧옷만 입고 그 앞에 서 있는 것이 몹시 당황스러웠다.

시빌은 조금도 당황한 것 같지 않았다. 그 여자는 붉은 머리칼을 출렁이며 싱긋 웃고는 커다란 식품 봉지 두 개를 내밀었다.

"지나는 길이었는데, 우리 임신했을 때 먹었던 것들 생각이 났어. 그래서 너한테 좀 사다주기로 했지." 그 여자가 말했다.

나는 곁눈질로 그 여자를 바라보았다. 이것은, 특히 뉴잉글랜드의 정서적으로 메마른 문화에서는, 전혀 정상적인 행동이 아니다.

"이봐," 시빌은 식품 봉지 속을 들여다보며 말했다. "산딸기 주스랑 쌀과자 그리고 치즈를…" 그 여자는 갑자기 웃었다. 고운 얼굴이 분홍색이 되었다. "왜 그런지 모르겠어. 그냥 이렇게 할 생각이 났어. 내가 아주 이상한 짓 한 거야?"

그때까지 나는 한마디도 하지 않고 있었다. 나는 벽에 기대고 있었는데 입은 헤벌리고 있었고, 콕콕 찌르는 느낌이 머리를 타고 척추로 내려가고 있었다. 그리고 당혹스럽게도 눈물이 솟아나서 뺨으로 흘러내리는 것이었다.

"너, 괜찮니?" 그 여자는 걱정스레 나를 바라보았다.

"고마워." 나는 간신히 말을 했다. 나는 도움을 받는 것에 익숙하지 않았고, 우는 모습을 남에게 보이는 일은 거의 없었다. 그러나 나의 그 대단한 자존심은 무너지기 시작했다. "난…어…나는 정말로 도움이…." 이제 눈물을 억제할 수가 없었다. 나는 손으로 얼굴을 가리고 흐느끼기 시작했다.

좀 아는 사이에 불과한 시빌 존스톤은 우리 아파트에 들어서서 식품 봉지 하나를 바닥에 내려놓고, 막 쓰러지려는 나를 든든한 팔로 붙잡아주었다.

"괜찮아?" 그 여자가 물었다.

"나, 또…임신했어…먹을 수가 없어." 나는 헐떡이듯 말했다.

"그럼, 괜찮아." 시빌은 폭동 중의 군중이라도 진정시킬 것 같은 낮고 힘 있는 목소리로 말했다. "뭘 좀 먹도록 해보자." 그 여자는 내가 헝겊으로 만든 인형이기나 한 것처럼 조심스레 벽에 기대어 세워 놓고 식료품 봉지 두 개를 들고 부엌으로 들어섰다.

　나는 어리둥절한 채 한편으로는 '보이기'를 생각하며 한편으로는 그 생각을 하기가 겁이 나서 서 있었다. 다시 한번 내 생활이 전적으로 나 아닌 누군가의 통제하에 있다는 기괴한 기분이 들었다. 나는 조금 전에 몸은 두고 의식만 식품점에 가서 골랐던 바로 그 식품들을 봉지에서 꺼내고 있는 시빌을 바라보며 어리둥절하면서도 안도감을 느끼며 울고 있었다.

7

시빌은 한 시간 넘게 있으면서 케이티와 놀아주고 목욕도 시켜주고 기저귀를 갈아주었다. 그동안 나는 긴장을 풀고 산딸기 주스를 조금씩 마실 수 있게 되었다. 시빌은 그 모든 일을 전혀 감상적이지 않고 아주 자연스럽게, 몇 주일 전부터 계획한 가장 일상적인 일인 것처럼 했다. 시빌의 그런 자연스러운 태도 덕분에 나는 그 여자의 친절에 지나치게 당황스럽지 않을 수 있었다. 그러나 시빌은 그것으로 끝낸 것이 아니었다. 나는 다음 날 아침 인터폰이 울리는 소리에 잠을 깨고 나서야 알게 되었다.

여전히 속이 울렁거리고 기운이 없었지만 전날보다 훨씬 나아서 조심스레 침대에서 나왔다. '죽음의 나선'에서는 벗어난 것이다. 나는 인터폰에 다가가서 통화 단추를 눌렀다.

"네, 누구신가요?" 내가 말했다.

"안녕, 마사. 나 다시 왔어." 시빌의 목소리가 들려왔다. "그리고 디이더를 데려왔어. 디이더 헤네시 말이야."

시빌과 내가 만났던 그 파티에서 디이더 헤네시라는 여자를 소개받았던 생각이 났다. 나는 내키질 않았다. 새로 사람을 사귈 만한 때가 아니었다. 나는 비명횡사한 사람 같은 꼴을 하고 있었다.

"어…나 세수도 안했어." 내가 어물거리며 말했다.

시빌의 목소리보다 고음의 다른 목소리가 대답을 했다. "마사, 나 디이더야. 내 말 들어. 걱정할 것 없어. 나도 임신 중이고 귀신 같은 꼴이야."

"정말 그래." 시빌이 말했다.

"얘는, 정말 고맙구나!" 다른 목소리가 말했다.

이 상황에서는 올라오라고 하는 수밖에 도리가 없었다.

그 둘이 엘리베이터로 10층을 올라오는 데는 1분밖에 걸리지 않았다. 머리에 빗질을 하고 엉망이 되어 있는 집 안을 절망적으로 둘러볼 시간밖에 없었다. 모든 수평의 면에는 책과 종이들이 쌓여 있었다. 케이티의 장난감들이 바닥에 흩어져 있었다. 구석마다에 먼지 뭉치가 있었다. 어떤 것은 주먹만 했다. 나는 시빌이 이해할 거라는 것을 알고 있었다. 그러나 그 여자의 이해를 요구할 만한 불완전하거나 자랑스럽지 못한 일이 내게 있다는 사실이 싫었다. 디이더는 아주 아름답고 심미적인 인상의 여자였다고 기억되었다. 나 자신이나 집을 내놓을 만하게 손질할 시간은 없었다.

"안녕!" 내가 문을 열자 시빌이 웃음을 띠고 말했다. "아침을 같이 먹으려고 온 거야!" 전날처럼 커다란 식료품 봉지를 들고 있었다. 나는 그 여자가 배고픈 임신한 여자들을 찾아 돌아다니는 사람인가 하는 생각이 들기 시작했다.

"오늘은 유럽풍으로 하자. 프랑스식 파이를 사 왔어." 디이더가 시빌을 따라 들어오며 말했다.

디이더는 전혀 귀신 같은 꼴이 아니었다. 임신 중인 것처럼 보이지도 않았다. 그 여자는 하늘하늘한 몸매에 티 없는 피부, 큼직한 회색 눈을 가지고 있었다. 시빌은 전과 다름없이 멋진 모습이었다. 그 여자의 숱 많은 곱슬머리는 너무 붉어서 거의 진홍빛이었고 높은 광대뼈 위의 눈은 머리색과 잘 어울리는 따뜻한 갈색이었다. 화장기 없이 방금 씻은 얼굴로도 두 사람은 여전히 아름다운 여성들이었을 것이다.

"집이 엉망이라 미안해." 내가 맥없이 말했다. 그들은 그 말은 듣는 것 같지 않았다. 시빌은 싱크대 옆에 봉지를 놓고 여러가지 빵과 과자 등을 꺼내기 시작했다. 디이더는 살구즙이 든 커다란 병을 들고 있었다. 그 여자는 유리잔을 찾아내어 세 잔을 따랐다.

"자, 마사. 이거 마셔봐." 그 여자가 말했다. "나도 석 주 동안 이것 말고는 아무것도 못 먹었어."

나는 약간 얼떨떨했다. 나는 유리잔을 받아들고 조금 맛을 보았다. 놀랍게도 그건 맛이 좋았다.

"너도 구역질이 나니?" 내가 물어보았다.

디이더는 커다란 눈을 굴리면서 "말도 마"라고 했다.

"어제가 임신 14주래." 시빌이 말했다. "구토증은 보통 12주 지나면 사라져." 그 여자는 큰 접시를 찾아내어 봉지에서 꺼낸 것을 이리저리 담았다. 머핀, 크루아상, 롤빵, 쿠키, 브리오슈. 시빌은 내가 먹을 수 있는 것을 꼭 찾겠다고 작정한 것 같았다.

"사실 이번 임신은 첫 임신에 비하면 그리 나쁘진 않아." 디이더가 말했다. "그땐 정말 힘들었어. 아홉 달 내내 괴로웠거든."

그들은 주스와 빵들을 존과 내가 책상과 식탁 겸용으로 쓰는 탁자로 가져갔다. 나는 그들을 따라가면서 이것이 이상하게 느껴지지 않아서 이상했다. 나는 사람들을 집에 잘 초대하지 않았다. 학부시절에 아주 친한 친구가 몇 생겼지만 그들은 모두 다른 곳으로 갔다. 박사과 정을 시작하고 나서는 친구를 사귀기가 훨씬 어려워졌다. 내가 엄마 라는 사실로 동료 학생들 사이에서 나는 특이한 존재가 되었다. 모두 들 나에게 친절하고 상냥했지만 젖 먹이는 엄마의 생활에 큰 관심이 없는 것은 당연한 일이었다. 나는 갑자기 몹시 아픈 아이를 데리고 응 급실로 달려가서 밤새도록 온갖 검사를 받게 한 뒤에, 곧바로 학교에 가서는 역사적 필연에 관한 칼 맑스와 막스 베버의 견해의 차이에 대 해 정말로 관심이 있는 체하며 앉아 있곤 했었다. 나는 실제로는 아이 가 이가 나느라고 보채는 것에 대해 걱정을 하거나 침실에 아이를 위 해 안전장치를 해야 한다는 생각을 하면서, 불감증인 여자가 오르가 슴을 가장하듯이 지적 열정을 가장하며 뒤르켐의 사회 감염 이론에 대해 토론을 하곤 했다. 나는 그런 일을 너무나 자주 해왔기 때문에, 편안하고 자유롭게 아무것도 감추려 하지 않고 이야기를 하는 것이 어떤 것인가를 잊어버리고 있었다.

시빌과 디디는 분명 그렇게 편안하게 마음을 터놓고 얘기하는 데 에 익숙해 있었다. 나는 그들과 함께 앉아서 브리오슈를 집어 먹으면 서 조심스럽게 지켜보며 귀를 기울였다. 그들은 지적이고 세련된 여 자들이었지만, 내가 하버드에서 익숙해진 상호작용의 패턴을 보여주 지는 않았다. 경쟁의 느낌이나 내가 무능력하다는 비판을 받는 느낌, 위협받는 느낌은 전혀 없었다. 그 대신 편안한 솔직함과 그런 것이 존 재한다는 것조차 내가 잊어버린 어떤 따뜻함이 있었다. 나는 이런 것 에 어떻게 반응해야 할지 몰랐다. 그래서 신경이 예민해졌다.

"좀 나아 보인다, 마사." 시빌이 내 잔에 살구즙을 다시 채우며 말했다. "이제 안심이 되네. 어제는 병원으로 끌고 가야 되나 보다 했어. 아니면 영안실이나."

"훨씬 나아졌어." 나는 고마움을 느끼며 여전히 어색하게 말했다. "네 덕분이야."

시빌은 그런 말 말라고 손을 저었다.

"넌 아직 날씬하다." 디이더는 크루아상을 베어물며 말했다.

"누가 할 소리니? 넌 백조공주 춤이라도 출 수 있을 것 같은데."

"음, 계속 토해서 그래. 농담이 아니야. 나는 허기증에 관한 강의라도 할 수 있을 거야. 하지만 이제 토기가 좀 가라앉았으니까 잃어버린 시간을 보충해야지. 첫아이 때는 그렇게 괴로웠어도 체중이 1,000킬로쯤 늘었었어."

"그 구토증 낫게 하는 약 같은 것 없니?" 시빌이 물었다. "의사에게 물어봤어?"

디이더가 코웃음을 쳤다. "그 사람들 관심이나 있는 줄 알아? 그 사람들은 우리가 타이레놀을 먹는 것보단 굶어 죽는 걸 좋아할 거야."

나도 고개를 끄덕였다. "내 생각엔 하버드의 의사들은 우리에게 무슨 약을 먹으라고 했다가 혹시 아기에게 잘못된 일이 있으면 고소를 당할까 봐 겁을 내는 것 같아."

"의사들, 참." 시빌은 고개를 저으며 말했다. 그러고는 병원에 관련된 이야기들을 늘어놓아 나는 몇주 만에 처음으로 소리 내어 웃었다.

대화는 자연스럽게 이런저런 이야기로 옮겨갔다. 모두가 익살스럽고 우습고 매력적인 이야기였다. 나는 남극에 있다가 갑자기 타히티 해변으로 옮겨진 사람 같은 기분으로 조심스레 앉아 있었다. 시빌과 디이더에게는 예쁜 여자들에게 흔히 있는 속물적인 태도도 없고, 내게 그토록 익숙해진 전문가의 잘난 체하는 태도도 없었다. 시빌은 작가이고 디이더는 음악가인데 둘 다 자기 분야에서 아주 탁월한 사람들이었지만, 그들은 자기들의 일에 대해서 전혀 자만이나 가식적인 겸손 없이 심상하게 말을 했다. 나는 그들을 몇년 동안 사귀어온 것처럼 마음이 편했다.

그날 아침을 회상해보고 나는 처음으로 내가 얼마나 외롭게 지내고 있었는지를 깨달았다. 나는 하버드에서 따귀를 얻어맞는 것 같은 경험을 여러 차례 했기 때문에 사회적 접촉에서 조심스레 자신을 감추게 되었고, 엄마가 된 후에는 내게 정말 중요한 문제에 대해서는 존외에는 아무에게도 말한 적이 없었다. 존이 아시아로 가고 나서 나는 마치 우주선 속에 있는 것처럼 외톨이였다.

물론 케이티가 있었지만 그것은 어른인 누구와 같이 있는 것과는 다르다. 우리 사회에서 통하는 커다란 신화 하나는, 여자가 어린아이들과 같이 있으면 혼자 있는 것이 아니라는 것이다. 사실은 아기들과 함께 남겨진 어머니는 아예 혼자 있는 것보다도 더 어려운 처지이다. 자신을 위해 사용할 수 있을 에너지, 주의, 보호능력 등을 우선 아기를 보살피는 데 써야 하기 때문이다. 그런 이유로 성경은 항상 전쟁과 재앙 중에 '아이를 데리고 있고 아기에게 젖을 먹이는 이들'의 처지를 가련히 여기는 것이다. 성경의 저자들은 여자가 혼자서는 달아나거나 싸우거나 숨을 수도 있지만, 아기를 데리고 있는 여자는 속수무책이라는 것을 너무나 잘 알고 있었다.

디이더와 시빌과 살구즙을 마시며 이야기하는 동안 이런 생각을 하지는 않았다. 나는 그저 이상한, 무엇이 녹는 듯한 느낌, 나 자신의 이미지에 대한 통제력이 느슨해지는 느낌, 그리고 위험할 만큼 기분이 좋다는 느낌을 느꼈을 뿐이다. 케이티가 깨어났을 때 당장 시빌이 봐주러 가자, 나는 당황스럽게도 이틀 사이에 두 번째로 남 앞에서 눈물을 보일 수밖에 없었다. 시빌과 케이티가 함께 웃는 소리가 들린 것뿐인데, 그처럼 다정한 사람이 내 아이를 돌보고 있다는 생각이 눈물을 참을 수 없게 만들었다. 처음에 디이더는 모른 체하며 말을 계속했지만 내가 소매로 눈물을 닦아야 되자 말을 그쳤다.

"미안해." 나는 당황해서 어쩔 줄 모르며 말했다. "그냥…정말 너무 고마워. 너랑 시빌이 왜 이렇게 해주는지 모르겠어. 난 이런 걸 받을 만한 일을 한 게 없는데."

디이더는 잠시 말없이 나를 바라보았다. "시빌이 내 얘기를 얼마나 했는지 모르겠다―"

나는 그 여자를 힐끔 바라보았다. "아무 얘기도 안했는데?"

"음," 그 여자는 고개를 끄덕이고 조금 있다가 말을 계속했다. "나 지금 두 번째 결혼이야. 첫 남편은 완벽한 남자였어. 잘생기고 매력적이고 성공했고, 그런데 또 완전한 사이코였어. 언젠가 그 얘기 더 해줄게. 지금 하려는 말은, 나와 결혼한 사람이 어떤 사람인지 도대체 알 수가 없었다는 거야. 결혼식이 끝나자마자 그 사람은 이상하게 행동하기 시작했어. 날이 갈수록 점점 심해졌지. 두어 달 지나고 나서는 정말로 무서워지기 시작했어. 그래서 임신 3개월에 그 사람을 떠났어."

나는 울음을 멈추고 더 자세히 그 여자를 바라보았다. 그 여자는 전과 다름없이 차분한 표정이었다.

"내가 도망쳤을 때 몸이 몹시 나빴어. 지금 너처럼. 게다가 정서적으로도 엉망이었어. 먹지도 못하고 자지도 못하고 결국 병원신세를 졌지."

다른 방에서 시빌과 케이티가 함께 "거미가 줄을 타고 올라갑니다—" 하고 노래를 부르는 소리가 들렸다.

"나는 그 병원에서 죽을 거라고 생각했어. 내 삶은 완전히 망가졌지." 디이더가 조용하게 말했다.

"정말 안됐다." 나는 자신의 처지에 대해 그렇게나 법석을 떤 것에 더욱 당황스러운 기분이 되어 말했다.

디이더는 어깨를 으쓱했다. "그건 지난 일이야. 지금은 좋아. 그런데 내가 병원에 있을 때 있었던 일을 말해주려는 거야. 늦은 시간이었어. 방문시간이 지난 다음이었지. 팔에 정맥주사를 꽂고 있었어. 먹지도 마시지도 못했으니까. 물을 한잔 갖다주었는데 그걸 들어올릴 힘도 없었어. 그리고 울음을 그칠 수가 없었어."

그 여자는 내가 들고 있던 브리오슈를 다 먹은 걸 보고 쟁반을 내게로 밀어주며 말을 계속했다.

"자정쯤 되어서 간호보조원이 병실 바닥을 닦으러 들어왔어. 조그만 여자였어. 150센티미터도 안됐을 거야. 머리는 희었고 짙은 갈색의 피부를 하고 있었어. 멕시코나 필리핀이나 이집트 사람이었는지 모르지. 어쨌든 영어를 하진 않았어. 그 여자는 걸레질을 하면서 나를 계속 바라보고 있었어. 내가 누워서 울고 있는 걸 말야. 그러고는 내가 알지 못하는 무슨 말을 했어. 걸레를 양동이에 담고는 욕실에 가서 따뜻한 물이 담긴 대야와 깨끗한 수건을 가져왔어. 그리고 나를 씻겨주기 시작했어."

디이더는 말을 하면서 자신의 이마를 건드려 보이고 양쪽 손목을 가리켰다.

"내 얼굴을 씻겨주고 두 손과 팔을 씻겨주고 그리고 담요를 들치고 내 발을 씻겨주었어. 그러면서 내내 내가 모르는 그 언어로 계속 내게 말을 했어. 나는 그 여자가 무슨 말을 하는지 알 수 있었어."

디이더는 시빌이 별 뜻이 없는 다정한 소리를 내면서 케이티에게 옷을 입히고 있는 저쪽 방을 향해 고개를 기울였다. 나는 곧 디이더의 말뜻을 알아챘다. 어머니들이 아기들에게 자연스럽게 하는 그 달래는 듯한 노랫가락 같은 말을 말하는 것이었다. 아기에게 하는 말은 모든 나라 모든 문화에 있는 것이다. 그것이 본래의 어머니의 말, 모어인 것이다. 그것은 말이라기보단 노래에 가깝기 때문에 어떤 언어장벽도 넘어갈 수 있다. 의미가 아니라 소리 자체가 위안과 힘을 주는 것이다.

디이더는 한 손을 내밀어 내 손 위에 놓았다. "그래서 내가 지금 여기 있는 거야. 내겐 갚아야 할 빚이 있어."

그때쯤에는 나는 폭포처럼 눈물을 쏟고 있었다.

"말하고 보니 좀 맞지 않는 것 같네." 디이더가 말했다. "사실 내가 진 빚을 갚으려고 오늘 왔어. 하지만 네가 좋으니까 또 올게." 그리고 그 여자는 멋진 미소를 지었다.

이것이 내가 아담에게서 받게 될 커다란 선물들 중에서 첫 번째 선물이었다. '어머니'라는 명사보다 '어머니 노릇을 하다'라는 동사가 더욱 강한 것임을 이해하게 된 일이었다. 어머니 노릇은 ― 다른 친구도 내게 그렇게 말했지만 ― 생물학적 재생산과는 별 상관이 없다. 아이를 낳아 기르면서도 어머니 노릇은 하지 않는 사람들이 있고, 아이를 낳은 일이 없이도 평생 어머니 노릇을 하는 사람들(남자건 여자건)이 있다. 불행한 것은, 우리가 다 우리의 진짜 어머니에게서 태어나거나, 또는 우리가 필요로 하는 기간만큼 어머니와 함께 있는 행운을 누리지는 못한다는 사실이다. 다행한 것은, 어머니는 없다 하더라도 어머니처럼 보살펴주는 사람은 적지 않다는 것이다. 이 불유쾌하고 불편한 지구상에서 모든 불리한 여건에도 불구하고, 어머니 노릇을 해주는 이들은 넉넉히 존재한다. 우리가 어리석지 않고 어디를 보아야할지를 안다면 우리는 항상 그이들을 찾을 수 있다.

물론 내가 아담을 임신하고 있는 동안 나는 어디를 보아야 할지 몰랐지만 많은 보살핌을 받았다. 그 힘든 시기 내내 나는 어머니 노릇을 해줄 사람을 찾아가지 못했을 뿐만 아니라 그들이 스스로 나타났을 때에도 실제로 그들을 물리치려 했었다. 도움을 받으려면 방어적인 태도를 버려야 하는데, 학문적 성취에만 몰두해온 7년 동안에 나의 성격에는 거의 방어적인 태도만 남은 것 같았다. 시빌을 우리 집으로 올라오게 하고 다음 날 디이터와 함께 다시 오게 만든 ― 그리고 그다음 날도, 그다음 날도 ― 힘이 무엇이었든 간에 그것은 내가 그들을 돌려보내지 못할 만큼 어려운 상황에 처해 있었기 때문이었다.

그 힘이 무엇이었는지 나는 잘 모른다. 그 힘든 해가 지난 뒤에 한동안 나는 그것에 뜻밖의 행운, 복, 하느님, 운명 등의 이름을 붙이려고 해보았다. 그것을 어떤 이름으로 불러도 좋다. 그러나 지금도 나는 잘 안다고 말할 수 없다. 그것이 무엇이었든 나는, 그 당시에도, 아담이 함께하고 있었다고 생각했다. 나는 아담이 시빌과 디이더를 선택해서 우리 아파트에 나타나게 했음이 밝혀지더라도 전혀 놀라지 않을 것이다. 그가 할 만한 일인 것 같으니까.

8

시빌과 디이더가 살구즙과 다정한 친절로 기운을 북돋워주었기 때문에 나는 존이 첫 여정에서 돌아올 때까지 병원신세를 지지 않고 견딜 수 있었다. 그런데 유감스럽게도 존은 반갑지 않은 불청객을 데리고 왔다.

우리는 존이 싱가포르의 일을 맡으면 이상한 병균들에 노출될 수 있다는 점을 알고 있었다. 우리는 결혼한 뒤 바로 1년간 동남아시아에서 지내면서(나는 대학 3학년을 싱가포르에 있는 중국어를 사용하는 연구센터에서 마쳤다) 몇 가지 이상한 병을 앓았다. 그중 하나는 눈꺼풀의 피부가 비늘처럼 되는 것으로, 마치 작은 도마뱀 둘이 얼굴에 올라앉아 있는 것같이 보였다. 또 하나는 발목이 몸의 다른 부분과는 상관없이 떨리는 증상이었다. 나는 부인과 병원에 가야 되는 증상도 한두 가지 경험했다. 그러나 우리가 걸렸던 대부분의 아시아의 병과 1987년에 존이 가지고 온 병균이 일으키는 증상들은 미국에서 독감이 유행할 때마다 나타나는 증상들과 같은 것들이었다. 몸의 통증, 두통, 치통, 머리 밑이 아픈 것, 흉통 등. 1987년에 우리는 그걸 모두 앓았다. 기진맥진하고 긴장하고 지구의 절반을 돌아 갔다 왔다 하면서 존은 사실상 그런 통증들을 옮겨주는 세균 배양접시와도 같았다.

그해 11월에 그가 가져온 육체적 문제들은 심한 장 바이러스, 항생

제가 듣지 않는 코의 염증 그리고 머릿니였다. 그가 집에 들어서고 5초 만에 나는 이 모든 것에 걸렸다. 두 주 동안 헤어져 있던 다음이라 입맞춤을 통해 병균이 옮는 문제에 대해선 조금도 신경 쓰지 않았다. 존의 입에서는 박하가 들어 있는 목사탕과 기침약 냄새가 났지만 그래도 존의 입이었고, 나는 개의치 않았다. 그의 키스는 내가 어렸을 때 우리 집 주위에 많이 있던 버터너트 나무 열매 생각이 나게 했다. 그것은 호두와 비슷하지만 야생에 더 가깝고 폭풍 속의 숲 속 공기 같은 뒷맛을 남긴다. 나는 숲 냄새와 약 냄새가 뒤섞인 존의 냄새를 본드 중독자가 그 냄새를 마시듯이 들이마셨다. 그것은 내게 구토증을 일으키지 않는 유일한 냄새였다.

그러나 자정쯤 되자 장 바이러스가 활동을 시작해서 정말 기록적인 복통에 휩싸였다. 열이 치솟고 정신이 혼미해졌다. 나는 이상한 소리를 내며 침대 위를 헤매어 다녔다. 결국 존은 걱정이 되어 나를 대학의 료센터의 응급실로 데리고 갔다. 나는 그곳에 도착한 것만 간신히 기억할 수 있었다. 당직 의사는 내 눈과 귓속을 들여다보더니 탈수가 심해서 정맥주사를 맞아야 한다고 말했다.

그때 갑자기 의사가 눈을 크게 떴다. 그는 마치 경이롭고 희귀한 무엇을 보듯이 나를 바라보았다. 사실 나를 전체로 바라보는 것이 아니라 팔만을 바라보았다.

"재니스," 의사가 낮은 소리로 불렀다. 그러고는 조금 더 큰 소리로 불렀다. "재니스! 여기 좀 와요!" 그 여자는 몇주 동안이나 찾아 헤매던 것을 마침내 찾은 사람처럼 내 팔에서 눈을 떼지 않고 있었다.

간호사 재니스가 조그만 검사실의 문간에 나타났다. "네?" 하고 말했다.

"이걸 봐요." 의사는 손을 뻗어 내 왼손을 집어들며 말했다. 간호사의 눈도 커졌다. "어머나!" 간호사는 경의에 찬 듯이 감탄했다. "가서 브렌다 데려와요." 의사가 말했다. 나는 그들이 내 팔을 그처럼 좋아하는 것이 좀 기뻤지만 이유는 전혀 몰랐다. 지금은 안다.

나는 핏줄이 매우 두드러져 있다. 타자를 치고 있는 지금도 내 손등과 손목에 두드러진 푸른 핏줄이 컴퓨터 화면에 뚜렷이 비치고 있다. 지금 임신 중이 아닌데도 내 핏줄은 아주 굵다. 누구든 임신을 하면 증가된 혈액을 처리하기 위하여 핏줄이 확장된다. 그날 아침 응급실에 누워 있는 내 핏줄은 굵기와 액체 수송 능력이 거의 정원에 물 뿌리는 호스와 겨룰 만했다. 나는 그런 사실은 알고 있었지만 대학의료센터의 스태프들에게 그것이 무엇을 의미하는지는 몰랐다. 브렌다를 부르러 사람을 보내는 의미도 물론 알지 못했다.

브렌다는 이제 막 간호사 자격증을 따고 날카로운 것으로 사람의 피부를 꿰뚫는 경력을 시작한 신참 간호사였다. 그 일을 잘하기 위해서는 상당한 연습이 필요하다. 특히 정맥주사를 꽂는 것이 어려운데, 그것은 보통 주사바늘보다 굵은 데다 주사액이 잘 흘러 들어가도록 핏줄 안에 상당한 정도까지 밀어 넣어야 하기 때문이다. 이 기술을 익히기 위해서 간호사들은 연습을 많이 한다. 처음에는 감귤류 열매에 하고, 그다음에는 서로서로에게 연습을 한다. 그렇다. 서로에게 주사 놓는 연습을 하는 것이다. 내게는 훌륭한 시누이가 있는데 간호사 수업을 마치고 마치 마약중독자처럼 주사자국투성이인 팔을 하고 집으로 돌아오곤 했다. 그러나 실습을 위해 제공할 수 있는 간호사들의 혈관도 제한되어 있으므로 그들은 항상 큰 핏줄을 가진 환자들이 없나 살펴고 있는 것이다. 바로 나 같은 사람 말이다.

브렌다는 들어오더니 기쁨을 감추지 못하는 것이었다. 의사와 재니스와 함께 잠시 내 굵은 혈관에 감탄의 눈길을 보내더니 얼른 정맥주사 준비를 해서 찔렀다. 그런데 피부를 뚫고 혈관 속으로 바늘을 찔러 넣는 것까지는 잘했는데, 혈관 안에 일정한 정도로 바늘을 밀어 넣는 것이 잘되지 않아서 혈관의 반대편까지 뚫어버리는 것이었다. 그 여자는 그런 식으로 세 번이나 찔렀는데, 내내 나를 아프게 한다는 생각에 겁에 질려 있었다.

이것이 내가 '바늘꽂이 시기'라고 부르는 기간의 시작이었다. 나는 남은 임신기간 동안 며칠마다 한번씩 수액 보충을 받아야 했고, 하버드대학 의료센터의 신참 간호사는 (대체로) 모두 한번씩 내 팔을 찌를 기회를 가졌다. 아담이 태어나고 몇년 후에 한 친구가, 임신하고 겁에 질려 방황하는 한 여자에 대한 노래를 녹음한 테이프를 내게 주었다. 나는 그것을 들으면서 커다란 슬픔의 물결이 나를 휩싸는 것을 느꼈다. 밖으로부터 몰려오는 슬픔이 아니라 안으로부터 풀려나오는 슬픔이었다. 누군가 내가 느낀 것을 이해하고 있구나. 나는 거실에 혼자 앉아서 노래를 들으며 울고 있었다. 그때 오른팔에 마치 벌에 쏘인 듯한 날카로운 통증이 느껴졌다. 항상 신참 간호사의 첫 표적이 되곤 했던 오른팔의 가장 굵은 핏줄을 내려다보니 혈관이 터져서 피하에서 출혈이 되고 있었다. 적갈색의 반점이 서서히 퍼지고 있었다. 하나하나의 세포가 경험을 학습하고, 기억하고, 복제할 수 있다는 것을 나타내는 연구가 있다. 내가 그 노래를 듣고 있을 때 내 커다란 혈관의 세포들이 그들 나름의 이야기를 하고 있었던 것이 분명하다고 나는 믿는다.

　내가 그 많은 정맥주사를 맞던 시절에 나는 그에 수반된 팔의 가벼운 통증은 개의치 않았다. 도리어 나는 브렌다가 드디어 주사바늘을 고정시키는 데 성공한 순간부터 그 아름다운 투명한 포도당 용액이 든 병을 사랑하게 되었다. 액체가 내 혈관 속으로 방울방울 떨어져 들어감에 따라 시야가 서서히 밝아졌다. 탈수상태의 극심한 탈진감은 편안함 비슷한 느낌으로 대체되었다. 무엇보다 먹거나 마시지 않아도 된다는 점이 좋았다. 무언가를 억지로 먹어야 한다는 것이 계속된 투쟁이어서 자양분과 수분을 혈관 속으로 바로 집어넣는 것은 마치 태아를 아기 보는 사람에게 맡기는 것과도 같았다. 나는 긴장을 풀고 누워서 의학과 의료에 종사하는 사람들에게 깊은 감사를 느꼈다.

　3리터의 액체를 사람의 혈관 속에 흘려 넣는 데에는 긴 시간이 걸린다. 내가 편안한지를 확인하고 나서 브렌다와 재니스 그리고 의사는 내가 혼자 쉬면서 포도당 용액을 흡수하도록 두고 나갔다. 나는 깊은 치유의 잠에 빠졌다.

　그리고 꿈을 꾸었다.

　만일 꿈의 경험을 진실되게 말로 옮길 수 있다면 아마 우리는 애초에 꿈이 필요하지 않을 것이다. 꿈은 우리의 이성적인, 말로 옮길 수 있는 정신 너머의 어느 곳에서 오는 것이어서 본성상 묘사할 수가 없다. 그날 내가 꾼 꿈은 대부분의 꿈보다도 더 묘사하기 어렵지만 한번 해보려고 한다.

　나는 셔터로 반쯤 가려진 창문에서 비껴 들어온 빛이 가득한 방에서 목제 테이블 옆에 앉아 있었다. 테이블 위에는 오래되어 노랗게 변하고 거칠게 다루어 찢어진 수많은 서류들이 흩어져 쌓여 있었다. 나는 절망적이고 압도된 느낌이었다. 나는 어떤 이유에선지 그 서류들 중에서 아주 중요한 어떤 것을 찾아야 하게 되어 있었지만 어디를 찾아야 할지 몰랐다. 내가 서류더미를 뒤지고 있을 때 분위기는 어떤 아주 의미심장한 일이 일어날 것이라는 기대감에 가득 차 폭발 직전인 것 같았다. 나는 알지 못하는 그 일에 대한 준비를 해야 된다는 강박적인 기분에 사로잡혀 있었다.

이윽고 나는 혼자 있는 것이 아니라는 것을 알게 되었다. 고개를 들어보니 테이블 저편에 한 젊은 남자가 앉아 있었다. 적어도 젊은 남자의 형상이기는 했다. 나는 이 사람이 사실은 나이를 먹지 않는 사람이라는 느낌이 있었지만, 외양으로는 20대 중반쯤 되어 보였다. 그 사람이 실제로 어떻게 생겼는지는 기억에 없지만, 그 사실은 기억한다.

"여기 있어요." 그가 테이블 너머로 내게 종이 한 장을 내밀며 말했다. 그의 목소리는 아주 낭랑하면서도 부드러워서 내 눈에 눈물이 고이게 만들었다. 나는 당장에 그가 준 종이가 내가 찾던 것임을 알았다. 그것은 바로 내가 알아야 할 정보를 담고 있었다. 그런데도 나는 아주 내키지 않는 기분으로, 아니, 공포심을 가지고 그것을 받기 위해 손을 내밀었다. 손을 벌려 그 종이를 집는 일이 나를 몹시 두렵게 했다. 그러나 그런 두려움만큼 거기 쓰인 것을 보고 싶은 마음도 강했다.

그 편지를 읽던 기억은 그날 밤 내가 아파트에 돌아와서 그 꿈에 대해 기억할 수 있는 것을 모두 적었을 때에 비해서 지금은 훨씬 약해졌다. 그래도 10년이 지난 지금도 그 이미지는 믿을 수 없을 만큼 생생하게 남아 있다. 그 편지는 내가 본 적이 없는 글자로, 내가 모르는 언어로 씌어 있었다. 그런데도 나는 그것을 바로 이해할 수 있었다. 사실 그것은 영어보다 훨씬 더 분명한 언어인 것 같았다. 그걸 읽자 여러 해 동안 낯선 땅에 있다가 고향에 돌아온 것 같은 느낌이었다. 그 글자들은 확실하고 우아한 필체로 씌어 있었고, 글자에서 빛이 났다. 말 그대로 글자의 모든 획과 점에서 물 위에 비친 저녁해와 같은 밝은 금빛 광채가 났다. 마치 잉크로 글자를 썼다기보다는 펜으로 물질적 현실을 긁어내어 그 밑에서 말할 수 없이 아름답게 빛나고 있는 것을 드러내고 있는 것 같았다. 그 편지를 읽는 동안 나는 주사액이 혈관 속으로 흘러들 듯이 깊은 편안함이 방울방울 마음속으로 흘러드는 기분을 느꼈다.

브렌다가 내 어깨에 한 손을 가볍게 얹어서 나를 깨웠다. 나는 세 시간 동안 잠이 들어 있었고, 정맥주사는 끝나 있었다. 나는 훨씬 기분이 좋아졌다. 바이러스는 물러가고 있었고, 나의 조직들은 자양분을 흠뻑 빨아들였고, 나는 혼자 설 수 있었다. 그러나 이런 신체적인 축복 외에도, 그것을 훨씬 넘어 그 꿈의 여운이 남아 있었다. 나는 빛으로 목욕을 한 것 같은 기분이었다. 내가 옷을 입도록 브렌다는 나갔고 잠시 동안 나는 가만히 앉아서 마음속에서 그 꿈을 곰곰이 살펴보았다. 그것이 마치 복잡하고 정교한 보석이나 되는 것처럼. 시각적인 상은 아직 몹시 생생했는데도 답답하게 편지의 내용은 아무것도, 단 한마디도 기억할 수가 없었다. 그러나 그 꿈을 꾸고 나서 그 전에 몰랐던 것을 알았다. 나는 세 가지 사실을 확신했다. 테이블 건너편의 그 젊은

이는 내가 잉태하고 있는 태아라는 것, 그 존재는 나를 자기와 동등한 존재로서 사랑하고 존중한다는 것, 그리고 아기에게 '무언가 잘못된 점'이 있다는 것이었다.

나는 아주 천천히 옷을 입었다. 이제 몇주 동안 이상한 감정과 인상들이 무슨 이상한 마약처럼 내 속에서 소용돌이치고 있었다. 나는 계속해서 내가 예상하지도 않았고, 이해하지도 못하는 것들을 느끼고 있었다. 신발을 신으면서 나는 새로 생긴 터무니없는 믿음들, 특히 아기에게 무언가 문제가 있다는 생각을 떨쳐버리려 했다. 말도 안된다고 생각했다. 임신한 여자가 종일 피자만 먹고선 뭔가 잘못되는 게 아닐까 겁먹는 것과 같았다. 그런데 이상한 것은, 나는 전혀 겁먹은 기분이 아니라는 것이었다. 내가 그 편지를 읽었을 때 내 속 깊이 자리잡은 편안함은 내가 깨어났을 때에도 사라지지 않았다. 그것은 좋은 꿈이었다. 아주 좋은 꿈이었다.

내가 나갔을 때 브렌다와 재니스가 간호사실에 있었다. 그들은 내가 혈색이 돌아오고 내 발로 걸어 나오는 것을 보고 몹시 기쁜 것 같았다. 나는 고맙다는 인사를 하고 내 하버드 신분증을 보여주고 퇴원서에 서명을 했다. 나가려고 돌아섰을 때 무언가가 나를 주저하게 만들었다.

"어…궁금해서 그러는데요," 나는 어색하게 말을 꺼냈다. "제가 방금 감염된 것 같은 바이러스가 — 흔히 있는 위장에 감염되는 것 말에요 — 임신 초기에 어떤 문제를 일으킬 수 있나요?"

브렌다는 자기보다 경험이 많은 재니스를 바라보았다. 재니스가 미간을 찌푸렸다.

"아, 그렇지는 않을 거예요." 간호사들이 환자들의 터무니없는 두려움을 잠재울 때 사용하는 확실한 어조였다.

"풍진이나 톡소플라스마증 같은 건 그럴 수도 있다고 아는데요."

"그렇죠." 재니스가 친절하게 말했다. "여러가지 문제가 생길 수 있어요. 그렇지만 부인께서는 걱정하실 것 없어요. 잘 드시고 몸조심하세요. 그러면 아기는 괜찮을 거예요."

왜 그런지 모르지만, 나는 그 문제를 그냥 둘 수가 없는 것 같았다. "만일 무슨 문제가 있으면—태아한테 말예요—언제 알 수 있나요? 어떻게 알 수 있지요?"

이번에는 브렌다가 말을 했다. "보통은 뭔가 잘못되면 유산이 돼요. 다른 문제들은, 특정 문제에 대한 검사를 하지 않으면 아기가 태어날 때까지 알 수 없어요."

"그러니까," 내가 천천히 말을 했다. "여기선 어떤 종류의 검사를 할 수 있나요? 뭘 검사하나요?"

재니스가 말을 받았다. "아기의 심장박동을 듣는 것 등의 일상적인 검사 외에 여러가지 검사를 할 수 있어요. 초음파검사로 알아낼 수 있는 것들도 있고, 다른 것들은 혈액검사로 알 수도 있어요. 양수검사도 할 수 있는데 자궁에서 양수를 뽑아서 태아의 세포를 분석하는 거예요. 또 CVS라는 것이 있는데 배꼽의 조직을 분석하는 거예요. 그건 양수검사보다 일찍 할 수가 있어요. 그렇지만 그런 건 일반적으로는 하지 않는 것들이에요. 부인처럼 젊으시고, 집안에 선천적 기형의 내력도 없는 분은 하실 필요가 없어요."

나는 그 문제에 대해 잠시 생각해보았다.

"그리고 부인의 보험이 그런 검사를 다 포함하지는 않을 거예요." 재니스가 말을 이었다. 어쩌면 어떻게 이 헐렁한 옷을 입은 이상한 찰 거머리 같은 사람을 떼어 보낼까 궁리하고 있는지도 몰랐다.

"보험이 되는 건 뭔가요?" 내가 물었다.

"혈액검사하고요, 원하시면 AFT는 할 수 있어요."

"AFT요?"

"알파-페토프로테인이에요." 그 여자가 설명했다. "그건 태아가 내 놓는 일종의 배설물이에요. 어머니의 혈액 속에 그게 많이 있으면 척 추파열일 수도 있어요."

"알았어요." 내가 말했다. 케이티를 임신했을 때 그 검사를 받겠느 냐고 질문을 받았던 생각이 났다. 나는 위험요인이 아주 낮았기 때문 에 검사를 하지 않겠다고 했었다. 그런데 지금은 무언가 서로 모순되 게 따뜻하면서도 두려움을 일으키는 것이 내 의식을 밀어대고 있었 다. 나는 브렌다와 재니스에게 마지막으로 고맙다는 말을 하고 3층의 산부인과로 내려갔다. 나는 보험이 되는 모든 검사를 받아야겠다고 결정했다.

10년이 지난 지금도 나는 여전히 아담 자신이 그것을 제안했다고 믿고 있다. 내가 그의 어머니가 되는 준비를 하도록 돕기 위해서.

바로 지금 내 사무실 바로 밑에 있는 방에서 아담이 콜라 캔을 빼앗 아간 누나에게 소리 지르는 것이 들린다. 딸아이는 내가 아래층에 있 었더라면 그렇게 할 거라는 걸 알기 때문에 그것을 빼앗은 것이다. 나는 아이들에게 콜라를 주지 않는다. 그러나 작가인 친구를 위해서 그걸 감추어둔다. 아담은 내가 그걸 감추는 곳을 알아낸 것이다. 그는 한 캔을 단숨에 마셔버리고 두 번째 것을 마시려는 참에 케이티에게 들켰다. 그 한 캔만으로도 아담은 카페인과 설탕에 취해서 몇 시간 동안 기타를 뜯으며 여자친구 로니에 대한 사랑의 노래를 불러댈 것이다(아담이 노래를 부르는 것을 닫힌 방문을 통해 처음으로 들었을 때, 나는 아이가 발작을 일으키는 줄 알았다. 나는 긴급구조대를 부를 뻔했다! 결국 아이의 방문을 열고 보니 그는 조그만 플라스틱 기타를 들고 달을 향해 세레나데를 부르고 있었는데, 그 소리는 잔디 깎는 기계에 치인 고양이 소리 같았다).

내가 하려는 말은, 아담이, 사원에서 자신의 통찰력으로 학자들을 놀라게 한 예수나, 티베트 승려들에 의해 고승의 환생으로 인정된 어린 소년이나, 아니면 춤을 썩 잘 춘 셜리 템플 정도로라도 수수께끼 같은 현상은 아니라는 것이다. 그는 그저 누이들을 괴롭히는 소년다운 열정과 큰 목소리를 가진 아이일 뿐이다. 대부분의 시간에는 그렇다. 나는 그런 점에 대해서는 친구들에게나 낯선 사람들에게나 똑같이 얘기를 한다. 때때로 아담에게서 저능아라는 겉모습을 뚫고 다른 어떤 것이 보인다는 사실에 대해서는 말하지 않는다. 그것은 내가 10년 전에 꿈에서 본 그 편지의 글자들에서 반짝이던 빛처럼 빛난다. 그것은 잠시, 나를 숨도 쉴 수 없게 만든다.

아담이 세 살이었을 때, 나는 그 아이가 말로 의사소통을 하게 되리라는 희망을 잃어버리기 시작했다. 말을 하지 못하는 것이 아이에게도 몹시 좌절감을 주었고, 내 가슴은 갈갈이 찢어졌다. 나는 아이와 함께 몇 시간씩이나 언어치료사가 가르쳐준 훈련을 했지만 조금도 소용이 없었다. 때때로 아담은 억지로 어떤 단어에 꿰어맞출 수 있는 소리를 내기도 했지만, 조금이라도 정직하게 말하면 전혀 말이 아니었다. 나는 이 아이는 말을 할 수 없다는 사실을 받아들여야만 했다.

어느 날 소용없는 치료훈련을 몇 시간이나 한 다음에 나는 절망상태에 빠졌다. 나는 아이들을 데리고 식료품점에 가면서 아이들이 얌전히 있도록 뇌물을 하나씩 주기로 했다. 너무나 지치고 의기소침해서 다른 방법으로 아이들이 규율을 지키게 할 수가 없었다. 아이들에게 계산대 옆에 있는 캔디 진열대에서 갖고 싶은 것을 하나씩 고르라고 말했다. 케이티는 알사탕을 집었고, 리지는 초콜릿바를 집었다. 그런데 말을 하지는 못해도 내가 하는 말을 다 알아듣는 것으로 보이는 아담은 붉은 장미 송이들이 담긴 바구니 쪽으로 가서 하나를 뽑았다.

"네가 갖고 싶은 건 이거야?" 내가 믿을 수 없어서 물었다.

그는 고개를 끄덕였다.

"아니야, 이건 캔디가 아니잖아." 나는 장미를 제자리에 돌려놓고, 아이를 캔디 상자로 향하게 했다. "캔디 갖고 싶지 않아?"

아담은 고개를 젓고 다시 장미 바구니로 걸어가서 하나를 집어 계산대에 올려놓았다. 나는 좀 혼란스러웠지만, 돈을 치렀다. 딸아이들이 캔디의 포장을 뜯을 때 아담은 엄숙하게 장미를 받아들었다. 돌아오는 길에서 내내 아이는 두 손으로 그것을 들고 있었다. 집에 돌아와서는 곧바로 사온 물건들을 제자리에 넣고 하느라 나는 아이의 이상한 요청에 대해서는 잊고 있었다.

다음 날 아침 잠이 깨었을 때 햇빛이 창을 통해 들어오고 있었다. 존은 이미 나간 뒤였고, 리지의 방에서 나직하게 재잘거리는 소리가 들렸다. 하품을 하며 기지개를 켜는데, 아담의 조그만 발이 복도를 지나 내 침실로 오는 소리가 들렸다. 그는 조그만 크리스탈 꽃병에 담긴 장미를 들고 문간에 나타났다. 나는 놀라서 아이를 바라보았다. 나는 아이가 꽃병이 무엇에 쓰는 것인지 아는 줄도 몰랐고, 찬장에서 그걸 찾아내어 물을 담고 꽃을 꽂을 줄 안다고는 더욱 생각하지 않았다.

아담은 침대로 걸어와서 내게 장미를 내밀었다. 그러면서 맑고 침착한 목소리로 '여기 있어요'라고 말하는 것이었다.

대학의료센터에서 꾼 꿈에 대해 생각해본 지도 몇 년이 지났고, 꿈속에서 테이블 저편에 앉아 있던 젊은이의 그 믿을 수 없을 만큼 부드러운 목소리를 들은 지도 여러 해 지났다. 그런데 바로 그 목소리가 방금 말할 줄 모르는 내 아들의 입에서 흘러나온 것이다. 그 꿈이 번쩍하고 뇌리를 치며 나는 거의 두려움을 느끼며 아담을 바라보았다. 아이는 침착하게 나를 마주 쳐다보고 있었고, 나는 내가 내내 알고 있던 것ㅡ내가 기억하고 있었어야 했던 것ㅡ을 알았다. 내 자식인 이 아이는 내가 다 이해하지 못하는 영혼을 지니고 있다는 것, 내가 그를 '정상적'인 아이로 만들려고 애쓰며 겪는 고통에 대해 안쓰럽게 생각하고 있다는 것, 그리고 나의 많은 결함에도 불구하고 그는 나를 사랑한다는 것을.

그리고 아이는 돌아서서 조그만 푸른 파자마를 조금 끌면서 방에서 걸어 나갔다.

9

나는 아담이 태어나고 2주가 되었을 때부터 아이를 봐주기 시작한 물리치료사들과 이야기를 나누어보기 전까지는 사람들이 외양에 대해 얼마나 강박증적으로 될 수 있는지 깨닫지 못했다. 우선, 장애아들과 함께 일하며 평생을 보내는 사람들은 가장 수용적이며 애정이 깊고, 낙관적이면서 동시에 현실적인 사람들이라는 것을 우리는 알아야 한다. 그들은 어떤 아이도, 아무리 심한 기형이거나 무능한 아이라도 무조건적인 보살핌을 받을 자격이 있다고 여긴다. 아마 아담의 치료사들은 하버드 학위를 세 개나 가지고 있고 비교적 온전한 신체를 지닌 내가, 그들로부터 아담보다도 더 많은 것을 배우고 있었다는 사실을 모를 것이다. 나는 그들 주변의 공기에까지 친절이 가득한 것을 느끼면서 그들을 지켜보았다. 이전에 꽁꽁 얼어 있었던 나의 모든 부분이 녹아서 기지개를 켰고, 나는 세상이 그렇게 적대적이기만 한 곳은 아닐지도 모른다는 생각을 하기 시작했다.

아담의 치료사들이 누구에 대해서도 비판을 하지 않는다는 말은 아니다. 사실 그들은 자신들의 일을 하면서 만나게 된 일부 사람들에 대해서는 남모르게 경악했다. 치료사 중 두 사람이 어느 날, 4킬로를 조금 넘은 아담이 발달훈련(반짝이는 물건 움켜잡기, 재미있는 소리를 듣기 위해 고개를 앞뒤로 구부리기, 마른 콩이 가득 든 욕조 속에서 몸을 굴리기 등이었다)을 하고 있을 때 내게 이야기를 해주었는데, 그들이 돌보아주는 아이들, 특히 아이들의 외모에 대해 만족하지 못하는 부모들 때문에 큰 수술을 받고서 회복 중인 아이들에 관한 것이었다. 가벼운 안짱다리를 고치기 위해 허벅지 뼈를 부수어 새로 만든 아이, 아직 형성되지 않은 '결함'을 바로잡기 위한 성형수술을 받은 아이, 또 언청이라는 가벼운 기형 때문에 버림받은 아이들. 그 치료사들은 외양을 넘어서 인간으로서의 아이들을 볼 줄 모르는 부모들에 분노하고 있었다.

이 치료사들은 보통 아이들과는 '다른' 아이들을 위해 일하기를 스스로 '선택한' 것임에 반해 그 부모들에게는 그런 경험이 떠맡겨진 것임을 기억해야 한다. 나는 분명 그들을 비판할 입장에 있지 않다. 아담이 다른 아이들과 다른 것을 불편한 심정 없이 받아들이고 표면 너머를 볼 줄 알게 되기까지 나도 힘든 시간을 보냈다. 그러나 나는, 사물을 보는 새로운 방법을 배우고 삶의 신비로운 영역을 들여다볼 기회가 주어졌는데도 그것을 그냥 흘려보내 버린 부모들에 대해 슬픔을 느낀다. 그러나 이것은 장애를 가진 아이들 모두에게 해당되는 이야기는 아닐지 모른다. 어쩌면 아담이 특별한지도 모른다. 아담은 그만의 이상한 방법으로 끊임없이, 진정한 마술은 완벽한 외모를 갖는 것이나 예쁜 모습에 유리구두를 신은 신데렐라가 되는 것에서 나오는 것이 아니라는 것을 내게 상기시켜준다. 진정한 마술은 늙은 호박과 생쥐와 달빛에, 일상적인 삶 너머가 아니라 바로 그 속에 있는 것이다.

아이들과 함께 장보기를 한 이야기를 하나 더 하겠다. 아담이 다섯 살 때, 어느 날 나는 세 아이들을 데리고 가정용품을 사러 나갔다. 주차를 한 다음 아이들을 차에서 나오게 하여 조심스럽게 가게 안으로 몰고 가려는 참이었다. 리지는 내 손을 잡고 있었고, 두 아이는 따라오고 있었다. 적어도 문간에 도달할 때까지는 그랬다. K마트 비슷한, 정원용품을 파는 곳이었다. 그 가게는 그날 장식용 식물을 할인 판매하고 있었다. 문 바로 밖에 꽃과 관목들이 테이블과 긴 의자들 위에 늘어놓여 있었다. 그게 아담의 주의를 끌었다. 아이는 눈을 크게 뜨고— 그리 크게는 떠지지 않지만—기쁜 소리를 질렀다.

"아담, 이리 와." 나는 리지를 쇼핑수레 쪽으로 데리고 가며 말했다. "자, 가자. 어서, 어서."

리지를 손수레에 앉히고 나서 보니 아담이 보이지 않았다. 나는 한숨을 내쉬었다. 우리 어머니들이 내쉬던 한숨, 어린아이를 가진 어머니들이 하루에 몇 번씩은 쉬게 되는 그 한숨. 그러고는 아이를 찾으려고 몇 걸음 물러섰다. 아이는 식물들이 진열되어 있는 곳에서 더 멀리로 걸어가고 있었다.

"아담!" 나는 고약한 엄마처럼 보이지 않으려고 애를 쓰며 소리쳤다. "이리 와! 이리 돌아와!"

그는 고개를 들고는 눈을 깜빡였다.

"오라니까."

아담은 어깨를 으쓱하고는 식물들에게 아쉬운 듯한 눈길을 주고는 내게로 걸어왔다. 나는 언제나처럼 두 아이에게 수레의 손잡이를 하나씩 붙잡게 하고 상점 안으로 향했다. 바로 그때 누가 내 어깨를 가볍게 건드렸다. 돌아보니 키가 아주 크고 험상스러운 늙은 남자가 내 뒤에 서 있었다. 그는 무슨 사료회사의 이름이 적힌 야구모자를 쓰고 있었고, 평생 농사일을 해온 커다란 손을 가지고 있었다.

"실례합니다, 아주머니." 그는 모자를 벗으며 말했다. "아드님이 방금 무얼 하는지 보셨나 해서요."

나는 불안감에 휩싸였다. 아담은 몇살 되지도 않았지만 이미 정말로 당황스러운 짓들을 꽤 했다. 신발을 시부모님 댁의 전자레인지에 넣기도 했고, 아기 보는 사람의 온풍기에 크레용을 쑤셔 넣고 녹는 것을 구경하고 있기도 했고, 내 브래지어만 걸치고 장화를 신고 혼자서 이웃집에 마실을 가기도 했다. 나는 아이가 내 시야를 벗어난 그 짧은 동안에 무엇을 할 수 있었을까 싶었지만 그런 문제에서 그의 창의성은 항상 내 상상을 뛰어넘곤 했다.

나는 조심스럽게 아니라고 대답했다.

그 사람은 몸을 기울여 내 귀에다 낮은 소리로 말했다. "밖에 진열된 식물 하나 하나씩 모두 냄새를 맡았어요."

"아…." 나는 얼떨떨한 채 말했다.

"꽃만 냄새를 맡은 게 아니에요. 관목들도 냄새를 맡았어요. 하나도 빼지 않고요. 흙도 냄새를 맡은 것 같아요."

나는 내가 잘 이해를 했는지 모르겠어서 눈만 깜빡거렸다.

"이리 와 보세요." 그는 돌아서며 손짓을 했다. 그는 아주 기분이 좋은 듯했다. 거의 소년 같은 태도였다. 나는 아이들이 붙잡고 있는 채로 쇼핑수레를 돌려 그를 따라갔다.

우리는 그 남자를 따라 식물들이 늘어놓인 곳으로 갔다. 그는 관상용 노간주나무들 옆에 섰다. 그리고 몸을 숙여 눈을 감고, 깊이 숨을 들이마셨다.

"이 냄새를 맡아봐요." 그가 노간주나무를 가리키며 말했다. 케이티와 아담은 이미 킁킁거리고 있었다. 나는 나무에 얼굴을 가까이 하고 냄새를 맡았다. 그것은 오렌지 껍질과 세이지 잎의 중간쯤 되는 새큼하고 쏘는 듯한 냄새가 났다. 그 냄새는 어린 시절의 기억들을 왈칵 일으켰다.

"하!" 내가 말했다.

"어때요, 대단하지요?" 그 농부는 얼굴에 주름을 지으며 웃었다. "이번엔 이걸 맡아봐요."

우리는 5분이나 10분쯤 걸려서 그곳에 있는 식물들의 냄새를 모두 맡았다. 나는 아담이 아주 이상한 짓을 하지 않은 데에 너무나 안심이 되어서, 이 거칠고 현실적으로 보이는 사람이 이 모든 일에 왜 그토록 관심이 있는지 이상하게 생각하지도 않았다. 아이들은 아주 좋아했다. 식물들 사이를 행복한 산짐승들처럼 킁킁거리며 돌아다녔다. 내게는 이 식물들이 프루스트의 마들렌과는 비교도 되지 않을 만큼 옛 기억들을 불러일으키는 것이었다. 만일 상상력을 휘젓고 기억들을 불러일으키고 싶다면 당장에 관목나무들의 냄새를 맡아볼 일이다. 우리가 어리고, 그래서 땅에 더 가까이 있던 시절에 이웃에서 자라던 관목나무들 말이다.

냄새를 다 맡고 나자 그 노인은 몸을 일으키고, 다시 나를 향해 모자를 들어 보였다.

"보이는 게 다는 아니지요?" 그가 말했다.

"예." 내가 대답했다.

"자세히 보면 얻는 게 있어요." 그가 말했다. 그러고는 다시 몸을 기울여 내 귀 가까이 입을 대고 속삭였다. "우리 아들은 스물세 살이오." 그리고 몸을 돌려 걸어가 버렸다.

아, 그랬구나, 라고 나는 생각했다. 그도 우리 중의 하나였다.

아담 같은 아이가 주위에 있으면 우리는 그런 삶을 살게 된다. 물론 온통 아름다운 깨달음만 있는 것은 아니다. 관목들의 냄새를 맡아보라고 청하는 노인 한 사람을 만나고 나면, '그토록 귀여운 딸들'이 있는 것을 축하하고 나서, 다운증후군이 있는 아들에 대해서는 마치 그 아이가 그곳에 없는 것처럼 어색한 태도로 못 본 체하는 판매원들을 적어도 세 명은 만나게 된다. 그들의 편견은, 그리고 때때로 적의는 깊은 상처를 준다. 그러나 이런 고통과 함께 아담은 그를 갖기 전에 내가 느낀 어떤 것도 능가하는 행복감을 가져다주었다. 그것은 사물의 핵심을 보는 것, 가던 걸음을 멈추고 장미뿐만 아니라 관목들까지 냄새를 맡아보는 것에서 오는 것이다. 그것은 거의 숭배에 가까운 사랑과 친밀감을 가지고 평범한 생명을 대하는 주의 집중의 결과이다.

하버드에서는 물론 아주 다른 것에 주의를 집중하도록 배웠다. 하버드의 문화에서는 위신이 너무도 중요하기 때문에 사람들은 자기 주변은 말할 것도 없고, 서로서로도 거의 바라보지 않는다. 관심은 겉모습에만 있다. 성공적으로 보이기, 똑똑하게 보이기, 절대로, 전혀 저능아처럼 보이지 않기. 나는 이것을 아담을 임신하고 있을 때, 아담에게 '다른' 점이 있다는 확실한 증거가 있기 몇 달이나 전에 알아채기 시작했다. 아마도 사물을 보는 그의 방식, 그의 삶에 대한 이해의 깊이가 그로부터 내 혈관으로 흘러 들어왔거나 아니면 그의 영혼이 그토록 가까이 있어서 내 영혼에 영향을 주었을 것이다. 이유가 무엇이든 사물이 다르게 보이기 시작했다.

11월 중순이었고, 나무에는 몇 안되는 마른 잎사귀들이 달려 있었다. 나는 추위가 다가오는 것이 반가웠다. 차가운 공기가 구토증을 덜 느끼게 만들었기 때문이다. 나는 조심스럽게 찬 공기를 들이마시며 강의를 들으러 '윌리엄제임스홀'(지식인들 사이에는 '빌리 짐'이라고 알려져 있다)을 향해 걸어갔다. 조금 일찍 도착했기 때문에 남은 시간에 사회학과보다 한 층 위에 있는 심리학과의 친구를 만나기로 했다. 친구는 실험실에서 살아 있는 쥐의 뇌에 철사를 삽입하고 분유를 탄 물에서 헤엄을 치게 하고 있었다. 친구는 실험을 하는 이유를 설명했는데, 그 내용은 기억하지 못한다. 어쨌든 그 친구는 여름날에 꼬마 아이들이 들어가서 노는 작은 고무 풀에 우유와 쥐들을 넣고 있었다. 풀에는 스머프 그림이 있었다. 혹시 모르는 사람이 있다면, 스머프는 조그만 푸른색의 사람들로 1980년대의 텔레비전 만화 등장인물이다. 나 자신은 스머프를 지나치게 감상적인 조그만 괴물들이라고 생각했지만, 케이티는 무척 좋아했다.

쥐를 괴롭히는 친구와 잠시 잡담을 하고, 나는 아래층으로 내려갔다. 나 말고 일곱인가 여덟 명의 다른 대학원생들이 그 과목을 듣고 있었고, 기성 이론에 대한 최근의 새로운 해설을 들으러 오는 교수도 두 명 있었다. 나는 하버드에서 강의실에 들어설 때 늘 그런 것처럼 내가 막 사자들(굶주린 사자들은 아니지만 조금 성마른 사자들)의 우리에 들어선 것 같은 기분이었다. 강의실에 있는 사람들은 무서울 만큼 명석

했고, 나는 항상 무슨 바보 같은 말을 할까 봐, 내가 얼마나 우둔하고 정치적으로 옳지 못한 멍청이인가를 드러내는 말을 하게 될까 봐 겁을 먹고 있었다.

"아, 마사, 기다리고 있었어요"라고 교수가 말했다.

나는 낯을 붉혔다. 구역질을 조금 하느라 화장실을 들르면서 수업이 조금 늦게 시작되기를 바랐었다. 사람들의 주의의 초점이 되고 싶지 않았다.

"죄송합니다." 내가 말했다. "위층 심리학 실험실에서 스머프 풀에서 쥐가 헤엄쳐 다니는 걸 보고 있었어요."

"그래요, 나도 그것에 관한 글을 읽은 것 같네."

수업을 참관하고 있는 한 교수가 끼어들었다. "스머프의 작업은 잘돼 가나요? 중요한 발견을 한 것으로 아는데."

"예." 한 학생이 말했다. "그 사람이 최근에 쓴 글을 읽었어요."

모두들 동의를 뜻하는 소리들을 중얼거렸고, 강의실 안에 있는 사람들 모두 '스머프 박사의 헤엄치는 쥐'에 관한 획기적인 작업에 대해 잘 알고 있는 것같이 보였다.

잠시 어리둥절했으나 곧 나는 강의실에 있는 사람들 모두 '스머프 풀'이라는 것이 '스키너 상자'처럼 유명한 심리학자의 이름을 따서 만든 용어라고 생각한다는 것을 알았다. 스키너 상자는 B. F. 스키너가 행동주의라는 심리학 이론의 한 분파를 개발하기 위하여 사용한 강화 훈련을 위한 방이다. 그 상황에 대한 이해가 내 머릿속에서 어여쁜 꽃처럼 피어났다.

"제 생각에는 스머프가 언어학적 인식론의 방향을 바꾸어 놓을 것 같아요." 내가 엄숙하게 말했다.

모두들 고개를 끄덕이거나 '정말 그래요'라거나 '분명히 그렇지' 등의 말을 하며 동의했다.

나는 그들을 보며 미소를 지었다. 소리 내어 웃지 않기 위해서 있는 힘을 다했다. 그들을 조롱하려 한 것은 아니었다. 오직 7년이나 하버드에 다니고 나서 이제야 가면을 쓰고 있는 것이 나만은 아니라는 것을 깨닫기 시작했기 때문에, 기뻐서 어쩔 줄 몰랐던 것이다. 나는 수많은 칵테일 파티에서 화제가 되고 있는 학자나 이론에 대해서 모두 잘 알고 있는 체하며 얼버무리며 지내왔다. 나는 항상 이렇게 굉장히 똑똑한 사람들 사이에서 어떻게 내가 살아남을 수 있었는지 이상하게 생각해왔다. 이제 나는 이해하기 시작했다.

"좋은 사람이지, 스머프 말이오." 교수가 엄숙하게 말했다.

그렇게 나는, 하버드에서는 많은 것을 아는 것이 당연한 일이고 모든 것을 다 아는 것이 목표이지만, 모든 것을 다 아는 것처럼 '보이는' 것이 받아들일 수 있는 차선책이라는 것을 알게 되었다. 그 두 시간짜리 세미나에서 나는 이 위대한 진리에 대해 곰곰이 생각했다. 그 생각에 너무 흥분된 나머지 나는 구토증을 통제하기 위해서 무언가를 조금씩 먹는 일에 주의를 기울이지 않았다. 나는 역시 세미나인 그다음 수업으로 바로 들어갔다. 견뎌낼 수 있을 것으로 확신하고 있었다.

그것은 잘못이었다.

나는 그 수업시간 생각을 하면 지금도 몸이 움츠려진다. 아마 죽을 때까지 그럴 것이다. 그리고 (누가 알겠는가) 그 후에도 오랫동안 그럴지 모른다. 그 과목은 '성의 사회학'이었고, 담당 강사 두 명이 그 분야의 거의 모든 저명한 학자들을 초청연사로 청해두었다. 나는 '가족 구조와 기능'의 전공자인 그날의 연사의 강의를 몇주 전부터 고대하고 있었다. 기다린 보람이 있었다. 나는 그 학자다운 신사를 늘 기억할 것이다. 그리고 아마 그도 항상 나를 기억할 것이다. 그는 내 이름을 모르고, 아마 아무리 애를 써도 내 얼굴도 기억하지 못할 것이다. 그러나 그가 지금도, 자신의 강연 중간에 한 학생이 벌떡 일어나 문을 향해 비틀거리며 가다가 기절을 해서 몸의 절반은 강의실 안에, 나머지 절반은 복도에 걸친 채 널브러져 버린 일은 기억할 거라고 확신한다. 그 후에 나 자신도 많은 강의를 했지만 이런 종류의 일은 좀처럼 잊어버릴 수 없으리라는 것이 내 생각이다.

이 경우에는 주위의 사람들이 모른 체하지 않았다. 담당 강사 두 사람 다 다정하고 사려 깊은 사람들이었다. 두 사람이 당장 내게로 달려왔다(나는 두 사람이 모두 2~3년 후에 하버드를 떠난 것이 우연의 일치라고 생각하지 않는다). 어떻게인지는 기억나지 않지만 결국 나는 앤매트 쇠렌슨이라는 강사의 사무실에 있는 긴 의자에 앉아 수치심으로 기어들어가는 목소리로 임신 사실을 고백하게 되었다.

"임신이 잘못은 아니지요." 쇠렌슨 박사가 말했다. "그리고 그 때문에 몸이 괴로우면 할 수 없는 일이죠. 길에서 쓰러져 트럭에 부딪히기라도 했으면 어쩔 뻔했어요?" 나는 몹시 당황했지만 긴 의자에 누워서 그 여자의 친절에 마음이 따뜻해졌다.

"이제 좀 나아요." 내가 말했다.

"집에 어떻게 가겠어요?"

나는 그 여자를 힐끗 바라보았다. "집에 안 가요. 수업이 아직 남아 있어요." 쇠렌슨은 입을 꼭 다물고 생각에 잠겼다. 나는 그 여자의 생각을 짐작할 수 있었다. 내가 교실 바닥에 널브러지는 일이 다시 생겨서는 안되었다. 그 여자의 염려를 덜어주려고 나는 깊은 숨을 쉬고 몸을 수습해 일어나 앉았다. 귓속에서 들리던 웅웅거리는 소리가 당장에 커지고 친숙한 초록색 어둠이 눈앞으로 몰려오더니 나는 다시 의식을 잃고 쓰러졌다. 정신을 차리고 보니 다른 강사, 레노어 와이츠먼도 와 있었다.

"집에 데려다 줘야겠어요." 그 여자가 말했다.

"아니에요. 학교에 남아 있겠대요." 쇠렌슨이 대답했다.

나는 말을 하려고 했지만 고개를 끄덕여 보이는 것밖에는 할 수 없었다.

와이츠먼 박사는 마치 내가 엘리베이터를 타는 대신 건물 외벽을 타고 기어내려가겠다고 말하기나 한 것처럼 나를 빤히 바라보았다.

"임신 중인 것뿐이에요." 쇠렌슨이 말했다. 하버드에서 7년간 학생으로 있는 동안 내가 직접 아는 교수로 실제로 출산을 한 사람은 그 여자뿐이었다. "괜찮을 거예요."

우리는 타협점을 찾아냈다. 나는 수업의 남은 시간 동안 강의실 옆 복도에 누워 있었다. 내가 안에서 진행되는 상황을 들을 수 있도록 문을 조금 열어두었고, 나는 마룻바닥에 공책을 두고 누운 채로 끄적거려 필기를 했다.

수업이 끝나자 내가 모르는 한 여자가 집까지 바래다주겠다고 했다. 그 여자는 걱정이 되는 듯한 태도였고, 강사는 나의 안녕에 대해 책임을 느끼고 있던 터라 내가 혼자서 집으로 돌아가지 않아도 되는 것을 기뻐했다.

나를 바래다준 여자는 박사과정 학생이었다. 사회학과는 아니었지만 열렬한 페미니스트였기 때문에 '성의 사회학' 세미나를 들으러 온 것이었다. 물론 나도 스스로를 페미니스트로 생각하고 있었다. 찬 공기에 기운을 차리고, 같이 가는 사람도 있어서 나는 내 나름으로 여성의 사회적 역할에 대해 열띤 토론을 했다. 나는 그 학생이 아주 마음에 들었다.

우리 아파트가 보이는 곳까지 오자 나는 저곳에 산다고 말하며 들어가서 살구즙을 좀 마시겠느냐고 물었다. 나는 좀 어색한 기분이었지만 그 여자에게 감사하고 싶었고, 시빌과 디이더가 나를 대담하게 만들어주었던 것이다.

그 여자는 미소를 띠고 사양했다. 그러고는 아주 진지한 표정이 되었다.

"내가 바래다주겠다고 한 것은," 그 여자가 말했다. "이제 적들에게 아첨하는 건 그만둘 때가 됐다고 생각하기 때문이에요."

나는 그 여자가 무슨 말을 하는지 전혀 짐작하지도 못했지만 뱃속이 서늘해지는 느낌이었다. "무슨 말이에요?"

그 여자의 얼굴은 너무나 굳어져서 그것으로 장작이라도 팰 수 있을 것 같았다. "이… 그 뭐예요? … 입덧이니 하는 것 말예요. 그건 실제로 있는 게 아니란 거 알죠?"

나는 무슨 말을 할지 몰랐다. 입덧은 내게는 무엇보다도 실재하는 것이었다.

"남자들이 수백 년 동안 여자들에게 임신은 힘든 일이라고 말해왔어요." 그 여자는 바보에게 명백한 사실을 되풀이해서 말하는 식으로 말을 했다. "출산의 고통이니, 임신한 여성의 '예민함'이니 — 그 여자는 그 말이 고약한 맛을 내는 것처럼 말했다 — 그따위 헛소리들 말예요. 임신은 여자들의 일이에요." 그 여자는 말을 계속했다. "그 사실을 받아들이면 힘들거나 고통스러울 건 없어요. 입덧 같은 건 존재하지 않아요. 이 모든 것은 여자들에게 제대로 된 일자리나 사회에서의 지위를 주지 않으려고 꾸며낸 것들일 뿐이에요. 당신 자신을 보세요. 그렇게 야단법석을 떨고. 이젠 그런 거 그만둘 때가 됐다고 생각하지 않아요?"

나는 그저 입을 헤벌린 채 서 있기만 했다. 그토록 여러 해 동안 연습을 해왔는데도, 나는 또다시 방어에 실패하고 뺨을 한 대 얻어맞은 것이었다. 한참이나 지난 다음에 나는 겨우 "어쩔 수가 없는 걸요"라고 말했다.

그 여자는 페미니스트들이 잘 쓰는 '분노에 젖은 펜으로'라는 구절을 상기시키는 목소리로 말을 이었다. 나를 실험쥐와 같은 범주로 보고 있다는 것이 분명한 말투였다.

"어쩔 수가 없다고 생각하든 말든 상관 않아요. 그만두세요! 그건 옳게 보이지 않아요. 우리 모두를 나쁘게 보이게 만들어요. 당신은 이 세상의 모든 여자들에게 큰 걸림돌이에요. 그만두라구요."

지금 그 일을 회상해보니 내가 왜 이 여자를 걷어차버리지 않았는지 굉장히 애석한 기분이 든다. 그러나 그 당시에는 그 여자가 옳다고 생각했다. 우선 임신을 했다는 것에 대해서, 그리고 하버드에 있는 다른 모든 사람처럼 정말로 의식 있는 똑똑한 사람이 되지 못하는 것에 대해서 너무나 수치스러웠기 때문에, 내가 토하고 기절하고 하는 것이 심리적인 원인에서 온다는 생각을 쉽게 받아들일 수 있었다.

"어, 알았어요. 노력하겠어요." 내가 우물우물 대답했다.

그 여자는 눈을 굴리며 "그래요, 그렇게 하세요"라고 말했다. 그러고는 굳었던 얼굴을 풀고, 마치 방금 날씨에 대해 이야기한 것처럼 미소를 지었다. "다음 주에 봐요."

"그래요, 그때 봐요." 내가 말했다.

나는 그 여자가 돌아서서 매사추세츠가(街)의 인파에 섞여 보이지 않을 때까지 가는 것을 기다렸다가 집을 향했다. 정신이 물질을 지배하는 거야, 라고 생각하며 고개를 높이 들었다. 나는 할 수 있는 한 큰 걸음을 떼어 놓았다. 15센티미터, 아니면 18센티만큼 발이 나갔다. 빌어먹을. 나는 갑자기 몹시 자의식을 느꼈다. 나는 내가 모든 여성의 정당한 기회를 망치고 있다고 믿어서라기보다 누군가가 그렇게 '생각한다'는 것을 알았기 때문에 일종의 공포감을 느꼈다. '그건 옳게 보이지 않아요'라고 그 여자는 말했다. 그건 옳게 보이지 않는다. 너는 옳게 보이지 않는다.

나는 눈에 눈물이 고이는 것을 느꼈다. 임신 중의 그 도저히 억누를 수 없는 눈물이. 그때 길가의 한 책방의 유리창에서 조그만 푸른색 요정 그림이 있는 어린이책 표지가 눈에 들어왔다. 스머프 그림은 아니었지만 스머프를 연상시켰다.

"좋은 사람이지, 그 스머프 말이오." 나는 아까 교수가 한 말을 흉내 내어 보았다. 지나가던 두 사람이 이상한 듯이 나를 쳐다보고는 계속 걸어갔다. 나는 가슴속에 다시 꽃이 피어나는 듯한 느낌을 느꼈다. 꽃잎들을 젖히고 사물의 핵심을 들여다본 느낌이었다. 아파트 건물로 다가가면서 나는 실제로 미소를 짓고 있었다.

10

존은 세 번째로 아시아에 가게 될 때까지 두 번째 여행의 후유증에서 벗어나지 못하고 있었다. 그는 밤마다 아파트 안을 서성이며 서류들을 읽고 리포트 점수를 매기고, 또 자신의 논문을 위한 자료를 컴퓨터에 입력하곤 했다. 낮에는 물론 우리 둘 다 달리고 있는 경주마처럼 움직였다. 적어도 존은 그랬다. 나는 고슴도치에 더 가까웠다. 내가 공부하는 모든 것이 구토증을 연상시키게 되었다. 그 2학기에 집중적으로 공부했던 일본어 글씨를 보면 지금도 좀 비위가 상한다.

더욱 괴로운 일은 내 지적 능력이 자꾸만 더 둔해지는 것이었다. 마치 내 두뇌가 따끈한 오트밀과 물이끼가 뒤섞인 것으로 바뀐 것 같았다. 지적인 분석능력도 잃어버린 것 같았고, 한때는 꽤 좋았던 기억력도 작동을 멈춘 것 같았다. 카리브해 문화 과목을 모두 가르친 다음에 내가 그 강의에 대해 기억할 수 있었던 것은 미국 군사당국이 그레나다 침공을 '동트기 전의 수직적 개입'이라고 불렀다는 것뿐이었다. 그리고 그것을 기억하는 이유도, 나의 임신을 초래한 일을 존과 내가 그렇게 불렀기 때문이다.

그렇더라도 존이 집에 있으니 이 세상은 다시 살 만한 곳처럼 느껴졌다. 좋은 곳이었다. 어떤 여성의 전기를 읽은 적이 있는데, 그 여자는 자기 남편에 대해 '그가 집에 오면 해가 나온 것 같았다'고 묘사했다. 그것이 바로 내 느낌이었다. 날씨는 추워지고 어두워져도 존이 집에 있는 동안은 밝은 것 같았다. 첫눈은 정말로 축제와도 같이 느껴졌다. 존이 있는 동안은 케임브리지가 지상에서 가장 아름다운 도시 중의 하나라는 사실을 쉽게 기억할 수 있었다.

다시 어느 월요일 아침에 그는 떠났다. '죽음의 나선'을 내가 다시 만나지 않도록 냉장고 안에 온갖 종류의 먹을거리를 가득 채워 놓고 갔다. 냉장고 문에는 존이 케이티를 위해 사온 자석이 달린 글자들이 붙어 있었다. 우리는 케이티가 다니는 탁아센터의 다른 아이들 중에는 이미 읽을 줄 아는 아이도 있는 것을 보고 놀랐다. 그 아이들의 부모들은 아이에게 읽기를 가르치려고 글자가 쓰여진 카드를 가지고 몇 시간씩이나 훈련을 시켰다는 것이다. 우리는 놀라기도 했고 몹시 유감스럽기도 했다. 우리는 케이티를 제대로 교육시키지 못했다는 생각에, 또 어쩌면 케이티가 두 살이 되기 전에 글을 깨칠 능력이 없는 것이 아닌가 하는 생각에 가슴이 철렁했다. 존은 아이가 글을 깨치는 데 도움이 되도록 자석이 달린 알파벳을 사온 것이다.

나는 존을 떠나보내는 것이 점점 쉬워질 거라고 생각했다. 그런데 실제로는 더 어려워졌다. 그날 아파트 문이 닫히고 엘리베이터가 움직이는 소리가 들리자 나는 창으로 가서 길을 내려다보았다. 그가 택시를 타러 가는 동안 한번 더 보려는 것이었다. 잠시 후에 그가 나타났다. 그는 몸을 돌려 아파트를 올려다보았다. 나는 손을 흔들었지만 그는 나를 볼 수 없었다. 존이 모퉁이를 돌아 사라지자 나는 욕실로 돌아갔다.

나는 이상한 느낌과 싸우고 있다는 것을 깨달았다. 위험이 닥쳐오고 있다는 느낌, 아무런 논리적 근거가 없는 깊고 무서운 두려움이었다. 나는 내가 걱정을 하는 것은 정상적인 일이라고 스스로 타일렀다. 그러나 이것은 좀 달랐다. 나는 마음속에서 이 느낌의 이름을 찾았다. 그것은 불길한 예감이었다. 마치 누가 내 귀에다 속삭여준 것처럼 나는 그 말을 들은 것 같은 기분이었다. 예감.

나는 젖은 개가 물을 털듯이 몸을 떨고는 양치질을 했다. 나는 예감을 믿지 않았다. 그리고 그 느낌에는 내가 두려워하는 것이 무엇이든 그것을 피하는 방법에 대한 지시가 따라오지 않았다. 나는 얼굴에 찬물을 뿌리고 침실로 돌아왔다. 케이티는 〈세서미스트리트〉를 보고 있었다. 케임브리지에 있는 다른 부모들은 아이들에게 교육용 카드를 보여주며 희랍어니 예술사니 유기화학 등을 가르치고 있는데 케이티는 그저 텔레비전 앞에만 앉아 있었다. 나는 죄책감을 느꼈고 아이의 교육적 장래에 대해 걱정이 되었다. 그러나 집에서 아이를 교육시키기엔 너무나 내 의지력이 약했다. 나는 아이가 탁아센터에서 무얼 좀 배웠으면 싶었다. 내가 아이 옆에 누워 눈을 감는 것을 보며 케이티는 미소를 지었다.

예감. 그 단어가 머릿속에 분명하게 떠올랐다.

손으로 귀를 막았지만, 그 단어는 밖에서가 아니라 안에서 오는 것 같았으므로 쓸데없는 짓이었다. 존이 떠나서 그래, 라고 나는 생각했다. 존이 탄 비행기가 추락하는 것이 아닐까 하는 생각이 떠올랐고, 공포에 휩싸이지 않으려고 애쓰느라 땀이 솟아났다. 케이티를 움켜잡고 달려나가 존이 택시를 타기 전에 붙잡고 싶은 생각이 들었다. 그 충동이 점점 더 강해졌다. 존은 이미 택시를 타고 '하버드스퀘어'를 멀리 벗어났을 것이 분명하므로 나는 그 생각을 떨쳐버렸다. 그러나 그 느낌은 사라지지 않았다. 존을 붙잡을 수 없다 해도 이 건물을 나가야 겠다는 충동이 계절풍처럼 몰려왔다. 나는 얼굴을 찌푸리고 그것을 밀어냈다. 나는 케이티까지 데리고 도시의 거리를 돌아다니기에는 너무나 기운이 없었다. 게다가 밖에는 눈이 오고 있고, 나는 존의 티셔츠와 가운밖에 입고 있지 않았다.

나는 일어나 앉아서 손으로 내 머리를 쳤다. 나는 내가 왜 이러는지 모르겠다는 생각을 하며, 건물 밖으로 달려나가지 않을 핑계들을 생각하고 있었다. 몹시 어렵게 나는 그 예감을 머리에서 몰아내고 다시 누웠다.

얼마 동안이나 잤는지 모르겠다. 아마 15분이나 20분을 넘지는 않았을 것이다. 케이티가 계속 부르는 바람에 깨어보니 아직 〈세서미스트리트〉가 방영되고 있었다.

"엄마," 케이티가 말했다. "빨강."

나는 한 눈으로 아이를 바라보았다. "뭐라고?"

"빨강." 아이가 같은 말을 되풀이했다. "와 봐."

"무슨 말을 하는 거냐, 아가?" 내가 말했다. "뭐가 빨강이야?"

케이티는 몸을 돌려 창 옆의 의자에 기어올라갔다.

"하나, 둘, 셋, 넷, 다섯," 아이가 말했다. "와 봐."

그 순간에 거대한 오리가 꽥꽥거리는 것 같은 소리가 들려왔다. 그것은 벽들을 흔들며 일정한 간격으로 울렸다.

"맙소사." 나는 한숨을 쉬었다. "화재경보네."

우리 건물의 화재경보기는 2주 정도마다 울렸다. 케이티가 태어나기 전 우리가 처음 이곳으로 이사왔을 때 몇주 동안이나 밤마다 화재 경보가 울린 일도 있었다. 누구나 다 불이 나지 않은 줄 알았지만, 우리는 얌전히 계단을 내려가서 건물 뒤 주차장에 모여 서 있곤 했다. 같은 일이 자꾸 반복되니까 어떤 사람들은 간식거리를 들고 내려가기도 했다. 그것이 내가 케임브리지에서 경험한 가장 가까운 이웃 간의 사귐이었다. 그래서 그날 아침 화재경보가 울렸을 때 미리 불길한 예감이 있었는데도 나는 크게 당황하지는 않았다. 나는 침착하게 벽장으로 가서 — 뛰지 않고 걸어서 — 스웨터와 청바지를 꺼냈다. 바지는 허리 주변이 몹시 끼었다.

"큰 오리야!" 케이티가 하는 말이 들렸다. "큰 오리가 꽥꽥 해!"

"그래 아가," 내가 말했다. "그건 화재경보야." 아이는 아직 잠옷을 입고 있었다. 양말이 붙어 있는 분홍색 잠옷이었다. 나는 아이 옷을 가지러 갔다.

"하나, 둘, 셋, 넷, 다섯." 내가 아이 옷을 가지고 돌아오는데 케이티는 다시 셈을 세고 있었다. 나는 창 쪽으로 가서 아이를 안았다.

"봤어, 엄마?" 케이티가 손가락질을 하며 말했다. 저 아래에 장난 감처럼 보이는 불자동차가 모여 있었다. 다섯 대였다.

그래도 나는 겁먹지 않았다. 고층 건물에 화재경보가 울리면 소방차는 반드시 오게 되어 있다. 만일을 위한 대비일 뿐이다. 매사추세츠가 1105번지의 주민인 우리들은 소방관들을 위한 간식거리를 들고 내려가곤 했었다. 사실 소방차가 다섯 대나 온 적은 없었다. 아마 실제로 어딘가에 작은 불이 났나 보다. 빵 조각이 토스터에 끼어 탔는지도 모른다. 케이티에게 잠옷 위에 따뜻한 스웨터를 입히면서 손가락들이 떨리는 것을 느꼈다. 나는 심호흡을 하고 마음을 가라앉혔다.

아이에게 옷을 입히고 나서 신발을 가지러 걸어갔다. 신을 신고 아직도 창밖을 내다보고 있는 아이에게 갔다. 나도 밖을 내다보았다. 불자동차에서 소방수들이 개미떼처럼 쏟아져나와 바삐 움직이고 있었다. 이것은 처음 보는 일이었다. 나는 케이티를 들쳐 안으면서 아이가 너무나 가벼워서 놀랐다. 내 근육 속에 아드레날린이 퍼져 들어간 것이다. 나는 그런 생각에 고개를 젓고 케이티를 데리고 ― 천천히, 침착하게 보통 걸음으로 ― 현관으로 향했다.

거실로 들어설 때 나의 모든 감각은 경계상태였다. 피부에 닿는 공기는 따뜻하고 거의 탁하게 느껴졌다. 이상한 유독성의 냄새가 약하지만 날카롭게 느껴졌고, 코가 아프고, 입에도 고약한 맛을 남겼다. 꽥, 꽥, 꽥, 하는 규칙적인 화재경보음 사이에 발소리, 문소리, 소리치는 남자의 목소리들이 들렸다. 내려다보니 문 아래로 탁한 검은 연기가 느릿느릿 스며들고 있었다.

나는 케이티를 단단히 안고 문을 열고 달렸다.

11

문 밖은 재난영화 속의 한 장면이었다. 유독한 연기구름이 공중에 넘실대고 있었고, 잠옷에 슬리퍼만 신고 나온 이웃사람들을 잘 알아 볼 수도 없었다. 가까이 있는 사람들의 얼굴에서 혼란과 공포의 표정을 볼 수 있었다. 달리는 도중 옆집 사람이 눈에 띄었다.

"어디예요?" 나는 화재경보 소리 너머로 들리도록 악을 썼다. "불이 어디서 났어요?" 그는 고개를 흔들기만 하고 계속 달렸다. 모두들 나와 같은 질문을 하고 있었다.

나는 논리적으로 생각하려고 애를 썼다. 10층은 소방장비가 올라오기에는 너무 높고, 건물 밖에 비상계단은 없다. 건물 속을 통해서가 아니고는 내려갈 길이 없다. 연기의 양을 보니 불이 — 그것도 큰불이 — 건물 안 어딘가에 있는 것이 분명하다. 불은 위로 올라간다. 그러니까 아래쪽에 불이 있다면 곧 이곳까지 올라올 것이다. 불이 우리보다 높은 곳에 있다면 위험은 덜하다. 어느 경우라도 10층에 머물러 있는 것은 안 될 일이다. 케이티를 불길이 없는 곳으로 데려가야 한다.

이 모든 생각이 1초의 10분의 6쯤 되는 동안에 이루어졌다. 홀 아래쪽의 베트남 가족이 서로 소리를 지르면서 나를 지나쳐 엘리베이터 쪽 문으로 달려갔다.

"안돼요." 나는 그들이 가는 방향을 보고 소리쳤다. "그쪽은 안돼요. 계단으로 가요!" 나는 그들이 매일 엘리베이터를 타면서 그 속에 붙어 있는 안내문을 읽지 않았다는 것을 이해할 수 없었다. 거기에는 '화재 시에는 엘리베이터를 타지 마시오. 계단을 이용하시오'라고 씌어 있다. 나는 갑자기 불 속에서 엘리베이터에 갇혀 연기에 숨이 막혀 꼼짝 못하는 장면이 상상이 되었다.

전에 내가 심부름을 해주곤 했던 할머니가 창백한 얼굴에 놀란 눈을 하고 문에서 나왔다. 그 여자는 나를 뚫어져라 바라보았다.

"난 못 뛰어요." 그 여자는 강한 아이티 억양으로 말했다. "난 아파요. 뛰질 못해요!"

그 여자는 천식이 있었다.

"욕실로 들어가세요. 욕조에 물을 채우고 들어가세요. 머리를 낮게 하고 계세요. 도울 사람을 보낼게요." 내가 외쳤다.

"날 데리고 가요." 그 여자는 당황스런 눈빛을 하고 소리를 질렀다. 계단 쪽 문을 향해서 그 여자 옆을 지나가려는데 그녀가 손을 뻗어 무서운 힘으로 내 손목을 붙잡았다. "데리고 가요! 난 못 뛰어."

"안돼요." 나는 케이티도 간신히 안고 있었다. 어떻게 그 여자까지 데리고 간단 말인가? "도와줄 사람을 보낼게요." 연기가 짙어지고 있었다. 나는 그 여자의 손가락을 팔에서 떼내어야 했다. 내가 그 여자의 손을 떼어낼 때 그 여자의 눈을 나는 절대로 잊지 못할 것이다. 그것은 버림받은 어린아이의 필사적인 눈이었다. 나는 마치 그 여자를 가스실에 가두는 것 같은 기분이었다.

나는 계단실 문으로 달려가서 문을 열었다. 그 속에는 연기가 덜하기를 바랐는데, 도리어 짙은 타르와도 같은 연기가 거의 나를 밀어내는 듯했다. 나는 아이가 연기를 덜 마시게 하려고 한 손으로 코트 자락을 케이티의 머리 위로 덮고 시커먼 연기 속으로 뛰어들었다.

완전한 암흑이었다. 케이티도 볼 수 없었고 눈앞으로 쏟아진 머리카락도, 벽도, 계단도 아무것도 보이지 않았다. 나는 더듬어서 난간을 찾아 한 층을 뛰어 내려갔다. 그때까지 나는 숨을 참고 있었다. 숨을 들이키자 마치 바늘들을 들이마신 것 같았다. 허파의 세포 하나하나가 모두 당장에 터지는 것 같았다. 나는 기침을 하며 연기를 뱉어내려 했지만 불가능한 일이었다. 내 몸은 숨을 조금도 들이마시지 않은 것 같았다. 독의 호수에 잠겨 있는 것과도 같았다. 나는 몸을 돌려 다음 층계참까지 내려갔다. 9층이었다.

코트 자락 밑에서 케이티가 캑캑거리는 소리가 들렸다. 아이는 겁먹은 아기 원숭이처럼 팔과 다리로 나에게 매달려 있었다. 나는 갑자기 연기에 대해 화가 치밀었다. 연기가 의식이 있는 사악한 존재이고 내 아이를 쫓고 있는 것 같았다. 나는 층계참 하나를 더 내려가 몸을 돌렸다. 불은 어디에 있는가? 나는 빨리 불보다 낮은 곳으로 내려가리라 생각했다. 10층이 연기로 가득했으므로 멀지 않은 곳에 불이 있다고 생각했다. 돌아서 또 한 계단참. 빛도 공기도 없었다. 건물에서 불이 나면 사람들은 타 죽는 것이 아니라 연기 때문에 죽는다는 생각이 났다.

화재경보는 아직 울리고 있었다. 무섭게 큰 소리였다. 소리가 날 때마다 내 온몸을 뒤흔들었다. 귀를 먹게 할 정도의 "꽥, 꽥, 꽥" 하는 소리 사이에 사람들의 비명, 개 짖는 소리, 달리는 발소리들이 들렸다. 숨을 쉴 때마다 허파가 격렬하게 뒤틀리는 듯했지만 숨을 들이마시지 않을 수 없었다. 눈을 심하게 비볐을 때처럼 눈속에서 점들과 소용돌이들이 보이기 시작했다. 공기가 더워지고 있었다. 만일 불과 마주친다면 나는 계단을 다시 올라갈 수 없을 것이다. 다시 층계참에 닿았다. 몇 개나 지나왔던가? 셈을 잊어버렸다.

허파는 거의 마비상태였다. 그런데 이제 몸의 다른 부분들이 경직되기 시작했다. 온 팔과 온 다리에 찌르는 듯한 통증이 느껴졌다. 나는 그것이 단거리 달리기를 할 때의 느낌과 같다는 것을 알았다. 산소의 공급이 없는 채 근육을 몰아대는 느낌이다. 근육에 젖산이 쌓이면서 사지는 뻣뻣해졌다. 돌고, 계속 달린다. 몸을 가누어 계속 달려 내려가는 것이다.

이제 시야에 번쩍이는 불꽃이 가득했다. 머리가 한쪽 옆으로 기울어지는 것을 느낄 수 있었다. 조금 속도를 늦추자 바로 뒤에서 오던 사람이 나를 치고 지나쳐갔다. 나는 넘어지지 않으려고 난간을 붙잡은 채 달리고 있었다. 케이티를 안은 팔이 죽은 새의 갈퀴처럼 굳어 있었다. 나는 조금씩 옆으로 흔들리기 시작했고 더 많은 사람들이 내게 부딪쳤다. 나는 난간을 더욱 단단히 잡고 몸을 의지하며 계속 내려갔다. 마치 영원히 계단을 내려가고 있는 것 같았다. 나는 억누를 수 없이 헐떡이고 있었지만, 숨쉴 공기가 없었다. 전혀 없었다.

한 여자가 아주 가까이에서 비명을 질렀다. 그 여자의 숨결을 귓가에 느낄 수 있을 정도였다. 그 여자는 내게로 쓰러졌다. 나 자신도 분노와 좌절감으로 비명을 지르려고 했지만 내 허파에서 나오는 것은 이상한 컥컥대는 소리뿐이었다. 또 계단참 하나, 돌고. 스무 개의 층계참이 있을 것이다. 나는 어디에 있는가? 그리고 불은 도대체 어디에서 난 건가?

다음 계단의 끝에서 난간을 놓고 몸을 돌리려다가 나는 옆으로 쓰러졌다. 케이티의 무게에 몸을 가누지 못한 것이다. 벽을 잡으려고 했지만 내 다리는 물 같았다. 그러자 발이 부드러운 원통형의 것, 팔이나 다리 같은 것을 밟았다. 사람들이 그것에 걸리고 넘어가고 하는 동안 그 주인이 헐떡이는 소리가 들렸다. 나는 몸을 한쪽으로 기울여 균형을 잡으려고 애를 썼다. 그러고는 머리가 벽에 쾅 부딪히는 것을 느꼈다. 나는 넘어졌다.

내가 정신을 잃지 않은 것은 분노 때문이었다. 나의 처지에 대한 분노가 아니라 내 딸을 죽이려고 하는 이 사악한 괴물 같은 것에 대한 분노였다. 나는 일어서려고 버둥거렸지만, 방향감각도, 계단이 어디에 있는지에 대한 기억도, 아이를 안전한 곳으로 데려가는 데 도움이 될 아무것도 기억할 수 없었다. 아이의 입과 코를 싸매어주려고 주머니에서 장갑을 찾는데 분노의 눈물이 줄줄 흘러내렸다. 내가 계속 갈 수가 없으면 아이를 계단 쪽으로 내밀어 누군가가 발견을 하고 계단 아래로 밀어내거나 차내어 주기라도 하기를 바랄 것이다. 이 사악한 연기 속에서 질식해서 죽지 않도록 무엇이라도 해야 했다. 장갑은 찾았지만, 나는 의식을 잃어가고 있었다. 그것을 아이의 얼굴까지 들어올릴 수가 없었다.

케이티가 안긴 채 울며 기침을 하고 있는 동안 내가 벽에 기대어 주저앉아 있은 것은 1초밖에 안되었는지 아니면 1분이나 되었는지 알 수 없다. 그것은 영원처럼 느껴졌다. 마음속에는 여전히 분노가 타오르고 있었으나 나는 움직일 수가 없었다. 내 몸은 가지고 있던 산소를 다 써버렸고, 이제 내 두뇌는 닫힌 항아리 속에 들어 있는 촛불처럼 까물까물 꺼져가고 있었다. 빛의 소용돌이가 더 밝고 낯설어졌고, 화재경보기 소리와 사람들의 기침 소리, 비명 소리들은 멀리 텅 빈 정적 속으로 잦아들었다.

내 팔을 잡는 손이 느껴졌다. 아주 오래전에 내가 연기 속으로 들어서기 전에 떼어낸 이웃집 여자의 손 같았다. 그러나 더 컸다. 나는 가물거리는 정신으로 공허하게 상당히 크다고 생각했다. 남자인가 보았다. 그는 나를 잡아당겼다. 몹시 불쾌했다. 내 온몸은 공기를 찾아 비명을 질러대고 있었다. 나는 겁에 질린 누가 매달리지 않아도 이미 몹시 난처한 처지에 있었다.

그 남자의 팔이 내 등과 벽 사이로 미끄러져 들어와서는 나를 왈칵 잡아 일으켜 세웠다. 케이티는 여전히 내게 매달려 있었다. 내 오른팔이 아이를 너무나 꽉 끼고 있어서 아마 사람들이 우리를 한꺼번에 묻어야 될 거라는 생각이 들었다. 돈이 절약되겠지, 라고 막연하게 생각했다. 한 무덤에 두 사람.

⟨셋이지.⟩

나는 누가 그 말을 했을까 생각하며 눈을 깜빡였다. 그러나 눈을 감으나 뜨나 보이는 것은 똑같았다. 셋이라, 그렇지. 맞아. 케이티와 나와 또 하나. 나는 두 아이를 데리고 있는 것이었다.

나는 뒤로 넘어질 듯했지만 내 뒤에 그 남자가 있어서 그에게 기대고 있었다. 그는 나를 밀면서 걷기 시작했다. 그 사람은 이 연기 속에서 어떻게 볼 수 있는지 궁금했다. 발밑의 마루가 부서져서 나는 앞으로 쓰러지는데 그 남자가 몸으로 나를 버티고 바로 세워주었다. 그는 아주 강했다. 나는 한 계단 한 계단을 더듬어 내려갔다. 나는 그 사람에게 나를 놓고 케이티를 데리고 가라고 말하고 싶었다. 나는 다시 주저앉고 싶었다. 자고 싶었다. 포기하고 싶었다.

또 한 계단, 또 한 계단, 그리고 또 한 계단. 내가 평평한 시멘트에 다다라 돌려고 하는데, 그 사람은 나를 놓아주지 않았다. 그는 내가 벽이라고 생각한 곳으로 나를 끌고 갔다. 그리고 갑자기 밝은 12월 아침의 아파트 로비에 내가 서 있었다. 계단의 연기는 너무나 짙어서 그 속에서는 아무것도 보이지 않았다. 그것은 검은 솜덩어리 같았다. 나는 물속에서 간신히 올라온 사람처럼 공기를 왈칵 들이마셨다. 그러자 사물이 제대로 보이기 시작했다. 멀어졌던 시끄러운 소음들이 나를 둘러쌌다. 눈 속에서 번쩍거리던 것 대신에 눈부신 햇빛이 보였고, 세상은 다시 현실처럼 느껴졌다.

숨을 다시 한번 쉬자 기침의 발작이 시작됐다. 내 허파는 완전히 뒤집어지려고 하는 것 같았다. 공장의 굴뚝처럼 계단을 따라 올라오던 쩐득하고 새까만 독가스를 다 토해내려는 것 같았다. 기침이 너무나 격렬해서 그 남자가 팔로 나를 버티어주지 않으면 나는 다시 쓰러졌을 것이다. 드디어 숨을 제대로 쉬게 되었을 때 힘센 손이 내 등을 받치고 있는 것을 느꼈다.

계단의 암흑 때문인지 산소결핍 때문인지 아니면 둘 다가 원인인지 눈이 햇빛에 적응하는 데는 좀 시간이 걸렸다. 내가 보고 싶은 것은 오직 케이티였다. 아이는 괜찮았다. 금발머리는 검정투성이고, 푸른 눈을 크게 뜨고 있었지만 이제는 기침도 하지 않고 있었다.

"괜찮아, 아가." 나는 아이를 더욱 꼭 안으면서 말했다. "이제 괜찮

아. 우린 살았어." 목소리가 이상하게 꺽꺽거리는 쉰 소리로 나왔다.

무거운 고무 소방복을 입은 소방수가 달려와서 케이티를 얼른 살펴보고는 "이리로 오십시오, 건물 밖으로 나오세요" 하고 이끌었다.

나는 내 등을 버티고 있던 손이 가볍게 미는 것을 느꼈다. 그리고 주차장 끝에 우리 이웃사람들이 이미 모여 있는 곳으로 비틀거리며 갔다. 좀 놀란 사람은 있어도 대부분 괜찮은 상태였다. 그들은 낮은 층의 사람들이어서 나오는 데 오래 걸리지 않았다. 높은 층에 사는 사람일수록 얼굴은 더 검었고 위쪽에서 내려온 사람들은 광부 같은 모습에 코와 입 주위에는 검댕이 처발러 있었다.

"무슨 일이에요?" 나는 사람들에게 다가가면서 목쉰 소리로 물었다. "무슨 일이 일어난 거예요?"

이름은 모르지만 얼굴이 낯익은 한 남자가 돌아서며 말했다.

"식품점이요, 폭발했어요."

나는 그를 뻔히 바라보았다. "전체가요?"

"상점 뒤쪽에 있던 냉장고였대요." 한 여자가 말했다. "어디엔지 불이 붙어서는 전부 날아가버린 거예요. 폭발 소리 못 들으셨어요?"

나는 여전히 멍한 상태에서 고개를 저었다. 그러나 내 몸은 드디어 위험에서 벗어난 것을 깨달았다. 아드레날린이 근육에서 빠져나가고 있었고, 케이티는 점점 무거워졌다.

"부서진 파편들이 길 건너편까지 날아갔어요." 다른 사람이 말했다.

나에게 이쪽으로 가라고 말했던 소방수가 소방차 쪽으로 달려갔다.

"저 속에 아직 사람이 있어요!" 그가 외쳤다. "마스크가 필요해! 마스크 없인 아무도 못 들어가!"

130

그때에야 비로소 나는 나를 구해준 사람을 찾아 돌아섰다. 나는 그를 보지도 못했고, 그는 말을 하지도 않았다. 셋이라고 한 그 한마디 말고는. 그 말도 그가 했는지 자신이 없었다. 그때는 그 남자의 말이라고 생각했지만, 그 말은 내 머릿속 어딘가에서 나온 것 같았다. 나는 그를 찾아서 사람들 속을 살펴봤지만, 소방수들이 너무 많고 너무 혼란스러워 전혀 가망이 없었다. 그 사람 자신이 내게 와서 자기가 누구라고 말하기 전에는 그가 누구인지 알지도 못할 것이다. 다리에 힘이 없어서 주저앉을 것 같았다. 나는 케이티를 안고 주차되어 있는 자동차로 가서 보닛 위에 앉았다.

그다음 20~30분 동안 그곳에 앉아 헐떡거리면서, 연기를 마셔서 괴로워하는 사람은 많아도 불 때문에 심하게 다친 사람은 없다는 것을 듣게 되었다. 불은 아래층의 식품점에서 잠깐 타올랐지만 그 이상 번지지는 않았다. 제일 큰 문제는 계단이 환기가 잘 안되는 바람에 그것이 유독한 연기가 타고 오르는 굴뚝 역할을 한 것이었다. 계단으로 뛰어 내려온 사람들은 대부분 3, 4층 사람들이었고, 그들은 잠시 숨을 참은 채로 달려 나올 수 있었다. 높은 층의 사람들 중에는 엘리베이터를 탄 사람들도 있었는데 모두 무사했다. 그들이 겪을 고통을 내가 그토록 생생하게 상상했던 베트남인 가족들은 길 건너편 카페에서 아침을 먹으며 유쾌한 시간을 보내고 있었다. 그러나 정확한 본능으로 위험을 예감했던 나는 가능한 가장 위험한 상황 속으로 달려 들어갔던 것이다. 나는 두 개의 굴뚝 중에서도 더 나쁜 것을 택했고, 이미 몸 상태가 나쁜 데다 케이티를 데리고 있었던 탓에 아마도 다른 누구보다도 더 많은 연기를 들이마셨을 것이다.

바로 그것이 내가 텔레비전에 데뷔를 하게 된 상황이었다. 내가 연기에서 막 빠져나와 건물 앞으로 걸어 나오자, 사진사들과 기자들이 떼로 달려들어 내 얼굴에 마이크를 들이댔다. 그들은 그날 아침에 여러 사람을 인터뷰했지만 뉴스 시간에 잠시나마 얼굴이 나온 것은 나뿐이었다. 그 이유는 내 모습과 말소리가 다른 사람들보다 수십 배 나빴기 때문이었다. 나는 형편이 좋을 때도 그리 훌륭한 모습을 하고 있지는 않다. 그러나 그때 나는 ①방금 일어난 참이었고, ②검댕으로 뒤덮여 있었고, ③베를린장벽만큼 두꺼운 안경을 쓰고 있었고, ④두 달 동안 거의 20분 간격으로 토하고 있던 다음에다가, 또 막 토하려는 참이었고, ⑤임신한 사람의 특징적인 모습에다, 금발에 겁먹은 커다란 푸른 눈을 가진 케이티를 안고 있었다. 이 모든 것을 종합하면 텔레비전 기자들이 개똥에 파리 꼬이듯 끌려온 것도 무리가 아니었다.

이튿날, 창피하게도 하버드에서 만난 사람은 거의 모두 내가 뉴스에 나온 이야기를 했다. 그들은 걱정스러운 표정을 취하려고 했지만 대부분은 웃음을 참고 있는 것이 명백했다. 그날 기자들은 내가 가능한 한 가장 나쁜 모습을 하고 있는 순간을 포착해서 온 세상에 내보낸 것이다. 그 뉴스가 나온 신문을 모조리 찾아내어 직접 태워 없애버리는 것이 내 인생의 목표 중 하나로 남아 있다. 그걸 위해서 가정용 소각로도 만들 생각이다. 그런 꿈이야 꿀 수 있지 않은가.

어쨌든 뉴스방송은 짧았다. 캑캑거리며 얼마나 무서웠는지 말하는 모습이 기껏 15초쯤 나왔다. 그동안 엘리베이터를 탔던 베트남인 가족은 깨끗하고 편안한 모습으로 내 뒤 어딘가에서 카메라를 향해 손을 흔들고 있었다. 적어도 그걸 다시 볼 사람은 없을 거라고 나는 생각했다. 기억은 흐려지게 마련이다. 다음 날 정오쯤에는 그 뉴스를 본 사람들을 다 죽여버릴 필요는 없을 거라고 마음을 정하고 있었다. 그런데 누가 가지고 있는 〈보스턴헤럴드〉를 보게 된 것이다. 지방소식란의 첫 페이지가 매사추세츠가 1105번지의 화재를 다루고 있었고, 사진들이 실려 있었다. 커다란 사진이었다.

헤럴드지(誌)의 사진사는 내가 막 로비로 빠져나와 정신없이 기침을 하고 있는 모습을 잡았다. 커다란 안경 뒤의 눈은 꽉 감겨 있고 뺨은 재즈 트럼펫을 부는 시늉이라도 하는 듯이 부풀어 있었다. 처음에는 사진에 담긴 내 모습에 너무 속이 상해서 뭐가 잘못되었는지를 깨닫지 못했다. 나는 그 사진을 보며 나의 흉한 모습에 최면이라도 걸린 듯이 그 순간을 떠올렸다. 나는 의식도 거의 오락가락하며 비틀거리고 있었고, 나를 연기 속에서 구해내준 그 사람의 든든한 몸에 의지해 기대고 있었다. 헤럴드지의 사진은 모든 것을 보여주고 있었다. 기진맥진한 나의 모습, 공포심, 혼란과 어리둥절함. 그러나 한 가지, 아주 크고 중요한 한 가지가 빠져 있었다. 그 순간을 머릿속에서 되풀이해 그리면서 신문을 보고 있노라니 팔과 목덜미에 소름이 돋기 시작했다.

사진 속에는 내 뒤에 아무도 없었다.

12

어떤 초자연적인 힘에 의해 절벽에서 떨어지지 않고 구출된 여성에
대한 텔레비전 특집을 본 적이 있다. 그 여자는 그것이 천사의 도움이
었을 거라고 생각했다. 그녀와 약혼자는 바다 위로 지는 해를 보려고
가파른 산마루를 기어 올라갔다. 해가 지고 그들은 지름길로 — 결국
그것은 아주 지름길이 되고 말았지만 — 바닷가까지 내려가기로 했다.
그들이 택한 길은 거의 수직이었고, 바위의 표면은 버슬버슬 부스러
졌다. 어둠이 내렸을 때 두 사람은 심각한 상황에 놓여 있었다. 밀물이
들어오고 있었고, 그들은 연약한 절벽 끝에 말 그대로 손톱 끝에 의지
해서 매달려 있었다. 그때, 여자의 기운이 다하려는 때에 강하고 따뜻
한 힘이 그녀를 들어올려 바위에 기대게 해주었다. 이 신비로운 힘의
도움으로 그녀는 절벽을 기어 내려가 15분 후에는 해안에 안전하게
도달할 수 있었다.

한편 약혼자는 절벽에서 떨어져 죽었다.

내가 아담을 뱃속에 가지고 있는 동안 일어난 몇 가지 일을 경험하
고 나자, 나는 그 여자의 이야기를 어렵지 않게 믿을 수 있었다. 나는
무언가가 그 여자가 절벽을 기어 내려오도록 도왔다고 믿는다. 아마
도 케임브리지에서 그 연기 속을 빠져나오도록 도와준 누군가와 같은
존재일 것이다. 그러나 그 존재가 무엇이든 그 이유를 짐작할 수는 없

다. 나는 그 특집 프로그램을 보면서, 그 약혼자는 자신의 연인을 지나쳐 떨어져 내리며 어쩌면 천사들이 그 여자를 떠받쳐주는 것을 보기도 하면서 무슨 생각을 했을까 하는 상상을 했다. 만일 내가 그의 처지에 있었다면 아마 나는 '그럼 나는 뭐야, 쓰레기야?'라고 생각했을 것이다. 어쩌면 천사들은 죽은 약혼자에게 나중에 이유를 설명해주었을지 모른다. 그러나 나는 이해할 수 없다.

아담을 임신하고 있는 동안에 내가 받은 신비로운 도움들을 회상해보면 같은 느낌을 받는다. 우리 아파트의 다른 사람들에게도 화재가 난 그날 연기 속에서 빠져나오도록 도와준 보이지 않는 존재가 있었는지 나는 모른다. 아마 아닐 것이다. 아무도 그런 말을 하지 않았다. 어쩌면 나만이 정말로 신비로운 도움이 필요한 사람이었다고 말할 수도 있겠지만, 그것도 논리에 맞지 않는 일이다. 하루에도 수많은 가련한, 운 나쁜 사람들이 정말로 초자연적인 도움이 필요한데도 얻지 못하지 않는가. 사람들은 날마다 고문을 당하고 죽임을 당하고 강간당하고 약탈당하고 있다. 만일 그 근처에 천사들이 있었다면 그들은 그저 앉아서 지켜보기만 했던 모양이다 ─ 보이지 않는 손을 마주잡고 안타까워하면서도 자연이 제 갈 길을 가도록 내버려두었는지 모른다.

나를 포함해서 수많은 인간의 에너지가, 어째서 어떤 이들은 천사들의 도움을 받고 어떤 이들은 그저 우연한 사고로 식물인간이 되어버리는지 알아내려는 노력에 투입되었다. 종교적인 사람들은 항상 이것을 설명하는 간단한 공식이 있는 것 같다. 아주 아주 선하면 신들의 노여움을 피하고 도움을 받을 수 있다는 것이 그 공식이다. 염소를 제물로 바치면 축복을 받을 수 있다. 그런데 그것이 옳지 않은 염소이면

— 절름발이라든지 — 벌을 받아 염병에 걸릴 수도 있다. 옳은 교회에 다니면 장수하고 번영할 것이요, 그 교회를 떠나면 영원한 불행에 빠질 것이다. 유타주에서 자라나면 이런 말들을 수없이 듣게 된다. 그러나 종교에 대해 내가 들은 어떤 것도 내가 본 사실들과 맞아들어가지 않는다. 내가 말할 수 있는 것은 우리의 주위에서 작용하고 있는 초자연적 존재들이 무엇이든 간에 그들은 우리의 것과는 다른 우선순위를 가지고 일을 한다는 것이다.

이상하게도, 나는 어쨌든 그들을 믿게 되었다.

물론 이 모든 생각은 아담이 나타나고 나서 생겨났다. 그날 아침 케임브리지에서 나는 신학적 문제들에 대해 깊이 생각하지 않았다. 다음 날 헤럴드지의 사진을 본 다음에야 보이지 않는 구조자에 대해서 이상하게 여기기 시작했다. 그리고 비로소 단순히 이상한 것이 아니라 무언가 신비스러운 일이 내게 일어나고 있다는 것을 의식하기 시작했다. 화재 직후에는 더 급박한 문제들이 있었다.

예를 들면, 숨쉬기가 그랬다. 맑은 공기 속에서 몇분 동안 걸어 다닌 후에도 숨을 멈추고 있는 것처럼 가슴이 답답했다. 그리고 숨을 들이쉴 때마다 유리 부스러기가 가슴속에 가득 들어 있는 것처럼 속이 따가웠다. 다행히도 케이티는 더 편하게 숨을 쉬고 있었다. 바람을 타고 연기가 불어오면 기침을 하기는 했지만 가슴은 아프지 않다고 했다. 나는 폐결핵에 걸린 고양이처럼 캑캑거리며 이리저리 걸음을 옮기고 있었다. 임신 초기부터 나를 사로잡고 있던 망상증이 전보다 더욱 심해졌다. 담배연기가 태아에게 미칠 수 있는 악영향에 관한 통계를 본 생각이 났다. 내가 방금 마신 연기에 들어 있는 독소들은 태아에게 더 나쁜 영향을 미칠 수 있을 것 같았다. 어쩌면 이것이 내가 예견한 '무언가 잘못된' 일일 것이다. 몇 분간 걱정을 하다가 나는 의학적 의견을 물어보기로 결정했다.

주차장에는 불자동차 옆에 구급차가 두 대 서 있었다. 나는 케이티를 안고 구급차 옆으로 가서 아이를 내려놓았다. 계단을 달려 내려오게 해준 에너지는 사라진 지 오래였고, 케이티는 수십 킬로나 더 무거워진 것 같았다. 아이는 내 손과 코트 자락을 꼭 잡고 구급차로 다가가는 나를 따라왔다.

구급차 문 앞에는 사람들이 줄을 서 있었고, 안에는 양쪽으로 있는 긴 의자에 사람들이 앉아 있었다. 그 사람들은 주차장에 있는 대부분의 사람들보다 상태가 상당히 나빠 보였다. 얼굴은 검댕투성이였고, 초록색 플라스틱 마스크로 산소를 들이마시는데 쉭쉭 하는 숨 가쁜 소리가 났다. 한 응급구조원이 구급차 밖에서 사람들이 연기를 마신 정도에 따라 처치를 받을 수 있도록 줄을 세우고 있었다.

"이보세요." 나는 그의 주의를 끌려고 한 손을 들고 말했다. 그가 나를 바라보았다. "물어볼 게 있어요." 내가 말했다. "저는 임신 중이어서 혹시―"

구조원은 더 듣고 있지 않았다. 그는 당장 외쳤다.

"비켜주세요. 비켜주세요!" 그는 구급차 주위에 있는 사람들에게 소리를 질렀다. "임신한 부인이 있습니다. 비켜주세요."

사람들은 갈라지며 구급차까지 길을 내주었다. 구조원은 마술 지팡이를 가진 찰턴 헤스턴 같았다. 처음에 나는 어리둥절했고, 그러고는 당황했다.

"아니에요." 내가 말했다. "아니에요. 저는 괜찮아요. 그냥 한 가지 물어―"

"이리 오세요, 부인." 찰턴 헤스턴의 목소리는 확고했다. 그는 든든한 손으로 내 팔을 잡고는 구급차 쪽으로 밀었다. 케이티가 내 뒤에 종종거리며 따라오자 구조원은 그제서야 아이를 보았다.

"자, 여러분." 그는 구급차 안에 있는 사람들에게 소리쳤다. "여기 아기와 임신한 부인이 있습니다. 누구 두 분이 자리를 내주셔야겠습니다."

"아니에요." 내가 항의를 했다. "정말이에요. 괜찮아요. 우린 괜찮아요."

구급차 안에는 여덟 자리가 있었다. 여덟 쌍의 눈이, 푸른 산소마스크 뒤에서 나를 바라보았다. 그리고 여덟 쌍의 손이 마스크를 떼어내려고 올라갔다. 그들 모두가 그 소중한 산소를 나와 케이티에게 내주려는 것이었다. 찰턴 헤스턴은 창백하고 불건강하게 보이는 대학생과 수염이 허연 흑인 남자의 마스크를 받았다.

"내겐 그따위 것 필요하지도 않아." 흑인 남자가 구급차에서 나오며 말했다. "담배가 필요하지." 그는 씩 웃으며 나한테 윙크를 했다. 그 사람이 거짓말을 하고 있는 게 분명했다. 목소리도 제대로 나오지 않고 있었다. 나는 고맙다는 말을 하려고 했지만, 나도 목소리가 나오지 않았다. 구조원이 나를 밀다시피 하여 구급차로 들여보내고 내 옆자리에 케이티를 올려주는데, 눈이 따끔거리며 눈물이 나왔다. 내가 뉴잉글랜드에 와서 사는 동안 나는 겉보기에 거칠고 냉담한 보스턴 사람들의 마음속에 친절이 있는지 알아보려 하지 않았었다. 나는 그런 일이 가능하다는 것을 전혀 알지 못했다.

나는 케이티에게 산소마스크를 대어주려 했지만 구조원은 나를 밀어내며 내 것을 쓰라고 말했다. 그는 아이의 머리에 맞게 고무띠를 조절해주고, 달래는 듯한 말투로 어떻게 그 속에서 숨을 쉬는지를 보여주었다. 가슴은 여전히 아팠지만 순수한 산소가 내 피 속으로 흘러들어가는 것이 거의 느껴지는 것 같았고, 심하게 답답하던 느낌이 당장에 가벼워지기 시작했다. 띠를 머리에 맞추고 고개를 들었다. 다른 여섯 명은 마치 잔치에 초대된 손님들이 안주인이 수저를 들기를 기다리듯 예절 바르게 기다리고 있다가 그제야 자기들의 산소를 다시 마시기 시작했다. 아무도 아무 말도 하지 않았다.

나는 안경을 바로잡으려는 것처럼 손을 올렸지만 사실은 눈물을 감추려는 것이었다. 나는 임신을 하고 나서 남들 앞에서 정말 많이 울었다. 아마 그 전에 평생 운 것보다 더 울었을 것이다. 고생스러워서가 아니었다. 전세계 수많은 사람들보다 내가 더 편한 생활을 하고 있다는 것을 나는 알고 있었다. 나를 울게 만든 것은 시빌과 디디더, 우리 아파트에 살던 사람들 같은 이들의 친절과 배려, 내세우지 않는 말없는 용기들이었다.

미친 소리처럼 들릴지 모르지만, 내가 그때 느꼈고 지금도 느끼고 있는 것은 이런 조그만 기적들이 항상 아담 주위에서 일어난다는 것이다. 내가 그를 배고 있는 동안 나는 나 자신이 일종의 송신탑이고 그 안에서 아담이 주위로 어떤 신호를 내보내고 있다는 느낌을 계속 받았다. 말로 하는 메시지는 아니지만, 사람들의 좋은 면을 끌어내어 서로 연결시켜주는 어떤 선한 에너지였다. 아담이 태어난 이래로 나는 이것을 당연한 일로 여기게 되었다. 새 학년이 시작될 때마다 나는 '다른' 아이들을 다루어보지 않은 교직원들이 아담과 함께 생활하게 된 데 대해서 걱정을 하거나, 때로는 약간 화를 내기도 하는 것을 보고 늘 놀랐다. 장애가 있는 아이들에 익숙한 훌륭한 선생님이나 교장 선생님들도 아담을 처음 만날 때 그리 기뻐하는 것 같지는 않았다. 나는 아담 주위의 신비한 에너지가 사람들에게 영향을 미치는 데에는 시간이 걸린다고 자신을 타일러야 한다. 그리고 두 번째나 세 번째의 학부모회에 가면 나는 아담의 엄마라고 자신을 소개하고 나서 사람들의 얼굴이 밝아지는 것을 기다린다. 항상 그렇기 때문이다. 나는 이것을 당연하게 생각하게 되었다.

아담이 눈에 띄게 다른 아이들과 다른 행동을 한다는 것은 아니다. 사실 그는 좀 둔하고 느리다. 그 아이가 하는 말은 모두 '카워쉬'라는 말을 거꾸로 몇 차례 반복하는 것 비슷하게 들린다. 이런 것들이 주위 사람들을 크게 행복하게 만드는 것이라고 생각할 수는 없을 것이다. 그런데도 항상 행복감이 생겨난다. 한 친구는 이렇게 말했다. "마치 개에게 개벼룩이 있듯이 아담에게는 천사들이 따라다니나 봐. 아담 가까이에서 오래 지내면 천사들이 나한테도 옮겨오는 것 같아." 그것이 아담의 에너지가 미치는 영향을 표현하는 말로 가장 그럴 듯한 것이었다. 절벽에서 살아난 여자의 이야기처럼 이유를 설명할 수는 없지만.

이 모든 것이 독자에게 좀 기이한 일로 여겨진다면 나에게는 1,000배쯤 더 기이한 일로 느껴진다는 것을 말해야겠다. 특히 그런 느낌에 익숙해지기 전 임신 초기에 더욱 그랬다. 나는 구급차 속에서 이웃사람들 사이에 앉아서 나와 나의 아기와 태어나지 않은 아이를 위해 그들이 기꺼이 내어주려 한 산소를 마시면서 이것을 강렬하게 의식하고 있었다. 이상한 새로운 에너지가 마치 물이랑처럼 내게서 퍼져 나가며 그 사람들의 선량함을 내게 보여주고, 그들이 선을 행하도록 도와주는 것을 느낄 수 있었다. 나는 구급차의 창밖을 내다보며 지난 몇 주를 돌이켜보면서, 내가 이 에너지를 임신한 것을 깨닫기 전부터 느끼고 있었다는 것을 인정하게 되었다. 그때 나는 힘껏 고개를 저으며 그런 굉장한 망상에 빠지지 말라고 자신에게 말했다. 그러나 그 에너지는 남아 있었다. 내가 긴장을 풀 때마다 나는 다시 그것을 느꼈다.

구조원이 건물 안에 있던 사람 모두가 빠져나왔다고 확신할 때까지 나는 구급차에서 산소를 마시고 있었다. 건물을 마지막으로 빠져나온 사람은 내 이웃인 천식에 걸린 나이 든 여자였다. 그녀는 들것에 들려서 나왔는데, 상당히 뚱뚱한 그 여자를 방독면을 쓴 남자 넷이 힘들게 들고 나오는 것을 보고 나의 죄책감이 조금 가벼워졌다. 만일 내가 그 여자를 데리고 계단을 내려오려고 했다면 우리는 아마 둘 다 죽었을 것이다.

그 여자가 다른 구급차에 자리를 잡은 뒤에 구조원과 소방수들은 사람들이 건물에 들어가지 못하도록 바리케이드를 설치했다. 불은 꺼졌으나 연기는 유독한 휘발성 물질로 가득 차서 건물 내의 공기를 모두 정화하는 사흘 동안 들어갈 수 없다는 것이다. 어떻게 공기를 정화하는지는 묻지 말기 바란다. 나는 모르니까. 어쨌든 내가 아는 것은 매사추세츠가 1105번지에 사는 사람들은 어딘가 다른 곳에서 지내야 한다는 것이었다.

사람들이 상황을 이해하고 친구나 친척의 집으로, 또 구조원들이 임시 거처를 설치한 학교 체육관으로 흩어져 가자 주차장은 비기 시작했다. 구조원들은 나를 하버드 의료센터로 데리고 가서, 의사들이 내 혈액 중의 위험한 가스 수준을 검사하기를 원했다. 나는 기쁘게 따랐다. 검사를 많이 받을수록 나 자신과 태아의 삶에 대해서 더 잘 통제할 수 있다고 생각했다. 그것은 세속적인 인본주의자가 옳은 염소를 제물로 바치는 방법이었다.

우리는 의료센터에서 두 시간쯤 보냈다. 그동안 간호사들이 케이티와 놀아주었고, 우리에게 먹을 것을 가져다주었다. 피를 좀더 뽑고 몇 가지 검사를 하고 걱정할 것이 없다는 것을 확인한 다음 간호사들은 택시를 불러주겠다고 했다. 이제 흥미로운 문제에 봉착했다. 나는 케이티와 입고 있는 옷 말고는 아무것도 가지고 있지 않았다. 임시 거처로 마련된 체육관까지 갈 택시비도 없었다. 그곳까지 걸어서 간다고 해도 ― 할 수 있을 것 같지도 않았지만 ― 공중화장실에 가서 계속 토하는 것은 하고 싶지 않은 일이었다. 전화를 할 사람이 단 한 사람 있었다.

전화벨이 한 번 울리자 시빌이 받았다. 15분 후에 그녀의 남편 찰스가 뒷좌석에 딸 미에를 태우고 나타났다. 미에는 케이티와 거의 동갑이었는데, 두 아이는 상대가 금덩어리이기라도 한 것처럼 서로 꼼짝 않고 바라보았다. 그들은 곧 아주 친해져서 우리가 케임브리지를 떠날 때까지 제일 친한 친구로 지냈다. 천사들은 여러 형태와 크기를 하고 온다. 그리고 그들 대부분은 눈에 보이지 않는 존재가 아니다.

시빌과 찰스, 미에는 괴상한 오래된 저택의 3층에서 살고 있었는데,

그 집은 1분에도 두세 번씩 자동차가 지나갈 때마다 흔들렸다. 건물은 처지고 기울어져서 직각이 되는 곳은 하나도 남아 있지 않았다. 마루는 약간 기울어져 있고, 천장은 처지고, 벽들은 튀어나오고 주름져 있었다. 내부는 아름다웠다. 고전풍 셰이커 가구들로 채워져 있었고, 목제 바닥은 담황색으로 반들거렸다. 그곳에 있을 수 있다는 사실이 그토록 고마울 수가 없었다.

우리가 도착했을 때는 오후였는데 희미한 겨울해는 금방 저물었다. 나는 한가로운 시간을 갖는 데에 익숙해 있지 않았다 — 아이를 돌보거나 수업을 듣고 있지 않을 때는 공부를 해야 했기 때문이다. 그러나 책들도 컴퓨터도 모두 아파트에 두고 나온 지금은, 시빌과 이야기를 하고, 미에와 케이티가 바구니 속 강아지들처럼 굴러다니며 노는 것을 지켜보는 것 말고는 할 일이 없었다. 시빌은 임신 중의 검사들에 관해 많이 아는 것 같았다. 그래서 우리는 내가 아기가 건강하게 태어나도록 하기 위해 무슨 검사를 받아야 할지에 대해 많은 얘기를 했다. 나는 아기에게 무언가 잘못된 것이 있다는 내 느낌에 대해서도 말했다. 시빌은 많은 엄마들이 그런 근거 없는 걱정을 한다고 말해주었다. 나는 고개를 끄덕였지만, 내 걱정이 근거 없는 것이라고 생각하지는 않았다.

케이티와 나는 시빌이 거실에 마련해준 자리에서 잤다. 나는 시빌이 그날 할 일을 얼마나 미루었는지 모르지만 마치 우리를 위한 잠자리를 마련해주고 싶어 안달이 나 있던 사람처럼 보였다. 어떤 천사는 붉은 머리칼을 갖고 있는지도 모를 일이었다.

나는 잠든 케이티를 옆에 두고, 어둠 속에서 차가 지나갈 때마다 집이 흔들리는 것을 느끼면서 '하버드스퀘어' 근처의 소방서에서 사이렌이 울리는 것을 들으며 누워 있었다. 사이렌 소리마다 멀지 않은 곳에서, 누군가가 겁을 먹고, 다치고, 죽어가거나, 사랑하는 사람이 죽는 것을 지켜보고 있을 것이다. 존은 아직 싱가포르로 가는 도중에 있을 것이다. 그러지 않으려 해도 그가 탄 비행기가 캄캄한 태평양 한가운데로 떨어져 들어가는 모습을 상상하게 되었다. 나 자신과 내가 사랑하는 사람들, 물건들 모두가 언젠가 사라지는 존재라는 생각이 머릿속에 가득했다. 따끔거리는 눈을 감을 때마다 나는 다시 캄캄한 계단에서 헐떡이며 몸을 가누려 애쓰고 있었다. 몸이 심하게 떨리기 시작했다.

그때 바로 연기 속에서 그랬던 것처럼 어떤 손이 내 몸에 닿는 것을 느꼈다. 이번에는 가만히 등에 닿아 있었는데, 거기서 편안한 온기가 퍼져 나와 떨림을 멈추게 하고, 나를 지친 잠 속으로 빠져들게 만들었다. 나는 그 손이 어디서 왔는지, 누구의 손인지 보려고 하지 않았다. 나는 이상하게 여기지조차 않았다. 나의 의식 저 아래 어딘가에서 그 감촉을 이미 알고 있는 것 같았다. 다음 날 〈보스턴헤럴드〉에 나온 사진에서 나를 구해준 사람이 사진에 찍히지 않은 것을 보고 어리둥절하긴 했지만, 내 속의 한 부분은 놀라지 않았다.

13

존은 식품점이 숯덩어리로 변한 지 거의 만 하루 뒤에 싱가포르에
도착했다. 비행기에서도 내내 싱가포르의 고객을 위해 여러가지 사업
자료들을 읽고, 분석하고 하면서 일을 했다. 그는 비행기를 갈아타는
도쿄 공항에서 나에게 전화를 했지만, 물론 나는 집에 없었다. 건물이
사흘간 출입금지 조치되어서 존의 싱가포르 호텔 전화번호를 가지러
집에 갈 수도 없었다.

일본에서 전화했을 때 아무도 받지를 않자 존은 이상하게 생각했
다. 싱가포르에 도착해서 다시 전화를 했을 때도 응답이 없자 존은
좀 놀랐고, 나와 케이티에 대해서 조금 걱정이 되었지만 크게 걱정을
하지는 않았다. 무슨 큰일이 있다면 자신에게 연락이 올 거라고 확신
하고 있었기 때문이다. 그보다도 더 급한 일이 있었다. 그것은 내가
했던 약속이었다. 나는 그의 직장 동료에게서 어떤 정보를 들어서 존
의 호텔에 메시지를 남겨 놓기로 되어 있었던 것이다. 그 정보는 존
이 싱가포르에 도착하자마자 아시아인 고객에게 하기로 되어 있는
사업설명에 필수적인 부분이었다. 그는 잠자리에 들기 전에 다시 전
화를 했지만 여전히 대답이 없었다. 세 시간쯤 자고 나서 다시 전화
를 했다. 마찬가지였다.

이건 정말 고약한 상황이었다. 존은 몹시 지쳐 있었고 목은 뻣뻣하

고 감기가 또 닥치려는 것을 느낄 수 있었다. 일을 잘해낼 수 있는 상황이 전혀 아니었다. 고객과의 회의는 30분 후에 시작되는데 내가 몇 시간 전에 보냈어야 하는 그 정보는 그에게 없어서는 안될 정보였다. 존은 그 문제에 정신을 집중하려 했다. 나와 케이티가 광견병에 걸린 푸들 개에 잡아먹히거나 우리 이웃의 뚱뚱한 여자에게 공격을 당했거나 하는 상상을 하지 않기 위해서도 생각을 가다듬어야 했다. 우리 이웃집 여자가 푸근한 아주머니의 모습 뒤에 연쇄살인범 같은 이상한 기색이 잠깐씩 보였던 것 같은 생각도 들었다. 결국 그는 좀 짜증스런 기분을 느끼면서, 케임브리지의 본사에 전화를 했다.

존은 개인비서가 있을 만큼 높은 지위는 아니었는데, 전화를 받은 여자는 그를 알아보았다.

"아, 안녕하세요?" 그 여자가 말했다. "뉴스에서 부인을 봤어요."

이것은 존이 예상한 일이 전혀 아니었다. 그는 잠시 멍청한 채 있다가 간신히 "그래요?"라고 대꾸를 했다.

"정말 큰불이었어요!" 비서는 말을 이었다. "10년 전에도 바로 그날 그 아파트에 불이 났다는 거 알아요? 그때는 한 마흔 명쯤 죽었대요. 이상하죠?"

"불이 나요?" 존이 말했다. "집사람이? 뉴스에요?"

"정말 굉장하던데요." 비서가 말했다. "그런데 선생님은 어디 계셨어요?"

존은 벌떡 일어나서 전화를 귀에 붙인 채 호텔방 안을 서성이기 시작했다. "무슨 일이 일어났어요? 집사람은 어디 있어요?"

비서는 놀라서 잠시 말이 없었다. "모르신단 말예요?"

"뭘 몰라요? 마사는 괜찮나요? 딸아인 어디 있어요?"

"어, 저…." 비서는 자신이 실수를 한 걸 알고 더듬거렸다. "제 생각엔 괜찮을 거예요. 괜찮아 보였어요. 제 말은, 아주 괜찮은 건 아니어도, 어쨌든 빠져나왔어요."

"빠져나와요?"

"건물에서요." 그리고 그녀는 식품점의 폭발과 주민들의 철수 등 뉴스에서 들은 것을 모두 말했다. 존은 이야기를 들으며 조금씩 안심을 하다가 사상자는 없었다는 말을 듣고야 마음을 놓았다.

여기서 내가 이 정황을 모두 어떻게 알게 되었는지를 말하려고 한다. 간단하게 말하자면, 나중에 존과 내가 그 이야기를 서로 자세히 했다는 것이다. 그러나 그건 사실이지만 사실의 전부는 아니다. 사실의 전체를 말하자면 비서가 뉴스에서 나를 본 이야기를 하고, 존이 걱정을 하기 시작한 바로 그때에, 나는 마치 내 머리 옆에서 무엇이 폭발한 것처럼 갑자기 잠을 깼다. 시빌과 찰스의 거실에서 새벽빛 속에서 그 '보이기'가 전의 어느 때보다도 더 생생하게 일어났다. 내게 존이 서성이고 있는 호텔방과 창으로 내다보이는 풍경, 그가 먹다 남긴 음식(커피와 열대과일이었는데 망고만 남아 있었다)이 보였다.

나는 존의 마음속에 일어나는 공포심과 비서의 얘기를 듣는 동안 그것이 서서히 가라앉는 것까지 느낄 수 있었다. 존이 하는 말이나 생각은 알 수 없었다. 전달되는 것은 시각적 이미지와 감정이었다. 그러나 그 느낌은 너무나 생생해서 나의 심장이 존의 것과 같이 두근거리기 시작했다. 나중에, 그것에 관해 길게 얘기를 하고, 일기 같은 것을 비교해본 다음 우리는 '보이기'가 가장 잘 일어나는 때는 우리 두 사람이 함께 서로에 대해 생각할 때라고 믿게 되었다. 이때는 또 존도 그런 일이 일어난다는 것을 처음으로 느끼기 시작한 때였다. 그는 아무것도 보지는 못했지만 갑자기 내가 자기 방 안에 있다는 느낌을 받았다. 나는 지구 이편에서 눈을 비비며 꿈을 꾸었나보다고 혼잣말을 하고 있었고, 지구 저편에서 존은 내가 호텔 욕실에서 걸어 나오지 않나 하고 돌아보았다는 것이다.

"부인을 찾아드릴까요?" 비서가 존에게 물었다. 자기가 존을 놀라게 했다는 것을 알고 미안한 기색이었다.

"뭐라구요?" 존은 자기 방에 내가 있다는 느낌에 정신이 팔려, 하고 있던 대화를 잠시 잊고 있었다.

"부인이 어디 계신지 제가 찾아봐드릴 수 있어요." 비서가 말했다.

존은 사양을 하려다 말고 "그렇게 해주시면 정말 고맙겠어요. 괜찮으시겠어요?"라고 말했다.

"물론이죠." 그 여자가 말했다. "당장 알아보고 전화해드릴게요."

"고마워요." 존이 말했다.

그들은 전화를 끊었다.

그 전화는 존에게 한 분기점이었다. 첫째로, 그것은 그가 처음으로 자신의 사생활이 회사의 일에 들어오도록 허용한 경우였다. 보통의 상황이었으면 그는 사무실 사람 누구에게도 가족 얘기를 하지 않았을 것이고, 사사로운 일로 도움을 청하는 일은 더더욱 없었을 것이다. 그것은 또 존이 일에 대한 집중을 완전히 잃어버린 최초의 경우였다. 그래서 애초에 전화를 했던 이유도 잊어버리고 말았던 것이다. 고객과의 회의에서 필요한 정보를 비서에게 묻지도 않았다.

당연한 일이지만, 그 회의는 잘 진행이 되지 않았다. 존은 눈앞의 일에 집중이 잘되지 않았다. 이것은 존으로서는 기이하고 전례가 없는 일이었다. 그는 계속해서 나와 케이티, 그리고 태어날 아기 생각을 하고 있었다. 그는 태아를 머릿속에 그려보려 했지만 잘되지 않았다. 내가 태아에 대해 얘기를 많이 했고 태아의 성장 단계를 보여주는 사진들도 보여주었지만, 그는 실은 별로 주의를 기울이지 않았던 것이다. 존이 기억하기로는 태아가 지금 골프공만 할 것이었다. 아니면 골프 티만 한가? 뭔가 골프에 관계된 것인데. 골프 카트? 골프 코스일 수는 없고. 어쩌면 골프화인가, 좀 작은 치수로….

고객은, 아주 중요한 아시아의 고객이었는데, 존에게 무언가를 묻고 있었지만 존은 한마디도 듣지 않았다. 그는 잠시 멍청한 얼굴로 상대를 바라보다가 다시 말해달라고 청했다. 그리고 대답을 하려고 하자 도대체 말들이 떠오르지 않았다. 그는 서너 마디 단어 사이에 '어'라는 소리를 채워 넣으며 어물거렸다. 동료의 꿰뚫을 듯한 책망의 시선을 느낄 수 있었다.

보통 때였으면 그는 이런 일에 몹시 속이 상했을 것이다. 일을 완벽하게 처리하지 못하는 것은 그로서는 참을 수 없는 일이었다. 단조로울 만큼 A급으로만 매겨진 그의 성적표에는 마이너스 하나도 붙어 있지 않았다. 그러나 싱가포르에서의 그날 저녁 존은 평소의 그가 아니었다. 그의 일솜씨는 적당한 정도였지 우수한 것은 아니었다.

정말로 놀라운 것은 그가 '개의치 않았다'는 점이다.

정상적인, 건강한 정신을 지닌 사람은 이것이 얼마나 대단한 일인지를 이해하지 못할 것이다. 오래전부터 우리 대부분의 인간은 우리가 하는 일의 대부분은 그저 그런 일이라고 여겨왔다. 그러나 존은 그렇지 않다. 그는 강박적인 일중독증 집안 출신일 뿐만 아니라, 연인들이 서로에게 보내는 편지 끝에 '생산적인 여름을 기원하며' 따위의 구절을 적어 넣는 문화 속에서 살고 있었다. 주정주의나 인간적인 감정은 하버드에서는 19세기 영국소설이나 이상심리 같은 과목의 토론 제목으로 말고는 존재하지 않았다.

동남아시아의 레스토랑에 앉아서 자신이 참여하고 있는 대화에 그저 막연한 주의만을 기울이고 앉아 있는 동안 존의 내면에서 무언가가 변하기 시작했다. 그는 빙하시대의 끝에 빙하가 녹아내리는 것을 생각했다. 여태까지 그가 세상을 보아온 방식이 금이 가고 내려앉고 와해되는 것 같았다.

이런 특이한 느낌은 혼란스러우면서도 매혹적이었다. 저녁회의 후에도 그 느낌은 사라지지 않았다. 사실은 그날 밤 자리에 누워 있을 때 그 느낌은 서서히 강화되는 것 같았다. 가만히 있을 수 없어서 결국 존은 일어나서 싱가포르 시내를 산책하러 나갔다. 우림지대의 무거운 공기가 너무 탁하게 느껴져 손으로 밀어내고 싶을 정도였다. 도시의 불빛은 닫힌 상점들의 문과 이따금 날아다니는 딱정벌레들을 비추고 있었다.

나는 탁아센터에 케이티를 데리러 갔지만 존의 그 산책을 기억할 수 있다. 지구의 반대편에 서로 떨어져 있었지만, 나는 존과 함께 있었다.

물론 나는 존의 세계관에 일어난 그 거대한 변화가 우리를 어디로 데리고 갈 것이었는지 지금 알고 있다. 아담의 출현은 다른 무엇보다도 일에 대한 우리의 태도를 극적으로 바꾸어 놓았다. 남보다 앞서는 것에 대하여 진정으로 관심이 없는 사람, 현재의 순간에서 기쁨을 찾는 데 절대적으로 몰두하는 사람처럼 사는 것은 정말 멋진 일이다. 아담이 오기 전에 우리가 함께 갖고 있던 믿음 — 엄격하게 훈련된 재미없는 일이 좋은 삶으로 가는 유일한 길이라는 생각 — 은 이제는 마치 인간을 제물로 바치면 비가 내리게 할 수 있다고 믿는 것처럼 끔찍하고 명백히 어리석은 것으로 보인다. 아담의 출생은 운명이 우리가 가장 잘 세운 계획이라도 부숴버릴 수 있다는 것을 확신시켜 주었다. 그러한 불확실성 앞에서 우리가 할 만한 가치가 있다고 생각되는 것은, 우리에게 낯설고 다채로운 삶의 여정을 풍성하게 경험하게 해주는 것뿐이다.

존과 내가 이것을 잊어버리기 시작하면 항상 우리의 아들이 그것을 기억하도록 도와준다. 그런 일은 자주 있다. 예를 들면, 우리가 애리조나로 이사를 온 바로 다음에 있었던 아담의 시험에 관련된 사건이 있다. 그때 아담은 여섯 살이었다. 아담의 유아기를 우리는 유타에서 보냈다. 거기서 내 박사논문을 끝마쳤고, 존과 나는 우리의 아버지들이 계신 대학에서 가르쳤다. 가족과 고향과 우리의 직업은 아담을 임신하고 있던 그 힘든 기간을 겪은 후에 우리에게 필요했던 안정감을 주었다. 그러나 1993년쯤에는 존과 나는 둘 다 우리의 직업에 갇혀버린 기분이 들기 시작했다. 그래서 어느 맑은 날, 우리는 직장을 그만두었다. 그냥 그렇게 한 것이다. 달리 수입원이 있는 것도 아니었지만, 그것은 문제가 되지 않았다. 우리는 분라쿠 인형 조종자들이 사방에 있는 것에 너무나 익숙해져서 그들이 돈 같은 사소한 문제는 처리해줄 것으로 믿었다.

정말로, 짧은 동안의(당시에는 다르게 느꼈지만) 불안과 동요의 시기가 지난 뒤에 존은 애리조나의 경영대학원에 취직이 되었다. 다른 데서도 오라는 곳이 있었지만 어느 곳도 마음이 내키지 않았다. 사실 존은 경영대학원에서 오라는 제안을 처음엔 거절했었다. 그런데 의도한 것은 아니었지만 그것이 훌륭한 협상전략이 되어서 대학원 측은 결국 존의 마음에 꼭 맞는 제안을 하게 되었다. 나는 책을 쓰겠다고 마음먹고 있었으므로 특정 지역에 매일 필요는 없었다. 우리는 남쪽으로 이사를 왔고, 기분 좋게 새 환경 속에 자리를 잡았다.

이사를 하고 마주친 단 하나 심각한 어려움은 아담을 초등학교에 넣는 일이었다. 다른 다운증후군 아이들의 부모들로부터 학교들이 흔히 '다른' 아이들을 받아들이기를 좋아하지 않는다는 말을 들었고, 그건 사실이었다. 아이는 1학년에 들어가기 위해서 특수부대에 들어가는 사람보다도 더 많은 시험을 통과해야 했다. 날마다 누이들이 학교에 간 다음에 아담은 씩씩하게 양복에 넥타이를 갖추고 또다른 검사를 받을 준비를 했다. 몇 시간씩이나 우리는 좁고 답답한 방에 앉아서 온갖 특수교육 전문가들이 제시하는 지루한 과정들을 견뎌야 했다. 지능검사, 어휘검사, 손동작 검사, 청력검사, 시력검사 등. 검사가 하나 끝날 때마다 아담은 청량음료 같은 조그만 보상을 받았고, 밖에 나가서 그네를 탈 수 있었다.

한동안은 잘되어 갔다. 그러나 결국 아담은 싫증이 났다. 그가 기억하기로 학교는 이런 것이 아니었다. 다른 아이들은 어디 있는가? 크레용은 어디 있는가? 칠판은? 나는 아이에게 설명을 하려고 했지만, 사실은 나도 이런 검사들의 필요성을 이해할 수 없었고, 언제 정상적인 교실에 들어가도록 허락을 받을지 알지 못했다. 우리는 둘 다 좀 우울해지고 있었다.

그때 아담이 멋진 일을 했다.

그날 아침 평소처럼 아담과 나는 리지를 몬테소리 학교에 내려주고, 케이티를 3학년 버스에 태워주었다. 그러고 나서 차가 신호등에 멈추었을 때 노란색 스쿨버스 하나가 우리 옆에 멈추었다.

"바, 엄마!" 아담이 손가락으로 가리키며 말했다. "테이티 버스야."

"아니야," 내가 말했다. "그건 케이티 버스가 아니야. 그건 57번이지. 케이티 버스는 59번이야."

"오식구?" 아담이 말했다. 그는 더 알고 싶은 것이 있으면 상대편이 방금 한 말을 아주 재미있는 듯한 어조로 되풀이하였다. 마치 누가 방금 시간은 선형(線型)이 아니라는 것을 설명하자 그는 그것을 이해했지만 너무나 신기해서 놀라움을 가라앉힐 수 없는 것 같았다.

"오식구," 그는 생각을 하면서 다시 말했다. "테이티 버스는 오식구야."

30분 후에 우리는 또다시 조그만 방에 앉아서 또다른 특수교육 평가관이 아담을 시험할 자료들을 준비하는 것을 보고 있었다. 상당히 단순한 것들이었다. 평가관이 처음 꺼낸 것은 네 가지씩 그림이 그려진 카드들이었다. 그는 처음 것을 치켜들었다.

"어떤 물건을 찾으라고 하겠습니다." 평가관이 나에게 말했다.

나는 맥박이 조금 빨라지는 것을 느끼며 고개를 끄덕였다. 나는 때때로 내 자신이 시험을 치를 때 조금 불안을 느끼곤 했지만, 그것은 부모로서 아이의 장래를 결정할 시험에 대해 느끼는 불안과는 비교할 수도 없다. 나는 평가관이 첫 질문을 할 때까지 조바심하고 있었다. 그러고는 안심을 했다. 아담에게는 쉬운 질문이었기 때문이다.

"아담," 그가 말했다. "버스를 가리킬 수 있니?"

나는 혼자 미소를 지었다. 카드의 왼쪽 위칸에 노란 스쿨버스가 있었다. 아담이 아주 좋아하는 것이었다.

그런데 아담은 주저하고 있었다. 그는 그림카드가 땅속에서 파낸 알 수 없는 고대 문자의 기록이라도 되는 듯이 골똘히 바라보고 있었다. 그는 이마를 찌푸리고 손가락을 입술에 대고 열심히 바라보았다.

"아담," 땀이 솟아나는 것을 느끼며 내가 말했다. "버스를 가리켜봐."

평가관은 나에게 그러지 말라고 고개를 저어 보였다. 나는 그에게 약간 웃어 보이며 "그건 알아요"라고 말했다.

아주 느리게 아담은 손가락을 들어 갈퀴 그림을 가리켰다.

"아니야, 아담." 평가관이 말했다. "버스를 가리켜."

아담은 무표정한 눈빛을 하고 입술을 빨았다. 그러고는 사과를 가리켰다.

"아니야, 아니야." 당황해서 내가 말을 해버렸다. "아담, 왜 그러니? 너 이거 알잖아." 나는 평가관을 향했다. "정말 알아요"

평가관은 눈썹을 올렸다. 그사이 아담은 마비상태에 빠지는 것처럼 보였다. 고개가 한편으로 기울고, 입은 헤벌어지고, 혀가 늘어져 나오고, 눈은 초점을 잃었다. 그는 물고기와 지능을 겨루어도 이길 수 없을 것 같았다.

"아담." 나는 그 좁은 방에서 평가관이 내 말을 듣지 못할 수 있기라도 한 것처럼 속삭이는 말소리로 말했다. "이 녀석아, 너 지금 뭘 하는 거야?"

그는 의자 위에 축 늘어졌다.

"좋아, 그러면," 평가관은 경쾌하게 말했다. 그는 버스 그림이 있는 카드를 넘기고, 평가서에 표시를 한 다음 다른 카드를 쳐들었다.

"아담, 개를 가리킬 수 있어?"

물론 거기에 개가 있었다. 아담 자신이 거의 그 그림만큼 개를 잘 그릴 수도 있었다. 그런데 느릿느릿 손을 쳐들더니 깃털 그림을 가리키는 것이었다. 그제서야 나는 무슨 일인지 깨달았다.

"아담," 나는 놀라서 말했다. "너 일부러 그러는구나. 그만둬! 당장 그만둬!"

아이의 눈이 살짝 내게로 돌아왔다. 그는 침을 흘리기 시작했다.

"베크 부인," 평가관은 차갑게 말했다. "밖에서 기다리시는 게 낫겠습니까?"

"이보세요." 나는 안달이 났다. "버스도 알고 개도 알아요. 빨리 나가서 그네에서 놀고 싶어서 일부러 바보 노릇을 하는 거예요."

내가 옳았다. 아담은 검사과정이 어떻게 구성되어 있는지 알고 있었다. 쉬운 질문에서 시작해서 점점 어려워져서 결국 대답을 할 수 없을 때까지 계속된다. 아담은 검사가 지겨워져서 밖으로 나가고 싶었고, 어떻게 하면 되는지를 알았던 것이다. 내가 그것을 알아챈 순간 아담과 눈이 마주쳤다. 아이는 잠시 눈에 초점을 맞추고 살짝 웃어 보이는 것이었다.

"베크 부인," 평가관이 엄하게 말했다. "받아들이기 어려우시겠지만, 아드님의 능력을 제대로 평가할 필요가 있습니다."

"저는 제대로 평가하고 있어요." 내가 말했다. "확실히 말씀드리는데요, 아이는 지금 선생님을 놀리고 있는 거예요. 지금 사이다를 받고 싶어서 저러는 거예요."

이번에는 아담이 나를 보고 씩 웃었다. 눈은 유쾌하게 반짝이고 있었다. 그러나 평가관이 돌아보았을 때는 빛은 다시 사라지고 없었다. 그는 의자에 반쯤 누워서 세상에서 관심이 있는 것은 그것뿐이라는 듯이 제 코만 바라보고 있었다.

결국 나는 평가관에게 그의 평가 기록에 내 설명을 써 넣게 했다. 나중에 그것을 보았는데 이렇게 씌어 있었다. "피험자는 1등급의 어휘 문제에 답하지 못했음. 아이의 어머니는 아이가 일부러 모른 체한다고 주장함." 나는 지금도 학교의 이사들이 그 서류를 보면서 내가 아이의 한계를 받아들이지 못하는 것에 대해 딱한 마음으로 고개를 젓는 것을 상상할 수 있다.

아담은 그네에서 신나게 놀았다.

결국은, 짐작건대 세 살 된 다운증후군 아들을 둔 어머니였던 한 언어치료사 덕분에 아담은 특수시설에 수용되는 것을 면했던 것 같다. 그녀는 아담이 짐짓 모르는 체하는 것을 꿰뚫어 보고 아이가 들어갈 학급을 정해주었고, 거기에서 아담은 아주 잘해 나갔다.

나 자신의 생각과 삶과 일하는 방식은 그날 특수교육 평가관의 작은 사무실에서 또 한번의 방향수정을 받았다. 내 인생의 첫 20년을 교육제도와 사회가 제시하는 모든 시험을 통과하려 애쓰며 보내온 뒤에, 나는 그 모든 노력의 목표는 즐겁게 살기 위한 것이라고 계속 생각해왔다. 그런데 사회관습이 설정한 그 경직된 기준을 따르는 것 말고 같은 목표에 도달하는 좀더 직접적인 길이 있는 경우가 많다는 것을 상기하게 되었던 것이다.

이상하게도 이런 철학이 실제로 내 경력이 되었다. 아니면 적어도 내 경력의 상당부분이 되었다. 만일 누군가가 10년 전에 내가 앞으로 '정상적인' 기준을 따르려는 노력을 그만둘 거라고 말했다면, 나는 코웃음을 치고 스크루지가 미래의 크리스마스 유령에게서 도망친 것처럼 그 방을 나가버렸을 것이다. 삶을 기쁨의 추구로서 사는 것은, 불경스런 일이 아니면 미친 짓으로 생각했을 것이다. 그러나 아담과 몇 년을 살고 나서 그 생각에 강한 확신을 갖게 되었으므로 나는 전문상담사가 되었다. 확실히 좀 비정통적인 상담사다. 나는 항상 안전보다는 풍요로운 경험을 중심으로 생활을 설계하라는 나의 제안에 대해서 고객들이 보이는 반응에 놀란다. 나는 혼자 생각한다. 이들은 다 교육받은 사람들이다. 그 여러 해 동안의 과정에서 아무도 인생이란 대체로 도박이지만 예기치 않은 경이로움으로 가득 찬 것이라고 말해주지 않았단 말인가? 아무도 그들에게 진심으로 원하는 것을 위해 살아도 좋다고 말하지 않았는가?

그리고, 나는 내가 받은 그 모든 교육과 훈련에도 불구하고 즐겁게 사는 것에 대해 내가 아는 거의 모든 것은, 학교에서가 아니라 단 한 사람 내 아들에게서 배웠다는 것을 기억한다. 사람들은 그 아이를 1학년에도 잘 넣어주려 하지 않았다. 존과 내가 우리들의 빙하시대가 물러가는 것을 느끼기 시작한 싱가포르의 그날 밤 이후로, 우리는 저능아인 우리 아들을 우리의 카운슬러로서 의지하게 되었다. 아담이 내게 공짜로 가르쳐준 것을 사람들은 내게서 배워가면서 돈을 지불한다. 다행히도 아이는 내 수입의 일부를 요구하지는 않을 것 같다. 내가 그에게 얼마나 빚지고 있는가를 생각하면 겁이 날 지경이다.

14

하버드에서 가장 잔인한 것 중 하나는 가을학기 일정이다. 누가 그 것을 만들어냈는지 모르지만 나는 한 무리의 17세기 청교도들이 거친 모직 셔츠를 입고 둘러앉아서 어떻게 하면 가을의 휴일들에서 가능한 한 많은 즐거움을 빼앗아버릴까 하고 머리를 짜는 모습을 그려본다. 대부분의 대학들은 가을학기를 일찍 마치고 학생들이 봄학기가 시작 하기 전에 기분 좋게 긴장을 풀고 가족이나 친척을 만나러 가도록 해 준다. 그러나 하버드는 가을학기가 끝나지 않은 채 휴일을 맞는다. 그 리고 학생들은 한 해 중 가장 춥고 어두운 시기에 학교로 돌아와 2주 간 더 수업을 받는다. 그리고 그다음 2주는 '죽은' 시간이다. 그동안에 는 강의는 없고 모두 기말 보고서를 쓴다. 내가 학부 학생이었을 때 사 람들은 컴퓨터가 아니라 타자기를 썼는데, 그 '죽은 날들' 동안 24시 간 내내 어디에서든지 미친 듯이 쳐대는 타자 소리가 들려오곤 했다. 때때로 타자기 소리는, 지하감옥의 죄수가 풀어달라고 간청하는 것 같은, 기숙사 창에서 질러대는 비명 소리에 잠겨버리기도 한다. '죽 은 날들'이 지나면 2주간에 걸친 시험이 있는데, 그때까지 학생들에게 약간의 정신적 건강이 남아 있었더라도 그것은 이 기간에 파괴되어 버린다.

이러한 학사일정은 거의 모든 하버드 학생이 휴일에 집에 갈 때 책과 숙제가 가득 든 가방과 그동안 밀린 공부를 하겠다는 굳은 결심을 갖고 간다는 것을 뜻한다. 물론 아무도 — 적어도 내가 정말로 좋아할 수 있는 사람은 아무도 — 결심대로 공부를 하지는 못한다. 그러나 의무감과 좋은 성적을 받아야 한다는 압력, 실패할지도 모른다는 두려움은 명절연휴의 흥겨움을 망쳐버리기에 충분하다. 설립자 존 하버드와 청교도 조상들이 얼어붙은 캠퍼스를 만족스러운 표정으로 내려다보는 것을 상상할 수 있을 지경이다.

1987년의 연말이 다가오자 존과 나는 여러 번의 경험으로 그것이 얼마나 쓸데없는 짓인가를 잘 알면서도 다른 때보다 더 많은 일거리를 짐 속에 꾸려 넣었다. 이번에는 정말로 집중해서 일을 하겠다고 서로에게 말했다. 양쪽 가족을 만나고 옛 친구들을 만나고 케이티에게 산타 노릇을 해주고 하는 사이사이에 많은 일을 할 참이었다. 꼭 해야 했다. 학부 학생일 때 느낀 휴일 동안의 압력은 대학원생의 그것에 비하면 아무것도 아니었다. 이번에는 시험기간에 내 시험공부를 하는 것이 아니라 내가 맡은 과목, 카리브해 지역 사회를 수강한 학생들의 리포트를 읽고 채점을 해야 할 것이다. 그 일을 위한 시간을 내기 위해서 나는 내 기말 보고서를 훨씬 앞당겨 써둘 참이었다. 존은 물론 겨울휴가가 끝나자마자 다시 싱가포르로 가야 할 것이므로 학교의 일을 반드시 그 전에 마쳐야 했다. 우리 가방은 책 때문에 너무 무거워서 들기도 힘들 지경이었다. 나는 휴일 동안에 그중 한 권은 실제로 읽었던 것 같다. 아니, 사실은 어쩌면 한 권의 한 장(章)은 읽었을 것이다. 어휴, 그래 맞다. 정말로 읽은 것은 아니고 건성건성 훑어보았다고 해야 될 것이다.

휴일 계획을 세우면서 내가 늘 계산에 빠트리는 것은, 양쪽 집안 사람들의 휴일에 대한 기대에 부응하는 시간과 정서적 대가이다. 우리가 같은 고향 출신이므로 휴일 동안 고향에 간다는 것은 보통 휴일 내내 두 집안의 문화와 전통의 갈등 속에 있게 된다는 뜻이었다. 비슷한 개척자들의 후손이며 가장이 대학교수인 유타 출신의 두 집안이 그토록 다를 거라고는 생각되지 않을 것이다. 두 아버지는 같은 해에 버클리에서 박사학위를 받았다. 내가 존과 결혼한 이유 중의 하나는 두 사람의 배경이 비슷할수록 그들의 결혼은 행복하고 오래 지속된다는 통계자료를 읽었기 때문이었다. 나는 우리가 같은 의사의 도움으로 태어났다는 사실이 좋은 일이라고 생각했다(물론 만일 존이 짐바브웨 출신이었다면, 그래도 존과 결혼할 이유를 찾아냈을 것이다. 사회과학을 공부한 우리는 무엇이든 우리가 사실이기를 바라는 것을 뒷받침할 자료를 찾아내는 방법을 알고 있다). 어쨌든 우리의 배경의 유사성에도 불구하고 크리스마스는 항상 나와 존의 가족이 얼마나 다른지를 알아내는 때였다.

아담을 임신하고 있던 그해의 휴가에는 존의 부모님 집에서 지내야 했던 다른 때보다는 스트레스가 덜했다. 그 집에 있는 것은, 식당의 크리스털 샹들리에로부터 손님방의 목제 벽장에 이르기까지 모두 완벽하게 보였다. 집 안에는 먼지 하나도, 페인트칠이 갈라진 곳 한 군데도, 무엇 하나 제자리를 벗어난 것도 없었다. 그 집으로 들어가는 사람 누구나, 또 그 안에서 이루어지는 일 무엇이나 다 완전하게 보였다. 그것은 누구나 알고 있는 불문율이었다. 나의 시어머니 페이는 영양적으로 균형 있고 맛있는 음식을 하루 세 번 요리하고, 그 나머지

시간은 대부분 청소를 하며 지냈다. 존의 아버지 제이는(그렇다, 그들은 페이와 제이이다) 아내가 집 안에 주의를 기울이는 만큼 집 바깥에 주의를 기울인다. 작은 체구와 단정한 차림새에 백발인 두 사람은 그들의 집과 마찬가지로 세련되고 우아하다. 그들은 마치 산타클로스 부부처럼 아름답고 완벽한 가정을 통치하고 있다.

나는 내 시부모를 좋아하고 존경하지만, 그들의 생각과 말하는 방식은 터득하기가 어렵다. 특히 내가 임신 중일 때는 더 그렇다. 베크 집안 여자들은 자신들의 약점을 보이지 않고, 병은 더욱 드러내지 않는다. 그들은 계속해서 요리를 하고 청소를 하며, 때때로 '예의 바른 대화'에 참여할 뿐이다. 1987년의 크리스마스철 동안에 나에게 조금이라도 즐겁게 여겨진 활동은 가만히 누워서 끙끙 앓는 것이었다. 우아한 내 시어머니는 아주 분명하게, 자신도 입덧을 했지만 '일어나서 계속 움직여서' 그것을 극복했다고 말했다. 그것은 요리와 청소 등의, 평소에도 내 성격에 맞지 않지만 임신 중에는 극히 참을 수 없는 일을 하는 것을 뜻한다. 우리가 피닉스에 있는 시부모님의 콘도에 도착해서 처음 한두 시간 동안 나는 베크 집안 여자답게 행동하려고 애썼다. 그러나 모든 진정한 베크 여인의 사령부라고 할 수 있는 부엌에 들어서자마자 너무나 심하게 구토가 일어나서 나는 머리가 떨어져 나가는 줄 알았다. 그러고 나서 나는 '계속 움직이기'를 포기했다. 나는 '예의 바른 대화'에 참여함으로써 최소한의 사회적 요구사항을 충족시키기 위해서만도 안간힘을 써야 했다.

일본말에서는 일반적인 사물을 가리키는 데 '고토(こと)'와 '모노(もの)' 두 가지 말이 쓰인다. '고토'는 개념이나 행위, 생각 등 추상적

인 것을 가리킨다. '모노'는 물질적인 것, 손에 쥘 수 있는 물건을 가리킨다. 전혀 불손한 뜻 없이 하는 말인데, 나는 존의 집안은 '모노' 사람들이라고 생각한다. 그들이 모였을 때 몇 시간씩 얘기를 나누어도 항상 거의 전적으로 물질적인 대상에 대해 얘기한다. 그들은 뜰에 꽃을 가꾸는 일이나 미트로프를 만드는 방법에 대해서 잠시도 주의를 흩트리지 않고 30분 동안 계속해서 얘기를 할 수 있다. 외식을 하러 나갔을 때는 대화는 항상 지난번에 그곳에 왔을 때와 비교해서 어떤 장식이 달라졌다든지, 사람이 바뀐 것 등에 집중되었다. '예의 바른 대화'에서 가장 이국적이고 선호도가 높은 주제는 항공여행이다.

"그래," 우리가 콘도의 완벽한 거실에 완벽한 불이 타오르고 있는 완벽한 벽난로를 바라보며 앉았을 때 시아버지가 존에게 물었다. "어느 항공사를 주로 이용하니?"

존은 3~4초 지나서 대답을 했다. 시부모님이 말하는 속도는 보스턴 사람들의 10분의 1 정도였는데, 존은 금방 거기에 맞출 수 있었다.

"싱가포르에어라인요." 존이 말했다.

"오," 제이가 잠시 생각을 한 뒤에 말했다. "싱가포르에어라인."

"예." 존은 천천히 수긍을 했다. "싱가포르에어라인요."

한참 동안 침묵이 있었다. 그러고는 시어머니가 물었다. "싱가포르에어라인에는 음식이 어떠냐?"(비행기에서 음식을 제공한다는 사실이 베크 집안 여자들이 그 화제에 끼어들 여지를 만들어주는 것 같았다.)

"괜찮아요." 존이 말했다. "좋은 음식이에요. 전 비즈니스 클래스로 다녀요."

"비즈니스 클래스라," 제이가 고개를 저었다. "멋지구나."

이때 존과 그의 부모는 갑자기 기분 좋은 낮은 웃음소리를 내었다. 베크 집안의 대화에서는 아무도 크게 웃는 일이 없다. 그러나 기분 좋게 낮은 소리로 웃는 일은 아주 많다. 나는 언제 그 일이 일어날지 전혀 짐작할 수 없었지만, 그 집 사람들은 모두 알고 있고, 그렇게 해서 큰 결속감을 느끼는 것 같았다.

"생각이 나는데," 1분쯤 뒤에 제이가 말을 이었다. "싱가포르에어 라인을 탄 적이 있었어. 보자, 그게 … 아, 1979년쯤인 것 같군." 그는 말을 멈추고 잠시 생각을 했다. "아니면 1980년이었을 거야." 더 생각하고 "아니야, 1979년이었어, 그래 1979년. 어쨌든 그 스튜어디스는 잊지 않을 거야. 빨간 옷을 입고 있었지."

"아니에요." 페이가 끼어들었다. "푸른 옷이었어요."

"그랬던가?" 제이는 놀라서 눈썹을 올렸다.

"맞아요. 푸른색이었어요. 푸른 옷이요."

"나는 붉은색이었다고 생각하는데."

기분 좋은 낮은 웃음.

"푸른색이 맞아요." 웃음이 끝나자 페이가 다시 말했다.

"그래, 당신 말이 맞는 것 같군." 시아버지가 말했다. "푸른 옷이라. 어쨌든 저녁식사가 생선이었는데."

"아," 존이 잘 안다는 듯이 고개를 끄덕였다. "생선이요."

"그래요." 페이가 거들었다. "생선."

제이: 그런데 그게 꽤 좋았어.

페이: 그렇게 생각했어요?

제이: 내 건 괜찮았지.

페이: 나는 좀 마르다고 생각했어요.

제이: 그랬소?

페이: 내 건 그랬어요.

제이: 허, 그래도 내 건 꽤 좋았어.

이미 오래전부터 나는 혼수상태에 빠지지 않으려고 자신을 마구 꼬집고 있었다. 그들의 진지한 애정과 친숙한 대화방법이 주는 안락감에도 불구하고 베크 집안의 '예의 바른 대화'는 나에게 클로로포름 같은 영향을 미쳤다. 나는 지지와 위안을 얻기 위해 존을 바라보았지만, 그는 사막을 돌아다니다가 연못으로 되돌아온 오리처럼 멍청한 어린아이 같은 미소를 띠고 앉아 있었다.

물론 나는 존의 가족들이 나를 좋아하기를 원한다. 그리고 존은 내가 분위기에 맞추기를 몹시 바란다. 그래서 때때로 나는 '예의 바른 대화'에 참여하려고 해본다. 나에게는 자연스럽게 되는 일이 아니지만 한두 마디 거들기 위해 최선을 다한다. 그러면 이런 식이 된다.

페이: 내일 졸린에게 가서 머리를 좀 해야겠어.

제이: 졸린? 당신 머리 해주는 여자는 버니스인 줄 알았는데.

페이: 아니에요. 그 여자는 다른 데로 갔어요. 이제 졸린에게 가요.

제이: 허, 졸린이라!

페이: 버니스가 그리 마음에 들지도 않았어요. 내 머리를 끔찍하게 만들곤 했어요.

마사를 제외한 나머지 사람들: 킬킬킬

존: 그러니까 졸린네에 가시겠군요. 그 사람은 잘해요?

페이: 꽤 잘해. 그 여자 머리 빗기는 방법이 좋아.

제이: 허, 어쨌든 보기 좋군.

존: 그래요, 엄마. 보기 좋아요.

페이: 그래. 졸린은 꽤 잘해.

마사 : 그런데요, 영장류 중에서 인간만이 서로 쓰다듬어 주는 행동을 별로 하지 않는대요. 그래서 여자들은 미용사에 대한 얘기를 많이 하나 봐요. 머리 손질을 받으면 과거의 사회적 결속 본능이 자극을 받는 거지요. 그럴 것 같지 않아요?

이 말에 베크 가족은 모두 말없이 30초쯤 경악하는 눈빛으로 나를 바라보다가 다시 비행기 이야기로 돌아간다. 나중에 우리가 손님용 침실로 돌아오면 존은 내가 무례했다고 화를 내고, 나는 선물포장 상자를 존에게 던지고, 그런 뒤 냉전상태로 잠자리에 든다.

우리 집을 방문하면 상황은 약간 다르다. 내가 자라난 집은 시집이나 다른 품위 있는 사람들이 사는 와사치산 기슭에 있지 않았다. 우리 집은 골짜기 바닥에, 학생들과 백인 가난뱅이들이 사는 곳에 있었다. 우리 집은 이 두 집단에 속하지는 않으면서 두 집단에 걸쳐 있는 셈이었다. 나의 아버지는 존경받는 교수이고, 대학에서뿐만 아니라 사회 일반에서도 널리 알려진 연사였다. 그래서 우리 가족은 대학사회의 일부가 되었다. 그렇기는 하지만 많지 않은 수입과 많은 아이들(여덟 명), 그리고 무엇보다도 우리 집 꼴이 사회적으로 말해서 가난한 백인 하류층에 속하게 했다.

그 집은 내 존재의 상처였다. 나는 지금도 그 집에 관한 악몽을 꾼다. 그것은 조그만 벽돌집인데, 내 부모님은 어떤 병리적인 창의성이

발동하여 그것을 색으로 칠했다. 내가 태어났을 때 집은 푸른색이었고, 내가 집을 떠나 대학에 갈 때까지 다시 칠을 한 일이 없었다. 페인트가 갈라져서 벗겨진 조그만 푸른 조각들이 집 주위의 땅에 떨어졌다. 우리 차고 속에 살던 많은 고양이들은 그 때문에 납중독이 되었을 것이다. 차고는 잡동사니로 가득 차서 차가 들어갈 공간이 없었다. 그건 별 상관이 없었다. 왜냐하면 차는 밖에 두었다고 해서 더 나빠질 것도 없는 상태였기 때문이다. 차는 조그만 노란색 다트선(닛산의 소형 승용차 — 역주)이었고, 너무나 낡아빠져서 굽은 길을 돌아갈 때마다 문이 열리곤 했다. 내 부모는 이 문제를 좌석의 머리받침에 노끈을 매고 그 끝을 고리로 만들어 자동차 문의 잠금장치에 걸어서 해결했다.

자동차는 낙엽으로 완전히 뒤덮인 뜰 옆에 서 있었다. 아버지는 낙엽이 잔디를 보호해주리라 믿었다. 가을마다 아버지는 뜰에 떨어진 낙엽을 그대로 두었을 뿐만 아니라 길과 보도에 떨어진 낙엽을 긁어모아 잔디 위에 쌓아두었다. 봄이 되면 풀들이 낙엽들을 뚫고 멋진 초록빛으로 솟아오를 것이라 믿었다. 그러나 뜰은 사계절 내내 조금 건조한 퇴비더미 같은 모습이었다.

집의 내부는 외부보다 더 나빴다. 훨씬 더 나빴다. 내가 어릴 때 언니 오빠들은 나더러 아무도 우리 집 근처에 오지 못하게 하라고 했고, 누가 우리 집에 들어오게 하느니 차라리 달리는 자동차 앞으로 뛰어들라고 말했다. 만일 누구라도 우리가 어떻게 살고 있는지를 안다면, 우리는 당장에 학교에서 손가락질을 받을 것이라고 했다. 그들이 옳았을 것이다.

우선 내 부모의 색깔에 대한 신비스러운 취향이 어디에서든 드러났다. 예를 들어, 거실은 벽과 카페트가 모두 창백한 연두색이었다(카페트는 너무 더러워 색깔을 알아보기 어려웠지만). 거실의 중간쯤에 밝은 주황색 폴리에스테르 안락의자가 있었는데, 벽과 멋진 대조를 이룰 거라는 생각으로 산 것이다. 대조는 분명했지만 멋지지는 않았다.

사실 집 안의 색조 배치를 제대로 볼 수도 없었다. 모든 수평 면 위에는 잡동사니들이 쌓여 있기 때문이었다. 나는 그 잡동사니들이 무엇인지조차 모른다. 내가 과장을 한다고 생각하겠지만 그렇지 않다. 1987년 12월에 우리가 그곳에 갔을 때까지 내 초등학교 시절의 숙제가 그 잡동사니 사이에 끼어 있었을 거라고 나는 확신한다. 그것들은 의자 위, 탁자 위, 선반 위, 마루 구석 등에 50센티미터 이상의 높이로 쌓여 있었다. 나는 지금도 무엇인지 확인하지 않고 아무 데나 걸터앉는 버릇이 있는데, 우리 식구들은 그런 기술을 터득해야 어디든 앉을 수가 있었던 것이다. 내가 어렸을 때 우리 형제들은 때때로 집을 치워보려고 했지만 별 소용이 없었다. 너무 작은 공간에 너무 많은 사람이 있었고, 치우기에는 이미 도가 넘어 있었다.

그토록 많은 보기 싫은 잡동사니들 사이에서 살았기 때문에 우리는 만질 수 있는 사물 '모노'에 대해서는 생각하지 않으며 자랐다. 우리의 자존심이나 집안의 긍지는 오직 '고토'― 생각, 이론, 개념들에서 끌어냈다. 이 모든 것은 우리 아버지의 전설적인 두뇌에 기초를 두고 있었다. 그는 진짜 천재였다. 스무 가지나 되는 언어로 연구를 했고, 수십 가지의 문학과 철학 연구서의 내용을 외고 있었다. 우리 도시의 모든 사람이 그에 대해 알고 있었고, 대부분은 얼굴도 알았다. 학교 선생님들은 자주 우리 형제들에게, 우리 지역에서 가장 머리 좋은 사람을 아버지로 두고 있는 게 어떠냐고 묻곤 했다. 우리의 촌스러운 차림새나 사회적인 우아함의 결핍에도 불구하고, 아버지의 좋은 머리 덕분에 우리 모두는 어떤 위엄을 부여받았고, 친구들 사이에서도 높은 지위를 누렸다.

우리 집안에서는 두뇌가 모든 것이었다. 내가 어렸을 때 우리 집에 들어오는 것이 허용되는 몇 안되는 사람들 중에는 심리학과 아동발달을 공부하는 대학생들이 있었는데, 그들은 실제로 아이들과 접촉해야만 할 수 있는 숙제들을 해야 했다. 그런데 인근에는 우리 형제들 말고는 아이들이 거의 없어서 우리는 단순한 관찰에서 지능검사까지 여러 종류의 실험 대상이 되었다. 우리 부모는 우리들이 지능검사를 받는 것을 특히 좋아했다.

나는 한번 아버지가 지켜보는 가운데 지능검사를 받은 것을 기억한다. 나는 세 살이나 네 살이었는데, 그 심리학과 학생은 나를 바닥에 앉혀 놓고 기억력과 분석능력을 알아보는 시험을 했다. 어휘능력 테스트도 했다. 그때 그 학생의 뒤에 아버지가 서 있었다. 나는 아버지의 표정으로 그가 검사 결과를 굉장히 궁금하게 여기고 있다는 것을 알 수 있었다. 실험의 어느 단계에서 연구자가 내게 '개들은 제조를 하는가(Do dogs manufacture?)'라는 질문을 던졌다.

나는 좀 자신이 없었다. 'manufacture'가 무엇을 만든다는 뜻인 것은 알고 있었다. 또 나는 개들이 뭘 만들었다는 말은 듣지 못했지만 개들이 만드는 것이 두 가지 — 강아지와 똥 — 있다고 확신했다.

"예." 나는 똥에 대해서 자세히 묻지 않기를 바라면서 자신 없이 대답을 했다.

아버지는 마치 벌에 쏘인 것 같았다. 조사를 하는 학생이 부탁한 대로 그때까지는 말없이 있었지만, 이것은 참지 못했다.

"아니야, 아니야, 아니야." 아버지는 흥분하면 늘 그러는 것처럼 발뒤꿈치를 들고 벌떡 일어서며 말했다. "'manufacture'의 어원을 생각해봐. 'manu'는 라틴어로 손이라는 뜻이고 'facture'는 만든다는 뜻이야. 손으로 만든다는 말이지! 걔들은 손이 없잖아, 이 멍청아!"

멍청이라는 말은 우리 집에서 많이 쓰는 말이었다. 우리 모두 자주 그 말을 썼다. 그것은 우리 아버지만큼 똑똑하지 않은 사람 모두에 해당되는 말이었고, 또 그것은 우리의 줄줄이 물려입는 옷과 끔찍한 모습의 집 때문에 우리가 겪을 수 있는 창피로부터 우리를 보호해주었다. 우리를 조롱하거나 더 좋은 곳에서 살거나 비싼 옷을 입는 사람은 분명히 멍청이였고, 그래서 경멸할 가치도 없었다. 남들을 멍청이라고 생각함으로써 우리의 자존심이 지켜졌으므로 나와 형제들은 우리 지능검사 결과에 관심이 많았다.

나의 아버지는 미국에서 아이들이 지능검사를 받은 첫 세대였다. 첫 테스트 결과가 나오자 아버지의 초등학교 교장 선생님은 아버지를 불러서 이렇게 말했다. "네가 지금 당장 잠이 들어서 9년 동안 잠을 자고, 다른 아이들은 그동안 내내 공부를 한다고 해도 네가 깨어나면 그 아이들보다 앞서 있을 거야."

이런 이야기들이 나와 내 형제들이 누추함 속에서 자라나는 창피를 견딜 수 있게 해주었다. 우리가 해마다 크리스마스 때 잡동사니들 가운데에 모여서 하는 이야기들이 그런 것들이었다. 우리는 그것을 큰 소리로 되풀이해서 말했다. 여덟 명의 형제들이 서로의 말에 끼어들며 외쳐댔다. 대화는 웅얼대는 소음 속에서, 날카로운 유머와, 두 가지 뜻을 담은 말, 말장난, 암시 등을 가득 담고 굉장한 속도로 진행되었다. 계속 따라가지 못하거나 무언가 바보 같은 말을 하는 사람이 있으면 그 사람은 잠시 말의 몽둥이찜질을 당하고, 다른 누군가가 또 '멍청한' 소리를 하면 조롱의 초점은 그리로 옮겨간다.

때때로, 특히 명절 때에 우리 모두는 자연스럽게 지적 게임을 시작하곤 했다. 예를 들면, 어머니가 뒷방(가구는 없고 잡동사니만 가득한 방)에 가서 케이크나 파이를 만들 밀가루를 가져오라고 나를 보낸다. 자주 나는 진저리를 치며 부엌으로 돌아와서 밀가루가 벌레투성이라고 말한다. 나는 그 때문에 소름이 끼칠 정도였지만, 어머니에게는 아무렇지도 않았다. 어머니는 체로 쳐서 벌레들을 걸러내고, 혹시 체를 빠져나가 음식 속에 들어가는 벌레가 있더라도 훌륭한 단백질원이 될 뿐이라고 말하곤 했다. 우리 모두가 몹시 언짢은 기분이 되려고 할 무렵에 아버지가 상황을 바꾸어 놓는다. "모두 문학에서 벌레가 언급된 구절을 말해봐."

갑자기 조용해지고 모두들 제일 빨리, 제일 멋진, 제일 많은 예를 찾아내려고 미친 듯이 생각을 한다. 그러다가 누가 "모비딕, 배에 있던 비스킷의 구더기들!" 하고 외친다.

"토마스 아퀴나스, 벌레들!" 다른 사람이 소리친다. 그리고 문학에 관련된 지식의 경연이 벌어지는 것이다. 또 하나의 나 '독종'이 지적인 경쟁이라는 섬세한 기술을 처음으로 배운 곳은 바로 그곳, 내 피붙이들 사이에서였다. 우리 식구들은 벌레를 먹었을지는 모르지만 똑똑했던 것은 사실이다.

존을 이 무리 속으로 데리고 오는 것은 엄격한 훈련을 받은 순종의 전시용 개를 쓰레기더미에 사는 잡종 개떼들 사이에 던져 넣는 것과도 같았다. 존은 하버드의 클럽에서 재치 있게 되받아치는 것을 배우기는 했지만, 우리 식구들의 속도와 강도, 목소리의 크기와는 겨룰 수 없었다. 나는 존이 우리 식구들 사이에서 버틸 수 있다는 것을 알고 있었고, 그가 뛰어들어 실력을 드러내기를 기다리고 있었지만, 그런 일은 없었다. 그에게는 그 상황이 너무나도 낯설었다. 소란스러움과 그 많은 잡동사니들 사이에서 그는 마치 지나치게 많은 데이터에 뻗어버린 컴퓨터 하드 드라이브처럼 완전히 수렁에 잠긴 기분이었다. 그는 이런 상황에 대해 그의 집안에서 용납되는 단 한 가지 방법으로 반응했는데, 그것은 흐리멍텅한 눈을 하고 기분 좋은 낮은 웃음소리를 내다가 어느 순간 갑자기 도저히 설명할 수 없이 잠이 들어버리는 것이다. 나중에 우리가 자러 가면 나는 그가 우리 식구들과 맞추어보려고 노력도 하지 않는다고 화를 내고, 그는 뚱해서 말도 하지 않는다. 그러면 우리는 다시 적이 되어 그날을 마치는 것이다.

크리스마스 휴가는 존과 내가 결혼한 이래로 늘 그런 식이었다. 그렇기 때문에 짐 속에 책을 수십 권씩 싸 넣는 일이 더욱 쓸데없는 일인 것이다. 각자의 집안으로부터 받는 사회적 압력과 그 식구들과의 접촉이 있은 뒤에 우리 사이에 일어나게 마련인 갈등 때문에 존과 나의 의식 속에서 하버드는 가장 먼 구석으로 밀려나곤 했다. 그 대신 우리들의 어린 시절의 가치기준이 맹렬히 되살아나는 것이었다. 이를테면, 존은 늘 완전한 모습을 갖추는 것이 절대적으로 중요한 일이라는 것을 다시 기억하게 되고, 나는 내가 멍청이가 아니라는 것을 증명하려고 애를 쓰는 것이다.

이런 충동들은 다가올 날들을 몹시 어렵게 만들곤 했지만, 이번에는 실제로 반가운 기분전환이 되었다. 하버드를 다른 관점에서 보도록 해주었을 뿐 아니라 여전히 나를 따라다니는 구토증을 견딜 수 있게 해주었다. 내가 태아의 건강에 대해서 갖게 된 걱정은 이제 터무니없이 근거 없는 일로 생각되었다. 나는 그 걱정을, 읽어야 할 책들과 함께 옆으로 밀쳐놓았다.

해마다 그랬던 것처럼 존과 나는 이 휴식의 상태는 우리가 학교로 돌아가면 갑작스레 끝날 것임을 알고 있었다. 하버드에서 교수들은 우리의 기말 보고서를 기다리고 있고, 학생들은 그들의 학점을 기다리고 있었다. 내가 알지 못했던 것은 대학의료센터 부인과 임상간호사가 내 혈액검사 결과를 받고서 내게 긴박한 메시지를 보냈고, 그에 대한 내 대답을 기다리고 있다는 사실이었다. 그녀는 빨리 나와 연락이 되지 않으면 너무 늦을까 봐 걱정하고 있었다.

15

연휴를 지내려고 아파트를 떠날 때 난방을 끄고 갔는데, 돌아오니 집이 너무 추워서 우리 입김이 작은 얼음구름이 되어 바닥으로 슬슬 내려앉았다. 케이티를 유모차에서 들어내고 온도조절기를 올리면서 우리 아파트는 항상 추웠던 것 같은 느낌이 들었다. 추운 기분은 물리적이기보다 심리적인 면이 더 큰 것 같았다. 가구가 많지 않은 세 개의 방으로 된 그 아파트는 공부하는 곳, 일하는 곳 그리고 그사이에 기진맥진하여 몇 시간 눈을 붙이는 곳이었지 정말로 사는 곳은 아니었다.

난방기에서 금방 더운 공기가 쏟아져 나오기 시작했지만, 나는 외투를 입은 채로 자동응답기에 녹음된 메시지들을 들었다. 외투를 벗지 않은 것이 다행이었다. 첫 메시지를 듣자 찬물이 등줄기로 흐르는 것 같았다.

"대학의료센터 임상간호사예요." 그 목소리는 다급하고, 조바심을 내며, 거의 화가 난 듯했다. "지난번에 요청하신 검사에 관해서 급히 전해야 할 말이 있어요. 급해요. 빨리 연락해주세요."

그 여자가 남긴 전화번호를 추위에 뻣뻣해진 손가락으로 종잇조각에 적었다. 내가 고개를 들었을 때 존은 케이티를 안고 침실 문간에서 놀라고 근심스러운 얼굴로 서 있었다.

"무슨 얘기야?" 자동응답기 쪽으로 고갯짓을 하며 존이 말했다.

나는 고개를 저었다. "몰라." 그러나 나는 알고 있었다. 아기에게 무언가 잘못된 것이 있다는 그 느낌이 다시 떠올랐고, 반갑지 않은 확인을 받은 것이었다.

"아마 별일은 아닐 거야." 존이 자신 있는 미소를 지어 보이며 말했다.

"그래." 내가 말했다. "별일 아닐 거야."

"그래도 전화는 해보는 게 좋겠지." 존의 목소리는 여전히 심상했지만, 그도 나와 마찬가지로 걱정하고 있다는 것을 알 수 있었다.

임상간호사는 금방 전화를 받았다. 나는 그 여자를 아주 좋아했다. 대학의료센터 사람들 중에서 길에서 나를 만나면 알아볼 몇 안되는 사람 중의 하나였다. 산부인과 의사들은 그들이 그곳에서 보내야 하는 짧은 시간 동안에 가능한 한 많은 임신한 여자들을 진찰하며 서둘러 지나가지만, 그 임상간호사는 임신한 여자 각자와 제대로 이야기를 나눌 시간이 있었다. 그 여자를 쥬디 트렌튼이라고 부르겠다.

"안녕하세요, 쥬디." 그 여자가 전화에 대답을 하자 내가 말했다. "마사 베크예요."

"마사! 당신에게 얼마나 연락을 하려고 했는데요!" 그 여자의 목소리에는 자동응답기에서 들은 것과 같은 화가 난 기색이 들어 있었다.

"이봐요," 그 여자가 말을 계속했다. "검사를 하고 나서 어디로 가면 연락이 될 수 있는 전화번호를 남겨둬야지요. 사실은 어디에 가지도 말았어야 해요. 검사에 문제가 있을 때 우린 어떻게 하란 말이에요? 당신을 찾아내려고 얼마나 애를 썼는지 짐작도 못할 거예요."

"미안해요." 내가 떨떠름하게 말했다. '문제가 있을 때'였다. '있다면'이 아니고 '있을 때'였다. 나는 심장박동이 빨라지는 것을 느낄 수 있었다. 한편으로는 무엇이 잘못되었는지 몹시 알고 싶으면서, 또 한편으로는 얼른 수화기를 내려놓아 버리고 싶었다.

"그러니까, 문제가 있는 거예요?" 나는 침착한 목소리로 말했지만 손은 떨리고 있었다.

쥬디의 목소리는 평소의 경쾌하면서도 따뜻한 어조로 돌아가 있었다. "당신의 알파-페토프로테인 수치가 좀 이상해요." 그 여자가 말했다.

"AFP가요?" 나는 AFP가 높으면 태아가 척추파열일 가능성이 있다는 사실을 기억했다. 아기가 등이 열려서 장기들이 밖으로 나와 있는 끔찍한 모습이 얼른 떠올랐다.

"수치가 얼마나 높아요?" 내가 말했다.

"높은 게 아니에요." 쥬디가 말했다. "정상보다 조금 낮았어요."

"정상보다 낮다고요?" 내가 말했다. "그럼 그건 좋은 거 아니에요?"

쥬디는 어정쩡한 소리를 내었다. "반드시 '나쁜' 건 아닌데요, 그런데 통계적으로 AFP가 낮은 것과 다운증후군이 약간 상관이 있는 것으로 되어 있어요."

나는 당장에 혐오감이 치밀어 오르는 걸 느꼈다. "약간이요?" 내가 말했다. "약간 상관이 있다고요?"

"그래요. 걱정할 필요는 없어요." 그 여자가 말했다. "검사를 다시 한번 해보고 싶어요. 확실히 하기 위해서 말이죠."

"약간이란 게 어느 정도지요?" 이제는 내 목소리에 긴장이 담겨 있었다. "이것과 다운증후군의 상관관계가 어느 정도인가요?"

"경우에 따라 달라요."

"확률이 어느 정도예요?" 내가 가로채듯 말했다. 내 속의 독종이 깨어났다. 막연한 말에 만족할 기분이 아니었다.

"저…" 쥬디가 종이를 넘기는 소리가 들렸다. "실제 수치와 나이에 따라 다른데…예, 당신 자료를 찾았어요. 지금 몇 살이시죠?"

"스물다섯요."

우리는 잠시 말없이 있었다. 존이 침실로 돌아와서 내 얼굴을 살피며 말없이 서 있었다. 그리고 쥬디가 말을 했다. "좋아요. 찾았어요. 이 검사결과에 근거해서 보면, 그건 예비검사에 불과하지만, 당신이 다운증후군 아기를 가졌을 확률은 895분의 1이에요."

나는 거의 웃었다. "895분의 1이라구요?" 내가 말했다. "그 때문에 나를 찾으려고 법석을 한 거예요?"

"걱정하지 않는 건 옳아요." 쥬디가 말했다. 그 여자의 목소리에 온기가 돌아와 있었다. "그렇지만 오늘 오셔서 검사를 다시 받으시면 좋겠어요. 안전하게 하고 싶으니까요."

"오늘요?" 나는 좀 놀랐다. 진찰 약속을 잡는 데만도 보통 2주씩 걸리곤 했었다.

"지금 임신 18주이시거든요." 쥬디가 말했다. "시간이 많지 않아요."

나는 어리둥절했다. "시간? 무슨 시간 말이에요?"

"중절할 시간요. 만일 잘못된 게 있다면요."

나는 두꺼운 옷을 입은 채였고, 난방이 들어오고 있는데도 다시 추위를 느꼈다.

"아, 그렇군요." 내가 말했다.

나는 그렇게 걱정이 되는 것에 스스로 짜증이 나서 고개를 흔들었다. 나는 젊고 건강하다. 그리고 우리 집엔 식구가 많았지만 유전적 결함의 내력은 없다. 내 입덧조차도 몹시 괴롭긴 하지만 건강한 임신상태를 나타내는 것이다. 나는 혈액검사 시간을 잡았다.

두어 시간 후에 존은 나와 함께 의료센터까지 걸어갔다. 케이티는 존에게 업혀 있었다. '하버드스퀘어'에 가벼운 눈이 내리고 있었다. 학생들이 휴가를 끝내고 돌아와 있었고, 식당들이 모두 다시 영업을 하고 있었다. 차가운 공기 속으로 따뜻한 음식 냄새가 날아왔다. 상점 앞의 전등, 사람들의 모자와 옷깃에 내리는 눈, 케이티의 빨간 볼. 이 모든 것이 축제의 분위기와 향수의 느낌을 담고 있는 듯이 느껴졌다. 마치 내 인생의 지나가버린 시간을 되돌아보고 있는 듯이. 나는 한 단락이 끝나고 새로운 단락이 시작되려 하고 있다는 느낌을 강하게 받았다. 나는 이런 기분을 존에게 말하지 않았다. 그것은 너무나도 초현실적인 느낌, 묘사하기 너무나 어려운 것이라고 생각했다.

"나츠카시." 우리가 프랑스 빵집을 지나 대학의료센터의 문을 향했을 때 존이 말했다.

"뭐라구?" 나는 휙 고개를 들고 그를 쳐다보았다.

"아무것도 아니야." 그가 말했다. 그러나 나는 들었다. '나츠카시(なつかしい)'는 내가 느끼고 있던 바로 그 기분을 묘사하는 일본말이다. 그리움, 그 덧없음에 대한 슬픔이 뒤섞인 아름다움에 대한 감탄. 나는 걸음을 늦추고 왜 우리 둘 다 마치 장례식에 가는 것 같은 기분일까 생각하며 존이 눈 속을 걷는 것을 바라보았다.

간호사가 내 팔을 찔러 몇 개의 시험관을 채울 만큼의 피를 뽑는 데 꼭 30초가 걸렸다. 내가 너무 빨리 일어서다가 바닥에 쓰러지고 다시 정신을 차리는 데는 시간이 조금 더 걸렸다. 존과 케이티는 전부 10분 동안밖에 대기실에 있지 않았다.

내가 엘리베이터에서 터덜거리며 나오는 것을 보고 존이 씩 웃었다. 나는 여전히 배낭 속에 업혀 있는 케이티에게 입을 맞추려고 발뒤꿈치를 들었다. 우리는 근처의 수프와 샐러드를 파는 식당을 향했다.

"그래," 케이티를 어린이용 의자에 앉히고 점심을 주문하고 나자 존이 물었다. "어땠어?"

나는 어깨를 으쓱해 보였다. "피만 더 뽑았어. 의료진 중에 흡혈귀가 있어서 간식거리를 준비하나 봐."

"검사에 대해서 다른 얘기 했어?" 존이 말했다. "정확히 뭐가 문제야?"

나는 고개를 저었다. "오늘 피 뽑은 간호사는 아무것도 몰랐어. 쥬디가 말한 것이 가장 자세한 정보야. 아기가 저능아일 확률은 895분의 1이야."

존이 미소를 지었다. "그런 확률이라면 난 상관 않을 수 있어."

나는 따라서 미소를 지으려 했지만 되지 않았다. "난 여전히…" 존에게 내 마음속의 걱정에 대해 말하고 싶었다. 그것이 걱정 이상의 것, 확신이라고 말하고 싶었다. 그러자 그것이 전혀 근거 없는 느낌이라는 생각이 다시 들었다. "난 그래도 좀 겁이 나."

그는 식탁 위로 손을 뻗어 내 손을 잡았다. "물론," 그가 말했다. "이해할 수 있는 일이야. 그렇지만 무슨 문제가 있다 해도 우린 제때를 잡은 거야."

"제때라구?"

"그래," 존이 말했다. "제일 나쁜 상황은 임신중절을 해야 될 경우지. 그런데 그럴 확률은 아주 낮아. 모두 다 괜찮을 거야."

나는 존을 뚫어지게 바라보았다. "내가 임신중절을 해야 될 경우? 해야 돼?"

존은 비스킷 포장을 뜯어서 케이티에게 주었다. "이봐, 마사, 그럴 가능성은 아주 낮으니까—"

"내가 임신중절을 해야 될 경우?" 몸속에서 느껴지던 추위는 사라졌다. 그 대신 화가 나서 얼굴이 달아오르는 것을 느낄 수 있었다. "언제부터 내 몸에 대한 일을 당신이 결정했어?"

존은 놀란 모양이었다. "내가 결정하겠다고 말한 적 없어." 그가 항의조로 말했다. "다만, 만일 검사에서 아기에게 잘못된 것이 있다고 밝혀지면 물론 우린 중절을 해야지. 이 얘기는 전에 했었잖아."

나는 화를 억누르려고 애를 쓰며 눈을 감았다. 존의 말은 옳았다. 우리는 한두 번 일반적인 임신중절에 대해서 이야기한 적이 있었다. 우리는 유전적 결함이 있는 태아를 임신중절하는 것은 타당한 일이라고 생각했다. 그렇게 말한 생각이 났다. 그러나 지금 내가 실제로 임신 중이고, 내 몸 안에서 움직이는 것이 느껴지는 아기에 대해 말하는 것이고 보니, 누구라도 내게 임신중절을 '해야 된다'고 말할 수 있다는 생각만 해도 분노가 끓어오르는 것이었다.

"우리가 말한 것은," 나는 낮고 위협적인 목소리로 말했다. "내가 여성의 선택권을 지지한다는 것이었어. 그건 결함이 있는 아기를 낳거나 낳지 않을 것을 '내가' 결정한다는 뜻이야. 당신은 이 일에 끼어

들지 마, 존. 당신이 결정할 일이 아니야!"

존은 마치 나에게 뺨을 얻어맞은 듯한 얼굴로 나를 바라보았다. 내 목소리에 담긴 분노는 나에게도 충격적이었다.

"난… 미안해," 내가 말했다. "그렇게 말하는 게 아닌데… 화를 낸 건 아니야. 호르몬 탓인가 봐."

"괜찮아." 존이 말했다. 종업원이 우리 점심을 가지고 올 때 존은 조심스럽게 나를 바라보았다.

"윤리적으로 일관성이 없는 일인 것 같아." 종업원이 돌아가자마자 내가 존에게 말했다.

그는 샌드위치를 한입 베어 물었다. "뭐가 말이야?"

"임신중절." 내가 말했다. "일반적인 임신중절 얘기가 아니라 이런 종류의 임신중절 말이야. 원하는 대로의 아기를 갖는다는 생각 말이야."

"결함이 있는지 검사해보는 거 말이야?" 존은 또 놀란 듯한 눈으로 나를 보았다. "그게 도대체 뭐가 잘못된 거야? 모두를 위해서 더 나은 일인데."

나는 고개를 저었다. "난 꼭 그렇다곤 생각 안해."

"전에는 그랬는데." 존이 말했다.

"알아, 전에는 그랬어." 나는 눈을 비볐다. 나는 몹시 혼란스러운 기분이었다. "그런데 지금은 … 이봐, 존. 우리는 지금 아기를 가질지 안 가질지에 대해 생각하고 있는 게 아니야. 우리는 지금 어떤 '종류'의 아기를 기꺼이 받아들일 것인가에 대해 생각하고 있는 거야. 만일 아기가 모든 면에서 완전하면 아기를 그대로 갖고 있고, 만일 뭔가 잘 맞지 않는 것이 있으면 쉭 보내버리겠다고."

존은 고개를 저었다. "마사, 그런 게 아닌 줄 알잖아. 우리는 건강한 정상적인 아기와 결함이 있는 아기의 차이를 말하는 거야."

결함이라는 말이 마치 망치로 치듯이 나를 쳤다. 나는 팔로 아기를 보호할 수 있는 것처럼 커가는 배 위로 팔짱을 꼈다.

"그래, 결함이라는 게 정확히 뭐야?" 내가 물었다.

"진정해!" 존은 당황한 눈길로 식당 안을 둘러보았다.

나는 목소리를 낮추었다. "태어나도 혼자서 계속 살아갈 수 없을 만큼 문제가 있는 아기들이 있는 줄은 알아. 그렇지만 임신중절을 하지 않았다면 살 수 있는 아기들은 어떻게 해? 어디에서 선을 긋는 거야? 손이 하나만 있는 아기는 '결함'이 있는 거야?"

존의 눈이 커졌다. "병원에서 아기 손이 어떻다고 했어?"

"아니야, 아니야." 나는 짜증스럽게 말했다. "그렇지만 그렇다면 어떻게 해? 만일 이 아기가 몽둥발이거나 그렇다면? 당신 나한테 임신중절을 '해야 된다'고 말할 거야?"

존은 점점 더 혼란스러운 것 같았다. "마사, 무슨 말을 하려는 거야? 요점이 뭐야?"

"요점은, 당신이 결함이 있는 아기라고 생각하는 게 어떤 경우인지 말해보라는 거야. 예를 들면… 어, 글쎄, 과잉활동 아기나, 못생긴 아기는 어때?"

"그런 건 검사를 할 수 없어, 그리고―"

"할 수 있다면 어때?" 내가 말했다. "요즘은 의학이 온갖 마술 같은 짓을 하잖아. 좀 있으면 사람들은 알코올중독이나 동성애나 우울증의

182

유전인자가 있다고 임신중절을 할걸."

나는 케이티가 앉아 있는 높은 의자의 쟁반에서 치즈 샌드위치를 집어다가 버터나이프로 조각조각 자르기 시작했다. 내가 조금 미친 것처럼 보였던 모양이었다. 존과 케이티는 커다란 눈으로 나를 바라보며 가만히 있었다.

"중국에서는 순전히 여자아이라는 이유로 수많은 태아를 임신중절했다는 거 알아?" 내가 으르렁대듯이 말했다. "여자 아기라는 것은 '결함'인 거야?"

"난 그렇게 말하지 않았어 —" 존이 대답하려고 말을 시작했지만 나는 다시 그를 가로막았다. 내가 의식적으로 생각하지도 않았던 말들이 폭포처럼 쏟아져 나왔다. 마치 아주 오랫동안 그 말을 꼭 하고 싶었던 것 같았다.

"아기가 얼마나 똑똑해야 부모가 받아들일 수 있는 거야? 얼마나 잘생겨야 돼? 얼마나 건강하고 얼마나 튼튼해야 되는 거야?" 나는 버터나이프를 꽉 움켜쥐고 그것으로 존을 가리키면서 한마디 할 때마다 조금씩 그를 향해 내밀었다. 존은 내가 정말 그를 찌르려는 것은 아니라는 확신이 생길 때까지 기다렸다가 손을 뻗어서 살그머니 버터나이프를 빼앗았다.

"여보." 그가 침착하게 말했다. "이건 유전학 얘기가 아니야. 우린 슈퍼맨을 만들어내는 얘길 하는 게 아니야. 삶에서 비극을 덜어내는 것에 관한 얘기야."

나는 실눈을 뜨고 존을 바라보았다. "비정상인 태아를 중절하면 그렇게 할 수 있다고 생각하는 거야?"

존이 고개를 끄덕였다. "그래, 난 그렇게 생각해."

나는 고개를 저었다. "당신은 도리 없이 남자로군." 내가 말했다. "남자들은 아직 태어나지 않았다고 해서 아기가 존재하지 않는다고 생각해. 아무도 보기 전에 없애버리면 괜찮다는 거지. 웃기지 말라 그래. 임신 5개월된 여자 누구나 붙잡고 물어봐, 아기가 존재하는지 않는지. 그러고 나서 한 번이라도 여자의 관점이 정말로 의미가 있을지도 모른다고 생각을 해봐!"

"마사!" 존이 말했다. "케이티 앞에서 흥분하지 마."

케이티는 젖은 비스킷을 입에 밀어 넣고 있었다. 아이는 말없이 나와 존을 번갈아 쳐다보고 있었다.

"내 말은 이거야." 내가 말했다. "아기에게 문제가 있으면 그건 비극이야. 문제를 갖고 '태어나면' 비극인 것이 아니라, 문제가 있다는 것이 비극이야. 그 아기를 중절시키거나 그냥 살게 두거나는 상관 없어. 어느 쪽이든 비극이야."

갑자기 내 눈에 눈물이 고였다. 나는 내가 슬퍼하고 있는 것을 알았지만 왜인지 몰랐다. 분라쿠 인형 조종자들이 참을성 있게 그러나 무자비하게 내 주위로 몰려오는 것 같았다. 존은 아연실색했다. 이것은 베크 집안 여자들의 처신방법이 아니었다. 특히 남들 앞에서는. 그는 어쩔 줄 몰랐다.

"이봐, 여보. 우리 아기는 괜찮아." 그가 말했다. "우리 아기는 건강해. 그리고 맞아, 아기에게 문제가 있으면 어떤 식으로 보든지 그건 비극이지. 그렇지만 임신중절은 문제를 해결하는 한 방법이야. 그렇지 않아? 문제를 줄이는 거지. 내 말은 그거야."

나는 종이냅킨으로 눈물을 닦고 남편의 지치고 좌절한 얼굴을 바라보았다.

"그러니까 당신은 만일 이 아기가 정상이 아니면 중절시키기를 바라는 거지?" 내가 말했다.

존은 숨을 깊이 들이마시고 천천히 내쉬었다. 그는 몹시 피곤해 보였다.

"내가 항상 당신과 같은 관점에서 사물을 볼 수 없다는 거 알아. 그리고 그래서 미안해. 그렇지만 내 생각엔 만일 아기가 기형이라든지 그런 것이라면 중절이 모두에게 고통을 면하게 하는 한 방법이야. 특히 그 아기에게 말이야. 그건 다리가 부러진 말을 쏘아 죽이는 거나 같은 일이야." 존의 아버지는 양치기 집안 출신이어서 존은 그런 비유를 잘 썼다.

"다리를 다친 말은 천천히 죽거든." 존이 말했다. "심한 고통 속에서 죽어. 그리고 달릴 수 없으니까 죽지 않는다고 해도 삶을 즐길 수 없어. 말은 달리기 위해서 살아. 달리는 게 말의 삶이야. 만일 아기가 다른 사람들이 하는 것을 하지 못하도록 태어난다면, 아기의 고통을 연장시키지 않는 것이 낫다고 생각해."

나는 고개를 끄덕였다. 격렬한 감정은 지나간 것 같았다. 마치 폭풍이 휩쓸고 지나간 다음 기진맥진해 껍질만 남은 것 같았다. 나는 오렌지 주스를 한 모금 삼키고 눈을 감았다.

"그런데," 나는 나직한 소리로, 존에게라기보다 나 자신에게 말했다.

"사람이 하는 일은 뭐지? 말은 달리기 위해서 사는데, 사람은 뭘 하려고 사는 거야?"

나는 대답을 기대하지 않았고, 존은 대답을 하지 않았다. 그는 의자를 내 쪽으로 움직여서 팔로 내 어깨를 감쌌다. "당신 몹시 지쳤어, 그렇지?"

나는 다시 쏟아지려는 눈물을 참으며 고개를 끄덕였다.

"집으로 가자." 그는 내 머리를 쓰다듬으며 말했다. "당신 너무 창백해 보여. 그 흡혈귀 간호사가 피를 얼마나 뽑은 거야?"

나는 간신히 미소를 지어 보였다. "밤참 먹을 만큼이지."

존은 미소를 짓고는 소리내어 웃기 시작했다. 그러더니 갑자기 조용해졌다. 그는 잠시 꼼짝 않고 있었다. 그리고 "뭐라고?"라고 했다.

나는 눈을 떴다. 존은 이마에 주름살을 만들고 나를 바라보고 있었다.

"난 아무 말도 안했어." 내가 말했다.

그는 어리둥절한 것 같았다. "그럼 누가 한 거야? 누가 그 말을 했어?"

이제 내가 어리둥절해졌다. "누가 무슨 말을 했다는 거야?"

존은 고개를 돌려 사방을 둘러보았다. 우리 가까이에는 아무도 없었다.

"존, 괜찮아?"

그는 가볍게 머리를 저었다. "난…그래, 난 괜찮아. 아마 시차 때문인가 봐."

나는 더 물어보지 않았다. 나는 마음속에서 떠오르는 직관으로 방금 무슨 일이 일어났는지 알았다. 인형 조종자들이 존에게 말을 한 것이었다. 나는 확신을 했기 때문에 속으로 중얼거리지도 않았다. 그들이 무슨 말을 했는지, 왜 그랬는지 나는 몰랐다. 나중에 알게 될 것이었다. 그래서, 그저 존의 가슴에 얼굴을 기대고 다시 눈을 감았다.

존은 다른 팔을 둘러서 나를 가슴에 안았다. 그는 그때까지 두꺼운 오리털 파카를 입고 있었다. 그것은 나에게 베개처럼 느껴졌다. 나는 옷 아래서 그의 심장이 뛰는 것을 느낄 수 있었다. 잠시 동안 나는 내 가슴속의 조바심을 놓아버리고, 그날 해야 할 일들도 잊고, 아주 안전하다는 느낌만을 느꼈다. 그러자 존이, 스스로 그런 줄도 모르면서 내 물음에 대답을 하고 있다는 것을 알았다. 바로 이거야, 라고 나는 생각했다. 우리의 짧고 덧없는 삶을 살 만한 것으로 만드는 것은, 고립된 자신을 벗어나 손을 뻗어 서로에게서 그리고 서로를 위해서, 힘과 위안과 온기를 발견하는 능력이다. 이것이 인간이 하는 일이다. 이것을 위해 우리는 사는 것이다. 말이 달리기 위해 사는 것처럼.

16

나는 방금 아담의 머리를 잘라주었다. 아담이 아기였을 때부터 잘랐는데, 지금까지 일방적으로 내가 스타일을 정해왔다. 아이의 머리는 색깔과 질감이 옥수수 수술과 같고, 나는 가능한 한 많은 머리를 남겨둔다. 그런데 오늘은 아담과 두 누이들이 합세해서(존과, 우리와 같이 살고 있는 내 친구 카렌도 거들었다) 아담에게 새로운 모습이 필요하다고 우겼다. 시간이 좀 걸리기는 했지만 결국 나는 항복을 하고, 그들이 원하는 대로 잘랐다. 지금 아담의 머리는 앞쪽 한군데 조금 길게 남겨둔 곳 말고는 모두 짧다. 아주 멋지다. 아이의 머리는 솜털이 날아가기 직전의 민들레 같다. 아담이 머리를 자른 뒤에 그를 본 사람은 누구라도 달려들어 두 손으로 머리를 쓰다듬어 주고 싶은 유혹을 이기지 못한다. 아이는 너무나 많은 정전기를 지닌 채 돌아다니고 있어서 나는 그 아이의 몸에서 불길이 치솟는 게 아닌가 겁이 난다.

아담의 새로운 모습이 보기 좋아서 아주 안심이 된다. 내 손으로 아들의 머리를 거의 다 깎아내 버리는 것은 쉬운 일이 아니었기 때문이다. 식구들에게 설득당하기 전에 나는 고대 중국에서는 사람의 머리카락을 자르면 그것은 그 사람의 어머니를 모욕하는 일로 생각했다고 말해주었다. 생각을 해보면 그건 일리가 있는 일이다. 우리의 머리카락은 우리가 만든 것이 아니다. 부모가 모든 원료를 제공했고, 어머니는 돈 안 드는 제조시설이었다(이 주장은 식구들에게 큰 감명을 주지 못했다, 그들은 내가 수없이 많은 경우에 스스로 아이들의 놀림감이 되는 일을 허용해왔음을 상기시켰다). 우리 미국인들은 옛 중국 사람들만큼 효성스럽지 않다. 그래도 나는 어떤 문화에서도 아무런 애석한 느낌 없이 아이의 머리카락을 싹둑 잘라버릴 수 있는 어머니를 만난 적이 없다. 믿을 수 없을 만큼 복잡하고 독립적인 살아 있는 존재인 아이를 바라보며 그 아이가 자신의 몸에서 나왔다는 생각을 하면 정말 놀랍다. 아이의 어느 한 부분이라도 내버린다는 것은 애석한 일이다.

내가 아는 80세 된 한 할머니는 아직도 자신의 자녀들을 경이로운 느낌으로 바라본다. 그 자녀들 자신이 이미 조부모가 되어 있는데도. "저 봐!"라고 그 할머니는 자신에게 말한다. "살아 있어!" 그 신기한 느낌은 완전히 사라지지는 않는다. 그러나 나는 어머니가 자신의 아이를 처음 보았을 때의 느낌에 견줄 만한 경험은 별로 없다고 생각한다. 그것이 내가 아담을 가지고 있을 때 가장 고대하던 것 중의 하나이다. 초기에 임신중절을 하지 않게 하고, 최악의 육체적 고통도 견딜 수 있도록 해준 것이 그것이다.

나는 케이티를 처음 보았을 때의 기억을 생생하게 지니고 있다. 그때 나는 40시간 동안 진통을 했고, 완전히 기진맥진해서 내가 왜 그곳에 있는지도 잊어버릴 지경이었다. 오직 다음번의 진통을 견뎌낼 생각만 하고 있었다. 그 모든 과정에서 나와 함께 있었고 거의 나만큼 지쳐 있던 산과의사는, 케이티의 머리를 받아내고 내가 다시 힘을 주기 전에 잠시 쉬는 동안 아이 목구멍에서 점액질을 흡인기로 빼내고 있었다. 나는 부직포 환자복 원피스를 걸치고 의료진에 둘러싸여 고통과 피로로 혼미한 상태에 있었다. 그때 이 모든 소동의 한가운데서 갑자기 조그만 기침 소리가 들렸다.

나는 어리둥절했다. 아기가 내는 소리 같았던 것이다! 나는 도대체 누가 이 불모의, 스트레스로 꽉 찬 상황 속으로 아기를 데리고 온 것인가 생각하며 주위를 둘러보았다. 이곳은 병원이다, 유아실이 아니지 않은가! 그리고 조그만 기침 소리가 다시 들렸다. 이번엔 존이 말했다. "어, 이놈…어…자주색이야."

그는 나를 보고 있었다. 존은 항상 은밀히 감추고 있어야 할 것으로 되어 있는 내 몸의 한 부분, 지금 소형 승합차 한 대를 가득 채울 만큼의 사람들이 보고 있는 그 부분을 보고 있었다. 천천히 생각이 떠올랐다. 내가 이곳에 아기를 데려왔구나! 이전에 아무도 본 적이 없는 사람, 지금까지는 사실상 존재하지 않았던 사람을!

곧 케이티의 몸이 나왔다. 정말로 자줏빛이었다. 의사는 존에게 탯줄을 끊게 했고, 간호사가 케이티를 닦고 내 가슴에 놓았다. 나와 내 딸은 그렇게 마주 보며 누워 있었다. 어느 쪽이 더 놀랐는지 모르겠다. 나는 아이를 낳을 때 일어날 모든 일에 대해서 준비가 되어 있었지만, 그래도 그것은 놀라운 일이었다.

아담을 처음 본 경험은 더욱더 초현실적이었다. 그것은 두 번째 AFP검사를 받고 2~3일 후였고 아담이 태어나기 4개월 전이었다. 두 번째 혈액검사 결과는 정상범위 안의 낮은 수치로 나왔는데, 그것은 다운증후군을 걱정할 이유가 없다는 뜻이었다. 그러나 나는 쥬디 트렌튼에게 너무나 많은 것을 묻고 걱정을 했기 때문에 쥬디는 양수천자검사를 받는 것이 어떠냐고 말했다. 그것은 자궁에서 양수를 채취하여 태아의 이상 여부를 분석하는 일이다.

"초음파에 의한 태아진단을 연구하는 훌륭한 의사가 여기에 있어요." 쥬디가 말했다. "그리고 AFP검사에서 이런 수치가 나오면 보험회사에 양수천자검사를 요청할 수 있어요."

"회사가 다 지불한단 말이에요?" 내가 말했다. 양수천자는 좀 나이가 든 산모에게는 흔히 제공되는 검사이지만, 나는 아직 젊었기 때문에 내 보험에 그것은 포함되어 있지 않았다.

"내가 설명하면 될 것 같아요." 쥬디가 말했다. "그렇게 되면 앞으로 다른 사람에게도 도움이 될 수 있는 유용한 자료를 갖게 되는 거예요."

잘되었다. 조금이라도 불확실한 상태로 있지 않아도 될 방법이 있다니. 완전히 마음을 놓을 수 있게 되었다. 남에게 도움이 될 수도 있고, 또 무엇보다도 무료로 받을 수 있는 검사였다. "검사를 해주세요." 내가 말했다.

초음파 병동은 최신식이고 호사스러웠다. 대학의료센터의 실용주의적인, 금속과 리놀륨으로 내장을 한 황량한 모습과는 딴판이었다. 그곳은 모두 양탄자가 깔려 있었고, 벽도 부드러운 느낌을 주는 섬유제로 마감되어 있었다. 천으로 된 내장재가 소리를 흡수해서 대기실에 있는 사람들은 모두 소근거리고 있는 것 같았다. 생각을 해보니 실제로 모두들 소근거리고 있었다. 이곳에서 기다리고 있는 사람들은 내가 대학의료센터에서 본 사람들과는 아주 달랐다. 첫째로 남자들이 절반이었다. 거의 모든 사람들이 짝을 이루고 왔다. 둘째로는 아무도 미소를 짓지 않았다. 아기를 가진 부부에게서 자주 볼 수 있는 가벼운 장난기 같은 것은 전혀 없었다. 등록을 하고 존과 함께 자리를 잡고 앉자 나는 이곳에 온 여자들은 모두 일상적인 산전 검사를 받으러 온 것이 아니라 임신 중인 아기에게 무언가 심각하게 잘못된 것이 있는지를 알아보려는 목적으로 온 것임을 깨달았다.

그 조용한 대기실에서 오래 기다린 뒤에 우리는 조그만 검사실로 안내를 받았다. 내가 누워야 하는 테이블 옆에 여러가지의 복잡하고 인상적인 모습을 한 기계들이 있었다. 그중 하나에는 텔레비전 같은 작은 화면이 키보드 위에 얹혀 있고, 거기에 조그만 금속탐지기 같은 것이 연결되어 있었다. 내가 얼간이 같은 환자복으로 갈아입는 동안 존은 기계들을 살펴보고 있었다.

"이게 초음파 기계일 거야." 그가 금속탐지기 같은 것을 집어들며 말했다. 플라스틱 손잡이가 있고, 거기에 평평한 금속원판이 붙어 있었다. 존은 원판을 귀에 갖다 대어보고 나서 자신의 팔에 문질렀다.

"내려놔." 내가 말했다. "고장 내겠어."

"괜찮아." 존은 키보드의 단추들을 건드렸다.

"존!"

"어떻게 작동되는지 보는 거야." 존은 많은 남자들과 마찬가지로 반짝이는 장난감에 대한 두 살짜리의 호기심에서 벗어나지 못했다. "이 봐," 그가 말했다. "이렇게 켜는 것 같아." 그는 단추를 눌렀다. 아무 일도 일어나지 않았다.

"존, 그만둬! 고장 나겠어!"

"그렇지는 않아요." 문간에서 목소리가 들렸다. 존은 깜짝 놀라서 금속탐지기 같은 것을 얼른 제자리에 놓았다. 나는 한쪽 눈썹을 올려 보았다.

"전 수전이에요." 말끔한 연한 푸른색 제복을 입은 키 큰 여자가 방으로 들어와 존에게 손을 내밀었다. 존은 켕기는 듯이 기계를 흘깃 보면서 악수를 했다. "그리고 당신이 마사지요?" 수전은 내게 손을 내밀면서 미소를 지었다. "두 분을 만나서 반가워요."

우리도 그 여자를 만나서 반갑다고 말했다.

"저는 양막검사의 기술 조수예요." 수전이 말했다. "의사 선생님이 오시기 전에 우선 초음파검사를 하겠어요. 의사 선생님이 실제 양수천자를 할 거예요."

나는 고개를 끄덕였다. 내가 이 검사를 요청한 진짜 이유는 초음파 검사를 받으려는 것이었다. 나는 임신 때마다 내 배를 통해서 아기를 보며 괜찮은지, 어떻게 자라고 있는지 확인하는 꿈을 꾸곤 했다. 초음파 기계의 도움으로 뱃속의 아기를 실제로 보게 된 것은 말 그대로 꿈이 현실이 된 셈이었다.

수전은 전등을 껐다. 방은 따뜻하고 좁고, 어둠 속에서 친밀한 기분이 들었다. 나는 자신이 자궁 속으로 되돌아간 것 같은 느낌이었다.

"마사, 테이블 위에 누우세요. 편안하게 하세요." 수전의 목소리는 어둠 속에서 더 크게 느껴졌다.

나는 천천히 누우면서 내 배가 불쑥 솟아 있는 것에 흠칫 놀랐다. 수전은 방 안을 떠도는 푸르스름한 유령처럼 보였다. 그 여자는 화면 밑의 선반에서 플라스틱 병을 집었다. 그러고는 가운을 옆으로 밀어 내 배가 드러나게 했다.

"좀 차가울 거예요." 그 여자는 그 병에 담긴 것을 내 배 위에 짜면서 말했다. 맑은 겔 타입의 물체는 정말 몹시 서늘했다. 나는 몸을 떨었다.

"미안해요." 수전이 말했다. 그 여자가 웃을 때 흰 이가 어둠 속에서 보였다. "이 겔이 초음파가 피부를 통과하도록 도와줘요."

그 여자는 작은 금속탐지기 같은 것을 집었다. "이것이 변환기에요." 그 여자가 말했다. "음파를 당신의 조직 속으로 보낸 다음 그 음파의 반향에 기초해서 이미지를 만들지요."

"레이더처럼요?" 존이 말했다.

"그 비슷한 거예요."

이건 모두 나는 알고 있는 것이었다. 나는 초음파에 대하여 상당히 읽어보았다. 이 기술이 쓰이는 것은 양수천자에서는 자궁 속으로 바늘을 찔러 넣어야 하는데, 그때 의사들이 태아를 건드리는 일을 피하고자 하기 때문이다. 내가 읽은 바로는 초음파 화면은 흐리고 흔들려서 훈련받은 기술자나 의사라야 판독할 수 있다고 한다.

수전은 텔레비전 화면이 있는 기계를 검사테이블 가까이로 끌어왔다. 그리고 존을 향해 말했다. "이것이 전원 단추예요. 직접 켜시겠어요?" 그 여자의 미소가 다시 한번 흰 이를 드러내었다.

"아닙니다." 존이 수줍어하며 말했다. 수전은 초음파 기계를 켜며 웃었다. 화면이 밝아졌지만 회색의 떨리는 점선들만 보였다.

"이건 가장 고선명도 초음파 기계예요." 수전이 말했다. "초음파만으로 다운증후군을 알아내는 진단검사를 개발하고 있다는 얘길 읽으셨는지 모르겠군요. 그게 더 빠르고 양수천자보다 더 안전하지만 최신 장비가 있어야 해요."

그 여자가 키보드의 단추 몇 개를 만지자 화면에는 부채꼴의 빛의 삼각형이 생겼다.

"이건 전혀 아프지 않아요." 수전은 변환기의 앞면을 내 배에 갖다 대며 말했다. 나는 걱정이 되지는 않았지만 흥분으로 가슴이 두근거리는 것이 느껴졌다. 존이 손을 뻗어 내 손을 잡았다. 우리는 화면을 바라보고 있었다.

"좋아요." 수전이 말했다. "저건 등이에요." 그 여자는 더 좋은 각도를 잡으려고 변환기를 내 배 위에서 이리저리 움직였다. "보이지요? 저건 다리예요."

"아, 맞아요." 내가 말했다. 화면 위에 부채꼴의 빛의 범위 안에 초점이 잘 맞지 않은 흰 원통 모양이 움직였다.

"머리예요." 수전은 화면 아래쪽의 희미한 것을 가리켰다. "골격을 보도록 합시다."

단추 몇 개를 누르자 화면의 그림이 알아볼 수 있는 형태로 바뀌었다. 조그만 갈비뼈들, 복잡한 척추의 능선, 골반뼈.

"와!" 존이 낮은 소리로 말했다. "저봐, 여보. 해골이야! 저놈을 이고르라고 부르자."

나는 대답하지 않았다. 나는 화면에 나타난 이미지에 완전히 사로잡혀 있었다. 뼈라기보다는 섬세하게 보이는 연골조직의 무릎이 있는 조그만 다리 하나가 화면 속에서 천천히 발짓을 했다. 팔 하나가 뻗어 나와 조그만 손이 발을 만졌다. 아기는 잠수부처럼 움직였다.

"골격 구조는 좋아 보이네요." 수전이 말했다. "이제 장기를 봅시다. 이 기계는 연조직도 볼 수 있게 해줘요."

그 여자는 또 단추들을 눌렀고 영상은 다시 흐려졌다. 그러고는 수전이 변환기를 내 배 위에서 다시 움직이자 화면에 잉크가 떨어진 자욱을 마주 접었다 펴 놓은 것 같은 이상한 대칭의 형태가 나타났다.

"저건 뇌예요. 단면이지요." 수전이 말했다. 영상이 움직였고 수전은 금속판을 이리저리 움직이며 능숙하게 따라 움직였다. "모두 괜찮은 것 같아요. 이제 몸을 쭉 훑어내려갈 거예요."

나는 거의 숨을 쉴 수 없었다. 내 몸속과 그 안에서 자라고 있는 무섭게 정밀한 존재를 바라보는 경이로움은 감당할 수 없을 정도였다. 임신 중에 나는 여러 번 기적적인 일들을 경험했다. '보이기', 연기 속에서 나를 구해준 손, 내가 가장 필요할 때 갑자기 찾아온 도움. 그러나 초음파 기계 화면에서 움직이는 모습을 보며, 내 몸속에서 그에 상응하는 동작을 느끼면서, 나는 생명이 잉태되는 기적이 그 모든 것을 압도한다고 느꼈다.

"후두도 좋아요." 수전이 말했다. 그 여자는 가슴 호주머니에서 펜을 꺼내어 초음파 기계 옆에 있는 메모판에 무엇을 적었다. "이제 가슴으로 내려갑니다."

그 기계는 정말 놀라웠다. 두어 해 뒤에 나는 세 번째 아이의 산전 발달상태를 검사하려고 초음파검사를 받았는데, 그것은 선명도와 특정 대상을 구분해 보는 능력에 있어 이것과는 비교가 되지 않았다. 아담의 신체 속을 살펴 내려가면서 수전은 폐, 췌장, 위, 간, 콩팥 등을 모두 지적해주었다. 그 여자는 심장을 한참 동안 살펴보고 있었는데,

196

네 개의 방이 규칙적으로 빠르게 뛰고 있었다.

"괜찮은 거예요?" 내가 물었다.

"그런 것 같아요." 수전이 말했다. "지금 단계에서는 판막들이 모두 제대로 작동하는지 알아보기 어려울 때가 있는데, 좋아 보여요."

존은 내 손을 꼭 쥐고 있었다. "저것 봐." 그가 속삭였다. "100년 동안은 뛰겠어." 존도 나와 마찬가지로 그 모습에 넋을 잃고 있었다.

수전은 메모판에 적어 넣는 일을 마쳤다. "그럼, 아드님 사진을 갖고 싶으세요?"

"아들이요?" 존과 내가 동시에 말했다.

"어머, 죄송해요." 수전은 당황한 듯했다. "알고 싶지 않으셨어요? 이미 보신 줄 알았는데—"

"아니에요. 좋아요." 화면에서 눈을 떼지 못한 채 내가 말했다. "사내애군요."

존은 내 손을 더 세게 잡았다. 여러가지 이미지가 마음속에 떠올랐다. 조그만 청바지, 야구 연습, 이발소에서 머리 깎기, 개구리, 달팽이, 강아지 등등 내가 항상 어린 소년들과 결부시켰던 감상적인 진부한 상념들이 떠올랐다. 눈에 눈물이 고이는 것이 느껴졌다.

"좋아요." 수전이 기분 좋게 말했다. "아기가 아주 협조적이네요. 사진첩에 붙일 멋진 사진이 나오겠어요." 그 여자는 또 다른 단추 몇 개를 누르고 변환기를 약간 누르면서 움직였다.

"자, 찍어요." 그 여자가 말했다.

존이 숨을 멈추는 것이 들렸다. 나도 완전히 숨을 멈췄다. 초음파 화면의 삼각형이 새까만 배경으로 변하고 그 가운데에 밝은 흰빛의 완전히 형성된 조그만 사람의 윤곽이 드러났다. 우리가 지켜보고 있는 동안 우리 아들은 천천히 고개를 돌리고 하품을 하였다. 그러고는 손가락 하나를 입에 넣고 빨기 시작했다. 다른 손은 주먹을 쥔 채 뻗어서 자궁벽을 밀었다. 나는 내 몸속에서 그 손의 움직임을 느낄 수 있었다. 존이 셔츠 소매로 뺨을 닦는 것이 보였다. 그는 울고 있었다.

그 순간 나 자신은 어떤 반응을 하고 있는지 생각하지 않았다. 나는 초음파 화면의 영상에 너무나 깊이 빠져 있었다. 나중에 양수천자가 끝나고 우리가 그곳을 나온 다음에야 내가 아기의 얼굴을 처음 보았을 때 어떤 느낌이었던가를 생각하기 시작했다.

이상한 것은 — 문제점이라고 불러도 되겠지만 — 처음 보는 것이 아니라는 느낌이었다. 그것은 확실했다. 그 작은 얼굴을 보는 순간 나는 무엇보다도 강하게 이전에 본 적이 있다는 느낌이 밀려오는 것을 느꼈다. 마치 머리모양을 바꾼 낯익은 친구를 만나는 것과도 같았다. 내가 기억하고 있는 것과 같은 모습은 아니었지만 분명히 내가 아는 얼굴이었다. 내가 우리 딸들을 처음 보았을 때는, 대단한 것을 처음 발견한 사람처럼 외경에 찬 놀라움을 느꼈다. 나는 그들을 알고 싶은, 그들이 어떤 사람인지 알아내고 싶은 욕망을 강하게 느꼈다. 내가 그 초음파 화면에서 아들아이를 처음 보았을 때는 전혀 그런 반응이 아니었다. 그 대신 사랑하는 사람과 재회했을 때 느끼는 강렬한 기쁨을 느꼈다. 그리고 "아! 아담이구나" 하는 생각이 들었다.

어떻게 보든 간에 그것은 이상한 일이었다. 나는 아담이라는 이름을 가진 사람을 아무도 알지 못했고, 그것은 우리가 아이에게 지어주려고 생각한 이름도 아니었다. 내가 케이티를 가졌을 때 잠시 남자아

198

이라면 아담이라고 부를까 생각한 적은 있었다. 베크라는 성과 어울릴 부드러운 소리의 자음을 찾고 있었기 때문이다. 베크라는 짧은 독일식의 성은 켄트, 미치, 더크 같은 이름과 짝을 이루면 완전히 군인 같은 인상을 주기 때문이다. 그러나 나는 수많은 다른 이름도 생각했었고, 아담은 우선순위에서 전혀 높이 있지 않았다. 존은 결국 만일 아들을 낳으면 집안 전통대로 덴마크에서 이민 온 존의 증조부 이름을 따르자고 나를 설득했다. 그 이름은 크리스천이었는데, 나는 아들의 이름이 종교 이름이 되는 것이 마음에 들지는 않았지만, 아이들이 조상과 연결된다는 것은 좋다고 생각했다. 그러나 초음파 화면에서 아담을 처음 보았을 때, 그에게 다른 이름을 붙인다는 것은 아예 생각할 수 없는 일이었다. 그는 아담이었고, 나는 그가 아담이라는 것을 알고 있었으며, 언제라도 아담이라고 알고 있을 것이었다. 그렇게 간단한 일이었다.

그 후의 과정에서 나는 그 강렬한 느낌 때문에 혼란스러운 채, 거기에만 정신이 팔려 있었다. 나중에 들어온 의사는 피부의 두께와 상대적인 뼈의 길이 등을 측정하며 더 세밀한 조사를 했다. 그러고는 매직펜으로 내 배에 붉은 엑스 자 표시를 하고 수전에게 초음파 변환기를 붙잡고 있게 한 다음, 내 피부를 통해 자궁 속으로 커다란 바늘을 찔러 넣어 맑은 액체를 작은 유리병 하나 가득 뽑았다. 그것은 이상한 느낌이었다. 바늘에 찔리는 기분이기보다 말에 걸어차인 것 같았다. 존은 바늘의 크기를 보고 좀 질리는 것 같았지만, 나는 그것에 정신을 쓰지 않았다. 나는 아직, 그토록 오래 헤어져 있었던 나의 친구 아담을 만난 것에 압도되어 있었고, 그를 다시 보았을 때 내 온몸에 울려퍼진 기쁨의 전율은 아직도 울리고 있었다. 그리고 이 일이 정말 얼마나 불합리하고, 터무니없으며, 있을 수 없는 일인가를 생각하기 시작하고 있었다.

17

양수천자가 끝난 뒤에 수전은 폴라로이드 종이에 찍힌 우리 아기의 사진을 주었다. 아담은 사진발을 잘 받는 것 같았다. 그날 오후 우리는 케이티에게 사진을 보여주며 남동생의 사진이라고 설명해주었다. 나는 케이티의 손을 내 배 위에 가져다가 아기가 발길질하는 것을 느끼게 하고, 내 뱃속의 그 이상한 존재가 바로 사진 속의 조그만 사람이라고 말해주었다. 나는 그 사진을 케이티의 자석 붙은 알파벳으로 냉장고에 붙여 놓고, 케이티에게 '크리스'의 철자를 가르쳐주었다.

이제 한 달 뒤면 두 살이 되는 케이티는 알파벳 글자를 가지고 노는데 상당히 흥미를 느끼는 것 같아 우리는 용기를 얻었다. 이미 '엄마', '아빠'와 자기 이름 철자를 알았다. 글자 여러 개를 변기 속에 넣어 잃어버린 것은 사실이지만, 우리는 그 정도의 손실은 감수할 수 있는 일이라고 느꼈다. 존은 부족한 알파벳을 보충하도록 다시 아시아로 떠나기 전에 새것을 한 벌 사다 놓았다.

존이 다시 싱가포르로 떠난 1월의 아침은 날씨가 너무 추워서 비행기 엔진이 얼어 움직이지 않았다. 대신 투입된 비행기도 마찬가지로 움직이지 않아 조종사는 승객들에게 집으로 돌아가 날씨가 달라지기를 기다리라고 말했다. 존은 집을 나선 지 네 시간쯤 뒤에 다시 나타났는데, 구두 바닥이 얼어 터져서 금이 가 있었다. 우리가 지금 애리조나에서 살고 있는 것은 그 때문이다.

나는 존을 보자 너무 기뻐서 그날 하려고 계획했던 일을 모두 무시하기로 했다. 물론 나는 예를 들어서 텔레비전의 〈미스터 로저스의 이웃〉이 그날 볼 만한 얘깃거리를 갖고 있었다 하더라도 그런 결정을 했을 것이다. 나는 이미 기말 보고서를 완성하여 제출했고, 카리브해 지역 사회 과목을 듣는 학생들이 제출한 리포트를 막 채점하기 시작한 참이었다. 채점을 시작해서 몇분 되지 않아서 나는 그런 보고서를 써야 되는 것도 끔찍한 일이지만, 그것을 읽어야 하는 것은 훨씬 더 끔찍한 일이라는 사실을 깨닫게 되었다. 내가 맡은 스물네 명의 학생이 각각 15페이지씩 써 내었는데, 그것은 즉 내가 350페이지가 넘는 기말 보고서를 읽어야 한다는 뜻이었다.

그중 다수는 일정 수준의 학문적 논문에 비견할 만했다. 즉, 그 글들은 정확한 사실을 담고 있고, 문법적으로 정확했으며, 몹시 지루했다. 그러나 상당수는 훨씬 나빴다. 그것들은 참을 수 없는 압력 밑에서 몹시 지치고 몽롱한 정신으로, 실제로 아는 것보다 더 아는 것처럼 보이려고 안간힘을 쓰며 쓴 것 같았다. 그 이유는 실제로 그렇게 쓰였기 때문이다. 그 사실에 대해 나는 거의 확신을 할 수 있는 것이, 바로 2~3년 전 내가 학부 학생이던 때에 나와 모든 내 친구들이 그렇게 기말 보고서를 썼기 때문이다. 4학년 때 내가 마지막으로 쓴 리포트는 나흘 밤을 꼬박 새고 마지막 밤에 쓴 것이었다. 나는 짧은 문장들로만 써야 했다. 내 두뇌가 다섯 단어 이상의 문장은 만들어내지 못했기 때문이다. 타자를 치는 도중에 그 보고서가 무엇에 관한 것인지, 그 문장이 무슨 말을 하려는 것인지 잊어버리곤 했다. 그 글을 읽어야 했던 가엾은 학생조교의 영혼에 신의 자비가 있기를 빈다.

2~3일 후에 존은 싱가포르로 떠났고, 나는 이제 익숙해진, 고립되고 허약한 느낌과 함께 남았다. 나는 기말 보고서 읽기를 억지로 끝냈다. 자메이카에서 비롯된 음악 스타일인 레게에 관해 쓴 리포트들이 제일 나빴다. 카리브해 지역 사회 과목 수강생 중에는 레게 애호가들이 많이 있었다. 레게는 마리화나와 깊이 연관되어 있었는데, 그래서인지 그런 글들은 구문이 이상하고 종이에도 풀 냄새 같은 것이 남아 있었다. 그 글들을 읽으면서 우리 집안의 슬로건이라 할 수 있는 '이런 멍청이가 있어!'라는 말이 여러 번 머릿속에서 울렸다. 그러나 나는 '독종'을 억누르고 후한 점수를 주었고, 나 자신이 받고 싶을 격려가 담긴 비평을 써 넣었다. 그러고 나서 보고서를 되돌려주고, 성적을 제출하고, 이제 끝났다고 생각했다.

나는 하버드의 학생들이 다른 대학교 학생들보다 학점에 대해 더 말이 많은지 어떤지 알지 못한다. 그러나 낮은 점수를 받아들이기보다는 학생조교를 볼모로 잡기라도 하고자 하는 젊은이들이 특히 많이 모이는 곳이 하버드일 가능성은 높다. 거의 보고서를 돌려주자마자 점수에 대해 이야기를 하고 싶다는 학생들이 쇄도하기 시작했다. 이것은 존이 없는 동안 남은 크리스마스 과자를 먹으며 커가는 배를 바라보며 빈둥거리는 대신 날마다 학교에 나가서 나에게 불만이 가득한 학생들과 씨름을 해야 된다는 뜻이었다.

이틀쯤 지나자 그 영향이 나타나기 시작했다. 또다시 내가 갖고 있던 얼마 안되는 에너지를 거의 다 소진해버려서 더 쉬지 않으면 무슨 큰일이 일어날 것만 같았다. 나는 몹시 화가 났다. 나는 몸 상태가 좋지 않다고 해서 일을 대충 처리하지는 않는다. 하버드에 전해 오는 이야기 중에서 내가 좋아하는 것 하나는, 몸이 좋지 않아서 제시간에 리포트를 제출하지 못한 학생에 관한 이야기이다. 늦게 보고서를 내면서 학생이 한 변명에 대해, 교수는 "학생, 인류 역사에서 위대한 업적의 대부분은 몸이 좋지 않은 상태에서 성취된 것임을 알게 될 거야"라고 대답했다는 것이다. 말할 것도 없이 그 학생은 아주 낮은 점수를 받았다. 그 교수는 나중에 하버드의 총장이 되었다.

나는 존이 떠난 지 일곱 번째 날에 학생들의 불평을 들으러 학교로 가면서 그 이야기를 상기했다. 그날 내 사무실을 찾은 첫 번째 학생은 자신의 B⁺를 A로 바꿔주지 않으면 자살을 하겠다고 위협했다. 두 번째 학생은 자기가 카리브해 지역 사회 강의를 들은 것은 그 사회에 대해 알기 위해서가 아니라 그 주제에 대한 자신의 철저한 무관심 때문이었다고 말했다. 그 여학생은 왜 자기가 교재를 읽지도 않고, 강의를 듣지도 않았는지 그 이유에 대해 보고서를 썼고, 그래서 자기는 그 내적 성찰로써 A를 받을 자격이 있다고 주장했다. 세 번째 학생은 카리브해의 역사에 대한 꽤 생기 있고 잘 쓴 보고서를 냈는데, 그 속에 언급된 전쟁, 선거, 가뭄, 역병 등이 실제로 일어난 일이었다면 A를 받을 만했다. 내가 역사적 논문은 실제 사실과 연관되어 있어야 한다고 설명하자 그 학생은 "나는 사실들을 되뇌려고 하버드에 온 게 아닙니다. 나는 창조적으로 사고하는 것을 배우러 왔습니다"라고 외쳤다. 나는 그의 대담성에 감탄할 수밖에 없었다. 그러나 두뇌활동이 둔화된 상태에서도 내게는 그의 논리에 결함이 있는 것으로 보였다.

케이티를 찾아서 집으로 돌아갈 시간이 될 때까지 그런 식의 일이 계속되었다. 그리고 탁아센터로 걸어가는데, 무언가 심각하게 잘못되었다는 생각이 들었다. 임신기간 동안 몸 상태가 좋지 않을 것이라는 것은 이미 받아들이고 있는 일이지만 이건 달랐다. 나는 혼란스러웠고 극도로 허약했다. 내 몸속에서 무서운 싸움이 일어나고 있는 것 같았다. 나중에 세 번째 임신 때에 이런 느낌이 다시 있었는데, 그때 세밀한 의학검사를 통해서 나의 지나치게 과민한 면역체계가 태아에 대해, 유전부호가 맞지 않는 이식된 장기 같은 외래 물질에 대해서처럼 반응을 하고 있는 것임을 알았다. 심각한 중독반응과 같은 것이었다. 그때는 그걸 몰랐다. 내가 알고 있었던 것은 내 몸 상태가 좋지 않다는 것, 그리고 우리 모두가 알다시피 인류 역사의 대부분의 위대한 업적은 좋지 않은 몸 상태에서 이루어졌다는 것이었다.

당장의 내 '위대한 업적'은 케이티에게 외투를 입히고 모자와 장갑, 장화를 씌우고 신겨서 배낭에 담아 업는 일에 한정되어 있었다. 정상적이라면 아이가 들어간 배낭을 책상이나 탁자에 놓고 어깨끈에 팔을 집어넣고 일어서야 할 것이었다. 그러나 케이티의 무게가 어깨에 실리자 나는 그만 주저앉을 것 같았다. 나는 배낭을 다시 테이블에 내려놓고 케이티에게 그날은 함께 집으로 걸어가자고 말했다.

아파트까지의 1.6킬로미터 정도 거리를 걷는 데 한 시간 정도 걸렸다. 눈이 심하게 내리고 있었고, 고르지 않은 자갈길이 미끄러운 얼음층으로 덮였고, 부슬부슬한 눈이 그 위에 내렸다. 우리는 여러 번 넘어졌다. 그러나 나는 이를 악물고 하버드의 총장과 그의 게으른 학생을 생각하며 다시 일어서곤 했다.

돌이켜보면, 내가 어쩌면 그토록 어리석었는지 놀랍다. 내 몸이 무언가 심각하게 잘못되었다는 신호를 알아채지도, 인정하지도 못했으니 말이다. 내가 할 수 있는 유일한 변명은, 우리 사회가 온통 고통과 피로와 상처를 견뎌내며 끝까지 밀고 나가서 불가능해 보이는 목표를 달성하는 사람들을 너무나 찬양한다는 사실이다. 스포츠 영웅에서 영화 주인공에 이르기까지, 수많은 문화적 우상들이 전하는 메시지는 누구나 조금만 더 열심히 노력하고, 조금 더 많은 고뇌를 견디고, 그만두고 싶은 욕망을 조금만 더 무시하면 멋지게 부유하고 성공적인 삶을 누릴 수 있고, 매번 나쁜 놈들에게서 벗어날 수 있다는 것이다.

미끄러운 길을 걸으면서 나는 케이티가 태어나던 때를 생각했다. 나는 인간의 지각에 대한 실험에 사용할 그림을 여러 장 만들면서 유명한 심리학 교수를 위해 하고 있던 연구과제를 막 끝내고 있었다. 그림을 마쳐야 할 날 이틀 전부터 진통이 시작되었다. 출산이 임박했다는 것을 알고, 그 때문에 일이 늦어지지 않도록 미친 듯이 일을 했다. 나는 첫아이를 낳느라고 자신의 일을 중단하는 나약한 반(反)페미니스트적인 사람이 되지는 않을 결심이었다. 아니고말고. 나는 예절 바르게 잠시 자리를 뜨겠다고 양해를 구한 다음 덤불 뒤로 가서 아기를 낳고 몇분 후 아기를 등에 업고 되돌아와 하던 일을 계속하는 강인한 여성이 될 것이었다. 나는 진통이 너무 격렬하고 그 간격도 너무 가까워져서 손에 든 연필을 제대로 가눌 수 없을 때까지 그림 만드는 일을 계속했다.

그림을 마쳐야 하는 날 한낮까지 진통이 계속되었다. 케이티가 태어난 다음, 나는 여섯 시간 동안 자고 퇴원을 하겠다고 했다. 그러고는 아기를 집으로 데리고 와서 유타에서 방금 날아온 어머니에게 넘겨주었다. 그리고 밤새도록 일을 해서 그림을 끝마쳤다. 아기에게 젖을 먹이는 시간 동안만 케이티를 안고 있었다. 아기를 어머니에게 넘겨주기 위해 매번 내 의지력을 총동원해야만 했다. 내 몸의 모든 세포가 그 조그맣고 따뜻한 신비로운 몸뚱이를 내어놓는 것을 거부했다. 아침이 되자 존의 커다란 오리털 파카를 입고(아직 제자리로 돌아가지 않은 배와 갑자기 내 머리통만큼이나 커져버린 가슴을 감추려고) 고집스럽게 심리학 교수의 사무실까지 1.6킬로를 걸어갔다.

"늦었어." 내가 그림들을 건네주자 교수가 말했다.

"알아요." 내가 말했다. "죄송합니다. 진통이 와서요."

그는 나를 힐끗 바라보았다. "진통 중인 것 같지 않은데."

"지금은 아니에요. 아기를 낳았어요."

"아." 그는 다시 그림들을 들여다보았다. 그는 한두 가지 잘못된 것을 지적하고, 몇 가지를 변경해달라고 말했다. 나는 그것을 적었다. 수정된 그림을 제출할 때를 정하고, 나는 다시 집으로 걸어왔다. 내가 방금 아기를 낳았다는 사실에 대해서는 달리 아무 말도 없었다.

그 심리학 교수 사무실에서 집으로 걸어오면서 느꼈던 것은 거의 2년 후에 케이티와 함께 집으로 천천히 걸어오면서 느낀 것과 같은 느낌이었다. 그것은 커다란 고통스러운 공허감이었다. 케이티를 낳고 나서는 그것이 아기를 지니고 있었던 내 자궁이 이틀간 큰일을 겪고 나서 느끼는 크고 고통스러운 공허감이라고 생각했다. 아담을 가지고 있는 지금은 분명히 그런 문제가 아니었다. 지금 생각해보면 내가 느꼈던 그 끔찍한 갈증과도 같은 것은 정신을 뺀 나의 모든 부분 — 몸과 마음과 영혼 — 이 나에게 보내는 간절한 신호였다.

물론 나는 그것을 듣지 않았다. 나는 사지에 총알이 날아와 박혀도 계속 앞으로 나아가는 액션영웅이나, 순전한 의지력만으로 아무것도 먹지 않고 여섯 시간씩 공연 연습을 계속하는 무용수나, 결국 자신을 불구로 만들어버릴 부상도 무시한 채 선수권을 따내는 운동선수들의 모범을 따르려고 최선을 다하고 있었다.

내가 내 몸의 소리를 듣지 못한 것을 그토록 자랑스레 여겼다니 정말 어이가 없는 일이다. 그것은 마치 그랜드캐니언에 가서 병뚜껑이나 바람에 날려온 트럭 타이어를 들여다보느라 경치는 보지 않으려 했다고 자랑하는 것이나 같은 일이다. 지금 나는 내 딸아이의 삶의 첫날에 시시한 실험을 위한 시시한 프로젝트를 마치기 위해서 아이를 안고 있지 않았던 것을 전혀 자랑스럽게 여기지 않는다. 여러 해 동안 자연스러운 충동들을 둔화시켜온 것에 대해 나는 자부심을 느끼지 않는다. 그리고 그날 오후 아무런 도움도 청하지 않고 케이티와 같이 한 걸음씩 한 걸음씩 힘들게 집까지 걸어간 것에 대해 나는 자랑스럽게 여기지 않는다.

집에 도착했을 때는 이미 날이 어두웠고 5시가 다 되어 있었다. 전화 자동응답기에 존과 시빌에게서 온 메시지가 하나씩 있었다. 우리 아파트에 문득 나타났던 그날 이후로 시빌은 꾸준히 특히 존이 없을 때에, 내가 괜찮은지 체크하고 있었다. 셀 수도 없을 만큼 여러 번 음식을 가져다주었고, 내가 필요한 걸 알면 언제라도 차를 태워주었으며, 주말에는 자주 미에를 데리고 와서 나와 케이티를 즐겁게 해주었다. 그날 밤 시빌에게 전화를 했을 때, 나는 케이티를 업을 수 없을 만큼 힘이 없었다는 말을 할 수도 있었을 것이다. 그랬다면 시빌은 내가 의사의 보살핌을 받고 훨씬 상태가 좋아지는 것을 확인하기 전까지는 가만히 있지 않았을 것이다.

물론 나는 바로 그래서 그 말을 하지 않았다. 또다시 시빌에게 짐이 되지 않겠다고 마음먹고 있었던 것이다. 시빌과 통화하면서 목소리에 활기를 띠려고 애를 썼다. 모두 괜찮다고 말했다. 전화를 끊고 나서는 눈물이 쏟아졌다. 그 내부의 목소리는 이제, 무언가 도움을 구하라고 비명을 질러대고 있었다. 나는 이를 악물고 나는 강하다, 이겨낼 수 있다, 나는 여자다, 라고 스스로 타일렀다. 수년 후에 중국철학에 대해 읽으면서 나는 도가의 "두 개의 커다란 힘이 충돌할 때, 승리는 자신을 굽힐 줄 아는 편에게 간다"라는 말을 만났다. 그 말은 예를 들어, 물이 돌을 만나서 자신을 내세우지 못하는 것 같지만 결국 물이 돌을 깎아 모양을 바꾼다는 뜻이다. 케임브리지에서 그날 저녁 나는 자신을 돌로 만들려고 애를 쓰고 있었다.

나는 케이티의 옷을 벗기며 계속해서 말을 하고 기저귀도 갈아주었다. 케이티가 땅콩버터 샌드위치와 우유 한 병을 마시는 동안 녹화된 〈세서미스트리트〉를 보았다. 그러고는 옷도 갈아입지 않은 채 큰 침대에서 함께 잠이 들었다.

곧 어지러운 꿈에 빠져들었다. 불이 났을 때, 내 손목을 붙잡고 건물 밖으로 데려다 달라고 조르던 이웃집 여자 꿈을 꾸었다. 케이티가 바다에 빠졌는데, 어째선지 내가 도와주러 가지 않는 꿈도 꾸었다. 존이 돌아왔는데, 팔을 뻗어 그를 안으려고 하자 그의 몸이 투명해져서 사라지는 꿈도 꾸었다.

온몸에 땀을 흘리며 깨어나보니 새벽 2시였다. 몸은 말할 수 없이 지쳐 있고, 가슴이 방망이질을 하고, 이상하게 숨이 찬 느낌이었다. 나는 잠시 누운 채 자동차며 상점들 앞의 불빛이 10층 아래 얼어붙은 길에서 아파트의 천장에 반사되는 것을 지켜보았다. 귓속에서 웅웅거리는 소리가 들렸다. 몹시 추웠다. 케이티가 이불을 덮고 있는지 보려고 더듬는데 우리 사이의 침대 위에 젖은 곳이 만져졌다. 한숨이 나왔다. 자기 전에 아이의 기저귀를 갈아주지 않았다. 기저귀가 젖은 정도를 짐작하려고 아이의 엉덩이 쪽을 만져보니 뜻밖에도 거의 말라 있었다. 다시 침대의 젖은 부분을 만져보았더니 내 주위가 젖어 있는 것이었다. 아니, 이게 무슨 일이야. 기진맥진한 데다 끊임없이 구토증이 일어나는 것도 부족해서 이젠 실금까지 생긴 거야. 임신하고 있는 동안 무슨 창피한 일이 또 일어날지 조바심이 날 지경이었다.

나는 믿을 수 없을 만큼 몹시 지쳐 있었다. 세탁은 말할 것도 없고, 시트를 바꾸는 것도 할 수 없을 만큼 지쳐 있었다. 나는, 지금 옷만 갈아입고 젖은 시트 위에 수건을 덮고 아침에 치우겠다고 생각했다.

가쁜 숨을 쉬며 욕실로 가는데 귓속의 웅웅거리는 소리가 극적으로 커졌다. 포도주를 몇잔 마시고 나서 갑자기 벌떡 일어섰을 때처럼 머릿속이 휑뎅그렁한 기분이었는데, 계속 그런 기분이었다. 나는 아까 오후보다도 더 정신이 없었다. 그래서 욕실에 들어가 옷을 벗기 시작하면서 심상치 않은 일이 일어나고 있다는 것을 의식하지도 못했다. 나는 커다란 스웨터를 입은 채, 청바지와 뉴잉글랜드의 추위를 견디게 해주는 긴 내복을 벗었다. 그러면서도 뭔가 잘못됐다는 생각은 하지 않았다. 돌아서서 손을 씻으면서 하수구로 흘러내리는 물이 이상하게 불그레하다는 것을 알았다. 그리고 나서야 비로소 내 손이— 청바지며 내복이며 다리며, 그리고 침대도 새빨간 피로 뒤덮여 있는 것을 깨달았다.

18

아담이 한 살쯤 되어 혼자서 잘 앉아 있을 수 있게 되었을 때 나는 케이티와 아담을 함께 목욕시키곤 했다. 둘은 서로 물을 튀기고 타일 바닥에 비누칠을 하며 즐거워했다. 한번은 아이들 목욕을 시키는데 연기 냄새가 나서 부엌에 가보니 불 위에 얹어둔 스파게티 소스가 끓어 넘치고 있었다. 사실은 조그맣게 불이 났다. 나는 달려가 불을 끄기 시작했다. 사무실에서 일하고 있던 존은 나보다 몇초 늦게 달려왔다. 불을 마저 끄면서 오늘 저녁준비가 누구 책임이었느냐에 대해 서로 언성을 높이기 시작했다.

그렇게 신경질적으로 말을 주고받다가 우리는 갑자기 말을 멈췄다. 그 순간 존의 마음속에 생생한 영상이 번쩍 떠올랐다고 했다. 욕조의 물에 엎드려 있는 아담의 모습이었다. 같은 순간에 나는 머릿속에서 "욕실에 가봐!" 하는 목소리를 들었다.

나는 몸을 돌려 욕실로 뛰어갔다. 문에 다가서자 케이티의 당황해하는 조그만 목소리가 들렸다. "아담, 일어나! 아담, 왜 안 일어나는 거야? 아담?"

아담은 존이 '본' 대로 물 위에 엎드려 떠 있었다. 그의 조그만 몸뚱이는 연보랏빛이었다. 나는 비명을 지르며 기껏 한 뼘 깊이밖에 되지 않는 물에서 — 그 정도에서도 아이가 빠져 죽을 수 있다 — 아이를 들어올리고 존은 긴급구조대를 부르러 전화로 달려갔다. 존은 너무나 당황해서 911이 아니라 전화번호 안내처 번호인 411을 계속 돌렸다. 교환수는 어느 도시냐고 묻는데, 존은 계속해서 "아이가 물에 빠졌어요. 내 아들이 죽어요!"라고 소리를 질러댔다. 결국 제대로 전화가 걸린 뒤 긴급구조대원이 우리 집으로 출발했다.

구조대원은 제때에 도착하지 못했을 것이다. 내가 아담을 들어올렸을 때 아담은 전혀 숨을 쉬지 않고 있었다. 아이의 몸은 고무로 만든 것처럼 힘없이 축 늘어져 있었다. 그러나 내가 비명을 질러대는 동안에도 나에게 위험을 알려준 소리 없는 목소리가 빠르고 분명하게 지시를 하고 있었다. 나는 마치 어떤 다른 사람의 조종을 받고 있는 것처럼 이상스럽게 침착한 태도로 그 지시를 따랐다. 아담을 눕히고 그 아이의 코와 입으로 공기를 불어 넣고 나서 고개를 옆으로 돌려놓고 가슴을 가볍게 눌렀다. 대여섯 번 반복하고 나자 아담의 폐에서 물이 쏟아져 나오더니 아이가 약간 숨을 들이마셨다. 나는 다시 한번 비명을 질렀다. "숨을 쉰다!" 그리고 계속해서 인공호흡을 했다. 이윽고 아담은 눈을 뜨고 몇번 깜빡이더니 겁먹은 듯한 미소를 지었다. 나는 정확히 유아 응급소생술을 행했던 것이다. 그로부터 몇주 후에 나는 그것을 배웠다. 아담이 죽을 뻔한 그때에는 나는 응급소생술을 배우지 않았을 때였다. 분라쿠 인형 조종자들은 배웠던 모양이다.

내가 아담의 목숨을 구할 수 있었다는 사실이 어리석게도 아이를 세 살짜리와 함께 욕조 속에 남겨둔 죄책감을 좀 덜어주었다. 결국 나는 자신을 용서하긴 했지만, 상당히 오랫동안 아이들이 물 가까이 가는 것을 허락하지 않았다(아이들이 샤워를 할 줄 알게 될 때까지 우리 아이들은 더럽기로 소문이 났다). 그 사건이 있은 후 나한테 가장 오래 남아 있던 느낌은 죄책감이 아니라, 아담이 내게 얼마나 소중한 존재인가 하는 날카로운 깨달음이었다. 나의 삶이 그 아이로 인해서 얼마나 밝아지는지. 그 아이가 몰고 다니는 천사가 없다면 나는 얼마나 길을 잃고 헤매게 될지⋯. 아이가 죽었다고 생각한 그 잠시 동안에 나는 아이를 가엾이 여기는 것이 아니라 나 자신을 가엾게 여기고 있었다.

아담이 태어나기 전 1월의 그날 또 다른 욕실에서 내 손과 다리가 피투성이인 것을 보고 내 임신이 예상한 것보다 훨씬 빨리 끝나버릴지 모른다는 생각이 들었을 때, 나는 똑같은 반응을 나타냈다. 나는 산과기술에 관한 글들을 읽고 산모가 초음파로 아기의 모습을 본 후에는 아기를 잃어버리는 것이 훨씬 더 힘든 일이라는 것을 알았다. 사실 냉장고에 붙여 놓은 아담의 사진 때문에 그 아이는 더 현실적으로 느껴졌다. 그러나 나는 단순히 일반적인 태중의 아기에게 애착을 느끼는 것만이 아니었다. 나는 이미 내 아들에 대해서 내가 깊이 사랑하는 사람에 대해서와 똑같이 느끼고 있었다. 사랑하는 사람과 함께 있을 때 말을 하지 않을 때라도 그 존재를 느끼는 것과 똑같이 아담을 느끼고 있었다. 그것이 아담의 임신과 함께 시작된 그 이상한 경험들 때문인지, 내가 꾸던 꿈들 때문인지, 아니면 어떤 초자연적인 연결 때문인지 모르지만, 나는 내 아들이라는 사람에 대해, 그의 독특하고 파괴할 수 없는 정체성에 대해 거의 구체적인 감각을 가지고 있었다. 그 아이를 잃어버린다는 것은 생각할 수도 없는 일이었다.

나는 걱정하지 말자고 생각하면서 변기 위에 앉았다. 출혈이 일어나는 이유를 알았더라면 나는 걱정을 많이 해야 된다고 생각했을 것이다. 그것은 태반분리로 말미암았던 것인데, 어머니의 혈액에서 자양분을 태아에게 전달해주는 태반이 자궁벽에서 떨어져 나오는 현상이다. 이런 현상은 임신한 여성이 자동차 사고 같은 것을 당해서 복부에 직접 심한 충격을 받지 않는 한 잘 일어나는 일이 아니다. 아담이 태어난 후 여러 사람이 ─ 의사 몇 명을 포함해서 ─ 그 현상은 아담의 다운증후군 때문에 일어났을 것으로 짐작했다. 그러나 두 해 뒤에 나의 세 번째 임신 중에도 아기는 아주 정상이었지만 똑같은 일이 일어났었다. 내 짐작으로는 그토록 심한 구토증을 일으키는 자가면역 이상상태가 태반분리를 일으킨 것이라고 생각된다. 확실하게 알 수는 없을 것이다.

어쨌든 태반은 혈액으로 가득 차 있기 때문에 태반분리는 사실 아주 심각한 상황이다. 대부분의 경우 태아는 목숨을 잃고, 어머니도 태반이 얼마나 많이 분리되었는가에 따라 과다 출혈로 몇분 만에 죽을 수 있다. 의학적으로도 어머니의 목숨을 구하기 위해 수혈을 하는 것 이상은 별도리가 없다. 물론 그날 밤, 내가 숙취상태의 레이디 맥베스 같은 기분으로 한밤중에 손에 묻은 피를 씻어내고 있던 때에는 그런 것을 모르고 있었다. 나는 아기에 대해 좀 불안하긴 했지만 임신과 관련된 이유로 내가 죽을지도 모른다는 생각은 전혀 들지 않았다.

그때에 나는 침착하게 병원에 전화를 걸고 구급차를 기다리는 동안 피 묻은 곳들을 닦아내고 있었다고 말할 수 있었으면 좋겠다. 그러나 사실은 나는 총 맞은 사슴처럼 어쩔 줄을 몰랐다. 심장이 마구 뛰고 손은 추워서 그런 것처럼 마구 떨렸는데 아마 충격 때문이었을 것이다. 나는 간신히 큰 생리대를 착용하고 손과 다리의 피를 닦아낼 생각밖에 하지 못했다. 일어설 때 욕실의 거울에 비친 내 얼굴이 보였다. 나는 할로윈 때 분장을 한 사람 같았다. 주근깨를 빼고는 백지장처럼 흰데다 입술에는 푸른빛이 돌았다. 침실로 돌아가는데 귀가 울리기 시작했고 그 소리는 곧 더 높아져 기분 나쁜 웅웅거리는 소리가 되었다.

침실로 돌아오니 케이티는 평화롭게 자고 있었다. 곱슬거리는 금발과 검은 속눈썹 때문에 아이는 바로크미술의 아기 천사처럼 보였다. 침대 옆의 작은 등을 켜고 옆에 쌓아둔 책들을 뒤져도 아이는 깨지 않고 계속 잤다. 나는 내가 좋아하는 의학 교과서를 찾아내었다. 손이 너무나 떨려서 색인에서 '출혈'을 찾는 것도 힘들었다. 내 뇌 속의 어느 부분에선가 이건 정상일 것이다, 책 어딘가에 임신 5개월에 많은 출혈이 있을 수 있다는 말이 있을 거다라고 말하고 있었다. 그러나 그런 말은 없었다. 출혈에 관한 언급이 몇 군데 있었지만 그것은 나에게 일어나고 있는 것과 같은 것이 아니었으며 모두가 나쁜 일이었다. 책을 덮고 다시 탁자 위에 놓으려 했지만 손가락은 감각이 없고 손에 힘이 빠져서 바닥에 떨어트려 버렸다. 책을 집지 않고 나는 손으로 배를 감쌌다. 어떻게든 아기를 지키고 보호하고 싶었다. 아기를 죽게 해서는 안된다. 함께 그 모든 것을 겪어온 지금, 아기가 죽어서는 안된다.

귓속의 웅웅거리는 소리는 더 커졌다. 임사체험에 관한 보고에서, 사람들이 사망 판정을 받기 바로 전에 웅웅거리는 소리를 들었다는 기록을 읽은 일이 있었다. 내가 죽음에 그만큼 가까이 다가갔다고 생각하지는 않지만, 때때로 임사체험자들이 말하는 것이 내가 그날 밤에 들은 것과 같은 소리가 아닌가 하는 생각이 든다. 머리가 아프기 시작했다. 나는 그저 누워서 잠들어 버리고 싶었다. 내 몸에 일어나고 있는 일이 무엇이든 거기서 도망치고 싶었다. 그러나 뒤죽박죽인 내 머릿속에서도 조그만 이성의 조각이 남아 있어서 병원에 전화를 하라고 소리를 지르고 있었다. 나는 전화를 찾아 다이얼을 돌렸고, 대학의료센터의 응답을 들었다. 당직 의사를 불러주겠다고 했다.

나는 수화기를 제자리에 놓고 두꺼운 스웨터를 입은 채 침대 위에 웅크리고 전화를 기다렸다. 온몸이 얼어붙는 것 같았다. 손발은 무감각해졌고 이가 딱딱 마주쳤다. 케이티가 내가 덮어준 조그만 플란넬 담요를 차버렸다. 다시 덮어주려고 했지만 아이는 저쪽으로 돌아누워 계속 잤다. 아이의 머리를 만져보고 따뜻해서 깜짝 놀랐다. 머리카락은 땀으로 약간 젖어 있었다. 나는 따뜻한 것이 어떤 것인지도 생각이 나지 않았다. 추위가 내 골수에까지 스며든 것 같았다. 나는 담요로 내 몸을 덮고 긴장을 풀어보려고 애를 썼다.

전화벨이 울렸을 즈음엔 귓속의 소리는 아우성 소리처럼 커져 있었다. 전화에서 들려오는 의사의 목소리가 잘 들리지 않을 지경이었다.

"엽 세 요," 나는 맞부딪치는 이빨 틈으로 말을 했다.

의사는 자기가 누구라고 말했다. 하버드 의료센터의 의사들은 교대로 일을 하는데, 이 사람은 내가 만난 적이 없는 의사였다.

"자, 무엇이 문제인 것 같습니까?" 의사가 말했다.

"제가 임신 중인 것 같은데요," 나는 농담하듯이 말했다. "출혈을 하고 있는 것 같아요."

그는 웃지 않았다. "얼마나 되셨지요?" 그가 말했다.

"20주쯤이요. 다섯 달이요."

"네에," 의사가 말했다. "출혈은 어느 정도지요?"

나는 시트 위의 얼룩을 바라보며 다리에 액체가 흐르는 것을 느꼈다. "굉장히 많지는 않아요." 내가 말했다. "양동이를 하나 채울 만큼 그런 정도는 아니지만 옷은 다 젖었어요."

"무슨 색이지요?" 의사가 물었다. "갈색에 가까운가요, 아니면 밝은 빨간색인가요?"

"음, 밝은 색이요." 나는 캐스터네츠처럼 이빨을 맞부딪치며 말했다. "아주 밝은 빨간색이에요."

나는 그가 숨을 깊이 들이쉬고 다시 내쉬는 소리를 들을 수 있었다.

"자, 베크 부인," 그가 말했다. "가능한 한 빨리 응급실로 오셔야겠습니다."

나는 눈을 감았다. 어디엔가, 특히 침실 밖의 어디엔가 간다는 생각만으로도 말할 수 없는 피로감이 몰려왔다. 나는 당장에 거의 잠이 들어버릴 것 같았다.

"베크 부인?" 나는 그의 목소리에 놀라 흠칫 정신이 들었다.

"예에?"

"남편께 당장 응급실로 데려다 달라고 하십시오, 아시겠어요? 당장이에요. 빠를수록 좋아요."

나는 한 손으로 눈을 문지르며 찡그렸다. 나는 의사에게 남편이 여기에 없고, 차도 없으며, 케이티를 혼자 남겨둘 수 없고, 아이를 데리고 이 추운 밤에 택시를 타고 가는 것은 내 능력 밖의 일이라고 설명할 수도 있었을 것이다. 어쨌든 나는 귀에서 나는 그 시끄러운 소리 때문에 의사의 말소리도 겨우 듣고 있을 뿐이었다.

"베크 부인? 듣고 계세요?"

나는 그 말에 짜증이 났다. 나는 질문에 대답을 하고 싶지도 않았다. 나는 마치 캄캄한 깊은 웅덩이 속으로 가라앉는 느낌이었다. 차가운 물속으로.

"알았어요. 알았어요." 나는 짜증스레 말했다.

"좋아요." 의사가 말했다. "서두르세요."

나는 전화를 끊고 웅웅거리는 소리를 막으려고 손으로 귀를 덮었다. 소용이 없었다. 피가 다리로 스며 나오는 것이 느껴졌지만 생리대를 바꾸러 일어날 기운이 없었다. 나는 정말로 심각한 문제가 아니라면 의사가 응급실로 가라고 말하지 않았을 거라는 생각이 들기는 했지만 병원까지 가는 것을 도저히 상상도 할 수가 없었다. 나는 물질적 세계와의 연결이 조금씩 조금씩 빠져나가는 것을 느낄 수 있었다.

그런 상황에서, 그러나, 나는 그들을 의식하기 시작했다.

나의 정상적인 지각능력이 줄어들수록 나는 점점 더 분명하게 방 안에 나와 케이티 말고 다른 존재들이 있다는 것을 인식했다. 그것은 마치 바닷가에서 썰물이 지면서 물속에 잠겨 있던 바위나 그루터기 같은 것이 햇빛 속으로 모습을 드러내는 것 같았다. 물론 나는 분라쿠 인형 조종자들을 몇달 동안 의식하고 있었다. 그러나 그들을 완전히 믿은 것은 아니었다. 항상 '마치 ~인 것처럼'이었다. 마치 사람들이 보고 있는 것처럼 느껴졌거나, 마치 작은 기적이 일어나는 것 같았거나, 마치 내가 볼 수 없는 어떤 힘이 나와 내가 사랑하는 사람 사이에 메시지를 전하고 있는 것 같았다. 그러나 출혈이 있던 그날 밤, '마치'는 녹아 없어져 버렸다. 방 안에 있는 존재들을 보거나 들을 수는 없었지만 그들은 그곳에 산소처럼 현실적으로, 예사스럽게 존재하고 있었다. 내가 점점 더 힘이 없어지고 귀에서 울리는 소리는 더 커지고 있을 때 걱정스럽게 나를 지켜보며 서 있는 존재들이 여덟이나 열은 되었을 것이다. 어떻든 그들이 그곳에 있다는 것 때문에 나는 내 몸이 얼마나 아픈지, 내가 얼마나 두려움을 느끼고 있는지 알 수 있었다. 목에서 흐느낌이 밀고 올라오는 것이 느껴졌다.

나는 방 안에 있는 존재들에게 속삭였다. "이 아기를 도와주세요."

내가 그들에게 직접 말을 한 것은 그때가 처음이었다. 그렇게 하면서 나는 가늘지만 분명한 선을 넘어선 것을 느꼈다. 그것은 어떤 초현실적인 비행기의 존재를 추측하는 것과 그 비행기에 올라타는 것 사이의 선이었다. 나는 온전한 정신을 놓아버렸다는 것을 알았다. 그것은 끔찍한 일이었다. 내가 그렇게 한 것은 내 몸에 일어나고 있는 일에 대한 두려움이 비이성적인 믿음에 매달리는 것에 대한 두려움보다 더 커졌기 때문이었다. 내가 그들에게 아기를 도와달라고 말하자마자 따뜻한 물결이 내 배를 감싸는 것 같았다. 그것은 아주 좋은 기분이었고 짧지만 강렬했다. 금방 출혈이 멎었다. 나는 그것을 알았다. 방 안에 그들이 있다는 것을 아는 것과 같은 식으로 알았다. 그러자 온기는 사라지고 나는 춥고 어지럽고 겁먹은 채로 남겨졌다. 나는 혀로 아무 감각이 없는 입술을 핥았다.

"제발," 나는 죽을 더 달라고 청하는 올리버 트위스트처럼 어색하고 이상한 기분으로 말했다. "저도 좀 도와주세요."

어떤 이유에선지 그 말을 하는 것은 내가 그때까지 해본 일 중에서 가장 어려운 일이었다. 나는 의식적으로 비이성적인 영역에 들어선다는 느낌과 함께 자존심을 죽이고 자신이 가치 없는 존재라는 느낌을 함께 느꼈다.

반응은 즉각적이었다. 그것은 아파트에 불이 난 후에 시빌과 찰스의 집에서 내가 이미 경험했던 것과 같은 형태였다. 처음에는 손이 공중에서 뻗어나와 나를 붙잡았다. 떨어지는 아이를 붙잡는 아버지처럼. 한 손은 등 뒤로 가서 나를 버티어주고 다른 손은 내 가슴에 놓였다. 그 믿을 수 없이 기분 좋은 온기가 손에서 내 몸속으로 밀려 들어왔다.

그 순간에 내가 일종의 성스러운 황홀경 속으로 들어갔으리라 상상할지 모르지만 실은 그렇지 않았다. 아마 나는 성자가 될 자질은 없는 모양이다. 그 두 힘센 손으로부터 온기가 흘러들어 내 몸이 마비된 듯한 상태에서 조금 벗어나자, 나는 주님을 찬양하고 마음을 놓은 것은 아니었다. 나는 그 손에 대해서 좀 편치 않은 기분이 드는 것이었다. 그 손은 남자의 손이었기 때문이었다. 유타의 모든 어린아이들과 마찬가지로 나도 어린 시절에 하느님은 무엇이나 꿰뚫어 볼 수 있고 노여움을 잘 타는 수염이 있는 백인 남자로 생각해왔다. 나는 그게 마음에 들지 않았고, 사춘기 때에 나는 그런 이미지를 거부했다. 그날 밤 케임브리지에서 그것이 어떤 식으로든 강화되는 것에 대해 이상하게 화가 났다.

"임신하면 어떤지 당신이 뭘 아세요?" 나는 그 경이롭게 따뜻한 손의 주인에게 투덜거렸다.

내 말의 의미를 설명할 필요가 없었다. 내 뜻이 전달되었다는 것을 알았다. 나는 어떤 존재이든 남성이 내가 그 순간 겪고 있는 것을 이해할 수 있다고 생각하지 않았다. 나는 그것을 겪어본 사람, 생명을 만들어내는 과정에 갈갈이 찢기는 느낌을 가져본 사람, 자신의 안위와 태중의 아기의 안위 사이에서 한편을 택해야 하는 갈등, 살아 있는 아이와 아직 태어나지 않은 아이를 모두 보살펴야 하는 어려움을 경험해본 사람을 원했다. 그날 밤 내가 겪은 공포는 자신의 죽음에 대한 공포보다는 나와 케이티와 냉장고에 사진이 붙어 있는 어린 소년 모두를 지킬 수 있는 능력이 없다는 데 대한 공포였다. 나는 견딜 수 없는 선택에 직면해 있었다. 나는 육체적 고통을 넘는 그 투쟁으로 상처를 입었다. 그리고 나는 몸이 낫는 것만을 원하고 있지 않았다. 나는 이해를 받고 싶었다. 그것이 필요했다.

그런 생각이 마음에 떠오르자마자 내게 닿아 있던 손들이 사라지고, 나는 다시 추위와 암흑 속에 남았다. 그러나 다시 공포를 느낄 틈도 없이 다른 손들이 그 자리에 들어섰다. 그 손들이 내 이마를 만지고 배를 가볍게 누르는 것을 느낄 수 있었다. 그 손들은 경험 많은 마부가 겁먹은 말을 달래는 것과 같이 부드러우면서도 권위가 있었다. 이 손들은 처음 손들보다 더 작고 빠르면서 아주 강했다. 분명히 여성의 손이었다. 그리고 머릿속에서, 실제로 아무 소리도 듣지 않았지만, 이 여성이 나에게 〈도움을 청하는 데 참 오래도 걸렸군요〉라고 말하는 듯한 인상을 받았다.

내가 그날 밤 들어갔던 그 비몽사몽의 영역, 나의 세계와 그 보이지 않는 존재들의 세계 사이의 영역은 확실성과 불확실성이 뒤바뀐 곳이었다. 내 몸에 실제로 일어나고 있는 일에 대해서는 아무것도 확신할 수 없으면서도, 평소에는 믿지 않았을 것들을 당연하게 받아들이고 있었다. 그 존재들이 그곳에 있다는 것을 알고 있었을 뿐 아니라, 그들이 쓰레기를 내놓거나 긴 의자를 바로 놓고 하면서 나를 도와주지 않은 것은 내가 그것을 원하지 않았기 때문이라는 것이 분명했다. 그들은 내가 청할 때까지는 아무것도 하지 않는다. 할 수가 없다. 그리고 나는 진심으로 청해야만 한다. 내가 드디어 요청을 했을 때에 나는 우주의 문을 조금 열었는데, 그것도 내가 과거에 생각해온 하느님에게만 문을 연 것이다. 남성인 하느님에게만. 내가 여성을 청하자 여성을 보내주었다. 나는 이 존재들은 어떤 상황에서도 절대로 내 의지를 무시하는 일은 하지 않는다는 것을 강하게 느꼈다.

그들이 누구였는지 나는 모른다. 천사라는 단어는 그때 전혀 떠오르지 않았다. 우리가 보통 실체가 없는 방문자들에게 붙이는 유령이나 영혼 같은 이름도 생각나지 않았다. 지금도 그때를 회상해보니 그들을 어떻게 불러야 할지 모르겠다. 내 짐작으로는 그들이 나선성운에서 온 사자들이었을 것이다. 그날 밤을 생각하면 '친구'라는 단어만 떠오른다. 그들은 내 친구였고 나를 사랑했다. 그때 문제가 되는 것은 그것뿐이었다.

내가 그런 존재들을 상상한 것이 아닐까 하고 생각할 수도 있다. 나는 심한 탈수상태였고 상당한 출혈이 있었으며 분명히 사고력도 온전치 못했다. 그런 질문에 대해 나는 그럴 수 있다고 대답한다. 인간의 두뇌가 극단적인 고통의 상황에서 위안이 되는 환상을 만들어내는 것은 가능한 일일 것 같다. 아담이 태어난 후에 몇년 동안 나는 그런 경우에 실제로 일어난 일이 무엇인지 알아내려고 거의 미친 듯이 애를 썼다. 지금으로서는 그러한 '과학으로 설명되지 않는' 일에 어떤 이름을 붙이든 나는 상관하지 않는다. 내가 말할 수 있는 것은 내가 경험한 것뿐이다.

그들이 무엇이었든, 어디에서 왔든, 누구에게 속해 있든 간에 그 손들은 계속 내 몸에 닿아서 그 편안한 온기를 피부 속으로, 근육 속으로 그리고 뼛속에까지 전해주었다. 그들은 나의 극심한 동물적인 공포심을 가라앉히고 편안한 느낌으로 바꾸어주었다. 나는 아기와 내가 모두 위험에서 벗어났다는 것을 알았다. 1년 남짓 지난 뒤 아담이 욕조물에 빠졌다가 정신을 차리며 기침을 했을 때에 느낀 것과 같은 지친 안도감이 나를 감쌌다.

그 작고 강력한 손에서 치유의 힘이 내 몸으로 들어오고 있는 동안 나는 지난 몇달 동안 내 생활에 그림자를 드리운 그 존재들을 서서히 신뢰하기 시작했다. 실제 말을 하지는 않았지만 어느 순간에 나는 그들이 나에게 주고자 하는 도움을 무엇이든 모두 다 받아들이겠다고 동의했다. 남성의 손이 당장 여성의 손을 거들었다. 그러고는 다른 두 손이, 또 다른 두 손이 끼어들어 나중에는 한 무리의 존재들이 나를 둘러싸고 있는 것 같았다. 그날 밤 나는 잠에 '빠진' 것이 아니라 마치 1,000개의 날개들이 들어올려준 것처럼 검은 차가운 물웅덩이에서 '올라와' 잠이 들었다.

19

전화벨이 울리는 소리에 잠이 깼다. 거의 정오가 다 되어 있었다.

전화를 한 사람은 한밤중에 나와 통화를 했던 산과의사였다. 그는 몹시 걱정을 하고 있었다. 그는 나와 통화를 하고 나서 곧 당직시간이 끝나 귀가했는데, 오전에 다시 나와서 내가 응급실에 오지 않은 것을 알고 깜짝 놀랐다.

나는 의사에게 이제 괜찮다고 말하고 걱정해주어서 고맙다는 인사를 했다. 그는 내가 병원에 가서 의사에게 진찰을 받겠다는 약속을 하기 전에는 전화를 끊으려 하지 않았다. 나는 성경에 걸고 그렇게 하겠다고 맹세를 했다. 거짓말을 한 것이다.

내가 그때 병원에 가지 않은 이유는 두 가지였다. 첫째로 나에게 병원은 피를 뽑는 곳이었다. 내가 병원에 갈 때마다, 심지어는 그저 무슨 서류를 내러 갔을 때도 간호사들이 피를 몇 리터나 뽑아가는 것 같았다. 그날 오전에 내 커다란 혈관은 납작해져 있었고 내게 남아 있는 피를 한 방울이라도 아끼고 싶었다. 그러나 마찬가지로 중요한 이유는 출혈은 아주 멎었고 아주 비논리적이지만 아기도 나도 괜찮다고 확신했기 때문이었다. 아담이 발길질을 하는 것도 느낄 수 있었지만 나의 그 고집스런 확신은 나의 내면 더 깊은 곳에서 오는 것이었다. 나는 의사에게, "보세요, 나는 다 나았어요"라고 말할 수도 있었겠지만 내 정신이 온전치 못한 것이 아닌가 겁이 나서 혼자서라도 그런 말을 입 밖에 내지는 못했을 것이다.

내 몸의 조직들이 좀더 튼튼한 물질로 단단히 조여진 듯한 느낌이 있었다. 그렇기는 해도 나는 한동안 아기가 움직이는 것을 확인하려고 한 손을 배에 붙인 채 살금살금 움직였다. 케이티는 잠이 깬 지 한참 된 모양이었다. 무심하게 젖병을 빨면서 존과 내가 크리스마스 때 사준 교육용 집짓기 나무토막을 가지고 놀고 있었다. 나는 아이의 기저귀를 갈아주고 우유와 같이 먹도록 크래커를 갖다주고 〈세서미 트리트〉를 틀었다. 그러고 나서 나도 뭘 먹어야겠다는 생각을 했다.

임신을 한 뒤 처음으로 정말로 뭔가 먹고 싶었다. 사실 나는 아주 구체적으로, 뜨거운 차와 안심 스테이크가 몹시 먹고 싶었다. 아파트 아래층 식품점이 타버린 후 존과 나는 식료품 배달이라는 비싸지만 경이로운 방법을 발견했다. 나는 가까운 상점에 전화를 해서 스테이크거리를 몇 근이나 주문했다. 나는 이미 찬장 구석에서 차도 몇 봉지를 찾아냈다. 차를 우려서 1리터도 넘게 마셨다. 정말 맛이 좋았다.

인터폰이 울리자 나는 동굴에서 사는 여자가 지나가는 네안데르탈 인에게서 방금 죽인 짐승을 받은 것만큼 반갑게 배달 온 소년을 맞았다. 그는 내가 혼자 있는 것을 보고 놀란 것 같았다. 아마 일꾼 여러 명이 모여서 바베큐 파티라도 하는 중인 것으로 생각했던 모양이다. 나는 팁을 넉넉히 주고 나서 그 전해 1년 동안 먹은 것보다 더 많은 고기를 익혀서 먹어대기 시작했다. 보통 나는 카페인과 고기를 피하는데, 특별한 이유가 있어서가 아니라 그냥 좋아하지 않기 때문이다. 그러나 내 몸은 부족한 혈액을 보충하기로 작정한 모양이었고, 나는 갑자기 고기를 탐하게 되었다. 놀랍고도 놀라운 일은 차와 고기가 나의 구토증을 줄여주는 것 같았다는 점이다. 그 두 가지는 당장에 내가 제일 좋아하는 음식이 되었다. 임신기간 후반을 나는 거의 홍차와 스테이크만 먹고 살다시피 했다. 때때로 변화를 위해 벨기에산 초콜릿을 먹으면서.

스테이크 마지막 조각을 먹고 케이티의 옷을 갈아입히고 샤워를 하고 나서야 비로소 나는 내 아파트 안에 보이지 않는 사람들이 있다는 사실에 대해 생각하기 시작했다.

나는 전날 밤의 기억을, 연기가 가득 찬 계단에서 구출된 일과 시빌의 아파트에서 느꼈던 손의 느낌을 저장해둔 내 마음속의 반의식의 영역으로 밀어 놓았다. 지금까지는 그 일들을 완전한 의식의 영역에 들여놓지 않았다. 그것을 어떻게 해야 될지 몰랐기 때문이다. 나는 그런 일이 일어난 것이 두려웠다. 형체가 없는 손 같은 것은 내가 알고 있던 삶에는 맞지 않는 것이었다. 그것은 생소한 곳에서 옛 친구를 우연히 만나는 것처럼 기분 좋은 우연으로 생각하고 넘겨버릴 수 있는 일이 아니었다. 그 모든 것이 거대하고 밝은, 신비롭고 무시무시한 수수께끼였다.

내가 처음 한 일은 공책과 펜을 가져다 천천히 꼼꼼하게 전날 밤에 내가 한 모든 생각, 내가 본 것, 느낀 것을 적는 일이었다. 그리고 마치 제정신이었던 사람이 정신이 이상해져서 쓴 편지를 읽는 것처럼 내가 쓴 것을 여러 번 다시 읽었다. ("예, 그 사람 전에는 늘 조용하고 남들과 별 교섭 없이 지냈어요. 최근에 와서 고기를 많이 주문하고…") 그저 헛것을 봤다고 믿어버리는 것이 더 편했을 것이다. 그러나 내가 망상에 빠졌던 것일 수도 있겠지만 나는 진심으로 그렇게 믿을 수가 없었다. 그러나 한편으로 그 방문자들을 내 상상의 소산이라고 치부하는 것은 거짓말이 될 테지만, 다른 한편 그들이 실재했다고 말하는 것은 나의 세계관을 기초부터 흔드는 일이 될 것이었다. 나는 어느 쪽도 받아들일 수 없는 채로 나 자신의 경험의 기록을 읽고 또 읽었다.

나는 그것을 단계별로 생각해보기로 했다. 그 방문자들이 누구였는지는 제쳐두고 그들이 나 자신의 결정을 무시하지 않는다는 사실에 주의를 집중했다. 그 순간까지 나는 나보다 힘센 커다란 조수(潮水) 같은 것에 휩싸여 있는 것 같은 기분이었다. 근원적인 생식을 향한 충동, 내 몸에 일어난 통제할 수 없는 변화, 여러 날씩 집을 비워야 하지만 존이 일자리를 가져야 하는 필요, 그리고 무엇보다도 하버드에서 성공하기 위해 필요한 그 악몽과도 같은 요구조건들. 출혈이 있은 다음 날 아침 그 모든 것이 다 나 자신의 선택능력만큼 나에게 영향을 미칠 수는 없다는 사실이 갑자기 분명해 보였다. 그리고 지금도 그렇다. 나의 임신과 나의 나쁜 건강상태와 존의 취직과 공부와 일에 관련해서 내가 해야 되는 것들에 대한 나의 반응은 전적으로 내가 결정하는 것이다. 그런 생각에 나는 너무나 큰 책임감으로 숨이 막힐 것 같았지만, 동시에 그 큰 자유에 겁이 나기도 하고 마음이 들뜨기도 했다. 나는 그 생각이 마음속에 자리를 잡도록 하려고 일어나서 아파트 안을 서성거렸다.

나 자신이 내 운명을 좌우하는 사람이라는 깨달음은 두려운 의미를 담고 있었다. 예를 들어, 이제 내가 새로운 믿음을 갖게 되었음을 나는 하버드 사람들에게 시인해야 할 책임이 있지 않을까? 그렇게 했을 때 듣게 될 비판에 대해 자신을 방어할 수 있는 방법을 생각해보았다. 나는 인간의 지식에 있어 새로운 발걸음은 그것을 발견한 사람 이외의 사람들에게는 항상 미친 짓으로 보였다는 것을 기억했다. 그리고 그런 사람이 아이비리그에서 어떤 평을 받는지 나는 알고 있다. 결국 침실에 보이지 않는 사람들이 있다고 생각하는 것은 인간지식에서 한 걸음 나아간 것으로 여겨지지 않는다. 오히려 그것은 질병이 마귀에 의해 일어나며 불운은 항상 신의 노여움을 나타내는 것이라고 믿었던 시대로 되돌아가는 것을 의미한다.

나는 사람들에게 일어나는 거의 모든 일이 하느님과 천사들에 의한 것이라고 믿는 독실한 모르몬 교도들 사이에서 성장했다. 예를 들면, 내가 어렸을 때 우리가 아는 몹시 뚱뚱한 여자가 있었는데, 그 여자가 어느 날 부엌문을 통과하다가 끼어버렸다. 그 여자의 가족은 모두 모여서 그녀가 문틈에서 빠져나오기를 기도했고, 결국 그 여자는 몸을 빼내어 부엌으로 들어갔다(아마 먹을 것을 가지러 갔을 것이다). 또 한 사람은 예수가 재림하면 자신은 하늘나라로 갈 것이기 때문에 그 후에 자신이 기르는 오리를 돌봐주도록, 다른 죄인들과 함께 지상에 남을—모르몬 교도가 아닌—이웃사람에게 부탁해두기도 했다.

나는 늘 그런 사람들과 연결을 갖지 않으려 애써왔다. 그것은 쉽지 않은 일이었다. 내 부모는 그런 전형적인 경우는 아니었지만 모르몬 교도였다. 그들은 종교와 주지주의(主知主義)의 이상한 혼합을 신봉했고, 그래서 나는 어린 시절에 모르몬 교도와 비(非)모르몬 교도 모두에게서 소외된 존재였다. 이웃사람들과 학교 아이들은 모두 일종의 공화주의자인 하느님을 믿었고 그들의 주된 관심사는 우리 모두가

〈사운드오브뮤직〉에 나오는 폰 트랩 가족과 똑같이 사는 것이었다. 그와 대조적으로 나의 부모는 선거 때마다 민주당을 지지하고 골 빈 복음주의와 저속한 예술을 몹시 싫어하는 하느님을 믿었다. 유타에서 아이들은 서로의 종교관을 아주 진지하게 생각했다. 나는 초등학교 때 내 부모의 하느님에 대한 충성 때문에 일정하게 얻어맞았다. 6학년이 되자 나는 — 아니 '독종'은 — 신랄한 빈정거림으로 주일학교 선생님들을 울리는 '문제아동'이 되어 있었다.

집을 떠나 하버드로 갈 때에는 나는 무신론자였다. 나는 신이 없는 우주 속에서 남아 있는 의미 있는 결정은, 자살을 할 것인가 말 것인가 뿐이라는 알베르 카뮈의 생각에 동의하게 되었다. 그 결정은 나에게 동전 던지기에 가까웠다. 그것이 내 마음을 너무나 짓눌러서 나는 다음 해에 휴학을 하고 소크라테스 이전부터 포스트모더니스트들에 이르기까지 수많은 서양철학서를 읽었다. 그러고는 여러가지 세계적인 종교의 기본 텍스트들을 읽고, 문외한의 이론물리학 여행으로 끝을 맺었다. 나는 말하자면 삶의 의미를 찾고 있었던 것인데, 찾지 못했다.

나는 새로운 인생철학을 지니게 되었다. 그것은 하버드라는 교육환경과 모르몬적 유산이라는 완전히 반대되는 환경에 내가 적응할 수 있게 해준 일종의 회의론적 상대주의였다. 이러한 세계관의 근거는 어떠한 현실도 궁극적으로 실험 가능한 것은 아니라는 사실이었다. 다시 말해서 우리가 알던 그 뚱뚱한 여자를 문틈에서 빼낸 것이 예수님이라는 증거도 없지만 아니라고 증명할 방법도 없다는 것이다. 나는 가족과 친구들의 신앙을 거리를 두고 사회과학적인 방법으로 존중

했지만, 한편으로 은밀하게 하느님에 대한 신앙은 대중의 아편일 뿐만 아니라 자신의 필멸성을 받아들일 수 없는 겁쟁이들의 피난처라고 믿고 있었다. 간단히 말해서, 나는 내가 아는 하버드의 모든 다른 사람들과 같은 종교에 속해 있었다.

나는 그날 밤의 경험이 내 어린 시절에 알고 있었던 몹시 종교적인 사람들이 실제로 경험적으로 옳다는 것을 말해주는 것이 아닌가 하는 생각이 들기 시작했다. 그 생각에 나는 몸을 떨었다. 독종이 내 두뇌의 왼쪽에서 경멸스럽다는 듯이 "망상이야! 꿈 깨라구! 환각을 본 거야!"라고 으르렁거렸다.

그게 이치에 닿는 말로 들렸다. 나는 조금 안심을 하며 '옳은 말이야'라고 생각했다. 바로 그때 아담이 세게 발길질을 했고 나는 또다시 내게 일어나고 있는 일에 대한 놀라움에 사로잡혔다.

2~3일 지나는 동안에, 나는 점진적으로 현실에 대한 나 자신의 개념을 수정했다. 확고한 결론에 도달한 것은 아니었다. 그러나 나는 생각의 방향에 중요한 변화를 결정했다. 그때까지는 진실이라고 증명되지 않은 것은 믿지 않는다는 베이컨적인 논리를 따르고 있었다. 이제 나는 무엇이든 내가 듣고 보고 느낀 것을 그것이 거짓이라고 증명되지 않는 한 기꺼이 믿겠다고 결심했다. 이것이 삶에서의 중요한 변화라고 생각되지 않는다면 그것은 당신이 그걸 직접 겪어본 바가 없기 때문이다. 이 하나의 결정으로 나는 나의 현실을, 확고한 사실들로 이루어진 면도칼의 날처럼 좁고 강하고 차가운 줄로부터 거칠고 혼돈스러운 가능성을 향하여 넓혔다.

그 주말에 존이 싱가포르에서 돌아왔을 때 그는 달라 보였다. 그가 변했기 때문이 아니라 내가 변했기 때문이었다. 내가 새로운 관점을 가지고 남편을 보는 것은 이상한 기분이었다. 그는 전과 똑같고 나는 전과 다름없이 그를 사랑하고 있다는 것이 이상하게 느껴졌다. 출혈에 대해 얘기를 하자 남편은 몹시 걱정을 했다. 그는 당장에 나를 끌고 병원으로 가려고 했다. 나는 괜찮다고 말했다. 정말 위험했을 상황에 보이지 않는 사람들이 아파트로 찾아와서 나를 바로 고쳐주었기 때문에 이제 나는 다 나았다는 것을 안다고 말을 할 뻔했다. 그에게 모든 것을 말하고 싶은 충동과 그가 나를 미쳤다고 생각하지 않을까 하는 두려움이 내 안에서 싸웠다. 그러나 결국 나는 말을 하지 않기로 했다.

존이 우리 고향에서 자란 모든 소년과 마찬가지로 열아홉 살이 됐을 때 모르몬교 전도사로 나갔던 일을 생각하면, 이것은 이상하게 여겨질지 모른다. 존이 아시아를 좋아하게 되고, 일본말을 유창하게 하게 된 것은 바로 그 때문이었다. 그러나 종교에 대한 그의 견해는 나처럼 신앙 중심이 아니었다. 내가 나의 종교를 일종의 유산으로 보는 반면, 존은 모르몬교를 주로 아이들을 거리로부터, 어른들을 감옥으로부터 보호해주는 유용한 사회제도로 보았다. 그는 신비주의에 빠지지도 않았고 나처럼 실존적인 위기를 겪지도 않았다. 그런 것들은 그의 가족들 사이에서 몹시 타당하지 못한 것으로 생각되었을 것이다. 그는 부모의 종교적 기준을 따랐는데, 그렇게 했던 주된 이유는 다른 것은 무엇이든 이웃사람들에게 수치스러운 것으로 보였기 때문이다.

우리의 기본적인 세계관의 차이는 우리가 전혀 편안하게 이야기를 나눌 수 없는 단 하나의 주제였다. 결혼한 부부가 그런 문제를 얘기하는 것이 필수적인 일이라 생각할지 모르지만 우리는 항상 신앙에 관한 문제는 우리 사이의 비무장지대, 어떤 언급이나 상호작용도 금지된 영역이라고 말없이 동의하고 있었다. 영혼의 문제는 섹스나 정치나 감정보다 더욱 사사롭고 더 다치기 쉽고 난처한 화제이다. 그곳은 우리가 한 번도 같이 들어가보지 않은 영역이다. 우리는 영혼의 영역에서 그 여행이 홀로 감당할 수 없을 만큼 어렵고 무섭거나, 편안하고 아름다워질 때까지 오랫동안 혼자서 어리둥절한 채 따로따로 그 길을 갈 것이었다.

20

　존은 정말로 지쳐 있었다. 그는 거의 다섯 달 동안 지구 이쪽과 저쪽을 왔다 갔다 하면서 양쪽에서 모두 한 사람 몫의 일을 다하고 있는 것 같았다. 그해에 찍은 사진을 보면, 그는 지금보다도 더 늙어 보인다. 먹고 자고 일하고 움직일 시간을 알려주는 그의 24시간 주기의 생리 리듬은 완전히 헝클어져 있었다.

　지난번에 집에 돌아온 뒤부터 존은 마치 내가 사라져 버린거나 아닌지 확인을 하려는 것처럼 손을 뻗어 나를 만져보곤 했다. 그는 한 달 전 우리가 혈액검사를 다시 하려고 병원에 갈 때 느꼈던 그 잃어버린 행복에 대한 그리움, '나츠카시'의 느낌을 아주 떨쳐버리지 못했다. 이것은 존답지 않았다. 근면과 긍정적 사고라는 두 개의 윤리 속에서 성장한 존은 그런 섬세하고 반갑지 않은 감정에 사로잡힐 사람이 아니었다. 나중에 나는 케이티에게 존이 나에게 행복해지는 법을 가르쳐주고 나는 존에게 슬퍼지는 방법을 가르쳐주려고 결혼을 했다고 말하곤 했다. 케이티는 이 말을 곧 알아들었다. 아이들은 항상 부모의 정서적 생활의 내용을 잘 이해하는 법이다. 존과 나는 각자 나름으로 높아지고 있는 이상한 감정의 물결을 억누르고 있었다. 우리는 그 일에 대해서 나중에야 얘기를 했다. 그것이 실제로 일어나고 있을 때에는 어느 쪽도 상대에게 그것에 대해 말하지 않았다. 지금 생각하면 그것은 끔찍한 낭비였다.

물론 존은 어떤 종류든 감정을 위한 시간이 거의 없었다. 해야 할 일들이 잔뜩 있었다. 일이 끝이 없었다. 하버드에는 평생의 감정을 다 파묻어버리기 충분할 만큼의 일이 있었다. 그리고 그것이 바로 이 대학에 있는 많은 사람들이 하고 있는 것이라고 나는 생각한다. 존은 열정적이지는 않을지언정 적어도 익숙한 기분으로 반복되는 노역 속으로 되돌아가곤 했다. 그는 끊임없는 심한 압력에 너무나 익숙해져서 힘든 하버드 생활방식이 이상하게 편하게 느껴졌다.

존이 그토록 많은 일을 해야 하는 데에는 내가 허약하고 기운이 없어서 그것을 보완해주는 일도 한몫을 했다. 그는 내가 가능한 한 조금만 일하게 했고, 우리 모두를 돌보는 데 필요한 일들을 자신이 했다. 학교에서의 일 말고도 장보기와 청소를 했고, 싱가포르에 가 있을 때를 대비한 준비도 했다. 존이 외국에 나가 있을 때 시빌과 디이더가 도와주겠다고 자청했지만, 그들의 도움을 받을 수 없을 때에는 케이티와 나는 우리를 돌봐줄 여러 친척집으로 비행기를 타고 가기로 계획되어 있었다. 나는 케이티를 탁아센터에 보내는 것만도 부끄럽게 여기고 있었으므로 그 모든 계획에 반대를 했지만, 태중의 아기에 대한 염려 때문에 결국 존의 생각을 따랐다.

물론 존과 나는 하버드에 관련된 사람 누구에게도 우리가 얼마나 어려운 상황에 있는지 말하지 않았다. 나는 아직 학교에서 아는 사람 대부분에게 임신 사실을 알리지 않고 있었다. 1월쯤에는 그래도 모두 알게 되었다. 임신 6개월에 다가가면서 내 몸은 임신 사실을 분명히 드러낼 만큼 부풀어 있었다. 임신을 해본 사람이라면 배가 갑자기 불러진다는 사실을 알 것이다. 별로 두드러지지 않던 배가 두어 주 만에 산더미만 해지는 것이다. 방에 들어갈 때는 내 배가 앞서 들어가고, 앉으면 무릎 위에 무겁게 얹혀 있어서 일어서기도 힘이 들었다. 나는 존이 학부 학생이던 때에 헌옷집에서 산 큼직한 모직 오버코트를 입고 다녔다. 그런 내 모습은 만년의 오손 웰스와 비슷했다. 내가 만일 길에서 또 기절을 하면 행인들이 나를 무슨 바다짐승인 줄 알고 바다에 밀어 넣어주려고 하지나 않을까 걱정이 되었다.

그렇게 내가 1월의 더러운 회색빛 속 영하의 온도에서 꾸물럭거리며 움직이는 동안 존은 우리의 직업적 생활을 계속 유지하기 위해 할 수 있는 모든 일을 하면서 케임브리지를 초고속으로 뛰어다녔다. 특히 어느 날 아침, 그는 할 일이 아주 많았다. 그는 새벽에 일어나서 케이티를 먹이고 옷을 입히고, 점심을 싸서 아이를 배낭에 넣어 업었다. 그리고는 강의 등록을 하러 '메모리얼홀'로 달려갔다가, 탁아센터로 가서 아이를 내려놓고 그날 오전시간의 '자원 보모' 역할을 하느라 몇 시간 그곳에 있었다(오해할까 봐 하는 말인데, 사실 그 일은 자원해서 하는 것은 아니었다. 그것을 하지 않으면 아이는 그곳에서 쫓겨나게 되고 아마도 그보다 못한 탁아시설에 맡겨질 테고, 그러면 일급 유치원에 들어가는 데 심각하게 불리해질 것이며 또 그 때문에 가장 좋은 초등·중등·고등학교에 들어갈 기회가 줄어들 것이며, 어쩌면 아이비리그 대학에 들어갈 가능성을 없애버릴 수도 있는 것이다. 나는 진지하게 하는 말이다. 탁아센터에 아이를 찾으러 가서 만나는 부모들이 정말로 그렇게들 말했다).

탁아센터를 나와서 존은 '윌리엄제임스홀'로 걸어갔다. 그는 수강과목이 적혀 있는 커다란 카드 두 장을 가지고 있었다. 하나는 자기 것이고 하나는 내 것이었다. 우리가 선택한 과목을 수강하려면 미리 교수들의 사인을 받아야 했다. 하버드의 교수들은 학기 첫 2~3일간 학생들의 편리를 봐주려고 노력하지만 모든 담당 교수를 찾아내어 사인을 받는 것은 쉬운 일이 아니었다. 그렇게 하는 데 오전의 나머지와 오후의 절반이 걸렸다. 3시 30분에는 빈칸이 하나만 남아 있었다.

그 자리에 들어가야 할 사인의 주인은 존의 교육경력에 막대한 영향을 미칠 수 있는 학자였다. 이 사람은 자기 분야에서 전설적인 인물로서, 하버드에서 존경받고 있었고 좀 특별한 잡지의 독자들이라면 문외한이라 하더라도 이름을 알고 있을 인물이었다. 그의 이름이나 전공분야, 그리고 존의 학문적 성취에 그가 정확히 어떻게 관련되어 있는지는 말하지 않겠다. 아무튼 최종적으로 존의 박사논문을 위한 조언을 해줄 사람 중의 하나였다. 여기서 그 사람을 고우트스트록 (Goat-stroke) 교수라고 부를 것이다. 짧은 흰 염소수염을 고양이를 쓰다듬듯이 많이 쓰다듬기 때문이다.

고우트스트록 교수는 하버드에서 존이 스승으로서 존경하는 사람이었다. 그날 오후에 두 사람은 존의 논문의 진척 상황에 대해 의논하기 위해서 만날 약속이 되어 있었다. 노벨상 수상자들과 국가 수반들과 함께 많은 시간을 보내는 고우트스트록 교수와 일대일의 약속을 하는 것은 굉장한 명예이며, 몹시 긴장되는 명예였다.

존은 조금 일찍 도착했다. 고우트스트록 교수 연구실의 반투명 유리문을 통해 그 위대한 학자가 책상 앞에 앉아 글을 읽으며 자신의 수염을 만지작거리는 것이 보였다. 존은 정확히 약속한 시간에 노크를 하려고 기다리면서 긴장한 채 복도를 서성이고 있었다. 그는 계속 움직이고 있어야 했다. 멈추기만 하면 수면부족과 시차의 영향이 달려들었다. 아무 때나 아무 곳에서나 잠이 쏟아지기 시작했다. 지하철이 멈추기를 기다리는 동안이나 전화로 누구와 말을 하는 도중이나 도서관에서 책을 읽다가도 잠이 들었다. 컴퓨터 앞에 앉아서 두 손뿐만 아니라 얼굴까지 자판 위에 얹고 있는 경우도 흔했다. 그는 이마에 컴퓨터 자판의 무늬를 찍은 채 집 안을 비틀거리며 다녔고, 학위논문은 빛의 속도보다 느리게 진척되고 있었다. 학년 초에 자신이나 지도교수들이 낙관적으로 생각한 마감 날짜보다 크게 뒤져 있었다.

그래서 1월의 그날 고우트스트록 교수의 연구실로 가는 일은 평소보다도 더욱 긴장되는 일이었다. 존은 그 위대한 분의 방문을 두드리기 전에 심호흡을 하고 평소와 같은 생기를 되찾아 매력적이고 똑똑하고 자신감 있는 모습으로 보이려고 했다. 잘되지 않았다. 그는 결국 도중에 조는 일이라도 없어야 한다고 마음을 먹고 문을 두드렸다.

고우트스트록의 연구실은 하버드의 전형적인 연구실이었다. 천장이 높고 목제 바닥으로 된 조그맣고 따뜻한 어수선한 방이었다. 방에 들어서는데 책과 커피 냄새가 존을 감쌌다. 창밖의 풍경은 겨울 담쟁이넝쿨의 갈색 잎들로 좀 가려져 있었다. 외부 사람들에게는 그런 것들이 별것 아닌 것으로 생각될지 모르지만, 우리 하버드 학생들에게는 그것은 올림픽의 금메달과 같은 것이고, 학문세계의 오스카상이었다. 최고 중의 최고만이 평생 그런 연구실을 차지하는 것이다. 그 연구실에 들어서는 존은 마치 어린아이가 교회에 들어가는 것과 같은 기분이었다.

"어서 오게, 존." 고우트스트록이 말했다.

그에게서 그런 식으로 인사를 듣는 것만도 상당한 대우를 받는 것이었다. 존은 학부시절부터 그분의 강의를 들었는데 보통 '베크 군'이라고 불렸다. 그런 격식을 갖춘 말투는 존경의 표시는 아니다. 그것은 대등한 관계가 아님을 강조하는 것이었다. 존의 졸업식에서 총장은 몇백 년간의 하버드 졸업식 전통대로 새로운 졸업생들에게 "나는 그대들을 교육받은 남자, 여자들의 세계로 받아들입니다"라고 말하며 행사를 끝마쳤다('여자' 부분은 물론 나중에 덧붙인 것이다). 존과 나는 그 자화자찬격의 과장된 말을 비웃었다. 그러나 한두 달 뒤 존이 박사과정을 시작한 후에 우리가 하버드 교정에서 고우트스트록 교수와 마주쳤을 때, 그는 "안녕한가, 존"이라고 말했다. 맹세컨대 그때 확실히 존의 키가 커진 것 같았다. 그것은 예수님이 군중 속에서 그를 골라낸 것과도 같았다.

"앉게, 앉아." 고우트스트록이 의자를 향해 손짓을 하며 상냥하게 말했다.

"감사합니다." 존은 잠이 오지 않기를 바라면서 앉았다.

"그래, 아시아에서는 언제 돌아왔나?" 그는 미소를 지었다. 존의 컨설턴트 일에 대해 알고 있었고 전적으로 찬성하고 있었다. 자신의 제자가 싱가포르와 보스턴 사이를 왔다 갔다 한다는 사실이 그에게는 아주 기쁜 일이었다. 그는 수염을 조금 긁고 나서 다시 조심스레 매만졌다.

"이제 나흘 된 것 같습니다." 존이 미소를 지으려 애쓰며 대답했다.

고우트스트록은 싱긋이 웃었다. "놀라운 일이야." 그가 말했다. "내가 처음 아시아에서 공부를 시작했을 땐 일본까지 가는 데 배로 열흘

이 걸렸어. 그러니 정말 큰 이유가 없으면 집엘 오지 않았지."

존은 가볍게 고개를 끄덕였다.

"그럼, 논문 이야기를 해볼까." 교수가 말했다.

존은 예정보다 상당히 뒤처져 있다고 고백하려고 마음을 가다듬었다. 그는 전날 컴퓨터 앞에 앉아서 네 시간을 보내고 쓸 만한 문장 딱 세 개를 썼다.

"캔트렐의 최근 저서를 읽었겠지?" 고우트스트록이 책상 위에 펼쳐져 있는 책을 만지며 말했다. "혁명적인 업적이야, 그렇게 생각지 않나? 그걸 언급해야 할 거야."

"예," 존이 말했다. "물론입니다. 그럴 계획입니다."

고우트스트록은 알고 있다는 듯이 존을 바라보았다. "그 사람의 주장을 어떻게 생각하나? 논리적 결함은 뭐지?" 그는 가볍게 물었다.

존은 눈을 껌뻑거렸다. "그 책을 볼 생각입니다만 아직 세밀히 읽을 틈이 없었습니다."

고우트스트록은 눈썹을 올리며 고개를 끄덕였다. 존은 자신이 시험에 통과하지 못했다는 것을 알았다.

"그러면," 교수는 몸을 뒤로 기대면서 작은 흰 수염을 손가락으로 쓰다듬으며 말했다. "정확히 무엇을 할 틈이 있었나?"

존은 숨을 깊이 들이마셨다. 그러자 머리가 어지러웠다. "저, 도쿄에서 현장조사를 상당히 했습니다. 아직 분석을 하지 못해서 요약은 되어 있지 않습니다만."

그는 말을 멈추고 침을 삼켰다. 고우트스트록은 손가락으로 수염을 만지작거리며 여전히 존을 바라보고 있었다. 눈도 깜짝하지 않았다.

"마감 날짜를 맞추는 데 어려움은 없을 거라 생각합니다." 존은 거짓말을 했다. "연구가 예상한 것과 조금 다른 방향으로 나가서요. 말하자면 기본적으로 지금 오리들을 줄 세우기(준비작업을 꼼꼼히 잘한다는 뜻—역주) 하고 있는 셈입니다. 일단 그게 끝나면 쉬운 일이라는 걸 아시지요. 한꺼번에 쓰러트리는 거지요."

"알겠네." 고우트스트록이 무겁게 말했다. "그 오리 쓰러트리는 일은 언제 시작될 것 같나?"

의자에서 움찔거리지 않고 가만히 앉아 있는 것만도 존에게는 힘들었다. 다행히 기운이 없어서 그것이 가능했다.

"이제 언제라도 쓰기 시작할 준비는 되어 있습니다. 현장조사에 한두 군데 보완할 부분이 있긴 한데요. 다음번 여행에서 마무리할 생각입니다."

"이보게, 존." 고우트스트록이 손깍지를 끼며 몸을 앞으로 기울이면서 말했다. "나와 내 동료들은 자네가 실속 있는 연구를 해낼 걸로 기대하고 있어." 그는 존의 다른 지도교수들을 말하는 것이었다. 그들모두 명성 높은 교수들이었다. "그런 기대에 근거해서 자네를 그 프로그램에 받아들인 거야. 자넨 하려고 하면 그걸 이룰 수 있어. 능력이 있어. 문제는 자네 결심이야. 시간 배분을 어떻게 하고 있나? 에너지와 생각 등은?"

존은 시선을 책상 위로 떨어트리고 고개를 끄덕였다. 그는 그의 스승이 하지 않고 있는 말이 무엇인지 알고 있었다. 존의 교수들은 대학원 학생으로서 존이 내린 결정들, 특히 나와 결혼을 하고 케이티의 아빠가 된 것에 대해 놀라고 탐탁잖게 여겼다. 고우트스트록은 자주 존이 학문적으로 떠오르는 별이 될 수 있는 바로 그 시기에 그의 에너지를 '사사로운' 일에 분산시키기로 한 것에 대해 은근히 애석함을 표현했다.

지금 고우트스트록의 시선을 받으면서 존은 스승의 충고를 따랐어야 했다는 것을 알았다. 그는 이를 단단히 물고 이제 제 궤도로 돌아갈 때가 되었다고 생각했다. 그는 그동안 허약하게 굴었다. 정말 중요한 것이 무엇인지 잊고 있었다. 그러나 그 순간부터는 달라질 것이다. 그는 일의 진척을 방해하는 것에는 생각과 마음을 닫아버리고 세상에 존재하는 것이 연구와 논문 쓰기뿐인 것처럼 거기에만 몰두하겠다고 결심했다.

존은 눈을 들어 고우트스트록을 마주 바라보았다. "목요일까지는 한 장(章)을 써가지고 오겠습니다." 그가 말했다.

고우트스트록은 잠시 동안 계속해서 존을 바라보았다. 그리고 미소를 지었다. 모든 것을 볼 수 있는 그의 눈이 존의 의도와 결심을 알아본 것이다.

"좋아." 그가 말했다. "기다리겠네."

이제 더 할 말이 없었다. 고우트스트록은 다음 학기에 존이 수강하려는 과목을 승락하고 등록카드에 사인을 했다. 인사말을 나누고 존은 일어났다. 그의 머리는 여전히 어찔거렸지만 의지는 강했다. 건물을 나섰을 때 찬 바람이 몰아치자 그는 반가웠다. 추위가 잠을 깨워주도록 자켓의 앞을 열었다. 정신이 번쩍 들었다. 그는 자신이 누구인지, 무엇이 자신의 최우선 과제가 되어야 하는지 생각했다.

오후 3시 반이었고 이미 어두워지기 시작했다. 존은 케이티를 데리러 다시 탁아센터로 달려갔다. 그는 평소처럼 케이티에게 입을 맞추고 배낭에 넣어 업었다. 그러나 그다음에는 평소와 다르게 행동했다. 다른 때는 지나가는 차들을 가리키며 케이티에게 색깔을 가르쳐주었다. 그러나 존은 새로운, 좀더 논문에 전념하는 생활을 하기로 했다. 케이티가 색깔을 묻자 존은 조용히 하라고 말하고 논문에 대한 생각에 몰두했다. 그는 정말 문제는 논문을 쓰는 데 시간을 충분히 보내지 않는 것이 아니라 생각이 다른 데로 흘러가게 두는 것이라고 자신에게 말했다. 자동차 색깔이 다 뭐람. 학문에서 성공을 하는 사람은 하루 24시간 내내 자신의 연구과제 속에서 사는 법이다. 존은 앞으로 그렇게 할 참이었다.

엘리베이터를 타고 10층으로 올라오면서 존은 내게 들려줄 짧은 연설문을 연습했다. 이제 더는 공부를 미룰 수 없다고, 이제부터는 나와 잡담을 하거나 말없이 함께 시간을 보내는 것을 할 수 없다고 설명을 하려는 것이었다. 아무것도, 정말 아무것도 그의 공부를 방해하게 해서는 안될 것이다. 그렇지 않으면 지금까지 그가 얻기 위해 노력해온 것을 잃게 될 것이다. 내가 기뻐하지는 않겠지만 이해는 할 것이라고 존은 생각했다. 나도 역시 하버드 사람이니까.

존은 단호한 태도로 문을 열었다. 케이티를 내려놓고 무거운 장화에서 소금과 흙부스러기를 닦아내고 침실로 뚜벅뚜벅 걸어왔다. 자기의 연설을 내가 누그러진 마음으로 받아들일 수 있도록 하기 위해서, 그는 얼굴에 커다란 밝은 미소를 지었다.

나를 보자마자 존의 미소는 사라졌다. 나는 방 한가운데서 전화 수화기를 귀에 댄 채로 색깔도 표정도 없는 얼굴로 서 있었다. 나는 전에 존을 본 적이 없는 것처럼 멀뚱히 바라보고 있었다. 내가 입을 열기도 전에, 무슨 일이 일어났는지 말하기도 전에 존이 그렇게 세심하게 구축한 세계, 그가 보존하려고 그토록 단단히 결심한 세계는 산산조각이 나고 말았다. 모든 것이 달라지고 말았다.

21

 나는 전화에 관한 진실을 알고 있는 사람들에게 함께 모임을 구성하자고 제안한다. 우리는 '전화가 싫은 사람 모임'을 만들어, 전화가 공공의 안전을 위협하는 많은 방법들에 대해 논의하는 회의를 열 수 있을 것이다. 전화가 우리의 감정에 미치는 영향과, 전화가 울릴 때마다 느끼게 되는 양면적인 느낌, 수화기를 들면 어떤 일이 일어날까 생각하며 전화기를 바라보는 우리의 태도 등에 대해 의견을 나눌 수 있을 것이다. 나 같은 전화를 싫어하는 노익장은 신참자에게 그냥 전화를 받지 않는 방법에서부터 전화의 무자비한 공격을 피할 수 없을 때의 자기방어를 위한 기초적인 기술 등을 전수해줄 수도 있을 것이다.

 이곳 애리조나에서는 늦여름의, 번개가 많은 폭풍 중에는 비가 올 때 전화를 하지 말라는 경고방송을 한다. 번개가 전화선을 타고 집 안으로, 그리고 바로 당신의 귓속으로 들어올 수 있다고 한다. 텔레비전에서 보았는데, 어떤 사람이 그런 방송을 보고 나서 연로한 어머니가 그것을 모를까 봐 걱정이 되었다. 그래서 어머니에게 전화를 했는데 그때 폭풍이 불고 있었고, 통화 도중에 번개가 그 남자의 전화선을 통해 그에게 닥쳤다. 남자는 기절을 했고, 지금 그는 동사변화를 구사하지 못한다. 전화는 그런 것이다.

 물론 전화가 폭풍 중에만 위험한 것이라고 생각하면 잘못이다. 잘못이고말고. 전화는 맑은 날에도 우리의 삶에 번개와 같은 충격을 전해줄 수 있다. 그래서 '전싫모'가 필요한 것이다. 모르는 사람에게 경종을 울려주기 위해서. 1월의 그날 대학의료센터에서 전화가 오기 전에 누군가 나에게 전화가 얼마나 큰 피해를 입힐 수 있는지 말해주었더라면 싶다. 양수천자검사 결과가 나온 것이다.

그날도 케임브리지에 흔한 회색의 추운 날이었다. 나는 읽어야 할 책을 읽고 있었는데 별로 진척이 없었다. 책은 몹시 지루해서 도대체 집중이 되지 않았다. 게다가 다섯 달 반 된 태중의 아기가 항상 나와 같이 있었다. 아담은 온갖 동작을 할 수 있을 만큼 컸지만, 복강의 공간의 제한 때문에 마음대로 움직일 수 없을 만큼 크지는 않았다. 그는 끊임없이 내 주의를 끌었다.

우리가 좋아하는 놀이가 있었다. 나는 그걸 '찌르기'라고 불렀다. 내가 일어나서 돌아다닐 때에는 내 몸의 움직임이 아기를 흔들어 재우는 것 같았다. 그러나 내가 가만히 앉아있으면 아기는 깨어나서 자기가 그곳에 있다는 것을 알리려고 벽을 두드리는 것이다. 나는 디트로이트 남서부 여성노동자들의 장기적인 경제 침체에 대한 통계적 증거 등에 주의를 집중하려 애쓰면서 책을 읽고 있는데, 갑자기 뱃속에서 불쑥 내지르는 느낌이 있다. 나는 배 위의 스웨터를 바싹 당겨서 내 몸속에서 조그만 손이나 발 같은 것이 내미는 것을 지켜본다. 내가 손으로 그 불룩한 것을 밀면 아기가 반대쪽으로 떠 가는 것을 느낄 수 있다. 아기는 내 척추나 다른 어떤 것에 부딪히고는 다시 돌아와 내 배를 찌른다.

우리는 그 놀이를 몇 시간씩이라도 할 수 있었다.

그날 전화가 울렸을 때 우리는 그 놀이를 하고 있었다. 나는 '찌르기' 놀이에 빠져서 걱정을 할 생각도 나지 않았다. 나는 젊고 순진했다. 수화기를 귀에 대고 여보세요, 라고 말했다.

"여보세요, 마사예요?"

"네." 나는 목소리를 알아들었다.

"쥬디 트렌튼이에요. 대학의료센터예요."

"알아요. 안녕하세요, 쥬디?"

나는 쥬디가 내 이름을 불러서 기뻤다. 병원에 있는 다른 사람들은 대부분 베크 부인이라고 불렀는데 그러면 나는 나이 많은 아주머니 같은 기분이 들었다. 이제는 쥬디가 그렇게 친근하게 이름을 부른 것이 위험신호였다는 것을 안다. 얼른 수화기를 내려놓고 재빨리 도망을 쳤어야 하는 것이다.

"저…별로 좋지 않은 소식이 있어요." 쥬디가 말했다. 말투가 이상했다. 로봇 같았다. "양수천자검사 결과가 나왔는데요, 태아가 다운증후군이 있다고 나왔어요."

나는 아무 말도 하지 않았다. 나는 허공 속으로 떨어지는 느낌이었다. 그 순간에 관해서 내가 주로 기억하는 것은 방 안의 모습이었다. 큰 침대 위의 갈색 이불. 책상 위에 쌓인 종이들, 벽에 남아 있는 연기 얼룩. 식품점에 불이 난 뒤에 남은 그 얼룩은 아무리 닦아도 없어지지 않았다.

"마사?" 쥬디의 목소리는 이제 그렇게 기계적이지 않았다. 이제 좀 겁먹은 듯한 목소리였다.

"맙소사"라고 말하며 나는 천천히 침대에 앉았다. 방 안이 뿌옇게 흐려져 보이기 시작했다. 나는 침대 위로 발을 올리고 기절하지 않기 위해서 무릎 사이로 고개를 숙였다.

"마사? 마사, 듣고 있어요?"

"듣고 있어요." 내가 속삭이듯 말했다.

쥬디가 무슨 말을 했지만, 나는 기억하지 못한다. 나는 쥬디의 말을 듣고 있지 않았다. 바로 그때 다른 누가 내게 말을 하고 있었기 때문이다. 다른 무엇이라고 하는 게 옳을지 모르겠다.

그 목소리는 매우 맑았다. 그 소리는 귀를 통해 들어오는 것이 아니라 그냥 생각 속에 나타났다. 마치 새벽에 꽃잎에 이슬이 맺히듯이. 그것이 어디서 왔는지 말할 수 없지만 거기에 있는 것이다.

〈겁내지 마라.〉

말은 그뿐이었다. 그러나 말은 메시지의 아주 작은 부분에 불과했다. 그 목소리의 따뜻함과 믿을 수 없을 정도의 부드러움으로 나는 '겁내지 마라'라는 말이 용기를 가지라는 명령도, 내 두려움을 일축하는 말도, 긍정적인 사고의 힘을 명시하는 것도 아니라는 것을 알았다. 그것은 그저 우선 두려워할 것이 없다는 뜻이었다. 나는 안전하다는 뜻이었고, 아무것도 나를 해치게 하지 않겠다는 뜻이었다.

그 목소리가 가져다준 위안으로 심장이 뛰었다. 그러자 다시 시야가 밝아지고 나는 추운 방에 혼자서 고개를 숙이고 앉아 있었다.

"마사? 마사? 마사!"

"예."

쥬디의 목소리에서 기계적인 어조는 사라져 있었다. 이제는 좀 다급한 듯한 목소리였다. "아직도 그…임신중절에 대한 생각이 바뀌지 않았나요?" 그 여자가 말했다. "생각이 달라졌다면 아직 시간이 있어요. 많지는 않지만 시간은 있어요."

나는 길게 숨을 들이쉬었다. 내가 지금까지 추구해왔던 모든 것, 내가 가졌던 모든 희망, 내가 꾸었던 모든 꿈이 내 두 손가락 사이에 섬세한 새알처럼 붙들려 있는 것 같았다.

"아니요." 내가 속삭였다. 새알은 떨어져서 산산이 부서져 버렸다.

이것은 윤리적인 원칙에 따라 이루어진 결정이 아니라는 것을 알아야 한다. 순전히 정서적인 문제였다. 만일 내가 다른 사람들처럼 임신상태에서 오는 괴로움이 별로 없었더라면 나는 임신중절을 택했을지도 모른다. 그러나 나는 아담을 지키기 위해 너무나 힘들게 싸워왔고, 이미 너무나 많은 것을 견뎌왔기 때문에 지금에 와서 임신중절을 한다는 것은 케이티의 머리에 총을 쏘는 일이나 마찬가지로 도저히 할 수 없는 일이었다.

"아니요," 나는 쥬디에게 다시 말했다. "임신중절을 하고 싶지 않아요."

"알겠어요." 쥬디는 완전히 비통한 목소리로 말했다. 그 여자가 내 결정에 대해 토를 달지 않으려고 애를 쓰고 있다는 것을 나는 알았다. "안됐어요."

"고마워요."

"제가 뭐 도와드릴 일이 있을까요?" 그 여자가 물었다. "뭐 궁금한 게 있으세요?"

"저…제가 알기론…" 내 목소리는 떨리다가 잦아들었다.

"말씀하세요." 쥬디가 말했다.

"제가 듣기론 다운증후군이 있는 사람들도…" 나는 적당한 말을 찾느라 우물거렸다. "그 사람들도… 행복할 수 있다던데."

〈그렇다.〉

너무나도 조용한, 비판이나 비난이 조금도 들어 있지 않은 목소리였다. 나는 내가 만일 임신중절을 선택했다 하더라도 그 목소리의 주인은 여전히 나를 사랑하고 지지해주었으리라고 확신했다.

쥬디는 잠시 말이 없었다. "그 사람들도 행복할 수 있을 거예요. 저는 잘 알진 못해요."

나는 그 여자의 정직함이 고마웠다. 그러한 때, 참을 수 없는 현실의 바닥에까지 내려갔을 때 그럴싸하게 안심시키는 말은 거짓의 냄새가 난다. 나는 그런 말을 많이 들어보았다.

"제가 좀… 찾아봤어요." 쥬디가 말했다. "다운증후군에 대해서요. 부인의 아기는 전형적인 '트리소미-21'이에요."

나는 여전히 수화기를 귀에 붙인 채 침대 위에 웅크리고 앉아 있었다. "그게 뭘 의미하는 건가요?" 내가 말했다.

"그건 임신 시에 정자든 난자든 한쪽 반수체가 수정 전에 완전히 분열하지 못한 걸 의미해요. 그래서 세포들이 결합할 때 스물한 번째 위치에 염색체가 둘이 아니라 세 개가 있게 되는 거예요. 태아는 염색체를 마흔일곱 개 갖게 되고 그래서 ─"

"그건 나도 알아요!" 나는 수화기에 대고 소리를 질렀다. 그것이 얼마나 무례한 짓인지 상관하지도 않았다. "생물학 수업에서 다 배웠다구요. 그게 '의미하는' 게 뭐냐구요!"

잠시 말이 없었다. 그런 뒤 쥬디가 말했다. "무슨 말씀인지 모르겠어요."

"그게 내 생활에 — 우리 생활에 어떤 의미가 있냐구요, 어떤 일이 생길 거냐구요."

"모르겠어요." 쥬디가 몹시 슬픈 목소리로 말했다. 나 자신은 아무런 감정도 느끼지 않았다. 오직 허공 속을 떨어지는 느낌뿐이었다.

"그럼," 쥬디가 말했다. "더 드릴 말씀이 없네요. 마사, 만일 뭐라도 물어볼 게 있으면 저는 언제나 —"

"전화 끊지 마세요!" 나는 내 목소리에 담겨 있는 다급함에 창피하면서도 급히 말했다. "제발 전화 끊지 마세요!"

"알았어요, 전화 끊지 않았어요." 그 여자가 말했다. "마사, 남편이 댁에 계세요?"

"아니요, 곧 올 거예요…" 나는 생각을 정리할 수가 없었다. "우린 아기를 낮 동안 돌봐주는 탁아센터에 넣을 참이었어요. …갓난아기들을 위한 방에 예약도 해놓았어요. 이제 그건 안될 것 같네요."

"안될 거예요." 쥬디가 말했다.

"아기 봐줄 사람도 구하지 못하겠지요." 내가 말했다.

"아마 그럴 거예요." 쥬디 트렌튼은 진정한 치유사의 본능을 가지고 있었다. 친절했고, 더욱 중요한 것은 정직했다는 점이다. 한편 또한 그 여자는 크게 잘못 알고 있었다. 그러나 그때는 우리 모두 그런 줄 몰랐다.

내 생각은 수많은 질문 속을 헤집고 달리고 있는 것 같았다. 나는 무언가 말을 하려고 한 가지에 집중을 하려고 애썼다. 아무 말이든 해서 쥬디가 전화를 끊고 나만 혼자 기형의 아기와 함께 남아 있지 않게 하기 위해서.

"어떻게 알아요?" 나는 거의 혼잣말로 말했다.

"뭘 알아요?" 쥬디가 낮은 소리로 물었다.

"누가 살아야 되는지를 어떻게 알아요? 살지 못하는 건 그렇게 나쁜 건가요?"

쥬디는 아무 말도 하지 않았다. 듣는 것이 더 중요하다는 것을 아는 것 같았다.

"자살에 대해서 많이 생각을 했었어요." 내가 말했다. 10대의 존재론적 위기를 겪는 동안에 나는 삶의 의미를 아는 것은 추상적이고 비의적인 문제라고 생각했었다. 이제 그것은 절대적으로 필수적인 일로 느껴졌다.

"마사, 제발!" 쥬디가 외쳤다. "그런 말 하지 말아요.… 여기 심리학자가 있는데 그분과 만나도록—"

"아네요, 아네요." 내가 말을 잘랐다. "지금 자살을 하진 않아요. 그건 옛날 얘기예요. 인생의 의미를 찾으려고 애쓰면서 온갖 철학책을 읽고 하던 때 말예요. 그런데, 쥬디, 알아요? 그 사람들 모두 정말 이해하고 있진 않았어요. 아무도요. 플라톤도 칸트도, 그 대단한 사람들 누구도 이해하지 못했어요."

나는 막연히 내가 케임브리지 거리를 헤매고 다니는 정신분열증 노숙자들처럼 말을 하고 있다는 것을 알고 있었다. 가발을 쓰고 밤이면 과학센터에서 자신이 들고 다니는 누런 종이 쇼핑백에 기대서 잠을 자는 늙은 여자가 있었다. 내가 하버드에 온 첫해에 다른 1학년생 하나가 어느 날 밤 새벽 2시에 그 봉투 속을 들여다본 적이 있었다. 그 속에는

—또 다른 쇼핑백들이 들어 있었다. 나는 쥬디에게 계속해서 말을 하면서, 내가 지금 그 늙은 여자와 비슷하다는 걸 의식하고 있었다. 그러나 말을 멈출 수가 없었다.

"그 철학자들 누구도 요점을 잡지 못했어요."

"그래요?" 쥬디는 자신 없는 듯한 목소리였다. 그 여자를 탓할 수는 없었다.

"그 사람들은 항상 사람에게 일어나는 일에만 관심을 기울였기 때문이에요. 삶의 의미는 사람에게 일어나는 일에 있는 게 아니에요."

"그런가요?"

"그래요." 내가 말했다. "삶의 의미는 사람 '사이'에서 일어나는 일이에요."

"알겠어요." 쥬디가 말했다. 정말 알았는지는 모르겠다.

그다음에 내가 한 말은 "뭐라고요?"였다. 하지만 사실 나는 쥬디에게 말을 하고 있지 않았다. 나는 내 머릿속에 있는, 내 마음속에 있는 그 다른 목소리에게 말하고 있었다. 그 목소리가 이번에는 물었다.

〈마사, 당신은 지금 행복한가요?〉

"행복이요?" 내가 말했다. 그것은 이상한 질문인 것 같았다. 나는 내가 성공했는지 아닌지, 사람들에게 인정을 받는지, 주목할 만한 인물인지의 관점에서만 생각하는 것에 익숙해져 있었다. 행복한 것에 대해 생각이라도 해본 것은 오래전 일이었다.

"마사?" 쥬디가 조심스럽게 불렀다. 그 나쁜 소식에 내가 정신이 이상해져 버렸다고 믿은 것이 분명했다.

"마사, 괜찮아요?"

"네, 난 괜찮아요. 괜찮아요." 나는 여전히 행복한가에 대해 생각하면서 말했다. 나는 행복한 것이 무엇인지를 모르고 있다는 걸 막 깨달았다.

그때 아담이 내 갈비뼈를 걸어찼다. 내게 나와서 놀자, 라고 하는 신호였다. 그는 자기와 '찌르기' 놀이를 하자고 하는 것이다. 슬픔과 두려움이 뒤섞인 공포심이 너무나 세게 닥쳐와서 나는 정신을 잃을 것 같았다. 나는 전화를 들지 않은 손으로 무릎을 감싸 내 몸을 아담을 둘러싼 작은 공처럼 만들었다. 그리고 천천히 몸을 앞뒤로 흔들기 시작했다. 기분이 조금 나아졌다.

쥬디 트렌튼은 계속해서 말을 하고 있었는데 나는 대답을 하지 않았다. 결국 쥬디는 "이봐요, 마사, 계시는 곳이 하버드스퀘어에서 얼마나 멀어요?"라고 물었다.

"꽤 가까워요." 나는 몸을 흔들며 말했다. "꽤 가까워요."

"이리로 오지 그래요?" 쥬디가 말했다. "마지막 약속이 4시거든요. 4시 반까지 올 수 있어요?"

"알았어요." 나는 숨을 헐떡였다. 나는 드디어 울기 시작했다. 그러나 그것은 내가 느끼고 있는 감정을 처리하기에는 너무나 미약한 미지근한 울음이었다. 몸을 흔드는 동작이 나를 마비시켰다. 그 공포심을 내 영혼의 뒤쪽 대기실 같은 곳으로 밀어 보냈다. 그것은 마치 외상으로 고통을 사는 것과 같았다.

"미안해요, 쥬디." 내가 말했다.

"뭐라고요?" 그 여자는 어리둥절한 것 같았다. "당신이 미안하다고요?"

"이런 전화를 하게 해서요. 끔찍한 일일 거예요."

긴 침묵.

"그래요." 이제 쥬디도 울고 있었다. "당신을 안아주고 싶어요."

그때 나는 쥬디가 이해를 하고 있다는 것을 알았다. 삶의 의미에 대해서 말이다.

우리 아파트 문밖에서 소리가 났다. 엘리베이터가 10층에 멎는 소리였다. 그리고 존이 열쇠로 문을 여는 찰칵하는 소리.

"쥬디!" 내가 속삭였다. "남편이 왔어요!"

"아, 잘됐네요." 그 여자의 목소리에 안도감이 들어 있었다.

나는 일어섰다. 머리에서 피가 쏟아져 내려가서 잠시 비틀거렸다.

"말을 해야 해." 내가 말했다. "말을 해야 해."

몹시 지치고 쉬어 있었지만 유쾌하려고 결심한 존의 목소리가 거실에서 들려왔다. "마사! 우리 돌아왔어!"

존이 침실 문을 열기 전에 나는 자신을 수습하려고 했다. 미소를 짓고 그에게 다정하게 인사를 하고, 그가 사실을 알기 전에 잠시나마 평화로운 시간을 주려 했다. 그러나 존이 내 얼굴을 보자마자, 내가 한마디 하기도 전에, 그러기에는 너무 늦었다는 것을 나는 알았다.

"안녕히 계세요, 쥬디." 나는 존에게 눈을 둔 채 수화기에 말을 했다. "고마워요."

그리고 그 끔찍하고 끔찍한 파괴의 도구, 전화를 내려놓았다. 전화기는 아무 나쁜 짓도 하지 않은 듯이 그저 그곳에 있었다.

22

해마다 12월이 되면, 다른 면에서는 아주 훌륭한 사람인 내 친구 아네트는, 아담의 크리스마스 선물로 시중에 나와 있는 것 중에서 가장 고약한 장난감 총을 사느라 거금을 쓴다. 나는 아이들에게 장난감으로 총을 주지 않는다. 그러나 아담의 이모나 다름없는 아네트는 아이의 가장 폭력적이고 반사회적인 마초 성향을 충족시켜주는 것을 자신의 권리이자 책임이라고 느낀다.

아담은 아네트를 몹시 따른다.

아네트가 크리스마스 때 총을 사는 첫째 기준은 그게 얼마나 강력한가이다. 우리 집에서 1.6킬로미터 반경 내에 있는 모든 새들의 새끼 키우기를 어지럽힐 만한 소음을 내는 것을 찾는다. 번쩍이는 불빛도 그에 못지않다. 아네트는 여러 색깔의 불빛이 번쩍이는 것을 좋아하는데 그 빛이 너무 밝아서 아담이 누구를 향해 총을 쏘면 그 사람은 한동안 앞이 보이지 않아서 벽이며 기둥에 가서 부딪힌다. 또 아주 혁신적인 디자인이 중요하므로, 우주전쟁에서 쓰이는 무서운 무기라는 것을 의미하는 이색적인 장식이 달려 있다.

그런 굉장한 총에는 커다란 건전지가 많이 필요한 것이 당연하다. 아네트는 그것도 잊지 않고 건전지를 넉넉히 사서 따로 포장해 총에다 테이프로 붙여둔다. 정말이지 무자비한 여자이다.

아네트와 내가 서로 알고 나서 첫 크리스마스에 우리 아이들은 새벽 일찍 일어나서 풀밭에 달려드는 메뚜기들처럼 선물들에 달려들었다. 미국의 다른 부모들과 마찬가지로 존과 나는 아이들이 산타에게 보내는 편지에서 요청한 선물을 구하느라 거의 한 달을 보냈다. 케이티는 FAO 슈워츠 상품목록에서 본 새 울음소리 세트를 원했다. 다섯 살인 리지는 텔레비전에서 토요일 아침 만화시간에 광고하는 인형을 원했다. 징그럽게 예쁜 이름에다 실제 아기의 가장 유쾌하지 않은 행동을 흉내 내도록 만들어진 것들이다. 그해 리지의 인형은 오줌싸개였던 것 같다. 아담은 천치 끈적이 괴물 같은 이름이 붙은 장난감을 한 보따리 갖고 싶어 했다.

베크 집안에 오래 전해오는 기다림의 미덕의 전통을 따라 아이들은 선물을 하나씩 차례대로 열어야 했다. 케이티가 처음이었다. FAO 슈워츠 새 울음소리 세트는 몇백 달러나 했다. 그래서 존과 나는 적당한 유사품이라고 생각되는 것을 샀다. 그것은 온갖 새소리를 다 내지는 못하지만 오리 소리를 멋지게 내고, 부엉이와 몇 가지 노래하는 새의 소리를 그럴듯하게 내었다. 그것을 보자 케이티의 얼굴은 시무룩해졌다. 크리스마스 날 아침에 아이 얼굴이 시무룩해지는 걸 보는 것은 고약한 일이다.

"마음에 안 들어?" 내가 조바심 내며 물었다.

"아니에요, 괜찮아요. 맘에 들어." 케이티는 씩씩하게 미소를 지어 보였지만, 아랫입술이 아주 조금 떨렸다. 나는 대출을 받아서라도 FAO 슈워츠 새 울음소리 세트를 살걸, 하는 기분이 되기 시작했다.

다음은 리지였다. 오줌싸개 인형의 포장지를 뜯더니 리지도 눈 언저리에 언짢은 기색이 돌았다.

"왜 그러니?" 내가 물었다.

고음의 목소리에 조숙한 어휘력을 구사하는 리지는 "이건 내가 부탁한 게 아니야!"라고 말했다.

바로 그 인형을 찾느라고 장난감 가게를 열일곱 군데쯤 뒤진 존이 참지 못하고 외쳤다. "네가 티니위니위위 공주를 갖고 싶다고 한 걸로 아는데!"

"그랬어," 리지가 말했다. "하지만 분홍색 보석을 단 걸 갖고 싶은데 이건 자주색 보석을 달고 있잖아."

그러나 이내 딸아이들은 그 선물에 만족하게 되었다. 내 딸들은 한겨울에 살림살이가 실린 손수레를 끌며 걸어서 대평원을 건너다 죽은 자신들의 개척자 조상들처럼 불완전한 세상의 무자비한 현실에 강인하게 적응할 줄 알았다. 다행이었다. 딸아이 둘 다 군사학교에 보내기로 할 뻔했기 때문이다.

이제 아담 차례였다. 그는 크리스마스트리 아래를 뒤져 자기 이름이 쓰여진 꾸러미를 찾아냈다. 아네트가 보낸 것이었다. 숨을 죽이고 포장지를 뜯으니 건전지가 나왔다. 건전지 여덟 꾸러미가 비닐에 싸인 채 있었다.

"얘, 아담," 내가 말했다. "그건 진짜 선물이 아니야, 진짜 선물은—"

그러나 아담은 내 말을 듣지 않았다. 그는 그 건전지가 너무나 굉장한 물건이라 믿어지지 않는다는 듯이 뚫어져라 바라보았다. 그는 놀라움과 기쁨으로 입을 벌리고 건전지를 쳐들었다.

"와아!" 그가 말했다. "와아! 엄마, 보세요! 건전지예요!"(실제로는 '엄마, 보데요! 던던디요!'에 더 가까웠지만 뜻은 분명했다.)

다른 선물들에는 관심도 없이 아담은 뛰어 일어나 집 안을 뛰어다니며 건전지로 움직일 수 있는 온갖 물건을 찾아냈다. 그는 흥분해서 그 멋지고 멋진 선물로 할 수 있는 온갖 일들에 대해 계속해서 재잘거렸다. 그것을 지켜보면서 우리 '정상적인' 사람들은 모두 건전지가 정말 좋은 크리스마스 선물이라는 생각을 하게 되었다. 당장 보기에는 별것 아닌 것 같지만, 그것이 할 수 있는 일들을 생각해보라! 제자리에 넣기만 하면 무생물이 갑자기 살아나서 움직이고, 말하고, 노래하고, 방을 밝혀주지 않는가. 아담에게는 사물의 외면적 일상성을 꿰뚫고 그것이 내면에 지니고 있는 마술을 알아보는 능력이 있다. 아담이 총을 가지고 놀지 않으면 다음엔 아네트가 아이 생일선물로 수소폭탄을 사줄지도 모른다는 걱정이 들지 않았다면, 우리는 아담에게 총 상자를 열게 하지도 않았을 것이다.

이 이야기를 꺼낸 것은, 아담을 임신하고 있던 때의 일기를 훑어보다가 나는 아담이 태어나기도 전에 이미 그를 실망스러운 크리스마스 선물로 비유하고 있었다는 것을 알았기 때문이다. 그 일기는 다른 사람이 읽을 것을 생각하고 쓴 것이 아니라는 걸 말해야겠다. 그것은 내가 아이의 진단과 출생 사이의 그 끝없는 무서운 세월 동안 미쳐버리지 않기 위해서 나의 가장 혐오스럽고 충격적인 감정들을 쏟아낸 은밀한 장소였다.

1월의 어느 날에는 이렇게 쓰고 있다. "지난주에 하버드스퀘어에서 지나친 한 떠돌이 사내는 내 배를 바라보고 '축하해요, 엄마!'라고 말했다. 나는 사람들이 그런 식으로 반응하는 것이 어떤 일인지를 거의 잊고 있었다. 우리가 아기의 다운증후군에 대해 알게 된 뒤로 아무도 그러지 않는다. 아기는, 포장하기 전에 이미 부서지고 좋지 않은 것인 줄을 모두 알고 있는 선물처럼, 말해서는 안되는 존재가 되었다."

그 말은 좀 지나치게 단정적이지만 대체로 사실이었다. '모두'가 나를 임신한 여자가 아니라 죽을병에 걸린 사람으로 대하지는 않았다. 그러나 그 예외들 중에는 하버드 사회의 사람은 거의 없었다. 열일곱 살 이후로 나의 준거집단이며 '이상적'인 문화였던 그 하버드 사회. 하버드 사람은 누구도 산타가 크리스마스트리 아래에 다른 종류의 아기를 갖다 두는 것을 견딜 수 없는 것 같았다. 그들 대부분이 어떤 종류의 아기를 원하는지는 매우 분명했다. 나는 아담의 다운증후군에 대해 알고 한 시간도 채 지나지 않아서 그걸 깨달았다.

존이 집에 돌아온 뒤 곧 나는 집을 나갔다. 우리 결혼생활에서 둘 중 하나가 어려움에 처하면 다른 한 사람이 꿋꿋하게 용기를 주며 도와준다는 것이 불문율이었다. 어려움에 처한 쪽이 기분이 나아지고 나면 역할을 바꾸곤 했다. 그것은 암벽을 타는 등산팀과도 비슷했다. 번갈아가며 수직의 암벽에 못을 박아 로프를 매고, 파트너가 1미터쯤 올라가도록 도와주면서 미답의 영역으로 오르는 것이다. 아담에 대한 일을 알게 된 그날은, 그러나 이 체제가 한계점에 도달했다. 나 자신이 너무나 망연자실하여 존을 위로할 수가 없었다. 존이 덜 피곤했거나 비행기 여행의 여독이 좀 덜했거나, 학교문제로 인한 걱정이 좀 덜했더라면 그는 씩씩하게 나를 위로해주었을 것이다. 그러나 그는 이미 무거운 짐을 지고 있었고, 태어나지 않은 아들이 저능아일 것이라는 소식은 그에게 도저히 버텨낼 수 없는 타격이었다.

내가 말을 했을 때 존의 얼굴이 어떠했는지 기억하는 것은 고통스러운 일이다. 너무나 고통스러워 나는 그 기억을 거의 되살리지 못한다. 그는 무섭게 창백해졌다. 그러고는 꿈속에 있는 듯이 느리게 다가와서 나를 안았다. 그는 석상처럼 차가웠다.

"아기를 낳을 거지?" 그가 말했다.

나는 그의 가슴에 얼굴을 기댄 채 천천히 고개를 끄덕였다.

"그래서였구나," 존이 말했다. "그 때문이었어."

나는 그를 쳐다보았다. "무슨 말이야?"

존은 내 머리 뒤로 창을 바라보고 있었다. 창으로 흐릿한 회색빛이 들어오고 있었다.

"그날 식당에서 말이야," 그가 말했다. "당신이 검사를 받던 날, 기억해?"

나는 고개를 끄덕였다.

"우리가 앉아 있을 때 당신이 임신중절 얘기를 했었지, 그때…" 존은 말끝을 흐리더니 고개를 저었다. "아마 순전히 내 상상이었을 거야. 하지만 너무나…너무나 강했어."

나는 찌르르하는 느낌이 등줄기를 타고 오르는 것을 느꼈다. 나는 고개를 젖히고 그의 초췌한 사랑스러운 얼굴을 쳐다보았다. "무엇이 너무나 강했어?"

그는 눈을 감고 마른침을 삼켰다. 그리고 몹시 내키지 않은 듯이 말했다. "목소리가…들렸어."

나는 아무 말도 하지 않았다. 나는 그가 무슨 말을 할지 알고 있었던 것이다.

존은 더욱 느리게 말을 계속했다. "무슨 말을 했어."

나는 그가 어떤 기분인지 정확히 알고 있었다. 그 말을 하는 것이 어째서 그렇게 힘드는지를 잘 알고 있었다. 그는 내가 나에게 일어난 설명할 수 없는 일들을 누구에게 말할 생각을 할 때 느꼈던 바로 그 불신의 벽, 조롱에 대한 두려움, 수치감과 싸우고 있는 것이었다. 그는 내가 한 결정—어떤 것이든, 온갖 것을 그것이 거짓으로 밝혀질 때까지는 믿는다는—에 대해 알지 못했고, 나는 그걸 설명할 수가 없었다.

나는 그저 "뭐라고 말했어?" 하고 물었다.

존은 그가 말하려는 것에 대해 사과라도 하듯이 고개를 저었다. "그 목소리가 '존, 아기를 버리지 마'라고 말했어." 존은 나를 내려다보았다. 그리고 갑자기 걱정스러운 표정을 띠었다. "내가 결정할 일이 아닌 줄 알아. 당신이 결정할 일이야, 하지만—"

나는 손가락을 그의 입술에 갖다 대었다. "괜찮아"라고 나는 말했다. 물론 아무것도 괜찮지 않았지만.

"그런데 그 말은 명령 같지는 않았어. 누가, 나보다 더 많이 아는 사람이 충고를 해주는 것 같았어." 존은 입술을 깨물었다. 나는 존의 기분을 알 수 있었다. "아주 친절하게 들렸어." 존이 말을 맺었다.

"알아." 내가 말했다.

"내가 미쳤다고 생각해?" 존은 어린 소년처럼 말했다.

나는 고개를 저었다. "내가 뭘 하고 있나 봐." 내가 말했다. 나는 한 손을 부풀어오른 배 위에 갖다 대었다. "내가 미쳤다고 생각해?"

그는 고개를 저었지만 아무 말도 하지 않았다. 우리는 너무도 압도

된 기분이어서 더 말을 할 수가 없었다. 나는 분라쿠 인형 조종자들에 대해서, 지난 다섯 달 동안 내게 일어난 이상한 일들에 대해서 어떻게 설명을 시작해야 할지 알 수 없었다. 나는 존도 그런 목소리를 들었다는 것을 알고 조금 놀라고 약간 위안이 되는 기분이었다. 그리고 그 때문에도 내게 아기를 지우라고 하지 않을 것 같아서 크게 안심이 되었다. 그러나 다른 상황에서라면 내가 흥미롭게 여기고 흥분했을 일이 저능아의 엄마가 되는 것에 적응해야 되는 지금은 거의 생각할 가치도 없는 것 같았다.

존과 나는 몇분 동안 말없이 서 있었다. 결국 어느 쪽도 강한 자가 되어 이 특별한 등반길에서 기선을 취할 준비가 되어 있지 않다는 것이 분명했다. 우리는 팀으로서 더 버텨나갈 수 없는 지점에 도달한 것이다. 그래서 우리는 말없이 돌아서서 각자 어려움에 처했을 때의 행동양식으로 돌아갔다.

존에게 그것은 미친 듯이 일에 집중하는 것이다. 그는 박사논문을 위한 메모들을 입력하고 케이티에게 저녁을 챙겨주고 싱가포르에 전화를 하고 빨래를 하며 바쁘게 움직였다. 그렇게 정신과 근육을 사용하는 것, 일의 단순성과 확실성이 그의 신변에 일어나고 있는 일을 의식하지 않게 해주는 모양이었다. 그는 하버드류의 사람이었다.

나에게는 존의 행동방식이 이해가 되지 않았다. 나는 나의 두려움과 슬픔 이외의 어떤 것에도 마음을 기울일 수가 없었다. 이 상황에 대처하는 내 방법은 그것에 대해 내가 알 수 있는 모든 것을 아는 것이었다. 아는 것이 힘이라는 내 신조를 따르는 것이다. 내가 말을 할 줄 알게 된 이후로 지식이 다른 사람과 다른 사물에 대한 고통과 두려움을 덜어주었다. 그래서 쥬디 트렌튼이 '그리 좋지 않은 소식'을 알려준 그날 나는 쥬디의 사무실을 들르기도 전에 하버드 소비조합의 서적부를 향했다. 소비조합이 하버드의 공식적인 서점이었고, 모든 교과서와 참고도서들을 갖추고 있었다. 거기서는 하버드 마크가 찍힌 티셔츠에서 간식거리까지 온갖 것을 팔았고 전국의 대학서점 중에서 제일 크고 잘 갖추어진 곳이었다. 나는 육아 코너를 훑어보며 시간을 많이 보낸 적이 없다. 케이티가 태어나기 전에는 실제로 아기가 내 몸에서 나올 거라는 사실을 믿기도 어려웠다. 아이가 태어난 다음에는 사회학 이론서들을 수천 페이지씩 읽느라 정신이 없었다. 그것도 하이쿠보다 긴 글에는 제대로 집중을 할 수 없을 만큼 지쳐 있던 때였다. 나는 아이 키우기에 대한 글을 별로 읽지 못했고,《우먼즈데이》잡지의 글 한 편조차도 읽지 못했다. 나는 그런 글을 읽지 못한 데 대한 죄책감을 갖는 것만으로도 충분하다고 결정했다.

그래도 나는 적어도 소비조합의 어디에 육아에 관한 책들이 있는지는 알고 있었다. 나는 발 앞의 길바닥에 시선을 고정시킨 채 부른 배를 안고 '하버드스퀘어'를 향했다. 이것이 내가 견디는 방법이었다. 나는 미리 골똘히 생각을 하지는 않았지만 한두 달이면 어떻게 할지를 스스로 알아낼 것이다. 나는 생각을 완전히 비우고 가상의 것이든 실제의 것이든 어떤 대상을 응시하며 마치 정말 살아 있는 것은 아니고, 거의 살아 있는 상태 속에 떠 있는 것 같은 느낌이 되게 하는 방법을 터득했다. 나는 생각을 멈추는 데 도움이 되도록 되풀이해 외우는 주문 같은 것을 만들어냈다. 나는 그날 오후 아파트에서 소비조합까지 가면서 계속 외웠던 주문을 생생히 기억한다. 차가운 빗속을 질척거리는 보도를 따라 걸으면서 나는 계속해서 "나라고 안될 게 뭐야? 나라고 안될 게 뭐야? 나라고 안될 게 뭐야?"라고 중얼거렸다.

나는 그 반대의 질문을 하지 않았다고 정직하게 말할 수 있다. 그 대답은 명백한 것 같았기 때문이다. 나는 평생 너무나도 많은 행운을 누려왔으므로 나쁜 일도 좀 생기는 것이 마땅하다. 그날 내가 스스로 물었던 것, 그 유순하고 상냥하고 희망에 가득 찬 아담이 무서운 세상 속으로 나가는 것을 지켜보며 내가 아직도 나 자신에게 묻고 있는 것은 '왜 그에게 이런 일이 생겨야 하는가?'이다. 내가 배워야 했던 가장 어려운 공부는, 내 아이들이 겪어야 하는 고통의 의미를 결코 알지 못할 것이라는 사실이다. 또 아이들에게서 그런 고통을 빼앗을 능력도, 권리도 없다는 것이다.

결국 그 무감각한 상태를 깨트리고 감정의 무게를 내가 제대로 느끼게 된 것은 아담이 느낄 고통에 대해 생각하면서였다. 아직 태어나지 않은 그 아기를 나는 무조건적으로 강렬하게 사랑했지만, 또 그 아기가 몹시 걱정되었다. 나는 그 아기가 몹시 두렵기도 했다. 불룩한 내 배가 이제 기형적이고 기괴하게 느껴졌다. 그 속의 아기는 고장 났다. 그는 수준 미달이다. 그는 내가 바랐던 것이 아니다.

일단 조합에 도착하여 육아 코너로 가보니, 내가 실제로 바랐던 것들의 예가 내 눈앞에 많이 나열되어 있었다. 긴 선반 4~5칸이 모두 아기를 최단 시간에 천재로 만드는 방법이라는 한 가지 주제에 관한 책들로 가득 차 있었다. 목표는 모든 아기가―아니다, '나의 아기'라고 해야 옳겠다―똥오줌을 가리기도 전에 과학과 학문에 중요한 기여를 하게 만드는 것이었다. 여러가지 형태의 움직이는 조각을 이용하여 아기의 지적 발달을 자극하도록 권하는 책들도 있고, 어린아이들이 발음기호와 적절한 소리를 연관 짓도록 고안된 학습용 카드도 있었다. 행동의 각 단계의 발달을 증진시키기 위해 온갖 것들을 가르치는 책들도 있었다. 다른 책방에서도 이런 책들을 보았지만, 하버드 소비조합만이 모든 것을 다 구비하고 있었다. 《아기에게 읽기를 가르쳐요》, 《승리자가 되는 길》, 《취학 전 아동을 위한 법학부 입학 준비》, 《걸음마와 함께 배우는 산수》….

눈물 고인 눈으로 이런 책들을 바라보면서 나는 모두들 멋진 예쁜 인형들을 가지고 있는데 혼자서 석탄덩어리를 들고 있는 어린아이 같은 기분이었다. 내 생애 처음으로 아이들을 뛰어난 아이로 만드는 데 도움이 되는 자료들이 왜 이토록 많이 있어야 되는가 하는 의문을 갖게 되었다. 그곳에 서서 나는 천천히 내가 찾고 있는 것은 그런 정보가 아님을 깨달았다. 나는 내 아이가 어떻든 간에 나 자신을 그 아이를 받아들일 수 있는 부모로 변화시키는 것이 필요했다. 하버드 소비조합의 육아 코너에는 그런 책은 없었다.

나는 아무것도 사지 않고 그곳을 떠나 에스컬레이터로 교과서 코너로 올라갔다. 거기서 반 시간 동안 비정상 심리에 관한 교과서들을 뒤진 끝에 정신지체아를 가르치고 훈련시키는 방법에 관한 조그만 책을 찾아냈다. 표지에 두 아이의 사진이 있는 노란 겨자빛 종이 표지 책이었다. 둘 다 다운증후군 아이였다. 사진은 초점도 맞지 않고 선명하지 않았다. 어색한 표정의 멍청해 보이는 두 아이가 조그맣고 못생긴 눈으로 카메라를 멍하니 바라보고 있었다. 그 사진을 보고 얼마나 마음이 아팠는지 말할 수가 없다. 마치 심장이 제재소의 톱날에 끼어 들어간 것 같았다.

　나는 표지를 아래로 한 채 책을 들고 계산대로 갔다. 생각을 멈추기 위해 더러운 리놀륨 바닥에 시선을 고정한 채, 나라고 면제되어야 할 이유가 있는가, 라고 되뇌이고 있었다. 계산대의 여자가 책을 휙 뒤집자 그 사진이 다시 눈에 들어왔다. 나는 하마터면 문 쪽으로 달아날 뻔했다. 나는 돈을 내면서 억지로 다시 책 표지를 보았다. 사진 속의 두 아이는 내가 지금까지 피하려고 해온 모든 것이었다. 나의 예의 바른 동정심이라는 얇은 거죽 밑에는 성난 바다와 같은 두려움과 혐오감이 들어 있었다. 그 사진을 보며 내 마음에 떠오른 말들은 투박하게 잔인한 말들이었다. 멍청이, 지진아, 백치, 바보, 천치, 저능아. 그날 이전에는 실제의 사람들을 그런 이름으로 부른다는 것은 나로서는 불가능했을 것이다. 그런데 지금 나는 나에게서 아직 분리되지도 않은 존재에 대해서 그런 이름들을 생각하고 있었다. 그 책 표지에 있는 아이가 바로 나였고, 그 공포심은 거의 견딜 수 없는 것이었다.

　나는 돈을 지불하고 3층의 교과서 코너에서 아래로 내려가는 조그만 엘리베이터로 달려 들어갔다. 그 엘리베이터는 홀쭉한 사람 둘이 겨우 탈 만한 크기여서 배부른 내가 타니까 거의 가득 찼다. 엘리베이터가 층과 층 사이에 있게 될 때까지 기다려 주먹으로 정지 단추를 때렸다. 필요 이상으로 세게 때렸다. 그러고는 벽에 몸을 기대고 마음을 가라앉히려고 애를 쓰며 두 손으로 얼굴을 덮었다. 어떤 사악한 도깨비가 내 '진짜' 아기 — 내가 기다리던 아기 — 를 죽이고, 그 대신 흉한 부서진 가짜를 가져다 놓았다는 느낌이 들었다. 그 '진짜' 아기를 잃어버린 슬픔은 두 살이나 다섯 살이나 열 살이나 된 아이를 잃은 것 못지않게 강렬했다. 이 모든 일이 말도 안되게 부당한 일인 것 같았다. 내 아기는 죽었는데 나는 여전히 아기를 임신하고 있다. 나는 불현듯 너무나 화가 치밀어서 엘리베이터의 벽들을 때려 부수고 싶었다.

치밀어오르는 분노 너머 어디에선가 나의 지성은 이 모든 것을 기록하고, 상실감을 수용하는 정서의 단계들을 살피고 있었다. 처음에는 부정의 단계가 있다. 그러고는 슬픔, 분노, 그다음에 타협─아니다, 타협이 먼저고 그다음에 슬픔, 분노─아니 어쩌면 분노 다음에 타협, 그리고 슬픔인가? 그 모든 것이 한꺼번에 내게 달려드는 것 같았다. 마지막 단계는 수용이라고 기억하고 있었다. 그러나 그것은 비극이 죽음인 경우였다. 죽음이 아니면 어떻게 되는가? 산 채 태어나는 것이 비극인 경우에는 어떻게 되는가? 나는 당장에, 바로 그 엘리베이터 안에서, 내 앞에 있는 고통의 늪을 건너지 않고, 바로 수용의 단계로 가려고 애를 썼다. 나는 다시 임신중절을 생각했다. 그러나 그쪽이 더욱 고통스러웠다. 나에게는 아기를 낳는 것이 더 쉬웠다. 더 낫거나 더 용감하거나, 더 숭고하거나 도덕적으로 더 우월한 일이 아니라 그저 더 쉬운 일이었다. 나는 상실을 경험하는 심리적 단계들에 왜 공포가 들어 있지 않은지 궁금했다. 아마 공포는 다른 모든 것에 스며 있고, 그 모든 것을 압도하기 때문일 것이다. 나는 손으로 눈을 세게 비비며 심하게 몸을 흔들어 엘리베이터가 함께 흔들렸다.

10년이 지난 지금 생각하니 아담의 진단에 대한 나의 깊은 정서적 반응을 느끼려고 그 좁은 차갑고 딱딱한 불모의 공간에 자신을 가둔 것은 아이러니하게 적절한 일이었던 것 같다. 내가 하버드에서 지냈던 동안 건축과 학생들에게 그림을 가르친 일이 있는데, 그때에 나는 인간이 자신의 내면적 삶을 반영하는 공간에 이끌린다고 확신하게 되었다. 그 엘리베이터는 내가 배운 존재방식을 상당히 잘 요약하고 있었다. 나는 통제력을 얻기 위해 그곳으로 들어갔다. 통제력을 얻으려는 것은 여러 해 동안 나를 소진시켜온 노력이었다. 상당히 효과가 있었다. 겨우 몇 초가 지난 후에, 누군가 엘리베이터의 오작동 경고를 듣고 달려오기 전에 나는 다시 단추를 누르고 아래층으로 내려갔다. 엘리베이터 문이 열렸을 때 나는 울음을 그친 뒤였다. 나는 한동안은 다시 사람들 앞에서 자기 통제력을 잃는 일은 없을 것이다 — 적어도, 내 심장 아래에 들어 있는 사람이 어느 정도로 잘못되었는지 알기 위해 쥬디 트렌튼을 만나러 갔을 때는 그러지 않을 것이다.

떠돌이 노숙자가 내 배를 보고 "축하해요, 엄마!"라고 말한 것은 소비조합에서 병원으로 가던 도중에서였다. 나는 처음에 나를 보고 한 말인 줄 모르고 주위를 둘러보았다. 나는 이미 나의 임신이 축하받을 일이라고 생각하지 않고 있었다. 저 사람이 사실을 안다면, 이라고 나는 씁쓸하게 생각했다. 지금 그 일을 생각하니 미소가 떠오른다. 나는 그 떠돌이 남자가 분라쿠 인형 조종자들의 영향하에서 행동하고 있었을지 모른다고 생각하고 싶다. 어쩌면 그가 그들 중의 하나였는지 모른다. 그가 나의 지진아 아기에 대해 모든 것을 알고 있었더라도 그는 똑같이 따뜻한 축하를 했을 것이다. 나는 마음속에 그가, 그 크리스마스 날 아침 건전지들을 봤을 때의 아담과 똑같은 놀라움 섞인 기쁨을 보여주는 것을 그려본다 — 이 어린 소년은 당신이 요구한 것과는 다른 모습일지 모릅니다. 당신이 요청한 특징을 갖고 있지 않고 여러가지 재주를 보여줄 수 없을지도 모릅니다. 그러나 그 아이를 제자리에 놓아보세요. 그 아이는 당신의 삶을 밝혀줄 겁니다. 그 아이 속에 얼마나 많은 마술이 들어 있는지 당신은 모르고 있습니다.

23

　사람들에게 당신이 지진아를 낳게 될 거라고 말했을 때 그들의 반응을 보면, 그 사람에 대해 많은 것을 알 수 있다. 자신의 친구들이 어떤 세계관을 갖고 있는지를 알아보는 일종의 시험으로 해볼 수도 있을 것이다. 물론 그 사람이 살아온 내력 — 장애인들과 접촉이 있었는지, 또 그 접촉이 어떤 것이었는지에 따라 달라진다. 그러나 그런 요소들을 통제(우리 사회학자들이 잘 쓰는 표현으로)했을 때 정신 지체아를 낳게 될 거라는 소식에 대해 사람들이 보이는 반응은, 보통 그 사람의 우주관이 집약된 표현이 된다.

　아담에 관한 진단을 듣고서 몇 시간 이내에 존과 나는 위안의 말을 찾아서 친구와 친척들 몇 명에게 전화를 했었다. 그런데 그것은 그들에게 너무나 동떨어지고 생소한 분야여서 사실상 아무도 무슨 말을 해야 할지, 어떤 행동을 할지 몰랐다. 우리 부모님은 그들 나름으로 잘 반응했다. 그러나 절대적인 지지를 보여주긴 했지만, 그들도 나 못지않게 비탄에 빠졌다. 우리 어머니는 모두 높은 지능지수를 보유한 여덟 명의 건강한 아이들을 낳았다는 것에 항상 큰 자부심을 갖고 있었다. 저능아 손자가 생긴다는 생각은 말문을 막아버렸다. 아버지는 너무나 충격을 받아 전화를 받지도 않았다. 수화기를 내려놓으면서 내가 느낀 가장 강한 감정은 부모님에게 이런 재난을 안겨드린 데 대한 죄책감이었다.

내가 전화를 한 바로 다음에 존이 시부모님께 전화를 했다. 나는 울어서 붓고 따끔거리는 눈을 한 채 옆의 긴 의자에 앉아 남편이 전화에 하는 말을 듣고 있었다.

"엄마, 아빠, 어떻게 지내세요?"

사이.

"다행이네요. 저는 괜찮아요. 방금 아기가 다운증후군이라는 말을 들었어요. 새 아기 말예요."

사이.

"다운증후군요. 몽골로이드라고 부르죠."

사이.

"음…델타요. 지난번에 델타항공을 탔어요."

사이.

"닭고기였어요. 괜찮았어요. 좀 많이 익혔지만."

존의 부모는 10분 동안 계속해서 비행기 여행에 대해 물어보았고, 존은 계속해서 공손하게 메마른 목소리로 대답했다. 마지막에 존의 어머니는 "그래, 케이티가 있는 걸 감사히 여겨라"라고 말하고 전화를 끊었다.

나는 이 대화를 듣고 경악했다. 그러나 존은 시부모님이 그 소식을 받아들이려 애쓰고 있는 것이라고 말했다. 정말로 반 시간 뒤에 다시 전화가 왔고 지지와 동정의 말들이 있었다. 그러나 첫 번의 전화는 시부모도 내 부모와 마찬가지로 어쩔 줄을 모르고 있다는 것을 보여주었다. 존과 내가 정상적인 삶으로 되돌아가는 길을 찾는 것은 전혀 불가능해 보였다.

그날 밤 나는 잠을 자지 않았다. 나는 누워서 완전히 무감각한 상태로 천장을 바라보고 있었다. 옆에서 존은 이리저리 몸을 뒤척이며 의미 없는 소리들을 응얼거렸다. 아담이 태어난 뒤 우리가 케임브리지를 떠나서 이사를 갈 때 그 큰 침대는 남겨두고 갔다. 거기에는 우리가 기억하고 싶지 않을 만큼 많은 병과 슬픔의 장면이 기록되어 있었다. 우리는 그것을 매트리스라고 부르지도 않았다. 그건 '스트레스 매트'였다. 우리는 새 주인이 그 매트리스가 지닌 위험을 알지 못하기를 바랐다.

다음 날 아침 나는 디이더 헤네시와 시빌 존스톤과 아침식사를 같이 하게 되어 있었다. 디이더는 늘 그렇듯 화사한 모습으로 때맞춰 나를 데리러 왔다. 아랫배가 조금 불러져 있었다. 우리는 어느 길로 해서 시빌을 만날 카페로 가는 것이 제일 좋을지 잠시 의논했다. 나는 아담의 상태에 대해서 말하지 않을 생각이었다. 내 부모와 시부모들의 반응을 생각했고, 디이더에게 말하기로 했을 때 그가 보일 반응을 내가 감당할 수 있을지 몰랐기 때문이다. 그러나 결국 나는 참지를 못했다. 디이더가 차를 출발시키려 할 때 나는 불쑥 "내 아기가 다운증후군이야"라고 말을 해버렸다.

디이더는 기어를 정지상태로 되돌려 넣었다. 그리고 아무 말 없이 몸을 돌려 내 어깨를 감싸 안았다. 내 눈에 눈물이 고였다. 나는 그걸 감추려고 얼른 시선을 내렸다. 디이더는 고개를 숙여 나와 이마를 맞대었다. 그는 아무 말도 하지 않았다. 말이 필요하지 않았다. 나는 그녀의 연민을 느낄 수 있었다. 그러나 그보다 더 강하게 느껴진 것은 두려움이나 어색한 태도가 전혀 없었다는 것이었다. 놀라울 정도의 평온함이 내게로 전해져 왔다. 그것은 우리 부모나 시부모들에게서 느낀 그 경악과는 너무나 달랐다. 물론 어느 정도는, 디이더가 우리 부모보다 이 아기에게서 거리가 먼 사람이고, 그래서 아담의 문제에 대해 두려워할 일이 적기 때문이라는 것을 나는 알고 있었다. 그러나 그녀가 내게 줄 수 있었던 힘은 그 사실에서만 오는 것이 아니라고 나는 믿는다. 나는 디이더가 해주었던 이야기를 생각했다. 절망의 나락에서 죽음을 대면하고 있었을 때 그녀의 발을 씻겨준 그 늙은 여자를 생각했다. 나는 디이더를 통해 지금 내게로 전해진 그 여자의 선물에 깊고 깊은 고마움을 느꼈다.

이윽고 우리는 다시 바로 앉아서 시빌을 만날 카페로 갔다. 그곳은 테이블이 몇 개밖에 없는 아늑한 장소였다. 장소의 절반은 새로 구운 빵들을 전시한 유리장들이 차지하고 있었다. 냄새가 근사했다. 나는 크랜베리 머핀을 주문했다. 그것은 보기도 좋고 맛도 좋았지만, 나는 그걸 삼킬 수가 없었다. 벽돌 조각을 삼키려는 것과 같았다.

우리가 허브차를 홀짝이고 있을 때 시빌이 문을 밀고 눈보라와 함께 들어섰다.

"늦어서 미안해." 시빌이 숨찬 목소리로 말했다. "찰스가 이제야 돌아와서 미에를 맡기고 왔어." 그녀는 미소를 지었다. 디이더와 나는 웃지 않았다. 시빌의 얼굴에서 미소가 사라졌다. "왜 그래?"

나는 디이더에게 내가 말하겠다고 말해두었었다. "내 아기," 내가 말했다. "다운증후군이야."

시빌은 코트를 벗는 것도 잊고 천천히 앉았다. 눈송이들이 그 여자의 붉은 머리에서 녹아 작은 반짝이는 방울이 되었다.

"오, 마사."

나는 어깨를 으쓱해 보였다.

"충격이 좀 가셨니?" 그 여자가 물었다.

나는 다시 어깨를 올렸다가 내렸다.

"지나갈 거야. 다시 정상적인 느낌이 되려면 1년쯤 걸릴지도 몰라.
그렇지만 지금이 아마 제일 힘든 때일 거야."

그 여자의 낮고 부드러운 목소리는 아주 자신감에 차 있어서 나는
마치 그가 내가 지고 있는 짐 밑으로 자기 어깨를 들이밀어 무게를 덜
어준 것 같은 느낌이 들었다.

"다른 사람들 연락처는 알려주디?" 시빌이 물었다. "부모들의 연대
나 ARC 말이야."

"뭐라고?"

"정신지체시민협회 말이야." 그 말을 하고 시빌은 핸드백을 뒤졌
다. "자, 내가 전화번호를 줄게."

디이더와 나는 함께 믿을 수 없다는 얼굴로 시빌을 바라보았다. 디
이더가 말했다. "ARC 전화번호를 백 속에 가지고 다니는 거야?"

시빌이 고개를 끄덕였다. "여기 있어!" 수첩에서 뜯어낸 종이에 전
화번호를 써서 조그만 탁자 위로 나에게 밀어주었다. 디이더와 나는
그냥 시빌을 바라보고 있었다.

"왜 그래?" 시빌이 말했다. "뭘 그렇게 쳐다보는 거야?"

나는 종잇조각을 집어 엄지와 검지로 붙든 채 들고 있었다.

"어떻게 된 일이야?" 내가 말했다.

디이더도 고개를 끄덕였다.

시빌의 우윳빛 얼굴이 붉어졌다. "내 책 때문에"라고 말했다.

나는 시빌이 작가이며, 자기 집 서재에서 매일 몇 시간씩 소설을 쓰고 있다는 것은 알고 있었다. 그러나 시빌은 항상 책의 내용에 대해서는 말하려 하지 않았다. 때때로 그의 작품에 대해 우리가 얘기를 나누는 일은 있었지만 시빌이 쓰고 있는 내용에 대해 말한 적은 없었다. 그녀는 대화로 에너지를 분산시키는 것을 피하고 싶어 했고, 나는 그 뜻을 존중했다.

이제 시빌은 숨을 깊이 들이마셨다. "2~3년 전에 나는 유전적 결함이 있는 아기에게 관심을 갖게 됐어." 그녀가 말했다. "내 책은 그 얘기야."

"다운증후군이야?" 디이더가 물었다.

"아니," 시빌은 고개를 저었다. "더 나쁜 경우야." 나는 다운증후군보다 더 나쁜 유전적 결함이 있다는 사실이 내게 위안이 된다는 것을 알았다. 나의 그런 반응에 약간 죄책감이 느껴졌다. 그것은 남들의 불행을 기뻐하는 것과 아주 가까운 일이다.

웨이터가 나타났고 시빌도 허브차를 주문했다. 그리고 나서 지난 몇 년간 해온 조사에 대해서 이야기하기 시작했다. 알고 보니 시빌은 결함이 있는 아이를 낳아 기르는 데 대한 정보 백과사전이라고 할 만했다. 그녀는 아주 철저히 조사를 했으며, 비상한 기억력을 가지고 있었다. 자신의 책에서 그리고 있는 아기가 다운증후군을 가지고 있지는 않았지만, 시빌은 해마다 다운증후군을 갖고 태어나는 아기의 수와 심장판막의 결함, 간질, 언청이의 비율, 그런 아기의 부모를 도와

주는 기관들, 또 장애가 있는 어린아이들이 자신의 잠재력을 최대화
하도록 도와주는 최신의 방법까지 알고 있었다.

시빌의 이야기를 들으면서 나는 또다시 지난 몇 달간 매우 친숙해
진 그 이상한 전기가 흐르는 느낌에 휩싸였다. 그것은 내가 구토중으
로 기진맥진해 있던 그날 시빌이 처음 우리 아파트 문을 두드렸을 때
느꼈던 것과 똑같은 느낌이었다. 그날 나에게 시빌을 보내준 존재는
누구였든 혹은 무엇이었든 간에, 시빌이 내게 가져다줄 것이 식료품
뿐만이 아닌 줄 알고 있었던 것이 분명하다. 그녀는 대학의료센터의
산과 전문가들에게서 얻을 수 있는 것보다 내 아기에 대해 더 많은 정
보와 이해를 가져다주었던 것이다. 전기가 통하는 것 같은 느낌이 온
머리 밑을 기어다니는 바람에 나는 머리카락들이 고압선처럼 따닥거
리는 소리를 내지 않을까 싶었다. 그 느낌은 이렇게 말하고 있었다.
〈이것은 우연한 일이 아니다. 우연히 일어난 일은 아무것도 없다. 너
는 허공 속으로 떨어지지 않는다. 우리를 믿어라. 우리가 너를 붙잡아
줄 것이다. 너는 혼자가 아니다.〉

한편 그동안 케임브리지의 다른 쪽에서는, 존이 다른 사람에게 우
리의 좋지 않은 소식을 전하고 있었는데, 그 결과는 덜 만족스러웠다.
존은 논문의 진척 상황을 점검하기 위해 고우트스트록 교수와 만날
약속이 되어 있었다. 그 전날 논문을 몇 페이지 간신히 쓰기는 했지만
목도 심하게 아프고 아담에 관한 소식 때문에 정신을 집중하는 것이
거의 불가능했다. 그 장(章)을 끝맺지도 못했고, 쓴 것도 그리 훌륭하
지 못했다. 존은 지끈거리는 머리로 고우트스트록 교수의 방문을 두

드리면서 불길한 예감이 들었다.

"들어와요." 교수가 말했다.

존은 문을 열었다. 고우트스트록은 학술잡지를 읽고 있었다. 그는 자신의 책상을 마주 보고 있는 나무의자 쪽으로 손짓을 했다. 존은 말없이 앉아서 스승이 읽기를 마치기를 기다리며 방을 둘러보았다. 서류상자 위에서 커피 주전자가 끓고 있었다. 거기서 나온 수증기는 창에서 들어오는 냉기에 바로 붙잡혀 유리 안쪽에 깃털 같은 성에를 만들었다. 창이 없는 세 벽은 고우트스트록의 탁월함의 증거들로 장식되어 있었다. 세계에서 가장 권위 있는 대학교들이 수여한 명예학위 증들, 여러 국가 수반들이 서명한 공로장들, 교수의 초상이 실린 잡지의 표지들이었다. 존은 대학 신입생으로서 처음 그 방에 왔던 때를 기억했다. 이 위대한 인물에게 말을 하면서 얼마나 가슴이 두근거렸던가. 그 후에 그는 고우트스트록 앞에서 상당히 자신감을 가질 수 있게 되었다. 적어도, 아시아를 내왕하기 시작하고 그의 연구가 극적으로 느려진 두어 달 전까지는 그랬다. 고우트스트록이 말을 시작하기를 기다리면서 존은 자신이 7년 전 대학 신입생이었을 때와 거의 마찬가지로 신경이 예민해져 있다는 것을 느꼈다.

"그래," 고우트스트록이 잡지를 덮고 고개를 들면서 말했다. "어떤가, 존?"

"괜찮습니다." 존이 목쉰 소리로 말했다.

"좋아," 고우트스트록이 말했다. "한 장(章)을 써 왔나?"

존은 침을 꿀꺽 삼켰다. 목이 많이 아팠다. "완성하진 못했습니다만." 그는 써온 몇 페이지를 교수의 책상 위에 놓으면서 억지 미소를 지었다.

고우트스트록은 서류를 그대로 둔 채 말했다. "완성하질 못했다고?" 그가 엄하게 말했다.

존은 쉽게 지나갈 일이 아니라는 것을 알았다. 그는 예정대로 논문을 진척시키지 못한 데 대해 납득할 만한 핑계를 사실상 다 사용해버렸다. 고우트스트록을 만나기 전에 그는 이미 사실을 그대로 말하는 수밖에 없다고 결심을 했다.

"저희는…저는…좀…어…문제가 있었습니다." 그가 말했다. "사정이 있었어요."

고우트스트록의 손이 반사작용처럼 수염으로 가면서 입술이 가늘게 당겨졌다. 그를 바라보면서 존은 이 면담이 예상했던 것보다 더 나빠질 것 같다고 생각했다.

"개인적인 일들이지." 고우트스트록이 단정적으로 말했다. 그는 이 것이 공개적인 도전은 아닐지라도 적어도 질문이라는 것을 나타내려고 한쪽 눈썹을 올려 보였다. 그는 지금 존이 어물쩡 핑계를 댄다고 말하고 있는 것이다. 모든 선생이 그렇게 했다. 존 자신도 학생조교로서 그렇게 했었다. 말하자면 이런 식이다. "어머니가 돌아가셨다면 기한을 연장해주겠다. 그러나 어머니의 시신을 보여줄 수 있어야 한다."

존은 고통스럽게 숨을 들이마셨다. "마사가 — 제 아내가 다시 임신을 한 것 아시지요."

고우트스트록은 고개를 약간 기울였다.

"그런데, 아기가 다운증후군이 있다는 걸 알게 됐어요."

존은 교수의 머리 뒤편에 있는 창문에 시선을 두고 있었다. 이제 반응을 보려고 교수의 얼굴을 바라보았다. 무반응이었다. 고우트스트록은 존이 아무 말도 하지 않은 것처럼 그저 입을 꼭 다문 채 앉아 있을 뿐이었다.

"전에는 몽골로이드라고 했어요." 존이 말했다. 존은 그 말을 몹시 싫어했다.

고우트스트록은 마치 알루미늄 조각을 씹은 사람처럼 얼굴을 찡그렸다. 잠시 손가락으로 수염을 신경질적으로 잡아당기더니 "오, 끔찍해!"라고 말했다.

존은 고개를 끄덕였다. 그는 눈 안쪽에서 뜨거운 눈물이 솟아나는 것을 느꼈지만 결코 눈물을 흘리지는 않았다. 누군가에게 얼굴을 마주하고 말을 하고 나니 마음이 훨씬 가벼워졌다. 존은 거의 긴장을 풀 뻔했다. 그러나 다행히 존은 하버드에서 오래 있었기 때문에 완전히 경계를 거두지는 않았다.

"바로 어제 소식을 들었어요." 그가 말했다. "일을 하기가 어려웠습니다."

고우트스트록은 고개를 끄덕였다. 그의 얼굴에는 거의 진심이 담겨 있었고, 존이 본 것 중에서 가장 솔직하고 순수한 표정이었다.

"그러니까," 교수가 말했다. "가능한 한 빨리 처리를 하겠지?"

존은 어리둥절해서 눈을 깜빡였다. "무슨 말씀이세요?"

"아직은 문제를 처리할 수 있는 때일 텐데, 아닌가?"

"아, 임신중절 말씀이시군요." 존이 말했다.

고우트스트록이 조금 편한 자세를 취했다.

"아닙니다." 존이 말했다. "저흰 그럴 생각은 아닙니다."

이 말에 고우트스트록의 턱이 약간 내려갔다. 그는 보통 속을 보이지 않는 사람이었다. 존은 그가 한번의 대화에서 그만큼 많은 감정을 드러내는 것을 본 적이 없었다. 그의 얼굴은 믿을 수 없다는 표정과 분노의 표정을 담고 있었다.

"마사는 아기를 낳고 싶어 합니다." 존이 기운 없는 목소리로 말했다.

고우트스트록은 여전히 할 말을 잃은 듯한 표정이었다. "맙소사, 이성적으로 생각하게 만들 수 없나?"

존은 다시 눈을 깜빡였다. 그의 두뇌는 몹시 느리게 작동하고 있는 듯했다. 이성적으로, 라고 그는 생각했다. 그는 식당에서 들었던 목소리를 생각했다. 아담에 대한 진단소식을 들은 후 내내 머릿속 한구석에서 그 생각을 하고 있었다. 존 자신이 이성적으로 생각하고 있지 않았다. 그는 내 마음을 돌리게 할 가능성은 별로 없다고 생각했다.

"그건 사실 제가 결정할 일은 아닙니다." 그는 고우트스트록에게 말했다.

"그래, 하지만 —" 고우트스트록은 마음을 가라앉히기 위해서 말을 중단해야 했다. "이보게," 그가 말했다. "반드시 부인을 설득해야 하네. 그 사람의 경력을 위해서도 그렇지만, 자네 경력을 위해서 말이야."

"제 경력이요?"

"그렇고말고." 고우트스트록은 고개를 끄덕였다. "존, 나는 자네의 지도교수로서만이 아니라 앞으로 언젠가 자네를 동료 교수라고 부르게 되기를 바라는 사람으로서 이 말을 하는 거야. 부인이 옳은 일을 하게 만들어야 해. 솔직히 말해서 자네는 내가 보기에 현명치 못한 선택을 많이 했어. 하지만 이건 재난이야. 만일 그 아기를 낳으면 자네들 둘 다 학위는 못 받게 될 거야."

고우트스트록의 어조와 표정은, 고개를 낮추고 똑바로 존의 눈을 바라보는 시선은, 그것이 단순한 예언이 아니라는 것을 분명히 하고 있었다. 그것은 위협이었다. 존은 심장이 철렁 내려앉는 것 같은 느낌이 들었다.

"제 생각엔…" 그는 말을 시작했다. "그러니까, 저는 잘…모르…"

"그렇지," 고우트스트록이 말했다. "모르지." 갑자기 그의 표정이 변했다. 그의 얼굴은 엄숙한 자비의 모습을 띠었다. 그는 책상 위에 두 손의 손가락 끝을 마주 대어 세우고 몸을 앞으로 숙이며 거의 친밀한 몸짓으로 턱을 손에 갖다 대었다.

"베크 군," 그는 학부 학생들이나 그 밖의 하찮은 사람들에게 사용하는 공식적인 말투를 쓰며 말을 이었다. "나 자신의 얘기를 하겠네. 내가 조교수로서 내 첫 책을 쓰면서 종신교수 자격을 얻으려고 노력하고 있을 때 내 아내가 – 첫 아내 말인데 – 임신을 했었네."

"오," 존이 말했다.

"나는 그때 상당히 감동했어. 사실, 내 유전자를 가진 아이가 생겨난다는 건 정말 대단한 일이지. 하지만 보다시피 때가 좋지 않았어. 그 아이가 태어난다면 내 저술에, 내 연구에 방해가 되었을 거야. 나는 아내가 임신중절을 해야 된다고 결정했고, 그걸 후회한 적은 없어."

"교수님께서 결정을 하셨군요." 존이 목쉰 소리로 말했다.

"뭐라고?" 고우트스트록이 말했다.

"아닙니다."

존은, 남자들이 혹간 경험하는 일이지만, 여성의 눈으로 보면 세상이 어떻게 보이는지를 깨닫고 있었다. 그는 내가 임신에 관한 책들을 열심히 들여다보고 배를 더듬으며 아기를 만져보고 초음파 화면을 보며 울던 것을 생각하고 있었다. 그는 고우트스트록이 얼마나 많은 일들을 아내 대신 결정했을까 생각했다.

"자네는 이걸 이해해야 돼." 고우트스트록이 말을 이었다. "우리가 게임을 하고 있는 게 아니란 말이야. 이건 자네의 장래가 달린 일이야, 존. 일의 우선순위를 결정해야 돼."

그는 몹시 진지하게 존을 바라보고 있었지만 존은 그를 마주 보기가 힘들었다. 간신히 눈의 초점을 맞추고 있었다. 갑자기 그는 아주 높고 멀리 떨어진 곳에서 자신의 스승을 바라보고 있는 것같이 느껴졌다. 이제 고우트스트록의 연구실은 그렇게 매력적으로 보이지 않았다. 그 위대한 학자도 왜소한 삶 속의 왜소한 남자에 불과했다. 존은 자신이 정신착란을 일으킨 것이 아닌가 생각하며 열심히 눈을 깜빡거렸다.

"이런 종류의 일로 어른과 아이가 구별되는 거야." 고우트스트록이 계속했다. "인생에서 큰 장애물을 만났을 때—우리 모두 언젠가는 만나게 마련이니까—그때 자신을 증명해야 해. 장래를 위해 옳은 선택을 할 것인가, 아니면 무너지고 말 것인가?"

존은 얌전히 고개를 끄덕였다. 갑자기 그는 고우트스트록의 턱수염이 그가 한때 가지고 있던 햄스터의 털과 모양도 색깔도 비슷하다는 생각이 들었다. 사실 그 생각이 들자 고우트스트록 자신이 햄스터를 연상시켰다. 그는 교수의 책상 위에 쌓여 있는 간행물들을 바라보았다. 거기에 실린 글들과 거의 똑같은 다른 글을 쓰기 위해서 그런 글들을 읽는 것이 자신의 스승이 주로 하는 일이라는 것을 존은 알았다. 그 다른 글은 오직 다른 학자들만이 읽을 것이고, 그들은 또 다른 글들을 써내기 위해 그것을 사용할 것이다. 그것은 우리에 갇힌 햄스터가 조그만 쳇바퀴 위에서 굉장한 에너지를 발산하며 달리지만 늘 바로 같은 자리에 있는 것과 비슷하게 느껴졌다. 그는 햄스터가 그런 식으로 하루에 13킬로미터까지도 달릴 수 있다고 읽은 적이 있었다.

"최소한," 고우트스트록이 말을 하고 있었다. "아이가 일단 태어나면 시설에 보내기는 하겠지? 종교적인 규제도 그건 허용하겠지?"

존은 얼굴을 찡그렸다. "종교적 규제요?"

"이 문제에 대해 솔직해지게, 존. 자네의 종교가 임신중절을 금한다는 걸 알고 있네."

존은 아직 찡그리고 있었다. "아마 그럴 겁니다." 그는 느리게 말했다. "그 생각은 안했어요."

고우트스트록은 고개를 저었다. "암흑시대가 아직 가장 명석한 정신에까지 그림자를 드리우고 있군."

존은 아담을 낳겠다는 내 결정이 제도화된 종교와는 사실상 아무런 상관이 없다는 것을 설명해볼 생각을 했다. 그러나 결국 아픈 목으로 고통을 감수하며 말할 필요가 없다고 결정했다. 교수는 존의 어떤 설명도 듣고자 하는 것 같지 않았다. 그는 계속 말을 하고 있었고, 그래서 존은 이야기를 듣는 아이처럼 무릎 위에 손을 얹은 채 가만히 앉아 있었다.

"솔직히 말하지," 고우트스트록이 말했다. "이 논문 쓰는 일을 제대로 진행해야 돼. 거기에만 정신을 집중해야 돼. 태어날 필요도 없는 기형아 걱정은 하지 말고 말이야."

존은 거의 방심한 상태로 다시 고개를 끄덕였다. 기이한 생각이 막 떠올랐다. 처음에는 그저 모기의 앵앵거리는 소리 같은 작은 속삭임이었다. 두어 번 그것을 떨쳐버렸다. 그러나 다시 돌아와서 결국은 갑자기 분명한 생각이 되었다.

〈고우트스트록 교수는 죽을 것이다.〉

이 단순한 진리가 맹렬한 힘으로 존을 때렸다. 존은 고우트스트록의 죽음에 대해서는 생각해본 적이 없었다. 그것이 임박했다거나 아니면 멀지 않은 장래의 일이라는 것도 아니었다. 요점은 그것이 곧 다가온다는 것이 아니라 오고 있다는 것이었다. 피할 수 없이, 가차 없이.

존은 다시 주위를 둘러보았다. 벽에 걸린 많은 학위증이며 표창장 등을 바라보았다. 그는 이 연구실이 고우트스트록에게 어떤 위안을 주는지, 그것이 잠 못 이루는 밤을 보내는 데 도움이 되는지 궁금한 생각이 들었다. 일상의 밤에는—비극적인 일은 멀리 있고 나쁜 소식은 원격조종기의 단추를 눌러 방 밖으로 몰아내 버릴 수 있는 그런 밤에는 도움이 될 것이라고 존은 생각했다. 그러나 다른 밤에, 고우트스트록이 아플 때, 친구를 잃었을 때, 거울 속의 자신에게서 어깨가 굽은 늙은이의 허약한 모습을 보았을 때는 어떨까? 존은 자기라면 그럴 때에 이 방 안에 있는 어떤 것으로도 위안을 얻지 못할 거라는 것을 깨달으며 머리가 심하게 아팠다. 어쩌면 존에게는 도움이 되지 않고 고우트스트록에게는 도움이 될지 모른다. 교수의 연구실에 걸려 있는 그 어떤 것도 존에게는 자신의 삶의 한 조각과도 바꿀 만한 가치가 없었다.

고우트스트록은 계속 말을 하고 있었다. 그는 존이 귀담아 듣고 있지 않다는 것을 알고 언짢아져서 말을 멈추었다.

갑작스런 침묵에 존의 주의가 대화로 되돌아왔다. 그는 부어오른 목을 가다듬었다. 자신이 하려는 말이, 자신을 완전히 고우트스트록의 눈밖에 나게 하리라는 것을 알고 있었다. 그는 왜 자신이 그 말을 하려고 하는지, 그 말을 하는 것이 왜 그렇게 중요하게 생각되는지 이해하지 못했다.

"마사 때문만은 아닙니다." 존이 말했다. "제 말씀은, 이건 마사가 결정할 일이지만 저도 같은 생각입니다. 저도 그 아기를 원합니다."

고우트스트록의 반응은 예상한 것이었지만 그래도 역시 괴로움을 주었다. 교수의 눈에서 믿을 수 없다는 표정이 노여움으로 변하는 것을 존은 지켜보았다. 그것은 존의 결정에 대한 노여움이며, 더욱이 불복종에 대한 노여움이었다. 그들의 관계에서 존이 스승의 충고를 무시한 것은 처음 있는 일이었다.

"자," 고우트스트록이 퉁명스레 말했다. "자네 인생이야. 자네가 하고 싶은 대로 하겠지."

"예." 존이 말했다. 그는 머릿속이 멍한 느낌이었다. 그는 복잡하고 누추한 연구실을 마지막으로 둘러보며 그곳이 우리처럼 느껴진다는 생각이 미처 들지 않았던 것이 이상하게 여겨졌다.

"이걸 읽어보겠네." 고우트스트록이 존이 남겨둔 글을 집어들며 말했다. "훌륭한 글이길 바라네."

존은 고개를 끄덕였다. 그는 그 글이 훌륭하지 않을 줄 알고 있었다.

형식적인 인사를 나누고 존은 돌아서서 나왔다. 교수의 시선이 등에 따갑게 느껴졌다. 그는 문이 느리게 닫히는 동안 복도에 잠시 서 있었다. 반투명 유리 너머로 고우트스트록이 턱에 붙은 작은 햄스터를 토닥이며, 다른 글을 보려고 몸을 숙이는 것이 보였다. 하루에 13킬로미터를 달린다지, 한 걸음도 움직이지 못하면서. 존은 다시 생각했다.

몇 걸음을 떼어 놓으면서, 존은 몇 마디 말을 함으로써 자신의 경력을 망쳐놓았다는 생각에 정신이 아찔한 기분이었다. 그는 고우트스트록을 거스르는 말을 한 것에 대해 자신을 몹시 책망했다. 그러나 놀랍게도 그 장면을 다시 생각해보니 조금도 후회스럽지는 않았다. 도리어 자신을 짓누르고 있던 굉장히 무거운 짐이 벗겨지기 시작하는 느낌이 들었다. 고우트스트록의 사무실에서 멀어질수록 마음이 더 가벼워졌고, 건물의 바깥문에 도달했을 때는 경쾌한 발걸음으로 거의 달리다시피 하고 있었다. 그가 건물을 나설 때 머리는 지끈거리고, 목의 통증은 가슴에까지 번지고 있었고, 마음이 몹시 상하고, 이제 시작 단계에 있는 자신의 경력이 무너져 내리는 소리가 들리는 것 같았다. 그는 당연히 망연자실한 상태여야 했다. 제정신을 가진 사람이면 누구라도 그랬을 것이다. 그런데 존은 얼어붙은 오후의 거리로 나와 고우트스트록 교수의 연구실을 뒤로하고 달리면서 마치 날고 있는 것 같은 느낌이었다.

24

진단 결과를 들은 지 나흘 뒤에도 나는 먹지도 자지도 못하고 있었다. 내 몸은 더 좋은 소식을 들을 때까지는 어떤 정상적인 기능도 하지 않겠다고 결정한 것 같았다. 더 좋은 소식은 얻을 수가 없었다. 나는 살폈다. 온갖 데를 찾아보았다. 다운증후군에 대한 정보는 하버드에서 놀랄 만큼 찾기 어려웠지만, 내가 찾을 수 있었던 것은 맹렬히 읽었다. 나중에 내 주변 사람들이 보다 나은 자료들을 구해주었을 때 나는 내 아들의 조건에 관해 그리 끔찍하지 않은 사실을 몇 가지 알게 되었다. 그러나 그 처음의 며칠간 나는 무지막지하고 오래된 자료에서 나온 끔찍한 정보들을 수없이 받아 삼켰다. 씹지도 않고 삼켰다.

나는 사랑하는 사람들을 병이나 사고로 잃어버린 이들 가운데서 그와 같은 정보에 대한 갈증이 있는 것을 보았다. 그들은 사인의 분석이나 경찰기록, 또는 블랙박스에 온갖 주의를 집중하고, 마치 죽음의 원인을 이해하면 끔찍한 결과가 완화되기라도 할 것처럼 거기에 매달린다. 내가 말할 수 있는 것은 이것이 별 소용이 없다는 것이다. 모든 자료를 입수하고 사건이 종결처리되고 났을 때 죽은 자는 여전히 죽은 채로 있는 것이다.

아담이 태어나기 전 몇 달간의 내 상황은 어떤 면에서 그보다 나았고 또 다른 면에서는 그보다 더 나빴다. 한편으로 나는 아직 아기를 임신하고 있었다. 아기는 여전히 내 뱃속에서 이리저리 발길질을 하고 있었고 때때로 나에게 장난을 걸어왔다. 다른 한편으로 다운증후군과 관련하여 생길 수 있는 여러 문제들에 대해 더 많이 알게 될수록 나는 아이가 두려워졌다. 나는 아기에 대해서 보호본능과 두려움을 번갈아 느끼고 있었다. 때로는 뱃속의 아기의 움직임이 공상과학 영화에서 사람의 몸속으로 기어들어가 몸을 찢고 나오는 괴물의 움직임처럼 느껴져서 몸서리를 치려다가, 문득 양수 속에서 어여쁜 얼굴을 가진 조그만 인형처럼 떠 있는 아담의 초음파 사진이 눈에 들어오면 아기에 대한 사랑이 솟구쳐 마치 순수한 높은 소리로 유리가 부서지듯이 공포심이 산산조각으로 부서졌다. 그러고는 더 좋은 엄마가 되는 방법으로서 다운증후군에 관한 책을 더 읽기 시작하고, 다시 공포심이 자리를 잡기 시작하곤 하였다.

내가 조합에서 산 겨자빛의 조그만 책이 최악이었다. 그 책이 마지막으로 개정된 것이 1950년경이었는데, 그 무렵에는 다운증후군이 있는 사람들은 특수시설 밖에서는 거의 볼 수 없었다. 나는 이제 알고 있고, 기록을 위해 말해두고 싶은데, 다운증후군이 있는 사람을 시설에 수용하는 것은 수달을 통조림 깡통 속에서 살게 하는 것과 같다. 아담 같은 사람은 사회적응 능력에 아무런 문제가 없다. 그들은 '정상적'인 사람 누구 못지않게 사교적이며, 더 사교적이기도 하고 다정한 상호작용 속에서 아주 잘 지낸다. 그들은 또 정상적으로 다루어주면 사회적 기술들을 다른 아이들만큼 빨리 배운다. 지난 20년 이전에 시설들에 수용되어 자란 수천 명의 아이들을 생각하면 진저리를 치게 된다. 고립된 채 권태와 외로움으로 고통을 겪으면서 많은 아이들이 말 그

대로 벽으로 얼굴을 돌리고(주변으로부터 자신을 고립시킨다는 뜻의 관용적 표현—역주) 10대 아니면 20대 초반에 죽어버렸다. 겨자빛 책은 그것이 '몽골로이드 백치들'의 정상적인 삶의 과정이라고 묘사하고 있었다.

아, 그 책에는 다운증후군 아이의 부모들의 구미를 당길 이야기들이 가득 들어 있었다. 나는 그런 믿을 수 없는 잘못된 정보를 근거로 해서 아이들의 삶에 대하여 결정을 내린 부모들을 수백 명 만나보았다. 그 책은 다운증후군 아이의 출산은 보통 어머니의 정신건강을 파괴하고 손위 누이가 있을 경우에는 그 누이의 삶도 파괴한다고 야단스럽게 선언하고 있었다(형은 동생을 보살피는 책임을 맡지 않기 때문에 괜찮다고 했다). 그 책은 그런 아이들이 신체기능을 통제할 수 없고 반사회적인 성향이 있다는 절대적으로 잘못된 정보를 제시하고 있었다. '몽골로이드'의 전형적인 아이큐는 35이며, 비교 대상으로 침팬지의 지능지수는 50이고, 평균적인 상수리나무의 지능지수는 3이라고 되어 있었다(나는 상수리나무의 지능검사를 어떻게 하는지 알 수 없지만, 그 책의 저자들은 적어도 질문 한두 개에 대해서 대답을 들었던 모양이다). 나는 내 아들의 지능지수가 내 형제들의 평균 지능지수보다 130점 정도 낮고, 하버드 교정에 있는 나무보다 겨우 32점 높다는 계산을 하지 않을 수가 없었다.

1년 후 우리가 유타로 이사를 하고 내 학위논문을 위한 조사를 하고 있을 때 나는 참고자료들을 담아둔 상자에서 우연히 그 책을 보게 되었다. 아담은 그때 누나에게 간지럼 태우기를 좋아하고 부엌 수납장들의 아래쪽 문은 모두 다 열어 뒤지곤 하는 모험심 많고 애정 깊은 꼬마 소년이 되어 있었다. 나는 그렇게 여러 해 동안 다운증후군을 가진 사람들에게 씌워진 잘못된 판단들에 대해 아주 많이 알게 되었다. 그 책이 눈에 띄자 나는 곧 아담에 대한 진단소식을 막 들었던 그때, 내가 아무것도 모르고 사실도 아닐뿐더러 무자비하게 불친절한 주장들을 읽고 받아들일 수밖에 없었던 그때로 되돌아간 기분이 되었다. 나는 자신도 모르게 그 책을 집어서 어찌나 세게 던졌던지 책이 벽에 부딪치자 책장들이 깃털처럼 펄럭이며 날아 흩어졌다. 나는 달려가서 책을 집어 맹렬한 기세로 가로세로로 찢어버렸다. 어머니들이 아이의 생명을 위협하는 거대한 물건을 번쩍 들어올리는 그런 힘으로, 내 아이를 짓누르는 터무니없는 편견을 부숴버리려는 것이었다.

그렇지만 아담에 관한 진단소식을 들은 직후의 며칠 동안에는 나는 기운이 다 빠져버린 것 같았다. 나는 잠은 자려고 좀 노력했으나 먹으려고는 시도하지도 않았다. 그 전에도 구토증 때문에 먹는 것이 힘들었지만 다운증후군 소식을 듣고 나자 아예 불가능해졌던 것이다. 나흘간 멍한 상태로 몸이 점점 쇠약해지고 나자 나는 혈관주사를 한번 더 맞아야 한다는 사실을 스스로 인정했다. 그것이 새로운 생각은 아니었다. 나는 벌써 몇 달째 규칙적으로 주사를 맞고 있었다. 그러나 대학의료센터에 간다는 생각이 거의 견딜 수 없는 것이었다. 그곳은 너무도 피하고 싶은 장소여서 나는 그 옆을 지나지 않기 위해 몇 블록이나 돌아서 다니곤 했다. 내가 또다시 탈수상태가 되어 정말로 괴로워져서야 그곳으로 갈 생각을 했다. 나는 며칠마다 물을 줘야 하는 식물이 된 것 같은 기분이었다. 어쩌면 상수리나무인지도 몰랐다.

어쨌든 드디어 진료소의 두 침대 중 하나에 누워서 또 한 사람의 초보 간호사에게 내 굵은 혈관을 내맡기고 상당한 안도감을 느꼈다. 그러나 탈수상태가 너무 심해서 혈관이 힘없이 늘어져 있었기 때문에 그 간호사는 내 팔에 수많은 바늘구멍을 내고 나서 결국 발목에 주사를 놓을 수밖에 없었다. 그러나 나는 전혀 개의치 않았다. 간호사가 바늘을 꽂는 시도를 하기 전에 내 차트를 읽고 너무도 깊은 연민의 시선으로 나를 보았기 때문에 나는 거의 제정신이 아니었기 때문이다. 그리고 나서 간호사는 서늘하고 부드러운 손으로 내 손을 잡고 속삭였다. "예쁜 아기일 거예요. 저는 남동생이 하나 있어요." 가족 중에 아담 같은 사람이 있는 이들은 서로에게 이런 식으로 말을 한다. 거의 설명이 필요 없는 부드러운 간접적인 언어로. 나는 간호사가 거기 있는 동안 내내 울었다. 그건 주사바늘과는 아무 상관이 없었다.

포도당 용액이 내 혈관을 부풀리고 머리가 조금 맑아지게 되자 오후 8시였고, 밖은 캄캄했다. 의사는 전해질이 보충되었으니 음식을 좀 먹어낼 수 있는지 볼 수 있도록 그곳에서 밤을 지낼 것을 권했다. 그래서 나는 자리를 잡고 잠잘 준비를 했다.

그 외래 병실은 리놀륨으로 된 바닥에 고정되어 있는 쇠침대 네 개위에 강한 형광등 빛이 쏟아지고 있는 조그만 방이었다. 나는 이미 그곳에 가본 적이 두 차례 있었다. 한번은 한 친구가 시험을 피하려고 비누덩어리를 삼켰을 때였고, 또 한번은 존의 룸메이트 하나가 역시 시험에 대한 불안 때문에 심인성 마비증세를 일으켰을 때였다. 시험 때가 되면 그 병실은 가득 차곤 했다. 그러나 내가 그곳에서 밤을 지낸 것은 봄학기 초였고, 병실은 거의 비어 있었다. 나 말고는 모드라는 여자 한 사람뿐이었는데 기숙사 부엌에서 일하는 사람이었다. 모드는 특히 강한 보스턴 사투리를 쓰고 있었고, 빵 반죽 덩어리 같은 얼굴에 건포도를 박아 놓은 것 같은 눈을 가진 사람이었다. 모드는 카테터 없이는 소변을 볼 수가 없어서 왔다고 말했다. 의사들이 원인을 알아내려고 애쓰고 있었다.

모드도 나처럼 형광등 불빛이 몹시 불쾌하다고 말했다. 간호사를 부르는 단추를 한동안 눌렀지만 소용이 없자 내가 주사가 꽂힌 발목을 조심하면서 침대에서 내려가 스위치가 있는 곳으로 가서 불을 끄기로 했다. 나는 임무를 완수하고 모드는 집에서 가져온 조그만 독서용 램프를 켰다. "이게 주무시는 데 방해가 될까요, 아기 엄마?" 그 여자가 친절하게 물었다.

나는 고개를 젓고 눈을 감았다. 주사액을 흡수하면서 내 몸은 좀 편해졌지만, 내 영혼의 상처가 너무 심해서 나는 말을 할 수가 없었다. 잠을 잘 수 있을 것 같지 않았다.

"난 자지 않고 있을 거예요." 모드가 말했다. "올 사람이 있거든요. 친구가 '바(bar) 시험'을 공부하는데, 내가 도와주고 있어요."

나는 한쪽 눈을 뜨고 "좋은 일이군요"라고 말했다.

나는 누군가가 변호사가 되도록 모드가 돕고 있다는 데 좀 놀랐다. 그러고는 당장 자신의 계급의식을 속으로 나무랐다. 그렇지만 모드의 친구가 나타났을 때 나는 또 놀랐다. 나는 모드 또래의 다른 여자를 예상하고 있었는데, 그 친구는 20대의 체구가 큰 흑인 남자였다. 그의 이름은 에머리였고 장신구를 잔뜩 달고 있어서 움직일 때마다 가볍게 쟁그랑거리는 소리가 났다. 모드는 내가 잔다고 생각하고 우리를 서로 인사시키진 않았다. 나는 속눈썹 사이로 에머리가 의자를 당겨 모드 옆에 앉아 모드에게 책 한 권을 주는 것을 보았다.

"좋아요, 물어보세요." 그가 말했다.

그의 목소리가 들리자 나는 눈을 번쩍 뜨고 놀라움에 차서 그를 바라보았다. 그 목소리는 부드러운 첼로 연주에서 나오는 깊은 울림처럼, 거의 인간의 것이라고 하기 어려울 만큼 아름다운 목소리였다. 에머리는 나를 깨우지 않으려고 낮은 소리로 말을 했다. 그리고 나는 그 아름다운 목소리에 정신을 집중하는 것만으로도 잠이 든 것도 깬 것도 아닌 편안하고 몽롱한 상태에 빠져들 수가 있었다. 오늘날까지도 나는 좀 불안해질 때마다 에머리의 목소리를 상기하곤 한다.

"어데서 시작하까?" 모드가 말했다.

"어디든지요." 에머리가 말했다.

"조아, 그럼, 마르가리타."

잠깐 사이를 두고 에머리가 대답했다. "테킬라 셋에 트리플 섹 하나, 라임 반 개의 즙, 술잔 가에 소금을 묻히고 차게 식히거나 온더락으로."

그들이 어둠 속에 있는 나를 보고 있지 않아서 다행이었다. 모드가 말한 '바 시험'이 변호사 시험이 아니라 바텐더 시험을 뜻한 것인 줄 알아차렸을 때 내 얼굴에 어떤 표정이 떠올랐을지 모르기 때문이다.

"위스키 사워." 모드의 말에 에머리가 대답했다. "호밀 위스키 넷에 레몬 주스 하나, 설탕 한 티스푼. 마라치노 체리와 오렌지 슬라이스로 장식."

아담에 대한 진단을 듣고 나서 내가 빠져 있던 내향적인 절망에서 벗어나 일종의 가벼운 마음이 된 것은 그때가 처음이었다. 나는 내 언니가 지옥 같은 이혼의 와중에서, 인생이 그토록 재미있는 것이 아니라면 정말 견딜 수 없었을 거라고 말한 것이 생각났다. 나는 숨을 죽인채 웃기 시작했다. 그러자 다시 눈물이 나왔다. 그러고는 긴장이 풀리기 시작했다. 알코올이 든 여러가지 음료의 레시피를 말하는 에머리의 목소리가 자장가처럼 나를 달래어 잠들게 만들었다.

　다음 날 아침 나는 의사 네 명이 군대 행진하듯이 방으로 걸어 들어오는 바람에 잠을 깼다. 그중 셋은 젊었고 낯익지 않은 사람들이었다. 네 번째 사람은 이곳 산과의사 중 하나였다. 이 의사를 나는 그렌델이라고 부르겠는데, 그는 대학의료센터에 산전 관리를 받으러 오는 여자들 사이에서 인기 있는 화젯거리였다. 누구나 아기를 낳을 때 그렌델이 옆에 있기를 바랐다. 그는 분만실의 경이로운 존재로 여겨졌다. 친절하고 자상하며 놀랍게 솜씨가 좋다는 것이다. 그러나 아무도 그렌델이 자신의 산전 검사를 하기를 바라지는 않았다. 그는 그런 일상적 진료는 대수롭지 않게 여기는 것 같았고, 그의 태도는 숫제 경멸적은 아니라고 하더라도 냉정한 편이었기 때문이다.

　나 자신은 임신 3개월쯤 되었을 때 한번 그렌델의 검사를 받았다. 나는 실제로 검사를 하기 전에 의사와 조금 말을 주고받는 것에 익숙해 있었다. 의사에게 신체의 은밀한 부분에 무제한의 접근을 허락하기 전에 그 사람과 말을 주고받는 사이가 되는 게 좋은 일이라는 구식 생각에서 비롯된 일이다. 내가 그렌델에게 말을 걸었을 때 그는 혐오스럽다는 표정으로 나를 바라보더니 아무 대꾸를 하지 않았다. 검사를 하는 동안 내내 내게 의학적인 질문을 하는 것 말고는 말이 없었다.

내 얼굴을 보지도 않고 미소를 짓지도 않았다. 그는 내가 명백히 그의 관심과 시간에 값할 만한 존재가 아니라는 인상을 남기고 가버렸다. 다른 환자들의 이야기로 판단하건대 이것이 보통 그렌델의 태도였다.

따라서 나는 그날 아침 그렌델이 제자 세 명을 거느리고 내 침대로 다가오는 것을 보고 몹시 놀랐다. 젊은 의사들은 내 침대 옆의 벽을 등지고 줄지어 섰고, 그렌델은 내 머리 옆으로 다가와 내 눈을 들여다보았다. 그는 키가 작았고, 두꺼운 안경 속에 강한 눈빛을 하고 있었으며, 얼굴은 뼈 위에 피부를 잡아당긴 것처럼 팽팽했다. 입술은 보이지 않을 정도로 얇았다.

나는 잠에서 깨어나며 눈을 깜빡였다. 그렌델 박사가 여기서 뭘 하고 있나 싶었다. 머릿속 어딘가에서, 이제 내가 공식적으로 '위험도가 높은' 임신상태이니까 그렌델 박사는 자신의 시간을 할애할 가치가 있다고 결정한 것이라는 생각이 들었다. 나는 훌륭한 산과의사로서의 그의 명성을 알고 있었다. 어떻게든 그가 옆에 있는 것이 내 아기에게 더 나은 기회를 줄 것이라고 믿으면서, 나는 안도감이 몰려오는 것을 느꼈다.

"잘 잤어요, 마사?" 그렌델이 말했다. 나는 어리둥절했다. 그는 사실상 환자에게 말을 거는 일이 전혀 없었고, 이름을 부르는 일은 더욱 없었다. 그의 목소리는 친근하면서 상냥했고, 약간 슬픈 빛을 띠고 있었다.

"안녕하세요?" 내가 말했다.

"좀 앉아도 되겠지요?" 하나밖에 없는 방문객용 의자는 아직 모드 옆에 있었다. 그렌델은 침대 발치를 토닥였고, 나는 고개를 끄덕였다.

그는 옆으로 걸터앉았다.

"기분이 어때요?" 그가 물었다.

나는 생각을 해보고 "좀 나아요"라고 대답했다. "음식을 먹어낼 수 있을지 자신은 없지만 먹어볼 수는 있을 것 같아요."

그렌델은 고개를 끄덕였다. 그의 목의 피부가 느슨해졌다가 다시 팽팽히 당겨졌다. "차트를 보니까 나흘 동안 아무것도 먹지 않았군요."

나는 당황해 낯이 붉어지는 것을 느꼈다. "알아요. 먹으려고 노력은 했어요."

그렌델은 고개를 돌리고 자기 구두 끝을 내려다보며 긴 한숨을 쉬었다.

"우리는 모두 당신이 뭘 하려고 하는지 알아요." 그가 조용히 말했다.

나는 명백한 관심을 가지고 나를 바라보고 있는 젊은 의사 세 명을 힐끗 보았다. "아신다고요?" 내가 말했다. 나 자신은 내가 무얼 하려는지 모르고 있었다. 그들이 말을 해주기를 바라고 있었다.

"이 문제를 처리하는 데 태아가 죽을 때까지 굶는 것보다 더 효과적인 방법이 있어요." 그렌델이 말했다.

나는 그를 빤히 바라보았다. "무슨 말씀이에요?"

"마사, 이건 확실해요." 그가 말했다. 그는 갑자기 엄한 얼굴이 되어서 다시 나를 바라보았다. "그렇지 않으면 왜 먹기를 중단했겠어요?"

한동안 나는 물고기처럼 소리는 내지 않은 채 입만 벌렸다 다물었다 했다. 그리고 말했다. "하지만 전 내내 구토증이 있었고 또 충격이 있었고요…"

"바로 그래요." 그렌델이 말을 잘랐다. "충격을 받았지요. 이제 우리가 그 문제를 해결할 때가 된 것 같아요."

그제야 나는 알아챘다. 나는 마치 액체질소를 마신 것처럼 몸속이 써늘해지는 느낌이었다.

"마사, 내 말을 들어봐요." 그렌델이 말했다. 그의 조그만 강렬한 눈에는 걱정의 빛이 가득했다. "나는 아주 오랫동안 이 일을 해왔어요. 당신과 같은 경우가 여럿 있었어요. 그리고 모든 경우에 그 부인들은 …어…다른 결정을 했어요."

나는 떨기 시작했다. 나는 병원의 환자복이 아니라 내 옷을 입고 있었으면 싶었다. 나는 무슨 말을 할지 몰랐다.

"당신은 또 바로 이런 문제로 내가 접한 사람들 중에서 제일 젊어요." 그렌델이 말했다. 그는 벽을 따라 서 있는 세 명의 학생의사들을 올려다보며 의미심장하게 말을 멈추었다.

그의 말뜻을 알아채는 데 1초쯤 걸렸다. 그리고 내가 말했다. "선생님은 제가 젊어서 뭘 몰라서 이런 결정을 한다고 생각하시나요?"

그렌델은 나를 바라보지도 않았다. 그와 세 명의 제자들은 마주 보며 고개를 끄덕였다.

나는 어지러웠고 압도된 느낌이었다. 내가 젊고 경험이 부족하다는 것은 사실이었다. 그러나 그래서 내가 할 수 없는 것은 세계적으로 유명한 산과의사 앞에서 자기 생각을 주장하는 일이었다.

"이걸 아셔야 됩니다." 그렌델이 말을 이었다. "이 결정으로 자신과 가족 모두에게 무거운 짐을 지우게 됩니다. 이런 조건을 가진 아이가 있는 부부 중에 80퍼센트가 이혼을 한다는 걸 아십니까?"

나는 입이 말라 있었는데도 침을 꿀꺽 삼키고 "아니요, 그런 건 몰랐어요"라고 대답했다.

"나라면 부인과 같은 선택을 하지 않겠어요." 그는 침착하게 말을 계속했다. "그런 선택을 하려는 사람을 본 적이 없습니다."

다른 세 명의 의사들은 나를 열심히 지켜보고 있었다. 내가 그렌델이 도끼질을 하고 있는 나무이고, 그들은 내가 쓰러지기를 기다리고 있는 것 같았다.

"모르겠어요." 내가 우물거렸다. "저는 그저…그 아이를 거부할 수가 없는 것 같아요."

그것은 한심할 만큼 적절치 못한 말이었다. 내가 정말로 느낀 것, 내가 제대로 표현할 수가 없었던 느낌은 내가 상하고 병이 들었어도 무조건적으로 나를 계속 사랑해줄 사람들이 존재한다는 사실을 아는 것이 내 인생에서 무엇보다도 중요한 일이라는 것이었다. 그러한 사랑이 바로 지난 몇 달간의 소용돌이 속에서 나를 지탱해준 것이었다. 만일 내 아이가 완전하지 못하다고 해서 그 아이를 없애버린다면, 그 아이를 내 인생 밖으로 보내버린다면 나는 나를 살아 있게 해주는 그 유일한 것을 범하게 될 것이다. 바로 내가 딛고 선 발밑을 파헤쳐버리는 것이 될 것이다.

그렌델은 명백하게 불만스러운 표정으로 나를 바라보았다. 그가 입을 꼭 다물자 광대뼈를 덮은 피부는 더욱 팽팽해졌다.

"부인의 뜻을 거스르며 수술을 할 순 없지요." 그가 말했다. "물론 악성종양이 있는 환자가 제거 수술을 받지 않겠다고 한다면 그 수술도 할 수가 없습니다. 무엇이 최선인지 우리 모두가 알고 있더라도 말이지요."

다른 의사들은 고개를 끄덕였다.

그들의 집단적인 반대의 무게가 나를 짓누를 때 내가 느꼈던 두려움과 절망을 전달하기는 어렵다. 그것은 얼음벽이 서서히 나를 구석으로 몰아붙이는 것 같았다. 나는 거의 숨을 쉴 수가 없었다. 나는 그렌델이 비켜나주었으면, 내 침대에서 일어나 내게 공간을 좀 남겨주었으면 하고 간절히 바랐던 것을 기억한다.

그 후에, 아담이 태어나고 두어 달 뒤부터 시작해서 나는 상당수의 의학 관계 모임에서 새로운 산과기술에 관련된 윤리적 문제에 관해 의견을 말했다. 나의 굳건한 입장은, 관련된 모든 의학적 정보를 여성들에게 주고 나서 여성 스스로 태아를 낙태시킬지 말지를 결정하게 맡겨야 한다는 것이다. 그런 모임이 있고 난 후에는 예외 없이 의사들이―간호사들은 한 번도 없었고 항상 의사들이었다―나에게 와서 반대의견을 말했다. 그들은 자신들은 훈련받은 전문가들이어서 평균적인 임신부들보다 훨씬 많은 것을 알고 있으며, 따라서 어느 특정한 여성의 낙태에 관해 옳은 결정을 하기에 당사자보다 나은 위치에 있다는 것이었다. 그런 의사들 중에는 다운증후군이 있는 태아를 절대로 낙태시키지 않는 낙태 반대자들도 있었고, 반드시 낙태시키는 의사들도 있었다. 나는 이 기회를 빌려서 그런 의사들(이런 의사는 소수에 불과하다는 것을 알고 있다)에게 엿이나 먹으라고 말하겠다.

내 말이 심하게 들린다면 미안한 일이다. 아마도 그때 그렌델 박사와 만난 후로 너무나 많은 의사들이 자신의 개인적인 편견을 가지고 내 인생에, 아담의 인생에 개입하려 들면서 그것을 의학적 조언이라고 불렀기 때문일 것이다. 다운증후군이 있는 아이를 낳기로 결정한 여자를 본 적이 없는 그렌델 박사는, 내 선택의 실제 결과에 대해서는 대부분의 심한 지적 장애아들만큼이나 무지했던 것이다. 나는 그가 다운증후군이 있는 사람을 제대로 안 적도 없으리라고 생각한다. 그는 그런 사람을 결코 사랑하지 않으리라고 나는 장담할 수 있다.

나는 하버드 의과대학의 신입생들에게 나의 임신과 나의 결정에 대해서 이야기한 적이 있었다. 그때 아담은 나비넥타이를 매고 꿈꾸는 듯한 표정으로 내 무릎에서 잠들어 있었다. 내가 이야기를 마친 후에 한 나이 든 교수가 내게로 왔다. 그는 자신이 막 다운증후군이 있는 여자아이의 할아버지가 되었다고 했다. 그는 내게 말을 하면서 아담의 부드러운 금발머리를 쓰다듬으며 울었다. 그는 자신이 손녀를 설명할 수 없는 열린 마음으로 사랑하고, 그 경험이 자기의 삶 전체를 바꾸어놓았다고 했다. 이제는 정신지체아의 부모들에게 제대로 된 정보를 줄 수 있는 의사들이 있다. 사랑하면 눈이 먼다는 말은 완전히 틀린 말이다. 사랑은 지상에서 오직 하나 서로를 가장 정확하게 보게 해준다.

나는 하버드 의료사회의 편견을 그토록 명백하게 보여준 데 대해 그렌델에게 감사한다. 나는 그가 나간 후에 임상간호사를 불러서 하버드와 관련이 있는 산과의사 중에 임신중절을 하지 않겠다는 내 결정에 호의적인 사람이 있는지 물어보았다. 간호사는 없을 거라고 말했다. 그래서 그날 아침 이후 나는 내가 처한 상황을 알게 되었다. 남은 임신기간 동안 나는 전부는 아닐지 몰라도 대부분 내 결정을 찬성하지 않는 의사, 그 아기를 없애버리는 것이 더 현명한 일이라고 생각하는 의사들에게서 내 아기를 보호하기 위한 도움을 받아야 할 것이었다. 어색한 상황이었다.

그렌델이 내 침대에 앉아서 나를 설득하려고 하던 그때 나는 거의 견딜 수 없는 심정이었다. 어쨌든 나는 착한 아이였고, 양심적인 학생이었으며, 성취도 높은 모범생이었다. 나는 항상 어른들이 시키는 대로―특히 권위 있고 성공적인 어른들이면―해왔다. 나는 임신중절을 원하지 않는다는 확신이 있었지만, 권위 있는 인물과 의견을 달리 하는 일에서는 어찌할 줄을 몰랐다. 게다가 그렌델 같은 권위 있는 사람들이 모두 같은 생각인 데에야.

다행히도 그 인형 조종자들이 거기 있었다.

그렌델은 다운증후군이 있는 아이들에 관한 여러가지 끔찍한 일들을 말하기 시작했는데, 그때 그 목소리―전에 몇번 들은 적이 있는 그 조용한 목소리―가 울려왔다.

〈이 사람은 왜 이러는가?〉

나는 갑자기 환자가 아니라 관찰자가 된 기분으로 그렌델을 자세히 바라보았다. 정말 왜 이러는가. 이 사람은 환자를 바라볼 시간도 없을 만큼 몹시 바쁜 것을 과시하고 다녔다. 왜 이 사람은 이렇게 많은 시간을 보내면서 앞으로 볼 기회도 없을지 모르는 아기를 낙태시키라고 나를 설득하려 하는가?

내가 그런 생각을 하고 있는 동안 이상한 일이 일어나기 시작했다. 그것은 실제로 그곳에 없는 것이 보이는, 헛것을 보는 것과도 같은 일이었다. 그러나 이번에는 먼 거리를 건너뛰어 보는 것이 아니라 표면을 꿰뚫어 보고 있었다. 나는 그렌델의 얼굴을 보고 있었는데 팽팽한 피부를 한 그의 얼굴 바로 뒤에 다른 얼굴이 나타나는 것 같았다. 그것은 그렌델의 얼굴이긴 했지만 세 제자들에게 자신의 기술을 보여주는 현명하고 엄숙한 의사가 아니었다. 그 얼굴은 겁에 질려 있었다. 그 눈에 담긴 공포에는 고통이, 너무나 깊어서 그의 삶에서 떼어낼 수 없게 되어버린 고통이 뒤섞여 있었다.

그렌델은 극도로 겁먹고 있었다.

이런 종류의 투시가 그 후에 여러 번 내게 나타났다. 나는 그런 일이 누구에게나 일어난다고 믿는다. 그것은 미소를 짓고 있는 사람을 만나고 나서 그 사람이 전혀 좋은 의도를 갖고 있지 않다는 분명한 인상을 받았을 때 일어나는 일이다. 10대의 아이가 마구 대들 때 화가 나는 것이 아니라 그 아이의 내면에서 일어나고 있는 혼란스러운 싸움을 보게 될 때 일어나는 일이다. 어떤 사람을 처음 알게 되고 나서 15분도 안되어 친구가 되었다는 것을 알 때 일어나는 일이다. 나는 우리의 직관이 우리 스스로 인정하는 것보다 훨씬 더 섬세하고 정확하다고 믿는다. 나는 완전한 좌절에까지 내몰리고야 비로소 내 직관을 믿거나 아니면 그것이 내게 말하고 있는 것을 알아챈다. 그러나 그날 그것은 너무나 생생하고 너무도 뚜렷이 보여서 나는 어리둥절할 지경이었다. 그렌델에 대한 두려움은 완전히 사라졌다. 그 의사는 벌이나 뱀이나 개와도 같았다. 그는 내가 그의 생존을 위협한다고 느껴서 나를 공격하는 것이었다.

왜 이런 것일까? 나는 긴장을 풀고, 그렌델의 이상한 팽팽한 피부 뒤에서 떠도는 두려움에 찬 당황해 하는 두 번째 얼굴을 솔직히 바라보았다. 나는 그 새로운 얼굴을 찬찬히 검토해보았다. 그 속의 두려움은 내게 어리석음과 실패, 부적격이라는 낙인을 피하려고 안간힘을 써온 한 사람의 평생에 대해 말해주었다. 나는 하버드의 의과대학생들을 많이 알고 있다. 한 인간집단으로서, 그들은 다른 사람들보다도 더욱 권위의 언덕 꼭대기에 올라가는 것에 집착하고 있다고 나는 생각한다. 그들은 참고용 도서자료를 다른 학생들이 보지 못하도록 면도날로 도려내 가는 등의 일로 유명하다. 하버드 의대생 한 사람이 전구를 바꾸어 끼우면 다른 한 사람이 그가 내려오기 전에 사다리를 치워버린다는 말도 있다. 그렌델 박사는 자기 분야의 정점에 도달하기 위해 점점 더 좁아지는 단계를 싸워 올라온 것이다. 무언가가 그를 몰아붙여 그곳에 도달하게 만들었지만, 그것은 환자에 대한 사랑은 아니었다. 나는 그렌델의 두려움에 찬 두 번째 얼굴을 보면서 그렌델의 인생철학 전체는 그의 내부에 있는 어리숙한 어린 소년을 지워버리는 것에 집중되어 있다고 확신했다. 그게 바로 그가 정말로 두려워하는 존재이며, 그렇기 때문에 그는 내 속에 있는 어리숙한 어린 소년을 없애버릴 기회를 달라고 이렇게 열심히 청하고 있는 것이다.

나는 그렌델의 제자들을 바라보았다. 그들도 그들의 두려움과 그들의 목표를 가지고 있었다. 아담이 나에게 준 새로운 눈으로 보니까 모든 것이 분명했다. 그렌델이 말을 마치자 나는 그를 발로 약간 밀면서 몸을 쭉 뻗었다.

"감사합니다." 내가 말했다. "이제 가서도 돼요."

그렌델과 제자들은 믿을 수 없다는 얼굴로 나를 멀뚱히 바라보았다. 의사는 명백한 조바심으로 입술을 깨물었고, 그 안에 숨어 있는 두려움에 찬 얼굴은 처형을 기다리는 사람처럼 떨고 있었다. 이윽고 그는 큰 한숨을 내쉬고, 다른 의사들에게 이 문제에 대해서 더는 상관하지 않겠다는 것을 분명히 하는 단호한 태도로 두 손을 마주 비볐다. 그들이 줄을 지어 걸어 나갈 때 아담은 바로 내 배꼽 아래를 기분 좋게 내질렀다. 그렌델이 제일 뒤에 가고 있었는데, 방을 나가기 전에 실제로 머리를 돌리지 않았지만 그의 두려움에 찬 얼굴은 겁에 질린 눈을 하고 뒤를 돌아보았다. 나는 그 두려움을 대낮처럼 분명히 볼 수 있었지만 나 자신은 두려움을 느끼지 않았다. 간단히 말해서, 내가 겨자빛 겉장의 책을 사고 발달장애의 세계에 대한 부정적 편견들 속에 젖어들기 시작한 이후로 처음으로 조금도 무섭지가 않았다.

25

아담이 두 살쯤 되고 아직 9킬로그램도 안되는 꼬맹이였을 때 우리 가족은 다 함께 '세계에서 가장 가파르게 올라가는 스카이트램'을 타러 갔다. 그것은 우리 집에서 멀지 않은 로키산맥에 있었다. 존은 막 박사학위를 받고서 우리들 아버지 두 분이 계시는 대학교에서 가르치고 있었고, 나는 학위논문을 쓰는 중이었다. 그 지역에는 흥미진진한 놀잇거리가 별로 없었지만 '스카이트램'만큼은 분명히 내세울 만했다. 그것은 기본적으로 케이블에 매달린 안전유리 상자였는데, 안에 사람들이 앉는 좌석이 있었고, 계곡의 강바닥으로부터 작은 산 꼭대기까지 올라갔다. 800미터가 채 안되는 거리에 300미터 이상 높이까지 올라가는 것이다. 지상에서 볼 때에도 거의 수직으로 보이는데, 실제로 그 속에 앉아서 트램이 올라가기 시작하면 슬그머니 겁이 나며 "맙소사, 내가 뭘 하고 있는 거지?" 하는 생각이 든다.

이 '스카이트램'에서 제일 겁나는 것은 바닥이 완전히 투명하다는 사실이다. 옆에 있는 창으로 밖을 내다보아도 상당히 아슬아슬한데 아래를 내려다보고 발밑에 아무것도 없는 허공이 입을 벌리고 있는 것을 보는 것은 그야말로 종교적인 경험이다. 나는 비행기 타는 것을 두려워하지 않고, 깎아지른 절벽을 자일을 감고 주저하거나 겁먹지 않고 내려온 적도 있다. 그러나 그날, 트램을 탔을 때 ― 내 아이들이

306

하얀 급류 바로 위 허공에서 플라스틱 의자 위에 앉아 있는 걸 처음 봤을 때 ― 기저귀가 필요한 것이 아담뿐인가를 진지하게 물어본 순간이 있었다.

아담은 존의 무릎 위에 앉아 있었다. 그는 다운증후군 아이들에게 흔히 있는 원시(遠視) 상태의 단계를 겪고 있었고, 그래서 조그만 돋보기 안경을 쓰고 있었다. 그 안경 때문에 아이는 몹시 근엄하고 현명해 보였다. 우리가 땅에서부터 올라가자 아담은 주위 산꼭대기들의 광경에 정신을 빼앗겼다. 거대한 상록수들과 드러난 큰 바위들을 지나갈 때 아담은 손가락질을 하며 옹알거렸다. 그러다가 무심히 아래를 내려다보았다. 마침 바로 그 순간에 나는 아이를 바라보고 있었다. 투명한 바닥을 통해 아래를 본 순간, 아이는 잠시 얼어붙은 듯했고, 돋보기 안경 뒤에서 눈이 커다래졌다. 한동안 존의 무릎 위에서 꼼짝 않고 앉아서 아래를 내려다보며 마치 마음을 가다듬으려는 것처럼 숨을 깊이 들이쉬고 있었다. 그러고는 무슨 결론에 도달한 듯이 표정이 변했다. 아담은 조그만 통통한 손을 내밀어 존의 턱을 힘껏 밀어올렸다.

"뭘 하는 거야, 아담?" 존이 고개를 바로 하면서 말했다. 존의 턱을 밀어올리기 위해서 아담은 존에게로 몸을 돌려 무릎을 꿇듯이 하고 앉아야 했다. 일단 자리가 안정이 되자 아이는 나머지 손을 뻗어 내 턱도 위로 밀어올리려고 했다. 그때 아담은 아직 말을 한마디도 하지 못했다. 나는 그 아이가 추상적인 사고 같은 것을 경험하기라도 했는지, 아니면 그저 까불기나 하는 돋보기를 쓴 바보인지 모르고 있었다. 그러나 그때 아담이 '스카이트램'을 타고 있는 상황을 얼마나 분명하게 평가하고 있는지 그리고 어떻게 반응하기로 결정했는지를 깨닫고, 나는 깜짝 놀랐다. 아이는 우리를 보호하려 하고 있었다. 그 자신은 내려다보는 것이 무서운 것 같지는 않았다. 그러나 그는 존과 내가 아래를 내려다보고 겪을 공포를 막아주고 싶었던 것이다. 아담은 그때에 벌써 자기가 부모 어느 쪽보다도 불안을 더 잘 다룰 수 있다는 것을 분명하게 알고 있었다.

그때의 일을 회상하면 나는 아담이 존을 얼마나 염려하고 있었는지를 특히 강하게 느낀다. 내 남편은 자신의 두려움을 쉽게 내보이는 사람이 아니다. 이미 말한 것처럼 그는 내가 하버드에서 만난 대부분의 사람들보다 자신의 약함을 더 잘 감추었다. 그리고 그것은 대단한 일이다. 나는 세상에서 존을 제일 잘 아는 사람이지만, 나조차도 그의 태연한 겉모습을 꿰뚫고 그 속에 숨어 있을지 모르는 두려움을 알아보지 못하는 일이 많다. 그러나 아담은 그렇지 않았다. 아담은 존을 네온사인의 커다란 붉은 글자처럼 분명하게 읽을 수 있었다. 그는 스카이트램을 탔던 그날 아빠에게 발 아래 저 멀리에 있는 급류를 내려다보게 하는 것은 큰 잘못이 될 거라는 것을 잘 알았던 것이다.

그날 트램 안에서 느꼈던 느낌은 아담이 태어나기 전 두어 달 동안 내가 계속 지니고 있었던 느낌과 아주 비슷했다. 배는 불러지고 정신은 흩어지고 출산일은 다가오고 있었다. 적어도 내가 느끼기엔 현실과 나와의 연결은 강바닥에서 절벽까지 이어진 케이블 선만큼이나 빈약한 것이었다. 불행히도 그때 아담은 아직 내가 온갖 위험에 주의를 기울이는 것을 막아줄 수 있는 위치에 있지 않았다. 말하자면 나는 그동안 내내 '아래를 내려다보고' 있었던 것이다. 나는 다른 것은 모두 잊어버린 사람처럼 주저앉아서 생각에 잠겨 걱정하고 슬퍼하고만 있었다. 사실 다른 것은 모두 잊어버렸다. 잘 자지도 못하고 별로 먹지도 못하고 자주 울었다. 나는 시빌과 디이더, 그리고 다른 친구들의 보살핌과 너그러움에 많이 의지했다. 나는 그들과 같이 있을 때는 혼자 있을 때처럼 드러내어 슬퍼하지는 않았지만, 상태가 심각할 때는 내가 얼마나 고통스러운지를 보여주어도 괜찮다는 것을 알고 있었다.

나와 다르게 존은 극기의 표본이었다. 시어머니는 친절하게 자신이 첫째와 넷째 아이를 잃어버린 얘기를 해주었다. 둘 다 어려서 죽었기 때문에 존은 알지 못했다. 나는 나 말고도 슬픔을 겪은 어머니가 있다는 사실에 위안을 받았지만, 한편으로는 시어머니의 강인함에 놀랐다. 시어머니는 아기들의 죽음에 대해 이야기하면서 목소리가 떨리는 일조차 없었다. 그게 존의 집안이다. 그리고 존은 또 남자가 아닌가. 종족의 수컷. 최근 10~20년 동안 우리 문화에서 아버지들에 대한 기대가 어떻게 변화했든 간에, '진짜 남자'는 태어나지 않은 아기와 관련해서 눈물을 흘리고 근심하며 앉아 있지는 않는다는 베크 집안 사람들의 생각은 달라지지 않았다. '진짜 남자'는 아내가 출산하는 동안 밖에서 일을 하거나 술을 마신다. 그리고 몇 년 기다린 뒤에 아이를 가축 우리로 데리고 가서 싸우는 것을 가르친다. 울지 않고 싸우는 것을. 운다는 생각만 해도 '진짜 남자'는 목구멍에서 가래를 돋워올려 뱉어내게 된다.

존은 그때 그저 가족을 먹여 살리기 위해서만이라도 해야 할 일이 너무 많았기 때문에 아담에 대한 진단으로 인한 정서적 충격을 받아들이기는 특히 어려웠다. 훨씬 뒤에 존은, 2시간 자고 일어나서 논문

쓰기를 계속하고, 케이티를 돌보고, 나를 병원에 데려가고, 컨설턴트 일 준비를 하고, 내가 울 때 붙잡고 달래주고 하면서 그렇게 계속 버 텨낼 수 있었던 것은, 오직 바로 눈앞의 일 말고는 아무 일도 없는 듯 이 생각하며 지냈기 때문이었다고 털어놓았다. 임신기간의 마지막 3 분의 1 동안 존은 지진아는 고사하고 도대체 우리에게 아기가 태어날 거라는 생각도 하지 않았다. 그런 생각을 할 수가 없었다. 감당할 수 없는 일이었다. 존의 그런 방법 덕분에 그는—그리고 우리는—그 시 절을 지내올 수가 있었다. 그 때문에 많이 싸우기도 했다.

"이봐, 마사." 내가 또 책을 펴놓고 앉아 훌쩍이고 있는 것을 보고 존이 말을 한다. "이젠 그걸 이겨내고 생활로 돌아올 때도 됐어."

"그걸 이겨낸다구?" 나는 흐느끼며 말한다. "어떻게 그런 말이라도 할 수가 있어? 당신은 아무렇지도 않단 말이야?"

존은 사려 깊게 한동안 나를 바라보다가 "그래, 아무렇지도 않아" 라고 확신에 찬 조용한 태도로 대답한다.

"아무렇지도 않아?" 나는 숨찬 듯이 말한다. "왜 아무렇지도 않아, 도대체 왜 그래. 당신 어쩜 그럴 수가 있어?"

"나는 그냥 다른 생각을 하는 거야." 존은 참을성 있게 설명한다. "당신도 그렇게 해봐. 그러면 그렇게 신경과민이 되지는 않을 거야."

"그냥 다른 생각을 한다구?" 나는 입에 거품을 물다시피하고 소리 친다. "그래, 당신 참 잘났어. 나는 저능아를 낳을 거야. 30초마다 발길 질을 해대면 그때도 당신 다른 생각을 할 수 있는지 보자고!"

간단히 말해서 그렌델이 장담한 대로 아담과 관련된 모든 일이 우 리의 결혼에도 큰 부담이 되고 있었다. 몇 년이나 지난 후 나는 내게 존이 가장 필요했던 시기에 하마터면 존을 잃어버릴 뻔했다는 것을 알게 되었다. 그는 '진짜 남자'였기 때문에, 아니면 상당히 '진짜 남자' 같은 인상을 주었기 때문에 나는 실제로 내가 느끼는 그 많은 혼란을 그는 느끼지 않는 줄 알았다. 아담이 네 살인가 다섯 살 되었을 무렵, 존은 1988년 3월에 아시아로 떠나면서 거의 돌아오지 않을 결심을 했었다고 말했다.

싱가포르에서 열흘, 일본에서 또 사흘의 긴 여행이었다. 싱가포르에 있는 동안 다른 컨설턴트들과 함께 일을 하면서 존은 마치 고등학생들의 궐기대회에 참가한 부상당한 늙은이 같은 기분이었다. 그는 너무나 지쳐서 심장이 뛰는 것도, 허파가 숨을 쉬는 것도 힘에 겨운 느낌이었다. 늘 그랬던 것처럼 다른 사람보다 앞서서 달려나가는 것이 아니라 다른 사람과 보조를 맞추는 것도 억지로 하고 있었다. 점심시간에 다른 동료들이 식당이나 술집으로 달려갈 때 그는 양해를 구하고 싱가포르의 후텁지근한 거리를 끝없이 헤매며 다녔다. 집에 돌아와서 보면 열대의 햇볕이 셔츠 옷감을 뚫고 들어와 그의 윗몸은 넥타이 모양의 가느다란 흰 자국을 빼고는 빨갛게 익어 있었다. 그 무더운 날씨에 그렇게 오래 돌아다니는 건 무척 괴로웠을 텐데도 존은 그걸 느끼지 않았다. 그는 너무나 지쳐 있어서 거의 아무것도 느끼지 못했다.

그 여행 동안에 우리가 전화로 얘기를 많이 하지는 않았지만 나는 그와 긴밀히 접촉하고 있었다. '보이기'가 그동안 내내 단속적으로 일어났다. 나는 놀라지 않았다. 이제는 그것을 기다리게 되었다. 하루는 내가 잠이 들락말락하는 반의식 상태에서, 중국의 용 비슷한 커다란 회색의 으르렁거리는 짐승이 나오는 꿈을 꾸었다. 그 짐승은 반투명한 피부를 가지고 있어서 생생하게 흰빛을 내는 핏줄이 다 보였다. 이 이상한 모습을 보자 나는 기분이 좋았다. 나는 학부에서 중국의 민속에 관하여 졸업논문을 썼고, 아담이 태어날 해인 용의 해는 가장 긴 해라고 알고 있었다. 어머니가 용꿈을 꾸면 그것은 아기에게 아주 긍정적인 메시지가 되는 것이다.

두어 시간 후에 존이 일본에서 전화를 해서 한밤중에 폭풍 속을 필리핀을 넘어 비행기를 타고 막 도착했다고 말했다. 평생 처음 보는 이상하고 아름다운 광경이었다는 것이다. 연기와 같은 구름 속에서 번개가 쳐서 희고 푸르고 연분홍빛의 빛살로 구름에 수를 놓은 것 같았다고 했다. 나는 내가 본 것이 용의 모습이 아니라 남편이 본 것을 텔레파시로 전해 받은 것임을 알고 내가 한순간 정말로 실망했던 것을 기억한다.

그 여행 중에 '보이기'가 일어날 때마다 함께 일어나던 감정은 거의 견딜 수 없는 슬픔이었다. 나는 그때 내가 느낀 슬픔이 실은 존의 슬픔이었다고 믿는다. 내가 몰랐던 것은, 존이 나처럼 우리 아들이 정상이 아니라는 사실만을 슬퍼하고 있었던 게 아니라는 사실이다. 그는 거기서 나아가서 더욱 과감한 행동을 하려던 참이었다. 존은 스스로에게 구체적으로 말을 한 것은 아니지만 자신이 선택의 기로에 서 있다는 것을 알고 있었다. 그는 케임브리지로 돌아가서 의문이나 불평 없이 스스로 많은 짐을 져야 한다는 것을 알고 있었다. 지금껏 그렇게 훈련받아온 것이다. 그러나 그는 아시아에 머물고 싶었다. 지금 회사의 아시아 지사에서 정규 직원이 될 수도 있을 것이다. 최악의 경우 회사에 고용이 되지 않아도 더 나은 일자리가 생길 때까지 일본에서 영어를 가르칠 수도 있을 것이었다. 그는 나와 케이티와 뱃속의 괴물에게 돈을 보낼 것이다. 그리고 나중에 — 훨씬 나중에, 아기가 태어나고 존은 충분히 쉰 다음에 — 우리 모두가 존을 만나러 갈 수 있을 것이다.

존의 관점에서 보면 이런 계획에는 장점이 많이 있었다. 국제적인 관리직을 가진 사람들 중에는 몇 년씩 헤어진 채 지내는 부부들이 많이 있었다. 존은 자신이 전임 컨설턴트로 일을 하면 함께 지내지는 못해도 나와 아이들을 충분히 부양할 돈을 벌 수 있다는 것을 알고 있었다. 또 고우트스트록 교수가 존의 마음속에 단단히 새겨준 확신이 있었다. 즉 아담이 실제로 태어나면(그리고 장애아를 위한 시설에 들어가지 않는 한) 존은 학위를 받을 수 없을 것이라는 생각이었다. 그 여러 해 동안의 노력과 희생, 미래의 경력에 대한 그의 모든 희망이 무위로 돌아갈 것이다. 그것은 견디기 어려운 생각이었다. 그가 지치고 스트레스를 느낄 때 — 항상 그런 상태였지만 — 그 생각은 아기를 지키라고 그에게 말했던 그 이상한 목소리의 기억보다 더 크게 그를 짓눌렀다. 목소리가 들리는 것은 분명 우스꽝스러운 일이었다. 모든 것을 고려해볼 때 아시아에 머물면서 현지에서 연구를 계속하면서, 재정적인 것 이외의 가족에 대한 책임을 벗어나는 것이 자신의 일에 대한 성실성을 증명하고 진정으로 성공으로 나아가는 유일한 길인 것 같았다.

그 계획의 가장 나쁜 점은, 내가 혼자서 몹시 의존적인 두 아이를 맡아야 한다는 점이었다. 그러나 존은 내면 깊은 곳에서 애도의 과정 중에서 분노의 단계에 있었고, 그 분노의 대부분이 나를 향하고 있었다. 사실상 우리 삶을 그렇게 힘들게 만든 것은 나였다. 처음 임신 사실을 알았을 때도, 나중에 다운증후군에 대해서 알게 됐을 때도 아기를 지키겠다고 나 혼자서 결정을 했다. 존은 그런 문제에 여성의 결정권을 무시하고 참견할 사람은 아니었다. 그러나 그는 몹시 무력하고 속수무책인 기분이었다. 양수천자검사 결과가 나온 뒤에 두세 번 존은 자신에게 그토록 큰 영향을 미치는 일에 자신은 아무런 발언권이 없다는 것은 끔찍한 일이라는 뜻의 말을 한 적이 있었다. 나는 눈을 가늘게 뜨고서, 유사 이래 여성들이 거의 언제 어느 곳에서나 겪어온 것을 느껴보니 어떠냐고 되묻는 것으로 대답을 했다. 그러면 그 이야기는 금방 중단되었고, 존은 자신의 감정을 토로할 기회도 잃고, 자신의 의견은 개진하지도 못한 채 무시되어 버리곤 했다.

그래서 존은 3월의 쌀쌀한 저녁 도쿄의 재즈바에 앉아서 다음 날 아침 로스앤젤레스가 아니라 싱가포르로 가는 비행기를 탈 생각을 하고 있었던 것이다. 그는 터키모자를 쓴 조그만 일본인 남자가 열정을 가지고 솜씨 좋게 부르는 블루스를 들으러 그 바에 갔다. 몹시 어울리지 않는 장면이었지만, 그것은 존이 무감각한 상태를 벗어나는 데 도움이 되었다. 그는 어둠 속에 빽빽이 들어찬 일본인들 가운데 앉아서 몇 주 만에 처음으로 느낌을 갖기 시작했다. 그러자 당장 그리고 진심으로 다시 무감각한 상태가 되었으면 싶었다. 머릿속의 통증과 가슴속의 슬픔과 죄책감은 견딜 수 없을 지경이었다. 그는 손 위에 머리를 떨구고 앉아서 괴로워하고 있었다. 주위 사람들은 점잖게 모르는 체하고 있었다. 일본 사람들은 그렇게 잘한다.

바를 나올 때 존은 취하지 않았지만 취한 것이나 다름없었다. 태평양 연안의 세균들이 그의 몸 안에서 들끓고 있었던 데다 피로와 무거운 절망감까지 합세해서, 존은 좁은 보도 위에서 만성적 알코올중독자처럼 비틀거렸다. 자정이 지난 시간이었고, 몹시 선선했다. 반달이 미로 같은 좁은 거리 위에 밝게 빛나고 있었다. 존은 어디인지 상관치 않고 길을 따라 걷기 시작했다. 그 움직임이, 어디에선가 달아난다는 느낌이 커다란 위안으로 느껴졌다.

그는 아직 앞일에 대한 결심을 하지 않고 있었다. 아무리 여러 번 생각을 해봐도 아시아에 남아 있는 것이 유일하게 합리적인 선택인 것 같았다. 이성이야말로 당연히 하버드인의 정수라고 할 수 있다. 그러나 앞에 놓여 있는 이성적인 길은 그의 감정을 너무나 뒤틀었고, 그로 인해 죽을 수도 있을 것 같았다. 다른 한편, 케임브리지의 그 힘겨운 생활로 되돌아간다는 생각도 참을 수 없었다. 존은 생각을 멈추고 걸음을 빨리했다. 그는 어디로 가는지도 몰랐고 다만 지금 있는 곳에서 벗어나고 싶었다. 기분이 좀 좋아지거나 아니면 쓰러져 죽을 때까지 계속 걷는 것이 나을 것 같았다.

존은 재즈바 근처의 번화한 거리를 벗어나 불빛과 소음들을 지나서 두 팔을 뻗으면 손가락 끝으로 양쪽의 건물을 동시에 건드릴 수 있을 것 같은 몇백 년이나 된 좁은 골목길들을 몇 시간이나 헤매고 다녔다. 그 전해 여름 우리가 도쿄에서 살고 있었을 때, 나는 집을 나가기만 하면 길을 잃었는데 존은 그런 일이 없었다. 그는 탁월한 방향감각을 갖고 있기도 했고, 도쿄에서 모르몬 전도일을 했기 때문이기도 했다. 존은 그날 밤 밤거리를 걸으며 전도일을 했던 8년 전을 떠올렸다. 그 생각을 하고 존은 흠칫 몸을 움츠렸다. 그때는 딱할 정도로 아무것도 모르던 시절이었다. 약간의 언어능력이 있었고, 부모와 사회의 규범에 아무런 의문 없이 복종했던 10대의 청년일 뿐이었다. 그는 일본을 사랑하게 되었지만, 나중에 하버드에서 아시아 연구를 전공하기까지는 그 문화와 역사를 공부할 기회는 없었다.

걸으면서 존은 수천 명이 게다를 신고 걸어 다니던 때 도쿄의 거리에서는 어떤 소리가 들렸을까, 일본의 위대한 영웅들이 살았던 때에 이곳은 어떤 모습이었을까 하고 막연히 생각하고 있었다. 그들의 이름이 머릿속에 떠올랐다. 후쿠자와, 시부사와, 이와사키. 불현듯 그러나 그들이 살아 있었을 때에는 그들 아무도 역사 속의 자신의 위치를 알지 못했다는 생각이 들었다. 그들이 권력을 잡으려고 무찔렀던 경쟁자와 적들과 별로 다르지 않았을 것이다. 존은 그 사람들이 실패를 두려워했을지 모른다는 생각을 해본 적이 없었다. 그리고 그런 역사적인 시대의 패자들, 실패와 망각 속으로 사라져간 사람들이 아마도 승리를 기대하며 출발했으리라는 것을 깨닫지 못하고 있었다.

존이 서 있을 수도 없을 만큼 지치게 된 때는 새벽 2시였을 것이다. 아니면 4시였는지도 모른다. 이미 시간도, 자기가 가는 길도 의식하지 않은 지 오래였다. 막연하게 도쿄의 어느 구역에 와 있는지만을 의식할 뿐이었다. 그는 조그만 집들이 열을 이루고 있는 옆에 서 있었다. 좁은 길의 건너편은 높은 돌담으로 되어 있었다. 존은 돌담을 따라 걸어 입구에 다다랐다. 그가 예상한 대로 입구는 H 모양의 문간으로 되어 있었다. 그것은 대부분의 신사(神社)의 입구 모양이다.

존은 절뚝거리며 안으로 들어갔다. 오른쪽 무릎이 아팠고, 구두를 신고 너무 오래 걸어서 왼발 뒤꿈치에는 물집이 잡혀 있었다. 초봄의 날씨 때문인지 열이 나서인지 존은 떨고 있었다. 아무래도 좋았다. 좀 앉고 싶었고, 그 이상은 생각할 능력이 없었다.

신사에는 잘 가꾸어진 벚나무로 둘러싸인 단순한 바위 정원이 있었다. 벚나무들은 이미 꽃이 피기 시작하고 있었다. 벌써 오래전부터 코와 비강이 막혀 있지 않았더라면 존은 그 향기를 맡을 수 있었을 것이다. 뜰의 중앙에 조그만 신전이 있었는데, 그것은 실제로 기둥들 위에 놓여진 방 하나일 뿐이었다. 대들보에 징이 하나 매달려 있다. 누군가가 생명과 희망의 상징인 종이학의 긴 사슬을 징 가까이에 걸어두었다. 그 밖에는 사람들이 소망을 적은 흰 종이들이 신전 안을 장식하고 있었다. 존은 일본 사람들이 손에 종이를 들고 신전 앞에서 신들의 주의를 끌기 위해 손뼉을 치는 것을 지켜보았던 것을 기억했다. 그와 다른 전도사는 절망에 빠져 새로운 종교, 낯선 미국의 종교에라도 매달리려는 사람이 있기를 바라면서 자주 신사에 가곤 했다.

존은 실제로 자신이 개종시킨 사람들을 생각했다. 그가 열아홉 살의 그 절대적인 진실성을 가지고 그들에게 했던 말들을 생각했다. 그는 불안해 하는 고등학생들에게 그들이 힘든 시험을 칠 때 '성령이 모든 것을 생각나게 해주실' 것이라고 말했다. 그는 패전의 황폐함을 목격한 상처 입고 의심에 가득 찬 사람들에게 낙관주의와 영원한 생명에 관한 성경 구절들을 앵무새처럼 외워 들려주었다. 그는 전쟁으로 불구가 되고 몸이 상한 사람들에게 그의 하느님이 몸과 마음을 낫게 해줄 것이라고 약속했다. 지금 신사의 뜰에 서서 존은 자기가 전도하면서 말을 걸었던 모든 사람을 찾아내어 미안하다고 말하고 싶었다. 그는 이해하지 못했었다. 그는 무감각하고 무지하고 무신경하고, 틀렸던 것이다.

신전으로 이어지는 오솔길 가까이에 벤치가 있었다. 돌로 만들어진 것으로 이끼가 덮여 있었고 매끄럽게 닳아 있었다. 존은 그리로 걸어 갔다. 도중에 걸음을 멈추고 신전을 마주 보고 섰다. 그는 세 번 손뼉을 치고 전통대로 절을 했다. 그러고는 그것이 누구든 간에 내려다보고 있을 신을 향해 양손의 가운데 손가락을 쳐들어 보였다. 그러고는 돌벤치 위에 누웠다 — 옆으로, 노숙자들이 하는 것처럼 — 그리고 눈을 감았다.

나중에 존은 그다음에 일어난 것을 '일종의 꿈'이라고 불렀다. 그 말을 할 때 뭔가 자신 없는 태도였다. 나도 아담을 임신한 후로 내가 보고 느낀 이상한 일들에 대해 마찬가지로 자신 없는 느낌이었다. 꿈과도 같은 점이 있었지만, 그러면서도 실제 경험보다 더 생생한 것이었다. 나는 융이 이런 것을 '큰 꿈'이라고 불렀다고 알고 있다. 그날밤 신사에서의 존의 '큰 꿈'은 악몽으로 시작되었다. 그는 화재, 산사태, 지진 그리고 닥쳐오는 줄은 알지만 막을 힘은 없는 무서운 사고에 관한 꿈을 꾸었다. 지난 몇주 동안 그가 밀쳐내고 무시하고, 그것으로부터 도피해온 감정들이 홍수처럼 밀어닥쳐 그를 분노와 슬픔, 또 특히 공포 속에 익사시킬 것 같았다. 그가 꾼 악몽 속에서 일어나는 파괴는 무작위인 동시에 악의에 차 있었고, 그것이 초래하는 고통에 대해 전혀 상관하지 않았지만 그럼에도 세밀하게 계획된 것 같았다.

존은 깨어나려고, 꿈에서 벗어나려고 애를 썼지만 겨우 비몽사몽의 반의식 상태에 들어갔을 뿐이었다. 그의 마음의 눈이 보고 있는 무서운 광경은 계속되었지만, 동시에 존은 실제의 자신의 주위를 의식하기 시작했다. 그는 또 생소한 평온함이 시작되는 것을 느꼈다. 단순히 공포가 사라진 것이 아니라 적극적인 평온함, 거대한 힘의 평화로움이었다. 그것은 존 주위의 모든 것, 오래된 돌담, 그가 누워 있는 돌벤치와 이끼, 가벼운 바람에 흔들리고 있는 종이학의 사슬에서 뿜어져 나오는 것 같았다.

존은 이제 떨고 있지 않았다. 그는 자신의 몸이 완전히 긴장을 풀고 있는 것을 느꼈다. 그가 거의 잊어버렸던 느낌이었다. 악몽은 계속되고 있었지만, 이제 그는 마치 몇 걸음 뒤로 물러선 듯이 거리를 두고 바라보고 있었다. 그는 관람석에서 무슨 경기를 내려다보는 느낌이었다. 게다가 그는 혼자 있지도 않았다. 누군가가 그와 함께 바라보고 있었다. 친한 친구, 그가 평생 알고 지낸 사람—아니 그보다 더한, 영원히 알고 있었던 사람. 그 사람이 너무도 친근하게 느껴져 존은 눈물이 솟아났다.

"이걸 좀 봐," 존이 꿈속에서 눈앞에 계속 진행되는 파괴를 지켜보며 말했다. "끔찍해. 너무 끔찍해."

그의 옆에 있는 존재는 미소를 지었다. 존은 그걸 느낄 수 있었다. 〈아니야. 그렇게 끔찍하지 않아.〉그 존재가 말했다. 〈네가 뭘 보려고 하는지에 달려 있어. 봐.〉

꿈속에서 두 개의 점보제트기가 막 공중에서 충돌하고 뒤틀린 금속 조각과 불덩어리, 몸뚱이 파편들이 땅으로 쏟아져 내리고 있었다. 그러나 존이 자세히 들여다보자 부서진 조각 하나하나가 땅에 닿는 순간 변하고 있었다. 모든 잔해들이 다시 결합하여 천천히 비행장이 만들어지고 있었다. 충돌할 때 죽었던 사람들이 새 건물들 사이를 걷고 있고, 새 비행기를 타고 있었다.

〈저 봐,〉 옆의 존재가 존에게 말했다. 〈저 사람들은 전에는 도저히 갈 수 없었던 곳으로 가고 있어. 사실은 그렇게 나쁜 게 아닌 거야. 네가 그 일이 어떻게 일어나는지를 모르는 것뿐이야.〉

그때 갑자기 존의 눈이 번쩍 뜨이고 완전히 깨어났다. 꿈은 사라졌다. 그러나 그 평온함은 남아 있었다. 이제 정신을 차리고 보니까 그것은 더욱 강해졌다. 그는 그것이 바위며 종이며 벚나무들에서 웅웅거리며 울려 나오고 있는 것을 느낄 수 있었다. 그는 너무나 향기로워서 취할 것 같은 벚꽃의 향기를 느낄 수 있었다. 그리고 그는 코가 맑아진 것을 알았다. 그는 편안한 잠자리에서 잘 자고 일어난 것처럼 몸이 가뿐한 것을 느꼈다. 그러나 이 모든 것은 부차적인 것이었다. 존이 첫째로 주의를 기울이고 있던 것은, 그가 꿈에서 만난 그 평온한 공감을 주던 존재가 아직 그와 함께 있다는 사실이었다. 보거나 만질 수는 없었지만 분명히 거기에 있었다.

존은 옆으로 다리를 내리고 일어나 앉았다. 몇 달째 그를 괴롭히고 있던 목의 근육경직이 거의 사라졌다. 그는 잠시 눈을 비비며 앉아 있었다. 하늘이 약간 밝아져오고 있었다. 존은 얼마나 잤는지 몰랐다. 그는 그의 옆에 있는 존재가 그저 또 하나의 꿈이 아닌지를 알아내려고 이런 것들을 주의해서 기억했다.

"넌 누구냐?" 존이 속삭였다. 공중에 대고 말을 하는 것은 어색하고 좀 당황스러운 일이었다. 그러나 금방 대답이 있었다. 그것은 그렌델과 제자들이 내 옆에 모여 있을 때 병원에서 내가 경험한 것과 같은 소리 없이 분명하게 오는 대답이었다.

〈난 아담이야.〉그 존재가 대답했다.

'모든 것이 엉망이 되어버린' 후 처음으로 존은 정말로 울기 시작했다. 그는 안도감을 느끼며, 어떻게 그렇게 될지는 모르지만 모든 것이 제대로 되리라는 느낌으로 울었다. 그러나 무엇보다도 그는 아담과 다시 만난 것이 기뻐서 울었다. 그들이 서로를 본 지가 하도 오래되어 존은 아담이 어떻게 생겼는지도 잊어버렸다.

존은 이것이 6주 전 내가 초음파 화면에서 조그만 얼굴을 보았을 때 느낀 것과 같은 것인 줄 모르고 있었다. '오! 아담이구나!'라고 나는 생각했었다. 내가 아담이라는 이름을 가진 사람을 아무도 모른다는 생각조차 한참 뒤에야 떠올랐었다. 이제 존도 같은 딜레마에 봉착했다. 남편과 나는 각자 우리가 크리스천 제이콥 베크라고 이름 붙인 아기가 사실은 아담이라는 우리의 오래된 친구라는 것을 정말로 이상한 방법으로 확신하게 된 것이었다. 더군다나 서로를 포함해서 누군가에게 이 이야기를 하면 우리는 머리가 이상해진 아주 믿을 수 없는, 어쩌면 위험한 인물로 간주될 것이라고 믿고 있었다. 나는《임신 중에 어떤 일이 일어날 수 있는가》를 포함해서 임신에 관련된 책을 여러 권 보았지만 어느 것도 바로 이런 문제를 다루고 있지 않았다.

존이 신사에서 보낸 밤은, 아담의 방식을 보여주는 전형적인 예이다. 그는 지금 다른 어린 소년들과 마찬가지로 〈스타워즈〉와 피자에 정신을 팔고 부모는 대체로 무시하고 지낸다. 그는 우리가 각자 실수를 하게 내버려둔다. 그러나 아담이 우리를 구하고 싶은 충동을 억제하기 어려운 때가 많이 있는 것 같다는 것이 내 이론이다. 아담은 좋은 선생님들이 누구나 그렇듯이 그렇게 하면 존과 내가 평정과 용기 같은 자질을 키울 기회를 빼앗게 된다는 것을 이해하고 있다. 그런데도 우리가 겁에 질려 꼼짝할 수가 없는 그런 때에는 아담이 도움의 손길을 내미는 것이다. 그런 때면 그는 그 조그만 가느다란 눈으로 나를 주의 깊게 살펴보고 나에게 장미꽃을 사주거나 앵무새를 가진 여자를 통해 전하는 말을 보내주거나 스카이트램에서처럼 손을 뻗어 우리가 공포에 사로잡히는 걸 막아줄 것이다.

나는 그 추운 봄날 아침 존이 신사에서 경험한 것이 정말로 무엇을 의미하는지 모른다. 그러나 나는, 아담이 존에게 조금 위쪽을 바라보라고 설득한 것이라고 상상하고 싶다. 존이 아주 안전하고 완벽하게 보호를 받고 있었다 해도 그것은 그에게는 보이지 않았다. 그의 삶이 와해되고 있다는 느낌은 그게 환상이라고 해도 마찬가지로 두려운 것이었다. 나는 아담이 존에게 그것이 환상이라고 알려주려 했다고 생각한다. 그는 존에게 아래를 내려다보는 두려움을 피하게 한 것이 아니라 그 투명한 바닥을 잠시 만져보게 하여, 바닥이 거기에 있다는 것을 스스로 느끼게 해주었다. 존이 투명한 바닥 위에 설 수 있게 되고, 그 위에서 춤도 조금 출 수 있으려면 좀 시간이 걸릴 것이다. 그러나 아담이 한 일은 충분했다. 존은 집으로 왔다.

26

내가 충고를 하겠는데, 임신 7개월에, 아이가 다운증후군이고 주변에서 모두들 그 사실을 알고 있다면 절대로 하버드에서 강의를 듣지 말아야 한다. 고약하다는 말로는 그 상황의 근처에도 가지 못한다.

어떻게 소문이 났는지 나는 잘 모른다. 어쨌든 소문이 났고 빠르게 퍼졌다. 분명히 고우트스트록은 존에게서 들었고 나도 교수들에게 강의에 집중하지 못하는 형편을 설명하느라 말을 했다. 학생들에게 말한 기억은 없다. 그들이 어떻게 알게 되었는지는 상관없는 일이다. 어찌 되었든 내가 자신을 수습하고 학교에 나타났을 때쯤에는 아담의 다운증후군 진단이 분명히 큰 화젯거리였다.

사람들이 내게 말을 해서 내가 그것을 알게 된 것이 아니다. 아무도 말하지 않았다. 그들은 그 일을 터놓고 얘기하느니 차라리 고문대에서 죽었을 것이다. 나는 그들의 부자연스럽게 유쾌한 미소, 이상한 기계적인 목소리, 특이한 눈빛의 반짝임 등으로 그들이 알고 있다는 사실을 알 수 있었다. 우리 인간들이 하던 일을 멈추고 목을 빼고 재난을 구경하게 만드는 것은 무엇일까? 나도 교통사고나 다른 불행의 현장을 넋을 잃고 구경한 적이 있다. 그런 것들은 우리를 매혹시킨다. 그리고 왜 그런지를 모른다는 사실 때문에 나는 마음이 편치 않다. 어쩌면 다친 사람을 보았을 때 나 자신도 허약한 존재라는 사실을 받아들이려고 하는지 모른다. 아니면 어떤 종류의 재난이 나를 비켜가서 기쁜 것인지도 모른다. 이유가 무엇이든, 하버드에서 나를 아는 사람들이 내 무거운 배를 마치 돌 밑에서 찾아낸 특별하게 이상하고 무서운 벌레처럼 바라보는 그 느낌에 나는 익숙하다.

순전한 우연의 일치로, 내가 수강하는 성의 사회학 세미나(연초에 내가 기절했던 그 강의)에서 내가 아담에 대해 알게 된 바로 그 주에 '새로운 산과기술'이라는 제목의 시간을 계획했다. 나는 그 수업에 출석하지 못했다. 그러나 다음 주에 갔을 때에도 열띤 토론이 계속되고 있었다. 스무 명 정도의 대학원생으로 이루어진 반이었는데, 큰 테이블에 둘러앉아 매주 정해진 주제에 대해 토론하는 전형적인 세미나였다. 뱃속에는 아담이 움직이고 있고, 바로 내가 당면하고 있는 아주 예외적인 상황에 대해 논쟁을 하고 있는 학생들 사이에 앉아 있는 일이 얼마나 비현실적인 느낌이었는지는 말을 할 수가 없다.

대부분의 학생들은 새로운 산과기술이 존재한다는 것이 다행이라고 생각하는 것 같았지만, 그것이 초래하는 도덕적·심리적·사회적 영향에 대해서는 다소 불확실한 태도였다. 그것은 내가 평소에 느껴온 것과 거의 같았다. 그러나 몇 명의 학생은 정말로 충격적인 의견을 개진하고 있었다. 나는 특히 테이블로 몸을 기울이고 다음과 같이 단언하던 한 남학생을 잘 기억하고 있다. "산전 검사를 해서 사회에 해가 될 만한 태아를 제거하는 것은 임신한 여성들의 의무입니다!"

당시에 나는 너무 놀라고 지쳐서 아무것도 하지 못했다. 오늘날까지도 나는 그 학생이 내 상황에 대해서 알고 있었는지 어떤지는 모른다. 나는 그의 이름도 기억하지 못한다. 그러나 나는 아직도 그에 대해 생각한다. 나는 하버드에서 교육받은 라틴아메리카의 독재자가 수천 명의 정치적 반대세력을 고문하고 죽였다는 폭로 기사를 읽었을 때, 그를 생각했다. 나는 그 악명 높은 유나바머가 역시 하버드 학생이었고, 모든 면에서 천재였다는 사실을 알게 되었을 때, 그를 생각했다.

나는 또 아담의 아홉 번째 생일에 그 학생을 생각했다. 아담은 자기 생일파티를 '피자와 게임 아케이드'에 가서 하자고 고집했다. 아담이 초대한 사람은 누이들 말고는 자기의 여자친구라고 주장하는 아이 하나뿐이었다. 그 아이를 로니라고 부르겠다. 아담이 로니에 대해 노래를 하는 걸 듣기는 했지만, 나는 그 아이를 본 적도 없고, 아담이 여자아이와 노는 것을 본 일도 없었다. 나는 로니가 나타나자마자 아담이 그 아이의 다리를 얼싸안지나 않을까 겁이 났다. 아담이 태어나기 전부터 나는 그런 두려움을 가지고 있었다. 다운증후군이 있는 사람들은 모두 과도한 애정표현을 한다고 생각했다. 나는 크게 잘못 알고 있었다.

로니는 완전히 정상적인 지능을 가지고 있지만 태어나서 몇 년간 친척에 의해서 정서적 상처를 입은 예쁜 아이였다. 그 아이는 소란한 피자점에서 겁먹고 경계하는 태도였다. 그러나 아담을 보는 순간, 긴장을 풀고 수줍은 미소를 지었다. 아담은 그날 가장 좋은 양복을 갖춰 입고 있었다. 그는 우아한 태도로 로니의 팔을 잡고 다른 한 손으로 길을 헤치며 나아갔다. 마치 직업적인 보디가드와 월트디즈니판 신데렐라의 왕자를 합해 놓은 것 같았다. 로니의 아버지는 로니가 놀이기구 타는 것을 무서워할지 모른다고 말했다. 그러나 놀랍게도 로니는 아담과 같이 있기만 하면 아무것도 무서워하지 않았다. 나는 소규모 롤

러코스터를 타는 두 아이의 모습을 결코 잊지 않을 것이다. 아담은 안심시키려는 듯이 로니의 팔을 잡고 있었고, 두 아이의 얼굴은 똑같이 절대적인 기쁨으로 빛나고 있었다.

그래. 1988년 하버드에서 나와 같은 세미나에 있었던 그 학생이 어디엔가 있다면 나는 그에게 직접 물어보고 싶었다. 아담과 유나바머를 비교해서 누가 '사회에 해가 되는' 사람인지를 말해보라고. 만일 똑똑한 유나바머를 두둔한다면 나는 그가 만들고자 하는 사회가 도대체 어떤 사회인지 궁금할 뿐이다.

그 학기 내내 그런 일들이 있었다. 새로운 산과기술에 대한 토론이 있고 나서 두어 주 뒤에 나는 미국을 방문 중인 유명한 유럽인 페미니스트와 열띤 논쟁을 하게 되었다. 여자들은 오직 가부장적 권력구조 속에서 경제적 안정을 얻어내기 위해 아기를 갖는다는 그녀의 주장에 대해 나는 의문을 제기했다. 나는 다른 생각이었다. 그럴 수밖에 없었다. 나는 내가 아담을 낳기로 한 그 모든 기이하고 설명하기 어려운 이유들을 생각하지 않을 수 없었던 것이다.

그러나 내 논지는 약했고, 하버드의 기준으로 보면 지지할 수 없는 것이었다. 보통의 경우라면 세미나실에 있던 사람 모두가 그 유명한 페미니스트 편을 들어 나를 완전히 궁지에 몰았을 것이다. 그러나 나와 같이 수강하고 있던 학생들은 ─ 그때쯤에는 그들 모두가 내가 무슨 일을 겪고 있는지 잘 알고 있었다 ─ 너무나 난처한 기분이어서, 마치 그 페미니스트와 내가 탁구 경기를 하고 있기나 한 것처럼 이쪽저쪽을 번갈아 쳐다보기만 하고 있었다. 나는 약간 떳떳치 못한 기분이었지만, 적어도 벌어지고 있는 상황을 정확히 알고는 있었다. 그 유명한 페미니스트는 몹시 신경이 예민해졌다.

하버드에서 유일하게 나한테 바로 와서 내 문제에 대해 솔직히 얘기를 한 사람은 카리브해 지역 사회 수업의 학생조교들 중 한 명이었다. 내가 진단 결과를 들은 지 일주일 뒤였는데, 그는 내게 전화를 하고 자기 친척 한 사람이 자살을 했다고 말했다. 그 여자가 겪고 있는 커다란 고통이 우리 사이의 간격을 메워버려서 그 여자는 갑자기 나에게 아주 정상적이고 도움이 되는 이야기를 해줄 수 있었다. 그 여자는 정말로 도움이 되는 정보를 잔뜩 가지고 있는 사회활동가에게 나를 연결해주었다. 그 여자는 케이티와 새 아기에게 멋진 선물을 가져다주었다. 그 후로 나는 어떤 친구가 좋지 않은 일로 충격을 받았다고 하면 항상 이상하게 기뻤다. 그들이 고통을 겪는 것이 기쁜 것이 아니라, 사람들은 자신들의 고통에 직면하고 그것을 삶이라는 피륙 속으로 흡수했을 때만 솟아나는 진실한 연민에 대해 깊은 감사를 느끼기 때문이다(그러나 이것은 어떤 종류의 것이든 또 다른 고통을 내가 더 겪고 싶다는 말은 결코 아니다).

하버드 사회 말고도 케임브리지 주변에는 내 사정을 듣고 어디에선지 튀어나와 행동을 취하는 이들이 있었다. 내가 잘 알지 못하는 한 여자는 하버드 대학원생의 부인이었는데, 자기한테 무슨 일이 있을 때마다 나한테 전화를 하기 시작했다. 내 처지가 자기의 처지보다 더 비참하다는 것을 알면 기분이 나아지기 때문이었다. 실제로 그 여자가 그렇게 말을 했다. 한번은 세탁기가 고장 났기 때문에 내게 전화를 했다. 그 여자는 "하지만 기형아 아기를 갖는 것에 비하면 아무것도 아니잖아요?"라고 말했다. 또 한 사람, 내 친구의 친구는 나에게 다운증후군의 아이는 '제일 뛰어난 개보다 낫다'는 것을 말해주려고 전화를 했다. 물론 그건 증명된 사실이다. 그러나 나는 그 위안의 말을 해준 사람도 개보다 낫다고 말할 수 있었으면 좋겠다.

나를 가장 성가시게 한 사람들은 나를 낙태반대운동의 포스터 모델로 삼고 싶어 한 이들이다. 지금 분명하게 말할 수 있는 것은, 이들 대부분이 아주 좋은 사람들이라는 것이다. 몇 가지 정치적 입장의 차이가 있는 것 외에는 나는 그들과 잘 지낼 수 있다. 그러나 어떤 사람들은 자신의 대의명분에 거의 병적으로 빠져 있어서 내가 하는 말을 조금도 받아들이지 않는 것 같았다. 그들은 내 생각은 들어보지도 않고, 어떤 우익활동에 내가 참가하는 일을 계획하기도 했다.

나는 예전부터 줄곧 이들 극우집단의 생각들이 정말 특이하다고 생각했다. 그들은 예외 없이 영혼의 존재를 굳게 믿는 종교적인 사람들이다. 그것이 나쁠 건 없다. 나 자신도 영적인 영역에 대한 불신을 보류해 놓았고, 날마다 합리주의적 과학이 설명할 수 없는 일들이 이 세상에 가득하다는 증거에 부닥치고 있었다. 그러나 이런 생각은 어려서 죽은 사람, 특히 태아로 죽는 사람들에 대해, 내가 더 슬퍼하게 만들지 않고 덜 슬퍼하게 만들어주었다. 그런데 어째서 육신 밖의 삶이 존재한다고 믿는 이들이 이 엉망진창인 지구 위에서 태아들의 '살 권리'에 그토록 매달리는 것일까? 나는 낙태반대 입장에 대해 혼란을 느꼈다. 지금도 그렇다. 때때로 나는 이 혼란을 강의나 글에서 언급했는데, 어떤 때는 청중 중에 낙태반대를 열정적으로 지지하는 사람이 있어서 나를 죽이겠다고 위협한 일도 있었다. 이런 일로 해서 나의 혼란은 해소되었어야 했겠지만, 그렇지 못했다. 글쎄, 때가 되면 해결될지 모르지.

내 말을 듣지 않는 것 같은 사람들이 또 있었다. 한번은 어떤 여성클럽에서 짧은 강의를 하면서 아담을 낳은 경험을 언급했다. 회원 한 사람이 화장실에서 내게 다가와서 눈물을 흘리며 말했다. "저도 당신과 같은 결정을 할 수밖에 없었다는 걸 말씀드리고 싶었어요. 그건 잘못된 선택이었어요." 다시 말해서, 그 여자는 낙태를 찬성한다는 것이었다. 고통으로 일그러진 그 여자의 얼굴을 보며 나는 가슴이 찢어지는 것 같았다. 나는 내가 한 말을 그 여자가 이해했는지 잘 모르겠다. 그래서 혹시 그 여자가 이 글을 볼 경우를 생각해서 다시 말하려고 한다.

중국 말에 '영혼의 자매'라는 뜻의 단어가 있다. 나는 내 마음속의 당신에게 그 단어를 쓰고 싶다. 내 말을 들어주어요, 영혼의 자매여. 다행인지 불행인지 당신은 이미 지옥을 경험했습니다. 자신을 비난하는 것으로 상황을 더 나쁘게 만들지는 마세요. 어떤 선택을 하든 죄책감을 느끼게 마련입니다. 아담이 말을 하려고 애쓰는 것을 볼 때마다, 다른 아이가 아담에게 손가락질하며 웃는 것을 볼 때마다, 그가 다른 아이들과 똑같은 대접을 받지 못하는 것을 알고 풀 죽은 얼굴을 하는 것을 볼 때마다 나는 내 이야기를 듣고 당신이 그랬던 것처럼 죄책감으로 가슴이 찢어집니다. 인생은 힘든 것입니다. 우리는 우리가 할 수 있는 최선의 선택을 합니다. 비난은 밖에서 오는 것이든 자신의 내면에서 오는 것이든 이 세상에서 연민을 그만큼 빼앗아 갑니다. 우리에게는 연민이 필요합니다. 당신이 자신을 용서하도록 노력하겠다고 약속한다면 나도 자신을 용서하려고 노력하겠어요. 내 마음속 깊은 곳에서는 우리 누구도 용서할 것이 없다고 생각합니다.

내가 이런 식으로 아담에 관련하여 내게 강한 인상을 남긴 사람들 모두에게 말을 한다면 이 책은 너무도 길어질 것이다. 정말이지, 아담이 어떻다는 것에 대해서, 그리고 내가 한 선택에 대해서 듣고 사람들이 한 말들에 귀를 기울이는 것은 힘든 일이었다. 그들에게 대답할 옳은 말이 제때에 생각나는 경우가 없었다. 결국 나는 내 결정에 대한 남들의 의견이 무엇이든 아무 상관이 없다는 것을 깨달았다. 중요한 것은 내가 한 선택이 결국은 내가 가야 할 곳으로 나를 데려다줄 것 같다는 것이다.

이것은 존의 아시아 여행, 그가 돌아오지 않겠다고 결심했던 그 여행 동안에 특히 분명해졌다. 내 몸의 상태로 존이 없는 동안 혼자 지낼 수 없다는 것이 분명해지고 나서부터 나는 존이 여행하는 동안 학교 일이 허락하는 범위에서 가족들에게 가 있곤 했다. 아담의 다운증후군 진단을 듣고 2주 후 존이 싱가포르로 떠나자 나는 유타의 친정 부모님에게 갔다. 케이티를 데리고 가방을 꾸려 들고, 많은 근심을 안고 갔다.

내 친정 식구들은 그 임신기간의 마지막 두어 달 동안 많은 도움을 주었다. 나의 세 언니들은 자주 전화를 해서 위로와 충고를 해주었고, 내 말을 들어주었다. 간호사인 올케가 보내준 편지는 너무도 다정해서 지금도 그것을 보면 감동이 된다. 그 올케의 남편인 내 큰오빠는 오빠로서 더할 수 없을 만큼 친절하게 나를 보호해주려 애썼다. 어머니는 내 기분이 나아지도록 할 수 있는 모든 일을 했다. 그러나 사실 어머니는 아담의 상태에 대해 자기 자신이 너무 슬퍼하고 있었기 때문에 내 슬픔은 거의 들을 수 없었다.

한편 유타로 그렇게 되돌아간다는 것은 아담의 상태에 대해 알고 나서 처음으로 가족들을 만나는 것을 의미했다. 나는 그때까지 아버지께는 말을 하지 않았는데, 아버지는 본래 전화로 긴 얘기를 하는 분도 아니었고, 내가 저능아를 임신해서 우리 집안의 자랑거리에 먹칠을 한 지금 아버지에게 어떻게 말을 해야 할지도 몰랐기 때문이다. 내가 몽골로이드 백치라는 말에 접할 때마다 나는 우리 집안에서 누군가를 깎아내릴 때 수도 없이 써온 백치라는 말을 생각하곤 했다. 이제 나는 의학적으로 '백치'라고 진단을 받은 아이를 임신하고 집으로 돌아가는 것이었다. 나는 우리 식구 누구도 내 마음을 아프게 하고 싶어 하지 않는다는 것을 알고 있었다. 그런데도 한편으로 내가 실제로 그들과 함께 있게 되었을 때 그들이 어떤 말을 할지, 어떻게 행동할지 겁이 났다.

그들은 아무 말도 하지 않았다. 정말로 한마디도 하지 않았다. 아버지가 공항에 마중을 나오셨다. 집에 가는 길 내내, 한 시간쯤 걸리는 거리인데, 아버지는 연구 중에 마주친 잘 알려져 있지 않은 어떤 책에 대해서 얘기했다. 푸른 칠을 한 우리 집에 도착했을 때 어머니는 케이티와 존과 학교에 대해 말했다. 정말이지 기이한 기분이었다. 나는 내내 외젠 이오네스코의 연극들을 떠올리고 있었다. 거기에서는 고상한 사교계 사람들이 둘러앉아서, 주변의 사람들에게 불이 붙고 사람이 코뿔소로 변하고 하는데도 그걸 모른 체하며 날씨 이야기를 한다. 전혀 모르는 사람들이 내 아기와 내가 한 결정에 대해 듣고서 나한테 전화를 하는데, 여기 바로 내 가족들은 아무도 거기에 대해 말하려 하지 않는 것이었다.

어느 순간, 내가 말을 꺼내야 한다는 생각이 들었다. 나는 친정집 거실에서 부모님과 오빠 하나와 같이 있었다. 케이티는 바닥에 앉아 잡동사니더미를 가지고 놀고 있었다. 누군가가 어떤 사람은 성공적으로 살아가는데 다른 사람은 그렇지 못한 것은 공평하지 않은 일이라는 말을 했다. 나는 기회가 왔다고 생각하고 심호흡을 한 뒤에 말했다. "그래요. 인생이란 그런 건가 봐요. 공항에서 건강한 남자 아기들을 볼 때마다 슬펐어요."

우리 식구들을 잘 알고 있는 나조차도 그런 반응은 예상하지 못했다. 아버지는 나를 바라보며 웃기 시작했다. 그냥 작게 웃는 것이 아니라 큰소리로 길게 너털웃음을, 마치 내가 연기를 잘 못하는 코미디언이고, 내 용기를 북돋워주고 싶은 듯이 웃었다. 오빠는 그렇게 크게 웃지는 않았지만 따라 웃었다. 어머니는 뜨개질만 계속하면서 앉아 있었다. 그리고 나서 아버지는 어느 지방대학에 대해서 통렬한 공격을 시작했다. 지능지수가 70밖에 되지 않는 여자가 10년간 열심히 노력한 끝에 졸업자격을 모두 갖추었다는 신문기사를 읽었기 때문이었다. 오빠는 더 나아가서 정신지체자 두 사람이 결혼했다는 뉴스에 관해 말했다. 그런 일이 허용된다면 그 부부는 적어도 자진해서 아이는 낳지 말아야 한다는 것이 오빠의 입장이었다. 그렇게 시작해서 이야기는 계속되었는데, 그들은 아무리 애를 써도 그런 이야기를 피할 수가 없는 것 같았다. 나는 그들이 일부러 그렇게 내 폐부를 찔러대는 화제를 선택했던 것이 아닌 줄은 안다. 그들은 나를 걱정하고 있었고, 오직 선의를 갖고 있었을 뿐이다. 그러나 내가 말했듯이, 본심은 새어나오게 마련이다.

다행히도, 비록 이 대화가 나를 거의 기진맥진하게 만들긴 했지만 결국 나는 이 문제에 대처할 수 있게 되었다. 그리고 그것은 전적으로 내가 대학 1학년을 마치고 나서 의기소침해서 자살을 생각하고 있던 때에 심리치료를 받은 탓이었다. 처음 의사를 만났을 때 그는 내 가족에 대해 물었고, 나는 우리 식구들이 다른 사람들과 별로 다르지 않다고 생각하며 정직하게 이야기를 해주었다. 그러자 그는 형제가 몇이냐고 물었다. 나는 이미 일곱이라고 말했었지만, 다시 말했다.

　"아이구 맙소사!" 그는 기쁨에 차서 소리쳤다. "내가 큰돈을 벌게 되겠군!"

　그는 거의 공짜로 나를 치료해주었던 것 같다.

　내가 유타에 가서 2~3일 되었을 때 사촌 하나가 나를 보러 왔다. 리디아는 나와 동갑이었고, 우리가 20대 중반이었던 때 그 나름의 문제들을 안고 있었다. 리디아가 나타나자 부모님과 오빠는 다시 나에 대한 언급을 피하는 태도로 돌아갔다. 나는 리디아에게 그 얘기를 하고 그 때문에 마치 침대 밑에 핵폭탄이라도 감추고 있는 듯이 마음이 편치 않다고 말했다. 리디아는 우리 아버지들(그들은 형제간이다)은 어떤 감정이든 웃음으로밖에 표현할 줄 모른다고 말했다. 그들은 이 규범을 자녀들에게 물려주었다. 비명을 지르고 싶으면 웃음으로 비명을 질러라. 울고 싶으면 기쁨의 눈물을 흘려라. 아기가 장애아가 아닌 체하고 싶으면 크게 너털웃음을 웃어라. 어떤 경우에든 통한다.

　역설적인 일이지만 아담과 관련해서 유머라는 양날을 가진 도구를 내가 사용하도록 처음 도와준 것이 리디아였다. 우리는 리디아의 차를 타고 눈 덮인 산으로 드라이브를 했다. 눈 덮인 산은 항상 내 마음을 달래주었다. 케이티는 뒷자리의 안전벨트에 매여 있고, 아담은 내 뱃속에서 자동차 계기판 쪽을 향해 있었다. 리디아는 신중하게 이것저것 물었고, 우리는 리디아가 겪어온 것들, 특히 아버지가 일찍 돌아가신 후의 생활에 대해 이야기했다. 우리는 울먹거리게 되었다. 리디아는 눈더미 옆에 차를 세웠고, 우리는 함께 실컷 울었다. 그리고 나서 리디아는 얼굴을 닦고 한숨을 쉬고 나서 말했다.

"이봐, 말하자면 이렇게 되는 거야. 넌 아주 똑똑한 아이 하나 하고, 아주 멍청한 아이 하나를 갖게 되는 거야. 그게 그렇게 나쁜 거니?"

나는 웃기 시작했다. 우리 아버지의 억지웃음이 아니라 정말로 웃는 자연스러운 웃음이었다. 그런 종류의 웃음은 눈물을 막는 것이 아니라 눈물을 보완하는 것이다.

"아니, 그렇게 나쁜 일 같지는 않아." 내가 말했다. 그리고 입술을 깨물었다. "단지 사람들이 아이를 어떻게 바라볼까를 생각하면 그게 정말 괴로워."

장애아들의 부모가 쓴 책에서 그런 이야기를 많이 읽었다. 그들은 모두 다운증후군 아이를 가진 사람들은 남들의 구경거리가 되는 치욕을 견딜 줄 알아야 한다고 말한다.

"그래, 그러니까 최악의 경우를 상상하자." 리디아가 말했다. "네가 아기를 안고 버스정거장이나 어디에 앉아 있다, 이렇게." 리디아는 아기를 안고 있는 시늉을 했다. "그때 어떤 뚱뚱한 아줌마가 와서는 이러는 거야. '어머, 그 아기 좀 이상하네요!'"

나는 몸서리를 쳤다. "바로 그거야." 내가 말했다.

"그럼 넌 이렇게 하는 거야." 리디아는 안고 있는 아기를 자세히 들여다보는 시늉을 했다. 그러고는 놀란 듯이 눈을 크게 뜨고는 "어머나, 정말! 아줌마 말이 맞네요!"

우리는 함께 자지러졌다. 너무나 심하게 웃어댄 바람에 나는 배 근육에 쥐가 났고, 차에서 내려 주위를 좀 걸어 다녀야 했다.

리디아와 이야기를 하고 나자 다른 친척들이 아기에 대해 말하기를 피하는 이상한 태도를 견디기가 훨씬 쉬워졌다. 그렇긴 해도 유타를 떠나기 사흘 전에 나는 결국 무너지고 말았다. 케이티의 옷을 사러 갔었다. 어쩐 일인지 아동복 가게에서 어린 사내아이들을 보니까 마음이 너무 아파서 운전을 하기도 힘들 정도였다. 나는 돌아오는 길 내내 울었고, 돌아와서도 울음을 그칠 수가 없었다. 내가 집에 들어섰을 때 아버지가 책을 읽고 계셨다.

"무슨 일이야?" 아버지는 짐짓 장난스러운 어조로 말했다. "무슨 일이야?"

"죄송해요, 아빠." 나는 흐느끼며 말했다. "죄송해요. 너무나 힘들어요."

가엾은 아버지. 그는 울음을 터트렸다. 나는 누구든 성인 남자가 그날 아버지가 운 것처럼 우는 것을 본 적이 없다. 아버지는 하버드보다도 더 하버드다운 사람이었다. 팔순이 가까웠고 흰머리에 위엄을 갖춘 괴짜 천재 교수의 전형인 사람. 그러나 아버지는 다섯 살짜리 아이처럼 흐느껴 울었다.

아버지가 나를 위로해주려 애썼다는 데에는 의심의 여지가 없다. 나는 즉각 그것을 느낄 수 있었다. 한 사람의 절망이 우리 자신의 절망보다 더 깊을 때 우리는 그것을 느낄 수 있다. 아버지가 더이상 자신의 사회적 가면 뒤에 숨어 있지 않게 되자, 나는 아버지가 나 자신보다도 내 문제에 대처할 능력이 훨씬 적다는 것을 알 수 있었다. 그뿐만 아니라 내게는 도와주는 존재들이 있었다. 나는 그 순간에 보이지 않는 존재들이 나를 둘러싸고 있는 것을 느낄 수 있었다. 그들에 대한 불신을 버리고 나니까 그들은 아버지 못지않게 거의 만질 수 있을 듯이 생생하게 느껴졌다. 그들은 아버지를 위해서도 있었지만, 아버지는 그것을 알지 못했다. 그들을 느낄 수 없었다.

나는 대학의료센터에서 그렌델 박사를 보았던 것처럼 울고 있는 아버지를 바라보았다. 이제 아버지는 내가 어린 시절에 보았던 당당한 권위 있는 아버지가 아니었다. 내가 본 것은 한 번도, 평생 단 한순간도 있는 그대로의 모습으로 사랑받을 수 있다는 것을 믿어보지 않은 한 노인이었다. 천재로 떠받들어지고, 인생의 각 단계에서 지능과 학위와 학문적 업적으로 평가되어온 사람. 사랑이나 소속감이 없는 삶의 극단적인 황량함을 막아준 것은 오직 그의 탁월한 지력이었다.

아니, 그는 그렇게 생각하고 있었다. 그것은 사실이 아니었다. 내가 아버지를 사랑하기 때문에 나는 그것이 사실이 아닌 것을 안다. 그러나 내가 심리치료를 받은 10대 이래 나는 아버지에 대한 나의 사랑이 그의 방어벽을 뚫고 들어가지 못한다는 것을 알고 있었다. 지금 숨 쉬기 어려울 만큼 흐느끼고 있는 아버지를 보면서 그가 자신의 고통 속에 빠져서 지금도 나의 사랑을 느끼지 못하고 있다는 것을 알았다. 적어도 나는 아버지를 사랑하고 있는 것이 나만이 아니라는 것을 알고 있었다. 나는 우리 주위의 보이지 않는 존재들로부터, 잡동사니 가득

한 그 방의 구석구석으로부터, 파란 칠을 한 그 집 구석구석으로부터, 주위 모든 방향으로부터 아버지를 향한 사랑이 쏟아져 나오고 있는 것을 느낄 수 있었다. 그 사랑은 나를 향한 것일 뿐만 아니라 아버지를 향한 것이기도 했고, 아담과 케이티, 리디아 그리고 우리 모두를 향한 것이었다.

나는 다시 한번, 내가 어린 시절에 바랐던 것처럼, 어떻게 해서든 아버지가 돌아가시기 전에 무언가가 아버지의 마음에까지 뚫고 들어 가기를 바라고 있었다. 나는 아버지가 똑똑하든 우둔하든, 천재이든 백치이든 그 자신은 항상 본질적으로, 변함없이 사랑받을 만한 존재라는 사실을 알면 얻게 될 그 무한한 위안을 느낄 것을 간절히 원했다. 내가 아담을 배고 나서 갖게 된 새로운 관점에서 나는 분라쿠 인형 조종자들이 그런 일이 일어나도록 할 계획을 가지고 있기를 바랐다. 아마 그럴 것도 같았다. 그러나 또 한편 우리 아버지는 그들이 만날 수 있는 가장 강인한 정신과 겁에 질린 영혼을 가진 사람일 것이다. 아버지가 둘러친 방어벽을 뚫을 계책이 있을 성싶지 않았다. 그러나 무슨 상관이야, 라고 나는 생각했다. 그들은 아버지에게 통할 방법을 알아 낼 것이다.

나를 위해서 그들은 결국 방법을 찾아내지 않았던가.

27

그 3월의 여행 후 존과 내가 케임브리지에서 다시 만났을 때 우리는 서로에게 어떻게 말을 할지를 몰랐다. 우리가 헤어져 있던 짧은 기간 동안에 둘 다 크게 달라졌던 것이다. 우리는 달라진 우리 자신들이 젖은 솜털과 비틀거리는 다리를 가진, 알에서 막 깨어난 병아리들처럼 상처받기 쉬운 존재로 되어 있는 느낌이었다. 우리는 우리 속에서 일어난 변화를 분명하게 서로에게 말하지 않았다. 둘 다, 오해를 받을까 봐 신경이 쓰였고, 자신이 얼마나 혼란스럽고 얼마나 허약한지를 드러냈을 때 조롱을 받지 않을까 겁이 났다. 그래서 우리는 어색하게, 말을 하지 않는 것으로 스스로를 감추었다. 사실 많은 사람들이 대체로는 그렇게 한다고 나는 믿는다.

우리 대화의 대부분은 내가 최근에 읽은 다운증후군에 관한 정보를 존에게 전하는 것이었다. 나는 다운증후군에 관해서 모든 것을 알 수 있으면 아담과 함께 사는 생활이 어떨지를 예견할 수 있으리라 믿었다. 그런데 내가 알게 된 모든 것은 우리의 미래, 그리고 아담의 미래는 거의 완전히 결정되어 있다는 느낌만 더욱 강화했다. 첫째로 아담은 태어나면서 살아 있을 확률이 60퍼센트였다. 그리고 심각한 심장 결함이 있을 확률이 40퍼센트, 신장에 문제가 있을 확률이 30퍼센트, 호흡기에 장애가 있을 확률 26퍼센트 등등이었다. 실제의 문제들에 대해 이야기를 하는 것은 충격과 슬픔을 통해 그것을 수용하는 쪽으로 나아가는 좋은 방법이다. 그러나 불확실성에 대해 이야기하는 것은 오직 불확실성에 도달할 뿐이고, 그것은 고통스런 과정이었다.

이 사실을 깨달을수록 존과 나는 이야기를 덜 했다. 우리는 매일의 계획이나 케이티를 돌보고 먹이는 일, 나의 병원약속 등 구체적이고 필요한 문제만을 얘기했다. 존의 집안 사람들이 물리적 대상만을 화제로 삼는 방식은 이런 경우에 아주 편리했다.

그렇지만 이 어려운 몇주 동안에 존과 내가 말없이 서로 이해하는 방법이 있었다. 그중 하나가 서캐 뽑기였다. 이 말은 사소한 트집을 잡는다는 뜻으로 쓰이기도 하지만, 나는 문자 그대로의 뜻으로 말한 것이다. 말은 하지 않고 서캐를 뽑기만 하는 것이다. 이것을 이해하려면 우리의 친구, 머릿니에 대한 매력적인 사실 몇 가지를 알아야 한다. 어렸을 때, 나는 이가 풍뎅이같이 생긴 커다란 놈으로, 흰개미집 같은 집을 바로크 시대 유럽 사람의 가발 속에 만드는 줄 알았다. 실제로는 아주 작은 놈들이다. 너무도 작아서 그놈들이 우리 머리에 살아도 우리는 당장 알아채지 못한다. 보통은 샴푸로 머리를 감아도 죽거나 씻겨 나가지 않는다. 그놈들은 샴푸를 좋아하는 것 같다. 그런데 이놈들은 머리카락의 뿌리 사이에서 뛰어놀면서 아주 조그만 알을 낳아 머리카락에 붙여 놓는다. 그 알이 서캐다. 그것을 머리카락에서 떼어내는 게 서캐 뽑기의 본래 뜻이다.

나는 이게 혐오스러운 일이라는 걸 안다. 이런 얘기를 하는 것을 내가 좋아하는 것은 아니다. 전에는 친한 친구들에게도 이런 이야기를 한 것 같지 않다. 다만 우리가 아담을 기다리고 있던 그때 존과 내가 도달한 상황을 제대로 이해하려면 서캐 뽑기가—하느님 앞에 맹세컨 대—우리가 함께 한 가장 즐거운 일 중의 하나였다는 것을 말하지 않을 수 없다.

훨씬 더 전인 10월에 존이 싱가포르에서 이를 처음 옮아가지고 왔을 때 우리는 아파트와 집 안의 모든 것, 특히 우리 머리에 거의 온갖 짓을 다 했다. 나는 임신 첫 3개월에 머리염색약을 쓰면 그것이 태아에 해를 끼칠 수 있다는 것을 읽어서 알고 있었다. 약국에서 사온 머릿니를 없애는 샴푸도 그 비슷한 영향이 있지 않을까 하는 생각도 들었지만, 나는 조금도 개의치 않고 그것을 온몸에 문질렀고, 털이 빠지는 것이 아닌가 싶을 때까지 샴푸를 그대로 뒀다. 말할 것도 없이 존도 비슷한 노력을 했다. 한동안 우리는 이가 다 사라졌다고 믿었다. 그러나 6주가 지나서 나는 머리 밑에 아주 익숙한 근질거리는 느낌을 받았고, 우리는 다시 머릿니 없애기 작전을 전부 수행했다. 케이티에게는 이가 옮지 않았지만, 존과 나는 아담이 태어날 때가 가까울 때까지 때때로 그 일을 해야 했다.

그 특별한 샴푸로 이를 모두 죽이고 나도 아직 조그만 죽은 서캐는 머리카락에 붙어 있다. 이 죽이는 샴푸를 사면 서캐를 제거하는 조그만 빗도 같이 오지만 그것은 소용이 없었다. 정말로 서캐를 없앨 수 있는 유일한 방법은 손톱으로 떼어내는 것이다. 이것은 존과 나의 습관이 되었다. 당시에 우리를 알았던 사람들은 아마 우리가 걸핏하면 손을 머리로 가지고 가던 것을 기억할지 모른다.

이것은 그 나름으로 멋진 취미였지만, 자기 머리의 서캐를 볼 수 없다는 약점이 있었다. 언제부터 존과 내가 번갈아가며 무릎 위에 상대의 머리를 얹어 놓고 한 쌍의 비비원숭이처럼 열심히 머리카락 속을 뒤지는 일을 시작했는지는 모르겠다. 그러나 그것은 정말로 마음을 달래주는 일이었다. 그것은 내가 학부에서 들었던 강의 '100가지 전설과 신화'에서 배운 것을 생각나게 했다(이 과목은 아마 틀림없이 하버드에서 가장 부담이 적은 강의였고 쉬운 강의로 알려져 있었다). 북유럽 전설에서는 영웅이 큰 공을 세우고 돌아오면, 여주인공이 그를 씻겨주고 이를 잡아준다. 그것을 읽었을 때에 나는 몹시 혐오스럽다고 생각했지만, 지금은 약간 향수에 젖게 된다.

우리의 관계를 유지시켜준 다른 의사소통 방법은 케이티에게 사준 플라스틱 알파벳 글자들을 사용한 것이었다. 그것은 자석이 붙어 있어서 냉장고에 붙여 놓을 수 있었다. 케이티는 읽기를 배우는 데는 크게 관심이 없었지만 그것들을 좋아해서, 주로 냉장고에서 떼어내 한동안 씹어대다가 화장실 변기 속에 버리곤 했다. 그런 식으로 글자들을 많이 잃어버렸는데, 존은 고집스럽게 새로 사오곤 했다. 오직 끈기로 케이티에게 글을 알게 할 수 있다고 믿는 것 같았다.

언젠가 글자가 (알파벳 순서대로 해서) E, F, L, M, N, O, U만 남아 있었다. 그것을 정확히 기억하는 것은 어느 날 부엌에 들어갔을 때 글자들이 'MOLE FUN'이라고 배열되어 있었기 때문이다. 나는 그것을 바라보다가 'FOUL MEN'이라고 고쳐 놓고 나갔다. 다음 날 케이티의 침대에서 W를 찾았다. 나는 곧 'MENU FLOW'라고 만들어 놓을 수 있었다. 나중에 존이 부엌에 들어갔다 나온 뒤에 보니까 'FUN LAME SOW'가 되어 있었다(존이 운 좋게 A와 S를 찾아낸 것이었다).

우리는 그것을 몇주 동안이나 계속했다. 그것에 대해 말을 한 적은 한 번도 없었다. 우리는 계속해서, 내기 돈을 올리듯이 소파쿠션 사이나 침대 밑이나 책꽂이 책 사이에서 찾아낸 글자를 보태어 말을 만들었다. 말없는 규칙이 만들어지기도 했다. 예를 들면, 처음에는 필요한대로 M이나 W를 뒤집어서 쓰기도 했다. 그러나 곧 이것은 얍삽한 속임수라고 결정했다. 그러고는 관계가 없는 단어들을 아무렇게나 조합해보기도 했다. 그러나 점차로 정말로 열심히 궁리를 하면 있는 글자만 가지고 항상 뜻이 통하는 생각의 토막을 만들어낼 수 있다는 것이 분명해졌다.

집 안에 남아 있던 글자들을 다 찾아내고 나니까, 우리는 'MANGY SULPHUR COW FUEL'이라든지 'LU, SPEW FANCY GHOUL RUM' 혹은 'WHY GUMS FOR UNCLE PAUL' 등의, 생각을 촉발하는 말들을 만들어낼 수 있었다. 이 놀이의 절정이라고 할 수 있는 것은 내가 어느 날 냉장고 앞에 서서 30분간 열심히 생각한 끝에 'WALL OF GRUMPY EUNUCHS'라는 말을 만들어냈을 때다. 그것은 계시와도 같았다. 나는 내가 만들어낸 것을 보고 거의 숭고한 기쁨을 느꼈다. 존도 역시 깊은 인상을 받았다는 것을 알 수 있었다. 그것에 대해 아무말도 하지는 않았지만, 며칠간이나 손대지 않고 두었기 때문이다. 환관들이 다섯 사람 폭에 세 사람 높이로 다닥다닥 붙어 서서 서로서로 불평을 하고 투덜대고 있는 모습은, 지금까지도 생생하게 상상이 된다. 그것은 우리가 아담을 기다리며 겪었던 고통 속에서 생겨난 창조적인 열매 중의 하나이다. 역경은 때때로 쓸모가 있다.

3월이 다 가서야 존과 나는 우리의 침묵을 깨트렸다. 어느 일요일 아침 새벽 3시쯤 아담이 갈비뼈를 치는 바람에 나는 얕은 잠에서 깨어났다. 그 시간쯤에 잠이 잘 깨곤 했는데, 그것은 즐거운 일이 아니었다. 내가 아무리 긍정적인 생각을 하려고 애를 써도, 또 이보다 훨씬 나쁜 일을 겪고 결국 괜찮아진 사람들이 많이 있다고 자신에게 아무리 타일러도 다운증후군에 관해 내가 알게 된 무서운 일들이 눈앞에 떠오르고 나를 두려움에 질려버리게 했던 것이다.

한동안 생각에 잠겨 있다가 나는 무거운 몸을 일으켜 거실을 건너 부엌으로 갔다. 전깃불을 켜자 냉장고에 붙은 글자들이 눈에 들어왔다. 'WHELP YOUR FUNGAL SCUM'이라고 되어 있었다. 나는 글자들을 다시 배열하는 데 몰두하고 있었는데 어둠 속에서 시커먼 모습이 나타났다. 놀라서 소리를 지르고 보니 존이었다.

"그러지 마!" 내가 말했다.

존은 피곤한 듯이 미소를 지었다. 그는 기진맥진한 모습이었다. 눈은 너무나 깊이 쑥 들어가서 눈썹 그늘에 가려 거의 보이지 않았다.

"놀랐지." 그가 말했다.

"하나도 안 우스워, 존." 나는 장난을 할 기분이 아니었다.

"일어나서 뭘 하는 거야?" 그가 말했다.

"잠이 안 와서." 내가 대답했다. "당신은 왜 일어났어?"

"배가 고파서." 그가 말했다. "이제 내 생체시계를 바꾸기 시작할 때도 됐어."

나는 고개를 끄덕였다.

"초콜릿칩 쿠키를 먹고 싶어." 존이 말했다.

나는 기분이 조금 밝아졌다. 우리는 둘 다 초콜릿칩 쿠키를 아주 좋아한다. 그것이 우리를 가까워지게 한 것 중의 하나였다. 그 전해에는 매일 16킬로미터 넘게 추위 속을 걸어 다녀야 했는데, 우리는 거의 매주 저마다 체중에 맞먹는 만큼의 초콜릿칩 쿠키를 만들어 먹어치웠다. 그러나 아담을 임신한 후로 나는 쿠키를 먹지 않았고, 존도 혼자서는 먹으려 하지 않았다 ─ 모두 알다시피, 그건 중독이라는 경고 신호의 하나이다.

지금 몇달 만에 존은 찬장에서 익숙한 재료들을 꺼내어 카운터 위에 늘어놓기 시작했다. 나는 쿠키를 만들 때 늘 느끼곤 했던 잔치 같은 기분을 약간 느꼈다. 나는 우리 조그만 부엌에 맞는 하나밖에 없는 의자로 뒤뚱거리며 걸어가서 앉았다.

"당신 기분 어때?" 존이 반죽그릇을 꺼내며 깍듯하게 물었다.

"좋아."

몇주 동안 우리 대화의 깊이는 그 정도가 고작이었다. 존이 버터를 꺼내어 그릇에 넣는 것을 보며 나는 "오늘 엄마와 얘기를 했어"라고 했다.

"그래?" 존은 백설탕과 흑설탕을 계량해서 그릇에 담고 나무주걱으로 내용물을 으깨어 섞었다.

"응, 다운증후군이 있는 손자를 둔 여자를 만났대." 나는 맥없이 말을 계속했다. "열다섯 살인데 아주 잘 지낸대."

"좋은 애기네." 존이 말했다. 그는 반죽기를 서랍에서 꺼내어 끼웠다. 정말로 멋진 초콜릿칩 쿠키를 만들려면 설탕과 버터를 철저히 섞는 것이 중요하다.

"그 아이는 자기 침실을 아주 잘 정리한대." 나는 말을 이었다. "언

344

제나 깨끗하게 해두고 있대."

"대단하군!" 존은 명백하게 감정을 과장하며 말했다.

"나는 그 말을 듣고 기분이 좋아져야 될 것 같은데 그렇지가 않아."

눈에 눈물이 고이는 것이 느껴졌다. 나는 존 앞에서 슬픔을 더 잘 감출 수 있게 되었지만 새벽 3시에는 그것이 쉽지 않았다.

"사실은," 내가 말했다. "나는 열몇 살 된 아들이 방이나 깨끗이 정돈하고 있길 바라지는 않아." 내 목소리가 조금 떨렸다. "엄마와 전화를 하면서, 내내 방을 엉망으로 만들고, 벽에 바보 같은 포스터나 붙여 놓고, 늦게까지 안 들어오고, 여자아이 만나고, 대학원서 내고 하는 아들이 있는 사람들은 자기들이 얼마나 행운인지 모른다는 생각을 했어." 눈물이 눈에서 넘쳐 나왔다. 나는 훌쩍였다.

존은 아무 말도 하지 않았다. 그는 반죽기를 켜서 그릇 안에 넣었다. 차가운 버터를 섞느라고 우웅 소리가 났다. 존이 반죽기의 속도를 높이자 우웅 하던 소리는 화난 듯한 높은 소리로 변했다. 그것이 정상이다. 그런데, 그날 밤 반죽기 소리는 제대로 반죽을 젓는 소리로 자리를 잡는 게 아니라 점점 더 높아지고 빨라졌다. 존은 반죽기를 끄려고 했지만 말을 듣지 않았다. 반죽기는 거대한 성난 곤충처럼 비명을 지르며 퍼덕거렸다. 그리고 픽 하는 소리가 나더니 반죽기 몸체에서 연기가 풀썩 올라왔다. 소리가 멎었다. 죽어버린 것이다.

"자알한다." 존이 말했다. "자알해."

어째서인지 그것이 내가 참을 수 있는 한계였다. 나는 의자 속에서 할 수 있는 대로 몸을 웅크리고 울기 시작했다.

존은 내게로 돌아섰다. 화가 나서 입을 꼭 다물고 있었다. "왜 우는 거야?"

"고장 났잖아." 내가 우는 소리로 대답했다.

"그래, 나도 알아." 존이 잡아채듯 말했다.

"온갖 게 다 고장이 나." 나는 흐느꼈다. "제대로 되는 게 없어. 모든 게 잘못돼. 우리한테 무슨 일이 생긴 거야, 존. 우린 이제 아무것도 못해. 아무것도. 과자도 잘 만들지 못하는데 어떻게 아기를 잘 만들 수 있겠어?"

"그렇게 큰소리로 울어대다니, 마사!" 존의 목소리가 커지고 있었다. "이제 좀 그만 하지 그래? 당신이 불행하다는 말을 듣는 데도 질렸어."

나는 더 심하게 울었다. "난 겁이 난다구." 내가 말했다.

존은 달걀을 두 개 반죽그릇에 깨어 넣고 나무주걱으로 다른 것과 함께 섞기 시작했다. 그는 부서진 반죽기를 대신할 만큼 기운이 넘치는 것 같았다.

"뭐가 겁이 나?" 그가 말했다. "당신이 기대하는 만큼 완전하지 못한 작은 아기가 겁나는 거야?" 그는 그릇에 밀가루를 쏟아 넣고 젓기 시작했다. 밀가루가 피어올라 그의 손과 팔목을 덮었다.

"나는 아기가 완전하길 바란다고 하지 않았어." 내가 말했다. "그냥 정상이기를 바라는 것뿐이야. 내가 바라는 건 그거뿐이야. 정상인 거."

"거짓말이야." 존이 소리쳤다. 그는 소금과 베이킹파우더를 계량해서 반죽에 넣고 다시 주걱으로 저었다.

나는 눈물범벅인 얼굴을 쳐들었다. "뭐라고 했어?"

"그건 순 거짓말이야." 존이 말했다. "당신은 이 아기가 정상이길 바라는 게 아니야. 당신은 아기가 그냥 정상인 걸로 밝혀지면 쓰레기 차에 던질 거야. 당신이 정말 원하는 건 아기가 초인이 되는 거야. 슈퍼맨이 되는 거야."

나는 그를 흘겨보았다. "도대체 무슨 소릴 하는 거야?"

존은 초콜릿칩을 넣고 섞었다. 이 단계가 되면 당연히 반죽은 되고 찐득거려서 젓기가 어렵다. 그러나 존은 계란을 젓듯이 계속 저었다. 그는 땀을 흘리기 시작했다.

"확실히 해두려고 하는 말인데," 나는 아주 날카로운 어조로 말했다. "아기를 지키기로 한 건 나야. 다운증후군이 있건 말건. 아기를 쓰레기차에 던지고 싶어 한 건 당신이야."

"당신이 어떻게 알겠어?" 존의 목소리는 더 커지고 있었다. "나한테 뭘 원하는지 물어보기나 했어? 천만에! 나한테 물어본 적도 없잖아!"

나는 너무나 놀라서 울기를 그쳤다. "당신 왜 그래, 존? 내 생각에—"

"그래 그거야!" 그가 외쳤다. "당신 생각, 당신 생각, 당신 생각! 당신이 온갖 거 다 생각하지, 아냐? 당신 생각엔 내가 말에 안장을 얹어서 당신 가자는 데로 어디든 데리고 가야 돼. 그러고는 당신에게 미안하게 생각해야 되는 거지?"

"존—"

그는 아기들의 말 흉내를 냈다. "부쌍한 마다, 나쁜 아가를 갖게 됐대요. 완벽한 사내 아기를 갖고 싶었는데 괴물을 갖게 됐대요."

나는 너무 놀라서 그를 뻔히 바라보았다. "당신 제정신이 아니구나!" 내가 말했다.

"당신은 무슨 대단한 옳은 일이나 하는 것같이 굴고 있어." 존이 쏘아붙였다. "당신은 이 아기를 지킨 것이 굉장한 일이라고 생각하는 거야. 하지만 당신 마음이 진짜 어떤지 나는 알아. 당신은 이 아기를 원하지 않아. 싫은 거야. 아기를 낳기로 한 이유는 순전히 낙태시킬 용기가 없어서야."

나는 의자에서 일어나 싸움소처럼 머리를 숙이고 존에게로 달려갔다. 내 어깨가 존의 앙가슴을 치고 카운터로 밀어붙였다.

존은 잠시 숨을 쉴 수가 없었다. "오, 잘했어." 그가 말했다. "아주 멋지군. 폭력적인 여자들이 근사한 엄마가 되지."

나는 그를 죽이고 싶었다. 몇주 동안 조심스런 예의 바른 침묵 속에 감추어두었던 모든 감정이 머리로 가슴으로 손으로 발로 쏟아져 나왔다. 나는 덫을 물어뜯는 호랑이 같은 기분이었다. 나는 수도꼭지를 맨손으로 뜯어내어 그것으로 벽을 때려 부수고 싶었다. 그 대신 나는 그릇에서 반죽을 떼어내어 존의 얼굴에 밀어붙였다.

"어떻게 그따위 말을 하는 거야?" 나는 소리를 질러댔다. "어떻게 그럴 수가 있어? 도대체 당신은 내가 어떤지 눈꼽만큼이라도 짐작이라도 하는 거야?" 내가 양손으로 너무나 세게 내 배를 두드려서 존이 반죽이 묻은 얼굴로 움찔하는 것이 보였다. "이건 내 아들이야!" 나는 흐느끼며 말했다. "나의 한 부분이라구. 아기가 싫으면 당신은 가도 돼. 하지만 얜 내 아들이야. 그래서 지키는 거야, 괴물이든 뭐든!"

"거봐!" 존이 외쳤다. "당신은 아기를 괴물이라고 불러야 속이 시원하지. 절대로 당신 맘에 들지 않을걸. 절대로!" 그는 자기 얼굴에 붙은 반죽을 떼어 나에게 던졌다.

나는 피했다. "도대체 무슨 소릴 하는 거야? 당신 아주 미쳤어?" 내가 외쳤다.

"이 아기가 어떤 기분일지 알아?" 존이 소리쳤다. "당신이 이 아기가 어떤 기분을 갖게 할지 아느냐구. 평생 동안 자기가 모자란다고 느낄 거야. 애를 쓰고 애를 쓰고, 일하고 일하고 일하고 일하고 일하고, 그래도 당신 맘에 들지는 않을 거야!"

그는 그릇에서 반죽을 떼내어 내게 던졌다. 나는 고개를 돌렸지만 반죽은 귀 바로 위 머리에 맞았다.

"왜 그대로 충분치 않은 거야?" 존은 계속 소리를 질렀다. 반죽 한 덩어리가 내 옆을 지나 벽에 가서 철썩 붙었다.

"왜 그렇게 열심히 일을 해야 하는 거야?" 이번에는 내 팔에 맞았다.

"어째서 완전해야 되고, 온갖 것을 제대로 해야 되고, 실수는 절대 해선 안되고 그런 거야?" 반죽덩어리 또 하나가 어깨에 맞아 내 가운에 달라붙었다.

"존," 내가 낮고 위태로운 목소리로 말했다. "존, 진정해."

"어째서 아기니까 그냥 사랑할 수 없는 거야?" 마지막 반죽이 나를 비껴 날아가 싱크대에 떨어졌다. "왜 생긴 대로 그 애를 사랑할 수 없는 거야?"

그의 목소리는 목쉰 흐느낌으로 변했다. 두 줄기 눈물이, 반죽이 묻은 얼굴 위로 마구 흘러내렸다. 존은 얼굴을 만지고는 천천히 손을 떼며 놀라서 그걸 바라보았다.

"내 얼굴에 물이 있어." 그는 당황한 듯 낮게 중얼거렸다. 그는 완전히 어리둥절해서 나를 바라보았다. "왜 내 얼굴에 물이 있는 거지?"

존은 기억을 하는 한 남 앞에서 울어본 적이 없는 것 같았다. 나는 그를 바라보면서 화가 즉각 사라졌고, 지쳤지만 정화된 느낌이었다.

"여보," 나는 평소의 목소리로 말했다. "당신 지금 아기에 대해 말하고 있는 게 아닌 거 알지. 당신 자신에 대해 말하고 있는 거야."

존이 고개를 끄덕였다.

"당신은 사실 나한테 말하는 것도 아니었어."

그는 눈을 들어 내 눈을 들여다보았다. "그랬어?" 그가 속삭였다.

"그래." 나는 그에게 다가가 얼굴에 묻은 반죽을 떼어내었다. "내 말 들어봐." 내가 말했다. "난 당신 엄마도 아빠도 아니야. 난 교회도 아니고 하버드도 아니야. 사실 난 별것도 아니지. 하지만 나는 있는 그대로 당신을 사랑해. 당신이 알고 있다고 생각했어."

반죽이 묻은 존의 얼굴이 일그러졌다. 그리고 처음으로 그가 정말로 우는 것을 보았다. 아버지 다음으로 이번에는 존이었다.

나는 그를 안았다. "이리 와." 나는 그를 거실로 데리고 가서 소파에 앉혔다. 존은 고분고분 시키는 대로 했다. 조그만 발코니로 나가는 유리문으로 매사추세츠가의 할로겐 가로등 불빛이 약하게 들어왔다. 하버드 전체가 아래에 놓여 있었다. 교회와 기숙사의 첨탑들이 낮게 걸린 구름의 둔한 빛을 배경으로 마치 검은 창날처럼 하늘을 찌르고 있었다.

우리는 한동안 말없이 앉아 있었다. 존은 몇 분간 울었다. 대부분의 여자들은 잘 알고 있는, 그러나 대부분의 남자들은 자기 자신에게 허용하려 하지 않는 그 치유의 울음이었다. 나는 이번에는 울지 않았다. 나는 남편에게 팔을 두르고 몸을 붙이고 앉아 있었다. 그래서 아담이 발길질을 하면 두 사람이 다 느꼈다. 잠시 후 존은 다시 조용해졌다. 그러나 이제는 우리가 지난 몇주 동안 유지해온 가볍고 연약한 억눌린 침묵이 아니었다. 그것은 온갖 괴로운 진실들을 다 말하고 난 다음에 오는 고요함이었다.

"나는 그 아이를 사랑할 수 있는 건 나뿐인 줄 알았어." 존이 이윽고 말했다.

"나도 그렇게 생각했어."

존은 내 머리카락에서 쿠키반죽을 떼어냈다. "당신이 전과 달라졌어."

"당신도 그래."

그는 길게 깊은 숨을 쉬고 나서 천장을 향해 팔을 뻗고 나서 내 어깨에 내려놓았다. "지금도 겁이 나?" 그가 물었다.

"그래."

"나도 그래."

그리고 우리는 한동안 그냥 앉아 있었다. 지하철 열차가 우르릉거리며 길 밑을 지나는 소리가 들렸다. 열차가 인도의 쇠그물을 지날 때 잠시 푸른 불꽃이 튀고 곧 사라질 것이다. 열차 셋이 지나고 나서야 우리는 다시 말을 했다.

"당신에게 할 말이 있어." 존이 말했다. 그는 아주 심각했고 조금 신경이 예민한 듯했다. 나는 끔찍한 일을 적어도 천 가지쯤 예상하며 심장박동이 빨라지는 것을 느꼈다. 나는 걸핏하면 그런 식으로 생각하게 되어 있었다.

"이걸 오해하진 말았으면 좋겠어." 존이 천천히 말했다. "난…난 아기를 크리스라고 부르고 싶지 않아."

나는 눈을 깜빡였다. "그래?"

"당신이 생각하는 그런 게 아니야." 존이 말했다. "아기가 집안 사람의 이름을 갖는 게 싫다거나, 아기에 대해 다르게 느끼거나 해서가 아니야…"

"알겠어." 내가 조심스레 말했다.

"그게 맞는 이름이 아닌 것 같아서 그래." 존이 말했다. "어떻게 설명을 할지 모르겠어, 하지만 그런 것 같아."

머리 밑이 따끔거리는 것 같았다. 그리고 이건 머릿니 때문이 아니었다. 점점 더 자주 일어나는, 전기가 통하는 것 같은 그 익숙한 느낌이었다. 그즈음에는 아기에 대해 ─ 아담에 대해 ─ 생각을 할 때마다 그런 느낌이 생겼다. 나는 마음속에서 아기를 늘 아담이라고 부르고 있었다. 그 이름이 너무나 강하게 머릿속에 자리를 잡고 있어서 나는 그만 항복을 하고, 출생증명서에 이름을 써야 될 때 존에게 어떻게 말을 해야 되나 생각하고 있었다. 아니면 사망증명서에.

"화났어?" 존의 걱정스런 눈이 내 얼굴을 살폈다.

"아냐, 아냐." 내가 말했다. "나도… 실은, 같은 생각이야. 내 생각에도 크리스가 그애한테 맞지 않는 것 같아." 나는 초음파 화면에서 낯익은 조그만 사람이 오래된 친구처럼 내게 손짓을 하던 것을 생각했다.

"어떤 이름으로 하고 싶어?" 내가 물었다.

그는 한숨을 쉬고 손톱으로 얼굴에 남은 과자반죽을 좀 긁어냈다.
"그애 이름은 아담인 것 같아."

뱃속 아기가 공중제비를 넘었다. 우리 둘 다 그것을 느낄 수 있었다.
나는 눈을 크게 뜨고 남편을 바라보았다. 내 전신이 마치 전기에 연결
된 것처럼 찌릿찌릿했다.

"존," 내가 말했다. "우리 얘기 좀 해요."

28

사촌인 리디아와 실비아가 졸라서 내가 심령술사를 만난 것은, 아담이 일곱 살일 때였다. 나는 그때까지 그런 일을 해본 적이 없었고 다시 할 생각도 없다. 그러나 사촌들은 내가 심령술사를 만나기까지는 할 일을 다해본 게 아니라고 나를 설득했다.

심령술사는 내가 기대한 것과 전혀 달랐다. 그 여자는 너무도 정상적으로 보이는 30대 중반의 여자였는데, 유타주 마그나에 살고 있었다. 나는 이 이야기를 할 때마다 항상 똑같은 질문을 받는데, 그건 '그 사람이 진짜 심령술사라면 왜 유타주 마그나에서 살고 있지?'다. 누구나 이것이 타당한 질문이라고 인정할 것이다. 특히 마그나에 가본 사람이라면. 나 자신은 심령술사가 아니어서 대답을 할 수 없다. 그것은 신성한 수수께끼로 남아 있을 것 같다.

어쨌든 나는 할 수 있는 한 마음을 열고 심령술사에게 갔다. 나는 새로운 신조에 따라 살려고 힘껏 노력하고 있었다. 즉 무엇이든 거짓이라고 증명되지 않은 것은 가능한 것으로 생각해야 한다는 것이다. 그렇지만 나는 편견을 갖고 있었다. 그 여자가 "당신의 지인이 지난 10년 동안에 심장병이나 암이나 다른 병으로, 혹은 어쩌면 사고로 죽었습니다. 어쩌면 당신은 그 사람을 직접 알았던 것은 아니고, 그 사람에 대해서 알았습니다" 같은 식의 말할 것으로 생각했다.

그러나 그 심령술사는 그러지 않고 내 맞은편 안락의자에 자리를 잡고 15분쯤 눈을 감고 있었다. 그러고는 눈을 감은 채 나에 대해 자세히 말을 했다. 이 자리를 주선한 내 사촌들이 알았을 리가 없는 것들, 예컨대 내 방광의 문제 같은 것까지 말했다. 지금 내가 이렇게 쓰긴 했지만 그건 누구에게 말하기도 부끄러운 일이었다. 어쨌거나 이 심령술사가 다 알고 있으니 비밀은 이미 누설된 셈이다.

나는 감탄을 했다는 걸 인정할 수밖에 없다.

나는 그때 너무 회의적이었기 때문에, 예를 들어 주식투자에 대해 물어보거나 하는 이치에 닿는 짓을 하지 않고, 그 대신 심령술사더러 내가 아는 사람들에 대해 말해보라고 했다. 나는 그들의 이름과 대략 몇 살쯤 된다는 정보만 주었다. 그 여자는 눈을 감고 잠시 앉아 있다가 그 사람들에 대해 자세히 말해나갔다. 나는 그 여자가 정말로 얼마나 용한지 보려고 내가 일본에서 만났던 사람, 스위스에서 만난 사람 또 중국 오지에서 만난 사람에 대해서까지 물어보았다. 정말이지 용했다. 더듬거리는 일도 없었다. 누가 공장에서 일하다가 손가락이 잘렸는지, 누가 방금 은행에 취직을 했는지, 누가 이혼을 하고 3주도 안되어 재혼을 했는지 모두 알고 있었다. 그런 것들이 내 삶에 어떤 의미를 갖는 것은 아니었으나, 나는 거기 앉아서 그 여자의 능력을 알아보는 것이 재미있었다. 그것은 마치 곡예사를 보는 것 같았다. 특별히 쓸모가 있는 것은 아니지만 정말 놀라웠다.

나는 심령술사에게 아이들에 대해서 물었다. 케이티부터 시작해서 이름과 태어난 날짜를 말했다. 그 여자는 케이티의 예민한 성격, 어렸을 때 귀에 탈이 잘 나곤 했던 것, 지각하지 않으려고 애쓰는 버릇, 바로크 시대 합창곡을 좋아하는 것까지 모두 말했다. 대단하군, 하고 나는 생각했다.

그러고 나서 아담의 이름과 생일을 말했다. 그 여자는 다른 경우와 마찬가지로 눈을 감고 잠시 앉아 있었다. 그러고는 말을 했다. "아담은 당신의 다른 아이들과는 달라요."

나는 아무 말도 하지 않았다. 나는 그 여자가 눈을 뜨고 볼 경우를 생각해서 표정도 바꾸지 않으려고 조심했다.

"이걸 당신에게 설명해야 되겠어요." 심령술사가 말했다. "아담은 천사예요."

나는 목 주위에 소름이 돋는 것 같았지만 움직이지 않았다.

"천사들은 다른 초자연적 존재들과는 달라요." 그 여자는 말을 계속했다. "때때로 그들은 현신을 하지요. 한동안 인간이 된다는 거예요. 그렇게 해야 되는 건 아니에요. 때때로 그게 그들이 하려는 일을 하는 제일 좋은 방법이에요."

그러고 나서 심령술사는 좀 전문적이고, 엉뚱하게 뉴에이지 신학을 논하기 시작했는데, 그것은 나는 이해하기도 받아들이기도 어려웠다. 나는 표정을 바꾸지 않고 들으려고 노력했지만 힘든 일이었다. 10분쯤 걸려서 강의는 끝이 났다.

나는 헛기침을 했다. "아담은 다운증후군이 있어요." 내가 말했다.

심령술사는 전혀 놀란 것 같지 않았다. 그저 어깨만 으쓱했다.

"그건 상관없는 일이에요." 그 여자가 말했다.

이 말 때문에, 나는 그 여자의 심령술 능력을 믿게 되었다. 만일 그 여자가 '오, 맞아요. 그러니까 확실하군요. 모든 지진아들은 천사에요'라고 말했다면, 나는 그 여자를 의심쩍게 보았을 것이다. 나는 그런 말을, 너무나 경건한 체하며 달콤하게 굴어서 옆에 서 있기만 해도 이가 썩을 것 같은 사람들로부터 수도 없이 들었다. 그런 사람들은 또 자기들은 너무 약해서 그럴 자격이 되지 않으므로 하느님께서 자기들에게는 그런 아이들을 주시지 않을 거라고 말하는 사람들이었다. 그들은 아담을 보고 나서 목소리를 낮추는 체하며 나한테 '몽골로이드들은 항상 아주 만족하고 있는 것 같아요, 그렇죠?'라고 말한다. 나는 아담이 잠을 제대로 못 잤을 때나, 아이 아빠가 멀리 다니러 갔을 때나, 누이들이 귀찮게 굴었을 때, 그 사람들이 그 '만족한 몽골로이드'를 데리고 있어봤으면 좋겠다. 아담은—내가 잘하는 것처럼—침울해져서 눈물을 짜고 있거나 하지는 않는다. 대체로 아담은 가구를 부순다. 아무튼 그가 만족하고 있지 않은 때가 확실히 있다.

어쨌든 마그나의 심령술사는 사람들이 다운증후군이 있는 사람에 대해서 말하는 그 상투적인 소리들을 하지 않았다. 그 여자는 다운증후군에 대해 말하고 싶어 하지도 않았다. 천사에 대해서 말했다.

"당신이 만나는 사람 누구라도 천사일 수가 있어요." 그 여자가 말했다.

"보통은 지나치면서 그런 사람을 볼 뿐이에요. 그들은 무슨 일을 하려고 나타났다가 다시 사라져버려요. 하지만 때로는 아기로서 태어나서 보통 사람들처럼 평생을 살아요. 아드님처럼요. 다운증후군을 가지고 태어나는 경우도 좀 있을 거예요. 하지만 그건 잘 모르겠어요. 그건 흥미로운 문제예요."

그쯤 되자 나는 그 여자를 곁눈질하면서 천사들에 대한 그런 사실들을 아는 데 어떤 연구방법을 사용했는지 물어야 하는가 생각하고 있었다. 그러자 그 여자는 그저 가만히 앉아 있기만 하면서 내가 아는 사람들에 대해 온갖 것을 다 말할 수 있었다는 생각이 났다. 그래서 그 질문은 하지 않기로 했다.

물론 내가 마그나의 심령술사가 어떤 능력이 있다고 믿는다고 해서 그의 신학이론을 모두 그대로 받아들인다는 뜻은 아니다. 그곳에 갔고, 그 사람을 만난 것뿐이다. 역설적이지만 아담이 태어난 뒤 내가 하느님을 믿게 되었을 때, 나는 어린 시절의 종교를 확실하게 버렸다. 초자연적인 것에 대한 나의 절충적이고 끊임없이 변하는 경향을 감안하건대, 나는 아마 천사가 정확히 무엇인지에 대해 절대로 확신을 갖지 못할 것이다. 마그나의 심령술사는 속속들이 100퍼센트 옳을 수도 있다. 아니면 고대 중국인들이 생각한 대로, 우리 주위에 수많은 조상의 혼령들이 돌아다니고 있는지 모른다. 아니면 가톨릭에서 말하는 성인들이. 아니면 요정들이.

내가 믿지 않는 것은, 우리 주위에 영적인 존재가 없다는 생각이다. 내가 아담을 배고 있는 동안 그들은 자주 내게 나타났었기 때문에 그들이 없다는 가정에는 만족할 수 없다. 그들을 어떻게 불러야 할지, 그들이 어떤 방법으로 일하는지는 모르지만 그들이 존재한다는 것을 나는 안다.

그날 밤, 존과 내가 '하버드스퀘어'를 내다보며 긴 의자에 앉아서 서로에게 모든 얘기를 한 이래로 나는 이것을 분명히 믿었다. 나는 존에게 내가 연기에 갇혔을 때와 출혈이 있었을 때 나를 구해준 보이지 않는 손에 대해 말했다. 그는 내게 일본에서 본 '일종의 꿈'에 대해 말했다. 나는 존에게 '보이기'에 대해 말했다. 우리는 그렌델이 병원의 내 침대에 앉아 있을 때 떠오른 그의 다른 얼굴에 대해 이야기했다. 우리는 계속해서 일어난 온갖 이상한 우연의 일치—내게 꼭 필요할 때에 시빌이 '우연히' 나타난 것이며, 또 선천적 기형아에 대한 온갖 정보를 우연하게 알고 있었던 것 등 — 에 대해 이야기했다. 내 생각으로는 시빌에 관련된 일 하나만 해도 굉장한 기적이었다. 존도 동의했다.

우리는 그날 밤 잠을 자지 않았다. 얘기를 하고 또 하고, 서성거리다가 또 얘기를 하고, 쿠키반죽 남은 것을 굽고, 그리고 또 얘기를 했다. 서로에게 자신의 기이한 믿음에 대해 얘기하고 신뢰를 받을 수 있다는 것을 알고 나서 느낀 그 취할 듯한 해방감은 우리의 극심한 육체적 피로감을 상쇄하고도 남았다. 그저 동반자라는 느낌을 넘어 우리는 서로의 경험을 통해 확인을 받은 것이었다. 열에 들뜬 생각 속에서 온갖 초자연적인 일이 나에게 일어난다고 느끼는 것과 또 한 사람도 나와 똑같이 느낄 뿐만 아니라 서로의 경험이 찢어진 봉인의 두 조각처럼 서로 꼭 맞아들어간다는 것을 아는 것은 전혀 다른 일인 것이다. 그날 밤 현실은 그야말로 비현실적으로 느껴졌다. 나는 마치 세상에 대한 나의 관점이 변하는 데 따라가기 위해 달음질을 하고 있기나 한 것처럼 계속 숨을 힘껏 들이마셔야 했다.

우리가 그날 밤 얘기한 것 중의 하나가 아담이라는 이름이었다. 우리는 임신 초기에 얼핏 그런 얘기를 하고 잊어버렸던 게 아닌가 곰곰 생각해봤지만 아무래도 아닌 것 같았다. 아기와 그 이름이 함께 떠올랐을 때 우리 둘 다 맞다는 느낌뿐만 아니라 이미 알고 있던 것을 새삼스레 깨닫는 느낌이 강하게 들었다. 나는 초음파검사실에서, 존은 일본에서였지만, 우리 둘 다 아담이 훨씬 오래전부터 아담이었다는 느낌을 받았다. 우리가 그 아이를 오래오래 전부터 아담이라는 이름으로 알고 있었다는 기분이었다.

나는 지금도 아담의 이름에 어떤 초자연적인 이유가 있는지 모른다. 그러나 그 이름에는 많은 의미가 담겨 있다는 것은 안다. 우리는 그날 밤 아담이라는 이름을 조사해봤는데, 그것은 아랍어로 '흙의 사람'이라는 뜻이었다. 그 이름은 신이 최초의 인간을 진흙으로 만들었다는 옛 믿음을 반영한다.

아담의 이름이 지닌 이런 의미를 실감한 것은 그가 태어나고 두어 달이 지난 후였다. 나는 공항에서 줄을 서 있었는데, 몹시 노쇠해 보이는 여자가 항공사 직원이 미는 휠체어를 타고 지나갔다. 갑자기 그 여자의 몸이 앞으로 기울더니 바닥으로 쏟아졌다. 직원은 그 여자를 들어올리려 했지만, 잘 안되자 도움을 청하러 달려갔다. 도움은 때맞춰 도착하지 못했다. 직원이 가고 없는 동안, 내가 시선을 돌리기도 전에 그 여자는 죽었다. 내가 사람이 죽는 것을 본 것은 그때가 처음이었다. 아주 이상했다. 여자가 죽는 순간 눈에 띄게 달라지는 것은 없었다. 다만, 한순간에 늙은 여자가 바닥에 쓰러져 있었고, 다음 순간에는 그저 몸뚱이만이 있었다. 그것을 느낄 수 있었다. 그 여자가 그냥 없어진 것인지 영생을 얻었는지 모르지만 그 여자는 가버렸다. 생명이 없는 몸뚱이는 정말로 진흙일 뿐인 것 같았다. 나는 때때로 그 생각을 한다. 아담에게서 내가 눈으로 볼 수 있는 부분—그의 조그만 둥근 얼굴, 균형이 맞지 않는 사지, 불안정한 걸음—은 오직 일종의 집이며, 아무도 정말로 설명할 수 없는 어떤 힘이 생명을 불어넣은 조심스레 조직된 화학물질의 조합일 뿐이라는 생각을 한다. '흙의 사람'일 뿐이다.

그런가 하면 아담이라는 이름은 모든 사람, 인류 전체를 뜻하는 것으로 볼 수도 있다. 병원에서 내가 처음으로 아담의 기저귀를 갈아주었을 때, 마르고 벌거벗고 허약한 그 모습은 인간의 상황을 잘 보여주고 있는 것 같았다. 나는 기억하려고 애쓰지 않았지만 항상 머릿속에 남아 있는 〈리어왕〉의 한 구절이 생각났다. 나는 아담에게 "네가 바로 그거야. 덧붙인 것이 없는 인간은 그렇게 가난하고 헐벗은 동물일 뿐이야"라고 말했다. 아담은 그의 분홍빛의 쭈글쭈글한 작은 얼굴을 나에게로 돌리고 콧소리를 냈다.

그것이 우리의 첫 대화였다.

또 아담이라는 이름은 인간이 영적인 영역에서 떨어져 나온 것을 말해주는 그 다면적인 '타락'의 전설과 다시 그곳으로 되돌아갈 때까지의 생명의 유한성을 상기시키기도 한다. 그것은 우리가 순진성과 무지를 가지고 태어났으며 그중 후자를 바로잡기 위해서 불가피하게 전자를 포기해야 한다는 것을 상기시킨다. 아담이라는 이름은 나의 문화에서 기억해야 할 여러가지를 의미하는 데 사용된다. 내가 밥 먹으라고 아들을 부를 때마다 나는 그것들을 모두 상기한다. 나는 그것을 좋아한다. 아주 좋아한다.

우리가 서로에게 모든 이야기를 다 했던 그날 밤 존과 나는 그 모든 것의 의미에 대해 생각하며 많은 시간을 보냈다. 우리는 아담의 상태와 그에 관련된 일들에 대하여 많은 해석을 해보았다. 필경 그 모든 것이 틀렸을 것이고, 틀리진 않았더라도 지나치게 단순한 해석이었을 것이다. 그날 우리의 대화에서 가장 중요한 점은, 지난 몇 달간의 경험에서 어떤 극적인 결론을 얻어낸 것이 아니라 그 경험들이 서로서로를 지지하고 있다는 것을 깨달은 사실이었다. 그러고 보니 그 일들을 믿지 않을 수 없게 되었다.

이튿날 나는 평소와 같이 케이티를 탁아센터에 데려다주고 학교로 향했다. 나는 수업에 들어가지 않았다. 너무나 혼란스럽고 너무 놀라움에 가득 차서 가만히 앉아 있을 수가 없었다. 나는 마치 우주선에서 막 내린 사람 같은 기분으로 낯익은 건물들과 낯익은 사람들을 바라보면서 하버드 교정을 걸어 다녔다. 온 우주가 달라진 것 같았다. 나는 그렇게 터무니없는 것들을 믿으면서 어떻게 하버드에 있을 수 있는지 알 수 없었다. 나는 폴라로이드 사진기 비슷하게 설계된 차가운 거대한 콘크리트 건물인 '사이언스센터'로 들어갔다(폴라로이드 사진기를 발명한 에드윈 랜드가 그 건물 짓는 비용을 기부했다). '사이언스센터'의 구내식당에서는 온 사방에 천사들이 있지 않은 것처럼 사람들이 늘 하던 대로 잡담을 하고 담배를 피우고 커피를 마시고 있었다.

나는 한편으로는 보이는 사람마다 붙잡고 "내 말 들어요. 세상엔 우리만 있는 게 아녜요!"라고 외쳐대고 싶기도 했고, 또 한편으로 내가 그런 생각을 입 밖에 내기만 해도 이 사람들은 나를 갈기갈기 찢어 죽이기라도 할 거라는 생각도 들었다. 물론 그들은 칼이 아니라 말을 사용하겠지만 심리적인 효과는 마찬가지일 것이다. 나는 혹시 내가 합리주의로는 모든 것을 설명할 수 없는 세계로 옮겨간 것을 사람들이 느끼는지 궁금히 여기며 여기저기를 둘러보았다. 사실 좀 이상한 듯이 나를 바라보는 사람도 있었지만, 그것은 임신 말기에 이른 여자는 누구라도 뒤뚱거리며 걷기 때문일 것이다. '사이언스센터'에서 잘 볼 수 있는 모습은 아니니까.

나는 '하버드야드'로 갔다. 이제 드디어 나무들이 작은 싹들을 조심조심 내밀고 있었다. 나무들은 그것이 위험하다는 것을 알았을 것이다. 심한 서리가 내리든지 일주일간 이례적으로 춥고 나면 새싹들이 모두 죽고 나무들은 힘겨운 여름을 보내야 할 것이다. 나는 한 나무에 다가가서 나무둥치에 손을 대고 그 용기를 축하하고 그 힘을 얻으려 했다. 나무는 따뜻하게 느껴졌다. 나는 맹세코 나무가 자기 나름의 위안과 연민을 나에게 전해주는 것을 느낄 수 있었다. 지능지수가 3밖에 안돼도 나무는 나에게 가르쳐줄 것이 있었다. 나는 거짓으로 겸손하지 않고도 그것을 믿게 되었다.

오전의 절반을 그렇게 걸어다닌 후, 나는 '윌리엄제임스홀'로 돌아가 사회학과가 있는 층으로 엘리베이터를 타고 올라갔다. 성의 사회학 세미나는 놓쳤다. 게다가 마음속 소용돌이 때문에 30페이지짜리 기말 보고서도 완성할 수 없을 것 같았다. 5년 전, 1년 전, 아니 10개월 전만 해도 내가 기한에 맞춰 리포트를 내지 못하는 일은 생각할 수도, 용서할 수도 없는 일이었다. 그런데 이제는 그것이 사소한 일로 여겨졌다. 나는 담당 교수에게 내 상황을 설명하고, 학점을 I(incomplete, 불완전하다는 뜻 – 역주)로 해달라고 부탁하자고 마음먹었다. 그렇게 하면 아담이 태어나고 두 달 후까지 유예기간이 생기니까 그사이에 공부하고 보고서를 쓸 수 있을 것이다.

조교수였던 담당 교수는 자신의 연구실에서 알록달록 어지럽게 쌓여 있는 책들과 보고서, 연말에 받은 카드들에 둘러싸여 있었다. 나는 그 여교수가 전화를 받는 동안 복도에서 기다리고 있었다. 잠시 한가로운 틈이 생기자 생각은 곧 나의 생소한 새로운 현실로 달려갔다. 혀가 자꾸 새로 때운 이로 가서 더듬어보는 것처럼. 아마 플라톤의 말이 옳은지 모른다는 생각이 들었다. 어쩌면 우리가 정말 어두운 동굴 속 그림자의 세계에 살고 있는지 모른다. 내가 그 존재가 불가능하며 실체가 없는 것이라고 생각한 것들이, 어쩌면 내가 육신의 눈으로 볼 수 있는 물리적인 것들보다 더욱 실재하는 것일지도 모른다.

나는 갑자기 집에 돌아가서 플라톤을 읽고 싶은 욕망을 느꼈다. 현재건 과거건 신비사상가들의 책을 읽고 싶어졌다. 이것이 성의 사회학에 관련된 책을 읽는 것보다 훨씬 급한 일로 여겨졌다. 그러자 이제는 늘 나와 함께 있는 듯한 전기적인 느낌이 더 강해졌다. 그 전날 밤 존이 아담이라는 이름을 말했을 때 일어났던 그 강한 느낌이 아주 사라지지 않았다. 그것이 아직까지 계속 남아 있었던 것이다. 강해졌다 약해졌다 하면서 때로는 간신히 느껴질 정도이다가 또 때로는 심장이 쿵쿵 울리게 만들 만큼 강해지기도 했다. 나는 그 찌르는 듯한 느낌을 지닌 채 연구실로 들어갔다.

내가 처한 상황을 설명하는 데는 5분도 채 걸리지 않았다. 나는 강의 내용에 집중할 수 없었고, 출석도 충실히 하지 못했으며, 기말 보고서는 고사하고 수표 한 장 쓸 만큼도 정신을 집중할 수가 없다는 것을 모두 고백했다. 내 말을 믿게 하려고 노력할 필요는 없었다. 그 조교수는 나의 임신 사실, 건강상의 문제 그리고 아기가 다운증후군인 것을 모두 알고 있었다.

"그래서 말씀인데요," 나는 사정을 모두 설명한 뒤에 말했다. "F 대신 I학점을 주실 수 있을까요?"

"그럼요." 교수가 말했다. 그러고는 말을 멈췄다. 내 뒤의 조금 높은 곳을 바라보는 것 같은 그 여자의 눈에 당황한 빛이 떠올랐다. 예의 전기가 통하는 느낌이 몹시 강해져서 나는 몸이 떨렸다.

"아니야." 교수가 천천히 말했다. "아니야, I학점을 주지 않겠어요. A를 주겠어요."

"A학점요?"

그 여자는 고개를 끄덕였다.

"농담이시지요." 내가 말했다. "고마운 말씀이긴 하지만…" 나는 A학점을 받을 자격이 없다는 말을 하려고 했다. 그건 사실이었다. 그러나 나는 말을 잇지 못했다. 교수는 내 말을 듣는 것 같지 않았다. 나를 바라보고 있지도 않았다. 마치 로봇처럼 움직이고 있었다.

하버드 측에서 내 박사학위를 철회하기 위한 진상조사를 할 필요가 없도록 이 말을 해야겠는데, 나는 그 과목이 요구하는 것을 빠짐없이 완수했다. 사실 평생, 그 과목의 기말 보고서처럼 열심히 쓴 것은 없었다. 나는 리포트를 늦게 제출했다. 그렇지만 I학점을 제대로 된 학점으로 고치기 위한 번거로운 서류절차를 거칠 필요는 없었다. 아마 그 담당 교수가 그렇게 했던 이유는 그가 친절한 사람이었기 때문일 공산이 크다. 그러나 그 후, 나는 그 이상한 전기적인 힘이 내 주위의 공중을 가득 채우는 느낌이 들 때면, 사람들로부터 감추어져 있던 친절이 튀어나오는 것을 자주 경험했다.

나는 이 모든 게 천사들로 인해서 일어난 일이라고 생각하고 싶다.

천사들이 어떤 존재인가에 대해서는 어떤 설명이라도 받아들일 용의가 있다. 어쩌면 성의 사회학 담당 교수 그 사람 자신이 천사였는지도 모른다. 어쩌면 그 방 안에 천사가 있어서 그 여자의 심리에 영향을 미쳐 관대함을 끌어냈는지 모른다. 어쩌면 그들이 나의 수호천사들이었는지 모른다. 어쩌면 마그나의 심령술사가 말했듯이 아담이 천사인지도 모른다. 또 어쩌면 이 모두가 답일지도 모른다.

나는 지금으로서는 천사들이, 혹은 어떤 형태의 선(善)이든, 물처럼 작용한다고 믿는 것으로 만족한다. 틈이 있는 곳이면 어디로든 그것은 흘러 들어간다. 어떤 사람은 태어날 때부터 열려 있어서 스펀지처럼 선을 흡수하고 손대는 곳에마다 그 흔적을 남겨 놓는지도 모른다. 그러나 보통 사람(나 같은)이라도, 또는 나쁜 사람(예컨대, 히틀러처럼)이라도 열려 있는 순간, 연민의 순간이 있으면, 선이 쏟아져 들어가 그 공간을 채운다. 그 결과 우리는 은총을 받고 그것을 전달할 수 있게 되는 것이다. 테레사 수녀는 '하느님이 들고 계시는 연필'에 관해 말한 적이 있다. 나도 그런 식으로, 마치 내가 선의 도구로 사용되고 있는 듯한 느낌이 들 때가 있었다.

나한테는 그런 순간은 드물고, 대체로 우연히 생긴다. 나는 아담에게는 그것이 훨씬 더 자주 일어난다고 믿는다.

마그나의 심령술사의 말이 아마 옳을 것이다. 아담은 아마 일종의 천사일 것이다. 그러나 나는 천사가 모두 아담과 같다고 생각하지는 않는다. 그날 밤 존과 긴 의자에 앉아 얘기를 나눈 이래로 나는 어둠에서 벗어나는 길이 수없이 많이 있다고, 우리를 빛으로 데려가는 방법은 무한하다고 믿게 되었다. 내가 좋아하는 작가 앤 라모트는 페르시아의 신비사상가 루미의 다음과 같은 구절을 인용한다.

> 신의 기쁨은 표시 없는 상자에서 표시 없는 상자로,
> 조그만 방에서 다른 방으로 옮겨간다. 빗물이 꽃밭에 내리듯이.
> 장미가 땅에서 솟아오르듯이.
> 밥과 생선이 담긴 접시로 보이기도 하고
> 포도넝쿨로 덮인 절벽으로 보이기도 하고
> 안장이 얹혀지는 말로 보이기도 한다.
> 이들 속에 숨어 있다가
> 어느 날 그것을 깨고 나온다.

아담이 태어나기까지 겨우 두어 주일을 남겨 놓고, 나는 정말로 그리고 제대로 깨졌다.

29

매우 종교적인 가정에서 자랐고, 다운증후군 딸이 있는 한 친구가 한번은 그 딸을 기적적으로 '정상'으로 만들지 못한다고 자기 어머니에게 야단을 맞았다고 말했다. 그 어머니의 논리로는, 내 친구의 믿음이 충분하다면 하느님이 그 21번째 여분의 염색체를 아이 몸의 모든 세포에서 어떻게 뽑아내줄 것이었다. 내 친구는 노력을 했다. 그러나 믿음이 충분치 않은 모양이었다. 친구는 그래서 죄책감을 느끼고 있었다. 그런 일로 죄책감을 느끼다니 놀랄 일이다.

내 친구 어머니의 이론이 옳고, 순전히 믿음의 힘으로 아이를 정말로 변화시킬 수 있다면, 내가 임신하고 있던 8개월의 기간은 아담에게 굉장히 이상했을 것이다. 그는 날마다, 토요일 아침에 하는 텔레비전 만화영화의 주인공처럼 변신하느라 바빴을 것이다. 한순간에는 사과 같은 빨간 뺨을 가진 맨발의 소년이다가 다음 순간 노트르담의 꼽추가 되었다가 하면서 말이다. 나는 양수천자검사 결과를 받아들였다. 아담이 다운증후군을 갖고 있고 그것에 대해 내가 할 수 있는 일은 없다고 말이다. 그러나 두려움과 슬픔이 견딜 수 없을 정도가 되면, 나는 근래에 내 주위에 생긴 온갖 기적들을 생각하고 제일 큰 기적 하나만 더 일어나라고 자주 기도했다. 나는 아담을 받아낸 산과의사가 "어머나, 우리가 큰 실수를 했네요. 이 아기는 아주 정상이에요! 내가 받은 아기들 중에서 제일 튼튼하고 건강한 것 같아요! 하이즈먼 트로피 (미국 대학 최우수 미식축구 선수에게 매년 수여되는 상 — 역주)도 타고 노벨상도 받을 거예요!"라고 외치는 장면을 머릿속에 그렸다.

존이 없는 동안 내가 견디는 방법을 찾아내는 것이 특히 중요하고 어려웠다. 존은 4월 말에 다시 싱가포르로 떠났고, 시빌이 음식을 사다주고 함께 지내주었다. 내가 평생 동안 아담에게 일어날 온갖 나쁜 일들을 생각하고 시빌은 어떻게든 모든 일이 잘될 거라고 나를 달래주곤 했던 그 암울한 시간들을 통해 나와 시빌은 아주 가까워졌다. 그 여자의 너그러움은 지금 생각해도 놀랍다.

그래서 봄방학에 내가 케이티를 데리고 플로리다에 있는 큰언니에게 갔을 때 시빌은 몹시 필요한 휴식을 취할 수 있었다. 언니 크리스티나는 우리 집안의 다른 사람들과 마찬가지로 상당히 예민한 편이었고, 주로 빈정거림이나 말장난이나 분석적 이론으로 의사소통을 했다. 그러나 그 밑에는 아주 따뜻한 마음씨와 예민한 감수성이 있어서 아픈 사람을 보면 당사자보다도 더 괴로움을 겪는 것 같았다. 그해 봄에 언니는 평소처럼 나와 농담도 하고 논쟁도 했지만, 나는 언니가 마음속에서는 몹시 상처받기 쉬운 상태라는 것을 알 수 있었다. 우리는 아기에 대해서는 별로 얘기하지 않았다. 만일 내가 울기 시작한다면 언니는 계속 살아갈 수 없을지도 모른다는 걸 알고 있었기 때문이다. 그렇지만 언니는 아담에 대해 생각하고 있었다. 하루는 잡지에서 찢어낸 글을 아무렇지도 않은 듯이 내게 던져 주었다. 그것은 컴퓨터를 이용해 말을 못하는 장애인들의 의사소통을 돕는 방법에 관한 것이었다. 그 글에 따르면 말을 제대로 하지 못하는 10대의 다운증후군 아이

가 그 방법을 사용해서 자신의 생각을 타자로 쳐내는 방법을 배웠다
는 것이다. 잡지 기사는 그가 처음으로 쓴 문장을 인용하고 있었는데,
그것은 '나는 하느님의 가장 멋진 속삭임을 듣는다'였다. 나는 내가
쓰고 있던 손님방으로 그것을 가지고 가서 읽었다. 그러고 나서, 나는
다른 사람의 기분을 망치지 않으려고 샤워를 하면서 울었다.

부활절 아침에 언니는 케이티에게 크리스마스 때보다도 더 많은 선
물을 안겨주었다. 케이티는 말할 것도 없이 기뻐서 어쩔 줄 몰랐다. 선
물이 더 많아서이기도 했지만 선물을 기대하지 않았기 때문에 그날이
크리스마스보다도 더 좋았다. 케이티는 부활절이라는 말도 몰랐는데,
'미스터 버니'에게서 받은 것들을 내게 보여주며 즐거워했다. 내가 부
활절에 대해 아이에게 가르쳐준 것도 별로 없었지만, 그나마도 주로
계란과 토끼와 고대 켈트족의 풍요를 비는 의식 사이의 연관에 대해
서였다. 내 생애 대부분 동안, 예수의 부활은 주로 그리스도가 무덤에
서 나와 자신의 그림자를 보고 아직 겨울이니까 6주 더 있으려고 무덤
으로 되돌아갔다는 재미 없는 농담의 소재일 뿐이었던 것이다.

최근의 여러 경험과 삶에 대한 새로운 철학 덕분에, 나는 언니네 집
에 앉아서 아담과 '찌르기' 놀이를 하면서, 예수의 부활이 문자 그대
로 사실이 아닐까 생각했다. 나는 붓다와 마호메트에 대해서도 같은
생각을 했다. 성경 이야기의 강력한 매력은 예수가 행한 기적적인 치
유에 관한 것이었다. 내 친구의 어머니처럼, 나도 아담이 기적적으로
나을 수도 있다는 생각을 하고 있었다. 실제로 나는 상당한 시간을 하
느님이 아담의 21번째 염색체 세 개 중에서 제거할 하나를 어떻게 선
택할지 궁금히 여기며 보냈다. 남은 두 개가 어느 것이 되든 결과적으

로 약간 다른 사람이 될 것 같았다. 8개월 동안 구역질을 하고, 몇주 동안 슬픔에 빠져 있고 난 뒤, 나는 그런 생각을 하고 있었다.

나는 플로리다에 가 있는 동안 너무나 정신이 산란스러워 계속해서 물건을 부수었다. 차고문을 열지도 않고 차를 후진시켜 문과 차를 모두 상하게 하고, 케이티를 혼자 두고 잠이 들었다가 옆방에서 무엇이 깨지는 소리에 깨어나기도 했다. 나는 그곳에 있는 동안 수백 달러어치의 손해를 끼쳤다. 언니는 내가 그 일부를 갚는 것을 허락해주었다. 케임브리지로 돌아올 무렵에는 그렇잖아도 심란한 내게 죄책감이라는 감정이 하나 덧붙여졌다. 나는 우리 부모가 나를 집어던져 버리고 훌륭한 돼지를 한 마리 키웠더라면 더 나았으리라는 생각을 진지하게 했다.

케이티와 내가 플로리다에서 언니의 재산을 망가뜨리고 있는 동안 존은 싱가포르의 컨설턴트 프로젝트를 끝내려고 열심히 일하고 있었다. 그 프로젝트 기간 내내 아시아에서 살고 있었던 다른 컨설턴트들은 미국으로 돌아갈 생각에 기뻐하고 있었다. 그들은 여럿이었는데 모두 아이비리그 출신이었고, 모두 젊고 야심에 차 있었다. 매우 야심가들이었다(그들에 비하면 맥베스는 수도승이나 다름없다). 싱가포르 프로젝트가 마무리 단계에 들어가자 젊은 컨설턴트들은 거의 24시간 사무실에서 일을 했는데, 그건 야심 때문에 가능한 일이었다. 그들은 본부의 사내 정치에 대해서, 아시아팀이 보스턴에 돌아가면 무엇을 기대할 수 있을 것인지에 대해서, 어떻게 최상부 사람들과 접촉을 해서 결국 자신이 최상부로 올라갈 것인가에 대해서 많은 이야기를 했다. 팀 구성원 사이의 다소 노골적인 경쟁은 돌아갈 날이 다가옴에 따라 그 속도와 중량이 더해졌다. 한 컨설턴트가 존에게 이렇게 말했다. "이 사람들은 대단한 친구들이야. 팀플레이도 잘하고. 하지만 체육관에서 이들과 같이 샤워를 하게 되거든 절대로 비누를 줍기 위해 몸을 굽히는 일은 하지 말게."

다른 사람들이 그들의 야망에 집중하면 할수록, 존은 점점 더 그들과 동떨어졌다. 우선 그는 계속해서 나와 케이티와 태어날 아기 생각에 사로잡혀 있었다. 그 팀의 아무도, 결혼을 한 사람들도 자기 가족에 대한 얘기는 절대로 하지 않았다. 그러다가는 다른 데 정신을 팔지 않는 옆 사람에게 자리를 뺏길 테니까. 단단히 경계를 하지 않으면 안 되었다.

게다가 존이 들은 목소리, 도쿄의 신사에서 겪은 경험, 내가 말해준 온갖 이상한 일들도 있었다. 때때로 존이 그런 생각에 빠져서 일에 전혀 집중하지 못하고 있을 때면, 그의 동료들―아니, 경쟁자들―은 존이 정신이 들도록 손가락으로 딱 소리를 내거나 존의 얼굴 앞에서 손을 흔들었다.

정신 집중을 하려고 존이 아무리 애를 써도 그런 일은 계속 일어났다. 그는 그의 동료들을 둘러싸고 있는 보이지 않는 벽 밖에 있는 것 같았고, 그들의 관심과 희망은 이제 존에게 낯설었다. 그는 자신도 한때 그 친구들과 똑같았다는 것을 알고 있었다. 그러나 그것이 어떤 느낌이었는지도 이제는 기억할 수가 없었다―사실은 아무런 '느낌'도 아니었다고 생각했다. 최고 관리직에 올라가려고 하는 사람에게 느낌이란 별로 중요한 것이 아니다. 이제 존은 느끼고 있었다. 예민하게 느끼고 있었다. 그리고 그가 느끼는 것은 대개는 고통스러운 것이었지만, 존은 그것을 과거의 일상적 상태였던 무감각하고 무자비한 성공을 향한 돌진과 바꿀 생각은 전혀 없었다. 그는 앤드루 카네기가 한 말을 떠올렸다. "만족하고 있는 사람을 데려오라. 그가 실패자임을 보여주겠다." 전에는 그 말이 의미가 있다고 생각했다. 이제는 성공이란 무엇이냐는 반문을 불러일으킬 뿐이었다.

말할 필요도 없이, 존은 그런 자신의 생각을 감추고 있었다. 만일 그가 동료들에게 그런 생각을 털어놓는다면 그것으로 그는 끝장이었을 것이다. 그들은 있는 힘을 다해서 최고의 자리를 차지하기 위해 싸우고 있었고, 존도 마찬가지였다. 이제 여러 사건들이 존을 그 경쟁의 장소에서 물러나게 했고, 존은 황량한 황무지 대신에 온갖 가능성이 충만한 세상에 온 것을 알게 되었다. 그곳을 버리고 과거의 싸움터로 돌아가서 최고의 자리를 차지한다 해도 그건 전혀 바랄 만한 일이 아닌 것 같았다.

존이 싱가포르 사무실에서 완전히 철수하기로 예정되어 있던 날로부터 며칠 전, 그는 상당히 직위가 높은 사람과 점심을 먹으러 갔다. 그를 카버라고 부르겠다. 카버는 존의 회사 사람은 아니었지만 컨설팅을 잘 아는 사람이었다. 존은 일 때문에 그를 만난 적이 있었고, 그를 말하자면 '멘토'로 생각했다. 카버는 모험적인 텍사스 사람이었는데, 존에게 포장마차에 가자고 했다. 존은 몹시 기뻤다. 손수레를 끌고 다니는 음식 행상들은 인도, 중국, 말레이 음식 그리고 서양 음식까지 가장 좋은 즉석요리를 팔았기 때문이다. 이제 위생과 편의를 위해서 일정한 구역에서만 판매하도록 규제를 받고 있었는데, 그곳에 가면 향기로운 음식 냄새로 가득해서 거의 황홀경에 빠지게 된다.

존과 카버는 퀘티아우를 파는 수레 옆에 앉았다. 그것은 쌀국수, 소고기, 마늘소스로 이루어진 정말 멋진 음식이다. 음식이 나오고 맥주를 1리터 마시고 나자 카버는 그가 늘 하는 출세에 관한 충고를 하기 시작했다.

"요즘 자네 집중을 못 하는 것 같네." 카버는 한쪽 눈썹을 내리고 존을 바라보며 말했다.

"그럴 거예요." 존이 한숨을 쉬었다. "힘든 한 해였어요, 사실.… 아기도 태어날 거고." 존은 카버에게 다운증후군에 대해서 말하지 않았다. 직장 사람 누구에게도 말하지 않았다.

"그래, 그게 바로 내 생각이 맞다는 말이잖나." 카버가 말했다. "아기 걱정은 마사에게 맡기게. 자네는 남자야! 남자는 다른 데 신경을 써야 돼!"

존은 어깨를 으쓱하고 젓가락으로 퀘티아우를 집어서 먹었다. 그것은 당장 입술이 얼얼해질 만큼 매웠지만 또다시 감기에 걸려 있던 존은 거의 맛을 느끼지 못했다.

"자네는 보스턴에 돌아가서 다른 주요 프로젝트에 들어가라구. 거기서 선임 컨설턴트 자리까지 힘껏 밀고 올라가는 거야. 쉽게 안주해선 안돼."

"예." 존은 지친 기색으로 대답했다.

"난 지금 그냥 하는 말이 아니네." 카버는 진지하게 말했다. "다른 친구들보다 더 욕심을 내야 돼. 이 단계에서는 그걸로 판가름이 나는 거야."

존은 주의가 흩어지는 것을 느꼈다. 그는 주변을 둘러보았다. 행상이 모여 있는 곳은 서커스 천막 같은 커다란 차일 밑이었다. 천막 아래에 다양한 색깔과 냄새와 소리가 뒤섞여 있었다. 반쯤 벌거벗은 중국인 요리사들이 불 위에 놓인 웍 냄비 앞에서 땀을 흘리고 있었다. 커다란 검은 눈을 가진 소년들이 알록달록한 사롱을 입고 인도인 손님들에게 비리아니 요리를 가져다주고 있었다. 회교도인 말레이 여자들은 머리에 스카프를 두르고, 이국적인 과일들을 주스기에 넣고 과즙을 비닐봉지에 담아 팔고 있었다.

"내 말이 옳다는 걸 자네도 알지?" 카버가 말했다.

"예." 존이 다시 말했다. 그는 그의 스승이 '회사에서 성공하는 법' 강의를 계속하고 있다는 걸 의식하고 있었지만 관심은 별로 없었다.

존은 내 생각을 하고 있었다. 그는 우리가 결혼한 다음 해 싱가포르에서 함께 지낸 시간을 생각하고 있었다. 우리는 정말 가난했다. 너무나 가난해서 우리가 가진 모든 것을 책가방 두 개에 담아서 가지고 다녔다. 14개월 동안 우리는 각자 구두 한 켤레도 가지고 있지 않았다. 그 기후에서는 행상인들이 신는 10센트짜리 고무슬리퍼로 족했다. 우리는 특별히 갈 곳도 없으면서 2층버스의 위층에 앉아서 호기심에 가득 차서 돌아다녔다. 그것이 존에게는 회사에서 승진하려고 애쓰는 것보다 인생을 보내는 더 좋은 방법으로 여겨졌다.

세계의 이쪽 편, 우리의 추운 케임브리지 아파트에서 나는 열대우림을 꿈꾸고 있었다. 지하철과 자동차 사이렌 대신에 귀를 먹먹하게 만드는 매미소리가 귓속을 울렸다. 나는 동남아시아 음식 냄새를 느낄 수 있었다. 나는 퀘티아우를 먹고 있었다. 이상한 일이었다. 왜냐하면 벌써 몇 달째 그런 음식은 먹을 수 없었기 때문이다.

천천히 허리께를 조여오는 듯한 느낌이 느껴졌다. 처음에는 거의 느껴지지 않을 정도였는데 빠르게 강해지더니 퀘티아우를 즐기는 것을 심각하게 방해하기 시작했다. 나는 화가 나서 내려다보고는, 두려움으로 숨이 막힐 지경이 되었다. 보아 구렁이가 나를 감고 있었다. 거대한 놈이었다. 그놈은 분명히 우리 둘 중 하나가 죽을 때까지 나를 조일 작정이었다.

나는 숨을 쉬려고 헐떡이며 깨어났다. 꿈속 싱가포르 모습은 사라졌지만 허리를 조이는 느낌은 여전했다. 마치 아주 커다란 어떤 사람이 나를 젖은 수건을 짜듯이 비틀어 짜는 것 같았다.

출산 예정일을 5주 남겨 놓고 그날 밤 내 잠을 깨운 수축작용은 나를 겁에 질리게 할 만큼 강하지는 않았다. 나는 그것이 별일이 아니라고 믿었다. 아직 때가 되지 않은 것이다. 보통 인간의 임신기간은 40주이다. 37주 이전에 태어난 아기는 조산아로 간주된다. 아담은 지금 35주 되었고 바깥 세상에서 살기에는 좀 너무 어리다. 다운증후군이 있는 아이들 중에는 조산아가 많고, 그런 경우 생존이나 정상적인 기능을 하는 데 도움이 되지 않는다.

나는 자신에게 진정하라고 말했다. 이건 브락스톤-히크스 수축일 뿐이라고 생각했다. 그것은 임신 마지막 주에 일어나는 일로, 자궁이 연습하듯이 수축하는 것을 말한다. 그것은 실제의 진통과 비슷하지만 강도가 훨씬 약하다. 그것이 브락스톤-히크스 수축이라고 불리는 것은 그런 이름의 의사가 그것을 '발견'했기 때문이다(실제로는 인류의 절반쯤이 태고적부터 겪어온 것에, 19세기의 한 남자가 자신의 이름을 붙일 생각을 한 것이다, 남자들은 그러면서 우리 여성들이 임신하면 왜 그렇게 성마르게 되느냐고 의아해한다). 나는 일어나서 '텀스'(제산제 및 소화제로 대중화된 알약—역주)를 한 알 먹었다. 그것은 초콜릿, 스테이크와 함께 그즈음의 내 주식이었다. 그리고 누워서 잠을 청했다.

두 번째 수축은 아주 느리게 왔다. 나는 상상일 뿐이라고 생각하고 있었는데, 아담이 움직이려 하는 것이 느껴졌고, 내 자궁이 아담을 꽉 조인다는 것을 알았다. 겁내지 마. 브락스톤 히크스 선생은 겁낼 것 없다고 말할 거야, 라고 생각했다.

두 번째 수축이 있고 25분 후에 세 번째 수축이 왔다. 이런 간격이면 별일 아니야. 나는 누워서 눈을 감고 뒹굴뒹굴하면서 사실 보아 구렁이가 나오는 그 꿈으로 돌아갈 수 있었으면 싶었다. 그리 나쁘지 않았다. 적어도 꿈속에서는 매운 음식을 먹을 수 있었고—이제 생각해보니 존이 거기 있었다. 그 생각을 하자 눈에 눈물이 고였다. 존이 몹시 그리웠다.

휙

나는 음식 행상들을 둘러보았다. 머리 위엔 푸른색과 흰색의 줄무늬가 있는 차일이 있고, 발밑에는 비쩍 마른 고양이가 있었다. 싱가포르가 항상 그런 것처럼 몹시 습했다. 카버는 음식물이 튄 식탁 저편에서 점점 웅변조로 말하고 있고, 공중에는 양념 냄새가 가득했다.

이번에는 처음으로, 나는 그 경험에 놀라고만 있지 않았다. 나는 그것이 실제라고 믿었다.

그래서 나는 존에게 집으로 오라고 부탁했다.

"여보." 나는 케임브리지의 추운 밤 속에서 속삭였다. "당신이 필요해. 제발 와."

나는 그러면 텔레비전 안테나를 움직였을 때 화면이 더 밝아지는 것처럼 '보이기'가 더 강해질 줄 알았다. 그런데 싱가포르 모습이 갑자기 사라지고, 나는 춥고 어두운 아파트에서 바보 같은 기분으로 남아 있었다. 네 번째 수축이 20분 후에 닥쳐왔다.

"처신을 잘해야 되네. 항상 속내를 드러내지 않고 말이야." 카버가 존에게 말했다.

그들은 식사를 마치고 음료를 마시고 있었다. 존은 때때로 '예' 하고 대꾸하며 듣고 있는 체했다. 그리고 처음으로 그가 듣고 있든 그렇지 않든 카버는 별로 신경 쓰지 않고 말을 계속하고 있다는 것을 알아챘다. 존은 자꾸만 내 생각이 났다. 앞에 앉아 있는 사람이 나였으면 싶었다. 그는 내가 간절히 보고 싶어지기 시작했다. 그는 눈을 감고 사흘 후면 집에 간다고 자신을 달랬다. 그러나 사흘은 너무나 긴 시간 같았다.

"이봐!" 카버가 인도인 소년에게 외쳤다. "거기, 너, 우리 맥주 하나 더 갖다줘."

소년이 다가왔다. 열 살쯤 되어 보였고, 몹시 가는 몸매였다. 피부는 짙은 갈색이었고, 머리는 너무 검어서 푸른빛이 돌았다. 그는 카버에게 타밀어로 뭐라고 말을 했다.

"맥주 하나 더 달라고 했어." 카버가 말을 끌며 되풀이했다. "영어 못해?"

소년은 말을 못 알아듣는 것 같았다. 그런 뒤 수줍은 미소를 띠었다.

'영어'라고 소년은 말했다.

"좋아," 카버가 말했다. "'맥주'라고 할 수 있어?" 그는 빈 맥주병을 소년의 얼굴 앞에서 흔들었다.

소년은 밝아진 얼굴로 고개를 끄덕이며 '맥주'라고 말했다.

"맞아." 카버는 고개를 끄덕였다. "이제 이렇게 말해봐. '나는 바보, 나는 멍청이.'" 카버는 웃음을 터트렸고, 소년은 이상하다는 듯 얼굴을 찡그리고 쳐다보고는 맥주를 가지러 갔다.

"머저리들." 카버가 존에게 말했다. "저놈들 모르는 모양인데 영어가 저희 국어라구."

"닥쳐요." 존이 말했다.

카버는 얼어붙은 듯 꼼짝 않고 존을 바라보았다. 그도 존도 똑같이 놀랐다.

"제 말은⋯어, 죄송해요, 카버 씨." 존은 생각해보니 미안할 것도 없었지만 그렇게 중얼거렸다. "신경이 좀 예민해서요." 그는 기운 없이 말했다. 그것은 사실이었다. 그는 안절부절못했다. 그의 입에서 나온 닥치라는 말은 그 자신도 모르게 그를 '통해서' 나온 것 같았다.

"어쨌든," 카버는 손바닥을 위로 하고 두 손을 쳐들며 말했다. "어쨌든, 불쾌하게 할 생각은 아니었어."

존은 손으로 이마를 문질렀다. 젖어 있었다. "저, 집에 가야겠어요."

카버는 걱정스러운 듯 존을 바라보았다. "그렇게 하게." 그가 말했다. "자네 몸이 안 좋아 보이는군. 같이 호텔로 돌아가지."

"아녜요." 존이 고개를 저었다. "집 말이에요. 집에 가야 돼요." 이것 역시 스스로 무슨 말을 할지 알기도 전에 목소리가 되어 나왔다. 돈을 지불하고 택시를 부르면서, 존은 그날 오후에는 자신이 비행기를 타고 있을 거라는 것을 알고 있었다.

호텔에 돌아와서 물건들을 가방에 던져 넣으며 컨설팅 프로젝트에서 그가 맡은 부분을 완수하기 위해 필요한 남은 일들을 생각했다. 일의 내용을 검토해보니 모두 전화나 팩스나 편지로 할 수 있는 일이었다. 그가 싱가포르에 꼭 있어야 되는 것은 아니었다. 다행한 일이었다. 왜냐하면 그의 몸은 자신의 허락이 있건 없건 떠나기로 결정한 것 같았기 때문이었다. 그는 가방끈을 어깨에 걸고는, 출발 총소리를 들은 단거리 선수처럼 달려나갔다.

호텔에서 계산을 하고 나오는 데는 15분도 걸리지 않았다. 그러나 나와서 보니 택시 승강장에는 서른 명쯤이 줄을 서 있었다. 벨보이가 호각을 불며 여유롭게 택시를 하나씩 부르고 있었다.

존은 바로 벨보이에게 갔다. "당장 택시를 타야 돼요. 비상사태에요." 그는 여전히 누군가가 자신을 움직이고 있는 듯한 기이한 기분이 들었다. 내가 거기 있었더라면 인형 조종자들이 하는 일이라고 말해줄 수 있었을 것이다.

"죄송합니다, 손님." 벨보이가 말했다. "줄을 서세요."

"안돼요." 존은 거의 사정하다시피 했다. "지금 당장 가야 돼요. 부탁이에요."

그 남자는 고개를 저었다. "죄송합니다. 줄을 서주세요." 그는 키가 작고 마른 작은 체구의 사내였다. 그는 갑옷과 빅토리아조 파티복의 중간쯤 되는 것 같은 제복을 입고 있었다. 헬멧 위에 뾰죽한 부분이 존의 코에도 미치지 않았다.

"20달러 주겠소." 존이 말했다. 벨보이의 눈이 떨렸다. 그 눈은 존을 힐끗 보고, 줄을 서서 기다리고 있는 사람들을 힐끗 보았다. 다른 손님들이 다 보고 있었다. 그는 고개를 저었다.

존은 어쩔 줄을 몰랐다. 특히 자기가 왜 그러는지를 모르니까 더욱 그랬다. 그는 생각을 해보려고 했다. 그는 하버드에서 수천 시간의 교육을 받았고, 수백만 단어를 읽었고, 수천 단어의 글을 썼는데 그 모두는 아시아에서 사업하는 방법을 배우기 위해서였다. 그는 문화적 차이를 감정이입과 감수성으로 메우는 것에 대해서 알아야 할 것은 모두 알고 있었다. 무슨 수를 생각해낼 수 있어야 할 것 같은데 아무것도 떠오르지 않았다. 그러면서 존은 자신도 모르게 자기의 손이 올라가 벨보이의 멱살을 잡는 것을 홀린 듯이 지켜보고 있었다.

"당장 택시를 불러줘." 존이 말했다. "안 그러면 죽이겠어."

사람들은 경악했다. 벨보이는 겁에 질려 숨을 헐떡였다. 존도 놀라서 숨을 헐떡였다. 그가 채 사과를 하기도 전에 벨보이는 호각을 날카롭게 불고 다음 차례의 택시 문을 열고 존을 거의 밀어 넣다시피 했다. 공항을 향해 절반쯤 가서야 손과 목에서 느껴지던 이상한 감각이 사라지고, 존의 몸은 다시 그의 통제 아래로 되돌아왔다.

나중에 존이 몸뚱이가 제멋대로 움직였다는 얘기를 내게 했을 때 나는 그게 어떤 기분인지 잘 알 수 있었다. 아기를 낳을 때의 기분이 바로 그런 것이기 때문이다.

30

존이 집으로 오는 데는 또 다른 난관이 있었다. 바로 그날이 마침 일본에서 '황금의 주'라고 하는 연휴가 시작되는 날이었다. 이 일주일에 중요한 명절이 셋이나 들어 있어서 사람들은 모두 고향을 찾아가는 것이다. 그 한 주 동안에는 아시아의 모든 항공노선을 일본인 여행자들이 가득 채운다. 추수감사절이 크리스마스와 새해 사이에 들어 있다고 상상해보라. 그러면 황금의 주 동안 아시아에서 여행을 하는 것이 어떤 것일지 짐작할 수 있을 것이다. 싱가포르 공항은 너무나 붐벼서 줄선 사람들이 공항 문밖에까지 이어져 있었다. 건물 안에는 고향으로 돌아가는 중국 여행자들로 가득했다.

존은 사람들을 비집고 싱가포르에어라인의 비즈니스 클래스 창구로 나아갔다. 그는 한 시간 이상 기다렸다. 창구에 가까워지면서 예약을 하지 않았는데 표가 있는지 물어보는 사람들이 몇명 보였다. 그들 아무도 표를 구하지 못했다. 존이 창구에 다다랐을 때 아시아의 다른 지역을 거치게 되어 있는 미국행 표를 살 전망은 몹시 어두워 보였다.

"미국으로 갈 방법이 있을까요?" 존이 물었다.

"죄송합니다. 없습니다." 직원이 말했다. "다음 주까지는 모든 좌석이 다 찼습니다."

존은 낙심해서 고개를 끄덕였다. "한번 확인을 해주시겠어요?" 존은 별 희망 없이 말했다.

직원은 어깨를 으쓱하면서 말했다. "뭐, 해보긴 하지요. 하지만 ─
아니, 잠깐요! 세상에 이럴 수가!"

존은 그 소리가 마음에 들었다.

"방금 취소가 하나 들어왔습니다." 직원이 말했다. "일반석입니다.
싱가포르에서 뉴욕까지입니다. 하시겠습니까?"

자, 존은 생각했다, 또 이러시는군요.

존은 지금도 하느님이 그 표를 취소하게 했다고 생각한다. 그가 보
스턴에 돌아갈 수 있도록 특별히 마련됐다는 것이다. 하지만 그는 항
상 왜 하느님이 좀 나은 좌석을 마련해주시지 않았는지 궁금하게 생
각한다. 그는 맨 뒷줄의 세 자리 중에서 가운데에 앉아서 23시간 후에
뉴잉글랜드에 도착했다. 그의 양옆에 앉은 사람들은 끊임없이 담배를
피워대며 서로 이야기를 했는데, 그러면서도 창가와 복도 쪽인 자기
들의 자리는 내놓으려고 하지 않았다. 비행기는 바레인에 잠시 기항
했는데, 존은 그 두 남자가 내리기를 바랐지만 그들은 담배만 더 사가
지고 돌아왔다.

한편 집에서는 하루 종일 약 20분 간격으로 진통이 계속되었다. 나
는 대학의료센터에 갔는데, 아직 자궁문이 열리지 않았으니까 집으로
돌아가서 쉬고 있으라는 말을 들었다. 시빌과 디이더가 한 시간마다
전화를 했고, 틈이 있을 때 들르기도 했다. 밤이 되어 수축 간격이 여
전히 20분이어서 나는 그들에게 전화를 해서 그만 자라고 말했다. 변
화가 있으면 전화하겠다고 약속했다.

아무것도 달라지지 않았다. 케이티가 잠이 든 후에 나는 다시 자리에 누워서 한번에 20분씩 졸다가 깨다가 했다. 내가 지쳤다고 말한다면 그건 세계무역센터가 층고가 다르게 되어 있는 전망 좋은 건물이라고 말하는 것만큼 축소된 표현이다. 나는 완전히 파김치가 되었다. 나는 이제 기도를 하는 데 익숙해져 있었다. 그러나 그날 밤에는 무슨 기도를 해야 할지 몰랐다. 누워 있는 내 마음속에서는 무서운 갈등이 일어나고 있었다. 한편으로는 이 고통스러운 임신상태가 당장 끝났으면 싶었지만, 또 한편으로는 아담을 될 수 있는 한 오래 뱃속에 두어서 좀더 잘 '익혀야' 한다는 생각이 들었다.

존이 새벽 3시에 집에 들어섰을 때, 나는 전혀 보기 좋은 모습이 아니었다. 존도 나보다 별로 낫지도 않았다. 턱에는 이틀 반 자란 수염이 있었고, 눈은 담배 연기 때문에 몹시 충혈되어서 삼류 공포영화에 나오는 귀신 같았다.

상관없었다. 존이 열쇠로 아파트 문을 여는 소리가 들리자, 내가 그때까지 억누르고 있던 긴장이 갑자기 사라져버렸다. 이제 안전하다. 이제는 쓰러져도 괜찮다. 침실 문간에서 존의 품에 안기자 나는 어머니 장례식에 간 주정꾼처럼 흐느껴 울기 시작했다.

"너무 겁이 났어, 존." 나는 흐느낌 사이로 말을 했다. "무슨 일이 일어날지 모르고, 나는 너무 지쳐서 빨리 끝이 났으면 좋겠는데 더 나빠지게 하고 싶지도 않고. 어떡해야 좋을지 모르겠는데 이렇게 아기를 낳으면 내가 감당할 수가 있을지, 만일 아기가 정말 아프거나 수술을 받아야 되면 어떡할지. 또 생명유지장치를 써야 되거나 또 혹시 죽으면—"

"진정해," 존이 계속해서 말했다. "지금도 진통이 오고 있어?"

"응," 내가 말했다. "하지만 아직 너무 일러. 조산이 되면 더 엉망이 될 텐데."

"조산아가 되진 않을 거야." 존이 말했다. "그리고 엉망이 되지도 않을 거야. 당신에게, 그리고 나한테도 일어난 그 모든 일 기억하지?"

나는 고개를 끄덕였다.

"아이는 나을 수 있을 거라고 믿어." 존이 말했다. "정말 믿어."

"아이가 아픈 건 아니야, 사실." 나는 옷소매로 얼굴을 닦았다. "꼭 나아야 되는 건 아니야."

"그럼 고쳐진다고 해야겠지." 존이 말했다.

나는 존의 쑥 들어간 충혈된 눈을 들여다보았다. "그런 일이 정말 일어날 수 있다고 믿어?"

그는 고개를 끄덕였다. 그의 눈은 몹시 지쳐 보였지만 침착했다. "무슨 일이 일어나는가를 좀 봐." 그가 말했다. 잠시 생각을 하더니 "싱가포르에 나와 함께 있었지, 아니야?"

나는 거의 울음을 그쳤다. 나는 고개를 끄덕였다. "포장마차였어. 당신 퀘티아우를 먹었어."

존은 놀랍다는 듯 낮은 소리로 웃었다. "정말이지, 그럴 수 있다는 걸 알고 있었지만 믿기 어려운 일이야. 그렇지 않아?"

나는 드디어 미소를 지었다. 이틀 만에 처음이었다. "그래." 내가 말했다. "믿기 어려워."

"그러니까," 존이 말했다. "믿기 어려운 또 다른 일이 일어날 수도 있잖아? 좋은 일이?"

나는 대답을 할 수 없었다. 또 한번의 진통이 왔고, 나는 긴장을 풀고 숨을 쉬려고 애를 썼다. "그렇게 확신을 할 수 있었으면 좋겠어." 일단 통증이 지나가자 내가 작은 소리로 말했다. "정말 알고 싶어. 그 많은 작은 기적들 다 좋지만, 그걸로 충분하지는 않아."

존은 케이티를 눕히듯이 나를 침대에 눕혔다. "마사, 마사, 내 말 좀 들어봐." 그는 한숨을 쉬었다. "세상에는 당신에게 일어난 그런 일을 조금이라도 경험하기 위해 어떤 대가라도 치를 사람이 수없이 많아."

나는 말할 기운도 없어서 고개만 끄덕였다.

"대부분의 사람들은 평생을 살면서 단 한 번의 기적도 만나지 못해. 당신에겐 얼마나 많았어? 그런데 아직도 더 원하는 거야? 하느님이 정말 좋은 과자를 주었는데 당신은 만족하지 않는 것과 같아. 당신은 구운 과자 한 판을 전부를 가지려는 거야. 아무도 그걸 가질 순 없어."

"그럴지 몰라." 내가 말했다. "그럴지 몰라. 그래도 난 갖고 싶어."

존은 웃으며 고개를 저었다. "당신은 문제야, 마사 베크. 정말로 문제야." 그는 내 머리 밑에 베개를 받쳐주었다.

"좀 자." 그가 말했다.

나는 존이 침대로 오기를 기다리며 10분쯤 누워 있었다. 존은 오지 않았다. 처음에는 부엌에서 그리고 화장실에서 왔다 갔다 하는 소리가 들렸다. 잠이 들려는 참에 또다시 진통이 왔다. 진통이 지나가자 나는 일어나서 홀을 걸어 내려갔다.

"존?" 내가 말했다. "자러 안 와?"

"아니." 그가 대답했다. "지금은 아니야." 그는 아직 욕실에 있었다. 그는 세탁물 바구니를 쏟아서 빨래거리를 분류하고 있었다.

"피곤하지 않아?" 나는 문간으로 머리를 들이밀며 말했다. "당신 아주 피곤해 보여. 아픈 테러리스트 같아."

그는 다시 지친 듯한 미소를 지었다. "피곤해." 존이 말했다. "하지만 싱가포르에선 지금 한낮이야. 자려고 해도 잠이 안 올 거야. 빨래나 하려고 생각했어."

나는 다른 말을 하지 않았지만 그가 정말은 왜 그러는지 알았다. 그는 항상 그랬듯이 일을 하면서 스스로를 안심시키려는 것이었다. 나는 그게 마약이나 알코올보다 좋은 중독이라고 생각했다. 그래서 자러 오라고 조르지 않았다. 그는 색깔이 짙은 옷들을 모아 자루에 넣고 어깨에 둘러메었다. 세탁실에 갔다가 금방 돌아오겠다고 말했다. 나는 잠깐이라도 그를 보내는 게 내키지 않았다. 존이 나가고 아파트 문이 닫혔을 때, 나는 누가 옆에 있든, 사람들이 아무리 도와주려 하고 친절하게 해주든 간에 나의 두려움은 결국 내가 혼자서 감당해야 한다는 사실을 받아들였다.

나는 거실로 걸어가 바닥에 앉아서 '하버드스퀘어'를 내려다보았다. 나는 일본 사람들이 '세이자(せいざ)'라고 부르는 정좌 자세로 무릎을 꿇고 앉았다. 그것은 존경을 표하는 자세이다. 나는 커다란 배 위에 두 손을 깍지 껴 얹고, 하느님에게 말을 해보려고 했다.

"들어주세요." 내가 말했다. "당신이 주신 과자가 제게 충분치 않아서 죄송합니다. 제가 이렇게 허약해서 죄송합니다. 하지만 더는 못 하겠어요."

또 다른 진통이 닥쳐와 말을 멈춰야 했다. 그게 지나가자 나는 기진맥진해서 거의 옆으로 쓰러질 뻔했다.

"죄송합니다." 나는 헐떡이며 말했다. "하지만 견딜 수가 없어요. 저에겐 너무 벅차요. 제발, 부탁입니다."

그 순간에 대해서 내가 가장 많이 기억하는 것은 놓아버리는 느낌이었다. 처음으로 나는 대답이 무엇이 되건 상관없이, 통제하려고 하지 않고 기도를 했다. 나는 무엇에라도 집착하고 통제하기에는 너무나 지쳐 있었다. 그것은 마치 운전석을 나오면서 다른 사람에게 열쇠를 넘겨주고 "어이, 난 지금 운전을 할 수 있는 상태가 아니야. 당신이 운전을 해줘"라고 하는 것과도 같았다. 나는 여러 해 동안 내가 행복이라고 생각한 환상에 취해 있었다. 나는 위신과 지력과 칭찬에 도취되어 있었다. 나는 나의 인생을 운전할 상태가 아니었다.

나의 작은 우주를 통제하려고 애쓰기를 멈춘 순간, 나는 계속 거기에 있었는데도 보지 못했던 것을 알아채게 되었다. 그것은 나의 약간 왼쪽 바닥에서 50센티미터쯤 되는 곳에 있었다. 그것은 사람이었다. ─아니 그보다 사람의 발이었다. 내가 본 것은 그것뿐이었다. 공중에 서 있는 한 쌍의 맨발, 옷자락이 발목께에까지 내려와 있었다.

나는 그 사람의 몸이나 얼굴을 보려고 고개를 들지도 않았다. 내가 이 이야기를 들려준 몇 안되는 사람들 중에는 왜 올려다보지 않았느냐고 묻는 이들도 있었다. 내가 말할 수 있는 것은, 우리가 절대적인 사랑과 다시 결합되었을 때는 자기를 거리를 두고 보지 않게 된다는 것뿐이다. 이 존재는 전혀 낯선 존재가 아니었다. 나는 놀라거나 어리둥절하거나 겁을 먹거나 하지 않았다. 나는 우주의 자연스러운 질서가 회복되었다고 느꼈다. 그리고 몹시, 무한히 안심이 되었다. 그래서 나는 그냥 몸을 기울여 공중의 발에 이마를 대고, 폭풍 속에 길을 잃었다가 돌아온 아이처럼 울기 시작했다.

"정말 오래 기다렸어요." 나는 흐느끼며 말했다. "정말로 오래 기다렸어요."

나는 조금도 놀랐던 기억은 없다. 그 상황은 조금도 이상하게 여겨지지 않았다. 나는 쳐다보거나 도망가거나 궁금해 하고 싶지도 않았다. 사실은 내가 한때 '정상적인' 생활이라고 불렀던 것─주위에 아무런 영적 존재가 없는 것 같았던 생활─이 오히려 아주 기이한 상태처럼 느껴졌다. 내가 평생 동안 이 사람과 다시 함께 있기를 기다려왔다는 것이 절대적으로, 꿈에서 깨어났을 때 현실이 분명한 것처럼 분명했다.

방 안의 그 물리적 존재보다 더욱 놀라웠던 것은 그것과 함께 온 사랑이었다. 나는 빛나는 사랑의 물결에 휩싸인 느낌이었다. 그 사랑은 땅 위의 모든 고통도 조그만 흠집도 낼 수 없는 그렇게 강한 사랑이었다. 나는 나중에 때때로 왜 그때 그 사랑을 다시 찾기 전에 수많은 괴로운 날들을 보내야 했던 것에 대해서 억울한 기분이 들지 않았을까 이상하게 생각했다. 그러나 다시 그 사랑 속에 있고 보니 내가 겪었던 그 모든 좌절과 외로움은 전혀 중요하지 않게 느껴졌다.

나는 그 발에 이마를 댄 채 울고 있었는데, 그때 힘센 두 손이 내 겨드랑이 밑으로 와서 나를 살그머니 들어올렸다. 나는 무릎을 꿇고 앉아 있는 내 몸에서 빠져나오는 것 같은 느낌이었다. 나는 내 몸에 연결되어 있었지만 그 안에 있지는 않았다. 내 몸은 오직 흙의 아이를 둘러싸고 있는 흙의 여자일 뿐이었다. 나의 실체를 이루는 부분은 거기서 들어올려져 너무나도 기분 좋은 품에 안겼다. 나는 그 후 세월이 가도 단 한순간도 이때를 잊은 적이 없었다. 오늘날까지 라디오에서 궁극적인 사랑, 완전한 사랑, 그것 없이는 살 수 없는 사랑을 찾는 것에 대한 노래가 나오면 나는 그날 밤 나를 들어올려 아기처럼 안아준 그 존재를 생각한다.

그게 얼마 동안 지속되었는지 나는 모른다. 30초일 수도 있고 10분일 수도 있다. 그 이상은 아니었을 것이다. 그것이 무엇이었든 나의 전 존재는 아직까지도 그 짧은 만남을 축으로 움직인다. 그것은 나의 중심점이고, 그 전과 그 후로 내 삶은 완전히 바뀌었다.

이런 경험이 얼마나 예외적인 것인지 나는 모른다. 확실히 이것은 이웃집에 가서 차를 마시며 얘기할 만한 그런 경험은 아니니까. 그러나 이게 드물게 일어나는 일이라면, 아마도 그 이유는 그 경험이 우리의 삶에 가져오는 큰 어려움과 관계가 있을 거라고 생각한다. 이 말은 이상하게 들릴 것이다. 나도 과거에는, 절대적으로 믿을 수 있는 어떤 초월적인 존재가 있다는 것을 알기만 한다면 인생은 깨소금 같으리라고 생각했었다. 천만에. 만일 당신이 그와 비슷한 것을 경험한 일이 있다면 그것이 자동적으로 당신의 다른 경험들을 쉽게 견디게 해주지는 않는다는 것을 알 것이다. 도리어 그런 사랑, 그런 소속감을 맛보고 나면 다시 그것으로부터 떨어져 나오는 느낌은 견디기 어렵다.

나는 그 경험을 한 후 몇달, 몇해 동안 나를 다시 그 압도적인 사랑 속으로 데려가줄지 모른다고 생각되는 온갖 종교적·신비적 훈련을 하곤 했다. 많은 신비체험가들은 금식을 한다. 나는 며칠씩 금식을 해보았다. 명상을 하는 사람들도 있다. 나는 밤에 존과 아이들이 자고 있을 때 몇 시간씩 마음을 비우고 그 존재가 돌아오기를 기다리며 앉아 있었다. 나는 내가 조금이라도 아는 모든 종교의 모든 규칙을 지켰다. 유태교의 계율과 이슬람의 계율을 지키고 채식만 했다. 담배도 피우지 않고 술도 마시지 않고 욕설을 뱉지도 않았다. 가난한 이들에게 돈을 주었고, 모든 사람, 모든 것들에게 비굴할 정도로 친절하려고 애썼다. 나의 동기는 순전히 이기적인 것이었지만.

그러나 무엇보다도, 나는 죽게 될 것이라는 사실을 좋아하게 되었다. 자살을 하려고 한 것은 아니다. 그러나 죽음이 그 사랑을 다시 만나는 확실한 길이라고 믿고 어서 그날이 오기를 기다리게 되었다. 몇 해 뒤에 나는 심장발작으로 죽었다가 살아난 여자에게 이 경험을 털어놓았다. 그 여자는 임사체험자들이 경험하는 터널이니 빛이니 하는 것을 모두 경험했다. 살 것인가 죽을 것인가를 선택하라는 말을 듣고, 이 여자는 살아서 아이들에게 몇 가지를 일러주고 나서 다시 죽겠다고 결정했다. "곧 되돌아오겠어요"라고, 그 여자는 '빛의 존재'에게 다짐했다. 그러나 그 여자는 육신 속으로 돌아와서, 응급처치원들이 자신의 심장에 충격을 주어 정상적으로 자기가 움직이게 된 것을 보고 분통이 터졌다. 살게 된 것에 대한 커다란 실망감을 극복하는 데 오랜 시간이 걸렸다. 그 여자는 앞으로 자기가 다시 죽게 되리라는 생각이 큰 위안이라고 말했다.

하느님이 나에게 커다란 선물을 주신 뒤 꼬박 3년 동안, 내가 이 세상에서 가장 원하는 것은 죽음이었다. 나는 죽고 싶어서 반쯤 미쳐 있었다. 아마 그래서 '절대적 존재'는 나를 제정신이 들게 할 방도가 필요하다고 결론을 지은 모양이었다.

그래서 나는 또 하나의 큰 선물을 받았다.

그때 아담은 세 살 반이었고, 내 건강은 몹시 나빴다. 아직 밝혀지지 않았던 자가면역증과 금식과 죽음에 대한 원망(願望) 때문에 내 몸은 계속 탈이 났고, 이런저런 수술을 받아야 했다. 한번은 수술을 받는 도중에 갑자기 정신이 들어서, 나는 바로 내 머리 위에 나타난 밝은 흰빛을 바라보고 있다는 것을 의식했다. 그 빛은 사람의 모습이 아니라 공과 같았지만, 나는 마음속에서 그것이 그날 밤 나를 안고 달래 주었던 바로 그 존재라는 것을 확신했다. 나는 기뻐서 울기 시작했다. 내가 아직 전신마취 상태에 있다는 것을 알고 있던 의사는 놀랐다. 마취의사는 나를 더 깊이 마취시키려 했다. 그런데 그 빛이 내가 기뻐서 우는 것이니까 그러지 말라고 그에게 말을 했다(그 의사는 수술이 끝난 후에 내게 와서 도대체 무슨 일이 일어났던 것이냐고 물었다, 그리고 나중에 자신의 경험을 써서 나한테 편지를 보냈다).

수술이 진행되는 동안 그 '빛의 존재'는 내게 내가 잘못된 노력을 하고 있다고 설명했다. 금식을 통해서도 명상을 통해서도 온갖 계율을 지키는 것으로도, 또는 심지어 죽는 것으로도 나는 그 길을 찾지 못할 것이라고 알려주었다. 올바른 조건을 갖춘다면 그러한 것들이 도움이 될지 모른다. 그러나 훨씬 더 어려운 어떤 일을 기꺼이 할 준비가 되어 있지 않다면 그런 것들도 소용없다.

'빛'은 말을 사용하지 않았고─나는 그것이 말하고자 하는 것을 그냥 알았다─그래서 그것이 내게 전달한 내용을 말로 설명하기가 어렵다. 수술이 끝난 후에 나는 존에게 그 이야기를 하려고 했지만, 존은 내가 마취가 덜 풀려서 횡설수설하는 것이라고 생각했다. 사실 그렇기도 했다. 그러나 마취약의 효과가 다 사라진 후에도 남아 있던 확실한 메시지가 있었다. 즉, 내가 가야 할 곳, 내 영혼이 머무르도록 예정되어 있는 곳으로 돌아가는 방법은 내가 밖에서 찾을 수 있는 규범을 통하는 것이 아니라는 것이었다. 내면을 보아야 한다. 나의 일상적 의식과 내 마음속에서 진리라고 알고 있는 것 사이에 놓여 있는 모든 슬픔, 공포, 잘못된 개념, 거짓말을 던져버려야 한다. 내 주위에 '좋은' 사람, '성공한' 사람, 혹은 '옳은' 사람이라는 장식들을 붙이는 대신 나는 있는 그대로의 내가 되어야 하며, 그 때문에 거부를 당할지 모를 끔찍한 위험을 감수해야 한다. 나는 사회적인 것이든 정치적인 것이든 종교적인 것이든, 어떤 제도의 의상을 갖추어 입음으로써 그곳에 도달할 수는 없다. 위안이 되는 그 모든 의상을 벗어버리고, 벌거벗고 나아가야 한다.

1988년 4월 말로 되돌아가서, 나는 나를 거실 바닥에서 안아올려준 그 사랑의 물결에 도취되어 아직 그것을 말로 표현할 수 없었다. 존이 돌아와서 손에 묻은 세탁비누를 씻어낼 즈음에는 거실은 다시 어두웠고, 밖의 거리에서는 사이렌 소리가 들려왔다. 나는 다시 확실한 것이라고는 죽음과 세금밖에 없는 세계, 의식의 매 순간이 두려움과 망각으로 오염되어 있는 세계, 우리가 이길 도리가 없다는 것을 알면서도 엔트로피와 싸우고 싸우고 싸우고 있는 세계로 되돌아와 있었다. 나는 그림자의 세계로 돌아온 것이었다.

시빌은 나중에, 그날 밤 이후로 나에 대해 정말로 걱정을 했다고 말했다. "너는 정상적인 슬픔의 과정을 겪고 있는 것 같았어. 그러더니 갑자기 멈춰버린 거야."

사실이었다. 나는 완전히 달라져 버렸다. 그 거대한 사랑을 내 정신과 마음속에 받아들이는 것이 몇달 동안 내 유일한 관심사였다. 그 존재가 사랑의 잔재를 온 집에 남겨 놓고 사라졌을 때, 내 자궁은 여전히 열심히 수축작용을 하고 있었다. 그러나 나의 두려움과 투쟁의 느낌은 사라졌다. 이제는 진통을 하는 것이 걱정이 되지 않았다. 나는 모든 일이 보살핌을 받고 있다는 확신이 들었다. 나는 아담과 그 '사랑의 존재'가 아마 무슨 계획을 세워 놓았을 거라고 믿었다. 그것이 무엇이든 나는 끝까지 따라갈 수밖에 없었다.

31

나는 일주일을 더 버텼다. 진통은 점진적으로 빨라지고 있었다. 분명히 그동안 별로 잠을 자지 못했지만 실은 잠을 자고 싶지도 않았다. 나는 앉아서 그 신비로운 발을 본 밤에 일어난 일에 대해 생각하고 싶었다. 그 순간에 시작된 평화가 내 안에서 오랫동안 빛을 내고 있어서 모든 것을 조용하게 하고, 아주 아름다운 나직한 음악 소리에 귀 기울이듯이 그것에 정신을 집중하고 싶었다. 나를 잘 알고 있던 사람들은 혹시 내가 어떤 마약을 쓰게 되었나 궁금히 여기기 시작했다.

내면의 따뜻함과 경이가 나를 떠받쳐주고 있었지만, 끊임없이 반복되는 진통은 점점 견디는 힘을 깎아내고 있었다. 내가 아담의 출산을 의도적으로 지연시키고 있다는 것을 분명히 느낄 수 있었다. 내가 포기해 버리면 아담은 당장이라도 나올 것 같았다. 나는 37주까지 버티려고 마음먹었다. 그건 정말 쉬운 일이 아니었다.

내가 누워서 뒹굴며 케이티와 같이 〈세서미스트리트〉를 보며 아담을 때가 될 때까지 태내에 가지고 있으려고 애쓰고 있는 동안, 존은 컨설팅회사의 일을 마무리하느라 바빴다. 그는 5월 7일에 그를 고용한 사람과 만날 약속을 해두었다. 일을 그만둘 참이었다. 나는 존이 몹시 마음이 상했으리라는 것을 알고 있었다. 실패라고 느꼈을 것이다. 그가 그 일을 하게 되었을 때 우리가 함께 얼마나 기뻐했는지, 그는 자신의 능력을 발휘하려고 얼마나 열심이었는지가 생각났다. 그렇지만 우리는 아담이 태어나고 나면 우리의 생활은 아주 달라질 것이라는 사실을 인정하게 되었다. 정확히 어떻게 될지는 몰랐지만, 부모로서 우리의 짐이 훨씬 무거워지고, 존은 그렇게 경쟁적인 회사에서 성공하기 위해 필요한 자유를 가질 수 없을 거라는 것만은 분명했다. 일본의 신사에서 보낸 그 밤 이후로 존은 자신의 선택이 그를 어디로 데리고 갈지 알고 있었다. 그러나 그것이 그에게도 결코 쉬운 일이 아니었다.

존은 그날 아침 나에게 키스를 하고, 케이티를 시빌에게 데려다주었다. 내가 좀 쉴 수 있게 하려는 것이었다. 그들이 나가고 나니까 아파트는 너무나 빈 것 같았고, 너무 조용하고, 너무 더러웠다. 몇 달째 엉망인 채였지만 갑자기 청소를 하는 일이 아주 긴급한 일로 여겨졌다. 나는 출산을 앞두고 '둥지 틀기'의 충동을 느끼기 시작한 것이었다. 나는 평생 꼭 세 번—아이 낳을 때마다 한 번씩—정말로 냉장고 청소를 하고 싶어졌다. 이것은 출산이 예정보다 빨리 다가오고 있다는 또 하나의 표시였다. 나는 자신을 억제했다. 내가 '둥지 틀기'를 하지 않으면 내 몸이 아담을 그렇게 빨리 내보내지 않을지도 모른다고 생각하며. 냉장고는 웅웅 소리를 내며 나를 놀리고 있었다. 그 속의 지저분한 선반들은 끈적거렸다.

나는 침대에 누워 있어야 한다는 것을 알고 있었다. 그러나 무언가 하지 않으면 아주 미쳐버릴 것만 같았다. 나는 옷을 갈아입고 거리로 나갔다. 쇼핑을 하려는 것이었다. 적어도 물건을 사고 있으면 '둥지 틀기'의 충동을 좀 억제할 수 있을 것 같았다.

존과 나는 출산준비를 꼼꼼히 하는 일이 없었다. 서로 말은 하지 않았지만 무언가 나쁜 일이 일어날지 모른다는 불안을 갖고 있었다. 달걀을 두고 병아리를 세면 불운이 온다는 식이었다. 케이티가 태어났을 때 우리는 아기를 싸 안고 올 포대기조차도 사두지 않았었다. 일주일 뒤에 아기침대를 마련할 때까지 케이티는 옷장 서랍 속에서 잤다. 물론 아담의 생존 가능성에 대한 믿음은 더욱 낮았다. 그리고 케이티의 헌 아기침대와 헌 포대기도 많이 있었다. 그러나 남자 아기 옷은 하나도 없었다. 존이 일자리를 그만두기 위해 나간 화창한 5월의 아침에, 나는 그 문제를 바로잡기로 결심했다.

나는 800미터 거리인 하버드 소비조합까지 뒤뚱거리며 걸었다. 진통이 오면 걸음을 멈추고, 아무렇지도 않은 체하려 애를 썼다. 일단 도착하자 나는 바로 학교 표지가 붙은 상품 코너로 향했다. 우리는 '하버드'라고 글자가 새겨져 있는 옷을 입은 적이 없다. 너무 뽐내는 것 같았기 때문이다. 조그만 셔츠나 야구모자 같은 것은 무척 귀여웠지만 케이티에게도 하버드 표식이 붙어 있는 것을 입히지 않았다. 그러나 아담의 경우에는 다를 것이었다. 나는 그 저능아를 온통 하버드라는 글자로 뒤집어씌울 참이었다. 그렇게 하는 것은 아담에게나 하버드에게나 적절한 일이 될 거라고 생각했다.

소비조합에까지 나를 밀고 간 '둥지 틀기'의 에너지는 조그만 하버드 셔츠를 사들고 돌아왔을 때에는 거의 다 사라졌다. 아파트 문이 드디어 등 뒤에서 닫히자 나는 문에 등을 기댄 채 바닥으로 미끄러져 주저앉고 말았다. 다시 진통이 온 것이다. 이를 악물어야 할 정도로 강렬했다.

"음, 하느님?" 내가 말했다. 이제 나는 혼자 있을 때면 늘 이런 식으로 말을 했다. "저, 아직 한 주가 모자라는 줄 알아요. 하지만 전 정말 —아유."

조이는 느낌이 더 격렬해졌다. 말을 계속할 수 없을 정도였다.

"정말, 그만 했으면 좋겠어요." 잠시 후에 내가 말을 했다. 그리고 기다렸다. 무엇을 기대해야 할지 몰랐다. 하늘에서 들려오는 목소리일지 불타는 관목일지 아니면 말하는 비둘기일지. 상관없었다. 어떤 종류든 허락이 있기만 하면 되었다.

"그래도 될까요?" 내가 물었다.

아무 일도 일어나지 않았다.

이윽고 나는 몸을 추스르고 케이티의 침실로 갔다. 아기방이라고 불러도 될 것이다. 아직 가구는 별로 없었다. 아기침대와 서랍장, 그리고 너무 낡아서 먼저 살던 사람이 버리고 간 안락의자 하나뿐이었다. 나는 서랍장으로 가서 제일 아래칸을 열었다. 그곳에 나는 작아진 케이티의 옷과 아기 포대기를 넣어두었다. 나는 아담의 조그만 하버드 셔츠를 존이 보지 못하게 제일 밑에 넣어둘 셈이었다. 혹시 아기가 죽으면 몰래 그것을 처리해버릴 수 있을 것이다. 아무도 모를 것이다.

바닥이 드러나도록 물건들을 옆으로 밀치는데 비닐봉지의 버스럭거리는 소리가 들렸다. 나는 얼굴을 찡그리고 궁금해서 뒤져보았다. 포대기와 옷들 밑에 조그만 꾸러미가 있었다. 봉지에는 싱가포르의 운동구점 상표가 있었다. 안에는 쪼그만 리복 운동화 한 켤레가 있었다. 어른 운동화를 그대로 축소한 것인데 엄지손가락보다 별로 크지 않은 것이 한 쌍의 벌새처럼 조그맣고 완전했다. 요즘은 그런 운동화

398

가 미국에 많이 있지만 나는 그런 것을 본 적이 없었다. 나는 그걸 꺼내 한 손에 하나씩 들었다. 잠든 아기처럼 꽤 무거웠다. 나는 그것을 얼굴에 갖다 대고 내가 울고 있다는 것을 알았다. 다운증후군 진단이 있은 후 그때 처음으로 나는 아이가 살기를 내가 얼마나 간절히 바라는지를 알았다.

3킬로미터 떨어진 곳에서, 존은 또 한번의 기이한 대화를 하고 있었다. 현실에서는 결코 일어나지 않는, 무대 위의 기계장치에서 하느님이 바로 내려와 어떤 어려운 상황을 해결하고, 합창대가 뒤에서 그것을 찬탄하는 것 같은 그런 대화를 하고 있었다. 나중에 존이 나에게 그때의 일을 이야기해주었을 때 나는 성의 사회학 담당 교수가 내게 A를 주겠다고 했던 때의 그 이상한 표정을 떠올리지 않을 수 없었다.

존이 그날 만난 사람은 그 회사 설립자 중 하나인 마크 폴러라는 사람이었다. 마크는 전형적인 기업의 중역은 아니었다. 그는 몽상가이며 생각이 깊고 혁신적이며 독서를 많이 하고, CEO로부터 통행세를 받는 사람에 이르기까지 마주치는 사람 누구의 말이든 경청을 했다. 내가 케이티를 가지고 배가 꽤 불렀을 때 그를 만난 적이 있었는데, 그는 곧 그 컨설팅회사 안에 탁아센터를 두는 아이디어를 설명하기 시작했다. 이 사람이 바로 존을 고용한 사람이었고, 우리 둘 다 그를 존경했다. 존이 일을 그만둘 결심을 하면서 가장 애석히 여겼던 점은 마크를 실망시키게 된다는 것이었다.

인사말을 나누고 나서 존은 단도직입적으로 말했다. "오늘 사직을 하려고 왔습니다."

마크는 존을 뻔히 바라보았다. "뭐라구?"

"이사를 하게 될 것 같아요." 존이 말했다. "한 달 후면 아기가 태어날 텐데요. 가족들 있는 곳으로 가야 할 것 같아요. 아내에게 그게 제일 좋을 것 같아요." 그는 그 말을 하면서 싱가포르에서 카버가 하던 말이 생각나서 주춤했다.

마크는 여전히 어리둥절한 표정이었다. "무슨 말인지 모르겠군." 그가 말했다. "전에 이런 얘길 한 적이 없었지."

"네. 어, 사실은 …" 존은 헛기침을 했다. "몇주 전에, 어…새로운 사실을 알게 됐습니다."

마크는 고개를 저었다. "존, 자네 무슨 말을 하는 건가?"

피할 도리가 없는 것 같았다. 존은 심호흡을 하고 말했다. "아기가 다운증후군이에요."

마크의 눈이 더욱 커졌다. "아이구, 맙소사." 그가 말했다. "확실한 거야?"

존이 고개를 끄덕였다. "양수천자검사를 했어요. 100퍼센트 정확하대요."

존이 기억하기로 마크의 아내도 그때 임신 중이었다. 마크가 이 시점에서 생각에 잠겨 말없이 방 안을 왔다 갔다 한 것은 그 때문이었을지도 모른다.

"논문은 마쳤나?" 갑자기 그가 물었다.

존은 몹시 비참한 기분이었다. "아닙니다." 존이 말했다. '거의 다돼 갑니다'도 아니고, '연구는 다되어 있습니다'도 아니고, '95퍼센트쯤 완성했습니다'라고도 하지 않았다. 특히 그가 학위를 받을 가능성이 몹시 희박한 지금, 존은 모든 것이 잘될 거라고 생각하고 말하는 데 지쳐 있었다. 그는 가족을 부양하기 위해 안정된 일자리를 찾아야 하고, 그러려면 논문을 완성할 시간이 없을 것이다.

"다른 일을 하지 않는다면 논문을 마치는 데 얼마나 걸릴 거라고 생각하나?" 마크가 물었다.

존은 잠시 생각해보았다. "여섯 달 전후요."

"됐네, 됐어." 마크가 말했다. "이렇게 하면 어떨까? 자네가 논문을 마칠 때까지 여섯 달 동안 정규 봉급을 주겠네."

존은 입을 벌렸다가 다시 다물었다. "그리고요?" 간신히 말을 했다.

"그리고 계속 자네와 관계를 갖는 거지." 마크가 말했다. "직업상으로 말이야."

그는 그런 생각을 해낸 것이 아주 기쁜 듯했다. 존은 그렇게 하는 것에 대해 잘 생각해보았는데, 회사 쪽에서 얻는 이익이 아무것도 없는 것 같았다.

"저는 잘 이해가 안되는데요." 결국 존이 말했다.

"자네의 논문이 회사에 득이 될 거야." 마크가 말했다. 어떻게 해서 그런지 밝히지는 않았지만, 그래도 그는 진심인 것 같았다. 어쨌든 그는 박사학위 논문을 재미로 읽는, 존이 아는 유일한 사람이었다.

"뭐라고 말해야 할지 모르겠습니다." 존이 더듬거리며 말했다. 마크가 상냥한 미소를 지으며 요술 지팡이를 획 꺼내 발뒤꿈치를 세 번 부딪치라고 말하는 것이나 아닐까 싶었다.

"그러겠다고 하지 그래?" 마크가 말했다.

"그러지요." 존이 말했다. "좋아요. 그러겠습니다!"

마크가 손을 내밀었다. "사직은 반려됐네." 그는 웃고 있었다.

존은 어지럽고 전혀 실감이 나지 않는 채로 그와 악수를 했다. 마치 거대한 압력에 짓눌리고 있던 깊은 심해로부터 수면 위 부드럽고 풍성한 환상의 섬 위로 너무 빨리 올라온 것 같은 기분이었다. 평생 처음, 존은 자신이 기절을 하는 게 아닌가 싶었다.

우리가 아담을 기다리고 있던 때는 모든 것이 그랬다 — 이상하게 잘 안되거나 이상하게 잘되거나. 그 인형 조종자들은 온 세상을 뒤집어 놓은 것 같았다. 어쩌면 내가 영혼의 작용들, 하느님의 뜻을 지나치게 중히 여긴 것인지 모른다. 우리는 그저 몇몇 품위 있는 사람들의 마음속에 항상 들어 있던 선의를 발견한 것뿐인지도 모른다. 그러나 그 두 가지는 다른 것이 아니라고 나는 생각한다. 나는 인간의 사랑과 하느님의 사랑을 다 받는 축복을 누렸는데, 그 사이에는 본질적인 차이가 없다고 믿는다. 사랑으로 행동하는 사람은 누구나 하느님을 위하여 행하는 것이다. 그런 행동을 갚는 길은 아마도 다른 이들에게 그런 사랑을 전달하는 것밖에 없을 것이다.

마크 풀러가 선(善)의 화신처럼 행동하고 있을 때 나는 임신 37주를 채우려면 며칠이 남았는지 세고 있었다. 나는 수축작용을 그리 오래 저지하지 못할 거라고 생각했다. 나는 조그만 하버드 셔츠를 쪼그만 리복 운동화 옆에 놓고 누우려고 침실로 갔다.

〈가방을 꾸려.〉 내 팔꿈치쯤에서 말소리가 났다.

머리카락이 모두 곤두섰다. "뭐라구?"

〈가방을 꾸려.〉

무슨 뜻인지 알았다. 병원에 갈 준비를 해야 된다는 뜻이었다. 나는 벽장으로 가서 존과 나의 신혼시절, 동남아시아에서 내 소유물을 모두 넣어 끌고 다니던 가방을 꺼냈다. 또 한번의 강한 진통이 왔다. 가운을 가방에 넣고 슬리퍼도 넣었다. 그리고 욕실로 가서 칫솔, 치약, 입 헹구는 물, 머리빗을 찾아냈다.

"아직 일러요." 내가 말했다. "아직 너무 일러요."

목소리는 말이 없었다. 나는 다시 케이티의 방으로 가서 아래 서랍을 다시 열었다. 나는 서랍을 들여다보며 서 있었다. 아기옷이 필요할까, 다운증후군 아기 다섯 중에 둘이 그런 것처럼 당장 수술을 받아야 될까, 또 다른 무서운 결정을 해야 할 일들이 닥치는 게 아닐까.

"뭘 싸야 되지요?" 내가 물었다. 정말 대답을 기대한 것은 아니었지만, 대답이 있었다.

〈뭘 싸야 된다고 생각해?〉

"그러지 좀 마세요." 내가 조바심을 하며 말했다. "제발 이번에는 직접적인 대답을 좀 해주세요."

한순간 나는 불과 몇달 전의 나의 눈으로 자신을 바라볼 수 있었다. 나는 빈 방에 서서 보이지 않는 목소리와 얘기를 하고 있을 뿐만 아니라 말싸움을 하고 있는 것이다. 이것이 터무니없는 일이라는 걸 알고 있었지만, 나는 당황하지도 않았다. 정상적인 정신상태에 대한 개념을 진작에 버렸기 때문이었다.

사실은 그 목소리가 옳았다. 내가 나의 내부를 들여다보았을 때 나는 아담의 건강이 어떨지 정확히 알고 있었다. 아담은 건강할 것이다. 수술이 필요하지 않을 것이고, 자주 아프지도 않을 것이고, 다운증후군 아이에게 잘 일어난다는 귀 감염도 자주 일어나지 않을 것이다. 그 여분의 염색체 말고는 아담은 완벽하게 건강한 아이일 것이다.

내가 어떻게 알았느냐고? 그냥 알았다. '물리학을 믿는 우리 같은 사람들은 과거와 현재와 미래의 구분이 오직 아주 고집스러운 환상에 불과하다는 것을 안다'라고 한 아인슈타인의 말을 나는 항상 좋아했다. 나는 때때로 그것이 이론만이 아니라 실제로도 참이라고 믿게 되는 강력한 징후를 본다.

나는 아담이 태어난 뒤 이런 종류의 예감을 여섯 번이나 경험했다. 내가 그런 것을 불러내려고 할 때는 절대로 일어나지 않는다. 그것은 나중에 어떤 이유로든 나에게 중요하게 될 사람을 만날 때 갑자기 어디선가 튀어나온다. 내가 나중에 살게 될 장소에 가면 벽돌처럼 나를 때린다. 지금까지 이런 지식—과거가 아니라 미래의 것을 '기억'하는 것처럼 느껴지는 이것은 틀린 일이 없었다. 나는 나만 예외적으로 이런 예감을 갖는다고 생각하지는 않는다. 다만 내가 아담을 갖고 있을 때 운 좋게 그것을 알아채고 믿게 되었던 것이다. 물론 그것이 아무리 여러 번 옳다고 판명되었어도 나는 항상 다시 그것을 믿기가 겁이 난다. 그러나 좀더 정신이 명료한 순간에, 나는 우리가 주의를 기울이면 우리 모두 때때로 우리 자신의 미래 속으로 뛰어들게 된다고 믿는다.

존이 감사와 안도감 속에서 주정꾼처럼 비틀거리며 돌아왔을 때, 나는 이상하지만 매력적인 짐승과 장난을 하는 어린아이처럼 내 예감을 이리저리 뒤지고 더듬고 있었다. 그는 문으로 달려 들어와서 나를 와락 안고는 긴 입맞춤을 했다. 문간에 놓여 있는 가방을 자신이 넘어

왔다는 사실도 의식하지 못했다.

"무슨 일이 일어났는지 알아?" 존이 열광적으로 말했다. "정말 믿을 수 없는 일이 일어났어! 모든 일이 다 잘될 거야!"

나는 고개를 끄덕였다. "응, 알아."

"들어봐," 존이 이를 드러내며 웃었다. "당신, 믿지 못할 거야."

"믿을걸. 뭐든 간에 믿을 거야."

"아냐, 정말이야," 존이 말했다. "말해줄게―"

"시빌과 찰스가 주차장에서 기다리고 있어." 내가 말을 막았다. "나가. 차에서 얘기해주면 돼."

"차라구?" 존은 어리둥절한 것 같았다.

"병원에 가야 해." 내가 말했다. "때가 됐어."

존의 눈과 입이 커다랗게 열렸다. "하지만 아직 너무 이른 거 아냐?"

"걱정 마." 내가 말했다. "아긴 괜찮을 거야. 모두 다 괜찮을 거야."

내가 너무나 자신만만하게 말했기 때문에 존은 믿을 수밖에 없었다.

32

존과 내가 주차장으로 내려갔을 때 시빌과 찰스, 미에, 케이티가 자동차 문을 열어 놓고 기다리고 있었다. 우리는 늦은 봄눈이 날리는 속에 보스턴의 브리검앤드위민스병원으로 갔다. 진통이 오는 사이사이에 나는 케이티의 머리를 쓰다듬어주며 무슨 일이 일어날지를 나직이 말해주었다. 물론 전에 다 얘기한 것이지만 케이티는 푸른 눈을 크게 뜨고 엄숙한 표정으로 열심히 들었다.

존은 일제 스톱워치를 가지고 왔다. 진통이 오면 나는 존에게 '시작'이라고 말하고, 진통이 사라지면 '끝'이라고 말했다. 존은 스톱워치를 보고 진통이 지속된 시간과 진통 사이의 간격을 말해주었다. 마치 무슨 임무 수행을 하고 있는 것처럼 들렸다.

"시작."

"끝이야."

"1분 30초."

"간격은?"

"10분 53초."

"알았어."

병원까지 30분 걸렸다. 도착하자 나는 케이티에게 입맞추고 미에네 집에 가 있으면 나중에 전화를 하겠다고 말했다. 나는 시빌과 찰스에게 고맙다고 말하면서, 내 깊은 감사를 그들이 느끼기를 바랐다. 말로는 표현할 수가 없었으므로. 그들은 떠나고 존과 나만 남았다.

나는 케이티가 태어날 때와 얼마나 다른가 하고 생각했다. 비교를 하자면 그때는 파티와도 같았다. 분만실에서 데메롤주사를 맞고, 나는 그리 잘 기억하지 못하는데 존은 내가 웃느라 정신없었다고 말한다. 케이티가 태어나고 나자 파티는 더욱더 흥겨워졌다. 축하 전화며 카드며 꽃이 쇄도했다. 존이 속한 학과에서 하버드 경영대학원 학생신문인 〈하버스〉에 한 단 전부를 차지하는 축하광고를 냈다. "H학과 동기생 1986학번은 '2010학번' 캐서린 베크를 환영합니다." 케이티의 생일이 번지점프 같았다면, 아담이 태어난 날은 몹시 위험한 구조작업 같았다.

나는 휠체어를 거절하고, 존이 입원수속을 하는 동안 병원 로비에서 서성거리고 있었다. 도중에 존이 나한테 와서 앉아 있는 것이 낫지 않겠느냐고 달래듯이 물었다. 그는 환자대기실('patient waiting'은 '참을성 있게 기다리기'라는 뜻이 될 수 있다 — 역주)이라는 팻말이 붙어 있는 조그만 로비를 가리켰다. 나는, 내가 참을성 있는 사람이 아니고 특히 기다리는 건 잘 못 한다는 걸 알지 않느냐, 만일 참을성 없는 사람 대기실이 있다면 그곳에 가 있겠다고 존에게 말했다. 그는 웃고는 돌아가서 신청서 쓰는 일을 계속했다. 몇분 되지 않아서, 존이 신청서 작성을 마치기도 전에 나는 기운이 다 빠졌다. 나는 흉측한 주황색 비닐의자에 주저앉아 몸을 웅크렸다. 간호사가 휠체어를 밀고 달려와 거기에 타라고 했다.

존이 휠체어를 밀고 엘리베이터로 가서 분만실과 분만대기실이 있는 층에 내릴 때까지 간호사가 따라와서 기다란 복도를 지나 내게 할당된 방으로 안내했다. 그날 병원은 붐볐다. 복도 옆의 대부분의 방이 차 있었다. 흰색 바지 제복을 입은 간호사들과 푸른 수술복과 두건을 쓴 의사들이 복도를 바쁘게 오가고 있었다. 어느 병원이든 산과 병동은 보통 가장 행복한 곳이다. 대단히 전문적인 분위기이긴 했지만 그곳의 사람들은 다른 곳보다 더 많이 미소를 지었다. 나는 동시에 기쁘기도 하고 부럽기도 했다. 좋은 일들이 일어나는 곳에 있는 것이 기분 좋았지만, 나와 우리 가족에게는 좋은 일이 일어나지 않을 것 같아 겁이 났다.

옆방은 특히 활기찼다. 간호사들이 여러가지 도구와 시트 등을 들고 벌집 속의 일벌들처럼 바삐 드나들었다. 안에 있는 산모가 보이지는 않았지만 소리는 들렸다. 바로 이 점이 내가 텔레비전에서 출산 장면을 볼 때 거슬리는 부분이다. 산모 역할을 맡은 배우들은 텔레비전에서 아기를 낳을 때 헐떡이고 신음 소리를 내고 하지만 실제의 산모들은 그렇게 시끄럽게 하지 않는다. 도살장에 끌려가는 암소처럼 소리를 질러대는 일은 드문데, 옆방의 여자는 그런 소리를 냈다. 정말 끔찍한 소리였고, 거의 인간이 내는 소리 같지가 않았다. 존과 나는 놀라서 마주 보았다.

"괜찮아요." 간호사가 말했다. 그리고 소 울음 같은 소리가 나는 방쪽을 가리키며 "라틴계 여자예요"라고 덧붙였다. 나는 간호사의 인종적 편견에 도전하기에는 내 앞에 닥친 일이 급해서 그냥 고개만 조금 끄덕였다.

사실은, 출산의 고통에 대한 백인과 라틴계 여자의 반응에 대한 간호사의 인상을 바로잡는 데, 내가 한몫하기는 했다. 근엄한 우리 조상들은 그다음 몇 시간 동안의 나의 처신에 대해서 필경 경악했을 것이다. 나는 아담의 출산을 대비해서 라마즈 수업을 받지 않았다. 그렇게 많은 '정상적'인 임신부들 사이에 갈 수 없는 기분이었던 것이다. 하지만 케이티 출산을 앞두고 받았던 라마즈 수업의 교사가, 산모가 겁을 내면 출산의 고통이 더 심하다고 말한 것을 기억한다. 옳은 말이었다. 나는 아담을 실제로 낳는 과정에 대해서는 겁을 먹지는 않았지만, 그다음에 어떤 일이 일어날지 몹시 두려웠다. 진통이 멈추었을 때는 두려움을 억누르고 있었지만, 통증이 닥치면 그럴 수가 없었다. 이튿날 나는 출산에 대해 별 기억이 없었다. 나는 존에게 목이 아픈데 왜 그런지 모르겠다고 말했다. 존은 그저 나를 쳐다보고는, '설마'라고 했다.

　어느 순간에 한 간호사가 방으로 들어와(진통을 덜어줄 데메롤주사를 놓아주려던 참이었을 것이다) 침대 옆에 서서 말했던 것은 생각난다. "아픈 건 생각하지 마세요. 아기 생각만 하세요. 조금만 더 있으면 태어날 놀랍고 멋진 완벽한 조그만 아기를 생각하세요…"

　나는 진통 중이어서 대답을 할 수 없었다. 나는 그냥 험한 시선으로 그 여자를 쳐다보고 발작적으로 울음을 터트렸다. 나를 전담하고 있던 간호사가 그 여자의 팔을 잡고 구석으로 끌고 갔다. 진통 사이에 내가 잠시 기운을 차리는 동안 그들은 잠시 무언가를 속삭였고, 그리고 그 다른 간호사는 내 옆으로 다시 와서 내 손을 잡고 말했다. "자, 어머니, 아기 생각은 하지 마세요. 아기 생각은 하지 마시고 아픈 것이

지나간다는 생각만 하세요." 나는 다시 진통 중이었기 때문에 이번에도 대답을 할 수 없었다. 그 대신 나는 정신 나간 것 같은 이상한 웃음을 웃기 시작했다. 나는 필경 그 간호사가 만난 가장 다루기 힘든 산모였을 것이다. 정말 그렇기를 빈다.

영원처럼 느껴지는 간격으로 하버드대학 의료센터에서 나온 의사가 내가 어떤지 보러 왔다. 자궁문이 얼마나 열렸는지 검사하고, 내가 잘하고 있다고 — 좀 느리지만 괜찮다고 말하고는 다시 나갔다. 나는 그 의사를 한 번밖에 만난 적이 없고, 아담에 대한 진단이 내려진 이후에는 만난 일이 없었다. 그러나 대학의료센터의 산과의사 누구도 내 결정에 동의하지 않는다는 것을 쥬디 트렌튼에게 들어 알고 있었다. 나는 케이티를 낳을 때는 의사가 들어오기를 바랐던 생각이 났다. 이번에는 그렇지 않았다. 심하게 들릴지 모르지만, 나는 이 의사가 아담이 살아 있는 것보다 죽는 것을 선호할 거라고 믿었다. 그는 실용적인 면에서는 도움이 되고 위안이 되었다. 그러나 다운증후군에 관련된 그의 입장에 대한 나의 의심 때문에 나 자신이나 아담을 완전히 그의 손에 맡기기가 어려웠다.

내가 분만대기실에 들어간 지 약 400년 후에 의사는 자궁이 충분히 열렸으니 경막외 마취제를 주사하라고 말했다. 나는 그것이 진심으로 반가웠다. 주사바늘이 척추에 들어갈 때도 조금도 불안하지 않았다. 주사바늘에는 익숙해져 있었다. 마취약이 들어가자 나는 미친 사자처럼 소리를 질러대던 것을 멈추고, 주변을 다시 의식하기 시작했다. 존은 물이 담긴 플라스틱 컵을 내 입에 대어주며 내가 썩 잘하고 있다고 말했다. 사람들은 아기 낳는 사람에게 늘 그렇게 말한다. 그리고 사실은 자신의 몸이 하고 있는 것을 조금도 통제할 수가 없다는 것을 누구나 다 알고 있지만, 그런 말을 들으면 항상 용기가 생긴다. 아이를 낳는 훌륭한 방법이 정말로 있다면, 내가 그렇게 하고 있지 않은 것은 분명했다.

마취제가 들어가고 나자 방은 아주 조용해졌다. 옆방의 라틴계 여성은 건강한 딸을 낳았다. 옆방에서 들려오는 환영과 축하의 나직한 소리들은 우리 방의 장례식과도 같은 정적 속에 잠겨버렸다. 두 시간이 더 지난 뒤에 산과의사는 나를 분만실로 옮기라고 지시했다. 그곳은 분만대기실들에서 멀지 않은, 차갑고 번쩍이는 금속과 창백한 형광불빛이 가득한 방이었다. 존은 그곳으로 따라 들어오기 전에 손을 씻고 의사들이 입는 푸른 파자마 같은 옷을 입어야 했다. 나는 샤워모자 같은 것을 쓴 존의 모습이 우스웠지만 분만대에 누운 나 자신이 다른 사람의 우스꽝스러운 모습을 조롱할 입장은 아니었다. 존이 들어오자 나는 미소를 짓고 그의 손을 잡았다. 그는 불안한 듯이 손을 내밀었다. 그 손은 마취주사를 맞기 전에 내가 만든 손톱자국으로 뒤덮여 있었다.

산과의사가 나를 살펴보고 10분 정도면 되겠다고 말했다. 존과 나는 서로 손을 꼭 쥐고, 아무 말도 하지 않았다.

"머리가 나오기 시작해요." 의사가 간호사 하나에게 말했다. "다른 사람들 부르세요."

"첫아긴가요?" 의사가 우리에게 물었다.

우리는 둘째라고 대답했다.

"첫아이 낳을 때 머리카락이 있던가요?" 그가 말했다.

나는 고개를 저었다.

"이 아이도 머리카락이 별로 없네요." 의사가 나를 향해 미소를 지었다. 그의 얼굴에서 일에 집중하는 진지함뿐만 아니라 연민과 애석해 하는 표정을 볼 수 있었다. 나는 그에 대해 약간 따뜻한 마음이 되었지만, 그렌델을 생각하고 감정적 경계심을 늦추지 않았다.

금속문이 열리고 의료진 대여섯 명이 들어왔다. 대부분 여자였고 흰색, 분홍색, 하늘색 제복을 입고, 거즈 마스크와 물론 모두 샤워모자 같은 것을 쓰고 있었다. 그 의사들이 올 거라는 말을 미리 들었었다. 그들은 아담에게 문제가 있을지 모르는 각 분야의 전문가들이었다. 아이가 태어나자마자 그들은 아이의 건강상태를 조사하고 심장수술, 인큐베이터에 넣는 것, 정맥급식 등의 필요한 조처를 취할 것이다. 말없이, 소리도 내지 않고 그들은 벽을 등지고 줄지어 섰다. 마스크 위쪽의 눈들이 심각하게 나를 바라보고 있었다.

그 방은 너무나 조용했다. 이때에 비하면 딸들을 낳을 때는 소란스러운 소동이었다. 의사들은 농담을 하고, 존은 내 숨쉬기를 도와주고, 나는 때때로 빨리 아프지 않게 죽는 것이 낫겠다는 말을 했었다. 아담이 태어난 방에는 훨씬 더 많은 사람들이 있었지만 아무도 소리를 내지 않았다. 산과의사는 크게 말하는 것은 무슨 규범을 어기는 것이라도 한 듯, 지시할 것도 낮은 소리로 중얼거리듯 말했다.

나도 조용히 있었다. 크고 빠르게 뛰는 내 심장 고동 소리가 들렸다. 아파트에서 느꼈던 침착한 확신의 느낌은 잊어버렸다. 나는 겁에 질려 있었다. 나의 모든 미래를 결정할 배심원들이 줄지어 들어오는 듯한 기분이었다. 그 긴장감은 견디기 어려웠다. 나는 존의 손에서 내 손을 빼냈다. 나는 스스로의 힘으로 이 상황을 대면해야 한다는 생각에 몰두해 있었고, 그래서 어느 누구와도 유대감을 갖기 어려웠다. 거기, 많지는 않지만 저명한 인사들이 모여 있는 한가운데에서, 그렇게 많은 관심의 초점이 되어 있으면서도 나는 평생 가장 깊이 혼자라는 느낌이 들었다.

그때 생각이 났다.

그들 중 하나가 나를 건드렸는지, 내 주의를 끌려고 침묵 속에서 나를 불렀는지, 아니면 내가 아직까지도 모르는 어떤 방법으로 내가 그들을 향해 손을 내밀었던 것인지 나는 모른다. 내가 아는 것은, 갑자기 그들의 존재를 느낄 수 있었다는 것뿐이다. 내가 아담을 잉태하고 있는 동안 그토록 여러 번 나를 구해주었던 바로 그 존재들이었다. 그들은 분만대 주위에, 의사들 옆의 기구들 사이에, 그리고 그 방에 있는 모든 것 위와 주위에 둘러서 있었다. 그리고 그들은 침묵하고 있지 않았다. 내 육신의 귀가 듣지 못하는 어떤 주파수로, 내가 임신했다는 것을 처음 알았을 때 들렸던 소리, 커다랗게 울리던 즐거운 종소리, 기쁨의 노래가 들려왔다.

"됐어요." 의사가 조용히 말했다. "한번 세게 힘을 주세요."

나는 힘을 주었다. 아니, 내 몸이 저 혼자 힘을 주었다. 나는 마치 그냥 거기에 있기만 한 것 같았다. 나는 눈을 감고 있었다. 힘을 주느라고 그러기도 했지만 그 편이 공중에 떠도는 축하의 분위기를 더 잘 느낄 수 있기 때문이었다.

"좋아요." 산과의사가 중얼거렸다. "머리가 나왔어."

케이티 때 같은 작은 기침 소리 같은 것이 들리지 않았다. 아기 울음

소리가 정적을 깨지도 않았다. 오직 믿을 수 없이 다정한 느낌, 말도 없고 소리도 없는 기쁨에 찬 노래뿐이었다. 그 순간이 내게는 너무나 생생했다. 마치 다른 차원으로 가는 문이 열리고, 나는 잠시 문간에 서서 집에 왔다고 느끼도록 허락을 받은 것 같았다.

내 몸이 다시 한번 수축했고, 의사는 아담을 받아냈다. 그 순간 밝은 세상으로 가는 문이 천천히 살그머니 닫혔다.

의사들은 아담을 바로 우리에게 보여주지 않았다. 아이가 태어난 순간 벽을 따라 줄지어 서 있던 의사들이 풋볼 선수들처럼 아담에게 몰려들었다. 그들은 아기를 작은 진찰대로 휙 데려가더니 적외선 등 아래에 놓고 조사하기 시작했다.

아기를 보려고 고개를 들려고 하는데, 두려움이 몰려들었다. 이제는 노랫소리가 그렇게 분명하게 들리지 않았다. 나는 지난 8개월간 내 친구이며 수호신이었던 존재들을 느끼려고 애를 썼다. 정신을 집중하면 아직 그들을 느낄 수는 있었지만, 그 느낌은 훨씬 약해졌다. 아담을 임신한 이래로 나는 정상적인 경험의 범주 너머의 것을 경험해왔다. 그런데 아담이 내 몸에서 떨어지고 나니까 이제는 내가 그런 마술의 초점이 아닌 것 같았다. 나는 정상인 느낌이었다. 내 아들이 그렇기를 바라는 바로 그런 느낌이었다. 크게 실망스러웠다.

나는 존을 쳐다보았다. 방 안에 있는 천사들을 느낄 수 있는지 물어보고 싶었다. 나는 갑자기 버림받은 기분이었고, 그 이상한 비현실적인 연결감을 되찾고 싶다고 존에게 말하고 싶었다. 그러나 존은 나를 보고 있지 않았다. 다시 내 손을 잡고 있었지만 눈은 의사들의 등을 바라보고 있었다. 나는 존이 무엇을 바라고 있는지 알았다. 나도 그것을 바라고 있었다. 진단이 잘못되었다는, 아담이 정상이라는 선언이었다. 그런 일은 일어나지 않았다.

갑자기, 우리가 지켜보고 있는 중에 맑은 금빛 오줌 줄기가 의사들의 머리 위로 길게 아치를 그리며 솟아올랐다. 오줌 줄기는 공중에서 방향을 약간 바꿔 산과의사의 얼굴을 때렸다. 그는 급히 물러섰다.

"어휴, 신장은 이상 없군." 그는 찡그리고 수건으로 얼굴을 닦으며 말했다.

그것은, 자랑스러움으로 내 가슴을 부풀게 만든 아담이 한 수많은 행동 중에서 첫 번째 것이었다.

산과의사가 후산을 돕고 뒤처리를 하려고 분만대로 돌아올 때 나는 긴 한숨을 쉬었다. 기적은 일어나지 않았다. 진단은 잘못되지 않았다. 아담은 의학이 예견한 그대로였다. 나는 조금 슬펐던 것 같다. 체념을 했다는 것이 더 맞는 말이다. 진단이 옳았다는 것보다 훨씬 더 나쁜 일은 아이가 태어나자 나는 정상적인 존재의 세계로 돌아왔다는 것이었다. 그 너머 빛나는 곳에 이제는 머무를 수 없다는 것이었다. 나는 그곳을 잠깐 보기만 했는데, 이제 이곳 그림자의 세계에 남겨졌다. 나는 돌아가는 길을 모른다. 그곳을 찾을 수 있을지 모른다.

산과의사가 나에 대한 처치를 거의 마쳤을 때 나는 처음으로 아담을 볼 수 있었다. 흙으로 만들어진 내 작은 사람. 한 의사가 옆으로 움직이자 어른의 엄지손가락만 한 조그만 발이 옆으로 발길질을 하는 것을 아주 잠깐 볼 수 있었다. 그러나 그것이 정상적인 발이 아니라는 걸 알아보기에 충분한 시간이었다. 엄지발가락이 다른 네 발가락과 약간 너무 벌어져 있고, 작은 발가락 두 개는 발가락 거의 끝까지 붙어 있었다. 대부분의 사람들에게 이 기형은 분명히 보이지 않을 것이다. 어쩌면 알아볼 수조차 없을지 모른다. 그러나 나는 바로 그 특징을 살피고 있었다. 나는 그것이 명백하게 다운증후군 아기의 발이라는 것을 알았다.

나는 이 세상에서 내가 사랑한 어떤 것 못지않게 그 발을 사랑했다.

의사들이 검사를 끝내고 아담이 아주 건강하다고('그 문제'를 제외하곤) 선언했을 때, 나는 결국 홀로 남겨진 것이 아니라는 걸 알았다. 이제는 임신 중일 때 그랬던 것처럼 내가 높은 에너지장의 중심은 아니었지만 의지할 데가 없는 것은 아니었다. 나는 내 아기를 사랑했다. 아기에 대한 내 사랑은 평범하고 제한된 것이고 필멸의 것이다. 다른 어떤 어머니라도 느끼는 것이다. 그러나 그거면 되었다. 내가 그것을 느끼자마자 나는 깨달았다.

그것이 집으로 가는 길이었다.

33

내가 하버드 신입생이었던 해에, 찰스강을 따라 한없이 달리곤 하던 중에 나는 풀 속에서 무엇이 반짝거리는 것을 보았다. 분홍색으로 호두만 한 크기였는데, 오후의 햇빛을 받아 반짝였다. 나는 그게 무엇인지 금방 알았다. 어린 시절, 로키산맥에 하이킹 가서 바로 그런 것을 찾으며 몇 시간씩 보낸 적이 있기 때문이다. 장미석영 조각인데, 연민과 우정을 상징하는 준보석류이다. 케임브리지에서 그것을 발견했을 때 나는 어린 시절에 경험했던 것과 같은 기쁨의 전율을 느꼈다. 그것은 에메랄드 빛 풀 속에 조그만 분홍빛 부활절 계란처럼 놓여 있었다.

당연히 나는 걸음을 멈추고 그걸 집었다. 그러나 손을 대자마자 뭔가 잘못되었다는 것을 알았다. 무겁고 서늘하고 매끈한 대신에 그것은 가볍고 부서질 것 같았다. 손에 들고 자세히 보니 그건 스티로폼 덩어리에 불과했다. 나는 불쾌감을 느끼며 바로 그것을 떨어트렸다. 자연세계의 아름다운 물건 대신에 쓰레기 조각을 집었던 것이다. 나는 셔츠 자락에 손을 문질러 닦고, 그 스티로폼 조각을 혐오스럽게 바라보았다.

달리기를 계속하면서 그 스티로폼은 내가 처음 보고 그 아름다움에 끌렸던 순간과 그것이 무엇인지를 알고 혐오감을 느낀 순간 사이에

변한 것이 아니라는 생각이 들었다. 변화는 오직 내 머릿속에만 있었다. 나는 그 조그만 분홍색 물건에 두 가지의 이름을 붙이고, 물건 자체가 아니라 이름에 따라서 반응을 달리했던 것이다. 이 일은, 내가 흉하다고 욕한 것들이 실은 아름다운 것들이 아닐까, 내가 인식의 편견으로 나 자신에게서 아름다움을 빼앗고 있는 것은 아닐까 하는 생각을 하게 만들었다.

나는 달리기를 마치고 시간 맞춰 학교 기숙사 식당에 일하러 갔다. 내 일은 바닥 걸레질하기, 설거지, 배식하기 등이었다. 일하러 가면서 나는 실험을 해보기로 했다. 그날 저녁식사 시간 동안 음식을 받으려고 줄서 있는 동료 학생들에게 딱지를 붙이지 않으려고 노력해보자는 것이었다. 풀 속에 있는 스티로폼을 보았을 때처럼 선입관 없이 보겠다는 것이다. 물론 그것은 거의 불가능했다. 그러나 몇분 동안 노력은 했다. 그러고 나서 멈추어야 했다. 식당 안의 한 사람 한 사람의 아름다움에 너무 압도되어 눈에 눈물이 솟아났기 때문이다. 아마 그것이 우리가 그토록 많은 아름다움을 걸러내버리는 이유 중의 하나라고 나는 생각한다. 우리가 사람들의 실제의 모습을 본다면, 그 아름다움에 압도되고 말 것이다.

나는 아담을 처음으로 안았을 때 석영인 줄 알았던 그 스티로폼을 생각했다. 아이가 태어난 후에도 의사들이 열심히 검사를 하고 있는 동안 나는 아이가 어떤 모습을 하고 있을지 겁이 났다. 아이의 발을 처음 보았을 때 나는 싫은 생각이 들지 않아서 크게 안심이 되었다. 그러나 아이의 나머지 부분이 여전히 두려웠다. 나는 의사들이 검사를 마치고 하나씩 나가는 동안 숨을 죽이고 있었다. 드디어 소아과 의사만이 아담에게 몸을 숙이고 있었다. 그이는 키가 작고 머리가 희어진 50 대 여자로 어머니 같은 목소리를 가지고 있었다. 나는 그 여자가 아담을 배냇저고리로 둘러싸는 것을 지켜보았다. 아직 나는 아담을 제대로 볼 수 없었다.

"자, 가자, 아가야." 소아과 의사가 말했다. 드디어, 정말 드디어 그 여자는 내 아기를 안아 들고 우리에게로 왔다.

아기는 멋졌다.

아담은 곤히 자고 있었다. 태어나는 과정에 지쳤던 것이다. 의사는 체열을 잃지 않도록 아기 머리에 조그만 모자를 씌워 놓았다. 모자는 한쪽 끝에 매듭이 있고 줄무늬가 있는 것으로 해적 졸개가 쓰는 종류였다. 모자 속의 머리는 오렌지만 했다. 한 손으로 쉽게 감쌀 수 있었다. 아담의 코와 입술과 눈은 모두 그 비율에 맞게 생겨 있었고, 너무 작아서 실제의 것으로 믿어지지 않았다. 대부분의 아기들은 이목구비는 너무 크고 피부는 쭈글쭈글해서 좀 이상한 모습으로 태어난다. 다운증후군의 아기들은 이목구비가 정상보다 작기 때문에 그렇게 보이지 않는다. 그 모습은 믿을 수 없을 만큼 완전하게 보인다.

"대단하지요?" 소아과 의사가 다정하게 말했다.

존과 나는 그 소리에 깜짝 놀랐다. 우리는 첫 키스를 하려는 연인들처럼 아담의 얼굴을 향해 몸을 숙이고 있었다.

"믿지 않네요." 내가 속삭였다.

"물론이지요!" 의사가 말했다. "세상에서 제일 예쁜 아기들인 걸요. '마텔'(바비인형으로 유명한 장난감회사 — 역주)에서 일하는 사촌이 있는데, 내가 그랬어요, 다운증후군 갓난아기 인형을 만들어야 한다고요." 그 여자가 웃었다. "사촌은 나한테 술 취했느냐고 하더군요. 사람들은 몰라요."

나는 고개를 끄덕였다. 이 의사는 알고 있구나. 우리가 이름 때문에 사물의 아름다움을 보지 못한다는 것을.

"이걸 보세요." 소아과 의사가 말했다. 조심스럽게 아담을 들고는 몸을 숙여 아담이 거꾸로 되도록 했다. 그리고 나서 아이를 다시 바로 했다. 아담은 눈을 떠서 깜빡이고 나서 익숙지 않은 밝은 빛을 향해 열심히 곁눈질을 했다.

"반사작용이에요." 그 여자가 말했다. "눈을 뜨게 하는 제일 좋은 방법이지요."

아담은 금방 다시 잠이 들었다. 의사는 나에게 아기를 돌려주었고, 나는 굉장한 욕심에 아기를 와락 끌어안지 않으려고 애를 써야 했다. 병원 포대기에 싸인 부드럽고 따뜻한 아기의 몸이 마음을 달래주는 빛을 내뿜는 것 같았다. 그것은 몹시 중독성이 강했다.

"자," 소아과 의사가 말했다. "나중에 아기를 보러 다시 올게요. 지금 보기에는 아주 좋아요. 여기 계시면서 서로 친해지세요."

의사가 방을 나갈 때 존이 고맙다는 인사를 했다. 나는 아담을 들여다보며 나의 온갖 감각으로 그를 받아들이느라 바빴다. 아이의 무게, 숨 쉬는 소리, 피부의 깨끗하고 향기로운 냄새가 모두 사랑스러웠다. 아담의 첫 사진(병원 사진사가 신생아 모두의 사진을 찍어준다)에는 '미스터 마구'와 오리 새끼의 중간쯤 되는 모습으로 보드라운 금빛 솜털에 싸여 조그만 눈을 흘기듯 뜨고 있다. 나에게 아담은 아기 아도니스였다.

"이것 봐." 존이 말했다. 존은 아담의 손을 잡았다. 아기의 손은 존의 손가락 끝을 잡을 수도 없을 만큼 작았다.

나는 그 손을 바라보았다. 나는 갓난아기의 손을 보면 늘 감탄을 금할 수 없다. 그것은 너무나 작고 정교하고 정말로 놀랍다. 아담의 손은 케이티가 갓났을 때의 손보다 더 작아 보였다. 주먹을 쥐고 있지 않고 어른 손처럼 펴고 있었기 때문이다. 나는 그것이 다운증후군 때문에 근육긴장의 저조로 생긴 일이라는 걸 알고 있었다. 그러나 그것은 또 하나의 이름 붙이기일 뿐이다. 그 손은 있는 그대로 너무나 아름다웠다. 나는 손가락으로 그 손을 토닥거렸다. 그 손은 시든 장미 꽃잎처럼 부드럽고 섬세했다.

"자," 존이 잠시 후에 말했다. "드디어 왔어."

"그래요. 드디어 왔어." 나도 동의했다.

"사람들이 말한 대로야."

나는 고개를 끄덕였다.

"당신 훌륭했어." 존은 거짓말을 했다.

"고마워."

"당신을 사랑해." 존은 몸을 기울여 내게 입맞추었다. 그리고 내 손 밑에 손을 넣어 아담을 살그머니 들어올려 얼굴에 가져갔다. 그는 입술을 아담의 뺨과 귀에 가볍게 스쳤다. 그 귀는 조금 너무 작았다. 그러나 그것은 그지없이 아름다웠다. 조그맣고 완벽하며, 희고 분홍색인 조개껍질이었다.

"난 정말 기적이 일어날 거라고 생각했어." 존은 아담의 해적모자 밑으로 삐죽 나온 솜털 같은 머리카락을 만지작거리며 낮은 소리로 말했다. "정말로 하느님이 아이를 고쳐줄 거라 생각했어."

나는 잠시 그 말에 대해 생각해보았다. "어쩌면 아담은 고칠 필요가 없었을 거야." 내가 말했다. "어쩌면 우리 중에서 고장 나지 않은 건 아담뿐일 거야."

존이 나를 바라보았다. "당신 고장 났어, 여보?"

"그랬었어." 내가 말했다. "이젠 아니야."

"나도 마찬가지야." 존이 말했다. 그는 잠시 가만 있다가 내게 미소를 지었다. 그가 잘 짓는 하버드식 억지 미소가 아니라 지난 세월의 기쁨과 함께 모든 슬픔을 담고 있는 진짜 미소였다. "그러니까," 그가 말했다. "그게 기적이네."

우리는 병원에 오래 있지 않았다. 처음 '아기와의 사귐' 이후에는 우리끼리 있을 수가 없는 것 같았다. 다운증후군에 관한 것 말고 온갖 얘기를 지껄여대는 10대 자원봉사자들과 오직 다운증후군 얘기만 하는 젊은 의사들 사이에서 몹시 시달려야 했다. 브리검앤드위민스병원은 의대 부속병원이어서 10분이나 20분마다 의과대학생들이 한 무리씩 의사의 인도를 받아 '비정상 아기'를 보러 왔다. 진짜 의사가 트리소미-21의 증상들 — 가로로 한 줄만 있는 손금, 짧은 팔다리, 이목구비가 작은 것, 근육 긴장도가 낮은 것 —을 설명할 때 학생들이 몰려들어 들여다보았다. 나는 아담이 의학 발전에 한몫을 하는 것이 기뻤지만 그가 표본 노릇을 하는 것에 곧 지쳐버렸다. 나는 겨우 24시간이 지나서 아이를 데리고 집으로 돌아왔다.

예정일보다 4주 일찍 태어난 탓에 생긴 유일한 문제는 가벼운 황달이었다. 태어나서 이틀 되었을 때 황달이 생겨서 아이의 분홍빛 피부가 오렌지색이 되었다. 그에 대한 처치 중에는, 아담의 피부를 직접 햇빛에 노출시켜 신체가 비타민D를 합성하도록 도와주는 일이 들어 있었다. 그 며칠간 아담은 기저귀 말고는 벌거벗은 채 새벽에서 밤까지 햇빛을 빨아들이며 지냈다. 햇빛이 창으로 들어오는 때면 언제나 빛이 비치는 곳에 포대기를 깔고 아기를 벗겨서 데려다 놓았다. 아이는 조그만 손을 우아하게 늘어뜨리고 아주 만족스러운 듯이 누워 있었다. 마치 햇볕을 쬐고 있는 오렌지색 이구아나 같았다. 아담은 다른 갓난아기와 똑같이 놀랍고 사랑스러웠지만 버릇이 더 좋았다. 케이티는 몇 시간씩 아기 옆에 앉아서 등을 토닥여주며, 오늘까지 유지하고 있는 그들 사이의 관계를 만들었다.

나도 내 나름의 햇빛 쪼이기를 하고 있었다. 임신상태를 벗어난 내 몸은 마치 여덟 달 동안 앓고 있던 병에서 갑자기 회복된 것처럼 너무나 행복해서 집 안을 둥둥 떠다닐 것 같았다. 몸이 건강해진 것은 분라쿠 인형 조종자들을 잘 감지할 수 없게 된 것을 거의 보상할 정도였다. 내가 그들과 주파수를 맞추면, 내가 정말로 주의를 기울이면 그들이 여전히 거기에 있다는 것을 알 수 있었다. 그러나 아담을 내 속에 가지고 있지 않으니까 어둡게 칠한 유리를 통해 보는 것 같았다. 낮 동안에는 그것으로 충분했지만 밤에는 그렇지 않았다.

갓난아기를 돌본 경험이 있는 사람은 밤이 얼마나 긴지 잘 알 것이다. 아담은 버릇이 좋아서 잘 자고, 밤에는 먹기 위해서 그리고 놀자고, 두세 번밖에 울지 않았다. 그러나 조그만 콧구멍이 자주 막혔고,

입으로 숨을 쉴 줄을 몰랐다. 그래서 나는 고무로 만든 기구로 30분쯤마다 코를 빨아내주어야 했다. 그래서 대부분의 산모들과 마찬가지로 몸의 회복을 위한 잠을 충분히 잘 수 없었다. 몹시 지치면, 정말로 몹시 지치면 현실에 대한 관점이 상당히 왜곡될 수가 있다. 닷새나 엿새쯤 거의 잠을 못 자고서 새벽 4시 무렵이 되면 아주 건강한 아기도 당신의 삶을 완전히 차지해버린 거대하고 무시무시한 도깨비처럼 보일 수 있다.

그 길고 긴 밤 동안 나는 보통보다 더 많은 두려움에 시달렸다. 문제는 아담과 사랑에 빠지지 않는 것이 불가능하다는 것이었다. 세상이 거부하는 사람을 사랑하는 것은 두려운 일이다. 그것은 우리를 너무나 상처받기 쉽게 만든다. 우리가 사랑하는 사람이 평생 겪을 무시, 편견, 고통으로 우리는 상처를 입게 될 것이다. 이른 새벽시간에 내 조그만 아기에게 흔들어주고, 젖을 먹이고, 노래를 불러주면서, 나는 걱정을 할 수밖에 없었다. 윌 로저스는 걱정을 하는 것이 효과가 있다고 말한 적이 있다. 걱정한 일은 거의 일어나지 않기 때문이라는 것이다. 재미있는 말이고, 그 사람의 삶이 그랬다니 기쁘다. 그러나 내 경우는 그렇지 않다. 적어도 아담에 관련된 부분은. 내가 걱정했던 거의 모든 일, 아담의 어머니로서 나에게 닥칠 거라 걱정한 모든 어려움이 실제로 일어났다.

하느님, 감사합니다.

나는 아담 때문에 내 일이 방해를 받지 않을까 걱정했는데, 실제로 그렇게 되었다. 그가 '정상적인' 아이보다 더 많은 보살핌과 시간을 요구하기 때문이 아니라(그는 우리 집에서 가장 협조적이고, 가장 요구

424

가 적은 아이였다) 아담이 언제 어디서나 누리는 삶의 기쁨에 비하면 하버드식의 공격적인 성취노력은 조용한 절망의 몸부림으로 보였기 때문이었다. 아담은 내가, 그것 자체로는 아무런 기쁨도 없는 성취와 명성을 향해 어려운 요구사항들로 된 미로를 마구 뚫고 나가는 대신, 눈앞에 있는 것을 살펴보고 그 신비와 아름다움을 알아보게끔 만들었다. 아담은 우리 대부분보다 훨씬 순수한 상태로 기쁨을 느낀다. 그는 두 살 때에 넉 달 된 여동생이 웃을 수 있다는 것을 알아낼 만큼, 그리고 무엇이 아기를 웃게 만드는지를 알아낼 만큼 오래 실험을 한 사람이다. 그는 깨끗한 홑이불이나 와플과자 꾸러미나 건전지를 보고도 환희를 느낄 수 있는 사람이다. 그는 내가 무지개를 보고 감탄할 수 있게 해준 사람이다. 하늘의 무지개만이 아니라 잔디 살수기에서, 설거지 비누거품에서, 길바닥에 흘러 고인 기름에 나타난 무지개도. 그는 관목의 냄새를 맡으려고 걸음을 멈추고, 나도 그렇게 하게 만드는 사람이다.

나는 또 아담이 항상 '정상적인' 사람들과 다를 것이 걱정되었다. 그 아이는 다르다. 고등학교 때 배운 생물 과목을 생각해보면 생물종이 각 개체가 가지고 있는 염색체 수로 어느 정도 결정된다는 것을 기억할 것이다. 아담이 가진 여분의 염색체는 노새와 당나귀가 서로 다르듯이 나와 아담을 다르게 만든다. 그는 명백하게, 또 섬세한 면에서도 다른 동물이다. 나는 이것이 단순히 그가 장애를 지녔다는 뜻이 아니라는 것을 알게 되었다. 아담은 같은 나이의 '정상적인' 아이가 할 수 있는 것만큼 하지 못하는 것이 아니다. 그는 '다르게' 한다. 그는 다른 우선순위, 다른 취미, 다른 통찰력을 가지고 있다. 우리 집에 아담이 태어난 것은, 비유하자면 다른 친구들이 갖고 있는 것과 똑같은 강아지를 사려고 애완동물 가게에 갔다가 강아지가 아니라 고양이를 산 것과 같은 일이었다. 고양이가 강아지처럼 짖고 물건을 집어 오고 꼬리를 흔들도록 훈련시키며 시간을 보낼 수도 있겠지만, 본래 고양이가 하는 행동에도 즐기고 사랑할 만한 것이 많이 있다는 것을 발견할 수도 있는 것이다.

아담을 다른 아이들의 기준에 따라 평가하기를 그만두고, 그의 '다른 점'이 한때 두려웠던 만큼 멋진 것임을 알게 되는 데 그리 오래 걸리진 않았다. 아마 2~3년이었을 것이다. 세상에 대한 그 아이의 관점은 기발하고 재미있고, 그 나름으로 아주 세련된 것이다. 아담은 가식에 감동하지 않고, 인습에 따라 움직이지 않는다. 아담이 이런 것을 보지 못하거나 이해하지 못한다고 생각하는 실수를 하지 말기를 바란다. 그렇지 않다. 다만 그러한 가식이나 인습을 그의 삶의 기초로 삼는데 그는 관심이 없을 뿐이다. 권력, 부, 지위, 영향력 등은 그의 주요 관심사가 아니다. 나는 늘 그런 것을 탐냈다. 그런 것들이 내게 행복을 가져다줄 거라는 환상에 빠져 있었기 때문이다. 아담은 바로 행복을 향해 간다. 우회로에는 신경 쓰지 않는다. 아담이 태어난 뒤로 나는 때때로 사회적 순응주의를 무시하고, 내 마음이 원하는 것을 추구하며 그런 식으로 살려고 했다. 그것은 가장 위험한 스포츠보다도 더 겁나는 일이지만, 그보다 훨씬 더 신나는 일이다.

또 나는 아담이 내가 하버드에서 배운 대로 생각하지 않을까 봐 걱정했다. 사실 그랬다. 그것은 예를 들어, 아담이 읽기를 배운 방법에서 특히 분명히 드러났다. 그는 이제 존과 내가 쓰지 않게 된 자석 붙은 알파벳을 잔뜩 물려받게 되었다. 그러나 그는 케이티처럼 알파벳을 배우지는 않았다. 그의 말은 거의 알아들을 수가 없었기 때문에 나는 아담이 글자가 소리를 나타내는 기호들이며, 그것을 모아서 단어를 만들 수 있다는 개념조차 이해하는지 알지 못했다. 문자언어는 여러가지 인식상의 비약을 요구하는 것인데, 나는 아담이 그런 문자언어를 한 가지라도 만들어낼 수 있을지 몰랐다. 그래도 아담이 세 살에 유치원을 다니기 시작한 이래 우리는 계속해서 아담에게 알파벳 이름과 그것이 나타내는 소리를 가르쳐주려고 노력했다. 많이만 하면 결국 어떤 장벽도 극복된다고 믿는 사람들처럼.

소용없었다. 그는 거들어주지 않으면 혼자서 알파벳을 알아보는 일이 없었다. 아담이 여섯 살이 되었을 때, 나는 거의 포기상태였다.

어느 날 존이 플라스틱으로 된 알파벳을 들고 그 알파벳의 소리를 내고 있었다. 그것은 'e'였는데 그때 아담은 갑자기 얼굴이 밝아지더니 '위즈베프!'라고 말했다. 아담은 누이동생 엘리자베스의 이름을 그렇게 발음했다. 당연히 존과 나는 그날 그 일을 축하하느라 일하러 가지 않았다. 그날 하루 동안 우리는 아담의 학습능력이 우리가 기대한 것보다 훨씬 높다는 것을 알게 되었다. 그가 배우는 대상이 자기가 좋아하는 사람과 직접 연관이 있기만 하면 말이다. 그는 예컨대 '계란 (egg)'의 'e'에는 전혀 관심이 없었지만 '엘리자베스(Elizabeth)'의 'e'는 아담에게 아주 다른, 중요한 정보였던 것이다.

결국 우리는 모두 그런 식으로 알파벳을 배웠다. 우리가 추상적인 소리와 연결 지으려던 기호들은 사람들의 행진으로 바뀌었다. 물론 아담이 제일 앞서고, 그다음에 빌리, 캘럽, 다이앤, 엘리자베스, 프란신, 할아버지…. 아담이 배우는 방법을 우리가 알게 되자 그의 사고의 지평이 드러났다. 아담의 정신세계는 경험적 관찰과 논리적 결론, 자의적 상징들의 이론적 구조물이 아니라 거대한 가족모임과도 같았다. 그 세계에서 아담은 내가 아는 다른 누구 못지않게 빠르게 배웠다. 아주 기초적인 단어조차도 읽거나 쓰기 훨씬 전에, 아담은 자기 반에 새로 들어왔고 자기의 친구가 된 아이에 대해서 그 불완전한 발음으로 내게 열심히 말하곤 했다. 아담이 발음하는 친구의 이름을 내가 알아듣지 못하자 아담은 그 뭉툭한 조그만 손으로 연필을 쥐고 '미구엘 페르난도 드 라 호야'라고 종이 위에 써 보여주었다. 나는 그 종이를 액자에 넣어둘 생각이다. 아담이 옆에 없을 때 그 삐뚤삐뚤한 글씨를 보면, 오직 사랑에 의해서만 동력을 얻는 정신세계를 들여다본 기분을 기억할 수 있을 것이다.

이 모든 것 때문에 아담은 내가 숭배하도록 배웠던 '하버드식 반응'과 아주 다르게 반응한다. 내가 아담의 새 친구의 이름을 짐작하려고 애쓰고 있을 때 나의 터무니없이 틀린 추측에 아담은 깔깔 웃어댔다. 그러나 아담은 말을 잘하지 못해서 몹시 좌절감을 느끼는 순간이 많이 있었다. 그로 인해 아담은 속이 많이 상했다. 그가 자기 의사를 전달하려고 애쓸 때 그의 얼굴에 고통의 표정이 떠오르는 일이 많았다. 그런 순간은 나에게도 몹시 고통스러웠다. 만일 내가 그와 같은 처지라면―주위의 모든 것을 이해하면서도 그것을 표현할 수 없다면, 나는 자살이라도 하고 싶었을 것이다. 그러나 아담의 좌절감이 극도에 달해 그 아이가 화를 내거나 절망에 빠질 것 같은 바로 그 순간에, 무언가가 변한다. 아니 아담이 무언가를 변하게 한다. 이것을 어떻게 설명할지 모르겠지만, 그는 의식적으로 그 상황을 우스꽝스러운 것으로 보기로 선택을 하는 것처럼 보인다. 그는 좌절감을 밀어내듯이 크게 숨을 쉬고 나서 웃기 시작하는 것이다.

이것은 백치의 웃음이 아니다. 그것은 낙담에 빠진 처지에서 유머를 발견하는 사람의 웃음이며, 내가 보기에 그것은 똑똑한 것은 물론 현명한 처신이다. 사실 나는 그게 가장 순수한 형태의 지혜라고 생각한다. 아담은 날마다 자신을 보고 웃는다. 자신의 기이한 발음에 대해, 다른 사람들이 자기 말을 이해하려고 하면서 잘못 짐작하는 것에 대해, 사람들과 의사소통을 하려는 자신의 힘든 노력에 대해 웃는다. 그는 마치 누가 그의 온몸을 간지럽힌 것처럼 깔깔 웃는다. 그 자신의 곤경이, 하버드 졸업생인 내가 보기에는 오직 끔찍할 뿐인 곤경이 끔찍하게 우스운 것이다.

요점은, 그가 옳다는 것이다. 아담이 나와 이야기를 하려고 할 때 우리의 말 맞추기 놀이 같은 상황은 사실 몹시 우습다. 아담은 그걸 기꺼이 인정하기 때문에 다른 사람 모두가 그걸 인정하게 된다. 뱃속에서 솟아나는 듯한 그의 웃음은 너무나 순수해서, 그 소리가 들리는 거리에 있는 사람은 누구나 함께 웃고 만다. 그의 웃음은 거만과 가식과 자만, 특히 지적 교만을 꿰뚫어 버리는 가장 강력한 무기이다. 아담은 내가 하버드에서 배운 대로 생각하지 않는다. 앞으로도 절대 그러지 않기를 바란다.

아담이 태어난 후 내가 오렌지색의 내 조그만 아들을 바라보며 느꼈던 모든 두려움은 결국 그 아이가 나의 '강하고 완벽한 위대한 마사'라는 겉모습을 부수어 버릴 거라는 공포심으로 집약되는 것이었다. 사실 사람들이 아담에게 붙일 수 있는 수식어들 — 멍청한, 보기 흉한, 이상한, 둔한, 느린, 무능한 — 은 어느 시점에 나에게 적용될 수 있는 것들이었다. 나는 이런 재앙들로부터 도망치는 데 평생을 보냈는데, 그것들은 내가 아담을 배고 있는 동안에 나를 따라잡았다.

이런 면에서 나의 가장 큰 두려움은 지나갔다. 그러나 그 과정에서 나는 더 큰 비밀, 나 자신에게까지 감추고 있던 비밀이 있다는 것을 알게 되었다. 그것을 파악하는 것은 어려운 일이었지만 점진적으로, 고통스럽게, 지진아의 느리고 작은 발걸음으로 나는 그것을 이해하게 되었다. 그것은 학교에서 그 여러 해를 보낸 다음에 맞은 나의 두 번째의 교육이었다. 여기에서 나는 무엇이 소중한 것이고, 무엇이 쓰레기인지에 대해 하버드가 내게 가르쳐준 것들을 모두 버려야 했다. 내가 몹시 귀중한 것이라 생각한 것들이 모조 장신구처럼 값싼 것들이며, 내가 하찮은 것으로 치부한 것들이 직접적으로 내 영혼에 자양분을 주는 아름다움으로 가득 차 있었다는 것을 나는 발견했다.

이제 나는 우리 '정상적'인 사람들 대부분은 자신의 보물들을 내다 버리고 쓰레기들을 소중히 지니느라 인생을 소비하고 있다고 생각한다. 우리는 똑똑한 체, 모든 것을 다 아는 체, 흔들림이 없고 모든 것을 통제하고 있는 듯이 보이려고 애쓰며 요란을 떨며 돌아다닌다. 그런데 실은 겁먹고 어리둥절해 있다. 아이러니는 우리가 사랑을 받기 위해 그런 행동을 하면서, 동시에 자신이 되고 싶은 만큼 완벽하게 보이는 사람을 보면 겁에 질린다는 사실이다. 우리는 엘리자베스 여왕처럼, 촌스러운 조그만 장신구들을 움켜쥐고 조금이라도 옳지 못한 행동을 하게 될까 봐 조바심하며, 우리의 감정을 절대 내보이지 않고, 장갑 낀 손으로가 아니면 아무도 건드리지 않고 지낸다. 그러나 공공 연히 우울에 빠지고, 게걸스레 먹어대고, 간통을 범하고, 버림받은 다 이애너 왕세자비를 사람들이 정말로 좋아한다는 사실은 우리를 혼란 스럽게 한다.

아담과 함께 살고 아담을 사랑하면서 나는 많은 것을 알게 되었다. 아담은 나에게 사물 자체를 보고, 무자비하고 흔히 무감각한 세상이 그것에 갖다 붙인 가치를 보지 말라고 가르쳤다. 아담의 엄마로서 나 는 그가 흉하다는 말을 듣는다고 해서 덜 아름다운 것이 아니고, 우둔 하게 보인다 해서 덜 지혜로운 것이 아니며, 가치 없게 보인다고 해서 덜 소중한 것이 아니라는 사실을 분명히 알 수 있다. 나도 마찬가지이 고 당신도 마찬가지다. 우리 누구나 다 마찬가지이다.

물론 내가 과거에 받은 교육을 다 털어버릴 만큼 내게 새로운 교육 이 많이 진행된 것은 아니다. 이 그림자 세계의 어리석음과 근시안과 편협함 때문에 아직도 때때로 내 마음은 아프다. 아담이 태어나고 사 흘째에 남은 일을 마치기 위해 아이를 품에 안고 학교에 갔을 때 누구 한 사람도 아이가 태어난 사실에 대해 언급하지 않아 마음이 아팠다. 사람들은 아이를 바라보지도 않았다. 나하고 말을 해야 했던 사람들 은 시선을 내 얼굴에 고정시키고 있었다. 조금 아래에 있는 아담을 바 라보면 피할 수 없는 심연으로 굴러떨어지기라도 할 것처럼.

그것은 시작에 불과했다. 내가 두려워한 그대로 아담과 나는 조롱 과 비판과 배척을 받았고, 그때마다 나는 고통스러웠다. 사람들이 아 담을 보고, 그들의 눈앞에 있는 아름다움 대신에 그들의 인식 속에 있는 기형만을 볼 때마다 마음이 아프다. 그러나 나는 이러한 고통을 갈수록 내 아들 때문이 아니라 눈이 멀어서 아담을 볼 수 없는 그 사람들에 대해서 느낀다. 내가 아담에게서 배운 교훈들은 내가 평생 다른 어떤 것에 대해서 느낀 것보다 더욱 마음을 아프게 한다. 그리고 그것은 그럴 만한 가치가 있었다. 1,000배는 더 가치가 있었다.

에필로그

아담이 두 살쯤 되었을 때, 그의 동생이 태어난 바로 뒤부터 나는 돌고래 꿈을 꾸기 시작했다. 늘 같은 꿈이었다. 내가 유리처럼 잔잔한 바다의 해변에 서서 해가 뜨는 것을 바라보고 있는 것으로 시작된다. 그때 갑자기 돌고래가 내 앞의 해면을 뚫고 하늘로 몸을 솟구친다(아무리 여러 번 그 꿈을 꾸었어도 나는 매번 놀란다). 지느러미와 몸통에서 떨어진 물방울이 빗긴 햇살 속에 다이아몬드 조각들처럼 흩어진다. 돌고래는 잠시 공중에 걸려 있는 듯하다가 호를 그리며 내려와 바닷속으로 다시 사라진다.

그 시점에서 나는 항상 그 돌고래에게 가고 싶은 강렬한 욕망을 느꼈다. 나는 깊고 익숙하지 못한 물에 대해 겁을 먹으면서 물로 걸어 들어간다. 나는 철저하게 육지동물이다. 항상 깊은 물이 무서웠고, 특히 어스름 속에서는 더했다. 돌고래에게 가고 싶은 열망이 나의 두려움을 간신히 이겨 나는 겁먹은 채 한 걸음 한 걸음 바닷속으로 걸어 들어간다.

그때 나는 항상 눈을 들어 바다 쪽을 바라보는데, 아담도 물속에 있는 것이 보인다. 아담의 연한 금발머리가 바로 수면 위에서 반짝이고 그는 돌고래와 같이 놀고 있다. 그 둘이 내가 알아들을 수 없는 이상한 소리로 서로 말하는 것이 들린다. 그리고 발밑의 바닥이 사라지고 나는 가라앉으며 겁에 질려 허우적거린다. 나는 더 나가고 싶고, 그럴 수 있다고 생각하기도 한다. 그러나 전혀 마음대로 되지 않는다.

그리고 깨어난다.

그 꿈에서 벗어나는 데는 늘 좀 시간이 걸렸다. 눈을 세게 비비고, 침대에서 나와 물을 한잔 마실 때까지도 꿈속에서 나를 압도했던 그 열망이 칼날처럼 날카롭게 남아 있었다. 어떤 때는 몇 주씩이나 계속되기도 했다. 그러다가 그것이 기억에서 사라지기 시작하면 어느 날 밤 다시 같은 꿈을 꾸는 것이었다.

이 일이 2년쯤 계속되었다. 꿈을 꾸고 나면 매번 그것이 무엇을 의미하는지를 몇 시간씩 생각하곤 했다. 나는 프로이드식 자유연상과 형태분석을 시도해보기도 하고, 존이 사다 준 《꿈의 언어 해석》이라는 소책자도 읽어봤다. 끝에는 나는 항상 같은 결론에 도달했다. 즉 꿈속의 돌고래는…(우습게 들리겠지만)…돌고래를 의미한다는 것이다. 사랑스런 표정과 아주 사교적인 성품을 가진 지능이 높은 해양 포유류. 나는 최신 유행을 따르듯이 돌고래에 대한 열정을 갖게 된 것이 좀 유감스러웠지만 어쩔 도리가 없었다. 꿈은 자꾸 되풀이됐다.

아담이 네 살이던 어느 날 이웃사람이 우리 집에 왔다. 그 여자는 아담을 보더니 이렇게 말했다. "방금 다운증후군이 있는 어린 소년에 대한 아주 흥미로운 기사를 읽었어요. 아이가 태어난 후에 그 엄마가 돌고래 꿈을 꾸기 시작했다는 거예요. 그 생각을 떨쳐낼 수가 없었대요."

나는 너무 놀라서 아무 말도 못했다. 아담을 임신하고 있을 때 느꼈던 그 소름이 돋는 느낌이 되돌아왔다.

"이 여자는 — 그 엄마 말이에요 — 플로리다에 몸이 부자유스러운

434

아이들을 돌고래와 같이 헤엄치게 하는 곳이 있다는 얘기를 들었대요. 일종의 치료법이래요. 그 기사 읽어보실래요?"

나는 침을 꿀꺽 삼키고 말했다. "어, 예. 보고 싶어요."

"바로 가서 가져올게요." 그 여자가 말했다.

그리고 바로 가져왔다.

두어 달이 지나서 대서양의 물이 수영을 할 만큼 따뜻해졌을 때 나는 플로리다의 그래시키 해변에서 아담에게 스누피 그림이 있는 조그만 노란색 잠수복을 입히고 있었다. 존과 딸아이들은 물가에 앉아서 동물조련사와 돌고래연구센터를 운영하고 있는 심리학자와 함께 이야기하고 있었다. 물새들이 날카로운 소리를 내며 머리 위를 선회하고 있었다. 아침 햇빛이 새들의 날개에서 번쩍였다. 얼마 떨어지지 않은 곳에서 알리타라는 이름의 돌고래가 마치 스패니얼 강아지의 눈처럼 지적인 갈색 눈으로 나와 아담을 바라보며 수면에서 까딱거리고 있었다.

꿈과 똑같지는 않았지만 너무나 비슷해서 나는 지금 자고 있는지 깨어 있는지 분간이 되지 않는 기분이었다.

나는 고무로 된 잠수화를 신고 물속으로 내려갔다. 한순간 하버드의 교수들과 옛 동료 학생들은 내 아들이 돌고래와 얘기를 할 수 있다고 믿고 여기 플로리다 해안에 와 있는 나를 보면 어떤 생각을 할까 궁금했다. 알 도리는 없었지만 추측은 할 수 있었다.

심리학자가 아담을 내게 안겨주었다. 돌고래 알리타가 자세히 보려고 다가왔다. 나도 돌고래를 마주 바라보았다. 꿈속에서와 똑같은 느낌이었다.

　존과 나는 아담이 태어난 후 멋진 꿈속에서 살고 있는 것 같은 느낌을 아주 여러 번 경험했다. 아담을 우리의 삶에 받아들이기로 한 선택은, 우리에게 우리가 몹시 사랑하는 아들을 갖게 된 것 이상으로 훨씬 많은 것을 주었다. 그것은 우리를 모험을 감수하는 사람들로 만들었다. 우리는 이제 남들이 가지 않은 길을 감으로써, 꿈이나 직관 혹은 우리의 깊은 원망(願望)에 근거한 결정을 함으로써 잃어버리는 것이 별로 없다는 것을―비합리적으로―확신하고 있다. 아담이 우리에게 온 뒤로 우리는 좋은 직장을 그만두고, 특이한 사람들과 사귀고, 터무니없거나 무모하거나 그냥 멍청해 보이는 프로젝트들을 맡았다. 성공할 때도 있고 실패할 때도 있다. 그러나 늘 즐거운 일이었다.

　이런 생활방식이 우리를 돌고래연구센터에 오게 한 것이다. 물론 그럴 필요가 있으면 논리적인 설명을 할 수 있다. 그 센터를 운영하는 심리학자 데이비드 나단슨 박사는 장애가 있는 아이들의 동작과 말하기를 개선시킨 수많은 실적을 가지고 있다. 환자들이 그를 부르는 식으로, 데이브 박사는 물이 아이들의 근육긴장 저하에서 오는 문제를 최소화하고, 돌고래에 대한 호기심으로 아이들은 자신의 결함을 잊어버리고 배우고자 한다고 설명해주었다. 맞아요, 내가 말했다. 정말이에요. 그 말은 논리적인 것 같았다. 그러나 내 마음속에서는 "아니에요, 데이브 박사님. 그건 전혀 논리적이지 않아요. 당신도 그걸 알고, 우리도 알아요. 그래서 우리가 여기에 온 거예요"라고 말하고 있었다.

　아담과 돌고래를 지켜본 후 나는 그 둘이 나의 세속의 감각으로는 알아볼 수 없는 어떤 방법으로, 내가 아담을 임신하고 있을 때 분라쿠 인형 조종자들이 나에게 한 것 같은 식으로 의사소통을 하고 있다고 확신했다. 이웃사람이 갖다준 그 글에서 — 다운증후군이 있는, 데이브 박사의 첫 환자 소년에 관한 — 그 소년은 어느 날 밤 내륙 수 킬로미터나 되는 곳의 침실에서 잠에서 깨어나 그때 막 죽은 친구 돌고래의 죽음을 슬퍼했다고 한다. 그날 해안 초호(礁湖) 속에서 나는 아담이 태어나기 전에 내가 느꼈던 바로 그 이상한 전기적 에너지가 아담과 돌고래 사이에 오가는 것을 느낄 수 있었다. 웃고 싶으면 웃어도 좋다. 그러나 나는 이런 것들을 너무 많이 겪었기 때문에 무시할 수가 없다. 나는 또 그것을 제대로 이해할 수는 없을 것이라는 것도 배웠다. 그래도 좋다. 가까이에 있는 것만도 특권이다.

나는 물가에서 조금 떨어진 곳까지 헤엄쳐 갔다. 아담은 아직 내 어깨에 단단히 매달려 있었다. 알리타는 보이지 않았다. 우리 발밑의 맑은 초록색 속으로 사라졌던 돌고래가 갑자기 우리에게서 1미터쯤 떨어진 곳에서 솟아나와 배로 수면을 쳐서 우리에게 물을 뒤집어씌웠다. 나는 거의 심장이 멎을 뻔했다. 아담은 기뻐서 까르륵 소리를 질렀다. 아담은 손바닥을 아래로 하고 바로 수면 위에 팔을 뻗쳤다. 알리타는 멋지게 몸을 돌려 옆으로 오면서 머리가 아담의 손을 스치도록 비스듬히 올라왔다. 아담이 알리타의 등지느러미를 잡을 때 나는 손을 뻗어 돌고래를 토닥여주었다. 그의 옆구리는 쾌속정처럼 매끄러웠고, 그 밑 근육은 용수철처럼 힘차게 움직이고 있었다. 아담은 돌아보지도 않고 나를 놓아버렸다. 알리타는 아이의 머리가 물에 잠기지 않게 조심하며 아이를 끌고 초호의 저쪽 끝으로 나아갔다. 둘은 웃고 있는 것 같았다. 또다시 나는 꿈속에 있는 것 같은 느낌이 들었다. 물의 서늘함만이 내가 깨어 있다는 것을 확인시켜주었다.

가장 놀라운 것은 아담이 전혀 겁을 내지 않는다는 것이었다. 우리가 이곳으로 오기 전에 데이브 박사는 우리에게 안내책자를 보내주고, 아이가 깊은 물이나 큰 동물을 무서워할지 모른다고 알려주었다. 준비를 하기 위해서 나는 아담을 일주일에 한번 수영장에 데려갔었다. 그리고 소들을 보기 위해서 농장에도 갔었다. 소들은 돌고래와 모습은 전혀 달랐지만 크기는 비슷했다. 이 훈련을 아담은 싫어했다. 수영장에서는 젖은 생쥐처럼 내게 찰싹 달라붙어 있었고, 소들을 보고는 겁을 먹었다. 그는 옷자락으로 자신을 울타리 기둥에 묶어 놓고 목장 쪽으로 한 걸음도 더 가지 않으려 했다. 나는 돌고래연구센터에 가는 일이 완전히 헛수고가 아닐까 걱정했었다.

그런데 아담보다 내가 더 겁을 냈다. 나는 그곳 그래시키의 물속에서 모든 것을 정확하게 제대로 하려고 애를 쓰며, 이 생소한 불안정한 환경을 통제하려고 이리저리 허우적거렸다. 나는 결국 여전히 육지동물이어서 발밑에 단단한 땅이 있는 걸 선호했고, 깊은 물이 무서웠다. 바다는 내가 아담을 잉태하고 있는 동안 들어갔던 그 유동적인 세계처럼, 아름다웠지만 두려웠다. 그때 '순수이성'이라는 단단한 구조물이 나를 저버리고, 마술이 나를 구해주었던 것이다. 어쩌면 내 삶은 항상 지금처럼 신비로 가득했는지 모른다. 아담이 내 주의를 그쪽으로 향하게 한 것뿐인지 모른다. 또 어쩌면 혜성이 빛의 꼬리를 끌고 다니듯이 아담이 매혹적인 마술의 순간들을 내 삶 속으로 끌고 들어온 것인지도 모른다. 어느 쪽이든 내가 놀라지 않고 불안해 하지 않고 그 세계 속에서 살려면 아직 가야 할 길이 멀다는 것을 나는 안다. 그것은 사이렌의 노래로 나를 부르고 있지만, 나는 아직도 겁이 난다.

그날 아담은 조금도 겁내지 않았다. 알리타는 초호의 가장자리에서 몸을 돌려 나에게로 돌아왔다. 아담은 웃고 있었다. 금발 아래의 그의 얼굴은 행복감을 내뿜고 있었다. 아담이 그런 미소를 띠고 있을 때 그의 얼굴을 바라보면 마주 웃지 않을 수가 없다. 왜 그런지는 모르지만 전염성이 강한 그 미소를 보면, 나는 '우리 누구나 언젠가 내려야 할 가장 중요한 결정은, 우주가 (자신에게) 우호적이라고 믿을 것인가 말 것인가이다'라고 했던 아인슈타인의 말이 생각난다. 아담은 그 결정을 내린 것같이 보인다.

알리타는 나에게 다가오면서 속도를 늦추었다. 한 어머니가 아기를 다른 어머니에게 정중하게 돌려주는 것이다. 아담은 헤엄을 쳐서 내게로 와 내 손을 잡았다. 그 손을 공중으로 쳐들고 의기양양하게 소리치며 반가운 인사를 했다. 말을 사용하지 않았지만 말이 필요하지 않았다. 그의 목소리가 모든 걸 말해주었다. 그것은 환희의 외침이었고, 그 자신이 다만 존재하는 데서 경험하는 순수하고 절대적인 기쁨의 표현이었다. 아담은 다시 내 어깨에 팔을 둘렀지만, 나에게 의지하려고 매달린 것이 아니라 나를 붙잡아주고, 나를 껴안는 것이라는 느낌이 들었다. 그렇게 해서 그는 주위에 있는 모든 것들 — 돌고래, 새들, 태양, 하늘, 거대한 푸른 대서양 — 이 우리에게 기쁨을 가져다주려고 거기 있다는 것을 내가 믿게 하려는 것이었다.

나는 아담이 아마 옳을 거라고 생각한다.

역자

김태언(金泰彦)

1948년 경북 출생. 서울대학교 영문과 졸업. 인제대학교 영문과 명예교수.
역서로 《검둥이 소년》, 《케스 — 매와 소년》, 《농부와 산과의사》, 《마을이 세
계를 구한다》, 《미국은 왜 실패했는가》 등이 있다.

아담을 기다리며

2002년 4월 27일 초판 발행
2005년 5월 1일 개정판 제1쇄 발행
2019년 1월 11일 개정2판 제1쇄 발행
2021년 8월 20일 개정2판 제2쇄 발행

저자   마사 베크
역자   김태언
발행처   녹색평론사

주소 서울시 종로구 돈화문로 94 동원빌딩 501호
전화 02-738-0663, 0666
팩스 02-737-6168
웹사이트 www.greenreview.co.kr
이메일 editor@greenreview.co.kr
출판등록 1991년 9월 17일 제6-36호

ISBN 978-89-90274-85-4 03840